THE LAW OF
INNOCENCE

변론의
법칙

THE LAW OF
INNOCENCE

마이클 코넬리
장편소설

한정아 옮김

알에이치코리아

마이클 할러시 박사와 하트퍼드 병원 독서 모임 회원들,
그리고 수많은 타인을 위해 위험을 무릅쓰고 최전선에서 활동하는,
케이시 로즈 가제스키 간호사를 비롯한, 모든 분께
이 책을 바칩니다.

차례

프롤로그

　살인사건 재판은 나무와 같다. 키 큰 떡갈나무. 국가가 그 나무를
조심스럽게 심고 가꾼다. 필요할 때 물을 주고 가지를 쳐주고 병이나
기생충이 있는지 검사한다. 땅 밑에 굳건히 뿌리를 내리고 흙에 단단
히 달라붙어 뻗어갈 수 있도록 지속적으로 관리한다. 나무를 지키기
위해 지원을 아끼지 않는다. 나무의 관리인들은 나무를 보호하고 돌
볼 막강한 권한을 부여받는다.
　나뭇가지가 점차 자라 울창해진다. 그리고 진정한 정의를 찾는 사
람들을 위해 짙은 그늘을 드리운다.
　나뭇가지는 두껍고 튼튼한 몸통에서 자라난다. 바람이 분다. 직접
증거, 정황증거, 과학수사, 범행동기와 가능성이라는 바람. 나무는
자기를 흔들어대는 바람에 맞서 굳게 버티고 서 있어야 한다.
　그리고 그때 내가 등장한다. 나는 도끼를 들고 있다. 나무를 찍어
쓰러뜨리고 불에 태워 재를 만드는 것이 내 일이다.

제1부

트윈타워
구치소

1

10월 28일, 월요일

그날은 피고인 측에 좋은 날이었다. 한 남자가 내 덕분에 법정에서 석방됐기 때문이다. 나는 배심원단 앞에서 중범죄인 폭행 혐의를 정당방위로 바꾸는 데 성공했다. 피해자란 작자는 폭력 전과가 화려했다. 검사와 변호인 양측의 여러 증인이, 심지어 전처까지도, 반대신문에서 그가 폭력을 행사한 역사를 기꺼이 진술했다. 결정타는 내가 피해자를 증인석에 앉히고 집요한 질문으로 그를 벼랑 끝으로 내몬 것이었다. 그는 흥분한 나머지, 거리에서 자기와 단둘이 마주치지 않게 조심하라며 나를 협박했다.

"그때도 제가 증인을 공격했다고 주장하시려고요? 여기 피고인에게 뒤집어씌웠듯이?" 내가 물었다.

검사가 이의를 제기했고 판사가 인정했다. 그러나 판세는 이미 기울었다. 판사도 검사도 알고 있었다. 법정에 있는 모두가 알고 있었다. 배심원단이 숙의를 시작한 지 30분도 채 안 돼 무죄 평결이 나왔다. 나의 최단 시간 무죄 평결 기록은 아니지만 거의 근접했다.

홀인원을 한 골퍼가 클럽하우스에서 축하 파티를 하듯 변호사들 사이에는 무죄 평결을 받으면 축하 파티를 해야 한다는 신성한 의무가 있다. 다시 말해, 술을 사야 한다. 그날의 축하 파티 장소는 2번가에 있는 레드우드였다. 법원이 세 개나 몰려 있는 관청가에서 겨우 두세 블록 떨어진 곳이라 하객이 많이 모일 수 있었다. 레드우드가 컨트리클럽은 아니지만 편리했다. 파티는, 즉 공짜 술 파티는 일찍 시작해 늦게 끝났다. 문신을 많이 한 바텐더 모이라가 손님에게 나가는 술을 꼼꼼히 세다가 어마어마한 계산서를 내밀었다. 내가 그날 석방시킨 의뢰인에게 받을 수임료보다 많은 금액을 신용카드로 긁었다는 것만 밝혀둔다.

축하 파티를 마치고 브로드웨이 근처 주차장에 세워둔 차로 향했다. 주차장을 나가자마자 좌회전을 한 후 곧 다시 좌회전해서 2번가로 들어섰다. 교통신호도 내 편이어서 거침없이 내달려 벙커힐 지하차도로 들어갔다. 지하차도 절반 정도를 지났을 때, 배기가스에 찌든 녹색의 지하차도 타일에서 청색 경광등 불빛이 비치는 것이 보였다. 백미러를 보니 로스앤젤레스경찰국 순찰차가 따라오고 있었다. 먼저 가라고 깜빡이를 켜고 서행 차선으로 차를 비켜줬다. 그러나 순찰차도 서행 차선으로 들어와 내 차 2미터 뒤까지 바짝 따라붙었다. 그제야 나는 차를 세우라는 뜻임을 알아차렸다.

지하차도를 빠져나온 후 우회전을 해서 피게로아스트리트로 들어

변론의 법칙

섰다. 그러고는 곧 차를 세우고 시동을 끈 후 창문을 내렸다. 링컨 차의 사이드미러로 보니 경찰복을 입은 순경이 내 차 쪽으로 걸어오고 있었다. 뒤에 있는 순찰차 안에는 아무도 없었다. 내게로 다가오는 순경 혼자 근무 중이었다.

"운전면허증하고 자동차등록증, 차량보험증명서 좀 보여주시겠습니까, 선생님?" 순경이 물었다.

나는 그를 올려다봤다. 이름표에 밀턴이라고 적혀 있었다.

"그럼요, 밀턴 순경. 그 전에 차를 세운 이유부터 들읍시다. 과속한 것도 아니고 신호는 전부 초록 불이었는데."

"면허증, 등록증, 증명서요, 선생님." 밀턴이 말했다.

"결국엔 얘기해줄 거면서 그러시네. 면허증은 외투 안주머니에 있어요. 다른 건 글러브 박스에 있고. 뭐부터 보여드릴까?"

"면허증부터 볼까요?"

"그럽시다."

나는 지갑을 꺼내 운전면허증을 빼내면서 지금 상황을 판단해봤다. 파티장을 떠나는 변호사 중에 운전을 못 할 만큼 술에 취한 사람이 있는지 감시하고 있었던 게 아닐까 하는 의문이 들었다. 무죄 평결 축하 파티가 열리는 밤에는 순경들이 잠복해 있다가 변호사들의 다양한 교통법규 위반행위를 적발한다는 소문이 있었다.

밀턴에게 운전면허증을 건네준 후 글러브 박스 쪽으로 손을 뻗었다. 순경은 자신이 요구했던 모든 것을 금방 손에 넣었다.

"이젠 왜 이러는지 얘기해줄 거죠? 난 정말이지……."

"내리세요, 선생님." 밀턴이 말했다.

"아, 왜 이래요, 진짜?"

"내리시라고요."

"그럽시다."

나는 거칠게 문을 열어젖혀 밀턴이 한 발짝 뒤로 물러서게 한 후 차에서 내렸다.

"참고로 말하자면, 난 네 시간 동안 레드우드에 있으면서도 술은 한 방울도 입에 안 댔어요. 술 끊은 지 5년이 넘어서요."

"잘하셨네요. 자, 그럼, 차 뒤로 가세요."

"순찰차 블랙박스 켜져 있죠? 당혹스러운 일이 될 테니까 기록이 남아야 하는데."

나는 밀턴 옆을 지나 링컨 차 뒤쪽으로 걸어가서 순찰차의 전조등 불빛 속으로 들어갔다.

"똑바로 걸어볼까요? 아니면 수를 거꾸로 세야 하나? 아니면 손가락으로 코를 만져볼까요?[1] 나 변호사라서 뭘 어떻게 하는지 다 아는데, 이번에는 헛다리 짚었어요, 밀턴 순경."

밀턴이 나를 따라 차 뒤쪽으로 걸어왔다. 키가 크고 호리호리한 체구에 군인 머리를 한 백인이었다. 어깨에는 메트로경찰서 배지가, 긴 소매에는 갈매기 모양의 계급장 네 개가 달려 있었다. 내가 알기로 5년 근속해야 계급장 한 개씩을 받으니 그는 메트로에서 잔뼈가 굵은 베테랑 경사였다.

"제가 차를 세운 이유가 안 보이십니까, 선생님? 차량번호판이 없

---

1 미국에서는 음주 운전자 적발을 위해 순경이 운전자에게 집게손가락으로 코끝을 만져 보는 행동을 양손으로 총 여섯 번 하게 해서 반응을 보고 판단한다.

네요."

나는 링컨 차의 뒤쪽 범퍼를 내려다봤다. 정말 차량번호판이 없었다.

"어이구야. 누가 장난쳤나 보네. 오늘 내가 재판에서 이겨서 의뢰인을 석방시켰거든요. 번호판에 'IWALKEM(내가 그들을 석방시킨다)'이라고 적혀 있는데, 그걸 훔치는 게 재밌겠다고 생각한 친구가 있었나 보네요."

나는 누가 나보다 먼저 레드우드를 나갔는지, 그리고 이런 일이 재밌겠다고 생각했을지 추측해봤다. 데일리, 밀즈, 버나도……, 누구라도 그랬을 수 있다.

"트렁크를 확인해보시죠." 밀턴이 말했다. "그 안에 있을지도 모르잖아요."

"아뇨, 트렁크에 넣으려면 열쇠가 필요해요. 전화해서 누가 그랬는지……."

"선생님, 이 일이 끝날 때까진 전화 못 하십니다."

"말도 안 되는 소리. 법은 내가 잘 압니다. 구금된 것도 아닌데 전화를 왜 못 해요."

나는 거기서 말을 멈추고 밀턴의 추가 공격을 기다렸다. 그의 가슴에 카메라가 달린 것이 보였다.

"전화기가 차에 있는데요."

그러고서 나는 열린 운전석 문을 향해 걸음을 옮겼다.

"잠깐만요, 선생님." 밀턴이 내 뒤에서 말했다.

내가 돌아섰다.

"뭐죠?"

밀턴이 손전등을 켜더니 차 트렁크 밑의 땅을 비췄다.

"저거 피 아닙니까?" 그가 물었다.

나는 차 뒤로 돌아가 금이 간 아스팔트를 내려다봤다. 경사의 손전등 불빛이 내 차 범퍼 아래에 묻은 액체 얼룩을 비추고 있었다. 얼룩의 가운데는 짙은 적갈색이었고 가장자리로 가면서 반투명해졌다.

"글쎄요. 그리고 저게 뭐든, 원래 있던 거잖아요. 나는……."

내가 말하는 동안 또 한 방울이 범퍼에서 아스팔트로 떨어지는 것을 둘 다 똑똑히 봤다.

"선생님, 트렁크 좀 열어주시죠." 밀턴이 손전등을 벨트에 있는 손전등 걸이에 끼워 넣으면서 요구했다.

내 머릿속은 '트렁크에 뭐가 들었지?' 하는 생각에서부터 '내가 거부하면 밀턴이 트렁크를 강제로 열 상당한 근거가 있나?'에 이르기까지 다양한 의문으로 가득 찼다.

그 순간 내가 체액의 일종일 거라고 추측하는 액체가 또 한 방울 아스팔트 위로 떨어졌다.

"차량번호판 관련해서 위반 딱지는 떼도 돼요, 밀턴 경사. 하지만 트렁크는 안 열 겁니다."

"그럼 체포하겠습니다, 선생님." 밀턴이 말했다. "두 손을 트렁크 위에 올려놓으세요."

"체포요? 무슨 혐의로요? 내가 뭘……."

밀턴이 갑자기 달려들어 나를 잡더니 내 차를 향해 돌려세웠다. 그러고는 자신의 몸무게를 실어 트렁크 위로 나를 눌렀다.

　　　　　　　　　　　　변론의 법칙

"이봐요! 이게 무슨……."

밀턴은 내 팔을 하나씩 거칠게 뒤로 잡아당겨 수갑을 채웠다. 그러고는 내 셔츠와 재킷의 깃 뒤쪽을 움켜쥐더니 나를 홱 잡아당겨 차에서 떼어내 일으켜 세웠다.

"선생님을 체포합니다." 밀턴이 말했다.

"무슨 혐의로요? 이렇게 마구잡이로……."

"선생님과 저의 안전을 위해서 선생님을 순찰차 뒷좌석에 태우겠습니다."

그가 내 팔꿈치를 잡고 다시 나를 돌려세우더니 순찰차 조수석의 뒷좌석으로 밀고 갔다. 한 손으로 내 정수리를 잡고 플라스틱 좌석으로 나를 밀어 넣었다. 그러고는 내 앞으로 허리를 구부리며 안전벨트를 채웠다.

"알겠지만, 내 트렁크 못 열어요. 상당한 근거가 없으니까. 그게 피인지 뭔지 모르고, 차 안에서 나오는 건지도 확실하지 않잖아요. 뭔진 몰라도 내가 차를 몰고 다니다가 묻힌 것일 수도 있고."

밀턴이 차 밖으로 몸을 빼고 일어서서 나를 내려다봤다.

"긴급 상황이면 열 수 있죠." 밀턴이 말했다. "저 안에 도움이 필요한 사람이 들어 있을지도 모르잖아요."

그가 조수석 문을 쾅 닫았다. 그러고는 내 링컨 차로 돌아가서 트렁크를 열 방법이 있는지 알아보려는 듯 트렁크 뚜껑을 살폈다. 뾰족한 수가 없는지 열린 운전석 문으로 가서 허리를 굽히고 몸을 밀어 넣어 차 열쇠를 꺼냈다.

밀턴은 전자 열쇠를 눌러 트렁크를 열었다. 그리고 트렁크에서 누가 총을 쏘면서 튀어나올까 봐 무서운 듯 옆으로 비켜섰다. 트렁크 뚜껑이 올라갔고 실내등이 켜졌다. 밀턴이 손전등을 켰다. 손전등으로 트렁크 안을 비추고 들여다보면서 왼쪽에서 오른쪽으로 게걸음으로 걸어갔다. 순찰차 뒷좌석에 앉은 내겐 트렁크 안이 보이지 않았지만, 밀턴이 허리를 굽히고 들여다보는 것을 보면 그 안에 무언가 있는 것이 확실했다.

밀턴이 고개를 옆으로 기울이고 어깨에 달린 무전기 마이크에 대고 무슨 말을 하더니 곧 어딘가로 전화를 걸었다. 지원 인력을 요청하는 듯했다. 살인사건 전담반의 출동을 요구하는 듯했다. 나는 트렁크 안을 들여다보지 않아도 밀턴이 시신을 발견했다는 것을 알 수 있었다.

2

12월 1일, 일요일

에드거 퀘사다가 휴게실 탁자의 내 옆에 앉아서 자기 재판 기록의 마지막 부분을 읽고 있는 나를 지켜보고 있었다. 그는 내게 사건 자료를 보면서 자신의 상황을 개선할 방법을 찾아봐달라고 부탁했다. 우리는 로스앤젤레스 시내에 있는 트윈타워 구치소의 집중관리 수용동에 있었다. 이곳은 재판을 기다리거나 퀘사다처럼 주립 교도소 징역형 선고를 기다리는 접근금지 상태의 수감자들을 수용하는 곳이다. 12월의 첫째 주 일요일 저녁이었고 교도소 안은 몹시 추웠다. 퀘사다는 청색 죄수복 안에 흰색 긴 소매 내의를 입고 있었고, 내의 소매가 손목까지 내려와 있었다.

퀘사다에게 이곳은 익숙한 곳이었다. 그는 보일하이츠를 중심으로 활동하는 화이트 펜스라는 범죄 조직의 3세대 조직원이었다. 계속 범죄 조직에 몸담았던 사람임을 증명이라도 하듯 몸 곳곳에 문신이 있었다. 그는 자신이 속한 조직과 캘리포니아 교정시설을 장악한 가장 크고 강력한 범죄 조직인 멕시칸 마피아에 대한 충성 맹세를 잉크로 온몸에 새겨놓았다.

재판 기록을 살펴보니 퀘사다는 화이트 펜스 조직원 두 명을 태운 차를 운전했다. 조직원들은 차를 타고 가면서 이스트퍼스트스트리트에 있는 식품 잡화점의 두꺼운 판유리 창문을 향해 자동화기를 쏘아 댔다. 잡화점 주인이 25년 가까이 화이트 펜스에게 상납해오던 자릿 세를 2주 밀린 것이 이유였다. 조직원들은 경고 차원에서 총부리를 높이 겨냥해 총을 쐈다. 그런데 빗나간 총알 하나가 카운터 뒤에 웅 크리고 숨어 있던 주인 손녀의 정수리에 박혔다. 손녀의 이름은 마리 솔 세라노. 검시관의 진술에 따르면, 세라노는 현장에서 즉사했다.

총을 쏜 사람들의 신원을 확인해준 목격자는 단 한 명도 없었다. 정의를 위해 용감하게 목숨까지 걸 수는 없었던 것이다. 그러나 교통 카메라가 도주차량의 번호판을 잡아냈다. 차적을 조회해보니 근처 유니언역의 장기 주차장에서 도난당한 차량으로 밝혀졌다. 주차장 보안 카메라에 도둑의 모습이 잠깐 잡혔는데, 에드거 퀘사다였다. 재 판은 겨우 나흘 만에 끝났고, 그는 살인 공모죄로 유죄 평결을 받았 다. 선고 공판은 일주일 후에 있을 예정이었다. 퀘사다는 최소 15년 형을 예상했다. 어쩌면 그보다 훨씬 더 늘어날 가능성도 있다고 생각 했다. 그 모든 것이 차를 타고 가면서 경고차 총을 쏜다는 것이 그만 살인으로 이어진 사건에서 그가 운전대를 잡았기 때문에 생긴 일이 었다.

"어때요?" 내가 사건 자료의 마지막 페이지를 넘기자 퀘사다가 물 었다.

"어떡하냐, 에드거. 망한 거 같은데."

"빌어먹을, 그런 말 하지 말고. 방법이 없어요? 전혀?"

"방법이야 항상 있지. 가능성이 별로 없어서 문제지. IAC를 이유 로 재심 청구는 해볼 만한 것 같긴 한데……."

"그게 뭔데요?"

"변호인의 무능(Ineffective assistance of counsel). 자네 변호사는 재판 내내 손 놓고 앉아만 있었어. 검사의 이의제기가 번번이 인정돼도 보고만 있었더라고. 검사가 설치게 내버려뒀단 말이지. 자, 여기 봐봐."

나는 재판 기록을 앞으로 넘겨 모서리를 접어놓은 페이지를 펼쳤다.

"여기선 판사가 이런 말까지 하네. '변호인, 이의제기하겠습니까? 아니면 계속 내가 대신 제기해줘야 하나요?' 이건 변호사가 무능하다는 뜻이야, 에드거. 그러니까 그걸 입증하려고 시도해볼 수는 있어. 그런데 문제는 재심 청구가 받아들여져서 재심을 한다고 해도 증거가 바뀌지는 않는다는 거야. 똑같은 증거를 갖고 다투는 거라, 새로 구성된 배심원단도 자넬 유죄로 판단할 가능성이 높아. 검사가 설치지 않게 하는 방법을 아는 유능한 변호사를 구해 와도 말이지."

퀘사다가 고개를 가로저었다. 내 의뢰인이 아니라서 그의 삶에 대해 자세히는 알지 못했지만, 서른다섯 살쯤 돼 보였고 앞으로 힘든 삶이 그를 기다리고 있는 것은 알 수 있었다.

"그동안 유죄 판결은 몇 번이나 받았어?"

"두 번."

"중범죄?"

퀘사다가 고개를 끄덕였다. 더 말할 것도 없었다. 내가 처음 판단했던 대로다. 그는 망했고, 사회로부터 영원히 격리될 것이다. 하지만 만약……

"검찰이 왜 자네를 조폭 수용동 대신 집중관리 수용동에 집어넣었을까? 그 이유는 자네도 알지? 조만간 자넬 불러내서 조사실에 앉혀놓고 중요한 걸 물을 거야. 그날 그 차에 누가 타고 있었냐고."

나는 두꺼운 재판 기록을 가리키며 말했다.

"여기엔 자네한테 도움이 될 만한 게 전혀 없어. 해볼 수 있는 건 딱 하나, 이름을 부는 대가로 형량을 낮추는 거래를 하는 거지."

나는 마지막 말을 나지막이 속삭였다. 그러나 퀘사다는 나처럼 조용히 반응하지 않았다.

"뭔 개소리야!"

나는 아무것도 안 보인다는 걸 알면서도 천장에 있는 통제실의 거울 같은 창문을 올려다봤다. 그러고는 퀘사다를 쳐다봤고, 그의 목에 목걸이처럼 잉크로 새겨진 묘비들 아래 정맥이 팔딱이는 것을 봤다.

"진정해, 에드거. 자료 보고 의견을 말해달라며. 그래서 말해준 건데, 왜 그래. 내가 자네 변호사도 아니고. 그러니까 변호사 만나서 상의……."

"그 사람한텐 못 가니까 그렇죠." 퀘사다가 말했다. "알지도 못하면서!"

나는 그를 물끄러미 바라보다가 비로소 이해했다. 그의 변호사는 그가 밀고해야 할 사람들, 즉 화이트 펜스 조직원들의 통제를 받고 있었다. 그러니 변호사에게 털어놓고 의논하면 퀘사다가 집중관리 수용동에 있든 다른 어디에 있든 멕시칸 마피아가 정보원 응징에 나설 것이 틀림없었다. '에메'[2]라는 애칭으로 더 잘 알려진 그 범죄 조직은 캘리포니아 내 어느 교정 시설에 있는 누구라도 찾아내서 처단할 수 있다는 말을 들은 적이 있었다.

그 순간 벨이 나를 살렸다. 취침 점호 5분 전임을 알리는 벨이 울렸다. 퀘사다가 탁자 위로 팔을 뻗어 거칠게 서류를 집어 들었다. 나와의 볼일은 끝난 것이다. 그는 재판 기록 낱장들을 가지런히 모으면서 일어섰다. 고맙다거나 엿 먹으라는 말도 없이 그는 자기 감방으로 돌아갔다.

나도 내 방으로 향했다.

---

2 eMe. 스페인어로 M을 지칭하며 멕시칸 마피아를 상징하기도 한다.

3

저녁 8시, 내 독방의 철문이 자동으로 스르르 미끄러져 쾅 하고 닫
히는 소리가 내 존재 전체를 흔들어놓았다. 매일 밤 그 소리가 기차
처럼 나를 흔들고 지나갔다. 수감된 지 5주나 지났지만, 그 소리에는
익숙해질 수 없었고 익숙해지고 싶지도 않았다. 나는 두께가 10센티
미터도 안 되는 매트리스에 앉아서 눈을 감았다. 천장의 전등은 한
시간 더 켜져 있을 터였다. 그 시간을 유용하게 써야 했지만, 이것은
내가 매일 밤 치르는 의식이었다. 귀에 거슬리는 모든 소리와 두려움
을 몰아내기 위해서, 내가 누군지를 나 자신에게 상기시키기 위해서.
나는 아버지이고 변호사라는 것을, 살인범이 아니라는 것을 상기시
키기 위해서.

"아까 Q를 완전 열 받게 하던데."

나는 눈을 떴다. 옆방에 있는 비숍이었다. 둘의 방을 나누는 벽의
높은 곳에 쇠창살이 쳐진 환기구가 있었다.

"그럴 의도는 아니었어. 다음에 또 누가 구치소 변호사가 필요하
다 그러면, 그땐 그냥 모른 척하려고."

"좋은 생각이야." 비숍이 말했다.

"그런데 자넨 어디 있었어? 애먼 나한테 화를 내서 봉변당할 뻔했
잖아. 둘러봐도 없던데."

"걱정 마셔, 친구, 다 지켜봤으니까. 위쪽 난간에서 보고 있었어.

뒤를 봐주고 있었다고."

나는 내 신변을 보호해주는 대가로 비숍에게 주당 400달러를 지불하고 있었다. 돈은 잉글우드에 사는 그의 여자 친구이자 그의 아들의 엄마에게 현금으로 전달되고 있었다. 그가 나를 보호해야 할 구역은 집중관리 수용동 전체였다. 두 개 층에 있는 스물네 개의 독거실 전부와 알게 모르게 다양한 위협을 가하는 스물두 명의 동료 수감자 모두를 포함했다.

내가 수감된 첫날 밤, 비숍이 나를 보호해주거나 해치겠다고 제안을 해왔다. 나는 두말없이 보호 쪽을 택했다. 내가 휴게실에 있을 때 그는 보통 내 근처에 있었다. 단, 퀘사다에게 그의 사건에 관해 나쁜 소식을 전할 땐 2층 통로 난간에서 그를 보지 못했다. 나는 비숍에 대해 아는 것이 거의 없었다. 감옥에선 주로 서로에 관해 물어보지 않는다. 문신이 보이지 않을 정도로 피부가 까만 그가 뭐 하러 문신을 했을지 궁금할 정도였다. 그러나 양손 손가락 관절에 잉크로 새겨넣은 '크립 라이프'³⁾라는 문구는 알아볼 수 있었다.

나는 침대 밑으로 팔을 뻗어 내 사건 자료를 모아놓은 서류 상자를 꺼냈다. 먼저 고무줄부터 확인했다. 판지로 만든 상자에는 서류 네 묶음이 들어 있었다. 한 묶음을 고무줄 두 개로 가로세로로 묶어놓고, 묶음마다 고무줄이 맨 윗장의 특별한 지점에서 교차하게 해놓았다. 비숍이나 다른 누군가가 내 방에 몰래 들어와 서류를 읽었는지 확인할 수 있는 장치였다. 예전에 내 의뢰인이 꼼짝없이 1급 살인 혐

---

3   크립스는 로스앤젤레스에서 블러스와 치열한 경쟁 관계에 있는 폭력조직이다.

의를 뒤집어쓸 뻔한 적이 있었다. 구치소 동기가 그의 방에 몰래 들어가 증거개시제도를 통해 검찰로부터 넘겨받은 증거 자료를 읽고서 내 의뢰인이 자신에게 설득력은 있으나 사실이 아닌 자백을 했다고 거짓 증언을 했기 때문이다. 나는 거기서 교훈을 얻었다. 그 뒤로는 누군가 내 서류에 손을 댔는지 알아차릴 수 있도록 서류에 고무줄 덫을 놓는 버릇이 생겼다.

나는 지금 1급 살인 혐의를 받고 있고, 나 자신을 변호하고 있다. 링컨 대통령이 무슨 말을 했는지, 링컨 이전과 이후의 수많은 현자가 무슨 말을 했는지 나도 안다. 내가 의뢰인으로서는 바보일 수 있겠지만[4], 내 미래를 내가 아닌 다른 사람의 손에 맡길 수는 없었다. '캘리포니아주 대 마이클 할러 사건'의 경우에는 트윈타워 구치소 K-10동 독방 13호가 피고인 측의 작전본부나 마찬가지였다.

나는 법원에 제출할 신청서 묶음을 상자에서 꺼내 서류가 남의 손을 타지 않은 것을 확인한 다음 고무줄을 끌렀다. 공판준비기일이 다음 날 오전으로 예정돼 있어서 준비해두고 싶었다. 보석금 삭감 신청을 비롯해 법원에 세 건의 신청서를 제출할 계획이었다. 기소인부절차 당시 검사는 내가 도주할 위험이 있을 뿐만 아니라 지역 사법 시스템의 내부 사정을 자기 손바닥 보듯 알고 있어 증인들에게 위협이 된다고 주장했고, 판사가 검사의 주장을 받아들여 보석금을 500만 달러로 책정했다. 담당 판사가 리처드 롤린스 헤이건이라는 사실도

---

4 '자신을 변호하는 변호사는 의뢰인으로서는 바보다'라는 격언으로 링컨 대통령이 말했다고 알려져 있다. 본인 변호를 하는 변호사는 객관적이고 효과적으로 변호하기 힘들어 승소율이 낮으므로 의뢰인으로서는 불리하다는 의미다.

내게 악재로 작용했다. 예전에 그가 내린 판결을 내가 항소해 뒤집어 버린 경우가 두 번이나 있었기 때문이다. 그는 1급 살인은 200만 달러라고 지정한 보석금 요율표의 권고를 무시하고 그 두 배가 넘는 보석금을 책정해달라는 검찰의 요구를 받아들임으로써 내게 앙갚음을 톡톡히 했다.

당시에는 200만 달러와 500만 달러의 차이가 중요하지 않았다. 자유를 얻는 데 전 재산을 쓸 것인지 변호하는 데 쓸 것인지를 결정해야 했다. 나는 후자를 선택해 트윈타워에 머물게 됐다. 게다가 일반 수용동에 잠재적 적이 많은 법조계 인사라서 접근금지 수용동에 입주할 자격을 갖췄다.

하지만 내일은 나와는 한 번도 마주친 적 없는 판사 앞에 서서 보석금 삭감을 요청하게 될 터였다. 다른 신청서도 두 건 더 제출할 계획이었다. 나는 판사 앞에서 신청서를 읽어 내려가지 않고 설득력 있게 주장하기 위해서 메모해놓은 것들을 점검했다.

보석금 삭감 신청보다 더 중요한 것이 있었다. 내가 받아볼 권리가 있는데도 검찰이 쥐고서 보여주지 않는 정보와 증거에 대한 증거개시청구, 나의 구속으로 이어진 경찰의 불심검문에 대한 위법성 심의 신청이었다.

순번제로 내 사건을 맡은 바이올렛 워필드 판사가 모든 신청 및 청구에 대한 양측의 주장을 듣는 데 시간 제한을 두리라는 것을 감안해야 했다. 간결하고도 완벽한 주장을 펼칠 수 있도록 철저한 준비를 마쳐야 했다.

"이봐, 비숍? 자?"

"아니." 비숍이 말했다. "왜?"

"자넬 상대로 연습하고 싶어서."

"뭘 연습해?"

"판사 앞에서 말하는 거."

"그건 계약에 없는 건데, 친구."

"알아. 곧 소등인데 준비가 안 돼서 그래. 내가 말하는 거 듣고 의견을 말해줘."

그 순간 층 전체가 소등됐다.

"좋아." 비숍이 말했다. "들어나 보자. 그럼 이것도 수고료 따로 챙겨줘야 해."

4

12월 2일, 월요일

나는 볼로냐 샌드위치와 멍든 빨간 사과 한 개를 아침으로 먹고 법원으로 가는 호송버스 1호차에 타고 있었다. 아침 메뉴는 매일 똑같았고 점심에도 아침과 똑같은 메뉴가 더 많이 나왔다. 수감생활 하는 5주 동안 메뉴가 바뀐 적은 추수감사절 딱 하루뿐이었다. 그땐 볼로냐소시지가 누른 칠면조햄으로 바뀌었고 세 끼 모두 칠면조햄 샌드위치가 나왔다. 트윈타워의 음식 때문에 까탈을 부리던 것은 옛날 일이었다. 이젠 아침, 점심 때마다 나온 음식을 재빨리 싹싹 먹어 치웠다. 그런데도 몸무게는 8~9킬로그램 가까이 빠진 듯했고, 내 일생일대의 전투를 위한 최적의 몸무게가 된 거라고 생각했다.

버스 안에는 나 말고도 서른아홉 명의 수감자가 더 있었다. 대다수가 오전 심리 법정에 가는 중이었다. 첫 법정 출두를 앞둔 의뢰인들을 접견실에서 처음 만났을 때 휘둥그레진 그들의 눈에서 두려움을 본 적이 있었다. 그땐 변호사로서 법정에서 그들을 만났고, 그들을 진정시키고 앞으로 무슨 일이 기다리고 있는지 알려주는 것이 내 일이었다. 지금 나는 호송버스에 앉아 두려움에 에워싸여 있었다. 최초의 투옥을 앞둔 사람, 전에도 여러 번 수감된 적이 있는 사람, 초범이든 상습범이든 모두에게서 필사적이고 절박한 마음이 생생하게 느껴졌다.

호송버스를 타고 교도소와 법원을 오가는 때가 내겐 가장 두려운 순간이었다. 언제 누구와 함께 버스에 태워질지는 무작위로 정해졌다. 내 곁에는 비숍도 다른 어떤 경호원도 없었다. 내게 무슨 일이 생긴다고 해도 운전사와 안전요원이라고 불리는 교도관은 앞쪽 철문 너머에 있었다. 그들의 역할은 불상사가 생기면 상황 종료 후에 사망자와 부상자를 가려내는 것이었다. 보호와 봉사의 목적이 아니라 사법 시스템의 가장 취약한 곳에서 사람들을 이동시키기 위해 자리를 지킬 뿐이었다.

이번에 탄 호송버스는 좌석이 기차의 전용 객실처럼 나뉜 최신형 버스였고, 막상 버스를 보니 두려움이 더욱더 커졌다. 최신형 버스는 통제 불능의 폭동이 여러 건 발생하고 나서 도입됐다. 수감자의 안전을 책임지는 주체는 보안관국이었기 때문에, 폭동 후에 부상자나 사망자를 보호하지 못했다는 이유로 보안관국을 상대로 한 민사소송이 수십 건씩 쏟아졌다. 나도 소송을 두 건이나 제기한 적이 있어서 구형 버스와 신형 버스의 약점에 대해 잘 알고 있었다.

신형 버스는 철로 된 울타리로 좌석 칸이 나뉘어 있었고, 각 칸은 여덟 개의 좌석이 있었다. 그 덕분에 버스에서 싸움이 일어나도 참전자를 최대 여덟 명으로 제한할 수 있었다. 또 맨 뒷좌석 칸부터 탑승자를 채우는 것이 통례였다. 수갑을 찬 죄수 넷이 함께 하나의 사슬에 묶여 있었고, 좌석 칸마다 복도를 사이에 두고 양쪽에 네 명씩 앉았다.

이런 설계는 심각한 문제를 자초했다. 호송 중인 버스의 맨 뒷좌석 칸에서 싸움이 나면 비무장 안전요원이 싸움을 진압하기 위해 다섯 개의 문을 열고 폭력 범죄로 기소된 수감자가 빼곡히 앉아 있는 네 개의 좌석 칸을 지나가야 했다. 정말 어이없는 발상이었다. 내 생각에는 보안관국이 내놓은 해법이 오히려 문제를 두 배로 악화시켰다. 심지어 뒷좌석 칸에서 발생한 싸움은 버스가 목적지에 도착할 때까지 별다른 제지를 받지 않았다. 무사히 걸어서 내릴 수 있는 사람들은 걸어서 내렸고 그렇지 못한 사람들은 도움을 받아야 했다.

버스는 클라라 쇼트리지 폴츠 형사법원의 동굴 같은 지하 주차장으로 들어갔다. 수감자들은 버스에서 내려 교도관들의 호위를 받으며 스물네 개의 법정이 여러 층에 배치돼 있는 법원의 구치감으로 뿔뿔이 흩어졌다.

나는 본인 변호인으로서 버스에서 내린 대다수의 남녀 피고인에게는 허용되지 않는 약간의 편의를 제공받았다. 내 수사관과 대리 변호인과 회의를 할 수 있게 구치감 1인실에 배정된 것이다. 대리 변호인은 나를 지원하는 임무를 맡은 변호사로서 자료 출력과 정리, 재판 준비 과정에서 생기는 각종 준비 서면을 다듬는 일을 했다. 내 수사관은 데니스 '시스코' 보이체홉스키였고, 대리인은 동료 변호사인 제니퍼 애런슨이었다.

감옥에서는 모든 것이 느리게 움직인다. 트윈타워에서 새벽 4시에 잠이 깼지만, 겨우 네 블록 떨어진 법원의 1인용 구치감에 도착한 것은 오전 8시 40분이었다. 고무줄로 묶은 서류 뭉치 중 신청서와 청구서 뭉치 한 개만 가져온 나는 그것들을 금속 탁자에 펼쳐놓았다. 9시 정각이 되자 구치감 교도관이 우리 팀을 들여보냈다.

규정상 시스코와 제니퍼는 탁자를 사이에 두고 내 맞은편에 앉아야 했다. 악수나 포옹은 허락되지 않았다. 이 회의는 변호인과 의뢰인 사이의 비밀유지의무가 적용되는 사적인 회의였다. 천장 한구석에는 카메라가 설치돼 있었다. 교도관이 우리를 지켜보긴 하지만 소리는 들리지 않는다고 했다. 그러나 나는 그 말을 전적으로 믿진 않았다. 회의할 때마다 검찰이 혹시라도 불법 도청을 하다 우리 대화를 듣고는 뛰어나가 헛고생을 하며 돌아다니게 만들고자 무슨 말이든 거짓으로 꾸미거나 지시를 내렸다. 팀원들에게는 계략임을 알리기 위해 '바하'라는 암호를 꼭 집어넣어 말하곤 했다.

나는 상의 앞뒤에 'LAC[5] 구치소'라고 찍힌 진한 청색의 죄수복을 입고 있었다. 전날 저녁에 에드거 퀘사다가 그랬듯이, 죄수복 속에 긴 내의를 입었다. 수감생활을 하는 동안 이른 아침에 운행하는 호송버스나 법원 구치감에서는 난방을 하지 않는다는 것을 금방 알아차린 덕분에 옷을 껴입었다.

제니퍼는 법원 출입에 어울리는 크림색 블라우스에 짙은 회색 정장 차림이었다. 시스코는 평소처럼 청바지에 티셔츠를 입고 부츠를 신고 있었다. 그가 애지중지하는 할리 데이비슨 팬헤드를 타고 헬멧 스테레오로 코디 징크스의 노래를 빵빵하게 들으면서 석양이 물든 퍼시픽코스트 고속도로를 달리러 갈 법한 옷차림이었다. 그의 피부는 구치감의 차갑고 습한 공기에 전혀 영향을 받지 않는 것 같았다. 어쩌면 위스콘신 출신이라 추위를 덜 타는 것인지도 몰랐다.

---

5 로스앤젤레스 카운티의 줄임말이다.

"좋은 아침!" 내가 유쾌하게 아침 인사를 했다.

나는 비록 투옥돼 죄수복을 입고 있었지만, 팀원들이 소속감을 유지하고 내 걱정을 하지 않게 하는 것이 중요했다. '승리자처럼 행동하라, 그러면 승리자가 될 것이다.' 내 아버지의 동료 변호사였고 법에 관해 내게 조언을 아끼지 않았던 데이비드 '리걸' 시걸이 즐겨 했던 말이었다.

"좋은 아침, 대표님." 시스코가 말했다.

"좀 어떠세요?" 제니퍼가 물었다.

"감옥보다는 법원에 있는 게 낫네. 로나가 어떤 정장을 골라줬어?"

로나 테일러는 내 법률사무소의 사무장이다. 동시에 의상 코디네이터를 맡고 있는데 이는 내 아내였을 때의 경험에서 비롯됐다. 로나는 내 두 번째 아내였고 1년 정도 결혼 생활을 하다가 헤어진 후 시스코와 재혼했다. 이날은 내가 배심원단 앞에 설 일은 없었지만, 공개법정에 출두할 땐 항상 변호사다운 정장 차림을 갖추게 해달라는 신청서를 제출해 워필드 판사의 허락을 받은 바 있었다. 내 사건은 언론의 상당한 관심을 끌었고, 나는 죄수복을 입은 내 사진이 돌아다니는 것을 원치 않았다. 법원 밖 세상 사람들은 모두 배심원 후보자였고, 그중 열두 명이 나의 유무죄를 판단하기 위해 뽑힐 예정이었다. 나는 그들이 누구든 청색 수의를 입은 내 모습을 보이고 싶지 않았다. 또한 신중하게 고른 유럽풍 정장은 내가 변론을 위해 법정에 섰을 때 자신감을 더해줬다.

"남색 휴고 보스에 분홍색 와이셔츠랑 회색 넥타이요." 제니퍼가 말했다. "법정 경위가 갖고 있어요."

"완벽해."

시스코는 내 허영심이 마음에 안 드는지 눈을 부라렸다. 나는 못 본 척했다.

"시간은 어떻게 됐어? 서기하고 얘기해봤어?"

"네, 판사님이 한 시간 배정하셨대요." 제니퍼가 말했다. "그걸로 될까요?"

"그걸로 안 될 거야, 데이나가 반대하고 나설 테니까. 워필드 판사가 일정을 지키려고 하면, 내가 뭔가를 포기해야겠지."

데이나는 나에 대해 유죄 평결을 받아내 평생 감옥에서 썩게 만드는 임무를 부여받은 강력부 스타 검사 데이나 버그를 말했다. 법정 최고형을 구형하려는 성향 때문에 로스앤젤레스 변호사들 사이에서는 '사형 집행인 데이나'로, 혹은 양형거래 같은 협상에서 보여주는 태도 때문에 '아이스버그'라는 별명으로 불렸다. 그녀의 결의가 허물어지는 경우는 거의 없었고, 그녀는 재판이 불가피한 사건들을 주로 맡았다.

내 사건이 바로 그런 사건이었다. 체포된 다음 날, 나는 제니퍼를 통해 내가 받고 있는 혐의를 강력히 부인하고 재판에서 무죄 입증을 약속하는 언론 입장문을 발표했다. 내 사건을 데이나 버그 검사가 맡게 된 것은 바로 그 입장문 때문일 가능성이 높았다.

"그럼 뭘 버려야 할까요?" 제니퍼가 물었다.

"보석금 삭감 신청을 뒤로 미루자."

"잠깐만, 그건 안 돼." 시스코가 말했다.

"네? 당장 그것부터 내려고 했는데요." 제니퍼가 말했다. "대표님이 빨리 나오셔야 아무런 제약 없이 전략 회의를 하죠, 구치감이 아니라 사무실에서."

제니퍼가 두 손을 들어 우리가 앉아 있는 공간을 받드는 시늉을 했다. 나는 보석금 삭감 신청에 관한 내 결정에 둘 다 반대할 것을 알고 있었다. 그러나 오늘 판사 앞에서 시간을 좀 더 잘 활용해볼 작정이었다.

"이보세요들, 내가 트윈타워에서 호의호식해서 그러는 게 아니에요. 거긴 리츠 호텔이 아니라고. 오늘 꼭 달성해야 할 더 중요한 목표가 있어서 그래. 불심검문의 상당한 근거 문제에 대해 심리를 제대로 받고 싶어. 그게 제일 중요해. 그다음엔 증거개시에 관한 문제들을 놓고서 다투고 싶고. 준비됐어, 불락스?"

참으로 오랜만에 제니퍼를 애송이 변호사 시절의 별명으로 불렀다. 나는 사우스웨스턴 로스쿨을 갓 졸업한 그녀를 채용했는데, 그곳 로스쿨 건물에서 한때 불락스 백화점이 영업을 했었다. 나는 그다지 유명하지 않은 대학의 법학 학위가 있고 약자 특유의 맹렬한 추진력과 열정을 가진 사람을 원했다. 입사 후 제니퍼는 천재임을 증명했고, 돈이 안 되는 사건을 맡는 주니어 변호사에서 어느 법정에서도 단독 변호로 승소할 수 있는 동료 변호사이자 막역한 친구로 급성장했다. 나는 그녀에게 단순히 서류 정리나 맡기고 싶진 않았다. 그녀가 증거개시를 미루는 검찰의 태도를 놓고 데이나 버그 검사와 맞서 싸우기를 바랐다. 무엇보다 이제까지 내가 맡았던 재판 중 가장 중요한 이 재판에서 제니퍼가 변호인석에 나와 나란히 앉아 있기를 바랐다.

"네, 준비됐어요." 제니퍼가 말했다. "하지만 보석금을 놓고 다툴 준비도 됐는데요. 재판을 준비하려면 나오셔야 해요. 그 형편없는 볼로냐 샌드위치를 드시는 동안에도 경호원을 세워놓아야 하는 상황에서 어떻게 재판 준비를 해요."

나는 껄껄 웃었다. 내가 트윈타워 식단에 대해 너무 자주 구시렁거렸나 보다.

"무슨 뜻인지 알겠어. 그리고 비웃은 거 아니야. 하지만 난 당신들 월급도 줘야 해. 이 일이 끝나고 파산하고 싶지도 않고. 딸 등록금도 없으면 어떡해. 누구라도 로스쿨 등록금을 대야 하는데, 매기 맥피어스[6]가 내게 할 순 없어."

내 첫 번째 전처이자 내 딸의 어머니는 검찰청 소속 검사였고, 본명은 매기 맥퍼슨이었다. 그녀는 셔먼오크스의 안전한 동네에서 편안하게 살면서 딸 헤일리를 키웠다. 2년간은 벤투라 카운티 지방검사 밑에서 일하면서 내 정치적 야망이 활활 타오라 사그라들기를 기다렸다. 그러는 동안 나는 딸아이의 사립학교 등록금을 계속 보냈고, 헤일리는 지난 5월에 채프먼대학교를 졸업한 뒤 남부캘리포니아대학교 로스쿨에 진학해 현재는 1학년이었다. 로스쿨에 진학하자 내가 오롯이 져야 하는 부담이 너무 커졌다. 나는 예전부터 딸아이의 학자금 마련 계획을 세우고 저축한 돈으로 등록금을 충당해왔다. 하지만 구치소에서 풀려나 재판 준비를 하기 위해 현금을 모두 끌어모아 보석보증금을 지급하고 나중에 돌려받지도 못한다면 등록금을 낼 여력

---

6 McFierce. fierce는 '맹렬한, 열성적인'이라는 뜻. '맹렬한 여성'이라는 의미로 붙여진 별명이다.

은 사라지고 말 것이다.

계산해보니 그럴 만한 가치가 없었다. 워필드 판사를 설득해 보석금을 반으로 줄인다고 해도 겨우 석 달간의 자유를 보장해줄 보석보증금으로 25만 달러가 필요할 것이다. 더군다나 신속한 재판의 권리를 포기하지 않음으로써 공판일 60일 이내에 나를 기소해야 한다는 숙제를 검찰 측에 안겨줬다. 그 말인즉 내게 자유를 돌려주거나 영원히 빼앗을 평결이 내려질 재판까지 두 달밖에 남지 않았다는 뜻이었다. 예전에 맡았던 여러 사건에서는 의뢰인들에게 보석보증금을 아끼고 트윈타워에서 버티라고 충고했었다.

그땐 의뢰인들이 내게 지불할 수임료를 확보하기 위해 그렇게 말했다. 그러나 그런 계산을 할 필요가 없는 지금도 나 자신에게 똑같은 조언을 했다.

"이 문제, 맥퍼슨 검사님과 의논해보셨어요?" 제니퍼가 물었다. "면회 오셨었죠?"

"응, 왔었어. 그리고 의논도 했고. 매기도 당신들과 똑같은 의견이야. 나도 그게 낫다는 데 동의하고. 하지만 지금은 우선순위에 따라 움직여야 해. 재판과 관련해 무엇이 더 중요한지를 봐야지."

"말씀드렸잖아요, 사무장님과 수사관님과 저는 이 일이 끝날 때까지 월급을 유예할 수 있다고요. 대표님이 나오시는 것이 제일 중요한 일이니까, 다시 생각해주세요. 그리고 헤일리 생각도 하셔야죠. 추수감사절을 함께 보내지 못하셨는데, 크리스마스도 그냥 넘기시려고요?"

"그래, 잘 알아들었어. 오늘 그 신청 건까지 갈 시간이 있는지 보자고. 안 되면 다음에 내놓자. 신청 건 얘기는 그만하고. 시스코, 예전 사건들 살펴보기로 한 건 어떻게 됐어?"

"나랑 로나가 사건 자료들을 절반 이상 훑어봤는데, 지금까지 특별히 눈에 띄는 건 없어." 시스코가 말했다. "하지만 계속 살펴보고 있고, 용의자 명단을 만들고 있어."

나에게 살인 누명을 씌울 동기와 자금을 갖고 있을 만한 예전 의뢰인들과 적들의 명단을 만들고 있다는 뜻이었다.

"그래, 그게 필요해. 무작정 법정에 들어가서 누명을 쓴 거라고 주장할 순 없으니까. 제삼자 범인설을 주장하려면 제삼자가 있어야지."

"찾고 있어." 시스코가 말했다. "있다면, 나오겠지."

"있다면?" 내가 말꼬투리를 잡았다.

"오해하지 마, 대표님." 시스코가 말했다. "난 그저……."

"들어봐. 난 지난 25년간 의뢰인들에게 줄곧 말해왔어. 당신이 범인인지 아닌지는 중요하지 않다고. 그들을 판단하는 게 아니라, 변호하는 게 내 일이니까. 유죄든 무죄든 수임 계약의 조건은 똑같고, 똑같이 최선을 다할 거라고 말했지. 그런데 이제 내가 그들의 입장이 돼 보니까, 그게 헛소리였다는 걸 알겠어. 당신들과 로나가 나를 믿어줘야 해."

"물론 믿죠." 제니퍼가 말했다.

"말할 필요도 없지." 시스코가 덧붙였다.

"그렇게 금방 대답하지 말고. 내게 물어보고 싶은 게 있을 거 아냐. 검찰 측 주장이 너무나 설득력이 있으니까. 그래서 언제라도 사형 집행인 데이나의 말을 믿게 되면, 조용히 떠나주면 좋겠어. 한 팀으로 일하길 원하지 않거든."

"그런 일은 없을 거야." 시스코가 말했다.

"절대 없죠." 제니퍼가 덧붙였다.

"좋아. 그럼 전쟁하러 나가자. 제니퍼, 가서 내 정장 좀 받아다 줄래?"

"네, 금방 갔다 올게요." 제니퍼가 말했다.

그녀가 일어서서 한 손으로는 철문을 두드리면서 천장에 달린 카메라를 향해 다른 손을 흔들었다. 곧 날카로운 금속성과 함께 잠긴 문이 열렸다. 구치감 교도관이 문을 열고 제니퍼를 내보내줬다.

"그래서 요즘 바하의 수온은 몇 도나 돼?" 시스코와 둘만 남게 되자 내가 물었다.

"아, 좋더라고." 시스코가 말했다. "거기 사는 친구하고 통화했는데 섭씨 25도에서 30도 사이래."

"나한텐 너무 높아. 20도 정도까지 내려가면 알려달라고 해. 내겐 그 정도가 제일 좋으니까."

"그렇게 전할게."

나는 시스코에게 고개를 끄덕였고, 카메라를 보며 웃고 싶은 것을 애써 참았다. 이 마지막 대화가 불법 도청자들의 흥미를 돋우어 멕시코에 뭐가 있는지 찾아보러 달려가기를 바랐다.

"그건 그렇고, 피해자에 대해서는 알아낸 게 있어?"

"조사 중이야." 시스코가 머뭇거리며 말했다. "오늘 증거개시로 제니퍼가 뭐라도 더 얻어내길 바라야지. 그럼 그의 행적을 추적해서 언제 어떻게 당신 차 트렁크에 들어가게 됐는지 알아볼 수 있을 거야."

"샘 스케일스는 미꾸라지 같은 놈이었어. 행적을 추적하는 게 쉽지 않을 거야, 하지만 꼭 알아내야 해."

"걱정하지 마, 그럴 거니까."

나는 고개를 끄덕였다. 시스코의 자신감이 마음에 들었다. 그 자신감이 성과를 내기를 바랐다. 예전에 내 의뢰인이었던 샘 스케일스를 잠깐 떠올려봤다. 그는 변호사인 나까지 속인 희대의 사기꾼이었다. 살인 누명을 쓰고 빠져나오기 힘든 함정에 빠진 나는 그가 벌인 희대의 사기극의 피해자였다.

"이봐, 대표님, 괜찮아?" 시스코가 물었다.

"응, 괜찮아. 뭐 좀 생각하고 있었어. 일이 재밌어질 것 같아."

시스코가 고개를 끄덕였다. 그는 일이 결코 재밌어지지는 않을 것임을 알았지만, 내 마음을 이해했다. '승리자처럼 행동하라, 그러면 승리자가 될 것이다.'

구치감 문이 미끄러지듯 열리고 제니퍼가 내 법정 출두용 의상을 건 옷걸이 두 개를 들고 들어왔다. 분홍색 와이셔츠는 보통 배심원단 앞에 설 때 입었지만, 아무래도 상관없었다. 깔끔하게 다림질한 정장을 보는 것만으로도 사기가 한층 올라갔다. 나는 전투 준비를 하기 시작했다.

5

정장은 헐렁했다. 마치 옷 속에서 헤엄치는 기분이 들었다. 법정 경위들이 나를 법정으로 데려가 쇠사슬을 풀어줬을 때 나는 로나에게 부탁할 말을 제니퍼에게 전했다. 내 집에 있는 정장 두 벌을 골라 양복점에 가서 줄여 오라고 말이다.

"대표님이 직접 가서 치수를 재지 않으면 힘들 텐데요." 제니퍼가 말했다.

"할 수 없지. 그래도 줄여야 해. 기자들 앞에서 옷을 빌려 입은 사람처럼 보이고 싶진 않거든. 그런 모습이 배심원 후보자 집단에 메시지를 전할 수 있으니까."

"네, 알겠습니다."

"두 벌 다 전체적으로 한 치수씩 줄이라고 해줘."

제니퍼가 대답하기 전에 데이나 버그가 변호인석으로 다가와 서류 뭉치를 내려놓았다.

"피고인 측의 신청과 청구 건에 대한 우리의 답변이에요." 버그가 말했다. "좀 이따 말로도 다 하겠지만."

"일찍도 주셨네요." 제니퍼가 반어적으로 대답했다.

제니퍼가 서면을 읽기 시작했다. 나는 서면에는 눈길도 주지 않았다. 버그는 내가 무슨 대꾸라도 하길 기대하는 것처럼 머뭇거렸다. 나는 그녀를 올려다보며 싱긋 웃었다.

"좋은 아침이에요, 데이나. 주말 잘 지냈어요?"

"당신보다는 잘 지냈겠죠, 분명히." 버그가 말했다.

"그건 당연한 거고."

데이나 버그가 히죽 웃더니 검사석으로 돌아갔다.

"놀랍지도 않지만, 모든 건에 반대한대요." 제니퍼가 말했다. "보석금 삭감 신청까지 포함해서."

"당연히 그렇겠지. 아까도 말했지만, 오늘은 보석금 문제는 걱정하지 마. 우리가⋯⋯."

그때 법정 경위 모리스 챈이 우렁찬 목소리로 워필드 판사의 도착을 알리는 바람에 나는 말을 멈췄다. 경위는 모두 착석하고 정숙을 유지해달라고 지시했다.

내 공판을 워필드 판사가 맡았다는 소식을 듣고 나는 운이 좋았다고 생각했다. 워필드 판사는 냉정하고 원칙을 중시하는 법조인이었고 한때 변호사 협회 회원이기도 했었다. 판사가 된 변호사들이 검찰 편을 들어줌으로써 불편부당함을 보여주려고 애를 쓰는 경우가 종종 있었다. 그러나 내가 알기로 워필드 판사는 그러지 않았다. 법정에서 워필드 판사를 만난 적은 한 번도 없었지만, 레드우드와 포 그린 필즈 같은 술집에서 다른 변호사들이 하는 이야기로 상상한 워필드 판사의 이미지는 철저하게 중도를 걷는 판사였다. 게다가 그녀는 아프리카계 미국인이었다. 즉 사회적 약자였으므로 위로 올라가면서 다른 변호사들보다 더 유능해야 했을 것이다. 나는 그런 상황이 요구하는 마음가짐을 좋아했다. 워필드 판사는 내가 나 자신을 변호하는 데 따르는 불리한 점들을 잘 알고 있었다. 내 추측으로는 그녀가 결정을

변론의 법칙

내릴 때 그런 점을 감안할 터였다.

"'캘리포니아 대 마이클 할러 사건' 공판준비기일을 시작하겠습니다. 오늘은 변호인 측이 제출한 일련의 신청 및 청구 건에 대해 심리하겠습니다." 판사가 말했다. "할러 변호사가 직접 진술하실래요, 아니면 공동 변호인인 애런슨 변호사가 하실래요?"

나는 대답하기 위해 일어섰다.

"재판장님이 허락해주신다면, 오늘은 팀플레이를 좀 하고 싶습니다. 먼저 증거배제신청 건은 제가 말씀드리겠습니다."

"좋습니다." 판사가 말했다. "진행하세요."

여기서부터 까다로운 일이 시작됐다. 나는 위헌적으로 수집한 증거의 배제신청을 제기했었다. 내 차 트렁크에서 샘 스케일스의 시신을 발견한 결과로 이어진 불심검문이 위헌적이었다고 주장했다. 증거배제신청이 인용되면 내 재판은 더 볼 것도 없이 나의 승리로 끝날 것이다. 그러나 워필드 판사가 소문대로 공정하다고 해도 검찰 측을 곤란하게 만들 가능성은 거의 없었다. 나도 증거배제신청이 인용될 가능성은 없을 거라 생각했고 정말로 인용되기를 바라지도 않았다. 다른 의뢰인의 문제라면 그런 판결이 나오기를 바랄 것이다. 그러나 이건 내 문제였다. 절차상 문제를 들먹여 재판에서 이기고 싶진 않았다. 나는 사법부로부터 무죄라는 판단을 받고 싶었다. 그러고자 한다면 힘들어도 나를 구속한 불심검문의 합헌성에 관해 전면적 심리를 거쳐야 했다. 그러나 심리를 원하는 건 오직 밀턴 경사를 증인석에 앉히기 위해서, 그리고 그의 이야기를 끌어내 법적 구속력이 있는 증언을 확보하기 위해서였다. 나는 내가 함정에 빠진 거라고 믿었다.

밀턴이 어떤 식으로든, 알고 했든 모르고 했든, 이 함정을 파는 데 참여했다고 믿었다.

나는 신청서를 들고 검사석과 변호인석 사이에 있는 발언대로 갔다. 걸어가면서 방청석을 흘끗 보니 취재 기자 두 명이 앉아 심리를 지켜보고 있었다. 그들은 내 변론을 세상에 알려줄 전달자였다.

뒷줄에는 내 딸 헤일리가 앉아 있었다. 로스쿨 강의를 빼먹고 온 모양이다. 그렇다고 화를 낼 수는 없었다. 나는 헤일리가 구치소로 면회 오는 것을 허용하지 않았다. 죄수복을 입은 모습을 딸에게 보여주고 싶지 않아 허용 면회객 명단에서도 헤일리를 제외시켰다. 그래서 헤일리가 나를 보고 응원할 수 있는 곳은 법정밖에 없었고, 나는 아빠를 보러 달려온 딸의 마음을 모르지 않았다. 또한 헤일리가 로스쿨이라는 가상의 세계를 떠나 이 법정에서 법에 관해 진짜 교육을 받고 있다는 것도 알고 있었다.

나는 헤일리를 향해 고개를 끄덕이며 웃어 보였다. 하지만 딸을 보니 내가 몸에 안 맞는 헐렁한 정장을 입고 있다는 사실이 마음에 걸렸다. 마치 빌려 입은 옷처럼 보일 것이고, 그 덕분에 법정 안에 있는 사람들 모두 내가 수감자라는 사실을 더 확실하게 인식할 것 같았다. 차라리 죄수복을 입고 있는 편이 나았을지도 몰랐다. 발언대 앞에 이르자 나는 이런 생각들을 떨쳐내고 판사에게 관심을 돌렸다.

"존경하는 재판장님. 재판장님 앞에 놓인 신청서에 적혀 있듯이, 저희 피고인 측은 제가 누명을 쓰고 함정에 빠졌다고 주장하는 바입니다. 그리고 저희는 제가 체포된 날 밤 경찰이 행한 불법적이고 위헌적인 불심검문과 함께 이 함정이 작동되기 시작했다고 믿고 있습니다. 저는……."

"누가 함정을 팠다는 거죠, 변호인?" 판사가 물었다.

그 질문에 나는 적잖이 당황했다. 지당한 질문이었는지 모르겠지만, 내가 쟁점 정리를 다 끝내기도 전에 판사가 질문을 던질 것은 전혀 예상하지 못했다.

"재판장님, 그건 이 심리와는 무관한 문제입니다. 이 심리는 제가 받은 불심검문이 합헌적인지를 따지는 자리니까요. 그러니까……."

"함정에 빠진 거라면서요. 그럼 누가 함정을 팠는지 알고 있습니까?"

"다시 말씀드리지만, 재판장님, 그건 이 심리와는 무관한 문제입니다. 2월에 공판이 시작되면 밀접한 관련이 있는 문제가 되겠지만, 불심검문의 타당성을 논하는 이 자리에서 제 변론의 핵심을 검찰 측에 노출해야 할 이유는 없을 것 같습니다."

"그럼 계속하세요."

"감사합니다, 재판장님, 그렇게 하겠습니다. 그러니까……."

"한 방 먹인 건가요?"

"네?"

"변호인이 방금 말한 것, 나를 한 방 먹인 거냐고요."

나는 어리둥절해서 고개를 가로저었다. 아까 내가 무슨 말을 했는지도 기억나지 않았다.

"어, 아뇨, 그렇지 않습니다, 재판장님. 제가 무슨 말을 했는지 기억은 안 나지만 결코 어떤 의도가……."

"좋아요, 계속하세요." 판사가 말했다.

나는 계속 혼란스러웠다. 판사는 자신의 능력이나 권위에 의문을 제기하는 것처럼 느껴지면 예민하게 반응하는 듯했다. 하지만 이런 것을 재판 초기에 알아차리는 것이 좋다.

"네, 알겠습니다. 그 전에 제 말이 조금이라도 불경스럽게 들렸다면 죄송합니다. 아까도 말씀드렸다시피, 저는 증거배제신청서를 제출했습니다. 경사가 제 차를 세울 상당한 이유가 없었고 제가 운전하던 차의 트렁크를 영장도 없이 수색할 상당한 이유도 없었다고 믿고 있습니다. 따라서 제 차를 세우고 제 차의 트렁크를 수색했던 경사가 출석한 가운데 제가 제기한 문제들에 관해 조사할 수 있도록 증거심리를 열어주실 것을 요청합니다. 그 심리 일정을 잡고 싶은데요. 그러나 그 전에 해결해야 할 다른 문제들이 있습니다. 존경하는 재판장님, 제 차를 불심검문했던 로이 밀턴 경사의 진술을 들어보려고 제 수사관이 무려 5주 동안이나 연락을 시도했고, 밀턴 경사와 경찰국에 여러 번 면담을 요청했지만, 번번이 묵살됐습니다. 나중에 증거개시청구에 대해 말씀드릴 때도 이야기가 나오겠지만, 저의 체포와 관련해서도 검찰은 저희 피고인 측에 전혀 협력하지 않았습니다. 이것은 재판절차가 시작된 첫날부터 공정한 재판을 방해하기 위해 검찰이 꾸준히 노력해온 연장선상에서 해석돼야 할 것입니다."

버그 검사가 일어섰지만 워필드 판사가 한 손을 들어 그녀의 말을 막았다.

"잠깐만요, 변호인." 판사가 말했다. "변호인이 지금 검찰을 향해 굉장히 중대한 고발을 했는데요. 그렇게 주장하는 근거를 지금 당장 제시하는 게 좋겠습니다."

나는 잠깐 생각을 정리하고 마침내 입을 열었다.

"재판장님. 검찰은 제가 밀턴 경사를 신문하는 것을 원하지 않는 것이 분명합니다. 검찰이 기소를 위해 대배심에 가기로 결정하고 밀턴 경사가 비공개 증언을 하게 한 것만 봐도 잘 알 수 있습니다. 예심을 열어 제가 밀턴 경사를 신문할 기회를 주지 않고 말이죠."

캘리포니아 법정에서 중범죄 혐의는 체포의 상당한 근거를 보여주는 증거를 판사에게 제출하고 판사가 피고인의 재판을 지시하는 예심을 거친 후에야 재판을 받을 수 있다. 이런 예심을 거치지 않으려면 검찰이 대배심으로 사건을 넘기고 혐의에 관한 기소를 요구해야 한다. 버그 검사는 이 사건에서 후자를 택했다. 두 절차 사이의 차이점이라면, 예심은 공개 법정에서 열리므로 판사 앞에서 증언하는 모든 증인에 대해 피고인 측의 신문이 허락되지만, 대배심은 비공개로 진행된다는 점이다.

"변호인, 대배심은 검찰이 선택할 수 있는 완벽하게 정당한 선택지입니다." 워필드 판사가 말했다.

"그리고 그 선택지가 저를 고발한 증인들을 제가 신문하는 것을 막고 있고요. 제가 체포된 날 밤 밀턴 경사는 로스앤젤레스 경찰국 규정에 따라 보디캠을 착용하고 있었지만, 저희는 그 동영상을 받아보지 못했습니다. 또한 순찰차에도 블랙박스 카메라가 있었는데, 그 동영상도 받지 못했고요."

"재판장님?" 데이나 버그 검사가 말했다. "검찰은 변호인의 주장에 이의를 제기합니다. 변호인은 증거배제신청을 한다면서 증거물을 달라고 요구하고 있습니다. 뭘 원하는 건지 혼란스럽습니다."

"나도 그래요." 워필드 판사가 말했다. "변호인, 내가 본인 변호를 허락한 것은 변호인이 경험 많은 변호사이기 때문이었는데, 점점 더 아마추어같이 말을 하네요. 요점을 벗어나지 마세요."

"그렇다면 저도 혼란스러운데요, 재판장님. 저는 영장 없이 행해진 수색의 결과물에 대해 법적으로 대단히 타당한 증거배제신청서를 제출했습니다. 따라서 버그 검사는 그 수색의 정당성을 입증할 의무가 있고요. 그런데도 여기 법정에 밀턴 경사의 모습이 보이지 않는군요. 그러니까 검찰이 저희 뜻을 받아들일 생각이 아니라면, 그 신청 건에 반대의견을 피력할 준비가 돼 있지 않은 겁니다. 그런데도 버그 검사는 본인이 분개하고 있는 것처럼, 그리고 제가 불평만 하고 끝내야 하는 것처럼 행동하고 있네요.

재판장님, 저는 증거심리를 요청합니다. 그리고 제가 받을 자격이 있는 증거물을 받아본 후 그 심리를 준비할 기회를 주시길 바랍니다. 현재는 검찰이 증거개시의 규칙을 위반하고 있어서 저희가 증거배제 신청을 한 이유를 적절하고 완전하게 주장할 수 없는 상황입니다. 따라서 재판장님께서 오늘 심리를 연기하고, 검찰에 증거개시의 의무를 이행할 것을 지시해주시기를 바랍니다. 그리고 밀턴 경사를 비롯한 증인들이 출석할 수 있는 때로 증거조사기일 일정을 잡아주시기를 요청합니다."

판사가 버그 검사를 바라봤다.

"변호인이 제출한 신청 및 청구 건 중에 증거개시청구도 있던데요." 워필드 판사가 말했다. "방금 변호인이 말한 증거물들은 어떻게 된 거죠? 경사의 보디캠과 순찰차 블랙박스. 지금쯤 피고인 측에 교부됐어야 하는 거 아닌가요?"

"재판장님." 버그 검사가 말했다. "증거물의 인도와 관련해 기술적인 문제가 좀 있……."

"재판장님! 검찰이 **기술적인 문제**를 들어 변명하는 것은 도저히 용납할 수 없는 일입니다! 제가 체포된 지 오늘로 정확히 5주가 됐습니다. 제가 자유를 침해당했고 자유를 영원히 잃느냐 마느냐 하는 기로에 서 있는 상황인데, 검찰이 기술적인 문제 때문에 제가 누려야 할 지당한 권리를 누리지 못하게 됐다고 말하는 것은 대단히 부당한 일입니다. 검찰은 제가 밀턴 경사를 만나지 못하게 하려고 기를 쓰고 있는 겁니다. 분명히 그렇습니다. 예심이 아니라 대배심으로 가서 밀턴을 만나지 못하게 하더니 여기서 또 그러고 있네요. 신속한 재판을 받을 권리를 제가 포기하지 않았는데도 검찰은 제가 재판을 미루게 하려고 갖은 노력을 다하고 있습니다."

"버그 검사?" 워필드 판사가 말했다. "변호인의 발언에 대해 할 말 있습니까?"

"재판장님." 버그 검사가 말했다. "제가 문장을 끝내기 전에 피고인이 제 말을 끊지 않았다면, 저희에게 기술적인 문제가 있었지만 문제가 해결됐고 오늘 피고인에게 전달하기 위해 순찰차의 블랙박스와 보디캠의 영상을 갖고 왔다는 말을 들었을 겁니다. 이에 더해 검찰이 재판절차를 미루고 있거나 피고인이 재판절차를 연기하도록 압력을 넣고 있다는 취지의 모든 발언에 이의를 제기합니다. 저희는 재판을 시작할 준비가 돼 있습니다, 재판장님. 재판 연기에 관심이 없고요."

"아주 좋습니다." 워필드 판사가 말했다. "동영상을 피고인 측에 넘기세요, 그러고 나서……."

"재판장님, 의사 진행 규칙 위반입니다."

"뭐가 그렇다는 거죠, 변호인?" 판사가 물었다. "인내심이 점점 줄어드네요, 내가."

"조금 전 검사가 저를 피고인이라고 지칭했는데요. 네, 이 사건에서 저는 피고인 맞습니다. 하지만 법정에서 검찰과 다툴 때는 피고인 측 변호인이므로, 재판장님께서 버그 검사에게 적절한 호칭으로 저를 부르라고 지시해주시기를 요청합니다."

"의미론에 관한 이의제기이군요." 워필드 판사가 말했다. "그러나 나는 검사에게 그런 지시를 할 필요는 없다고 판단합니다. 당신은 피고인입니다. 또한 피고인 측 변호인이기도 하죠. 어떻게 부르든 큰 차이가 없다고 생각합니다."

"배심원들은 차이를 느낄 수 있습니다, 재판장님."

버그 검사가 이의를 제기하기 전에 워필드 판사가 교통순경처럼 다시 한 손을 들어 검사의 말을 막았다.

"나설 필요 없어요, 검사." 판사가 말했다. "피고인 측 요청은 기각합니다. 이 증거배제신청 건에 관한 심리는 목요일 아침에 재개하겠습니다. 버그 검사, 그때 밀턴 경사를 법정에 출석시켜 할러 씨를 불심검문한 일에 대해 신문받을 수 있게 하세요. 필요하다면 소환장에 서명할 용의도 있습니다. 기억하세요, 밀턴 경사가 출두하지 않으면, 내가 변호인의 신청을 인용하게 될 거라는 거. 알겠습니까, 검사?"

"네, 알겠습니다, 재판장님." 버그 검사가 말했다.

변론의 법칙

"좋습니다. 그럼 다음 청구 건으로 넘어갑시다." 워필드 판사가 말했다. "외부에서 회의가 있어서 11시에는 법원을 나가봐야 하니까, 서두릅시다."

"재판장님, 증거개시청구에 관해서는 공동 변호인인 제니퍼 애런슨 변호사가 말씀드리겠습니다."

제니퍼가 일어서서 발언대로 다가왔고 나는 변호인석으로 돌아가면서 서로의 팔을 가볍게 만지고 지나갔다.

"다 뭉쩔러버려." 내가 속삭였다.

6

자신을 변호하는 수감자로서 내가 받은 특전은 구치소까지 이어져 내 법무팀과 매일 회의할 공간과 시간을 구치소에서도 제공받았다. 나는 논의할 사안이나 전략이 있든 없든 월요일부터 금요일까지 항상 오후 3시에 회의를 하는 것으로 정했다. 정신 건강을 유지하기 위해서라도 외부 세계와의 연결 고리가 필요했다.

이 회의에 참석하는 것이 시스코와 제니퍼에게는 고역이었다. 규정상 구치소를 드나들 때 몸수색과 짐 수색을 받아야 했고, 수감자가 수용동에서 나오기 전에 그들이 먼저 변호인 접견실에 도착해 있어야 했기 때문이다. 구치소의 모든 일은 교도관들이 정하는 무심한 속도로 움직였다. 수감자가, 심지어 본인 변호를 하는 수감자조차 결코 시간 엄수를 기대할 수 없었다. 여섯 시간 후에 겨우 네 블록 떨어진 곳에서 심리가 있는데 내가 새벽 4시에 일어나는 것도 바로 그 때문이었다. 이렇게 교도관들이 미적거리고 까다롭게 굴기 때문에 우리 팀원들은 오후 3시부터 한 시간 동안 나와 마주 앉아 있기 위해 적어도 2시까지는 접견 변호인 출입구 앞에 나타나야 했다.

공판준비기일이 끝난 다음에 열린 회의는 정신 건강 유지 이상의 의미가 있었다. 제니퍼 애런슨이 법무팀 회의를 위해 디스크 플레이어를 구치소에 들이도록 허용하는 법원명령서에 워필드 판사가 서명해줬고, 마침내 검찰이 교부한 동영상 증거물을 내가 볼 수 있게 된 것이다.

법원에서 구치소까지 버스를 타고 돌아오는 데 네 시간 가까이 걸렸기 때문에 나는 회의에 늦게 들어갔다. 내가 변호인 접견실로 들어섰을 땐, 제니퍼와 시스코가 한 시간 가까이 기다리는 중이었다. 교도관에게 이끌려 접견실로 들어서면서 내가 말했다.

"늦어서 미안해, 친구들. 여기 일은 내 마음대로 할 수 있는 게 아니라서."

"그래, 알지." 시스코가 말했다.

구치소 접견실은 법원 접견실과 똑같은 구조였다. 시스코와 제니퍼는 내 맞은편에 앉았다. 녹음 기능은 없을 것으로 추정되는 카메라가 천장 구석에 달려 있었다. 다만 여기에서는 메모하거나 법정에 제출할 서면을 작성할 수 있도록 펜 사용이 허용됐다. 감방으로 갖고 가는 것은 금지였다. 무기나 파이프, 문신용 잉크 대용으로 쓸 수 있기 때문이다. 사실 빨간색 펜만 사용할 수 있었는데, 그것은 펜을 독거실로 몰래 갖고 가더라도 빨간색은 문신 색으로는 기피하는 색이기 때문이다.

"비디오 봤어?"

"기다리는 동안 열 번밖에 못 봤어." 시스코가 말했다.

"그래서?"

나는 제니퍼를 바라보며 물었다. 제니퍼가 변호사였으니까.

"무슨 말이 오갔고 어떤 행동을 했는지, 대표님 기억이 정확하던데요." 제니퍼가 말했다.

"다행이군. 한 번 더 봐도 괜찮겠어? 밀턴 경사 신문을 위해 메모를 하고 싶은데."

"정말 그게 최선일까요?" 제니퍼가 물었다.

나는 그녀를 바라봤다.

"나를 체포한 자를 내가 직접 신문하는 거?"

"네. 배심원들에겐 앙심을 품은 것처럼 보일 수도 있잖아요."

나는 고개를 끄덕였다.

"그럴 수 있겠네. 그런데 배심원단이 없을 거야."

"기자들은 있겠죠. 그럼 배심원 후보들에게도 알려질 거고요."

"알았어, 그래도 질문은 써놓을 거야. 누가 질문할 건지는 그때 가서 결정하자고. 자네라면 뭘 물어볼지 써봐. 내일이나 수요일에 질문지를 비교해보게."

규정상 나는 컴퓨터를 만질 수 없었다. 시스코가 모니터 화면을 내 쪽으로 돌려주었다. 그러고는 밀턴의 보디캠에 찍힌 동영상부터 재생했다. 카메라는 밀턴의 경찰복 가슴 높이에 부착돼 있었다. 동영상이 시작되자 순찰차 운전대가 보였고 곧 밀턴이 차에서 내려 갓길에 서 있는 나의 링컨 차를 향해 가고 있었다.

"멈춰봐. 뭐 이런 거지 같은."

시스코가 정지 버튼을 눌렀다.

"뭐가 거지 같은데요?" 제니퍼가 물었다.

"이 동영상. 버그는 내가 뭘 원하는지 알면서도 우리를 골탕 먹이고 있어. 오늘 법정에서는 규정을 준수하는 것처럼 온갖 생색은 다 떨어놓고. 자네가 내일 판사한테 가서 동영상 전체를 요구하는 청구서를 제출해. 밀턴이 나를 '우연히' 보기 전에 어디서 무엇을 하고 있었는지 알고 싶어. 판사한테 말해, 불심검문이 시작되기 최소 30분 전부터 보고 싶다고. 그리고 목요일 공판준비기일에 출석하기 전에 동영상 전체를 열람하길 원한다고 하고."

"알겠습니다."

"좋아, 그럼 준 거니까 마저 보자."

시스코가 다시 재생 버튼을 눌렀고, 나는 동영상을 주의 깊게 봤다. 화면 구석에 시간이 찍혀 있는 것을 보고 즉시 시간과 장면 설명을 메모했다. 불심검문과 그 이후에 일어난 일은 내 기억과 거의 일치했다. 밀턴을 신문할 때 내가 득점할 수 있는 부분 몇 가지와 그를 거짓말의 덫으로 밀어 넣을 수 있는 다른 부분도 몇 가지 찾았다.

보디캠 영상을 통해 내가 처음 본 것은 밀턴이 링컨 차의 트렁크를 열고 샘 스케일스가 살아 있는지 내려다보는 장면이었다. 그때 나는 밀턴의 순찰차 뒷좌석에 앉아 있었다. 그런 탓에 시야가 낮고 좁아 트렁크 겉면만 올려다보일 뿐 잘 보이지 않았다. 동영상에서는 샘의 시신이 옆으로 누워 있고 두 무릎은 가슴을 향해 세워져 있으며 두 팔은 뒤로 돌려진 채 강력테이프로 칭칭 감겨 있었다. 샘은 과체중이어서 트렁크에 억지로 구겨 넣어진 것처럼 보였다.

가슴과 어깨에 총상이 보였고, 왼쪽 관자놀이에는 총알의 사입구가, 오른쪽 눈에는 사출구가 보였다. 처음 보는 장면은 아니었다. 버그 검사한테서 넘겨받은 1차 개시 증거물 묶음에서 사건 현장 사진을 이미 봤다. 하지만 동영상은 범죄와 사건 현장에 대해 충격적인 현실감을 느끼게 해줬다.

살아생전의 샘 스케일스는 동정할 가치가 없는 인간이었지만, 죽은 그의 모습은 연민을 불러일으켰다. 상처에서 흘러나온 피가 트렁크 바닥에 넓게 번졌고, 그의 눈을 뚫고 나온 총알이 바닥을 뚫으면서 생긴 구멍을 통해 길바닥으로 뚝뚝 떨어졌다.

"오, 이런." 밀턴의 말소리가 들렸다.

탄식 뒤에는 웃음이 나오는 걸 참는 듯이 웅웅거리는 소리가 낮게 들렸다.

"거기 다시 틀어봐. 밀턴이 '오, 이런'이라고 말한 다음 부분."

시스코가 그 부분을 다시 틀었고, 나는 밀턴이 낸 소리를 다시 집중해 들었다. 밀턴이 즐거워하고 있는 것 같았다. 이 소리를 배심원단이 들을 필요가 있겠다는 생각이 들었다.

"좋아, 멈춰봐."

화면이 정지됐다. 나는 샘 스케일스를 자세히 들여다봤다. 개인적으로는 스케일스가 저지른 각종 사기사건에 대해 다른 시민들과 마찬가지로 분노했다. 하지만 여러 해 동안 다양한 혐의로 기소된 그를 변호했기 때문인지 그를 좋아하는 마음도 분명히 있었다. 언젠가 한 주간지는 그를 "미국인이 가장 혐오하는 사람"이라고 지칭했다. 결코 과장이 아니었다. 그는 재난을 이용해 사기를 친 사람이었다. 일말의 죄책감이나 양심의 가책도 없이 웹사이트를 개설해 지진과 쓰나미, 산사태, 학교 총기난사사건의 생존자들을 위한 기금을 모았다. 전 세계인을 공포로 몰아넣은 비극이 있는 곳엔 항상 샘 스케일스가 있었다. 서둘러 개설한 웹사이트와 가짜 추천사와 '지금 후원하기!'라고 적힌 버튼과 함께!

나는 기소된 모든 피의자가 최고의 변호를 받을 자격이 있다는 이상적인 생각에 전적으로 동의한다. 그런 나조차도 샘 스케일스를 아주 오래 참아줄 수는 없었다. 내가 변호를 맡았던 마지막 사건에서 약속한 수임료를 그가 지급하지 않았기 때문이 아니다. 내가 맡지 않은 사건이 최후의 결정타였다. 바로 시카고의 한 어린이집에서 발생한 대학살사건에서 희생된 어린이들의 관을 구입하는 자금을 모금하다가 체포된 사건이었다. 스케일스가 개설한 웹사이트로 후원금이 쏟아져 들어왔지만, 늘 그랬듯이 그 돈은 곧바로 그의 수중으로 들어갔다. 그는 체포된 후 구치소에서 나에게 전화를 걸었다. 그 사기사건에 대해 자세한 이야기를 듣고 나서 나는 스케일스에게 우리 관계는 끝났다고 선언했다. 그 후 국선 변호사한테서 스케일스의 이전 사건 자료들을 보내달라는 요청을 받았고, 그것이 샘 스케일스에 대해 마지막으로 들은 소식이었다. 그러고는 내 차 트렁크에서 시신으로 발견된 것이다.

"순찰차 블랙박스에서는 뭐 특별한 거라도 나왔어?"

"아니." 시스코가 말했다. "보디캠하고 똑같아, 각도만 다르지."

"좋아, 그럼 그건 당분간 건너뛰자. 시간이 얼마 없으니까. 지난번 증거개시 때 사형집행인이 넘겨준 증거물에 또 뭐가 있었어?"

대화의 분위기를 띄워보려고 데이나의 별명을 부르며 애써봤지만, 팀원들의 굳은 표정은 풀릴 줄을 몰랐다. 너무도 중요한 문제여서 둘 다 농담할 엄두도 내지 못하는 듯했다. 시스코가 외모와 태도에 어울리지 않게 수사관다운 어조로 내 질문에 대답했다.

"블랙홀 CCTV 동영상도 확보했어." 시스코가 말했다. "시간이 없어서 아직 보진 못했는데 여길 나가자마자 그것부터 보려고."

'블랙홀'은 시내로 출퇴근하는 시민들이 관청가 지하에 조성된 거대한 주차장을 일컫는 별명이다. 블랙홀은 지하 7층까지 나선형 통로로 이어져 있었다. 샘 스케일스가 살해된 날 나는 그곳에 주차했고, 종일 재판이 있을 예정이어서 운전사에게 하루 휴가를 주었다. 검찰의 시나리오는 내가 전날 밤 샘 스케일스를 납치해 트렁크에 실은 뒤 총을 쏴서 죽였고 그날 밤새도록 그리고 그다음 날 법원에 있는 동안에도 시신을 트렁크에 그대로 두었다는 것이었다. 내가 볼 때 전혀 상식에 맞지 않는 시나리오여서 배심원들을 설득할 자신이 있었다. 그러나 재판이 시작될 때까지 아직 시간이 남아 있어 그사이에 검찰이 더 나은 시나리오를 짤 수도 있었다.

사망 시각은 밀턴 경사가 시신을 발견한 시각으로부터 대략 24시간 전으로 추정됐다. 그래야 혈액이 차 밑으로 떨어져 밀턴의 관심을 끌고 결국 트렁크 안에 든 시신을 발견하게 된 과정이 자연스럽게 설명됐다. 시신의 부패가 시작되면서 트렁크 바닥에 난 총알구멍을 통해 체액이 새고 있었다는 것이다.

"검찰은 왜 블랙홀 CCTV 동영상을 원했을까?"

"온종일 대표님 차에 손댄 사람이 아무도 없다는 걸 보여주고 싶었나 봐요." 제니퍼가 말했다. "그리고 화면이 아주 선명해서 차 밑으로 체액이 떨어지는 것을 보여준다면, 그것도 도움이 되겠죠."

"이따가 내가 보면 그런지 어떤지 알 수 있겠지." 시스코가 덧붙였다.

누군가가 내 차 안에 있는 샘 스케일스를 살해했고, 내 차가 집 차고에 있는 동안 그 일이 일어났을 가능성이 높았다. 그런데도 나는

변론의 법칙

아무것도 모른 채 시신을 싣고 하루 종일 돌아다녔다고 생각하니 갑자기 등골이 오싹했다.

"좋아, 또 다른 건?"

"새로운 소식이 있어." 시스코가 말했다. "당신 옆집 사람의 참고인 진술서를 확보했는데, 전날 밤 당신 집에서 남자 두 명이 싸우는 소리를 들었대."

나는 고개를 가로저었다.

"그런 일 없었어. 누가 그랬어? 쇼그렌 부인? 아니면 우리 아랫집에 사는 얼간이 체이슨?"

시스코가 진술서를 확인했다.

"밀리센트 쇼그렌." 시스코가 진술서에 적힌 이름을 읽었다. "말은 알아들을 수 없었고, 그냥 화난 목소리였대."

"좋아, 그 여자를 만나봐. 겁을 주지는 마. 그러고 나서 아랫집에 사는 개리 체이슨도 만나보고. 그 인간이 웨스트 할리우드에서 떠돌이들을 자주 데리고 오는데, 자기들끼리 싸울 때가 있어. 밀리가 싸우는 소리를 들었다면, 체이슨네 집에서 나는 소리였을 거야. 계단식 동네이고, 밀리가 언덕 맨 꼭대기에 사니까, 모든 소리가 다 들리지."

"대표님은요?" 제니퍼가 물었다. "무슨 소리 들으신 거 있어요?"

"아무것도 못 들었어. 전에도 말했잖아. 일찍 자서 아무 소리도 못 들었다고."

"그리고 혼자 주무셨고요." 제니퍼가 확인했다.

"불행히도. 살인 누명을 쓸 줄 알았더라면, 나도 떠돌이를 데리고 와서 재워줬을 텐데."

이번에도 엄중한 사안이라 피식 웃는 사람은 없었다. 그러나 밀리 쇼그렌이 들었다는 소리와 그 소리가 났다는 장소에 대해 이야기를 나누자니 궁금한 것이 생겼다.

"밀리가 총성을 들었다는 말은 안 했지?"

"그런 말은 여기 없는데." 시스코가 말했다.

"그럼 자네가 가서 꼭 물어봐. 검찰 측 증인을 우리 측 증인으로 바꿀 수도 있을 것 같으니까."

시스코가 고개를 가로저었다.

"왜?"

"상황이 안 좋아, 대표님." 시스코가 말했다. "검찰이 넘긴 증거물 중에 탄환감정서도 있었는데, 우리에게 불리한 내용이야."

내가 회의 분위기를 띄우려고 그렇게 애를 쓰는데도 팀원들이 그렇게 심각한 얼굴을 하고 있었던 이유를 이제야 알 것 같았다. 정말 중요한 소식은 말 못 하고 기회만 엿보고 있었는데 이젠 해야겠던 모양이다.

"말해봐."

"알았어. 그러니까, 피해자의 머리를 관통한 후 트렁크 바닥을 뚫었던 총알이 당신 집 차고 바닥에서 발견됐어." 시스코가 말했다. "혈흔이 묻은 상태로. 산탄 총알이 콘크리트에 부딪혀서 뭉개졌기 때문에, 그것만 갖고는 산탄총 종류를 알아낼 수가 없었지. 하지만 금속 합금 검사를 했고, 그 총알이 스케일스의 몸속에 있었던 다른 총알들과 같은 것으로 밝혀졌어. 탄환감정서에 따르면, 혈흔 속 DNA 감정은 아직 진행 중이긴 하지만, 그것도 샘 스케일스의 DNA와 일치하

62   변론의 법칙

는 결과가 나올 거라고 봐야겠지."

나는 고개를 끄덕였다. 그 말은 내가 집에 있었다고 확인해줬던 그 시각에 샘 스케일스가 내 집 차고에서 살해됐다는 것을 검찰이 입증할 수 있다는 뜻이었다. 전날 밤 에드거 퀘사다에게 말해준 법적인 결론이 생각났다. 나도 퀘사다와 마찬가지로 침몰하는 배에 타고 있었다. 법적으로 말해서, 나는 망했다.

"그렇군. 생각 좀 해봐야겠어. 나를 놀라게 할 소식이 더 없다면, 이제 가봐. 난 여기서 전략 좀 짤게. 그런 탄환감정서가 있다고 해서 바뀌는 건 아무것도 없어. 여전히 함정이라고. 대단히 치밀한 함정. 거기서 빠져나올 방법이 있는지 눈 감고 생각 좀 해야겠어."

"정말?" 시스코가 물었다.

"같이 생각해봐요, 우리." 제니퍼가 제안했다.

"아냐, 이건 혼자 생각해야 해. 어서들 가."

시스코가 일어서서 문으로 걸어가더니 투실투실한 주먹의 옆면으로 철문을 쾅쾅 두드렸다.

"내일도 같은 시간이에요?" 제니퍼가 물었다.

"응. 같은 시간. 어느 시점이 되면 검찰 측 주장을 알아내려는 시도를 중단하고 변론을 짜기 시작해야 해."

문이 열리고 교도관이 나타나 접견이 끝난 내 동료들을 데려갔다. 곧 문이 닫히고 나 혼자 남았다. 나는 눈을 감고 교도관들이 나를 데리러 오기를 기다렸다. 철문을 쾅쾅 두드리는 소리와 메아리로 울려 퍼지는 수감자들의 고함이 들렸다. 고함과 철문 두드리는 소리는 트윈타워에서 생활하는 동안 결코 피할 수 없는 소리였다.

7

12월 3일, 화요일

나는 내 사건 관련 자료를 찾아보기 위해 법률 도서관에 가고 싶다고 오전에 휴게실 교도관에게 말해놓았다. 그러고도 90분이 지나서야 다른 교도관이 나타나 나를 도서관으로 데려갔다. B층에 있는 작은 방인 도서관에는 책상이 네 개 있었다. 한쪽 벽면을 덮은 책장에는 캘리포니아 형법전 두 권과 판례법에 관한 책 몇 권, 캘리포니아주 고등법원과 하급 항소법원에서 나온 판례들을 모아놓은 책 몇 권이 꽂혀 있었다. 이 도서관에 처음 왔을 때 책 몇 권을 뽑아봤다가 너무 옛날 책이어서 충격을 받았다. 현재는 아무런 쓸모가 없는 책이었다. 요즘엔 모든 자료가 컴퓨터에 들어 있을 뿐만 아니라 법이 바뀌거나 판례가 나오면 즉시 업데이트가 됐다. 책꽂이에 꽂힌 책들은 전시용에 불과했다.

그러나 책 때문에 도서관에 가고 싶었던 게 아니다. 잠 안 오는 밤에 사건에 대해 생각했던 것들을 적어둬야 했는데, 도서관에서는 펜을 빌려 사용할 수 있기 때문이다. 오래전에 비숍이 내 방에서 몰래 쓸 수 있는 몽당연필을 빌려주겠다고 제안한 적이 있었다. 하지만 나는 그것이 내 수중에 들어오기 전에 면회객의 항문 속에 숨겨져 구치소로 들어와 또다시 수감자들의 항문 속에 숨겨져 이 방 저 방 돌아

변론의 법칙

다녔을 것을 알고 있었기 때문에 거절했다. 연필을 사용하지 않을 때는 나도 그런 식으로 숨겨야 할 터였다.

그래서 나는 연필 대신 법률 도서관을 선택했고, 이미 제출했다가 기각된 신청서 뒷면에 메모를 했다.

내가 만든 것은 기본적으로 내 수사관과 공동 변호인을 위한 할 일 목록이었다. 공판준비 초반에 몇 가지 차질이 있었다. 레드우드에서 파티를 했던 날 밤 내가 차를 세워뒀던 주차장에는 CCTV 카메라가 없었다. 또한 내 집 맞은편 집들에 달린 CCTV 카메라 중 작동된 카메라가 한 대도 없었다. 내 집 앞쪽 발코니에 달린 CCTV 카메라는 차고나 아래쪽 도로를 찍지 않았다. 그러나 상황을 전환하고 우리가 상승 분위기를 타기 위해 할 수 있는 일이 아직 많다는 생각이 들었다. 무엇보다도 경찰이 압수한 내 휴대전화와 자동차 블랙박스에서 데이터 전체를 받으려면 휴대전화와 자동차 블랙박스를 살펴보고 정보를 회수하게 해달라고 법원에 신청서를 내야 했다.

휴대전화는 지구상에서 가장 훌륭한 개인 추적장치였다. 따라서 문제의 밤에 내 휴대전화가 밤새 내 집에 있었다는 사실을 보여줄 것이다. 링컨 차의 내비게이션 정보는 그 차가 그날 저녁부터 밤새 그리고 샘 스케일스의 사망추정시각까지 계속 차고에 서 있었다는 것을 보여줄 것이다. 물론 그렇다고 해서 내가 차를 빌려 타거나 공범과 함께 몰래 빠져나와 샘 스케일스를 납치하러 갈 수 없었을 거라는 뜻은 아니다. 하지만 검찰 측이 그렇게 주장하면 논리와 상식에 맞지 않는다. 그 범죄를 그토록 신중하게 계획했다면, 왜 내가 시신을 트렁크에 싣고 하루 종일 차를 타고 돌아다녔겠는가?

자동차와 휴대전화의 정보는 배심원단 앞에 내놓을 강력한 무죄의 증거가 될 것이고, 유죄의 주요 구성요소인 가능성이란 측면에서 검찰을 구석으로 모는 역할도 할 것이다. 입증의 책임은 검찰에 있으니 내 차나 내가 내 집을 떠났다는 것을 입증할 수 없는 상태에서 내가 어떻게 내 집 차고에서 범행을 저질렀는지 설명해야 할 것이다.

내가 샘 스케일스를 내 집으로 유인한 뒤 살해했다고? 입증해보라.

내가 다른 차량을 이용해 몰래 내 집을 빠져나가 샘을 납치한 뒤 집으로 데려와서 내 차 트렁크에 그를 집어넣은 다음 살해했다고? 그렇다는 증거를 대보라.

제니퍼에게 이 문제들을 조사해 법원에 제출할 신청서를 쓰라고 할 생각이었다. 시스코에게 맡길 일은 따로 있었다. 처음에는 내가 맡았던 예전 사건들을 조사해 내 변호에 만족하지 못한 의뢰인, 밀고자, 재판에서 내가 곤경에 빠뜨린 사람 등 나에게 원한이 있는 사람을 찾아보는 임무를 맡겼다. 나에게 살인 누명을 씌우는 것은 복수 계획치고는 좀 극단적이었지만, 분명히 누가 나에게 덫을 놓았다는 것을 안 이상 모든 가능성을 확인해야 했다. 이젠 시스코를 자료조사 업무에서 제외시키고 그 일은 로나 테일러에게 넘길 작정이었다.

로나는 내가 맡은 사건들과 자료들에 대해 누구보다 잘 알고 있었다. 따라서 무엇을 찾아야 할지도 잘 알 것이다. 그녀에게 서류 조사를 맡기고 시스코는 전적으로 샘 스케일스에게 매달리게 할 생각이었다. 내가 스케일스 변호를 맡지 않은 지 여러 해가 지났기 때문에 그에 대해 아는 게 거의 없었다. 시스코가 그의 배경을 조사하고, 나를 괴롭히려는 계획에서 그가 피해자로 선택된 경위와 이유를 알아내주기를 바랐다. 샘이 관여한 모든 일에 대해 알아야 했다. 살해될 당시 그는 틀림없이 다음 사기극을 계획하고 있었거나 진행 중이었을 것이다. 어느 쪽이든 자세한 내용을 알아야 했다.

샘 스케일스의 삶을 조사하기 위해서는 그의 죽음도 조사해야 했다. 1차 증거개시절차를 통해 검찰이 제공한 몇 안 되는 증거물 중에 부검감정서가 들어 있었다. 부검감정서는 스케일스가 다발성 총상으로 사망했다는 분명한 사실을 확인해줬다. 그러나 우리가 받은 것은 검시 후에 작성된 1차 부검감정서였고, 독극물검사 결과가 들어 있지 않았다. 부검 후에 독극물검사까지 완료하려면 보통 2주에서 4주가 걸렸다. 그 말은 지금쯤이면 검사 결과가 나와 있을 거라는 뜻이다. 나는 최근에 교부된 증거물에 그 결과 보고서가 들어 있지 않았다는 사실이 매우 수상쩍게 느껴졌다. 검찰이 무언가 숨기고 있을 수도 있는데, 그게 뭔지 알아내야 했다. 또한 추정컨대 샘 스케일스가 산 채로 내 차 트렁크 속에 실려 총에 맞았을 때, 어떤 정신 상태였는지도 알고 싶었다.

이 문제를 처리하는 방법은 두 가지였다. 시스코가 검시관실에 직접 가서 사본을 받아올 수도 있고, 아니면 제니퍼가 증거개시절차를 통한 독극물검사 결과보고서의 교부를 요구하는 청구서를 제출할 수도 있었다. 공문서의 교부 또는 열람 요구는 국민이라면 누구나 마땅히 누려야 할 권리였다.

나는 할 일 목록에서 그 일 옆에 시스코의 이름을 적었다. 그가 독극물검사 결과보고서 사본을 받아 오면 우리가 그것을 확보했다는 사실을 검찰이 모를 가능성이 크다는 단순한 이유 때문이다. 이것이 더 좋은 전략이다. 우리가 무엇을 가지고 있고, 그것을 갖고 어디를 향해 가려고 하는지 검찰이 모르게 하는 게 좋다. 꼭 알려야 하는 상황이 되기 전까지는.

목록 작성은 이것으로 끝났다. 당분간은 이 정도만 신경 쓸 생각이었다. 나는 수용동으로 돌아가고 싶지 않았다. 수용동은 너무 시끄러웠고 정신을 산만하게 하는 것이 너무 많았다. 반면 도서관은 조용해서 좋았다. 펜을 갖고 있는 동안 내 휴대전화와 내 차 블랙박스의 데이터를 확인할 수 있게 해달라고 요구하는 증거개시청구서의 개요를 잡아보기로 했다. 공판 절차가 신속하게 진행될 수 있도록 목요일 공판준비기일 때 워필드 판사에게 청구서를 제출하고 싶었다. 지금 내가 개요를 잡아놓으면 제니퍼가 청구서를 수월하게 작성해 제출할 수 있을 터였다.

그런데 일을 막 시작했을 때 도서관 담당 교도관이 무전기로 연락을 받더니 면회가 있다고 내게 말했다. 입소 때 미리 작성한 면회객 명단에 있는 사람들만 면회가 허락됐기 때문에 갑작스러운 면회 소식에 조금 놀랐다. 면회객 명단은 짧았고 주로 내 법무팀원들의 이름이 들어 있었다. 그 팀원들과는 오후에 회의가 예정돼 있었다.

나는 로나 테일러가 면회 왔을 거라고 추측했다. 그녀가 우리 법률사무소 사무장이지만 변호사도 아니고 면허가 있는 수사관도 아니어서 제니퍼와 시스코와 함께하는 오후 회의에는 참석할 수 없기 때문이다. 나는 면회 부스로 안내를 받아 들어가며 창문 너머를 바라봤다. 놀랍고 기쁘게도 혹시 몰라 면회객 명단 맨 마지막에 써놓은 이름의 여자가 거기 있었다.

켄들 로버츠가 창문 너머에 있었다. 나를 떠나겠다고 말한 이후 그녀를 못 본 지 1년도 넘었다.

나는 창문 앞에 있는 걸상에 앉아 받침대에서 전화기를 집어 들었다. 켄들도 자기 쪽에 있는 전화기를 집어 들었다.

"켄들, 여긴 어쩐 일이야?"

"체포됐다는 소식 듣고 와봐야겠다는 생각이 들었어." 켄들이 말했다. "괜찮아?"

"괜찮아. 다 허튼수작이야. 법정에서 내가 이길 테니 두고 봐."

"당신을 믿어."

그녀는 나를 떠나면서 이 도시마저 떠났었다.

"어, 언제 왔어? 그러니까 여기 로스앤젤레스에."

"어젯밤 늦게."

"어디서 묵어?"

"공항 옆에 있는 호텔."

"얼마나 있을 거야?"

"모르겠어. 아무 계획 없어. 재판은 언제야?"

"두 달 후. 하지만 이번 목요일에도 공판준비기일이 있어."

"그때 가야겠다."

그녀는 내가 마치 자신을 해피 아워나 파티에 초대한 듯 말했다. 아무래도 상관없었다. 그녀는 여전히 아름다웠다. 나와 헤어지고 나서 머리를 자르지 않은 것 같았다. 어깨까지 내려오는 긴 생머리가 얼굴 윤곽을 살포시 가리고 있었다. 웃을 때 두 뺨에 생기는 보조개는 여전했다. 나는 심장이 쪼그라드는 기분을 느꼈다. 나는 두 명의 전처와 총 7년을 함께 살았다. 켄들과도 거의 그만큼의 세월을 함께 보냈다. 한 해 한 해 참으로 행복했었는데, 언제부터인지 조금씩 멀어지기 시작하더니 그녀가 로스앤젤레스를 떠나고 싶다고 말했다.

나는 딸 곁을 떠날 수도 직업을 버릴 수도 없었다. 그래서 그녀와 여행하기 위해 더 많은 시간을 내도록 노력하겠지만 여길 떠날 수는 없다고 말했다. 결국 떠난 사람은 켄들이었다. 어느 날 그녀는 내가 법정에 있는 동안 쪽지 한 장 남긴 후 짐을 모두 챙겨서 떠났다. 나는 그녀가 어디 있는지, 괜찮은지 알고 싶어서, 또는 그런 이유 때문이라고 자신을 정당화하면서, 시스코에게 뒷조사를 시켰다. 시스코는 켄들이 하와이에 있다는 걸 알아냈고 나는 거기서 뒷조사를 멈췄다. 비행기를 타고 바다를 건너가 그녀를 찾아내 돌아오라고 간청하지 않았다. 그저 그녀가 돌아오길 기다렸다.

"어디서 온 거야?"

"호놀룰루." 켄들이 말했다. "하와이에서 살고 있어."

"요가 스튜디오는 열었고?"

"아니, 그래도 수업은 해. 사업은 안 맞는 것 같아서 강사만 하고 있어. 그럭저럭 살고 있고."

그녀는 벤투라대로에 있는 요가 스튜디오를 오래 운영했지만 불안증이 생기자 스튜디오를 팔았다.

"얼마나 있을 거야?"

"말했잖아, 아직 모른다고."

"원한다면, 내 집에서 묵어도 돼. 난 한동안 집에 못 들어갈 거고,

당신이 화초에 물 좀 주면 좋겠는데. 화초 몇 개는 당신 거다, 참."

"어, 글쎄, 생각 좀 해볼게."

"여분의 열쇠는 지금도 앞 발코니 선인장 밑에 있어."

"고마워. 그런데 왜 여기 있어, 미키? 보석금이 없어? 아니면…….."

"법원이 보석금을 500만 달러로 책정해놨거든. 그러면 그 10퍼센트의 보석보증금을 걸어야 나갈 수 있어. 그런데 나중에 유죄를 받든 무죄를 받든 그 돈은 돌려받질 못해. 50만 달러라면 집까지 포함해 거의 내 전 재산인데. 두 달간의 자유를 얻는 대가로 전 재산을 포기할 수야 없지. 신속한 재판을 요구해놨으니까, 곧 재판에서 이겨서 나갈 거야. 보석보증인에게 한 푼도 줄 필요 없이."

켄들이 고개를 끄덕였다.

"그럴 거야." 그녀가 말했다. "당신을 믿어."

면회 시간은 딱 15분이었다. 그 후엔 전화가 끊긴다. 우리에겐 시간이 얼마 없었다. 그러나 오랜만에 그녀를 보니 하고 싶은 말이 너무 많았다.

"이렇게 나를 보러 와줘서 고마워. 면회 시간이 너무 짧아서 유감이군, 멀리서 왔는데."

"나를 면회객 명단에 올려놨던데." 켄들이 말했다. "교도관들이 이름을 물었을 땐 자신이 없었어. 그런데 내 이름이 있다고 하더라고. 그 말 듣고 정말 기분이 좋았어."

"난 당신이 이 소식을 들으면 보러 올지도 모른다고 생각했어. 이 사건이 하와이에서도 뉴스가 됐는지 알 수 없었지만, 어쨌든 여기서는 꽤 큰 뉴스였거든."

"내가 하와이에 있다는 걸 알고 있었어?"

이런, 말실수를 했다.

"응, 사실 알고 있었어. 당신이 그렇게 떠났을 때, 괜찮은지 걱정이 됐어. 그래서 시스코에게 조사해보라고 시켰더니 하와이로 갔다고 하더라고. 하와이 어디로 갔는지, 아주 간 건지, 잠깐 있다 올 건지, 그런 건 전혀 몰랐고. 그냥 당신이 하와이로 갔다는 것만 알고 있었어."

나는 켄들이 내 대답을 들으면서 골똘히 생각하는 모습을 지켜봤다.

"그랬구나." 켄들이 내 대답을 받아들였다.

나는 내 실수를 빨리 넘어가려고 화제를 돌렸다.

"하와이는 어때? 좋아?"

"괜찮았어. 그런데 좀 고립된 느낌이라 다시 돌아올까 고민 중이야."

"내가 여기서 뭘 할 수 있는지는 모르겠지만, 뭐든 필요한 게 있으면 알려줘."

"그럴게, 고마워. 이제 가야겠다. 면회 시간이 15분이랬거든."

"응, 시간 다 되면 자기네들이 알아서 전화 끊어. 면회 또 올 거야? 난 법정에 안 가는 날이면 항상 여기 있는데."

나는 스탠드업 코미디를 하는 코미디언처럼 익살스럽게 웃었다. 켄들이 대답하기 전에 수화기에서 삐 하는 전자음이 크게 들리더니 전화가 끊어졌다. 켄들이 말하는 모습은 보였지만 소리는 들리지 않았다. 그녀는 수화기를 바라보다가 나를 보더니 수화기를 천천히 받

변론의 법칙

침대에 걸었다. 면회가 끝났다.

나는 켄들을 향해 고개를 끄덕이고는 어색하게 웃었다. 켄들은 손을 약간 흔들더니 의자에서 일어섰다. 나도 일어서서 일렬로 늘어선 면회 부스를 따라 걷기 시작했다. 면회 부스는 모두 열려 있었다. 나는 걸어가면서 부스 창문을 쳐다봤고, 반대편에서 나와 나란히 걷는 켄들의 모습을 몇 번 흘끗 봤다.

곧 그녀가 사라졌다.

교도관이 법률 도서관으로 돌아가겠느냐고 물었고 나는 내 방으로 돌아가고 싶다고 말했다.

독거실로 돌아가면서 수화기에 대고 말하는 켄들의 마지막 모습을 다시 떠올려봤다. 나는 먹통이 된 수화기에 대고 말하는 그녀의 입술을 유심히 지켜봤었다. 그녀가 한 말이 무엇인지 알 수 있었다.

"모르겠어."

8

12월 5일, 목요일

법정 경위의 안내를 받아 법정으로 들어가면서 보니 경찰복을 입은 로이 밀턴 경사가 방청석 맨 앞줄, 검사석 뒤에 앉아 있었다. 내가 체포되던 날 밤에 자세히 봐서 그를 쉽게 알아봤다. 보안관국 규칙에 따라 나는 허리 사슬을 차고 있었다. 앞으로 모은 두 손을 채운 수갑이 허리 사슬에 연결돼 있었고, 변호인석 앞에 이르자 나를 데려온 법정 경위가 수갑과 허리 사슬을 풀어줬다. 제니퍼가 기다리고 있다가 정장 재킷을 입는 것을 도와줬다. 수완 좋은 로나가 이틀 만에 수선을 해온 덕분에 정장이 내 몸에 딱 맞았다. 나는 정장 재킷 안에 있는 셔츠 소매를 끌어내리며 방청석을 향해 돌아서서는 밀턴에게 말을 걸었다.

"안녕하세요, 밀턴 경사?"

"대답하지 마세요." 데이나 버그가 검사석에서 말했다.

내가 버그 검사를 돌아보자 그녀도 나를 똑바로 쳐다봤다.

"본인 일이나 신경 써요, 할러." 그녀가 말했다.

나는 두 손을 펼쳐 보이며 놀라는 시늉을 했다.

"인사한 건데."

"본인 증인들하고나 인사하고 잘 지내요." 버그가 말했다.

"알았어요. 나 원 참."

방청석을 180도로 쭉 둘러보니 딸이 늘 앉는 자리에 앉아 있었다. 내가 웃으면서 고개를 끄덕이자 헤일리도 내게 똑같이 해줬다. 켄들 로버츠는 어디에도 보이지 않았다. 사실 올 거라고 기대하지도 않았다. 이틀 전에 면회 온 것은 의무감에서 찾아온 거였다고 생각하던 중이었다. 그걸로 끝일 뿐, 더는 나타나지 않을 것 같았다.

마침내 나는 변호인석에 있는 내 의자를 끌어와 제니퍼 옆에 앉았다.

"좋아 보이는데요." 제니퍼가 말했다. "사무장님이 수선을 잘 해오셨네요."

우리는 법정으로 들어오기 전에 구치감에서 시스코와 이야기를 나눴다. 그 후 그는 조사할 거리를 한 아름 안고 돌아갔다.

바로 뒤에서 수군거리는 소리가 들려 돌아보니 재판 시작할 때부터 이 사건을 취재해온 기자 두 명이 늘 앉는 자리에 앉아 담소를 나누고 있었다. 둘 다 여자였는데, 한 명은 〈로스앤젤레스 타임스〉, 다른 한 명은 〈데일리 뉴스〉 소속이었다. 경쟁지 기자들이 나란히 앉아 공판이 시작되길 기다리며 수다를 떨고 있었다. 〈로스앤젤레스 타임스〉의 오드리 피넬은 내가 변호를 맡은 사건 몇 건을 취재한 적이 있어서 여러 해 전부터 아는 사이였다. 〈데일리 뉴스〉의 애디 갬블은 최근에 형사법원을 담당한 기자였고, 기사 밑에 적힌 기자명으로 이름만 알고 있었다.

이윽고 워필드 판사가 법원 서기의 울타리 뒤에 있는 출입구에 나타나자, 법정 경위가 정숙하라고 외쳤다. 나는 증거배제신청에 대해 발언하기 전에, 증거개시의 규칙과 관련해 아직도 검찰이 공정하게 행동하지 않기 때문에 긴급히 제출할 새 청구서가 있다고 판사에게 말했다.

"이번에는 또 뭐죠, 변호인?" 판사가 물었다.

판사의 발끈하는 말투에 나는 적잖이 당황했다. 이제 막 심리가 시작됐는데 벌써 판사의 심기를 건드린 것이다. 내가 발언대로 향하는 동안 제니퍼가 새 청구서 사본을 검사와 법원 서기에게 전했고 서기는 서면을 판사에게 전했다.

"존경하는 재판장님, 저희 피고인 측은 정당한 권리를 행사하고 싶을 뿐입니다. 지금 재판장님 앞에 놓인 것은 제 자동차와 휴대전화의 정보에 대한 증거개시를 요구하는 청구서입니다. 검찰은 그 정보가 제 무죄를 입증한다는 것을 알고 있기 때문에 그 정보를 저희에게 넘기지 않은 것입니다. 검찰은 제가 나가서 스케일스 씨를 납치해 제 집으로 데려와 살해했다고 주장하지만 그 시각에 저는 집에 있었고 제 차는 차고에 있었다는 사실을 그 정보가 보여주기 때문에요."

데이나 버그가 즉시 일어나 이의를 제기했다. 그녀가 이의제기 이유를 말할 필요도 없었다. 판사가 바로 그녀의 편을 들었다.

"변호인!" 판사가 날카롭게 소리쳤다. "법정이 아니라 언론을 향해 변론하는 것은 용납될 수 없고 또…… 위험한 일입니다. 아시겠어요?"

"알겠습니다, 재판장님. 죄송합니다. 평소에는 안 그런데 저 자신을 변호하다 보니 감정이 격해져 버렸네요."

"그건 변명이 안 되죠. 경고는 이번 한 번뿐입니다."

"감사합니다, 재판장님."

그러나 나는 사과를 하면서도 속으로는 판사가 나를 법정모독죄로 처벌한다면 어떤 벌을 줄지 궁금했다. 나를 감옥에 처넣을까? 이미 감옥에 있는데. 벌금을 부과할까? 살인 혐의로 재판을 받는 동안엔 수입이 전혀 없는데 걷을 수 있으면 걷어보라지.

"계속하세요." 판사가 지시했다. "조심해서."

"재판장님, 저희가 바라는 것은 간단명료합니다. 검찰은 분명히 이 정보를 갖고 있는데 저희는 받지 못했습니다. 피고인 측이 구체적으로 어떤 증거물의 열람 또는 교부를 요구할 때까지 증거개시를 미루고 증거물을 공유하지 않는 것이 검찰의 관행인 모양인데, 그렇게 하면 안 되죠. 이것은 제 재산에 관한 중요한 정보로, 제가 자신을 변호하기 위해 꼭 필요한 것입니다. 그것도 지금 당장요, 검찰이 마음 내킬 때가 아니라."

판사가 반응을 기대하며 버그 검사를 바라보자 검사는 발언대로 가서 스템 마이크를 자기 키 높이로 낮췄다.

"존경하는 재판장님, 변호인의 추측은 완전히 틀렸습니다." 검사가 말했다. "변호인이 요구하는 정보는 로스앤젤레스 경찰국이 발부받은 수색영장을 집행해서 확보한 것입니다. 영장을 작성해 발부받고 집행하기까지 시간이 꽤 걸렸습니다. 수색영장 집행을 통해 나온 자료가 어제야 제 사무실에 도착했고, 그래서 저를 포함해 저희 팀 누구도 아직 검토하지 못했습니다. 증거개시규칙에 따르면 피고인 측에 넘기기 전에 제가 적어도 검토는 할 수 있는 걸로 아는데요."

"그럼 피고인 측엔 언제 넘길 거죠?" 워필드 판사가 물었다.

"늦어도 내일까지는 넘길 수 있을 겁니다." 버그 검사가 말했다.

"재판장님?"

"잠깐 기다려요, 변호인." 워필드 판사가 말했다. "버그 검사, 자료를 검토할 시간이 없으면, 다른 사람에게 맡기거나 검토하지 말고 그냥 넘겨요. 하루가 끝날 때까지 피고인 측에 넘겨주세요. 내 말은 오늘 하루가 끝날 때까지란 뜻이에요. 오늘 노동일[7]이 끝날 때까지. 자정이 아니라."

"네, 재판장님." 훈계를 들은 버그 검사가 말했다.

"재판장님, 그래도 드릴 말씀이 있습니다."

"변호인이 요구한 걸 들어줬잖아요." 워필드가 성마르게 말했다. "더 할 말이 뭐죠?"

버그가 발언대에서 물러났고 내가 그리로 향했다. 방청석을 슬쩍 돌아보니 켄들이 내 딸 옆에 앉아 있었다. 그녀를 보자 자신감이 생겼다. 나는 스템 마이크를 다시 올렸다.

"재판장님. 저희 피고인 측은 개시 가능한 증거물을 검토할 때까지 증거개시를 완료하지 않아도 된다는 이 터무니없는 주장에 분노를 금할 수 없습니다. **검토**는 대단히 모호하고 추상적인 말입니다. 검토가 무엇입니까? 검토에 시간이 얼마나 걸리죠? 이틀? 2주? 아니면 두 달요? 저는 재판장님이 이 문제에 관해 분명한 지침을 마련해주시기를 요청합니다. 아시다시피 저는 신속한 재판을 받을 권리를 포기하지 않았고, 앞으로도 포기하는 일은 없을 것입니다. 그러므로 개

---

7 근로자가 출근에서 퇴근까지 하루 일하는 시간을 한 단위로 지칭한다.

시된 증거물의 인도가 미뤄진다면 그것은 저희 피고인 측에 매우 불공평한 일이 될 것입니다."

"재판장님?" 버그가 말했다. "한 말씀 드려도 되겠습니까?"

"아뇨, 버그 검사, 그럴 필요 없어요." 워필드가 말했다. "이 법정에서 적용될 증거개시절차의 규칙을 분명히 말씀드릴게요. 증거개시는 양방향 도로입니다. 들어오는 것은 나가야 해요. 그것도 즉시. 미루거나 검토한다고 과도하게 붙잡고 있는 것은 안 됩니다. 검찰이 확보한 것은 피고인 측도 받아봐야 합니다. 역으로 피고인 측이 확보한 것은 검찰도 봐야 하고요. 미루지 않고 즉시즉시. 이 규정을 위반하면 벌로 그 증거를 증거물로 채택하지 않겠습니다. 잊지 마세요. 자, 그럼, 오늘 이 심리의 목적인 증거배제신청에 대해 얘기해볼까요? 이 사건 피해자 시신의 증거능력을 인정하지 말아달라며 변호인이 제기한 신청 건 말입니다. 버그 검사는 영장 없이 수색하고 압수한 일의 정당성을 설명할 의무가 있습니다. 이 문제와 관련해 증인을 부르겠습니까?"

"네, 재판장님." 버그 검사가 말했다. "검찰은 로이 밀턴 경사를 증인으로 부르겠습니다."

밀턴이 방청석에서 일어서서 문을 통과해 들어와 증인석으로 걸어갔다. 그러고는 손을 들고 증인선서를 했다. 밀턴이 착석하고 인정신문을 거친 뒤, 버그 검사는 나를 체포한 이야기를 꺼냈다.

"메트로경찰서 소속이죠, 증인?"

"그렇습니다."

"메트로경찰서의 관할구역이 어디죠?"

"어, 시 전역이 관할구역이라고 할 수 있겠습니다."

"하지만 문제의 그날 밤엔 시내 2번가에서 근무를 하고 있었고요, 그렇죠?"

"맞습니다."

"그날 밤엔 어떤 임무를 맡았습니까, 증인?"

"SPU를 맡으라고 해서 2번……."

"잠깐만요. SPU가 뭐죠?"

"특수범죄 전담반(Special Problems Unit)입니다."

"그럼 그날 밤 증인이 맡았던 특수범죄는 뭐였습니까?"

"요즘 관청가에서 범죄신고가 급증했거든요. 주로 공공기물파손 행위였죠. 그래서 시내 곳곳에 감시인들이 잠복해 있었고, 저는 그 구역 바로 밖에서 지원 차량에 앉아 있었습니다. 2번가와 브로드웨이가 만나는 교차로에서 두 거리를 번갈아 훑어보고 있었죠."

"뭘 찾고 있었는데요, 증인?"

"뭐든지요, 어떤 거라도. 그러다가 피고인이 브로드웨이의 주차장에서 나오는 것을 봤습니다."

"그랬군요. 그 이야기를 해볼까요? 증인은 정차한 상태였습니다, 맞습니까?"

"네, 2번가 남동쪽 모퉁이에 주차하고 있었죠. 거기선 전방으론 터널까지, 왼쪽으론 브로드웨이가 잘 보였거든요. 거기 서 있다가 그 차가 유료주차장을 빠져나오는 것을 봤습니다."

"그 위치는 상황실에서 지정해준 겁니까, 아니면 증인이 골랐나요?"

"대강의 위치를 지정받았습니다. 관청가를 볼 수 있게 사거리에 있으라고요."

"하지만 그러기엔 증인이 있었던 위치가 애매하지 않았나요? 〈로스앤젤레스 타임스〉 건물이 관청가 전망을 막고 있을 텐데요."

"아까도 말씀드렸지만, 관청가 안에 감시인들이 있었습니다. 관청가 지상에서 감시하는 사람들요. 저는 지원병력이었죠. 관청가를 떠나는 사람에게 즉각 대응할 수 있게 브로드웨이에 배치됐고요. 필요시에는 제가 직접 관청가로 진입할 수도 있고요."

검사는 내 차를 세우고 차 뒤쪽에서 나와 이야기를 나눈 일을 밀턴 경사의 입에서 차근차근 끌어냈다. 그는 번호판이 안에 있을지 모르니 트렁크를 열라고 했을 때 내가 잠깐 말문이 막혔고, 그때 차 밑으로 뚝뚝 떨어지는 물질을 봤다고 말했다.

"피라는 생각이 들더라고요." 밀턴이 말했다. "그 순간 이거 위급 상황이구나 하는 판단이 섰고, 빨리 트렁크를 열어서 안에 다친 사람이 있는지 봐야겠다는 생각이 들었습니다."

"고맙습니다, 증인." 검사가 말했다. "더 이상 질문 없습니다."

증인은 내게 넘겨졌다. 내 목표는 공판에서 유용하게 쓰일 수 있는 기록을 만들어두는 것이었다. 버그 검사의 목표는 위급 상황이었음을 입증하는 것이었기 때문에 신문하는 동안 굳이 어떤 동영상도 보여주지 않았다.

그러나 우리는 전날 검찰로부터 밀턴 경사의 보디캠과 순찰차 블랙박스 영상의 확장본을 넘겨받아 오후 3시 트윈타워 회의 때 함께 보며 연구했다. 공판준비기일에 참석하면서 제니퍼는 보디캠 영상을

자신의 노트북 컴퓨터에 담아 왔고 필요하다면 언제라도 틀 준비가
돼 있었다.

나는 발언대로 걸어가면서 시내 관청가 항공사진을 돌돌 말았던
고무줄을 뺐다. 증인에게 접근하게 해달라고 판사의 허락을 구한 뒤
증인 앞에 사진을 펼쳐놓았다.

"증인, 주머니에 펜이 있네요. 이 사진에다 문제의 그 밤에 증인이
있었던 위치를 표시해주시겠습니까?"

밀턴은 내가 요청한 대로 했다. 나는 추가로 그에게 거기에 이름
머리글자를 적어달라고 했다. 그런 다음 사진을 받아 돌돌 말아 고
무줄로 묶어 피고인 측 증거물 A로 제출한다고 판사에게 말했다. 밀
턴과 버그 검사, 워필드 판사 모두가 내 행동에 약간 당황한 듯 보였
지만 그래도 상관없었다. 나는 버그 검사가 피고인 측의 의중을 몰라
어리둥절하기를 바랐다.

나는 발언대로 돌아가 증거개시절차를 통해 내게 전달된 동영상
두 개를 전부 틀게 해달라고 판사에게 요청했다. 판사가 허락했고 나
는 밀턴이 직접 두 동영상이 진짜임을 확인하고 소개하게 했다. 질문
을 위해 중간에 멈추는 일 없이 동영상 두 개를 연달아 틀었다. 두 동
영상을 다 보고 나서 내가 던진 질문은 단 두 개였다.

"증인, 저 두 개의 동영상이 불심검문 때 증인이 한 행동을 정확하
게 보여줬다고 믿습니까?"

"네, 다 찍혀 있네요." 밀턴이 말했다.

"동영상이 어떤 식으로든 바뀌거나 편집된 흔적은 전혀 안 보이고
요?"

"네, 그런 건 안 보입니다."

나는 판사에게 두 동영상을 피고인 측 증거물 B와 C로 받아달라고 요청했고 판사는 이를 받아들였다.

나는 다시 한번 검사와 판사를 당혹스럽게 만들어놓고 다음 질문으로 넘어갔다.

"증인, 증인은 어느 순간에 제 차를 세우고 검문하기로 결정했습니까?"

"당신이 탄 차가 주차장에서 나와 좌회전 할 때 번호판이 달려 있지 않은 걸 봤거든요. 구린 게 있는 인간들이 흔히 보이는 행동이라서 뒤따라가다가 2번가 터널 안에서 검문하겠다는 신호를 보내기 시작했죠."

"'구린 게 있는 인간들'이라고요?"

"범죄에 가담한 사람들이 번호판을 떼고 다니는 경우가 종종 있거든요. 번호판을 보는 목격자를 안 만들려고."

"그렇군요. 방금 본 동영상에선 문제의 차 앞쪽에 번호판이 달려 있는 것으로 보였는데요, 그렇지 않습니까?"

"네, 그렇습니다."

"그건 증인의 '구린 게 있는 인간들' 이론과 모순되지 않나요?"

"그렇진 않죠. 도주차량들은 보통 도망가는 뒷모습이 목격되거든요. 꼭 떼어내야 할 번호판은 뒤쪽 거죠."

"알겠습니다. 증인은 제가 레드우드에서 나온 다음 거리를 걸어 내려와서 오른쪽으로 돌아 브로드웨이로 들어서는 것을 보셨습니까?"

"네, 봤습니다."

"제가 의심스러운 행동을 하고 있었나요?"

"제 기억으로는 그렇지 않았던 것 같은데요."

"제가 술에 취했다고 생각하셨습니까?"

"아뇨."

"그리고 제가 주차장으로 걸어 들어가는 것을 보셨고요?"

"네, 그렇습니다."

"그 행동이 증인에게는 의심스러워 보였나요?"

"아뇨. 당신이 정장을 입고 있어서 주차장에 차를 세워뒀나 보다 하고 생각했죠."

"증인은 레드우드가 형사소송 변호사들이 즐겨 찾는 술집이란 걸 알고 계셨습니까?"

"아뇨, 몰랐습니다."

"제가 차를 몰고 주차장을 나간 후에 제 차를 세우고 검문하라고 증인에게 지시한 사람은 누구였죠?"

"지시한 사람은 없었습니다. 당신이 브로드웨이에서 2번가로 좌회전할 때 번호판이 없는 것을 보고, 바로 따라가서 검문한 겁니다."

"그 말은, 증인이 저를 따라 터널로 들어와서 전조등을 켰다는 뜻이죠? 맞습니까?"

"네, 맞습니다."

"증인은 제가 차 뒤쪽 번호판을 달지 않고 그 주차장을 나올 거라는 사실을 미리 알고 있었습니까?"

"아뇨."

"증인은 제 차를 세우고 자세히 검문하기 위해 그 지점에 있었던 거 아닙니까?"

"아닙니다."

버그 검사가 일어나 이의를 제기하면서 내가 같은 질문을 다른 방식으로 묻고 또 물어 밀턴을 괴롭히고 있다고 주장했다. 판사가 인정하며 내게 다음 질문으로 넘어가라고 지시했다.

나는 발언대에 올려놓은, 빨간 잉크로 쓴 메모를 내려다봤다.

"더 이상 질문 없습니다, 재판장님."

내가 신문을 갑자기 끝내는 바람에 판사는 약간 어리둥절한 표정이었다.

"확실합니까, 변호인?"

"네, 확실합니다, 재판장님."

"아주 좋습니다. 검사, 재직접신문 하시겠어요?"

버그도 내가 밀턴을 신문하는 것을 보면서 혼란스러운 모양이었다. 그래도 내가 아무런 피해도 입히지 못했다고 생각했는지 더 이상 질문 없다고 판사에게 말했다. 판사가 관심을 다시 내게로 돌렸다.

"다른 증인을 부르겠습니까, 변호인?"

"아뇨, 재판장님."

"아주 좋습니다. 변론은요?"

"변론은 증인을 신문하면서 이미 했습니다, 재판장님."

"더 없어요? 증인신문한 내용을 정리라도 하고 싶지 않아요?"

"이미 한 것으로 됐습니다, 재판장님."

"검찰, 논고하겠습니까?"

버그가 일어나 두 손을 펼쳐 들며 논고할 게 뭐가 있느냐고 묻는 듯한 시늉을 하더니 내가 제기한 증거배제신청에 대한 의견서를 제출하는 것으로 대신하겠다고 말했다.

"그러면 판결하겠습니다." 워필드 판사가 말했다. "변호인의 증거배제신청은 기각한다. 그리고 휴정을 선언합니다."

판사는 사무적으로 말했다. 법정 곳곳에서 수군거리는 소리가 들렸고 방청객들의 실망감을 느낄 수 있었다. 마치 방청객들이 집단으로 '뭐라고?'라고 묻는 것처럼 느껴졌다.

그러나 나는 기뻤다. 증거배제신청이 반드시 인용되길 바란 것은 아니었다. 나는 공판에서 검찰의 나무를 베어내고 승소하고 싶었다. 그래서 처음으로 도끼를 휘둘러본 것이다.

9

우리는 구치소라는 환경에도 불구하고 기분 좋게 3시 회의를 시작했다. 그날 오전 공판준비기일 때 원하는 것을 이루고 기록으로 남겼을 뿐만 아니라 제니퍼와 시스코가 좋은 소식이 있다고 했다. 나는 먼저 제니퍼에게 발언권을 줬다.

"안드레 라 코세 기억하세요?" 제니퍼가 물었다.

"물론 기억하지. 나에게 최고의 전성기를 안겨준 고객인데."

사실이었다. 캘리포니아 대 안드레 라 코세 사건은 내 삶이 끝나는 날 묘비에 새겨 길이 남겨도 될 사건이었다. 내가 가장 큰 자부심을 느끼는 사건이었다. 안드레 라 코세는 사법부의 횡포에 희생돼 살인죄로 기소됐지만 무고한 사람이었고 내가 그를 무죄 석방시켰다. 단순히 무죄 평결만 받아낸 것이 아니었다. 재판에서 내 변론이 그의 무고함을 입증했다. 너무도 분명하고 확실하게 입증했기 때문에 주 정부는 애초에 그를 기소한 것과 관련해 업무상 배임행위로 라 코세에게 손해배상을 해야 했다. 사법 시스템에서 일어나기 힘든 매우 드문 판례를 남긴 것이다.

"그 친구가 왜?"

"인터넷에서 대표님 소식을 보고 돕고 싶다고 연락을 해왔어요." 제니퍼가 말했다.

"어떻게 돕겠대?"

"모르시겠어요? 대표님이 검찰의 부당 기소에 대해 몇백만 달러의 배상금을 받게 해주셨잖아요. 은혜를 갚고 싶은 거겠죠. 사무장님한 테 전화해서 보석보증금으로 최대 20만 달러까지 자기가 낼 의향이 있다고 했대요."

나는 좀 놀랐다. 안드레도 이곳 트윈타워에 수감돼 힘들게 재판에 임했고, 손해배상금 협상은 내가 대신했다. 내가 배상금의 3분의 1을 가졌고, 그게 벌써 7년 전이라 그 돈은 오래전에 사라졌다. 그런데 안 드레는 자기 몫을 잘 굴렸는지 나를 돕고자 자기 몫을 조금 떼어주겠 다고 하고 있었다.

"돌려받지 못한다는 건 알고 있댔지? 20만 달러를 그냥 버리는 건 데. 내가 받아준 손해배상금에서도 꽤 큰돈인데 말이야."

"안대요." 제니퍼가 말했다. "그리고 그동안 그 돈을 깔고 앉아 있 진 않았더라고요. 투자를 했대요. 사무장님 말로는 암호화폐에 투 자했다는데, 그때 받은 손해배상금을 종잣돈으로 썼다고 하더라고 요. 그 돈이 엄청나게 불어난 거예요. 그래서 아무 조건 없이 20만 달 러를 주겠다고 선뜻 제안하는 거고요. 제가 법원에 가서 보석 심리 일정 잡을게요. 워필드 판사가 보석금을 대폭 낮춰서 250만 달러나 300만 달러로 책정해주면 대표님은 여길 나오시는 거예요. 원래 그 정도가 맞는 거잖아요."

나는 고개를 끄덕였다. 책정된 보석금의 10퍼센트 보석보증금을 안드레의 돈으로 충분히 낼 수 있을 터였다. 그러나 문제가 있었다.

"그러면 안드레가 큰 아량을 베풀어주는 건데, 일이 우리 생각대 로 안 될 거야. 보석금을 60퍼센트나 낮추자는데 검사가 가만히 있겠

변론의 법칙

어? 판사도 허락하지 않을 거고. 그래도 안드레가 진심으로 돕고 싶어 한다면 그 돈 가지고 전문가 증인 부르고, 증거조사하고, 직원들 초과근무수당 지급하는 데 쓰자고."

"그건 안 돼, 대표님." 시스코가 말했다.

"그 생각도 해봤어요." 제니퍼가 말했다. "그런데 돕겠다는 사람이 또 있어요. 다른 후원자가 있다고요."

"누군데?"

"해리 보슈 형사님요." 제니퍼가 말했다.

"말도 안 돼. 그 양반 퇴직 형사야. 어디서 돈이 나서……."

"대표님이 작년에 시 정부로부터 100만 달러의 합의금을 받아주셨잖아요. 수임료 한 푼도 안 받고. 그래서 이번에……."

"내가 한 푼도 안 받은 건, 그 양반한테 그 돈이 필요할 것 같아서였어. 보험금도 최대로 나갈 건데, 돈이 있어야지. 게다가 내가 신탁 계정을 만들었더니 거기다 돈을 예치해놨더라고."

"대표님, 그분이 그 돈을 쓸 수도 있고, 그 돈을 담보로 돈을 빌릴 수도 있겠죠." 제니퍼가 주장했다. "중요한 건, 대표님이 여길 나오셔야 한다는 거예요. 위험할 뿐만 아니라 대표님 계속 살이 빠지고 있어서 건강도 안 좋아 보여요. 리걸 시걸[8]이 즐겨 하시던 말씀 기억하시죠? '승리자처럼 보여라, 그러면 승리자가 될 것이다.' 지금 대표님은 승리자처럼 보이지 않아요. 옷은 수선해 입을 수 있어도, 여전히 안색이 창백하고 아파 보인다니까요. 여길 나오셔서 건강을 챙기셔

---

8 그는 할러 아버지의 동료 변호사이자 할러에게 법률에 관해 자문해준 멘토였다.

야 해요, 재판을 위해서라도."

"좀 다른데. '승리자처럼 행동하라, 그러면 승리자가 될 것이다.'
야."

"이거나 그거나죠. 이건 대표님에게 찾아온 기회예요. 이 사람들
이 우리에게 온 거잖아요. 우리가 그들을 찾아간 게 아니라. 안드레
가 그랬대요, 지난번 심리를 다룬 텔레비전 뉴스에서 대표님을 봤는
데, 대표님 모습이 꼭 자기가 여기 있을 때의 모습 같았다고요. 그래
서 연락한 거라고."

나는 고개를 끄덕였다. 제니퍼의 말이 옳았다. 하지만 그 돈을 받
고 싶지 않았다. 특히 보슈의 돈은 정말 받기 싫었다. 그가 다른 여러
가지 일로 돈이 필요하다는 것을 알고 있었기 때문이다.

"무엇보다 크리스마스에는 집에 가셔서 딸을 보셔야죠." 제니퍼가
말했다. "딸을 면회 금지해놓고 대표님도 마음이 아프시겠지만 헤일
리가 많이 상처받았어요."

제니퍼는 마지막 주장으로 나의 항복을 받아냈다. 안 그래도 딸이
보고 싶고 딸의 목소리가 듣고 싶었다.

"그래, 알았어."

"좋아요." 제니퍼가 말했다.

"보석금을 300만 달러까지는 낮출 수 있을 거야. 하지만 더 낮추는
건 안 될 거고."

"300만 달러는 어떻게 해볼 수 있을 거예요." 제니퍼가 말했다.

"좋아, 보석 심리 일정 잡아봐. 300만 달러까지 낼 의향이 있다
는 표시는 절대로 해선 안 돼. 우리가 되게 비굴하게 나올 거라고 검

변론의 법칙

사가 생각하게 해야 돼. 검사는 보석금을 200만 달러나 깎아준다고 해도 내가 교도소에 남을 거라고 생각할 거야. 그러니까 보석금을 100만 달러로 낮춰달라고 요구해. 그러면 검사가 200만~300만 달러에 타협할 거야."

"그렇겠네요." 제니퍼가 말했다.

"그리고 마지막으로 하나 더. 해리와 안드레가 자발적으로 돕겠다고 나선 거 맞아? 혹시 도와달라고 연락한 거 아냐?"

제니퍼가 어깨를 으쓱거리더니 시스코를 쳐다봤다.

"하늘에 대고 맹세해." 시스코가 말했다. "로나한테 들은 그대로 얘기한 거야."

나를 속이는 낌새가 있나 살펴봤지만 전혀 보이지 않았다. 그러나 제니퍼는 뭔가 마음에 걸리는 게 있는 듯했다.

"왜 그래, 제니퍼?" 내가 물었다.

"보석 허가해주면서 감시장치를 달겠다는 조건을 붙이면 어쩌죠?" 제니퍼가 물었다. "전자발찌 차도 괜찮으시겠어요?"

잠깐 고민했다. 전자발찌 착용은 굉장한 사생활 침해이고 변론 전략을 짜는 동안 나의 일거수일투족을 국가가 감시할 수 있을 것이다. 그러나 나는 조금 전 제니퍼가 말했던 대로 딸과 시간을 보낼 수 있다는 장점을 떠올렸다.

"먼저 제안하지는 마. 거래조건으로 나오면, 받아들이고."

"네, 그럴게요." 제니퍼가 말했다. "여기서 나가자마자 보석금 삭감 신청서 제출할게요. 운이 좋으면 심리가 내일 열릴 수도 있어요. 그러면 주말엔 집에 오실 수 있을 거고."

"좋은 계획이군."

"해리 보슈 형사님이 말씀하신 게 하나 더 있어요." 제니퍼가 말했다.

"뭔데?"

"우리가 원한다면 재판 준비를 돕고 싶으시대요."

제니퍼가 머뭇거리던 이유가 이거였다. 예전부터 시스코와 보슈 사이에는 약간의 마찰이 있었다. 두 사람 다 수사관이기 때문이다. 보슈는 지금은 퇴직했지만 경찰국 형사 출신이었다. 시스코는 처음부터 변호사 사무소 수사관으로 일을 시작했다. 보슈를 끌어들이면 그의 경험과 연줄 때문에 대단히 쓸모가 있을 터였다. 그러나 우리 팀의 분위기를 망칠 수도 있었다. 그 제안에 대해 내가 오래 고민할 필요도 없이 시스코가 명쾌하게 답을 내줬다.

"그가 필요해." 시스코가 말했다.

"진심이야?" 내가 물었다.

"그렇다니까. 데려와." 시스코가 말했다.

나는 시스코의 마음을 잘 알았다. 그는 나를 위해 모든 마찰과 반감을 던져버리려 하고 있었다. 다른 사건이었다면 보슈가 필요 없다고 말했을 것이고, 그건 아마 사실이었을 것이다. 그러나 내 삶과 자유가 위태로운 상황이라 우리가 구할 수 있는 모든 무기를 확보하고 싶은 거였다.

나는 시스코에게 고개를 숙여 고마움을 표시한 후 제니퍼를 바라봤다.

"나부터 여기서 꺼내줘. 그런 다음에 보슈를 만나보자고. 개시된 증거자료 모두 넘겨줘. 특히 범죄현장 사진. 그 양반이 그런 거 잘 보거든."

"알겠습니다." 제니퍼가 말했다. "보슈 형사님이 면회객 명단에 올라 있어요?"

"아니, 추가할게. 어쩌면 벌써 면회 왔다가 허탕 치고 갔을지도 모르겠네."

나는 시스코에게로 관심을 돌렸다.

"자, 덩치 씨, 뭐 좀 알아냈어?"

"최종 부검감정서 구했어, 검시관실 직원한테서." 시스코가 말했다. "독극물검사 결과보고서 보면 좋아할 거야."

"말해봐."

"샘 스케일스의 혈액 속에 플루니트라제팜이 들어 있었어. 보고서에 나온 명칭은 그거고. 구글에서 찾아보면 로힙놀이라고 나와."

"데이트 강간 약이에요." 제니퍼가 말했다.

"그렇군. 얼마나 들어 있었는데?"

"기절시킬 만큼 충분히." 시스코가 말했다. "그들이 총을 쐈을 때 그는 의식을 잃은 상태였을 거야."

나는 시스코가 '그들'이라고 말해줘서 기분이 좋았다. 그 말은 내가 함정에 빠졌고 그것도 두 명 이상의 사람이 만든 덫에 걸린 거라는 시나리오를 그가 믿고 있다는 뜻이었다.

"그럼 그 물질의 투약 시점에 관해서는 무엇을 알 수 있지?"

"아직 확실한 건 없어." 시스코가 말했다.

"제니퍼, 공판 때 전문가를 불러야겠어. 유능한 전문가. 찾을 수 있겠어?"

"네, 찾아볼게요." 제니퍼가 말했다.

나는 잠깐 생각을 정리한 후에 말을 이었다.

"이게 정말 우리에게 도움이 될지는 잘 모르겠어. 검찰은 내가 스케일스에게 약을 먹여서 납치한 후 집으로 데려왔다고 주장할 거야. 샘 스케일스에 관해 계속 조사해야 해. 그때 어디 있었는지, 뭐 하고 있었는지."

"그건 내가 맡을게." 시스코가 말했다.

"좋아. 이젠 차고 얘기 좀 해보자. 로나가 웨슬리 불러서 차고를 보여줬대?"

웨슬리 브라우어는 우리 집 차고 문의 비상개폐장치를 갈아준 설비업자였다. 화재가 발생하기 쉬운 계절이었던 7개월 전 단계적 에너지 절감 조치로 인해 우리 집에 정전이 됐던 날, 차고 문이 고장 났다. 선고공판이 있어서 법원에 가야 했는데 차고 문이 열리지 않았다. 비상개폐장치의 열쇠는 잃어버린 지 오래였다. 나는 브라우어를 불러 차고 문을 열어달라고 부탁했고, 그는 개폐장치의 열쇠로 여는 손잡이에 녹이 잔뜩 슬어 있는 것을 발견했다. 그래도 결국에는 문을 열어줬다. 나는 지각은 했지만 공판에 출석할 수 있었다. 다음 날 브라우어가 다시 와서 비상개폐장치를 새로 갈아줬다.

내가 살인 누명을 썼다고 주장하는 것이 내 변론의 핵심이라면, 그 누명이 어떻게 씌워졌는지를 배심원단에게 설명하는 것이 내 임무가 될 터였다. 우선 진범 또는 진범들이 어떻게 내 차고에 들어와 샘 스케일스를 내 차 트렁크에 넣고 총을 쐈는지를 설명하는 것부터 시작

94   변론의 법칙

해야 했다. 나는 팀원들에게 웨슬리 브라우어를 불러 최근에 누가 비상개폐장치를 작동시키거나 건드린 적이 있는지 살펴보게 하라고 지시해놓았다.

제니퍼가 한 손을 들고 좌우로 흔들면서 좋은 소식도 있고 나쁜 소식도 있다는 뜻을 전했다.

"사무장님이 브라우어를 차고로 불러서 확인시켰대요." 제니퍼가 말했다. "비상개폐장치를 누가 잡아당긴 적이 있는 건 확실한데 언제인지는 알 수가 없다고 했대요. 지난 7월에 새로 갈았으니까 그 이후로 누가 잡아당긴 적이 있다, 그것만 확실히 말할 수 있다고 했고요."

"그건 어떻게 안대?"

"잡아당긴 사람이 문을 연 다음에 장치를 원래대로 돌려놓았는데, 브라우어가 7월에 해놓은 상태대로 돼 있지 않았대요. 그래서 누가 만졌다는 것을 알 수 있다는 거죠. 하지만 언제 그랬는지는 증언할 수 없다고 했대요. 헛수고였어요, 대표님."

"빌어먹을."

"그러게요, 그런데 원래부터 별 기대도 안 한 일이었잖아요."

회의 초반의 들뜬 분위기가 급속도로 가라앉고 있었다.

"좋아, 그건 그렇고, 용의자 명단은 어떻게 돼가?"

"사무장님이 만들고 계세요." 제니퍼가 말했다. "지난 10년간 사건을 엄청나게 많이 맡으셨던데요. 아직도 살펴볼 게 많아요. 이번 주말에 저도 돕겠다고 했어요. 운이 좋으면 대표님도 여기서 나와서 도와주실 수 있을 테고요."

나는 고개를 끄덕였다.

"말이 나왔으니 말인데, 보석금 삭감 신청 오늘 하려면 이제 가봐야겠다."

"저도 그 생각 하고 있었는데." 제니퍼가 말했다. "더 하실 말씀 있어요?"

나는 천장의 카메라에 귀가 생겼을 경우에 대비해 탁자 위로 몸을 기울이고 제니퍼에게 속삭였다.

"수용동에 가서 전화기를 쓸 수 있을 때 전화할게. 바하에 관해 말하고 싶은데, 자네가 녹음 좀 해줘. 할 수 있겠어?"

"그럼요. 앱이 있어요."

"좋아. 그럼 그때 얘기하자."

변론의 법칙

10

교도관이 나를 수용동 휴게실로 데려가기까지 거의 한 시간이 걸렸다. 비숍이 탁자에 앉아서 필빈이라는 수감자와 멕시코 도미노를 하고 있었다. 그는 늘 하던 대로 내게 인사했다.

"변호사님." 비숍이 말했다.

"비숍, 오늘 공판기일인 줄 알았는데."

"나도 그런 줄 알았는데, 변호사가 연기했대. 개자식, 내가 리츠 호텔에 묵고 있는 줄 아나 봐."

나는 의자에 앉아 탁자에 내 서류를 올려놓고 주위를 둘러봤다. 많은 수감자가 감방에서 나와 휴게실에 모여 있었다. 우리 수용동에는 거울 유리가 달린 감시탑의 창문 아래 벽에 두 대의 전화기가 설치돼 있었다. 거기서 수신자부담이나 구치소 매점에서 산 전화카드로 전화를 걸 수 있었다. 전화기 있는 곳을 보니 두 대 모두 사용 중이었고 두 대 모두 사용자 뒤로 세 명이 줄을 서서 기다리고 있었다. 통화는 15분 뒤에 자동으로 끊어졌다. 그 말은 내가 지금 줄을 서도 얼추 한 시간은 지나야 전화를 걸 수 있다는 뜻이었다.

퀘사다의 모습이 보이지 않았다. 그제야 그의 감방문이 닫혀 있는 것이 보였다. 수용동에 있는 모든 수감자는 접근금지 상태였지만, 접근금지 수용동에서 감방 안에 갇혀 있다는 것은 그 수감자가 긴박한 위험에 처했거나 검찰 측에 대단히 가치 있는 사람이라는 뜻이었다.

"퀘사다가 갇혀 있네?"

"오늘 아침에 일이 있었어." 비숍이 말했다.

"염탐꾼이야, 그 새끼." 필빈이 말했다.

하마터면 웃을 뻔했다. 접근금지 수용동에서 누구를 염탐꾼이라고 부르는 것은 똥 묻은 개가 겨 묻은 개를 나무라는 격이었다. 수용동에서 수감자들을 분리하는 가장 일반적 이유는 그들이 정보원이기 때문이다. 내가 알기로 필빈도 그중 하나였다. 나는 동료 수감자들에게 무슨 일로 구속됐는지 혹은 왜 접근금지 신분이 됐는지 묻고 다니지 않았다. 비숍이 이 수용동에 있는 이유를 알지 못했고 물을 생각도 없었다. 남의 일에 쓸데없이 참견하면 트윈타워 같은 곳에서는 큰코다칠 수 있었다.

내가 지켜보는 가운데 비숍이 게임에 이겼고 필빈은 일어서서 수용동 2층으로 이어지는 계단을 향해 걸어갔다.

"한판 할래, 변호사님?" 비숍이 물었다. "1점에 10센트 어때?"

"고맙지만 사양할게. 나 도박 안 해."

"허, 별 어이없는 말을 다 들어보네. 자기 목숨 갖고 도박하는 주제에. 우리 같은 놈들하고 여기 같이 있는 게 도박 아니고 뭐야."

"말이 나와서 말인데, 나 곧 나갈지도 몰라."

"그래? 이 멋진 곳을 떠나고 싶다고? 진짜?"

"나가야 해. 내 재판을 준비해야 하거든. 그런데 여기선 안 돼. 어쨌든 이런 얘기 하는 건 우리 거래는 끝까지 유효하다는 걸 알려주고 싶어서야. 내 재판 끝날 때까지 수고료 지불할게."

"이거 황송해서 어쩌지?"

　　　　　　　　　　　　　변론의 법칙

"진심이야. 자네 덕분에 안전하게 지내고 있다는 거 잘 알아, 비숍. 고마워하고 있고. 사회에 나오면, 날 찾아와. 일자리를 줄 수도 있으니까. 합법적인 걸로."

"예를 들면?"

"운전사 같은 거. 운전면허 있어?"

"구하면 되지."

"진짜 면허 말이야."

"진짜 면허 따면 되지, 변호사님. 뭘 운전하는데? 누구 차?"

"내 차. 난 차에서 업무를 보기 때문에 운전사가 필요하거든. 링컨 차고."

이전 운전사는 내가 아들을 변호해준 수임료를 운전으로 대신 갚아왔는데, 다 갚기 일주일 전에 내가 체포됐다. 여기서 나가면, 새 운전사가 필요할 것이고, 비숍을 고용하면 운전 업무 외에도 위협과 경호라는 두 마리 토끼를 잡을 수 있을 거라는 생각이 들었다.

전화기 있는 곳을 다시 바라봤다. 대기 줄은 두 군데 모두 두 명으로 줄어 있었다. 다시 세 명으로 늘어나기 전에 어서 가서 줄을 서야겠다는 생각이 들었다. 나는 비숍에게로 몸을 기울였고 남의 말에 신경쓰지 않는다는 나만의 규칙을 어겼다.

"비숍, 누구네 집 차고로 침입한다고 상상해봐. 자네라면 어떻게 할 것 같아?"

"누구네 집인데?"

"그냥 가상으로 얘기하는 거야. 아무 집이나. 자네라면 어떻게 침입할 거야?"

"왜 내가 남의 집에 침입할 거라고 생각하지?"

"그렇게 생각 안 해. 그냥 가정하는 거라니까. 자네의 머리를 빌리는 거라고. 그리고 차고로 침입하는 거야, 집이 아니라."

"창문이나 옆문이 있어?"

"아니, 차 두 대가 들어가는 넓이의 차고 문만 있어."

"비상시에 튀어나오는 손잡이가 있고?"

"응, 그런데 열쇠가 필요해."

"아냐, 필요 없어. 그런 손잡이는 일자 드라이버로 금방 튀어나오게 할 수 있어."

"스크루드라이버? 진짜?"

"그렇다니까. 그게 전문인 친구도 한 명 알아. 하루 종일 차를 타고 돌아다니면서 차고를 열고 들어가 물건을 훔쳤지. 자동차, 공구, 예초기 등등 돈 되는 물건은 죄다 들고 나왔어."

나는 고개를 끄덕이고는 전화기 쪽을 확인했다. 한 대 앞에는 대기자가 한 명뿐이었다. 나는 일어섰다.

"전화할 데가 있어. 정보 고마워."

"별말씀을, 변호사님."

나는 전화기 있는 곳으로 걸어가 대기자 한 명 있는 줄에 섰다. 그 대기자 앞에서 통화하던 사람이 화를 내며 전화를 끊었다.

"지옥에나 떨어져라, 나쁜 년아!"

그가 떠나자 내 앞의 대기자가 전화기를 향해 다가갔다. 나의 기다림은 2분도 안 돼 끝났다. 내 앞 사람이 수신자부담으로 전화를 걸었는데 상대방이 전화를 받지 않았거나 수신료 부담을 거절한 모양이

변론의 법칙

었다. 그가 떠나고 나는 전화기 앞으로 다가가 서류를 전화부스 위에 올려놓았다. 그러고는 제니퍼의 휴대전화로 수신자부담 전화를 걸었다. 전자 음성이 제니퍼에게 카운티 구치소에서 수신자부담 전화가 왔음을 알리는 동안, 나는 벽에 붙은 표지판을 바라봤다. **모든 통화 감청 중**.

제니퍼가 전화를 받았다.

"대표님."

"제니퍼. 감청하는 교도관에게 할 말 있으니까 잠깐 기다려. 본인 변호를 하는 피고인, 마이클 할러입니다. 지금 공동 변호인 제니퍼 애런슨과 통화 중으로, 이 통화는 비밀유지특전이 적용됩니다. 이 통화를 감청해서는 안 됩니다."

나는 잠깐 말을 멈추고 감청하는 교도관이 다른 수감자의 통화를 감청하러 옮겨가기를 기다렸다.

"됐어. 그냥 확인차 전화했어. 제출했어?"

"네. 접수증도 받았고요. 잘하면 내일 심리가 열릴 수도 있어요."

"바하 건은 준비 끝났어?"

"어, 네…… 준비 다 했어요."

"패키지로? 항공권 예약이랑, 전부 다?"

"넵, 전부 다요."

"수고했어. 그럼 경비도 준비된 건가?"

"네."

"그 친구는 어때? 믿을 만해?"

잠깐 침묵이 흘렀다. 내가 이런 통화를 하는 목적이 무엇인지 제니퍼가 깨닫는 중인 듯했다.

"그럼요." 마침내 그녀가 대답했다. "아주 능숙하더라고요."

"좋아." 내가 말했다. "내게 기회는 이번 한 번뿐이야, 잘해야 돼."

"발찌를 차게 하면 어쩌죠?"

제니퍼는 이해가 빨랐다. 발찌 언급은 신의 한 수였다.

"문제 안 될 거야. 예전에 시스코가 다른 일로 이용한 친구를 이용하면 돼. 그 친구가 해결 방법을 알 거야."

"그러네요." 제니퍼가 말했다. "그 사람을 잊고 있었네요."

내가 이 대화를 어떻게 마무리할까 생각하는 동안 다시 침묵이 흘렀다.

"그러니까, 자네도 나랑 같이 내려가서 낚시나 하자."

"스페인어 공부를 다시 해야겠네요." 제니퍼가 말했다.

"더 할 얘기 있어?"

"아뇨."

"좋아, 그럼 심리를 기다려야겠군. 그때 보자."

나는 전화를 끊고 나서 뒤에서 기다리는 사람을 위해 옆으로 비켜섰다. 비숍은 우리가 이야기를 나눴던 탁자에 없었다. 2층으로 올라가 내 방을 향해 절반쯤 걸어갔을 때 서류를 두고 온 것이 기억났다. 전화부스로 돌아가 보니, 서류는 온데간데없었다.

나는 통화 중인 남자의 어깨를 툭툭 쳤다. 그가 나를 돌아봤다.

"내 서류 어디 있어?"

"뭐?" 그가 되물었다. "네 서류를 내가 어떻게 알아?"

그가 전화부스를 향해 고개를 돌리기 시작했다.

　　　　　　　　　　　　　　변론의 법칙

"누가 가져갔어?"

내가 다시 그의 등을 툭툭 치자 그가 화를 내며 돌아섰다.

"누가 갖고 갔는지 내가 어떻게 아느냐고, 개자식아. 면상 치워라, 어서."

나는 휴게실 안을 둘러봤다. 수감자 대여섯 명이 방 안을 돌아다니거나 벽 높이 달린 텔레비전 앞에 앉아 있었다. 나는 그들의 손과 그들의 의자 밑을 살펴봤다. 내 서류는 어디에도 없었다.

내 시선은 수용동 감방으로 옮겨갔다. 1층부터 시작해 2층의 감방들까지 쭉 훑어봤다. 의심스러운 사람도 의심스러운 것도 없었다.

나는 감시탑의 거울 유리 아래로 걸어갔다. 거기서 두 손을 머리 위로 들고 흔들었다. 이윽고 유리 밑의 스피커에서 목소리가 들렸다.

"뭐야?"

"누가 내 재판서류를 가져갔어요."

"누가?"

"난 모르죠. 전화부스 위에 놓아뒀는데, 2분 후에 보니까 사라졌어요."

"당신 물건은 당신이 챙겨야지."

"그건 아는데, 누가 훔쳐갔다니까요. 내가 본인 소송을 하기 때문에 서류가 필요해요. 수용동을 수색해줘요."

"첫째, 나한테 이래라저래라 하지 마. 그리고 두 번째, 수색은 무슨, 꿈 깨시고."

"그럼 이 일을 판사한테 보고할 겁니다. 판사가 좋아하진 않을 것 같은데."

"당신 눈엔 안 보이겠지만, 나 벌벌 떨고 있어, 지금."

"이봐요, 그 서류 찾아야 해요. 내 재판에 중요한 서류예요."

"그럼 더 신경 써서 관리하지 왜 그랬어."

나는 거울을 오랫동안 노려보다가 돌아서서 내 방으로 돌아왔다. 돈이 얼마가 들든 이곳을 벗어나야 한다는 것을 그때 확실히 깨달았다.

11

12월 10일, 화요일

데이나 버그 검사는 제니퍼 애런슨이 제기한 보석금 삭감 신청에 반대 입장을 정리할 시간이 필요하다고 주장했다. 그 말은 내가 또 한 번의 주말과 그 이후 얼마간의 시간을 트윈타워에서 보내야 한다는 것을 의미했다. 나는 상어가 득실대는 바다에서 자신을 안전하게 끌어내줄 구명 밧줄을 기다리는 사람처럼 화요일을 기다렸다.

나는 형사법원으로 가는 호송버스 안에서 볼로냐 샌드위치와 사과를 먹으며 이것이 마지막 아침 식사이기를 바랐다. 법원에 도착한 후 엘리베이터를 타고 수직으로 조성된 법원 구치감의 9층으로 올라갔다. 워필드 판사의 법정 옆에 있는 구치감으로 이끌려 들어갔을 때는 10시 심리가 시작되기 직전이어서 제니퍼와 미리 의논할 기회가 없었다. 정장이 준비돼 있어서 옷을 갈아입었다. 수선을 했는데도 허리 부분이 다시 헐렁했다. 이것만 봐도 수감생활이 내게 무슨 짓을 했는지를 충분히 알 수 있었다. 넥타이의 똑딱단추를 잠그고 있을 때 법정 경위가 들어와서 법정으로 들어갈 시간이라고 말했다.

방청객이 평소보다 많이 와 있었다. 기자들은 늘 앉는 줄에 앉아 있었고, 내 딸과 켄들 로버츠뿐만 아니라 해리 보슈와 안드레 라 코세의 모습도 보였다. 세상에서 이보다 더 다를 순 없는 두 남자가 자신들의 저금액을 나에게 쏟아부을 준비를 하고 나란히 앉아 있는 모습이 인상적이었다. 그들 옆에는 판사가 내 손을 들어줄 경우 거래를 하기 위해 보석보증인 페르난도 발렌수엘라가 와 있었다. 나는 지난 20년 동안 이따금 발렌수엘라와 거래를 했고 다시는 그를 이용하지 않겠다고 맹세했던 적도 여러 번 있었다. 그도 다시는 내 의뢰인의 보석금을 내서 빼주지 않겠다고 맹세한 적이 여러 번 있었다. 하지만 과거의 반목은 다 잊고 나를 위해 보석금을 대는 위험부담을 기꺼이 떠안을 준비를 하고 와 있는 거였다.

나는 딸을 향해 미소를 지었고 켄들에게는 윙크를 했다. 변호인석을 향해 돌아서려는데 법정 문이 열리더니 매기 맥퍼슨이 들어왔다. 매기가 방청석을 쓱 훑어보더니 우리 딸을 발견하고 딸 옆에 가서 앉았다. 헤일리는 이제 매기와 켄들 사이에 앉아 있었다. 두 여성은 만난 적이 없었다. 헤일리가 두 여성을 인사시키는 동안 나는 변호인석으로 가서 제니퍼 옆에 앉았다.

"매기 맥피어스한테 와달라고 했어?"

"네, 제가 부탁드렸어요." 제니퍼가 말했다.

"왜 그랬어?"

"검사잖아요. 대표님이 도주하지 않을 거라고 검사가 보증하면, 판사에게 굉장히 무게감 있게 전달될 것 같아서요."

"매기의 상관들에게도 굉장히 무게감 있게 전달될 거야. 그런 부담을 주지 말았어야……."

"대표님, 오늘 제 임무는 대표님을 감옥에서 빼내는 거예요. 그러기 위해서 수단과 방법을 가리지 않을 거고요. 대표님도 그러셔야 해요."

내가 대답하기 전에, 법정 경위 챈이 판사의 입장을 알리며 정숙을 요구했다. 1초 후 워필드 판사가 서기의 울타리 뒤에 있는 문을 열고 들어오더니 잰걸음으로 계단을 올라가 판사석에 가서 앉았다.

"캘리포니아 대 마이클 할러 사건 공판준비기일을 속행하겠습니다." 판사가 말했다. "피고인 측이 보석금 삭감 신청을 냈는데요. 피고인 측, 누가 변론할건가요?"

"제가 하겠습니다." 제니퍼가 일어서면서 말했다.

"좋습니다, 애런슨 변호사." 워필드가 말했다. "신청서는 지금 내 앞에 있는데요. 검찰 측 의견을 듣기 전에 더 할 말 있습니까?"

제니퍼는 리걸패드와 나눠줄 서류 뭉치를 들고 발언대로 향했다.

"네, 재판장님." 그녀가 말했다. "곧 나눠드릴 서류에 언급된 사건들에 더하여 보석금 삭감 신청을 지지하는 판례법에 대해서도 말씀드리고 싶습니다. 본 사건은 정상 참작 사유나 참작하지 않을 사유가 있는 사건이 아니며, 검찰은 피고인이 공동체에 위협이 된다는 암시를 한 적도 없습니다. 도주의 위협에 관해 말씀드리자면, 피고인은 체포된 이후로 자신이 받고 있는 혐의에 맞서 싸워 무죄를 입증하겠다는 단호한 의지만을 표명해왔습니다. 피고인을 계속 구금해 재판 준비를 완벽하게 할 수 없도록 함으로써 피고인의 본인 소송을 방해하려는 검찰의 부당한 시도에도 불구하고 말이죠. 간단히 말씀드리면 검찰은 두려워서 그리고 기울어진 운동장에서 재판에 임하고 싶기 때문에 피고인을 감옥에 붙잡아 두려는 겁니다."

판사는 제니퍼에게 할 말이 남았을 경우를 위해 잠깐 기다렸다. 버그 검사는 검사석에서 일어서서 판사가 주목해주기를 기다렸다.

"그리고 재판장님." 제니퍼가 말했다. "필요하다면 피고인의 인성에 대해 기꺼이 증언하겠다는 의사를 표명한 증인이 여기 많이 와 있습니다."

"그럴 필요는 없을 것 같군요." 워필드 판사가 말했다. "버그 검사? 반대 발언 하려고 기다리고 있는 것 같은데, 하세요."

제니퍼가 발언대를 떠났고 버그는 발언대로 향했다.

"감사합니다, 재판장님." 버그가 말했다. "피고인은 도주할 수단과 동기를 가진 것이 확실하므로 검찰은 보석금 삭감에 반대합니다. 아시다시피 지금 우리는 살인사건에 관한 재판을 하고 있고, 이 사건의 피해자는 피고인의 자동차 트렁크에서 발견됐습니다. 그리고 피고인의 차고에서 범행이 자행됐음을 분명히 보여주는 증거도 있고요. 이 사건의 증거가 압도적이라는 사실이 피고인이 도주할 충분한 이유가 된다고 생각합니다."

제니퍼는 검사가 증거의 성격을 함부로 단정하고 내 마음 상태를 추측하고 있다며 이의를 제기했다. 판사는 검사에게 추측을 자제하고 계속하라고 지시했다.

"그뿐만이 아닙니다, 재판장님." 버그가 말했다. "검찰은 본건의 혐의에 특수사정에 의한 살인 혐의를 추가할 것을 고려하고 있습니다. 그렇게 되면 보석금 문제는 논의할 필요도 없게 되는 것이고요."

제니퍼가 자리에서 벌떡 일어섰다.

"이의 있습니다!" 그녀가 소리쳤다.

나는 이것이 중요한 갈림길이라는 걸 알고 있었다. 특수사정 혐의,

즉 청부살인 혐의나 경제적 이득을 위한 살인 혐의가 추가되면 보석을 허락하지 않는 사건으로 전환되기 때문이다.

"검사는 지금 터무니없는 주장을 하고 있습니다." 제니퍼가 항변했다. "본 사건에 적용될 특수사정이란 것이 없을 뿐만 아니라 피고인 측이 지난주에 보석금 삭감 신청을 냈으므로 검찰이 타당한 특수사정 혐의를 고려하고 있었다면 벌써 혐의를 추가했을 것이기 때문입니다. 검찰은 재판장님이 피고인의 보석 석방을 허가하는 것을 막기 위해 허풍을 떨고 있습니다."

워필드 판사가 제니퍼와 버그를 번갈아 쳐다봤다.

"변호인의 주장에 일리가 있군요." 판사가 말했다. "검찰이 고려하는 특수사정 혐의란 것이 도대체 뭐죠?"

"존경하는 재판장님, 본 사건에 관한 수사가 여전히 진행 중이며 경제적 동기에 관한 증거를 찾는 중입니다." 검사가 말했다. "그러면 재판장님도 잘 아시다시피, 경제적 이득을 위한 살인은 특수사정범죄가 되는 것이죠."

제니퍼가 화가 나서 두 손을 넓게 펼쳐 들었다.

"존경하는 재판장님." 그녀가 말했다. "검찰은 앞으로 밝혀질 증거에 기초해 보석이 결정돼야 한다고 주장하는 것입니까? 제 귀를 의심하게 되는 주장입니다."

"변호인이 귀를 의심하든 말든 본 법정은 현재 시점에서 판결을 내리는 동안 미래에 생길 일을 고려하지는 않을 겁니다." 워필드가 말했다. "양측 인정합니까?"

"인정합니다." 제니퍼가 말했다.

"잠깐만요, 재판장님." 버그가 말했다.

나는 검사가 허리를 굽히고 나비넥타이를 맨 젊은 동료 검사와 상의하는 모습을 지켜봤다. 두 사람이 무슨 이야기를 하는지 안 들어도 알 것 같았다.

워필드 판사의 인내심이 금방 바닥을 드러내기 시작했다.

"검사, 이 심리를 준비할 시간을 달래서 줬잖아요. 그런데 지금 또 동료와 상의할 필요는 없지 않을까요? 인정할 준비가 됐습니까?"

버그 검사가 똑바로 서서 판사를 바라봤다.

"아뇨, 재판장님." 버그가 말했다. "재판장님이 아셔야 할 일이 있습니다. 피고인이 보석으로 풀려나면 이 나라를 떠나 멕시코로 도주할 계획을 세우고 있다는 첩보가 있어 현재 수사가 진행 중입니다."

제니퍼가 일어섰다.

"재판장님." 그녀가 항변했다. "검사의 근거 없는 주장을 얼마나 더 들어야 합니까? 검찰은 얼마나 피고인을 감옥에 붙잡아두고 싶었으면 이젠 거짓을 꾸며낸 수사까지……."

내가 일어서며 말했다.

"존경하는 재판장님, 검사의 주장과 관련해 한 말씀 드려도 되겠습니까?"

"잠깐만요, 변호인." 워필드 판사가 말했다. "검사, 말 잘해야 할 거예요. 검사가 주장하는 피고인의 국외 도주 계획에 대해 더 설명해보세요."

"재판장님, 피고인이 수감된 구치소에 있는 비밀 정보원이 우리 수사관들에게 제공한 정보에 따르면, 피고인은 보석으로 풀려나면 국경을 넘어 도주할 계획이라고 공공연히 말했습니다. 또한 법원이 보석금 삭감 조건으로 전자발찌 착용을 명령하면 이를 피하는 방법도 다 계획해뒀으며, 이 모든 사실을 공동 변호인도 다 알고 있다고 합니다. 피고인은 더 나아가 공동 변호인에게 내려와서 함께 낚시하자고 초대까지 했습니다."

"검사의 주장에 대해 할 말 있습니까, 변호인?" 워필드가 물었다.

"존경하는 재판장님, 검사의 주장은 여러 면에서 사실이 아닙니다. 우선 비밀 정보원의 존재부터 거짓입니다. 트윈타워 내에 비밀 정보원은 없습니다. 법으로 비밀을 보장받는 통화 내용을 도청해서 검찰에 첩보로 넘기는 교도관들이 존재할 뿐이죠."

"그건 심각한 주장이군요, 변호인." 워필드가 말했다. "변호인이 알고 있는 지식으로 우리를 깨우쳐주겠습니까?"

판사가 발언대를 가리켰고 나는 그곳으로 걸어갔다.

"존경하는 재판장님, 이 문제를 본 법정에서 논의할 기회를 주셔서 감사합니다. 저는 지난 6주간 트윈타워 구치소에 수감돼 있었습니다. 공동 변호인인 애런슨 변호사의 도움을 받아 본인 소송을 하기로 결정했고요. 그래서 저희 팀은 교도소에서 회의를 했고 K-10 수용동에 있는 공중전화로 수시로 통화도 했습니다. 이 회의와 통화는 교정 당국이든 다른 누구든 절대로 감청해서는 안 되는 신성불가침한 특전에 해당하는 것이고요."

"빨리 요점을 말해주면 좋겠는데요, 변호인." 판사가 끼어들었다.

"거의 다 왔습니다, 재판장님. 말씀드렸다시피, 변호인과 의뢰인 간의 비밀유지특전은 신성불가침한 것입니다. 그러나 트윈타워에서는 그렇지 않다는 의심이 들었고, 공동 변호인과 수사관과의 회의와 통화에서 오고 간 이야기가 어찌 된 영문인지 검찰과 버그 검사의 귀에 들어가고 있다는 의심도 들었습니다. 그래서 이것이 사실인지 아닌지 확인하기 위해 작은 실험을 했습니다. 공동 변호인과 통화하면서 제가 선언을 했죠, 지금 변호인과 통화 중이라 특전이 적용되는 상황이니까 감청하지 말라고요. 그런데 감청을 했던 모양입니다. 제가 즉석에서 지어낸 이야기와 구체적인 표현까지 조금 전 버그 검사의 입에서 거의 그대로 나온 것을 보면요."

버그가 대응하려고 일어서는 것을 보면서 나는 '당신 차례'라고 말하는 것처럼 손으로 그녀를 가리켰다. 나는 그녀가 한 말로 스스로 목을 매달게 할 생각에 검사가 내 말에 대응하기를 바랐다.

"재판장님." 버그가 입을 열었다. "피고인의 궤변이야말로 정말 제 귀를 의심하게 만듭니다. 피고인은 본인의 도주 계획이 법정에서 낱낱이 드러났는데, '맞아. 그런데 농담이었어. 누가 엿듣고 있나 알아보려고 실험한 거야'라고 하네요. 이건 본인의 행동을 시인한 겁니다, 재판장님. 이것만으로도 보석금을 삭감하는 것이 아니라 인상해야 할 충분한 이유가 된다고 생각합니다."

"그 말은 특전에 의해 보호받는 통화를 검찰이 감청한 것을 인정한다는 뜻입니까?" 내가 물었다.

"그런 게 아니고요." 버그가 날카롭게 맞받았다.

"잠깐만요!" 판사가 화가 나서 외쳤다. "이 법정의 판사는 납니다. 질문하는 사람은 나라고요, 변호인이 아니라."

판사는 말을 멈추고 엄한 표정으로 나와 버그를 차례로 노려봤다.

변론의 법칙

"정확히 언제 그런 통화를 했죠, 변호인?" 판사가 물었다.

"목요일 오후 5시 40분경입니다."

워필드가 버그에게로 눈길을 돌렸다.

"이 통화 녹음 내용을 듣고 싶군요." 판사가 말했다. "가능할까요, 검사?"

"아뇨, 재판장님." 버그가 말했다. "비밀유지특전이 적용되는 통화 녹음은 모니터가 삭제합니다."

"다 듣고 난 다음에 삭제한다는 뜻인가요?" 판사가 압박을 가했다.

"아뇨, 그렇지 않습니다, 재판장님." 버그가 말했다. "특전의 적용을 받는 통화는 특혜를 받죠. 특전 규칙에 따라 보호를 받는 변호인이나 다른 사람들과의 통화라는 사실이 확인되면 감청하지 않고, 바로 삭제가 됩니다. 그래서 변호인의 기이한 주장이 사실인지 확인할 수도 반박할 수도 없는 겁니다. 변호인도 그 사실을 알고 있고요."

"그렇지 않습니다, 재판장님."

워필드가 재빨리 내게로 고개를 돌리고 눈을 가늘게 뜨고 나를 쳐다봤다.

"무슨 말이죠, 변호인?" 판사가 물었다.

"저희가 실험을 하고 있었다고 말씀드렸잖습니까. 애런슨 변호사가 통화 내용을 녹음했고, 그래서 지금 당장 이 법정에서 녹음한 것을 들을 수 있습니다."

버그가 내 제안에 대해 이해타산을 따지는 동안 법정 안엔 침묵이 흘렀다.

"재판장님, 검찰은 통화 녹음파일 청취에 반대합니다." 검사가 말했다. "그 녹음파일의 진위를 확인할 길이 없기 때문입니다."

"제 의견은 다릅니다, 재판장님. 녹음파일은 교도소 전화 교환 시스템이 수신자부담 전화임을 알리는 것으로 시작됩니다. 그보다 더 중요한 것은 조금 전 버그 검사가 이 법정에서 폭로한 이야기와 표현을 그대로 듣게 될 거라는 점입니다. 제가 가짜로 녹음파일을 만들었다면, 검사가 법정에서 무슨 말을 할지 어떻게 알았겠습니까?"

워필드 판사가 잠깐 내 말을 곱씹은 뒤 대꾸했다.

"녹음파일 들어봅시다."

"재판장님." 버그의 목소리에 공포가 스며들어 오고 있었다. "이의를……."

"기각합니다." 워필드가 말했다. "말했죠? 녹음파일 듣자고."

제니퍼가 자신의 휴대전화를 들고 다가와 발언대에 올려놓았다. 그러고 나서 스탠드 마이크를 휴대전화 쪽으로 끌어내린 후, 녹음 앱에 있는 재생 버튼을 눌렀다.

영리한 제니퍼는 내 지시 없이도 통화 내용을 처음부터 녹음했고, 그래서 그녀가 로스앤젤레스 카운티 구치소에서 걸려온 수신자부담 전화를 받고 있다고 말하는 전자 음성까지 녹음돼 있었다. 통화가 끝난 후엔 제니퍼 자신의 목소리로 이 통화는 로스앤젤레스 카운티 교정 당국이 나의 특권을 침해하고 있는지를 알아보기 위한 실험이었다고 말하는 것까지 추가로 녹음해놓았다.

통화 내용은 설득력이 있었다. 나는 버그의 반응이 보고 싶었지만, 판사에게서 눈을 뗄 수가 없었다. 버그가 정보원에게서 들었다는 대화 내용이 나올 땐 판사의 표정이 더 어두워지는 것 같았다.

제니퍼의 추가 설명을 끝으로 녹음파일이 끝나자, 나는 다시 듣겠느냐고 판사에게 물었다. 판사는 아니라고 말했고 잠깐 생각을 정리했다. 변호사 생활도 했었던 워필드 판사는 구치소에 갇힌 의뢰인과 변호사와의 통화가 감청된다는 의심을 항상 갖고 있었을 것이 분명했다.

"제가 한 말씀 드려도 되겠습니까?" 버그 검사가 말했다. "저는 그 통화를 듣지 못했습니다. 아까 이 법정에서 말씀드린 것은 제가 전해 들은 사실이었고요. 보안관국 교도소 정보팀이 그 정보를 담은 보고서를 작성해서 제게 줬고, 그 정보가 정보원에게서 나왔다고 했습니다. 제가 알면서 거짓말하거나 법정을 오도하려 했던 것이 아니었습니다."

"내가 검사를 믿느냐 마느냐가 중요한 게 아니에요." 워필드가 말했다. "이 피고인의 권리가 심각하게 침해당했다는 사실이 중요하죠. 그에 대한 대가가 있을 겁니다. 조사가 진행될 것이고 진실이 밝혀지겠죠. 그건 그렇고 피고인 측이 제기한 보석금 삭감 신청에 관해 판결하겠습니다. 더 할 말 있나요, 버그 검사?"

"아뇨, 없습니다, 재판장님." 버그가 말했다.

"그럴 거라고 생각했어요." 판사가 말했다.

"제가 한 말씀 드려도 되겠습니까, 재판장님?" 내가 물었다.

"그럴 필요 없어요, 변호인. 필요 없어요."

12

내가 트윈타워의 출소자 전용 문을 열고 나왔을 때 친구와 동료, 사랑하는 가족 몇 명이 나를 반갑게 맞았다. 내가 밖으로 걸어 나오자 그들은 환호성을 지르면서 박수갈채를 보냈다. 기자들도 와서 내가 걸어와 포옹하고 악수하는 모습을 카메라에 담았다. 당혹스러우면서도 기분이 좋았다. 다시 신선한 공기를 마시는 이 순간을 만끽하고 싶었다. 내가 가진 여러 대의 링컨 차 중 한 대가 도로 경계석에 바짝 붙어 출발할 준비를 마치고 서 있었다. 샘 스케일스가 살해됐던 그 차는 당연히 아니었다.

환영객 줄 맨 끝에 해리 보슈와 안드레 라 코세가 서 있었다. 나는 그들에게 다가가 기꺼이 나를 지지해주고 보석보증금까지 내줘서 고맙다고 말했다.

"싸게 끝난 거지." 보슈가 말했다.

"법정에서 끝내주던데요." 라 코세가 덧붙였다. "항상 그랬듯이."

"한 사람당 2만 5천 달러도 굉장히 큰 액수야. 두 사람이 생각하는 것보다 더 빨리 갚을게."

두 사람은 관대하게도 보석금의 10퍼센트인 보석보증금을 충당하기 위해 각자 최대 20만 달러까지 낼 용의가 있다고 말했었다. 그러나 워필드 판사는 내 통화에 대한 감청 행위에 격분해 범법 행위에 대한 처벌로 보석금을 500만 달러에서 50만 달러로 삭감했다. 불행히도 전자발찌 착용을 명령했지만 그 소식이 내 두 후원자가 원래 제 안했던 금액의 극히 일부만 내도 된다는 기쁜 소식에 찬물을 끼얹지는 않았다.

어느 모로 보나 좋은 날이었다. 나는 자유로웠다.

나는 잠깐 이야기 좀 하자며 안드레를 옆으로 끌어냈다.

"안드레, 자네가 이럴 필요는 없었어. 내 말은, 해리는 내 형이니까 혈육이니까 그렇다 쳐도 자넨 내 의뢰인이잖아. 자네가 피땀 흘려 번 돈을 받는 건 진짜 아닌 것 같아."

"아뇨, 이럴 필요가 있었어요." 안드레가 말했다. "이렇게 해야만 했고요. 하고 싶었거든요."

나는 고맙다는 표시로 다시 고개를 끄덕인 후 그와 악수를 했다. 그러고 있는데 페르난도 발렌수엘라가 다가왔다. 환영 행사가 끝난 다음에 온 것이다.

"그러니까, 이 일로 나를 신경 쓰게 하지 마, 할러." 발렌수엘라가 말했다.

"발, 역시 내 친구야."

우리는 주먹 인사를 했다.

"아까 법정에서 멕시코 이야기 들었을 땐 '이게 뭔 개소리지?' 싶었어." 발렌수엘라가 말했다. "듣고 보니까 자네가 꾸민 거더구면. 대단한 쇼였어."

"쇼라니, 발. 난 거기서 나와야 했다고."

"그래서 나왔잖아. 내가 자넬 감시할 거야."

"어련하시겠어."

발렌수엘라가 자리를 떴고 다른 사람들이 다시 내 주위에 모여들었다. 매기를 찾아봤지만 보이지 않았다. 로나가 내게 뭐 하고 싶냐고 물었다.

"팀원들과 회의? 아니면 혼자 있고 싶어?" 로나가 물었다.

"뭐 하고 싶은지 알아? 저 링컨 차를 타고 창문을 다 내린 채 해변으로 드라이브 가고 싶어."

"나도 가도 돼?" 헤일리가 물었다.

"나는?" 켄들이 덩달아 물었다.

"물론이지. 열쇠 누구한테 있어?"

로나가 열쇠를 내 손에 쥐여주었다. 그러고는 휴대전화도 건넸다.

"당신 거는 아직도 경찰이 갖고 있어." 로나가 말했다. "하지만 이 전화기에 당신 연락처랑 이메일 다 넣어놨어."

"완벽해."

그러고는 허리를 굽히고 그녀에게 속삭였다.

"회의는 저녁 때 하자. 댄 타나스의 크리스천한테 전화해서 예약 가능한지 물어봐. 6주 동안 볼로냐 샌드위치만 먹었어. 오늘 밤엔 스테이크 좀 먹고 싶어."

"알았어." 로나가 말했다.

"그리고 해리도 불러. 아마 벌써 증거물 파일을 훑어봤을 거야. 할 말이 있을 거고."

"알았어."

"하나 더. 법정에서 매기와 얘기해봤어? 뿅 하고 사라졌더라고. 자기를 성격 증인[9]으로 불렀다고 화난 건 아닌가 몰라.”

“아냐, 화 안 났어. 판사가 증언할 필요 없다고 하니까, 사무실로 돌아가봐야 한다더라고. 그래도 당신을 위해서 와준 거야.”

나는 고개를 끄덕였다. 그 얘기를 들으니 안심이 됐다.

나는 리모컨으로 링컨 차를 열고 빙 돌아 운전석으로 갔다.

“타시지요, 숙녀분들.”

켄들은 헤일리에게 조수석을 양보하고 뒷좌석에 탔다. 그게 고마워 나는 백미러로 그녀에게 미소를 지었다.

“한눈팔지 마, 아빠.” 헤일리가 말했다.

“알았다.”

도로 경계석에 붙어 있던 링컨 차를 몰고서 도로를 달려 서쪽 방향 10번 고속도로를 탔다. 그때부터는 서로의 말소리를 들을 수 있게 창문을 올려야 했다.

“기분이 어때?” 켄들이 물었다.

“아직도 살인 혐의를 받고 있는 사람치고는 상당히 좋아.”

“그래도 아빠가 이길 거잖아, 맞지, 아빠?” 헤일리가 다급하게 물었다.

“걱정하지 마, 헤이, 아빠가 이길 거야. 그럼 그땐 상당히 좋은 기분에서 날아갈 듯한 기분으로 바뀔 거고. 됐지?”

“응.” 헤일리가 말했다.

잠깐 침묵이 흘렀다.

---

9 법정에서 원고 또는 피고의 성격 및 인품 등에 관해 증언하는 사람을 말한다.

"바보 같은 질문 하나 해도 돼?" 켄들이 말했다.

"법에 관해서는 바보 같은 질문이란 없어. 바보 같은 대답이 있을 뿐이지."

"이제 어떻게 되는 거야?" 켄들이 물었다. "당신이 보석으로 풀려났으니까, 공판이 미뤄지는 건가?"

"공판을 연기하게 하지 않을 거야. 신속 재판을 걸어놨거든."

"그게 정확히 무슨 뜻인데?" 켄들이 물었다.

나는 옆에 앉은 딸을 돌아봤다.

"로스쿨 1학년이니까 네가 대답하는 게 어때?"

"아빠 때문에 답을 아는 거지, 로스쿨 때문이 아니야." 헤일리가 말했다.

헤일리가 뒷좌석에 앉은 켄들을 돌아봤다.

"범죄 혐의를 받는 피의자는 신속한 재판을 받을 권리를 갖고 있어요." 헤일리가 말했다. "캘리포니아에서는 피의자가 체포된 날부터 공판일 열흘 이내에 예심을 열거나 대배심에서 기소를 해야 한다는 뜻이죠. 어느 쪽이든 피의자는 공식적으로 기소인정여부 절차를 받게 되고, 검찰은 60역일(曆日) 이내에 공판을 받게 하거나 공소를 취소해 판사가 사건을 기각하게 해야 하고요."

나는 고개를 끄덕였다. 헤일리가 제대로 알고 있었다.

"역일은 또 뭐야?" 켄들이 물었다.

"노동일을 말하는 거예요." 헤일리가 말했다. "주말과 휴일을 제외하고 60일 이내란 뜻이죠. 아빠는 추수감사절 직전에, 정확히는 11월 12일에 대배심에서 기소돼 기소인정여부 절차를 밟았으니까, 60일

변론의 법칙

후면 2월이 돼요. 추수감사절 이틀하고 크리스마스에서 새해 첫날까지 일주일은 휴일로 치거든요. 거기에 법원이 문을 닫는 마틴 루터 킹 목사 탄생일과 대통령의 날도 휴일로 치고요. 그렇게 계산해보니까 정확히 2월 18일이네요."

"운명의 날이지."

나는 팔을 뻗어 헤일리의 무릎을 꼭 잡아서 아빠가 자랑스러워하고 있다는 것을 알려줬다.

차량 흐름은 원활했고 나는 고속도로를 달려 굽이진 터널로 들어갔다. 터널을 나오자 퍼시픽코스트 고속도로로 이어졌다. 한참을 달리다 어느 비치 클럽의 주차장으로 들어가서 차를 세우고 내렸다. 종업원이 우리 쪽으로 걸어왔다. 주머니에 손을 넣었지만 아무것도 없었다. 내가 체포된 날 밤에 소지했던 물건들은 모두 봉투에 담겨 로나에게 가 있었다. 출소할 때 환영객들과 악수하고 포옹하기 위해 그 봉투를 로나에게 맡긴 것이 기억났다.

"나 돈이 없네. 누구 5달러 있어? 이 친구 주고 해변에서 10분만 있다 갈까?"

"나 있어." 켄들이 말했다.

그녀가 종업원에게 돈을 줬고 우리는 보행로와 자전거도로와 모래사장을 가로질러 바다를 향해 걸어갔다. 켄들은 구두를 벗어 한 손에 들고 걸었다. 그 모습이 매우 요염해 보였다.

"아빠, 물에 뛰어들 건 아니지?" 헤일리가 물었다.

"아냐. 파도 소리가 듣고 싶을 뿐이야. 트윈타워에서 고함과 철문 쾅쾅거리는 소리만 들었거든. 좋은 소리로 귀를 씻어내고 싶어서 그래."

우리는 파도가 몰려왔다 빠지고 생긴 젖은 모래턱에서 걸음을 멈췄다. 짙은 남빛의 바닷물 너머로 해가 뉘엿뉘엿 지고 있었다. 나는 두 동반자의 손을 잡고 조용히 서 있었다. 깊이 숨을 쉬면서 조금 전까지 내가 있었던 곳을 생각했다. 그 순간 나는 재판에서 꼭 이겨야겠다고 결심했다. 그곳으로 돌아갈 수는 없었다. 그곳으로 돌아가지 않기 위해 무슨 짓이라도 할 생각이었다.

나는 헤일리의 손을 놓고 딸을 한 팔로 끌어당겨 안았다.

"나는 그렇다 치고. 너는 어떻게 지내니, 헤이?"

"잘 지내." 헤일리가 말했다. "아빠 말이 맞았어. 1학년 땐 멘탈이 너덜너덜해질 거라는 거."

"그래, 하지만 넌 나 1학년 때보다 더 똑똑하니까, 잘해낼 거야."

"두고 봐야지, 뭐."

"네 엄마는 어때? 아까 법정에서 봤는데. 그리고 제니퍼 말로는 필요하다면 나를 위해 보증을 서겠다고 했다던데."

"엄마도 잘 지내. 그리고 아빠를 위해 증언하겠다고 했어."

"전화해서 고맙다고 해야겠다."

"그러면 좋지."

나는 고개를 돌려 켄들을 바라봤다. 그녀가 나를 버리고 하와이로 간 적이 없었던 것 같은 기분이 들었다.

"그리고 당신은? 당신도 잘 지내?"

"응, 지금은 기분 좋아." 켄들이 말했다. "법정에서는 당신을 보고 있기가 너무 힘들었어."

나는 고개를 끄덕였다. 그 마음을 알 것 같았다. 바다를 바라봤다. 철썩이는 파도 소리가 내 가슴에 메아리로 남았다. 다채롭고 강렬한 색깔. 지난 6주간 내 삶을 뒤덮었던 회색이 아니었다. 바다는 아름다웠고, 나는 이곳을 떠나고 싶지 않았다.

"자, 휴식 끝. 일하러 갈 시간이야."

시내로 돌아가는 교통 상황은 아까만큼 우호적이지 않았다. 코리아 타운에 있는 헤일리의 아파트까지 데려다주는 데 한 시간 가까이 걸렸다. 헤일리는 매주 하는 스터디가 있다면서 같이 저녁 먹자는 내 제안을 거절했다. 이번 주 주제는 영구구속금지의 원칙이라고 했다.

헤일리를 내려주고 잠깐 정차하면서 로나에게 전화를 걸었다. 그녀는 댄 타나스에 오후 8시로 예약해놨고 해리 보슈도 참석할 거라고 전했다.

"할 얘기가 있는 것 같았어." 로나가 말했다.

"잘됐네. 뭔지 듣고 싶군."

나는 전화를 끊고 켄들을 바라봤다.

"8시에 팀원들과 저녁 먹기로 했어. 다들 일 얘기를 하고 싶어 하는 것 같아. 그래서……."

"괜찮아." 그녀가 말했다. "거기 가고 싶은 거 알아. 나 내려주고 가."

"어디에?"

"당신 제안을 받아들여서, 당신 집에서 지내고 있어. 괜찮지?"

"괜찮지, 그럼. 잊고 있었는데, 잘했어. 나도 옷 갈아입으러 가야 하는데. 이거 체포될 때 입고 있었던 옷이거든. 이젠 맞지도 않고, 구치소 냄새가 나는 것 같아."

"잘됐네. 옷 벗고 좀 있다가 가."

켄들을 바라보니 도발적인 미소를 짓고 있었다.

"어, 우리 헤어진 거 아닌가?"

"맞지." 켄들이 말했다. "그래서 더 재밌을 거야."

"진짜?"

"진짜."

"좋아, 그럼."

나는 링컨 차를 다시 출발시켰다.

변론의 법칙

13

예전에 누가 그랬다, 종업원들이 나를 알아봐주는 곳이 내 단골 식당이라고. 그 말이 사실인 것 같다. 댄 타나스 종업원 모두가 나를 알았고 나도 그들을 알았다. 안내를 맡은 크리스천, 서빙하는 아르투로, 바텐더 마이크. 그러나 체크무늬 식탁보를 덮은 저렴한 이탈리아 음식점이 이 도시에서 가장 맛있는 뉴욕 스트립을 내놓는다는 사실이 그것 때문에 가려지지는 않았다. 나는 종업원들이 나를 알아봐주기 때문에 이곳을 좋아하기도 했지만, 그보다 이곳의 스테이크를 훨씬 더 좋아했다.

주차대행을 시키려고 차를 세우면서 보니 식당 출입문 밖에 보슈가 혼자 서 있었다. 흡연 벤치 앞에 있었지만, 나는 그가 담배를 끊었다는 것을 알고 있었다. 차 열쇠를 넘겨주고 나서 그에게로 걸어갔다. 꽤 두툼한 파일을 옆구리에 끼고 있는 것이 보였다. 개시된 증거물 파일인 듯했다.

"제일 먼저 온 거야?"

"아냐, 다들 안에 있어." 보슈가 말했다. "뒷쪽 구석 탁자."

"그럼 날 기다리고 있었던 거네. 내가 범인인지 아닌지 물어보려고?"

"날 그렇게 못 믿나? 네가 범인이라고 생각했으면 보석보증금을 내지 않았을 거야."

나는 고개를 끄덕였다.

"그 자료를 읽고도 그 마음은 안 바뀌었고?"

"응. 읽어보니까 네가 상당히 궁지에 몰렸다는 생각이 들더라."

"그러니까 말이야. 들어갈까?"

"그러자, 들어가기 전에 한 가지만 얘기할게. 방금 말했듯이, 누가 널 곤경에 빠뜨린 게 분명하니까, 시간을 넉넉히 갖고 재판 준비를 철저히 하는 게 어떨까 싶은데. 그 신속한 재판의 권리 같은 거 포기하고."

"신임투표 해주고 너무 많은 걸 바라는 거 아냐?"

"농담 말고 진지하게 생각해봐."

"충고는 고맙지만, 그러고 싶진 않아. 어떤 식으로든 빨리 끝내고 싶어."

"그래, 알았다."

"형은 어때? 괜찮아? 약 아직도 먹어?"

"매일 먹지. 지금까지는 아주 좋아."

"다행이네. 매디는? 잘 지내?"

"잘 지낸대, 경찰학교에서."

"이런, 부전여전인가."

"헤일리는 검사가 되고 싶은가 보던데."

"마음 바뀔 거야."

내가 보슈를 보며 싱긋 웃었다.

"들어가자."

"하나만 더. 내가 면회 안 간 이유를 설명하고 싶은데."

"그럴 필요 없어, 형. 괜찮으니까 걱정하지 마."

"면회 갔어야 했지만, 구치소에 있는 모습 보고 싶지 않았어."

"알아. 로나한테 들었어. 사실 형을 면회자 명단에 올리지도 않았어. 나도 거기 있는 내 모습 보이기 싫었거든."

보슈가 고개를 끄덕였고 우리는 안으로 들어갔다. 턱시도를 입은 지배인 크리스천이 나를 따뜻하게 맞았다. 내가 6주 이상 오지 않은 이유를 알 텐데도 그 이야기를 하지 않는 품격을 보여줬다. 나는 보슈를 형이라고 소개했다. 크리스천은 제니퍼와 로나와 시스코가 기다리는 탁자로 우리를 안내했다. 원래는 6인용 탁자였지만 시스코가 있으니까 비좁게 느껴졌다.

주변에서 나는 음식 냄새가 가히 압도적이었다. 나는 냄새에 이끌려 나도 모르게 이리저리 힐끔거리면서 다른 손님들은 뭘 주문했는지 살펴봤다.

"괜찮아, 대표님?" 시스코가 물었다.

내가 그를 돌아봤다.

"그럼, 괜찮고말고. 그런데 주문부터 하자. 아르투로는 어딨지?"

로나가 내 뒤에 있는 사람에게 손짓하자 곧 아르투로가 주문표를 들고 다가왔다. 적색육을 먹지 않는 제니퍼만 빼고 모두 스테이크 헬렌을 시켰다. 제니퍼는 아르투로가 추천한 파르메산 치즈를 넣은 가지요리를 주문했다. 로나는 술 마시는 사람들을 위해 레드와인을 한 병 주문했고, 나는 탄산수 큰 것 한 병을 시켰다. 그리고 나서 아르투로에게 빵과 버터를 최대한 빨리 갖다달라고 부탁했다. 우리만 남게 되자 내가 말했다.

"자, 여러분. 내가 풀려났고 법정에서 검사의 콧대를 살짝 꺾어줬으니까 오늘 밤엔 즐기자고. 하지만 그걸로 끝내야 해. 내일부터 다시 일해야 하니까 숙취가 생길 정도로 흥청망청은 곤란해."

보슈를 제외하고 모두가 고개를 끄덕였다. 그는 탁자 맞은편에 앉아 나를 물끄러미 쳐다보고 있었다.

"해리, 입이 근질근질해 보이는데. 나쁜 소식인가 보지? 먼저 시작할래? 개시 증거물 파일 갖고 있던데. 읽어봤어?"

"응, 그럼." 보슈가 말했다. "읽어봤고, 지인들과 얘기도 해봤고."

"지인 누구요?" 제니퍼가 물었다.

보슈가 제니퍼를 잠깐 쳐다봤다. 나는 탁자에서 손을 약간 들어 제니퍼에게 가만있으라는 신호를 보냈다. 보슈는 로스앤젤레스 경찰국에서 퇴직한 지 오래됐지만, 아직도 그곳 사람들과 밀접하게 교류하고 있었다. 나는 직접 경험을 통해 그 사실을 알고 있었기 때문에 그가 정보원을 밝히지 않는 것이 아무런 문제가 안 됐다.

"그 지인들이 뭐래?"

"네가 버그 검사를 맹공격한 것 때문에 검찰이 격분했대." 보슈가 말했다.

"자기네가 속이다가 걸려놓고 왜 우리한테 화를 낸대요?" 제니퍼가 말했다. "웃기지도 않네, 정말."

"그래서 결론이 뭔데? 그래서 어쩔 거래?"

"우선 성배를 찾으러 다니듯 특수사정을 찾으러 다닐 건가 봐." 보슈가 말했다. "널 다시 감옥에 처넣어서 오늘 네가 물 먹인 일에 대한 복수를 하려는 거지."

"웃기시네, 진짜." 시스코가 말했다.

"그러게, 하지만 그렇게 할 수 있어." 보슈가 말한다. "증거를 찾으면."

"글쎄, 증거가 없다니까요." 제니퍼가 말했다. "경제적 이득요? 청부살인요? 말도 안 돼요, 정말."

"내가 하고 싶은 말은 그들이 증거를 찾고 있다는 거야." 보슈가 탁자에 둘러앉은 다른 사람들은 하나도 중요하지 않다는 듯 나만 뚫어지게 쳐다보면서 말했다. "그러니까 항상 조심하라고."

"정말 이해가 안 가네." 로나가 말했다.

"네 자동차와 휴대전화 정보 안 줬다고 길길이 뛰었잖아, 너." 보슈가 말했다. "그걸로 네가 집을 떠난 적이 없다는 사실을 증명하려는 것 같은데, 아니야? 오히려 그 정보가 네가 사람을 사서 스케일스를 납치해 데려오게 했다는 증거가 될 수도 있어. 그럼 그건 널 청부살인으로 몰고 가겠지."

"진짜 웃기시네." 시스코가 말했다.

"내 말은 그들이 그렇게 생각한다는 거야." 보슈가 말했다. "나라도 그렇게 생각할 거고."

"샘이 나한테 빚진 게 있어. 마지막 사건 때 잔금을 안 줬거든. 그래서 우리가 고소했고. 얼마였더라, 로나? 6만 달러였나?"

"7만 5천 달러." 로나가 말했다. "이자랑 위약금까지 합치면, 10만 달러가 넘지. 하지만 고소한 건 법원의 판단과 우선변제권을 얻기 위해서였을 뿐이야. 어차피 못 받을 거라는 거 알고 있었고."

"하지만 검찰이 그 사실을 지적하면서 경제적 이득을 위한 살인으로 포장할 수 있겠지. 샘에게 돈이 있었다는 걸 입증할 수 있다면, 샘이 죽음으로써 우리가 우선변제를 받을 수 있었을 거라고 주장할 수 있을 거고."

"샘에게 돈이 있었어?" 보슈가 말했다. "그가 그동안 각종 사기극을 통해 1천만 달러를 긁어모았다는 신문 스크랩이 증거자료에 있던데. 그 돈이 다 어디로 갔을까?"

"나도 그 기사 기억해. 샘을 '미국인이 가장 혐오하는 사람'이라고 칭했지. 과장이 심했어. 그것 때문에 내가 얼마나 고초를 겪었는지 몰라. 특히 집에서. 하지만 샘은 항상 사기를 치고 있었어. 항상 어딘가에서 돈이 들어왔고, 또 어딘가로 흘러나갔지."

"그래도 이건 정말 말이 안 돼요." 제니퍼가 말했다. "수임료 못 받았다고 예전 의뢰인을 죽인다고요? 7만 5천 달러 때문에? 10만 달러 때문에?"

"아냐, 검찰이 그렇게 생각하진 않아. 요점은 그게 아니라고. 요점은, 검찰이 화가 나서 이걸 특수사정으로 몰아붙이려 한다는 거지. 그럼 난 보석이 취소되고 트윈타워로 돌아가야 하거든. 검찰이 원하는 게 그거야. 나를 엿 먹이는 거. 탁자가 자기네 쪽으로 기울게 하는 거. 추가 혐의가 나중에 법정에서 인정이 되든 말든 그건 중요한 게 아니고."

제니퍼가 고개를 가로저었다.

"그래도 여전히 말이 안 되는 것 같아요." 그녀가 말했다. "형사님 정보원들이 헛소리한 것 아닐까요?"

제니퍼가 보슈를 날카롭게 쳐다봤다. 새로운 인물이고 외부인이

변론의 법칙

라 그녀의 눈에는 의심스럽게 보이는 모양이었다. 그 순간을 모면하려고 내가 끼어들었다.

"그래, 그럼, 검찰이 이 엿 같은 혐의를 제기하기까지 시간이 얼마나 남았을까?"

"검찰이 먼저 샘의 돈을 찾아야 하고 네가 그 돈에 대해 알고 있었다고 입증해야겠지." 보슈가 말했다. "그러고 나서는 공소를 취소하고 대배심으로 돌아갈 거야. 거기서 특수사정을 얹어서 다시 공소를 제기할 거고."

"그렇게 되면 신속한 재판 시계를 새로 설정할 거고, 오늘 건에 대한 보석보증금은 날아가겠죠." 제니퍼가 말했다. "대표님은 구치소로 돌아가시고, 보석보증금은 압수당하고요."

"기가 막히는군." 시스코가 말했다.

"좋아, 그럼 그런 일이 벌어지자마자 워필드 판사를 만나러 들어갈 준비를 미리 해놓자고. 형, 소식 듣는 거 있으면 알려줘. 제니퍼, 논거가 필요해. 검찰이 신속한 재판을 방해하고 있다, 보복하려 한다, 그런 논조로."

"준비할게요." 제니퍼가 말했다. "와, 진짜 너무 화가 나네요, 검찰이 어떻게 그런."

"일을 감정적으로 처리하지 마. 우리가 화가 나서 들어가지 말고, 들어가서 판사가 화내게 하자고. 오늘 녹음파일을 틀었을 때 판사가 화내는 걸 봤어. 녹음 내용을 들으니까 변호사 시절로 돌아간 기분이었을 거야. 검찰이 나를 엿 먹이려는 목적으로 이런 짓을 하는 거라면, 우리가 말하기도 전에 워필드 판사가 알아차릴 거야."

제니퍼와 보슈가 동시에 고개를 끄덕였다.

"겁쟁이 새끼들." 시스코가 말했다. "당신한테 직접 맞서는 게 무서운 거야, 대표님."

검찰의 비열한 수법에 팀원들이 나보다 더 화를 내는 것을 보니 기분이 좋았다. 이런 분위기는 재판 때까지 남은 몇 주간 그들을 서슬 퍼런 전사들로 유지시켜줄 터였다.

나는 다시 보슈에게로 관심을 돌렸다. 내 재판에 그의 도움을 받는다는 것은 믿기 어려운 행운이라는 것을 나는 누구보다도 잘 알고 있었다. 전년도에 내가 그의 편을 들어줬더니 이젠 그가 내 편을 들어주고 있었다. 그러나 그런 도덕적 지지는 그가 수사관으로서 가져온 것 앞에서는 빛이 바랬다.

"형, 드러커나 로페스와 일한 적 있어?" 내가 물었다.

로스앤젤레스 경찰국의 켄트 드러커와 라파엘 로페스가 이 사건 담당 형사였다. 그들은 엘리트 조직인 강력계 소속이었고, 보슈도 퇴직할 때까지 거기서 일했다.

"사건을 같이 맡은 적은 없어." 보슈가 말했다. "같은 강력계였지만, 하는 일이 겹치는 경우는 거의 없었지. 하지만 유능한 형사들이었다는 건 알아. 유능하지 않으면 강력계 못 들어오거든. 문제는, 강력계에 와서 뭘 하느냐는 거지. 성공에 안주해서 쉬느냐, 계속 장작을 패느냐, 어느 쪽일 것 같아? 그들이 이 사건을 배정받았다는 사실만 봐도 답은 나오지만."

나는 고개를 끄덕였다. 보슈가 망설이는 표정이었다. 뭘 더 들은 게 아닌지 궁금했다. 가치가 있는 정보인지 아직 확신이 없는 것인지도 몰랐다. 아니면 그 정보를 완전히 파악할 때까지 말을 안 하고 있는 것일 수도 있었다.

"뭔데? 또 다른 게 있어?"

"응." 보슈가 말했다.

"여기서 얘기해봐, 같이 의논하게."

"내가 강력계에서 거의 마지막에 맡은 사건 하나가 금융사기 관련 사건이었어." 보슈가 말했다. "한 남자가 기금을 횡령하다가 들통이 나니까 그 사실을 알아낸 남자의 입을 막으려고 살해한 사건이었지. 거의 모든 게 분명한 사건이었는데, 횡령했다던 돈을 찾을 수가 없었어. 돈을 흥청망청 쓴 흔적도 없고. 돈을 안 쓰고 숨겨놓았던 거지. 그래서 금융 포렌식 전문가를 고용해 그 돈을 추적했어."

"그래서 찾았어?"

"응, 해외로 반출된 걸 확인해 혐의를 입증했지." 보슈가 말했다. "그 이야길 왜 하냐 하면, 그때 내 동료가 아직도 강력계에서 일하는데, 나한테 그러더라고, 드러커가 찾아와서 그 금융 포렌식 전문가 연락처를 물었다고."

"우리도 금융 포렌식 전문가 찾아봐야겠는데요." 제니퍼가 덧붙였다.

그러고는 자기 앞에 놓인 작은 메모장에 메모를 했다.

"샘의 예전 사건 자료를 다시 뒤져보자. 샘이 현금을 어떻게 움직이고 숨겼는지에 관한 정보가 그 안에 있을 거야. 형, 다른 거는?"

나는 아르투로를 기다리며 어깨 너머를 돌아봤다. 배가 고파 죽을 지경은 아니었지만, 6주 만에 처음으로 먹게 된 음식다운 음식이 자꾸만 기다려졌다.

"증거물 파일에 있는 사진과 부검감정서 다 훑어봤는데." 보슈가 말했다. "거의 다 분명한 것들이고, 놀라운 건 하나도 없더라고. 그런데 이건 좀 달랐어."

그는 증거물 복사본 파일을 뒤져서 서류 두 개와 사건 현장 사진 한 장을 꺼냈다. 그것들을 사람들에게 나눠주고, 모두가 살펴본 뒤 자료가 자신에게 돌아올 때까지 잠깐 기다렸다.

"피해자의 손톱 밑에 흙인지 기름인지가 끼어 있어서 그걸 긁어내 성분 검사를 했다고 부검감정서에 적혀 있어." 보슈가 말했다. "그러고 나서 검사 결과보고서에는 그 물질은 식물성 기름, 닭의 지방, 사탕수수의 혼합물이라고, 다시 말해, 요리 기름이라고 적혀 있고."

"나도 증거물 파일에서 봤어. 그게 왜 중요하지?"

"범죄 현장 사진들을 보면, 피해자의 손톱 열 개에 다 이 물질이 끼어서 더러운 게 보여." 보슈가 말했다.

"아직도 이해가 안 가. 혈흔 같은 거라면 주목할 만……."

"이 친구 전과기록을 봤어." 보슈가 내 말을 끊고 끼어들었다. "죄다 화이트칼라 사기사건이던데. 주로 인터넷을 이용한. 그런데 요즘엔 손톱 밑에 기름을 묻히고 돌아다녔다는 거잖아."

"그래서, 그게 무슨 의미인데?"

"설거지 일을 했었나 보지." 시스코가 말했다.

"그가 완전히 새로운 어떤 일에 빠져 있었다는 뜻이지." 보슈가 말했다. "그게 이 사건과 무슨 관계가 있는지는 나도 모르겠어. 하지만 손톱에 낀 기름 샘플 좀 달라고 해서 자체적으로 검사해볼 필요는 있다고 생각해."

"그래, 알았어. 그렇게 할게. 제니퍼?"

"네, 알겠습니다." 그녀가 말했다.

제니퍼가 메모를 했다. 바통을 로나에게 넘겨서 내가 변호를 맡았던 사건들을 훑어보면서 뭐라도 알아낸 게 있는지 들어보려는 찰나, 아르투로가 스테이크를 갖고 왔다. 나는 모두의 앞에 음식이 놓일 때까지 입을 다물고 있었다. 그리고 나서 한 달 반 동안 사과와 볼로냐 샌드위치만 먹은 사람답게 스테이크를 게걸스레 먹기 시작했다.

곧 나는 다른 사람들이 나를 구경하고 있다는 걸 알아차렸다. 나는 고개를 들어 그들을 쳐다보지도 않은 채 말했다.

"왜, 스테이크 먹는 사람 처음 봐?"

"이렇게 빨리 먹는 사람은 처음 봐." 로나가 대꾸했다.

"그럼 계속 봐. 먹어보고 하나 더 시킬까 봐. 전투를 위한 최적의 몸무게로 돌아가야 돼. 당신은 한 입 먹고 오래 쉬니까, 그 사이에 나의 적들에 대해 알아낸 거 있으면 얘기 좀 해줘."

로나가 대답하기 전에, 내가 보슈를 흘끗 보면서 설명했다.

"로나는 내가 맡았던 사건 자료들을 훑어보면서 내 적들의 명단을 만들었어. 내게 이런 짓을 하고 싶어 했을 만한 사람들."

"아직까진 몇 명 안 돼." 로나가 말했다. "문제가 되는 의뢰인이 몇 명 있었고, 협박도 여러 번 받았지만, 이런 함정을 팔 만한 기술도 있고 머리도 되고 자금도 되는 사람은 거의 없는 것 같아."

"아주 정교한 함정이야." 시스코가 덧붙였다. "당신의 지극히 평범한 고객은 엄두도 못 낼."

"그럼, 누가 팠을까, 함정? 명단에 올라온 사람은 누구야?"

"모든 자료를 두 번씩 봤는데 명단에 올린 이름은 딱 한 개야." 로나가 말했다.

"딱 한 개? 그게 다야? 누군데?"

"루이스 오파리지오." 로나가 말했다.

"잠깐만, 누구? 루이스 오파리지오……?"

이름은 굉장히 친숙한데 누군지 바로 생각나지는 않아서 잠깐 기억을 더듬어야 했다. 루이스 오파리지오라는 의뢰인은 분명히 없었다. 그제야 기억이 났다. 오파리지오는 의뢰인이 아니라 증인이었다. 마피아 집안 출신으로 범죄기업과 합법적 사업 사이에 양다리를 걸친 사업가였다. 내가 그를 이용했다. 증인석에 앉은 그를 코너로 몰았고 진범으로 보이게 만들었다. 그래서 배심원단은 내 의뢰인에게서 관심을 거둬들여 오파리지오에게 집중했다. 오파리지오에 비하면 내 의뢰인은 천사처럼 보였다.

법원 화장실에서 오파리지오와 마주쳤던 일이 떠올랐다. 그 분노, 그 증오가 아직도 생생히 기억났다. 그는 황소 같고 소화전 같은 덩치의 남자였다. 거대한 두 팔은 금방이라도 나를 잡아 찢어놓을 것만 같았다. 그는 나를 구석으로 몰아세웠고 그 자리에서 나를 죽이려고 했었다.

"오파리지오가 누군데?" 보슈가 물었다.

"언젠가 법정에서 내가 살인자로 몬 사람이야."

"라스베이거스 조폭 출신이죠." 시스코가 덧붙였다.

"그래서 그자가 진범이었어?" 보슈가 물었다.

"아니, 하지만 내가 그 친구를 진범처럼 보이게 만들었어. 그 덕분에 내 의뢰인은 무죄 평결을 받고 걸어 나왔고."

"그럼 네 의뢰인이 진짜 범인이었어?"

나는 잠깐 망설이다가 사실대로 대답했다.

"응, 그런데 그땐 그 사실을 몰랐어."

보슈는 고개를 끄덕였고, 나는 그것을 판결로 받아들였다. 사람들이 변호사를 혐오하는 이유를 조금 전 내가 확인시켜준 것 같은 기분이 들었다.

"그럼, 오파라지오가 너에게 받은 만큼 갚아주고 너를 살인자로 몰려고 했다, 그거네? 너무 터무니없지 않나?" 보슈가 말했다.

"아니, 전혀. 당시 법정에서 있었던 일 때문에 그 친구 많이 힘들었고 돈도 많이 잃었거든. 오파리지오는 벼락출세한 사람이었어. 조폭 짓을 해서 번 돈을 합법적인 분야로 옮겨놓으려고 했는데, 내가 그를 증언대에 세우고 그걸 다 폭로해버렸지."

보슈는 한참 동안 그 이야기를 곱씹었고 아무도 방해하지 않았다.

"좋아." 마침내 보슈가 말했다. "오파리지오는 내가 맡을게. 요즘 뭐 하고 사는지 알아볼게. 그리고 시스코, 자넨 샘 스케일스를 계속 맡아줘. 어쩌면 우리가 어딘가에서 마주칠 수도 있어. 그럼 이 모든 일이 왜 일어났는지 알게 되겠지."

내게는 괜찮은 계획으로 들렸지만, 결정은 시스코 본인이 내리게 할 생각이었다. 모두가 그를 바라보며 기다리고 있으니까 그가 고개를 끄덕였다.

"좋아." 시스코가 말했다. "그렇게 합시다."

14

나는 늦게 집에 도착해 거리에 차를 세웠다. 이젠 차고에 차를 넣고 싶지 않았고 다시 차고를 이용할 수나 있을지 자신도 없었다. 집 안으로 들어가 보니 칠흑같이 어두웠다. 그 순간 나는 켄들이 떠났다고 생각했다. 구치소에서 나온 나와 이곳에서 또 함께 살고 싶지는 않다는 것을 깨달은 거라고 생각했다. 그러나 그때 어두운 복도에서 인기척이 났고 그녀가 나타났다. 그녀는 가운을 입고 있었다.

"왔네." 켄들이 말했다.

"응, 늦었어. 의논할 게 많아서. 불도 안 켜고 기다리고 있었어?"

"실은 아까부터 잤어. 우린 집에 들어오면 불 안 켰잖아. 곧장 침대로 직행했지."

나는 고개를 끄덕였다. 눈이 그늘과 어둠에 적응하기 시작했다.

"그럼 저녁도 안 먹었겠네? 배고프겠다."

"아냐, 괜찮아." 그녀가 말했다. "당신이야말로 피곤하겠네."

"응, 조금."

"그래도 아직도 흥분되지? 자유의 몸이 된 거."

"응."

그날 아침에 나는 구치소 감방에서 잠이 깼었다. 그런데 지금은 6주 만에 처음으로 내 침대에서 자려고 하고 있었다. 두꺼운 매트리스에 등을 대고 부드러운 베개에 머리를 누이려 하고 있었다. 그리고 그것만으로는 충분치 않은 것처럼, 내 전 여자 친구가 돌아와 가운을 풀고 속에는 아무것도 입지 않은 채 내 앞에 서 있었다. 나는 여전히 살인 혐의를 받고 있었지만, 단 하루 만에 내 운명이 어떻게 바뀌었는지 생각하면 그저 놀라울 뿐이었다. 아무도 나를 건드릴 수 없을 거라는 느낌이 들었다. 나는 특별했다. 나는 자유였다.

"너무 많이 피곤하면 안 되는데." 켄들이 미소를 지으면서 말했다.

"내가 알아서 할게."

켄들이 돌아서서 침실로 이어지는 어두운 복도로 사라졌다.

그리고 나는 그녀를 따라갔다.

제2부

꿀을 따라가라

15

1월 9일, 목요일

나는 나의 결백에 대해 환상을 갖고 있지 않았다. 결백은 나만이 확실히 알 수 있는 것임을 그리고 결백이 부당함에 대한 완벽한 방패가 될 수 없다는 것도 알았다. 결백은 그 어느 것도 보장해주지 못했다. 구름이 저절로 걷히고 신성한 개입의 빛이 나를 비추는 일은 없을 것이다.

나는 혼자였다.

결백은 법률용어가 아니다. 법정은 결백의 판결을 내리는 곳이 아니다. 배심원단의 평결이 결백을 증명해주지도 않는다. 사법부는 유무죄만 판단해줄 수 있다. 그 이상도 그 이하도 아니다.

결백의 법칙은 성문화된 규정이 아니다. 가죽 장정의 어느 법전에도 적혀 있지 않다. 법정에서 다툴 수 있는 문제도 아니다. 선출직 법조인들에 의해 법제화될 수 있는 것도 아니다. 결백의 법칙은 추상적인 생각이며, 자연과 과학이라는 엄격한 법칙과 밀접한 관련이 있다. 물리학의 법칙에서는 모든 작용에 대해 동등하고 반대 방향인 반작용이 존재한다. 결백의 법칙에서는 어떤 범죄에 대해 무죄인 사람이 있으면 유죄인 사람이 어딘가에 반드시 존재한다. 그러므로 진정한 결백을 증명하기 위해서는 유죄인 사람을 찾아내 세상에 드러내 보여야 한다.

그것이 내 계획이었다. 배심원단의 평결보다 더 나아가는 것. 진범을 찾아내어 나의 결백을 분명히 드러내는 것. 그것이 내가 결백을 입증하는 유일한 방법이었다.

12월은 그 목적에 도달하기 위한 준비를 하면서 흘러갔다. 공판준비는 물론이고, 나를 재기소해 트윈타워의 독거실로 돌려보내려는 검찰의 예상되는 움직임에 맞설 준비도 해야 했다. 크리스마스가 다가올수록 피해망상은 점점 더 커졌다. 사형집행인 데이나가 지난 심리 때 내게 받은 수모에 대한 보복으로 가장 잔인한 조치를 취할 것 같았다. 연말 휴가 땐 법원이 모두 문을 닫는 것을 고려해 크리스마스 날 나를 체포해서 새해가 될 때까지 워필드 판사 앞에서 우리가 준비한 변론을 할 수 없게 만들 것만 같았다.

내가 피할 수 있는 방법은 없었다. 내 보석 조건에는 내가 로스앤젤레스 카운티를 떠나는 것을 금지하는 항목이 있었고, 발목에 부착한 전자발찌는 내 위치를 24시간 내내 교정 당국에 알려주고 있었다. 당국이 원한다면 언제라도 나를 찾아낼 수 있었다. 탈출은 불가능했다.

그러나 아무도 오지 않았다. 나를 찾아와 문을 두드린 사람은 한 명도 없었다.

나는 크리스마스이브를 딸과 보냈고, 크리스마스에 딸은 엄마 집으로 갔다. 일주일 후에는 헤일리가 나와 이른 저녁을 함께 먹은 뒤 친구들과 새해맞이를 하러 외출했다. 켄들은 줄곧 나와 함께 있었고, 한 해의 마지막 날에는 하와이에서 짐을 모두 싣고 와야겠다는 말까지 했다.

12월은 대체로 자유를 누리면서 곧 다가올 공판을 준비하며 보람차게 보냈다. 그러나 자꾸만 어깨너머를 돌아보지 않았다면 더 좋았을 것이다. 내가 속았다는 생각이 들기 시작했다. 검찰이 나를 다시 체포할 거라는 거짓 정보를 일부러 보슈에게 흘린 것이 진짜 보복이었다는 생각이 들었다. 데이나 버그는 내가 다시 찾은 자유를 온전히 누릴 수 없도록, 그래서 자신이 마지막 승자가 될 수 있도록 술수를 쓴 것이 틀림없었다.

트윈타워 구치소에서 발생한 도청 사건의 비밀유지특전 위반 사실을 인정한 워필드 판사가 약속했던 대로 수사가 진행됐지만, 버그 검사는 무탈하게 수사망을 벗어났다. 그 불법적 활동은 전적으로 구치소 정보팀이 저지른 것으로 결론이 났다. 구치소 당국의 불법 감청 소식이 크리스마스 이후 뉴스거리가 부족한 주간에 〈로스앤젤레스 타임스〉로 새어 나가 기사화되었고, 그후 새해 첫날에는 1면 독점기사로 다뤄졌다. 이 기사는 교도관들이 여러 해 전부터 비밀유지특전이 있는 통화를 도청했고, 존재하지도 않는 교도소 정보원들이 작성한 것처럼 그 내용을 토대로 기밀보고서를 썼다고 결론지었다. 그리고 이 기밀보고서들은 경찰과 검찰로 넘겨졌다. 이것은 그동안 수없이 두들겨 맞았던 보안관국 교정 담당 부서가 한 대 더 얻어맞은 것에 불과했다. 이 부서는 지난 10년간 여러 사건과 관련하여 FBI의 수사를 받았다. 수감자들끼리 검투사 싸움을 시키고, 사이가 좋지 않은 수감자나 경쟁조직의 조직원 수감자를 한 방에 집어넣고, 조직원 출신 수감자들을 시켜서 보복성 구타를 하고 다른 수감자들을 강간하는 등, 교도관들이 저지른 끔찍한 만행이 넘쳐났다. 담당 교도관들이 줄줄이 기소됐고 책임자들이 갈렸다. 당시 보안관과 그 밑의 2인자는 교도관들의 타락과 부패를 모른 척한 죄로 감옥에 가기까지 했다.

현재의 도청 스캔들은 앞으로도 더 철저한 조사와 망신살을 가져올 것이 분명했다. 연방 수사요원들이 돌아올 것이 거의 확실했다. 새해에는 불법 도청이 있었던 사건에서 받은 유죄 평결을 뒤집으려고 변호사들이 와르르 쏟아져 나와 대혼란이 있을 터였다.

이런 전망 때문에 나는 트윈타워로 돌아가지 않겠다는 결심을 더욱 굳혔다. 그곳 교도관들은 자기들에게 닥친 지금의 스캔들이 나로 인해 일어난 것임을 알고 있을 것이다. 내가 돌아가면 어떤 보복이 기다리고 있을지 생생하게 그려졌다.

드디어 해리 보슈에게서 전화가 왔다. 크리스마스와 새해 축하 인사와 함께 수사가 어떻게 진행되고 있는지 알려달라는 메시지를 여러 번 남겼지만 크리스마스 훨씬 전부터 아무런 연락이 없었다. 무슨 일이 생긴 건 아니었다. 크리스마스 방학을 맞아 사촌 매디네 집에 놀러 갔던 헤일리가 집에서 그를 봤다고 보고했다. 그리고 마침내, 그가 전화를 했다. 그는 지난 몇 주간 내가 연락하려고 애쓴 것을 모르는 듯했다. 거두절미하고 내게 보여주고 싶은 것이 있다고 했다. 나는 아직 집에 있었고 켄들과 커피를 두 잔째 마시는 중이었는데, 보슈가 들러서 나를 태우고 어딘가로 가겠다고 했다.

우리는 보슈의 낡은 지프 체로키를 타고 남쪽으로 달려갔다. 직각으로 네모진 디자인에 25년된 서스펜션이 달린 구닥다리 SUV였다. 흔들리고 덜컹거리고 미끄러졌다. 타이어가 아스팔트의 이음매에 닿을 때마다 흔들렸고, 움푹 팬 곳을 지날 때마다 덜컹거렸으며, 좌회전할 때마다 노화된 스프링이 눌리고 차가 오른쪽으로 기울어져 미끄러지려고 했다.

그는 계속 KNX 뉴스를 틀어놓았고, 나와 대화하면서도 한 귀로는 라디오를 듣고 간간이 뉴스에 대해 언급하는 특이한 능력이 있었다. 내가 대꾸를 하려고 볼륨을 줄이면, 곧 그가 다시 높이곤 했다. 언덕을 내려온 다음 내가 물었다.

"그래서 어디 가는 건데?"

"먼저 보여주고 싶은 게 있어." 보슈가 말했다.

"오파리지오에 관한 거지? 그 사람 수사를 하고 있다가 한 달 가까이 사라졌으니."

"사라지긴 누가 사라져. 일하고 있었는데. 전에 그랬잖아, 할 얘기가 생기면 연락하겠다고. 그래서 전화한 거야."

"샘 스케일스 사건과 관련이 있는 일이길 바라. 아니라면 계속 헛물켰던 게 되니까."

"곧 알게 될 거야."

"어디까지 가는지 정도는 말해줄 수 있지 않나? 그래야 언제 돌아올지 로나에게 말해주지."

"터미널 아일랜드."

"뭐? 발목에 이런 걸 차서 나는 안 들여보내 줄 텐데."

"교도소에 가는 거 아냐. 보여주고 싶은 게 있어."

"사진으로 보면 안 돼?"

"응, 안 돼."

그 후로 한동안 우리는 조용히 달렸다. 보슈는 남행 101번 고속도로를 타고 시내로 가서 110번 도로로 갈아탔다. 계속 달려가면 로스앤젤레스 항구에 있는 터미널 아일랜드가 나올 것이다. 차를 타고 가는 내내 우리 사이에 대화가 끊겨도 전혀 어색하거나 불편하지 않았다. 이복형제인 우리는 침묵에 익숙했다. 보슈는 뉴스를 들었고 나는 재판에 대해 생각하느라 귓등으로 흘리고 있었다. 공판까지 6주도 채 남지 않았는데, 변론의 뼈대도 잡지 못한 상태였다. 보슈는 한동안 소식이 없었지만 적어도 내게 보여주고 싶은 것을 확보했다. 반면에 나와 밀접하게 연락을 주고받으며 샘 스케일스의 배경을 조사해온 내 수사관 시스코의 노력은 아직까지 아무런 결실을 맺지 못했다. 일주일 후면 상상도 하기 싫은 일을 해야 할 수도 있었다. 신속한 재판을 받을 권리를 내던지고 시간을, 재판 연기를 요구해야 할 수도 있었다. 그러나 그런 요구가 너무 많은 것을 드러낼 것 같아 걱정이었다. 우리의 절박함과 두려움을 보여주고 심지어 내가 유죄라는 신호를 보낼 수도 있었다. 내가 불가피한 것을 미루는 사람처럼 행동하게 될 테니까.

"도대체 우한이 어디야?" 보슈가 말했다.

그의 말이 나락으로 곤두박질치는 생각에서 나를 구해줬다.

"누구?"

보슈가 라디오를 가리켰다.

"사람이 아니고." 그가 말했다. "중국 지명이야. 안 들었어?"

"응, 생각 좀 하느라고. 무슨 얘긴데?"

"거기에 불가사의한 바이러스가 퍼져서 사망자가 많이 발생했대."

"에이, 먼 나라 이야기구먼, 여기가 아니고."

"그렇긴 하지만, 조만간 여기까지 퍼지겠지."

"가본 적 있어, 중국?"

"홍콩만."

"아, 맞다……, 매디 엄마. 미안해, 괜한 얘길 꺼냈네."

"오래전 일인데 뭐."

나는 화제를 바꾸려고 했다.

"그래서, 오파리지오는 요즘 어때?"

"그게 무슨 뜻이야?" 보슈가 되물었다.

"9년 전에 내가 오파리지오를 증인석에 앉혔을 때, 처음에는 참고 있더니 곧 짐승처럼 폭발했거든. 의자에서 벌떡 일어나서 내 목을 부러뜨리려고 했어. 마이클 콜레오네[10]보다는 토니 소프라노[11] 쪽이었지."

"아직 그 친구 못 봤는데. 그 친구 감시하고 있었던 거 아니거든."

---

10 영화 〈대부〉에 나오는 마피아로 콜레오네 패밀리의 두목이다. 그의 날카롭고 지적이며 냉혹한 이미지를 빗대어 표현한 것이다.

11 뉴저지에서 활동한 마피아 조직인 소프라노 패밀리의 부두목으로 잔인하고 폭력적인 이미지를 상징한다.

나는 창밖을 보면서 충격과 화를 삭이려고 노력했다. 그러고 나서 다시 고개를 돌려 보슈를 보면서 대화를 이어갔다.

"형, 그럼 지금까지 뭐 했어? 오파리지오를 맡았잖아, 기억 안 나? 그래서 난 당연히…….."

"잠깐만, 잠깐만." 보슈가 말했다. "내가 오파리지오 맡은 거 아는데, 그렇다고 그를 지켜봐야 하는 건 아니지 않나? 감시 업무가 아니잖아. 오파리지오가 무슨 일을 하고 있었는지 알아보고, 그 일이 어떤 식으로든 너와 스케일스와 관련이 있는지를 알아보기로 한 거지. 그 일을 하고 있었는데."

"좋아, 그럼 어디 가는지 말도 안 하고 가는 일은 그만하자고. 우리 지금 어디 가는 거야?"

"진정해. 거의 다 왔어. 곧 깨달음을 얻을 거야."

"정말? '깨달음을 얻는다'고? 신이 개입할 문젠가, 이 일이?"

"그런 건 아냐. 그래도 보면 좋아할 거야."

그의 말 중 하나는 옳았다. 거의 다 왔다는 것. 주변을 두리번거리며 살펴보니 우리가 405번 고속도로를 다 가로질렀고 몇 킬로미터만 더 가면 곧 터미널 아일랜드 하버 고속도로의 종착점인 것을 알 수 있었다. 전면 유리를 통해 내 왼쪽에서 거대한 갠트리 기중기 몇 대가 화물선에서 컨테이너를 싣고 내리는 것이 보였다.

이제 우리는 샌페드로에 있었다. 한때 작은 어촌 마을이었던 이곳은 지금은 거대한 로스앤젤레스 항구 도시의 일부였고 부두와 선박 회사, 정유공장에서 일하는 근로자들을 위한 주거지역의 역할을 하고 있었다. 예전에는 여기에 각종 법원이 있어서 의뢰인들을 대신해

정기적으로 이곳 법원에 출두했었다. 그러나 카운티 정부가 비용 절감 차원에서 그 법원 청사를 폐쇄했고, 이곳에 배정됐던 사건들은 공항 옆 법원으로 배정됐다. 그 후 10년 넘게 샌페드로 법원은 버려진 건물로 남아 있었다.

"예전에 재판 때문에 여기 자주 왔었는데."

"난 10대 때 많이 왔어." 보슈가 말했다. "여기저기 옮겨 다니던 위탁 가정에서 뛰쳐나와 여기 부두로 내려왔지. 문신도 여기서 했었지, 참."

나는 고개를 끄덕였다. 옛날 기억을 더듬는 듯 보이는 보슈를 방해하고 싶지 않았다. 언젠가 〈로스앤젤레스 타임스〉의 프로필 기사에서 읽은 것을 빼면 보슈의 유년 시절에 대해 아는 게 거의 없었다. 위탁 가정을 전전한 일과 일찍 군에 입대해서 베트남전에 참전한 사실 정도만 알고 있었다. 이때는 우리가 출생의 비밀을 알게 되기 수십 년 전의 일이었다.

우리는 터미널 아일랜드로 연결된 빈센트 토머스 다리를 건너갔다. 초록색의 긴 다리는 자살 사건이 빈번히 발생하는 곳으로 유명했다. 터미널 섬은 한쪽 끝에 있는 연방 교도소를 제외하고는 거의 전체에 항구 시설과 산업 시설이 들어서 있었다. 보슈는 고속도로에서 빠져나와 섬의 북단에 있는, 깊은 항구 운하 옆의 포장도로를 달렸다.

"추측해볼까? 오파리지오가 여기에 밀수 시설을 차렸군. 화물컨테이너에 실어서 들여오는 모양이지? 마약? 아니면 사람? 뭐야?"

"그건 잘 모르겠는데." 보슈가 말했다. "내가 보여줄 건 다른 거야.

주변을 한번 돌아봐. 어떤 지역 같아?"

보슈는 전면 유리 너머에 있는 거대한 주차장을 가리켰다. 거기에는 일본 선박에서 내린 신형 자동차들이 비닐에 덮인 채 끝없이 늘어서 있었다.

"예전엔 여기에 포드 자동차 공장이 있었어." 보슈가 말했다. "롱비치 조립공장이라고 불렸고, 모델 A를 생산했지. 내 외할아버지도 1930년대에 여기 모델 A 생산라인에서 일하셨다고 들었어."

"어떤 분이셨어, 그분은?"

"만난 적 없어. 이야기만 들었지."

"지금은 토요타네."

나는 서부 지역 대리점들로 뿔뿔이 흩어질 준비를 마친 신차들이 즐비한 거대한 주차장을 가리키면서 말했다.

우리가 탄 차는 운하 옆 바위 방파제를 따라 으깨진 조개껍질이 깔린 길로 올라섰다. 엔드존을 포함한 미식축구장만큼 길고, 흰색과 검은색이 섞인 거대한 유조선이 운하를 통해 항구로 서서히 들어오고 있었다. 보슈는 버려진 철도 지선처럼 생긴 것 옆에 차를 세우고 시동을 껐다.

"내려서 방파제로 올라가보자." 보슈가 말했다. "이 유조선이 지나가면 내가 말한 걸 보여줄게."

우리는 높은 파도를 막기 위해 방파제 뒤에 길게 만들어진 둑 턱으로 올라갔다. 둑 턱 위에 서니 운하 건너편에 있는, 항구 운영에 필수적인 여러 정유 시설과 저장 시설이 한눈에 들어왔다.

"자, 그래서 여기는 세리토스 운하고 우린 북쪽을 보고 있는 거

야." 보슈가 말했다. "정면으로 운하 너머가 윌밍턴이고 오른쪽은 롱
비치고."

"그나저나 우리가 정확히 뭘 보고 있는 거지?"

"캘리포니아 석유 산업의 본산. 바로 저기에 마라톤, 발레로, 테소
로 정유공장이 있어. 셰브론은 더 위쪽에 있고. 전 세계에서 원유가
이곳으로 들어오는 거야. 심지어 알래스카에서도 오지. 초대형 유조
선, 바지선, 철도, 송유관 등등 온갖 수단을 통해서 여기 항구로 들어
오는 거야. 그런 다음엔 저기 정유공장들로 보내져 정제되고 유통되
는 거지. 유조트럭에 담겨 전국의 주유소로 가고 거기서 개인 차량의
연료탱크로 들어가는 거야."

"그게 이 사건과 무슨 관련이 있지?"

"아무 관련 없을 수도 있고, 밀접한 관련이 있을 수도 있고. 저기
저 끝에 있는 정유공장 보여? 탱크 주변에 보행자용 통로가 있는 공
장?"

보슈는 오른쪽에 있는 작은 정유공장을 가리켰다. 그 공장의 하나
뿐인 굴뚝에서 흰 연기 기둥이 하늘로 피어오르고 있었다. 굴뚝의 윗
부분에 성조기가 드리워져 있었다. 대형 저장 탱크 두 개가 나란히
있었는데, 적어도 건물 4층 높이는 되는 것 같았고 여러 개의 보행자
용 통로에 둘러싸여 있었다.

"응."

"바이오그린 인더스트리라는 기업이야." 보슈가 말했다. "등기서
류에는 루이스 오파리지오라는 이름이 안 나오지만, 거기 지배 지분
을 소유하고 있는 게 확실해."

이제야 나는 보슈의 말에 온전히 주목했다.

"그걸 어떻게 알아냈어?"

"꿀을 따라갔어." 보슈가 말했다.

"그게 무슨 말이야?"

"보니까, 9년 전에 리사 트래멀이라는 의뢰인을 위해 오파리지오를 법정에 불러내 잘근잘근 씹었더라. 그 공판기록을 열람해 오파리지오의 증언을 다 읽어봤어. 그는……."

"얘기 안 해도 돼. 내가 거기 있었잖아."

또 다른 유조선이 운하를 내려오고 있었다. 배가 너무나 넓어서 운하 양옆의 들쭉날쭉한 바위 사이를 항해하면서 조금이라도 실수를 하면 큰일나겠다 싶었다.

"알지, 거기 있었다는 거." 보슈가 말했다. "하지만 네가 모르는 게 있는 것 같아. 오파리지오가 증인석에 앉은 날, 너한테 두들겨 맞으면서 많은 교훈을 얻었다는 거. 무엇보다도 오파리지오는 어떤 회사와도 법적인 서류로 엮여서는 안 된다는 것을 배웠어. 합법적이든 아니든 말이야. 현재 그는 본인 명의로 소유한 게 아무것도 없어. 회사, 이사회, 투자보고서, 그 어떤 것에도 이름이 올라가 있지 않지. 다른 사람들을 앞에 내세우고 있는 거야."

"그에게 더 유능한 범죄자가 되는 법을 가르쳤다니, 자부심을 가져야겠네. 그건 어떻게 알았어?"

"인터넷이 여전히 유용한 도구잖아. SNS, 신문사 웹사이트 등을 뒤져봤지. 오파리지오의 아버지가 4년 전에 사망했더군. 뉴저지에서 장례식을 치렀고 온라인 방명록도 있었어. 가족과 친구들이 서명했고, 장례식장 웹사이트에 그 방명록이 남아 있더라고."

"그거 괜찮네. 거기서 이름을 많이 확보했구나."

"이름도 확보하고 인맥도 확인하고. 꼬리를 무는 단서를 쫓아서 여기까지 온 거야. 오파리지오의 동료 세 명이 바이오그린의 법적 소유주이고 지분을 거의 다 갖고 있어. 오파리지오가 그 사람들을 통해 바이오그린을 통제하는 거지. 그중 한 명은 지니 페리그노라는 여자인데, 두 번의 마약 소지 전과가 있는 라스베이거스 스트립걸이었어. 7년 만에 여기저기 여러 기업체의 공동 소유주가 됐더라고. 분명히 오파리지오의 애인일 거야."

"꿀을 따라간 거로군."

"응, 바이오그린까지 따라간 거지."

"재밌어지네."

나는 운하 건너의 정유공장을 가리켰다.

"오파리지오가 여기서부터 라스베이거스에 이르기까지 여러 업체를 비밀스럽게 소유하고 있다면, 왜 콕 집어 이곳에 주목하는 거지?"

"왜냐하면 제일 큰돈이 걸린 곳이거든. 공장 잘 보여? 저기는 전형적인 정유공장이 아니야. 바이오디젤을 생산하는 공장이지. 간단히 말해서, 식물과 동물의 지방으로 연료를 만드는 거야. 쓰레기를 재활용해서 비용이 절감되고 더 깨끗하게 연소하는 대체 연료를 만드는 거지. 현 정부가 가장 애착하는 사업이 이거야. 석유에 대한 국가적 의존도를 낮춰주거든. 이게 에너지 사업의 미래이고, 루이스 오파리지오는 시류를 잘 타고 있는 거지. 정부가 이 사업을 후원하고 있고, 바이오그린 같은 기업에서 생산하는 연료 1배럴당 보조금을 지급하고 있어. 생산한 연료의 판매대금에 더해 보너스까지 받는 거지."

"그리고 정부 보조금이 있는 곳엔, 항상 부패가 존재하지."

"그러니까 말이야."

나는 둑 턱 위에 사람들이 지나다녀서 생긴 오솔길을 서성이기 시작했다. 이 모든 것이 어떻게 연결돼 있는지, 내 사건에 어떤 영향을 미칠 수 있는지 이해하려고 노력하고 있었다.

"하버 경찰서 강력반장이 내가 아는 사람인데." 보슈가 말했다. "그 경위가 25년 전에 할리우드 경찰서에서 D-1급 형사로 일했어. 내 밑에서 일을 배웠지."

"그 사람하고 연락할 수 있어?"

"이미 했어. 내가 퇴직한 걸 알고 있어서, 바이오그린에 투자하려는 친구를 위해 정보를 구하고 있다고 둘러댔지. 바이오그린에 붉은 기가 붙어 있냐고 물었더니, 그렇다고, 아주 커다란 붉은 기가, FBI의 붉은 기가 붙어 있다고 하더라고."

"그게 무슨 뜻인데?"

"바이오그린과 관련해 뭔가 의심스러운 게 있어도 아무런 조치도 취해서는 안 된다는 뜻. FBI에 알리고 뒤로 빠져야 한다는 거지. 이해가 가?"

"FBI가 거기를 수사하고 있다는 뜻이구나."

"아니면 적어도 예의주시하고 있다는 뜻이지."

나는 고개를 끄덕였다. 재판을 위해 연막을 피우는 일은 점점 더 순조롭게 진행되고 있었다. 그러나 연막을 피우는 것 이상의 일을 할 필요가 있었다. 이것은 의뢰인을 위한 일이 아니었다. 나 자신을 위

변론의 법칙

한 일이었다.

"좋아, 그러니까 우리가 할 일은 바이오그린과 샘 스케일스와의 관련성을 알아내는 거네. 그러면 법정에서 멋지게 포문을 열 수 있겠는데. 시스코에게 전화해서 조사가 어떻게 돼가고 있는지⋯⋯."

"포문을 열 거리는 이미 확보했어." 보슈가 말했다.

"무슨 소리야? 스케일스가 어디서 바이오그린과 연결이 된다는 거야?"

"부검 결과 생각 안 나? 손톱 밑에 끼어 있었다던 찌꺼기, 식물성 기름이랑 닭의 지방, 사탕수수 혼합물이었다며. 그게 바로 바이오 연료야, 믹. 샘 스케일스가 손톱 밑에 바이오연료를 묻히고 있었던 거라고."

나는 운하 너머에 있는 바이오그린 정유공장을 바라봤다. 굴뚝에서 나오는 연기가 불길하게 하늘로 올라가면서 항구 전체를 덮고 있는 더러운 구름을 더 더럽게 만들고 있었다.

나는 고개를 끄덕였다.

"형이 찾은 것 같네. 마법의 탄환."

"조심해, 그걸로 너 자신을 쏘지 않게." 보슈가 말했다.

16

1월 12일, 일요일

바이오그린이 루이스 오파리지오와 어쩌면 샘 스케일스와도 관련
이 있다는 사실을 보슈가 발견한 덕분에 조사와 변호 전략의 초점을
정할 수 있었고 변론 준비를 시작할 수 있었다. 터미널 아일랜드에
다녀온 다음 날 오전 모든 팀원이 모여 회의를 했고, 그 자리에서 임
무를 설명하고 배정했다. 스케일스와 오파리지오의 관련성을 파악하
는 것이 가장 중요한 일이어서 나는 수사관들이 그 일에 집중해주기
를 바랐다.

오파리지오를 찾아내는 일은 또 하나의 과제였다. 그는 바이오그
린의 직접적인 소유주가 아니고 지분도 갖고 있지 않았기 때문에, 재
판 전에 그와 바이오그린의 관계를 확실히 밝혀낼 필요가 있었다. 오
파리지오가 바이오그린과 직접적인 관련이 없는 상태여서 우리는 이
차적인 연결 고리인 지니 페리그노를 이용하기로 했다. 그녀가 우리
를 오파리지오에게 데려다주기를 바라면서 시스코에게 감시 팀을 만
들어 그녀의 동향을 감시하도록 지시했다. 오파리지오를 찾아내면
그를 감시할 작정이었다. 나에 대해 부인할 수 없는 원한을 품은 이
남자가 내가 살해했다는 남자와 관련이 있었다는 사실을 배심원단
앞에서 입증할 수 있기를 바랐다. 그 관계를 입증할 수 있다면, 우리

는 확실한 변호 전략을 확보한 셈이었다.

회의는 흥분 속에 끝났다. 그러나 나는 아드레날린이 금방 사그라드는 것을 느꼈다. 수사관들은 현장에서 일하면서 흥분감을 느꼈겠지만, 나는 주말 내내 변호사들이 싫어하는, 사건 자료를 다시 살펴보는 일에 집중했다. 사건 자료가 만드는 길은 성장하고 변화하는 생명체와 같다. 한 시점에 검토한 서류와 증거물이 시간의 각기둥을 통해 보면 달리 보이거나 새로이 중요성을 가질 때가 있었다.

사건을 안팎으로 완전히 아는 것이 중요했지만, 그러려면 사건 자료를 몇 번이고 다시 읽고 되새기는 것밖에 달리 방도가 없었다. 내가 체포된 지 두 달이 넘었고, 개시된 증거물이 늘어남에 따라 읽어야 할 자료가 계속 늘어났다. 자료가 들어오는 족족 읽고 검토했지만, 그 모든 것을 통합해 그림을 전체적으로 그려보는 것도 중요했다.

일요일 오전까지 나는 메모와 목록과 질문들로 리걸패드 여러 장을 채웠다. 한 장에는 사건에서 사라진 물건의 목록을 작성했다. 제일 먼저 적혀 있는 것은 샘 스케일스의 지갑이었다. 스케일스가 입고 있던 옷과 주머니 안 내용물을 설명한 유류품 보고서에 지갑에 관한 언급이 없었다.

지갑이 없다니. 그렇다면 범인이, 즉 내가 지갑을 가져가서 처분한 것으로 추정됐다. 내가 샘을 변호했던 다양한 사기사건에서 샘은 단한 번도 본명을 쓴 적이 없었기에 지갑이 사라졌다는 사실은 매우 중요한 문제였다. 그것이 그 사기꾼의 방식이었다. 정신을 차리고 사기당한 사실을 깨달은 피해자들이 쫓아올까 봐 사기를 칠 때마다 매번 새로운 신원을 사용했다. 그래서인지 샘은 자신을 재창조하는 데 일가견이 있었다. 내가 그를 변호한 것은 그가 잡혔을 때뿐이었다. 발각되지 않고 성공한 사기사건이 얼마나 되는지는 알 수 없었다.

이 사건에서 스케일스의 지갑이 사라졌다는 사실은 중요했다. 시스코 보이체홉스키가 한 달간이나 열심히 뒤져봤는데도 스케일스의 배경 조사에 실패했기 때문이다. 블랙홀에 빠진 기분이었다. 최근 2년간 스케일스가 어디서 무엇을 했는지 디지털 기록을 전혀 찾을 수 없었다. 지갑에 그의 현재 페르소나의 신분증이 들어 있다면 도움이 될 것이다. 또한 그와 바이오그린의 연관성을 알아내는 데도 도움이 될 것이다. 그가 거기서 일했거나 오파리지오와 무슨 계획을 꾸미고 있었다면, 그의 현재 신원이 그것을 추적하는 데 중요한 열쇠가 될 것이다.

워필드 판사에게 다시 한번 불만을 제기해 상황을 반전시킬 수 있는 차이를 발견한 것은 사건 자료를 세 번째 읽고 있던 일요일 저녁이었다. 그날 나는 제니퍼 애런슨의 저녁 식사 계획을 망쳐버렸다.

나는 다음에 취할 조치들을 빈틈없이 계획하고 나서 제니퍼에게 전화를 걸어 긴급 증거개시청구서를 작성하라고 지시했다. 나는 검찰이 기소 이후 중요한 증거물을 피고인 측에 공개하지 않고 숨기고 있었고, 문제의 증거물이 피해자의 지갑과 그 내용물이라는 사실을 청구서에 명백하게 밝혀야 한다고 말했다.

그것은 도발적인 조치였다. 피고인 측의 비난에 데이나 버그는 발끈해 이의를 제기할 것이고, 그러면 워필드 판사가 주재하는 증거심리 일정이 빨리 잡힐 것으로 예상됐다. 바로 내가 원하는 것이었다.

증거개시에 관한 논쟁이 될 것으로 추정되지만 실제로 뚜껑을 열어 보면 완전히 다른 논의의 장이 될 심리.

나는 제니퍼에게 바로 청구서를 작성해 내일 아침 법원이 문을 열 자마자 제출하라고 지시한 후 전화를 끊었다. 저녁 계획을 망친 건 아닌지 그녀에게 묻지는 않았다. 나는 나 자신의 계획을 지키는 데에 만 관심이 있었다. 켄들은 하와이에서 돌아온 후로 무쏘 앤드 프랭크 그릴에 가본 적이 한 번도 없었다. 그곳은 그녀가 좋아하는 식당이 라 연애 초기에 자주 드나들며 마티니를 곁들여 저녁을 먹던 곳이었 다. 이제 나는 마티니를 비롯해 모든 술을 끊었지만, 켄들과 타협했 다. 주말 내내 내가 서재에 틀어박혀 일할 수 있게 해주는 대신 일요 일 저녁은 그곳에 가서 먹기로. 주말에 일하면서 큰 성과를 거둔 터 라 이젠 나도 저녁 먹으러 나가는 것을 켄들만큼이나 고대하고 있었 다. 나는 재판 준비의 바통을 제니퍼에게 넘기고는 내일 아침 청구서 를 제출한 다음 니켈 다이너에서 만나자고 말했다. 다른 팀원들도 모 두 불러서 아침을 함께 먹으며 지난 72시간 동안의 업무 진행 상황을 공유하자고 말했다.

무쏘에서는 줄곧 마티니를 만들고 탁자로 나르고 마시는 모습을 지켜봐야 했다. 겨우 두세 시간에 불과했지만 저녁 식사는 사건에 대 한 생각에서 벗어날 수 있을 만큼 기분 좋은 외식이었고, 켄들이 하 와이로 떠나기 전에 7년간 유지했던 관계로 돌아가게 해줬다. 우리 관계가 아무런 방해를 받지 않고 지속될 것을 굳게 믿는 그녀를 보니 옛날의 애정이 되살아났다. 그녀는 한 달 후에 내가 살인죄로 유죄 평결을 받고 감옥에서 삶을 마감할 수도 있다는 생각이 전혀 들지 않는 듯 우리 둘이 다시 함께 사는 이야기를 계속했다. 대책 없이 순진하다는 생각이 들어 사랑스럽기도 했다. 그녀를 실망시키고 싶지 않다는 생각도 들었다. 물론 내가 재판에 지면 그녀를 실망시키는 것은 내게 닥칠 여러 문제 중 가장 작은 문제에 불과했지만.

"결백하다고 해서 꼭 무죄 평결을 받는다는 보장은 없어. 재판에서는 어떤 일이라도 일어날 수 있거든."

"또 그 말." 켄들이 말했다. "하지만 난 알아, 당신이 이길 거라는 거."

"하지만 큰 계획을 세우기 전에, 평결부터 받고 보자고, 오케이?"

"계획을 세워서 안 될 건 없잖아. 이 일이 끝나자마자 어디든 해변에 가서 일광욕이나 하면서 다 잊고 싶어."

"그러면 좋겠다, 진짜."

계획 세우기는 그 정도로 충분했다.

17

다음 날 아침 조찬 모임엔 제니퍼가 제일 늦게 도착했다. 다른 팀원들은 그 전에 와서 탁자에 둘러앉아 지난 회의 이후의 업무 진행 상황에 대해 차례로 보고를 했다. 큰 진척은 없었는데, 주말인 이유가 컸다. 시스코는 금요일 저녁부터 지니 페리그노에게 감시팀을 붙였지만, 루이스 오파리지오가 그녀와 접촉한 정황은 전혀 포착하지 못했다고 말했다. 한편 보슈는 바이오그린이 FBI의 레이더망에 오른 이유를 알아내기 위해 경찰국 내 지인들에게 연락을 취하고 있다고 말했다.

업무 진행 상황을 듣지 못했던 제니퍼는 상황을 따라잡기 위해서 몇 가지 질문을 던졌다.

"샘 스케일스가 어떤 식으로든 바이오그린과 관련이 있었다는 것을 입증해줄 증거가 더러운 손톱 말고 또 있나요?" 제니퍼가 물었다.

"스케일스라는 이름으로는 없었어." 보슈가 말했다. "자동차 구입자금 대출 건 때문에 고용 여부를 확인하는 척 전화했더니, 샘 스케일스라는 직원은 없대. 현재도 없고 과거에도 없었고."

"FBI는요?" 제니퍼가 물었다. "그 사람들이 무슨 일에 매달리고 있는지 알아내신 게 있나요?"

"아직은 없어." 보슈가 말했다. "그 문제에 정공법을 쓰길 원치 않는 것 같아서 냄새만 맡으며 돌아다니고 있었지. 그러면서 스케일스에 대한 정보도 얻고."

"난 금요일 오후에 그 공장에서 나오는 유조트럭을 따라가봤어." 시스코가 말했다. "별다른 이유 없이 그냥. 어디로 가나 보고 싶어서. 그런데 항구에서 보안문을 통과해 들어가버려서 더 못 따라가고 기다렸지. 30분쯤 지나니까 다시 나와 정유공장으로 돌아가더라고. 항구에서 짐을 싣거나 내린 것 같아."

"샘 스케일스가 트럭 운전사였다고 생각하시는 거예요?" 제니퍼가 물었다. "그거 하면서 무슨 사기를 쳤다는 거죠?"

"손 씻고 착하게 살았는지도 모르지." 시스코가 말했다.

"아냐. 샘은 내가 잘 알아. 손 씻고 착하게 살 인간이 아니야, 절대로. 무슨 일을 꾸미고 있었던 게 분명해. 그게 뭔지 알아내야 해."

잠시 침묵이 흐르는 동안 나는 보슈가 한 말에 대해 생각해봤다. 나는 줄곧 주 법원만 드나들며 변호사 생활을 해서 FBI 요원들이나 연방정부 관리들과 함께 일하거나 교류한 적이 거의 없었다. 보슈는 FBI 요원과 결혼한 적은 있었지만, 그간의 경험으로 인해 연방정부 관리들에 대해 반감이 있었다. 연방정부에 아는 사람이 없기로는 다른 팀원들도 마찬가지였다.

"한 달 후면 재판이야. 주변을 살피는 전략 대신 정공법으로 전환해 FBI를 상대하는 것에 대해 어떻게 생각해?"

"가능하지." 보슈가 말했다. "FBI는 위협에만 반응한다는 걸 기억해야 해. 노출의 위협에만 반응한다고. 그들이 거기서 무엇을 감지했든, 수사를 조용히 진행하고 싶어 할 거야. 자기들의 기밀이나 수사에 위협이 된다고 생각되는 사람만을 심각하게 받아들일 거고. 그러니까 자신을 위협으로 만들어야 해. 그게 정공법이야. 로스앤젤레스 경찰들은 항상 그렇게 했어."

나는 고개를 끄덕이며 보슈의 말을 곱씹었다. 더 니켈의 공동 사장 중 한 명인 모니카가 이미 팬케이크와 달걀 요리를 먹은 우리에게 다양한 도넛을 담은 접시를 가져왔다. 우리 중 유일하게 아침을 먹지 않은 제니퍼가 초콜릿 당의를 입힌 도넛을 집어 들었다.

"안 드세요?" 제니퍼가 물었다.

아무도 도넛을 집지 않았다. 제니퍼가 도넛을 베어 물었다.

"정보공개청구를 해야 한다고 말할 생각이었어요." 그녀가 말했다. "FBI는 일하는 게 느려 터졌잖아요. 대표님 재판이 끝날 때까지 청구서를 받았다는 것도 인정하지 않을 것 같아서 포기했어요."

나는 수긍한다는 표시로 고개를 끄덕였지만 곧 마음을 바꿨다.

"그것도 제출하고 스케일스에 관한 파일을 요구하는 소환장도 함께 발부받으면 어떨까?"

"소환장 정도는 FBI가 얼마든지 무시할 수 있어요." 제니퍼가 맞받았다. "주 법원에 출두해서 연방 수사에 관한 질문에 답변할 의무는 없거든요."

"상관없어. 소환장을 송달하는 것만으로도 해리가 말하는 위협이 될 거니까 하자는 거야. 내 재판에 이런 이야기가 나올 거라고 그들에게 통지하는 거니까. 그러면 그들이 그늘에서 걸어 나올지도 몰라. 그들이 어떻게 나올지 두고 보자는 거지."

나는 동의를 구하듯 보슈를 바라봤다. 그가 고개를 끄덕였다.

"괜찮을 것 같은데." 보슈가 말했다.

"그럼 한번 해보죠." 제니퍼가 말했다.

"제니퍼, 일을 다 자네한테 몰아주고 있는 거 아는데. 소환장과 정보공개청구서도 자네가 작성해줄 수 있을까?"

"그럼요." 제니퍼가 말했다. "정보공개청구서는 온라인으로 작성하는 걸로 알고 있어요. 오늘 안으로 끝낼게요. 우선 소환장부터 작성할게요. 범위가 어디까지죠?"

"샘 스케일스와 그의 모든 가명. 그리고 루이스 오파리지오와 바이오그린 인더스트리. 또 뭐가 있지?"

제니퍼는 휴대전화로 전화가 오자 밖으로 나가 통화를 했다. 다른 사람들은 소환장에 관한 이야기를 계속했다.

"FBI를 끌어낸다고 해도 뭘 얻을 수 있을지 사실 잘 모르겠어." 보슈가 말했다. "그 사람들 맨날 하는 말 있잖아, FBI는 정보를 공유하지 않는다. 코끼리처럼 먹고 생쥐처럼 똥을 싸는 인간들이거든."

로나가 깔깔 웃었다. 그러자 시스코가 줄곧 침묵을 지키고 있다는 생각이 문득 들었다.

"시스코, 자네 생각은 어때?"

"바이오그린에 대해 정보를 얻는 다른 방법도 있을 것 같아. 내가 거기 가서 직원 모집하느냐고 묻는 거지." 시스코가 말했다. "안에 들어가서 거기서 무슨 일이 벌어지는지 보고 올 수 있지 않을까? 나를 채용하지 않는다고 해도 말이야."

내가 싱긋 웃으면서 말했다.

"안전모를 쓰면, 공장 직원처럼 보일 거란 말이군. 그런데 안 돼. 그들이 사기극을 벌이고 있다면, 신원 확인을 확실히 할 거고, 그럼 자네가 나와 관련이 있다는 걸 알아낼 거야. 그것보다는 차라리 인디언들과 함께 오파리지오를 맡는 게 낫겠어."

시스코는 자기가 부리는 감시팀 사람들을 인디언이라고 불렀다. 정치적 올바름은 안중에도 없이 옛날 서부영화에서 백인 이주민들이 타고 오는 마차 행렬을 절벽에서 몰래 지켜봤던 인디언들에 비유한 것이다.

"필요하다면 언제든지 다른 거 시켜도 돼." 시스코가 말했다. "감시는 점점 지루해지거든."

"그럼 이렇게 하자. 오파리지오와 페리그노는 인디언들에게 맡기고, 자넨 이틀 정도 밀턴을 조사해보는 게 어때? 나를 불심검문한 경사 말이야."

"그러지 뭐." 시스코가 고개를 끄덕이며 말했다.

"난 아직도 그 경사 말을 못 믿겠어. 그가 누군가의 지시에 따르고 있었던 거라면, 그게 누군지, 왜 그런 지시를 내렸는지 알고 싶어."

"알았어." 시스코가 말했다.

"나는 뭐 할까, 미키?" 로나가 물었다. "내가 할 일 없어?"

나는 빨리 머리를 굴려야 했다. 로나는 재판 준비에서 제외되는 것을 원치 않을 것이 분명했다.

"어, 리사 트래멀 사건 자료 다시 살펴봐 줘. 그 사건 때 우리가 오파리지오에게 행한 일과 관련이 있는 내용은 전부 다 추려줘. 기억이 가물가물한데, 다시 그를 공격할 준비를 철저히 해놓아야 하거든, 그를 찾은 다음의 일이지만."

제니퍼가 통화를 끝내고 탁자로 돌아왔지만 자리에 앉진 않았다. 나를 바라보며 휴대전화를 들어 보였다.

"됐어요." 제니퍼가 말했다. "워필드 판사가 증거개시청구에 관한 심리를 오늘 오후 1시로 정했어요. 버그 검사에게 사건 담당 형사를 대동하라고 지시했고요."

놀라웠다.

"되게 빠른데. 우리가 아픈 데를 건드렸나 보다."

"워필드 판사의 서기 앤드루와 통화한 건데요." 제니퍼가 말했다. "판사는 모르겠고, 검사의 아픈 데를 건드린 건 확실해요. 앤드루의 전화를 받고 사형집행인 데이나가 길길이 뛰었다던데요."

"잘됐네." 내가 말했다. "일이 재미있어지겠군. 사건 담당 형사를 증인석에 앉혀야겠어, 검사보다 우리가 먼저."

나는 손목시계를 확인한 후 로나를 바라봤다.

"로나, 사건 현장 사진 두 장 확대하는 데 시간이 얼마나 걸릴까?"

"지금 줘, 빨리 하게." 로나가 말했다. "패널에 붙일까?"

"가능하다면. 심리 때까지 준비되는 게 더 중요해."

나는 빈 접시를 뒤로 밀고 노트북 컴퓨터를 탁자에 올려놓고 열었다. 오후 심리 때 전시할 사건 현장 사진 두 장을 찾았다. 두 장 모두 내 링컨 차 트렁크 속에 있는 샘 스케일스를 찍은 것이었다. 나는 그 사진을 로나에게 전송하면서 보기 끔찍할 거라고 경고했다. 그녀의 감수성을 지켜주려고 한 말이 아니라, 사진을 인화해줄 페덱스 직원에게 경고하라고 한 말이었다.

변론의 법칙

18

구치감의 철문이 아니라 일반인 출입문을 통해 워필드 판사의 법정으로 들어가니 기분이 좋았다. 하지만 점심 식사를 마치고 법원으로 돌아오면서 **자유인**의 출입문을 이용하는 사람들 무리에 끼게 됐고, 그 무리 속에 있던 데이나 버그는 엘리베이터에서 나와 마주치자 구치소 앞 경비원처럼 노려봤다. 나는 못 본 척했고 나 자신의 원한은 공판을 위해 남겨뒀다. 버그 검사를 위해 문을 잡고 있어줬지만, 그녀는 고맙다는 말 한마디 하지 않았다.

법정으로 들어가 보니 쌍둥이처럼 늘 붙어 다니는 두 기자가 벌써 자리에 앉아 있었다.

"언론에 흘렸네요." 버그가 말했다.

"나 아닌데. 기자들이 잠을 안 자나 보죠. 자유 사회에서 원하는 게 그거 아닌가요? 깨어 있는 언론?"

"이번에는 완전히 헛다리 짚은 거예요, 변호사님. 변호사님이 판사님한테 호되게 혼나는 걸 기자들이 보게 될 텐데 어쩌죠?"

"분명히 말하는데, 데이나, 난 당신을 비난하지 않아요. 사실 맹렬하고 집중력이 있어서 당신을 좋아하죠. 우리 정부 공무원들이 다 당신 같으면 좋을 텐데. 하지만 당신 밑에서 일하는 직원들이 당신을 안 도와주는 게 문제죠."

우리는 재판부와 방청석을 나누는 법정 난간을 통과하면서 갈라졌다. 버그 검사는 왼쪽으로 방향을 틀어 검사석을 향해 갔고, 나는 오른쪽에 있는 변호인석으로 갔다. 제니퍼가 벌써 자리에 앉아 있었다.

"로나한테서 연락 왔어?"

"조금 전에 주차했고 들어오고 계세요." 제니퍼가 말했다.

"다행이군."

나는 서류 가방을 열고 1층 카페에서 최종 준비를 하면서 적어놓은 메모가 있는 리걸패드를 꺼냈다. 제니퍼가 옆으로 몸을 기울이고 내가 휘갈겨 쓴 메모를 바라봤다.

"준비되셨어요?" 제니퍼가 물었다.

"응."

나는 의자에서 몸을 돌려 방청석을 둘러봤다. 딸에게 심리가 있다고 문자를 보냈지만, 너무 늦게 보냈고 월요일 오후 딸의 수업 일정을 알지 못했다. 딸은 답장을 하지 않았고, 법정에도 오지 않았다.

워필드 판사는 10분 늦게 오후 심리를 시작했다. 그 덕분에 로나는 사진 증거물을 갖고 여유 있게 법정에 들어와 앉았다. 법정 경위 챈이 정숙을 요구하고 워필드 판사가 착석할 때쯤엔 우린 만반의 준비가 된 상태였다.

나는 리걸패드를 쥐고 판사가 부르면 언제라도 발언대로 갈 준비를 하고 있었다. 내가 청구한 사안에 대한 심리여서 먼저 말할 권리가 내게 있었다. 그러나 버그 검사가 일어서서 말했다.

"존경하는 재판장님, 할러 변호사가 일어나 자신이 초대한 기자들에게 아무런 근거가 없는 주장을 하도록 허락을 받기 전에, 검찰은 변호인이 전혀 근거 없는 주장으로 배심원 후보들에게 잘못된 정보를 주지 않도록 심리를 비공개로 진행해주시기를 요청하는 바입니다."

나는 검사가 말을 끝마치기도 전에 일어섰고 판사가 내게 발언권을 주었다.

"변호인?"

"감사합니다, 재판장님. 저희 피고인 측은 이 심리의 비공개 전환 신청에 반대합니다. 심리에서 듣게 될 주장을 버그 검사가 좋아하지 않는다는 것이 심리를 비공개로 전환할 이유는 되지 못한다고 생각합니다. 심리에서 심각한 주장이 나올 것은 사실이지만, 햇빛이 최고의 소독약이지 않습니까, 재판장님. 그러므로 이 심리는 모두에게 공개돼야 한다고 생각합니다. 그뿐만 아니라 저는 긴급 심리 일정을 언론에 알리지 않았다는 것을 공식적으로 밝히는 바입니다. 누가 기자들에게 알렸는지는 저도 모릅니다. 그리고 깨어 있는 언론이 유감스러운 일이라는 생각을 저는 전혀 해본 적이 없습니다, 검사와는 달리 말이죠."

마지막 부분은 돌아서서 두 기자를 가리키며 말했다. 그때 이 사건의 수사책임자인 켄트 드러커 형사가 검사석 바로 뒷줄 방청석에 앉는 것이 보였다.

"끝났습니까, 변호인?" 워필드 판사가 물었다.

"네, 그렇습니다, 재판장님."

"심리 비공개 신청은 기각합니다." 워필드 판사가 말했다. "변호인, 증인 부르시겠어요?"

나는 잠깐 망설였다. 완벽한 세상의 변호사는 자신이 대답을 알지 못하는 질문은 절대로 하지 않는다. 유능한 변호사는 자신이 통제할 수 없거나, 필요한 대답을 끌어낼 수 없는 증인은 부르지 않는다는 뜻이다. 나는 그런 것을 다 알면서도 사회적 통념을 거스르는 결정을 내렸다.

"드러커 형사가 법정에 와 있네요. 드러커 형사를 첫 번째 증인으로 부르겠습니다, 재판장님."

드러커가 출입구를 통과해 증인석으로 가서 증인선서를 했다. 그는 20년 이상 경찰에 몸담았고, 그중 절반 이상은 살인사건을 맡았던 노련한 수사관이었다. 정장을 차려입었고 살인사건 수사기록 사본을 갖고 있었다. 내가 자신을 증인으로 불러서 놀랐는지 모르겠지만, 겉으로는 내색하지 않았다. 배심원단 앞이 아니었기 때문에 나는 인정신문은 생략하고 바로 본론으로 들어갔다.

"증인, 살인사건 수사기록을 가져오셨군요."

"네, 가져왔습니다."

"이 사건 피해자인 샘 스케일스의 유류품을 기록한 보고서를 펴주시겠습니까, 증인?"

드러커는 증인석 앞 책상에 놓은 두꺼운 바인더를 펼쳐 페이지를 넘기더니 유류품 보고서를 금방 찾아냈다. 유류품 목록을 읽어달라고 요구하자, 그는 옷과 신발을 비롯해 스케일스의 주머니에 들어 있었던 잔돈과 열쇠 꾸러미, 빗, 20달러 지폐로 180달러가 들어 있는 머니클립을 빠르게 읊어 내려갔다.

"그 외에 다른 것은 없었나요, 주머니에?"

"없었습니다." 드러커가 대답했다.

"휴대전화는요?"

"없었습니다."

"지갑도 없었고요?"

"지갑도 없었습니다."

"그게 증인에겐 주목할 만한 사실이었습니까?"

"네."

말이 더 나오기를 기다렸지만 그뿐이었다. 드러커는 상대방의 질문에 대한 대답 외에는 단 한 마디도 덧붙이지 않는 증인이었다. 분노의 감정을 감추지 않은 채 내가 물었다.

"그 이유를 말씀해주시겠습니까?"

"사라진 지갑은 이 사건이 강도 사건일 수도 있지 않을까 하는 의문을 불러일으켰으니까요." 드러커가 말했다.

"하지만 머니클립은 주머니에 그대로 있지 않았나요?"

"있었습니다."

"그 사실이 강도 사건 가능성을 낮춰주고 지갑이 다른 이유로 사라졌을 가능성을 높여주지 않았습니까?"

"네, 그랬을 수도 있겠네요."

"그랬을 수도 있다고요? 그랬는지 안 그랬는지를 묻고 있는 겁니다, 지금."

"모든 것이 의문스러웠습니다. 피해자가 살해된 건 분명한데, 동기 면에서는 가능성이 다양했거든요."

"지갑과 신분증이 없는데 피해자가 샘 스케일스라는 건 어떻게 확인하셨죠?"

"지문으로요. 현장에 출동한 순찰대 경사가 이동식 지문인식기를 갖고 있었거든요. 신원을 금방 확인했고, 지갑을 뒤지는 것보다 더 믿을 만했죠. 요즘엔 위조신분증을 갖고 다니는 사람들이 많잖아요."

드러커는 자기도 모르는 사이에 내가 하려던 말을 했다.

"피해자의 신원을 확인한 후에, 전과 조회를 해보셨습니까?"

"제 동료가 했습니다."

"조회 결과가 어땠나요?"

"변호사님이 잘 알고 계실 게 분명한 사기사건과 다른 범죄 기록이 줄줄이 나왔습니다."

나는 가시 돋친 말을 무시하고 질문을 계속했다.

"샘 스케일스가 그 다양한 사기사건과 다른 범죄를 저지를 때마다 다른 가명을 사용하지 않았나요?"

"네, 맞습니다."

버그 검사는 회심의 결정타가 곧 나올 것을 감지하고 벌떡 일어서서 이의를 제기했다.

"존경하는 재판장님, 본 심리는 증거개시청구를 위한 것인데, 변호인은 증인을 데리고 수사의 전 과정을 느긋하게 훑어보고 있습니다. 무슨 목적이 있는 것 같습니다."

심각한 이의제기는 아니었지만 내 리듬을 깨기에는 충분했다. 판사는 빨리 하고 싶은 질문을 하거나 아니면 다음 질문으로 넘어가라고 지시했다.

"증인, 이 살인사건의 피해자가 평소 다양한 가명을 사용했다는 사실을 알았으니, 피해자의 지갑을 찾아 사망 당시엔 어떤 가명을 쓰고 있었는지 알아내는 것이 수사를 위해 중요한 조치이지 않았을까요?"

드러커는 질문을 한참 곱씹은 뒤에 대답했다.

"뭐라 말하기가 힘든 문제군요."

그 대답을 들으니 드러커에게서 내가 원하는 것을 얻어내지 못할 거라는 생각이 들었다. 그는 나를 지나치게 경계하고 있어서 별 가치도 없는 정보를 담은 단답형의 대답조차 하지 못하고 있었다.

"좋습니다, 다음으로 넘어가죠. 증인, 살인사건 수사기록에서 사건 현장 사진이 있는 부분을 펴서 37번과 39번 사진을 봐주시겠습니까?"

드러커가 수사기록에서 사진이 있는 페이지를 찾는 동안, 나는 빈 배심원석 앞에 휴대용 이젤 두 개를 재빨리 세우고, 그날 아침 로나가 확대해 온 가로 60센티미터에 세로 45센티미터 크기의 사진을 올려놓았다. 두 장 다 샘 스케일스가 내 링컨 차 트렁크 안에 모로 누워 있는 모습을 찍은 사진이었다. 두 번째가 첫 번째보다 조금 더 선명했다.

"사진을 찾으셨습니까, 증인?"

"네, 여기 있네요."

"그 수사기록 속에 있는 37번과 39번 사진이 법정 안에 있는 모든 사람이 볼 수 있도록 조금 전 제가 이젤에 올려둔 확대 사진과 상응합니까?"

"상응하냐고요? 그게 무슨……."

"일치하냐고요. 같은 사진입니까?"

드러커는 보란 듯이 천천히 고개를 숙이고 수사기록 속의 사진을 보더니 고개를 들고 내가 이젤에 놓아둔 사진을 바라봤다.

"똑같아 보이는군요." 마침내 그가 말했다.

"좋습니다. 그럼 그 두 사진이 무엇을 묘사하고 있는지 말씀해주시겠습니까?"

"두 장 다 변호사님 차 트렁크에 누워 있는 이 사건 피해자를 찍은 사진입니다. 한 장은 다른 사진보다 가까이 끌어당겨 찍었고요."

"감사합니다, 증인. 피해자는 오른쪽으로 돌아누워 있습니다, 그렇죠?"

"네, 맞습니다."

"좋습니다, 그러면 피해자의 왼쪽 엉덩이를 봐주시겠습니까? 카메라를 향해 위로 올라와 있는 쪽요. 피해자가 입은 바지의 왼쪽 뒷주머니가 보이나요?"

"보입니다."

"주머니가 직사각형 모양으로 약간 부풀어 오른 것도 보이고요?"

드러커는 이 질문이 어디로 향하는지 깨닫고 대답을 망설였다.

"보입니까, 증인?"

"무슨 모양이 보이긴 하는데, 뭔지는 모르겠군요."

"뒷주머니에 지갑이 들어 있는 형태로 보이지 않습니까, 증인?"

"실제로 그 주머니를 들여다보지 않고는 확실히 알 수 없죠. 제가 확실히 아는 것은 과학수사대나 검시관실에서 넘겨받은 지갑은 없었다는 사실입니다."

변론의 법칙

버그 검사가 일어서서 신문의 방향에 대해 이의를 제기했다.

"존경하는 재판장님, 변호인은 지금 피해자의 옷에 보이는 모양을 근거로 이 사건 수사에 대해 의구심을 불러일으키려고 하고 있습니다. 저 주머니 안에 지갑은 없습니다. 왜냐하면 피해자의 몸이나 사건 현장에서 지갑이 발견되지 않았으니까요. 변호인은 유령 지갑 이야기로 법정의 집중력을 흐리고, 기자들에게 음모 이론을 제기하려 하고 있습니다. 그 음모 이론이 배심원 후보자들의 귀에 들어가기를 바라기 때문이겠죠. 다시 한번 말씀드리지만 검찰은 이 심리 자체에 대해 그리고 이 문제가 공개 법정에서 논의되는 것에 대해 이의를 제기합니다."

버그 검사가 화난 표정으로 자리에 앉자 판사가 나를 돌아봤다.

"존경하는 재판장님, 검사가 흥미로운 주장을 했지만, 피해자의 뒷주머니에 지갑이 들어 있었다는 것은 눈이 있는 사람이라면 누구나 볼 수 있을 것입니다. 그런데 그 지갑이 사라진 겁니다. 그 사실은 이 살인사건 수사에 의문을 제기할 뿐만 아니라 피고인 측을 대단히 불리한 입장에 놓이게 만들었습니다. 지갑 안에 있었던 증거물을 살펴볼 기회 자체를 박탈당했으니까요. 이 증인을 신문할 시간을 5분만 더 주신다면, 이 수사가 잘못돼도 크게 잘못됐다는 것이 분명해지리라고 믿습니다."

워필드 판사는 대답하기 전에 뜸을 들였고, 그 모습을 보니 검사가 아닌 내 편을 들고 있다는 생각이 들었다.

"신문 계속하세요, 변호인."

"감사합니다, 재판장님. 이제 제 동료인 애런슨 변호사가 밀턴 경사의 보디캠이 찍은 동영상을 대형 화면으로 보여드릴 것입니다. 동영상의 초반부를 보여드릴 텐데, 밀턴 경사가 링컨 차의 리모컨 열쇠로 트렁크를 여는 장면입니다."

배심원석 맞은편 벽에 걸린 평면 스크린에서 동영상이 재생되기 시작했다. 카메라가 링컨 차 뒤쪽 옆면에서 찍고 있었다. 밀턴의 손이 화면에 나타났고 엄지손가락이 리모컨을 눌러 트렁크를 열었다. 트렁크 뚜껑이 올라가고 샘 스케일스의 시신이 보였다. 밀턴의 움직임에 따라 카메라가 움직이기 시작했다.

"좋아요, 거기서 중지. 트렁크가 열리는 시점으로 동영상을 되돌려줄래요?"

제니퍼가 동영상을 되돌려 해당 장면에서 정지시켰다. 밀턴 경사는 안전하게 차의 옆면으로 돌아서서 트렁크를 열었다. 안에 누가 혹은 무엇이 있을지 모르기 때문에 취하는 안전조치인 듯했다. 덕분에 보디캠은 2초간 옆쪽에서 시신을 찍었고, 이 각도는 과학수사대 사진기사가 찍지 않은 각도였다. 밀턴의 보디캠에 우연히 잡히게 된 각도였다.

"증인, 피해자의 왼쪽 뒷주머니를 다시 한번 봐주시겠습니까? 이 각도에서 보니까 피해자의 시신이 발견됐을 당시 피해자가 주머니에 지갑을 갖고 있었느냐 하는 문제에 관해 의견을 바꾸고 싶지 않습니까?"

나를 제외하고는 모두의 눈이 화면에 쏠렸다. 심지어 기자 한 명은 화면을 더 잘 보려고 미끄러지듯 엉덩이를 움직여 방청석 벤치 끝에 걸터앉았다. 동영상을 찍은 카메라 각도는 피해자가 입은 바지 뒷주머니가 그 안에 든 물건 때문에 약간 벌어져 있는 것을 잘 보여줬다. 그 물건은 검은색이었지만 그 가운데에 세로로 길게 약간 밝은색의 줄이 그어져 있었다.

내 눈에는 그것이 지폐의 가장자리가 비어져 나와 있는 지갑으로 보였다. 그러나 드러커에게는 아직 아무것도 아닌 모양이었다.

"아뇨, 저것이 무엇인지 확실히 알 수 없으니까요." 드러커가 말했다.

잡았다.

"'저것이 무엇인지'라는 말은 무슨 뜻이죠, 증인?"

"알 수 없다고요. 뭐든 될 수 있겠죠."

"하지만 이젠 피해자의 주머니 안에 무언가가 있다는 것은 인정하시는군요, 그렇죠?"

드러커는 변호인의 함정 속으로 스스로 걸어 들어갔다는 사실을 깨달았다.

"단언할 수는 없죠." 그가 말했다. "뒷주머니 안감일 수도 있을 것 같은데요."

"정말요? 저게 뒷주머니 안감이라고요?"

"제 말은 확실히 알 수가 없다, 그런 뜻입니다."

"증인, 수사기록에 있는 유류품 보고서를 다시 봐주시겠습니까? 이제 마지막 질문을 드리겠습니다."

드러커가 보고서를 펼칠 때까지 모두 조용히 기다렸다.

"좋습니다, 증인. 유류품 보고서에는 유류품이 수거된 장소가 적혀 있습니다, 맞죠?"

"네, 그렇습니다."

드러커는 질문이 쉬워서 안도하는 표정이었다. 그러나 나는 그 안도감이 오래 지속되게 내버려두지 않았다.

"좋습니다. 보고서에는 피해자의 바지 왼쪽 뒷주머니에서 무엇이 나왔다고 적혀 있죠?"

"아무것도 없네요." 드러커가 말했다. "아무것도 적혀 있지 않습니다."

"더 이상 질문 없습니다."

19

데이나 버그는 유능한 검사답게 앞으로 있을 재판까지 내다보고 있었다. 그녀는 드러커 형사에 대한 반대신문의 초점을 오늘 하루의 승리보다 재판의 승리에 맞췄다. 검사는 오늘 공식적으로 기록된 내용 때문에 공판에서 배심원단이 드러커나 검찰에게 등을 돌리는 일이 생기지 않도록 손을 써야 했다. 버그 검사는 내가 직접신문을 끝내자 10분간의 휴정을 요청했다. 그녀가 취한 가장 영리한 행동이었다. 그동안 그녀는 드러커와 머리를 맞대고 상의할 수 있었고 법정에서 일어나고 있는 일을 통제하고자 했다.

심리가 속개되자 드러커는 내가 보여준 사진들과 동영상에 관해 완전히 다른 견해를 피력했다. 나는 놀라지 않았다.

"증인, 휴정하는 동안 피해자를 찍은 범죄 현장 사진들을 모두 다시 살펴볼 기회가 있었죠?" 버그 검사가 물었다.

"네, 그렇습니다." 드러커가 대답했다.

"그리고 증인이 본 것에 대해 새로운 결론에 도달했고요?"

"트렁크에 있는 시신을 찍은 사진들을 전부 다시 살펴본 결과, 시신이 트렁크에 있던 당시 바지 뒷주머니에 지갑이 들어 있었을 가능성이 높다고 믿게 됐습니다."

나도 모르게 웃음이 났다. 버그는 검찰팀이 이 사실을 이제야 발견하고는 솔직히 인정하는 것처럼 보이고자 노력하고 있었다.

"하지만 증인의 유류품 보고서에는 지갑이 나와 있지 않은데요. 그건 어떻게 설명하실 거죠?"

"그거야 뭐, 어느 시점엔가, 누가 지갑을 가져간 거겠죠."

"가져갔다고요? 누가 가져가서 다른 곳에 뒀단 말인가요?"

"그럴 수도 있겠죠."

"도난당했을 수도 있을까요?"

"그럴 수도 있고요."

"피해자가 입고 있던 옷은 언제 수색을 하셨죠?"

"시신이 트렁크 속에 있을 땐 건드리지 않았습니다. 검시관실 사람들이 도착하길 기다렸죠. 그런 다음엔 검시관실 사람들이 시신을 트렁크에서 꺼냈고요. 우린 지문인식기로 그의 신원을 확인했고, 그 다음엔 검시관실 사람들이 시신을 비닐에 싸서 부검을 위해 검시관실로 이송했습니다."

"그러면 어느 시점에 시신의 옷을 벗겨 수색했고 유류품 목록을 작성했는지 아십니까?"

"그런 건 다 검시관의 임무죠. 검시관실 수사관한테서 전화를 받았는데 다음 날 시신을 부검할 준비를 마쳤다면서 잠깐 들러서 유류품을 가져가라고 하더군요."

"그래서 그렇게 하셨습니까?"

"당장 뛰어간 건 아니고요. 다음 날 오전에 부검이 예정돼 있었거든요. 그때 가서 유류품을 가져올 생각이었죠."

"급한 일이 아니었나 보죠?"

"네, 별로요. 검시관실 수사관이 유류품 목록을 이메일로 보내줬거든요. 그래서 지갑이 없다는 사실을 알고 있었고, 다른 유류품은 수사에 중요한 의미가 있는 것으로 보이지 않았습니다."

"그 이메일을 언제 받으셨죠?"

드러커가 고개를 들고 판사를 바라봤다.

"수사기록을 봐도 되겠습니까?" 드러커가 물었다.

"보세요." 워필드 판사가 말했다.

드러커가 살인사건 수사기록의 페이지를 넘기더니 이메일을 찾아냈다.

"여깄네요, 이메일." 그가 말했다. "통화하고 나서 오후 4시 20분에 이메일을 받았습니다."

"계산을 해보면……." 버그 검사가 말했다. "지갑이 없다는 것을 처음 알게 된 것은 살인사건 현장에 출동하고 나서 열일곱 시간 가까이 지난 후였네요. 맞습니까?"

"맞습니다."

"그리고 그 시간 동안, 증인은 피해자의 옷가지나 개인 소지품을 갖고 있지 않았고요. 맞습니까?"

"맞습니다. 그 시간 동안 지갑에 무슨 일이라도 일어날 수 있었을 겁니다."

"도난당하거나 잃어버렸을 수도 있었겠네요?"

"맞습니다."

"증인이 지갑을 가져갔습니까?"

"아뇨, 지갑을 본 적도 없는데요."

"제가 증인에게 모아달라고 부탁한 개시 증거물 꾸러미에서 지갑을 의도적으로 빠뜨렸습니까?"

"아뇨, 그러지 않았습니다."

"더 이상 질문 없습니다, 재판장님."

버그 검사의 실력을 인정하지 않을 수 없었다. 그녀는 불리한 상황에도 굴하지 않고 신뢰도가 땅에 떨어진 드러커를 능숙하게 구해냈다. 드러커가 증인석에서 내려간 후, 나는 더 부를 증인이 없고 변론할 준비가 됐다고 판사에게 말했다. 버그도 변론 준비가 됐다고 말했다.

나의 변론은 간결하고도 날카로웠다.

"존경하는 재판장님, 검찰이 중요한 증거물을 잘못 간수하고 자기들의 배임행위를 피고인 측에 숨김으로써 결국 피해를 입은 쪽은 저희 피고인 측입니다. 검찰의 행동이 의도적이었든 아니었든, 공정한 재판을 받을 저의 권리는 침해당한 정도가 아니라 무참히 짓밟혔습니다. 저는 피해자를 잘 압니다. 그의 전과와 작업방식을 잘 알고 있죠. 피해자는 사람들이 신발을 바꾸듯이 이름을 바꾸는 사람이었습니다. 검찰이 샘 스케일스의 현재 신분증이 들어 있는 지갑을 잃어버렸기 때문에 저희 변호인팀은 피해자의 활동에 대해 수사해서 그에게 잠재적 위협이 되는 사람들, 심지어 그를 살해할 가능성이 있는 사람들에 대해 알아낼 기회를 원천적으로 차단당했습니다.

지갑을 잃어버렸거나 검시관실 건물을 몰래 돌아다니는 누군가에 의해 도난당했다는 검찰의 주장을 재판장님이 받아들이신다면 지금까지 말씀드린 것이 저의 변론입니다. 개인적으로 저는 검사의 주장을 한마디도 믿지 못하겠습니다. 검찰은 공정한 재판을 방해하려고 의도적으로 지갑을 숨긴 겁니다. 검찰과 경찰이 손발이 맞아서……."

버그 검사가 벌떡 일어나서 검찰의 행동과 동기에 대한 나의 비방에 이의를 제기했다.

"지금 변론 중이지 않습니까. 하고 싶은 말은 다 할 수 있죠."

"그것도 어느 정도죠." 워필드 판사가 말했다. "기록에 올라 있는 내용에서 빗나가는 건 허용할 수 없습니다. 할 말은 다 한 것 같은데. 덧붙이고 싶은 것이 있나요, 변호인?"

버그는 효과적으로 나를 궤도에서 이탈시켰고 판사는 내가 다시 내 궤도에 오르는 것을 허용하지 않을 모양이었다.

"아뇨, 재판장님. 이상으로 변론을 마치겠습니다."

"버그 검사." 판사가 말했다. "마찬가지로 간결한 변론 기대합니다."

버그가 발언대로 가서 변론을 시작했다.

"존경하는 재판장님, 변호인의 과장된 주장을 제외하면, 공정한 재판을 방해하는 굉장한 음모가 있다는 사실을 보여주는 증거가 전혀 없습니다. 무엇보다도 증거개시절차를 늦추거나 방해할 계획이었다는 증거가 전혀 없습니다. 네, 피해자의 지갑이 사라진 건 맞습니다. 하지만 변호인도 오늘 아침에야 이 사실에 대해 문제를 제기하지 않았습니까. 법정에 들어와서 반칙이라고 외치고 음모를 주장하는 것은 변호인의 언론플레이에 지나지 않는다고 생각합니다. 그러므로 저희 검찰은 이 청구를 기각해주시기를 재판장님께 요청하는 바입니다."

내가 대응하려고 일어섰지만 판사가 허락하지 않았다.

"양측의 의견은 충분히 들었다고 생각하는데요. 변호인이 무슨 말을 할지, 그 말에 검사가 어떻게 대응할지 다 알겠고요. 그러니 시간을 절약합시다, 괜찮죠?"

나는 판사의 말을 알아듣고 자리에 앉았다.

"본 법정은 오늘 밝혀진 정보가 대단히 엄중한 사안이라고 판단하고 있습니다." 워필드 판사가 말했다. "검찰은 피해자의 주머니에 지갑이 있었던 것은 맞지만 지금 피고인 측이 살펴보도록 제공할 수는 없는 상태임을 인정하고 있고요. 지갑이 부주의로 사라졌든 또는 어떤 사악한 의도로 사라졌든, 이로 인해 피고인 측이 불리한 입장에 놓이게 된 것도 맞습니다. 변호인이 주장했듯이, 그 지갑에 피해자가 사용한 가명의 신분증이 들어 있었을 가능성도 있습니다. 그러면 그것이 변호인의 주장을 지지하는 증거가 될 수 있었을 테죠."

워필드는 잠깐 말을 멈추고 메모를 들여다보더니 곧 말을 이었다.

"현재로서는 본 법정이 이 문제를 어떻게 처리해야 할지 모르겠으므로, 48시간 휴정하며 해법을 생각해볼 겁니다. 그 48시간 동안 검찰은 지갑을 찾아내거나, 지갑에 무슨 일이 생긴 것인지 확실히 파악하도록 하세요. 수요일 오후 1시에 심리를 속개하겠습니다. 충고하는데 검찰은 빈손으로 오지 않는 게 좋을 거예요. 이만 폐정하겠습니다."

워필드 판사는 의자를 돌려 자리에서 일어섰다. 빠르고도 우아한 걸음걸이로 판사석에서 세 계단을 내려오더니 법복을 펄럭이며 판사실로 이어지는 문을 향해 걸어가 이내 사라졌다.

"잘하셨어요." 제니퍼가 내 귀에 대고 속삭였다.

　　　　　　　　　　　　　　　변론의 법칙

"글쎄. 이틀 후에 보면 알겠지. 소환장은 출력했어?" 나도 낮은 소리로 말했다.

"네."

"이리 줘봐, 판사가 우리한테 동정적일 때 발부받게."

제니퍼가 서류 가방을 열어 소환장을 꺼내는 동안, 버그 검사가 법정을 나가면서 변호인석에 잠깐 들렀다.

"진짜로 내가 그 일과 관련이 있다고 생각해요? 심지어 그 일을 알고 있었다고 생각해요?"

나는 그녀를 잠깐 올려다보다가 대답했다.

"난 모르죠, 데이나. 내가 아는 건 공판 첫날부터 당신은 모든 말이 당신 쪽으로 굴러가게 보드판을 기울이고자 애를 써왔다는 거예요. 그러니 내가 믿지 않을 이유를 만들어줘요. 가서 지갑을 찾아오라고요."

버그 검사는 얼굴을 찌푸리더니 아무런 대꾸도 없이 자리를 떴다.

"여기요." 제니퍼가 말했다.

나는 소환장을 들고 일어섰다.

"저는 가볼게요." 제니퍼가 말했다. "문제가 있으면 연락 주세요."

"그럴게. 내일 아침에 보자. 그리고 오늘 이것까지 맡아서 해줘서 고마워."

"무슨 말씀을요. 소환장, 수사관님한테 주실 거예요?"

"응, 그런데 나도 같이 가려고. 가능하면 엄포를 좀 놓아보려고."

"행운을 빌어요. FBI는 끄떡도 안 할 것 같긴 하지만요."

나는 워필드의 서기에게로 다가가 판사가 자기 방에 들어가 앉기도 전에 판사에게 전화해 내가 소환장에 서명을 받으러 가도 되는지 물어봐달라고 부탁했다. 마지못해 전화를 건 서기가 약간 놀라는 표정을 지었다. 판사가 들여보내라고 말한 것이 분명했다.

서기가 자기 울타리 안에 있는 하프 도어를 열어주고 버튼을 눌러 판사실로 가는 문까지 열어줬다. 그 문으로 들어가니 복도가 나타났다. 그곳은 서기의 영역이었다. 복도 한쪽에는 파일 보관함이 늘어서 있었고 반대쪽에는 커다란 프린터와 작업책상이 있었다. 그 복도 끝에서 방향을 바꿔 다른 복도로 들어서니 양측으로 판사들의 개인 사무실 문이 늘어서 있었다.

워필드 판사실은 왼쪽 첫 번째 방이었고 문이 열려 있었다. 판사는 책상 뒤에 앉아 있었고 검은색 법복은 코트 걸이에 걸려 있었다.

"소환장을 갖고 왔다고요?" 판사가 말했다.

"네, 판사님. 기록에 대한 소환장입니다."

나는 제니퍼가 작성한 서류를 책상 너머 판사에게 건넸다. 그러고는 판사가 서면을 읽는 동안 그대로 서 있었다.

"연방정부 거네요." 판사가 말했다.

"소환 대상이 FBI이긴 하지만, 주 법원이 발행한 소환장입니다."

"그건 알겠는데, 시간 낭비 하는 거예요. FBI는 주 법원이 발행한 소환장엔 응하지 않거든요. 연방지방검찰청을 거쳐야 할 겁니다, 할러 변호사."

"연방지방검찰청을 거치는 게 시간 낭비라고 말하는 사람들도 있습니다, 판사님."

워필드 판사는 소환장을 보면서 큰 소리로 읽었다. "'새뮤얼 스케일스나 여러 가명과의 상호작용에 관계된 모든 서류……'"

판사는 소환장을 책상 위에 툭 던지더니 의자에 등을 기대고 나를 올려다봤다.

"이게 어디로 갈지 알죠?" 판사가 말했다. "휴지통으로 직행할 거 예요."

"그럴 수도 있겠죠."

"낚시질하는 거예요? 반응을 보려고?"

"예감을 믿고 시도해보는 겁니다. 조사해볼 지갑과 이름이 있었다 면 도움이 됐을 텐데, 아무것도 없어서요. 낚시질하는 게 마음에 안 드십니까, 판사님?"

나는 판사 안에 있는 전직 변호사에게 말하고 있었다. 그녀도 같은 입장이었던 적이 있었을 것이다. 돌파구가 필요해 승산이 없는 일도 찔러본 적이 있었을 것이다.

"아뇨, 반대하는 거 아니에요, 할러 변호사." 워필드가 말했다. "하 지만 찔러보기엔 조금 늦은 감이 없지 않군요. 한 달 후면 공판 시작 인데."

"그때까지 잘 준비하겠습니다, 판사님."

판사는 몸을 앞으로 기울여 멋진 은제 펜꽂이에서 펜을 집어 들고 소환장에 서명했다. 그러고는 서면을 내게 건넸다.

"감사합니다, 판사님."

내가 문을 나가기 전에 판사가 나를 불러 세웠다.

"배심원단 선정과 공판을 위해 2주를 비워뒀어요." 판사가 내 등에 대고 말했다.

나는 돌아서서 그녀를 바라봤다.

"공판 시작 직전까지 끌고 가다가 공판 연기를 요구해 나를 물 먹일 생각은 하지도 말아요. 어차피 내 대답은 '안 된다'일 거니까."

나는 이해했다는 표시로 고개를 끄덕였다.

"감사합니다, 판사님."

나는 희망이 별로 없는 소환장을 들고 판사실을 나왔다.

20

법정으로 돌아오니 서기가 어떤 남자가 나를 찾아와 방청석에서 기다리고 있었다고 전했다. 법정의 하루 일정이 끝났다며 경위가 그를 내보냈다고 했다.

"덩치 큰 남자였어요? 검은색 티셔츠 입고 부츠 신고?"

"아뇨." 서기가 말했다. "흑인이었어요. 정장을 입었고요."

그 말을 들으니 호기심이 생겼다. 나는 변호인석 내 자리에 놓아뒀던 자료들을 챙겨 들고 법정을 나갔다. 법정 밖 복도에 놓인 긴 의자에 그 방문객이 앉아 있었다. 정장에 넥타이를 매고 있어서 못 알아볼 뻔했다.

"비숍?"

"변호사 양반."

"비숍, 여긴 어쩐 일이야? 출소했어?"

"응. 일할 준비도 돼 있고."

그 말을 들으니 출소하면 일자리를 주겠다고 약속했던 일이 기억났다. 비숍은 내가 망설이고 있다는 걸 간파했다.

"일자리 안 줘도 괜찮아. 본인 재판 때문에 코가 석 자나 빠진 거아니까."

"아냐, 그런 게 아니고. 그냥…… 좀 놀랐을 뿐이야."

"그럼 운전사가 필요해?"

"응. 매일은 아니고 필요할 때 부르면 와줄 사람. 언제부터 시작하고 싶어?"

비숍은 자신을 다 보여주려는 듯 두 팔을 활짝 벌렸다.

"장례식 갈 때 입는 정장 입고 왔어." 그가 말했다. "시작할 준비 됐어."

"운전면허증은?"

"땄지, 물론. 출소하자마자 자동차국부터 갔는걸."

"그게 언젠데?"

"수요일."

"좋아, 좀 보여줘 봐. 사진 찍어서 보험에 추가해야 하니까."

"보여주지 물론."

그가 바지 주머니에서 얇은 지갑을 꺼내 새 면허증을 내게 건넸다. 내 눈에는 진짜로 보였다. 그의 이름이 밤바잔 비숍이라는 것도 처음 알았다. 나는 휴대전화를 꺼내 사진을 찍었다.

"어디 출신인데 이름이 이래?"

"어머니가 아이보리코스트[12] 출신이야." 비숍이 말했다. "외할아버지 이름이 밤바잔이래."

"내가 지금 소환장 송달하러 웨스트우드에 가야 하는데. 지금 바로 일 시작할래?"

"그럼, 시작하고말고. 준비됐다니까."

내 링컨 차는 블랙홀 주차장에 있었다. 나는 비숍과 함께 걸어가면

---

12 '상아 해안'이란 뜻으로 코트디부아르 공화국의 별칭이다.

변론의 법칙

서 차 열쇠를 건넸고, 뒷좌석에 탔다.

비숍이 모는 차를 타고 출구가 있는 지상층으로 올라가는 동안 나는 그의 운전 솜씨를 눈여겨보면서 근무조건을 설명해줬다. 1년 내내 언제라도 부르면 와야 하지만, 주로 주중에만 부를 거라는 것 그리고 내가 문자메시지를 보낼 수 있도록 휴대전화를 갖고 있어야 한다는 것. 일회용 선불 전화는 안 되고, 음주와 무기 휴대도 허용되지 않았다. 넥타이를 맬 필요는 없지만, 정장 차림은 좋다고 말해줬다. 차 안에 있을 때는 언제든 재킷을 벗어도 괜찮았다. 내가 부른 날에는 링컨 차가 서 있는 내 집으로 와서 근무를 시작해야 했다. 퇴근할 때 내 차를 자기 집으로 가져가는 것은 안 됐다.

"휴대전화 마련했어." 내 말이 끝나자 비숍이 말했다. "일회용 아니야."

"잘했어. 번호 알려줘. 질문 있어?"

"응, 급료는 얼마나 되지?"

"신변 보호 대가로 지불하던 400달러는 중지할게. 우리 둘 다 출소했으니까. 대신 운전해주는 대가로 주급 800달러 어때? 쉬는 시간도 노는 날도 많을 거야."

"천 달러 생각하고 있었는데."

"난 800달러 생각하고 있었어. 일을 어떻게 하나 보고 이 얘기는 나중에 다시 하자. 이 재판 끝내고 다시 돈을 벌기 시작하면 의논해보자고. 어때, 오케이?"

"그래, 오케이."

"좋았어."

"웨스트우드 어디로 갈 건데?"

"윌셔대로와 405번 고속도로가 만나는 사거리에 있는 연방정부 건물."

"앞쪽에 깃대가 많이 꽂혀 있는 곳 말이로군."

"맞아."

지하 주차장에서 올라온 후 비숍은 내 지시 없이도 10번 고속도로를 타고 서쪽으로 향했다. 느낌이 좋았다. 나는 시스코에게 웨스트우드에 있는 연방정부 건물 로비에서 만나자고 문자메시지를 보냈다.

왜?

연방애들한테 소환장 던져주러.

갈게.

나는 전화기를 집어넣고 백미러로 비숍의 눈을 바라봤다.

"자넬 뭐라고 부를까? 비숍이 익숙하지만 그건 감옥에 있을 때 얘기고 이젠……."

"비숍 좋은데."

"트윈타워에 있을 땐 내 일만 신경 쓰고 싶어서 아무한테도 아무것도 안 물어봤지만, 지금은 물어봐야겠어. 트윈타워엔 왜 들어갔고, 어떻게 나왔지?"

"보호관찰 규정위반으로 1년을 살고 있었어. 보통은 피치스 구치소로 보냈을 텐데, 로스앤젤레스 경찰국 조직범죄 전담반 형사가 나를 정보원으로 쓰고 있었거든. 거기까지 운전하고 오르락내리락하기가 귀찮았던 거지. 덕분에 트윈타워 독방을 얻었지 뭐야, 피치스 야전침대 대신에."

"그러면 공판이 있다고 할 때마다 사실은 조직범죄 전담반에 정보를 제공하러 나갔다 온 거였구면."

비숍은 백미러로 내 눈치를 살폈다.

"내가 그 형사를 이용한 거야." 그가 말했다. "그가 나를 이용한 게 아니라."

"그럼 법정에 나가 증언할 일은 없겠네? 나 자신을 위험에 빠뜨리고 싶진 않아서 그래, 비숍."

"그럴 일 없어, 변호사 양반. 형을 다 살 때까지 정보 좀 주다가 나온 거야. 지금 그 형사가 내 앞에 얼쩡거리면, 꺼지라고 말해줄 수 있어."

그의 주장은 현실에 잘 맞는 이야기였다. 1년 이하의 징역형을 사는 기결수들은 주립 교도소로 보내지지 않았다. 그들은 카운티 구치소에서 단기형을 살았고, 피터 J. 피치스 아너 란초는 그중에서 가장 큰 구치소였다.

"자네 크립파 조직원이지?"

"그 분파의 조직원이었어." 비숍이 말했다.

"어느 분파?"

"사우스사이드."

내가 국선 변호인으로 일할 때 블러즈와 크립스의 여러 분파 소속의 피고인들을 변호했었다. 하지만 다 오래전 일이었고, 예전 의뢰인들 중에 생각나는 이름이 하나도 없었다.

"자네가 들어가기 전이긴 한데, 라스베이거스에서 투팍[13]을 살해한 범인들이 사우스사이드 조직원들이었어."

"맞아." 비숍이 말했다. "옛날 일이고. 내가 활동할 땐 그 친구들이 없었어."

"무슨 죄로 보호관찰을 받았어?"

"마약 밀매."

"친구들한테 돌아가서 마약 팔면 돈을 더 벌 수 있을 텐데 왜 내 밑에서 일하려는 거지?"

"알잖아, 이유. 여자 친구가 있고 애도 있다는 거. 곧 결혼할 거야. 그러니 이젠 손 떼야지, 완전히."

"정말이야, 밤바잔?"

"두고 봐봐, 친구. 난 마약을 직접 한 적은 한 번도 없어. 밀매업자 일도 완전히 끊었고. 여기 이 위쪽에 집을 얻고 아래쪽으로는 안 내려갈 거야."

비숍은 북행 405번 고속도로로 갈아타고 달리다가 윌셔대로 나들목으로 진출했다. 17층짜리 연방정부 건물이 고속도로 옆에 거대한 회색의 묘비처럼 우뚝 서 있었다.

곧 우리는 그 건물을 에워싼 거대한 주차장으로 들어갔다. 나는 비숍에게 주차장에서 기다리라고, 나올 때 문자 하겠다고 말했다.

---

13 1990년대를 풍미한 미국의 힙합가수이자 래퍼.

변론의 법칙

"그리 오래 걸리진 않을 거야."

"세금 내러 온 거야?" 그가 물었다.

나는 대답하지 않았다. 내 일에 대해 그에게 말해줄 생각이 아직은 없었다.

로비로 들어가니 금속탐지기 건너편에 시스코가 서 있는 것이 보였다. 로나도 와 있었다. 주 정부에 등록된 집행관인 로나의 모습을 보니 반가웠다. 캘리포니아 주법은 모든 소환장을 집행관이나 면허가 있는 사립 탐정이 송달해야 한다고 규정하고 있었다. 변호사나 의뢰인이 분쟁의 상대방에게 소환장과 기타 법적 서류를 송달할 가능성을 없애기 위한 안전조치였다.

보통 때 같으면 나는 소환장을 전달하는 근처에도 가지 않을 테지만, 지금은 한마디를 보태고 싶어서 따라온 거였다. 내 말에 FBI가 반응하기를 바랐다.

나는 금속탐지기를 통과한 뒤 시스코와 로나를 만났다. 우리는 엘리베이터를 타고 14층으로 올라갔다. 시카고의 서쪽에서 가장 큰 FBI 지부가 바로 이곳에 있었다. 마침 엘리베이터에는 우리만 타고 있었다.

"이 사람들이 이거 받지 않을 거라는 건 알지?" 시스코가 물었다.

"응. 그래도 여기저기 찔러보고, 시끄럽게 북을 치면서, 반응을 보고 싶어."

"FBI한테서 반응을 바란다고?" 로나가 말했다. "꿈 깨셔."

"사진 찍을 준비나 잘해놔."

규칙에 따라 나는 시스코에게 워필드 판사가 서명한 소환장을 건넸다. 엘리베이터 문이 14층에서 열리자 우범지대에 있는 은행에서 흔히 볼 수 있는 두꺼운 강화유리 뒤로 접수대가 있는 것이 보였다. 미닫이 서랍 창구 뒤 걸상에 여직원이 앉아 있었다. 그녀는 강화유리에 부착된 쌍방향 스피커를 켰다.

"무슨 일이시죠?" 여직원이 물었다.

시스코가 스피커를 향해 허리를 굽히고 소환장에 적힌 이름을 읽었다.

"존 트렘블리 지부장을 만나러 왔습니다." 시스코가 말했다.

"신분증 주시겠어요?" 접수 여직원이 말했다. "세 분 다?"

나는 지갑을 꺼내 그 안에서 운전면허증과 명함을 끄집어냈다. 캘리포니아 변호사 협회가 모든 광고에서 "합리적 수임료에 합리적 의심을"이라는 표현을 삭제하라는 지시를 하기 전에 만든 옛날 명함이었다. 시스코와 로나도 신분증을 꺼냈고 우리는 세 장의 신분증을 서랍에 놓았다. 접수직원은 뜸을 들이며 천천히 신분증을 확인했다.

"지부장님은 예약 없이는 아무도 안 만나십니다." 접수직원이 말했다. "이메일 주소를 알려드릴 테니까 그리로 이메일을 보내서서 예약하세요."

시스코는 트렘블리의 이름이 적힌 서류를 들어 보였다.

"트렘블리 지부장에게 문서 공개를 요구하는 소환장인데요, 물론 판사의 서명을 받았고요." 시스코가 말했다. "지부장이 지금 당장 받아야 합니다. 나는 서류 송달을 확인하는 사진을 찍어야 하고요. 안 그러면 우리 둘 다 법정모독죄로 처벌될 수 있어요."

"모든 소환장 송달은 시내에 있는 미국 연방지방검찰청을 통해 하셔야 해요." 접수직원이 말했다. "그런 정도는 알고 계셔야 하는 거 아닌가요?"

"알죠, 물론." 시스코가 말했다. "이건 다른 거예요. 이 소환장은 기한이 촉박한 겁니다."

내가 스피커를 향해 몸을 기울였다.

"트렘블리 지부장님께 전화 좀 걸어줄래요? 지부장님도 알고 싶어하실 사안인데."

내 요구에 접수직원은 성가셔하는 표정을 지었다.

"그거 서랍에 넣으세요." 접수직원이 말했다.

우리 신분증이 든 철제 서랍이 스르르 밀려 나왔고, 우리는 각자의 신분증을 집어 들었다. 내 명함이 바닥에 놓여 있었다. 나는 그것을 집어 시스코에게 건넸고, 시스코는 여러 장의 소환장을 묶어놓은 클립에 명함을 끼웠다.

시스코가 소환장을 서랍에 넣자 서랍이 즉시 밀려 들어갔다. 접수직원은 스피커를 끄고 소환장을 꺼내 살펴봤다. 그러고는 수화기를 집어 들고 전화를 걸었다. 강화유리 때문에 짧은 통화에서 그녀가 하는 말이 전혀 들리지 않았다.

잠시 후 정장을 입은 남자가 접수직원 뒤에 있는 문을 열고 나와 소환장을 받아 들고 훑어보더니 문을 열고 대기실로 나왔다.

"트렘블리 지부장님?" 내가 물었다.

"아뇨." 남자가 대답했다. "이선 요원입니다. 여기선 소환장을 받지 않습니다."

나는 그가 들고 있는 소환장을 고갯짓으로 가리켰다.

"방금 받았잖아요."

"아뇨, 이건 미국 연방지방검찰청으로 갖고 가셔야 합니다." 그가 말했다.

로나가 휴대전화를 들고 소환장을 들고 있는 이선의 사진을 찍었다.

"이봐요!" 요원이 소리쳤다. "사진 촬영 안됩니다. 지금 당장 지우세요!"

"송달 끝!" 시스코가 말했다.

임무를 완수한 후 나는 엘리베이터 앞으로 돌아가서 버튼을 눌렀다. 문이 즉시 열렸다. 나는 이선을 돌아봤다.

"거기 내 명함 붙어 있어요. 트렘블리 지부장한테 언제든 전화하라고 전해줘요."

우리는 소환장을 들고 서 있는 이선을 두고 그곳을 떠났다. 엘리베이터 문이 닫히는 동안 나는 그가 강화유리 안에 앉아 있는 접수직원을 흘끗 쳐다보는 것을 봤다. 그는 화도 나고 당황한 것도 같았다.

로비로 내려와 로나와 시스코에게 비숍에 관한 소식을 전했다.

"조금 전에 운전사를 고용했어."

우리는 유리문을 통과해 깃발이 늘어서 있는 광장으로 나갔다.

"누구?" 로나가 물었다. "직원 채용은 내 일인 줄 알았는데."

"밤바잔 비숍."

"뭐?" 로나가 말했다. "누구?"

"트윈타워에서 당신 뒤를 봐준 친구?" 시스코가 말했다.

"맞아. 출소했대서 운전 좀 시켜보려고. 트윈타워에 있을 때 일자

변론의 법칙

리를 주겠다고 약속했거든. 여자 친구에게 보내던 신변 보호 사례금은 이제 중단하고, 운전해주는 대가로 주급 800달러씩 주기로 했어."

"믿을 만한 사람이야?" 로나가 물었다.

"아직 잘 모르겠어. 하자가 없는지 확인 좀 해봐야 돼. 도청 사건하고 스케일스의 지갑이 사라지는 일을 겪고 나니까 저쪽 편이 무슨 짓을 해도 이젠 놀라지 않을 것 같아."

"그 사람이 검찰 쪽 스파이일지 모른다고 생각하는 거야?" 로나가 물었다.

"그런 것 같진 않지만 확인해보고 싶어. 자네가 확인 좀 해줘, 덩치 씨."

"어디 있어, 그 친구?"

"주차장 어딘가에. 나를 태우러 오라고 문자 보낼게."

"차 위로 몸을 숙이게 하고 몸수색이라도 하라는 거야?"

"도청 장치를 달고 있는지 수색해줘. 하지만 때려눕힐 필요는 없어. 협조할 거야. 협조 안 하면, 끄나풀이라는 증거고."

주차장에 도착한 후 나는 비숍이 준 번호로 문자메시지를 보내고 나서 기다렸다. 링컨 차가 나타나 차를 대자 로나와 나는 뒷좌석에 탔고 시스코는 첫 대면을 위해 조수석에 몸을 구겨 넣었다.

"비숍, 인사해, 로나와 시스코야. 로나는 사무장이고 자네 채용에 관한 서류작업을 맡아서 할 거야. 그리고 시스코는 수사관인데, 자네 몸수색을 할 거야."

"몸수색은 왜?" 비숍이 물었다.

"도청 장치 때문에." 시스코가 말했다. "잠깐 확인 좀 합시다."

"무슨 말도 안 되는 소리야." 비숍이 말했다. "도청 장치 안 했거든."

"나도 자네가 도청 장치를 하고 있을 거라고는 생각 안 해. 그런데 많은 비밀 대화가 이 차 안에서 이루어지거든. 의뢰인들에게 안심하고 얘기해도 된다고 자신 있게 말하고 싶어."

"마음대로 해." 비숍이 말했다. "숨기는 거 하나도 없으니까."

시스코가 옆으로 돌아앉아 그 큰 두 손을 비숍의 가슴으로 가져갔다. 몸수색을 하고 결론을 내리기까지 1분도 채 안 걸렸다.

"깨끗해." 시스코가 말했다.

"좋아. 우리 팀에 합류한 걸 환영해, 비숍."

21

그날 밤 그들이 내 집으로 찾아왔다. 불현듯 낯선 노크 소리가 나자 켄들이 소리를 지를 뻔했다. 켄들은 소파에 앉아 손에 땀을 쥐며 〈소프라노스〉 마지막 시즌을 보고 있던 중이었다. 나는 그녀 옆에 앉아 과거에 내가 맡았던 샘 스케일스의 여러 사건 자료를 훑어보고 있었다.

문을 열었더니 한 쌍의 남녀가 서 있었다. 나는 그들이 입을 열거나 배지를 보여주기도 전에 FBI 요원임을 알아차렸다. 그들은 자신들이 릭 에일로와 던 루스 요원이라고 소개를 했다. 내 어깨 너머로 소파에 앉아 있는 켄들을 본 그들은 조용히 얘기할 수 있는 곳이 있느냐고 물었다. 나는 현관문 밖으로 나와 발코니 끝에 있는 탁자와 의자를 가리키며 말했다.

"저기가 좋겠군요."

우리는 탁자 쪽으로 걸어갔고, 벽에 붙은 작은 조명등 두 개와 지붕 처마 속에 들어 있는 천장 등이 우리의 동작을 감지하고 켜졌다. 그렇다면 동작을 감지하면 켜지는 CCTV 카메라도 작동하기 시작했다는 뜻이었다.

우리는 다리가 긴 탁자 앞에 멈춰 섰지만, 의자에 앉는 사람은 없었다. 내가 먼저 말문을 열었다.

"오늘 두 분의 상관에게 송달한 소환장 때문에 오신 것 같은데, 맞죠?"

"네, 그렇습니다, 선생님." 에일로가 말했다.

"왜 FBI가 샘 스케일스의 활동에 관한 정보를 갖고 있을 거라고 믿으시는지 그 이유를 알고 싶은데요." 루스가 말했다.

나는 웃으면서 두 손을 펼쳐 보였다.

"지금 그게 중요한가요? 두 분이 밤 9시에 내 집에 찾아오신 것이 내 생각이 맞는다는 증거 아닌가요? 소환장을 받으면 여러분이 많이 놀라 한바탕 소동을 벌일 거라고 추측은 했었지만, 솔직히 말해 이렇게 빨리 오실 줄은 몰랐는데. 적어도 내일이나 수요일은 돼야 무슨 반응이 있을 거라고 생각했죠."

"이 일이 재미있다고 생각하시나 보네요, 할러 씨." 에일로가 말했다. "우린 재미없는데."

"재미있다뇨, FBI한테 감시당하던 남자를 살해한 혐의를 받고 있는 마당에. 말이 나왔으니 들어나 봅시다. 어떻게 그런 일이 일어났죠?"

내가 샘 스케일스와 FBI와의 관련성을 제대로 짚었다는 것을 확인할 수 있기를 바라면서 허세를 부렸다. 그러나 FBI 요원들은 너무 똑똑해 그런 속임수에 넘어가지 않았다.

"넘겨짚기 잘하시네요." 루스가 말했다.

에일로는 FBI 유니폼인 청색 재킷의 안주머니에서 접은 서류를 꺼내 내게 건네줬다.

"당신이 준 소환장인지 뭔지 하는 건데." 에일로가 말했다. "갖고 가서 똥이나 닦으시죠."

"내가 낸 정보공개청구서는 어떻게 됐죠? 그건 안 줘요, 똥 닦으라고?"

"다시는 연락하지 마세요." 루스가 말했다.

그녀가 에일로에게 고개를 끄덕였고, 두 사람은 계단을 향해 돌아섰다. 나는 그들이 가는 것을 지켜보다가 CCTV 카메라를 위해 충동적으로 연극을 시작했다.

"또 보게 될걸? 당신들도 알다시피 이 얘기가 재판 때 나올 거라서. 당신들의 바이오그린 사건 묻어주려고 내가 무너지는 일은 없을 테니까 두고 봐요."

루스가 확 돌아서서 내게로 돌아왔다. 그러나 에일로가 그녀를 지나쳐서 내게 먼저 도착했다.

"뭐라고요?" 그가 물었다.

"다 들어놓고 묻긴 왜 또 물으실까."

에일로가 두 손을 들어 나를 발코니 난간 쪽으로 밀치며 다가오더니 뒤로 젖혀진 내 몸을 계속 밀었다. 발코니에서 7~8미터 밑에 차도가 있었다.

"할러, 다시 말하는데." 에일로가 말했다. "당신의…… 상황과 아무 상관도 없는 연방 수사를 방해하려고 시도하면 아주 격렬한 반응에 부딪히게 될 거야."

루스가 동료를 내게서 떼어내려고 했지만 그럴 만한 무게도 근력도 없었다.

"그 공장에서 무슨 일이 일어나고 있는 거야? 오파리지오는 거기서 뭘 하는 거지? 9년 전에 내가 그자의 본성을 드러냈는데, 당신들은 많이 늦었네."

에일로는 체중을 실어 나를 더 밀어젖혔다. 등뼈가 나무 난간에 배겨서 아팠다. 난간이 무너지고 둘 다 거리로 떨어질까 봐 걱정됐다.

"릭!" 루스가 소리쳤다. "그만해. 지금 당장!"

마침내 에일로가 내 멱살을 잡아 일으켜 세우더니 내 얼굴을 향해 삿대질했다.

"당신은 자기가 누구를 상대하는지도 모르고 있어." 그가 말했다.

"애먼 나무를 보고 짖어댄다, 그거로군. 그게 당신이……."

"애먼 나무가 아니라 애먼 숲을 보고 짖어대고 있어." 에일로가 말했다. "가까이 오지 마. 안 그러면 연방정부의 힘과 권력을 온몸으로 느끼게 될 거야."

"지금 협박하는 거야?"

"마음대로 생각해." 에일로가 말했다.

루스가 동료의 팔을 잡아끌었다.

"그럼 이만." 그녀가 말했다.

그녀가 에일로의 팔을 끌고 계단을 향해 걸어갔다. 때마침 켄들이 밖에서 옥신각신하는 소리를 듣고는 텔레비전을 보다 말고 현관 앞에 나와 서 있었고 그들은 그녀 앞을 지나갔다. 나는 이번에는 미끼를 던지지 않기로 하고 그들이 떠나는 것을 조용히 지켜봤다. 그들은 거리로 이어지는 계단을 내려갔다. 루스가 낮은 목소리로 에일로를 날카롭게 나무라는 소리가 들렸다.

"도대체 왜 그랬어?" 그녀가 말했다. "빨리 타."

그들의 차 문이 열렸다가 닫히는 소리가 들렸다. 잠시 후엔 시동

거는 소리에 뒤이어 타이어가 자갈 위를 굴러가는 소리가 들렸다. 그들이 이곳을 떠나 언덕을 내려가고 있었다.

"누구야?" 켄들이 물었다.

"FBI."

"뭐? FBI가 여긴 어쩐 일로?"

"나를 겁주려고. 들어가자."

집 안으로 들어가자마자 나는 먼저 링 카메라 앱을 켜고 발코니에서의 맞대결이 선명하게 녹화, 녹음이 됐는지부터 확인했다. 화면은 선명하게 찍히긴 했는데 소리는 곳곳에서 뭉개졌다. 하지만 필요하다면 전문가에게 의뢰해 선명한 소리를 끌어낼 수 있을 터였다. 나는 시스코와 제니퍼가 사본을 갖고 있도록 동영상을 보냈다. 파일을 전송하면서 짧은 메모도 덧붙였다.

제대로 건드린 듯.

나는 켄들 옆자리로 돌아왔지만 다시 사건 자료를 뒤적이기가 힘들었다.

"그 사람들 왜 당신을 찾아온 거야?" 켄들이 물었다.

"아까 내가 찾아가서 약을 올렸거든. 그걸 갚아주러 온 거야."

"그래서 당신도 약이 올랐어?"

"아니."

"다행이네. 계속 일할 거야?"

"아니, 오늘은 더는 못 할 것 같아."

"그럼 자러 들어가자."

"좋은 생각이야."

침실로 들어가는데 시스코가 전화해 방해했다. 내가 보낸 동영상을 보고 전화했다고 했다. 나는 켄들에게 곧 따라 들어가겠다고 말했다.

"그 사람들 열 좀 받은 것 같던데." 시스코가 말했다.

"우리가 던져준 소환장이 마음에 안 드는 거지. 바이오그린에서 뭘 포착했는지는 모르겠지만, 우리가 끼어드는 걸 원하지 않는 건 분명해."

"그래도 빠져주진 않을 거지?"

"그럼. 오늘 오전 이후로 인디언들한테서 소식 온 거 있어?"

"오파리지오의 여자에 관한 거. 오파리지오는 코빼기도 안 보인대."

"그자를 찾아야 돼. 다른 일 맡겼던 건 어떻게 됐어?"

"내일 보고하려고 했는데. 오늘 밤엔 아무 일 없었어. 우려할 만한 조짐도 없었고. 당신 집 앞에서 당신과 헤어진 후로 언덕을 걸어 내려가 선셋으로 가더니 잔코 치킨에서 음식을 포장해 나와서 차를 기다렸어. 차 한 대가 와서 서는데 보니까 여자 친구였고."

"여자 친군지 자네가 어떻게 알아?"

"당신이 구속된 후로 매주 그 여자한테 현금을 갖다줬으니까."

"맞다. 깜빡했네."

"차에 아기가 타고 있더라고. 어쨌든 그 여자가 비숍을 태우고 잉글우드에 있는 집으로 갔어. 그게 끝이야."

"비숍이 누구와 통화를 하진 않았고?"

"두 통 했는데 표정을 보니까 다 사적인 통화였어. 웃으면서 신나게 떠들어 대더라고. 비밀 정보원이 상부에 보고하는 것 같지는 않았어."

"그래도 기회가 되면 확인해봐야 해. 통화 내역을 구해봐. 확실히 해두고 싶어."

내 어조가 밤바잔 비숍이 검찰이나 경찰의 비밀 정보원으로 보이지 않아서 실망한 어조로 들릴 수 있겠다는 생각이 들었다. 아니 진짜로 실망했던 것 같다. 그가 정탐 활동을 하고 있다면 그 사실을 내게 유리하게 이용할 수 있고, 그 비행을 법정에서 폭로해 엄청난 성과를 거둘 수 있을 터였다.

"그 구치소 도청 건하고 사라진 지갑 건 때문에 검찰이 우리를 침몰시키려고 물불 안 가리고 달려들 거야." 시스코가 말했다.

"맞아, 그럴 거야. 하지만 하룻밤만 더 비숍을 지켜봐. 또 모르는 일이니까."

"알았어."

"그래, 시스코, 고마워. 내일 얘기하자."

전화를 끊자마자 보슈 생각이 났다. FBI 요원들과의 맞대결이 찍힌 동영상을 그에게 보내지 않았다는 생각이 퍼뜩 들었다.

내가 전화를 걸자 벨이 두 번 울린 후에 그가 전화를 받았다.

"잠깐만." 보슈가 말했다. "밖에 나가서 전화 받을게."

슬롯머신 벨소리, 카지노에서 지르는 사람들의 고함 소리가 전화기 너머로 들렸다. 그러다가 조용해졌고 보슈가 "여보세요"라고 말했다.

"나 믹인데, 대체 어디야?"

"라스베이거스. 소리 못 들었어? 만달레이 호텔에 방금 체크인 했어."

"거기서 뭐 하는 거야? 내 밑에서 일하는 거 아니었어?"

말을 내뱉자마자 단어 선택을 후회했다.

"나와 함께 일하는 거 아니었냐고."

"맞아. 그래서 여기 온 거야. 단서를 찾아서."

"오늘 우리가 FBI의 아픈 곳을 확실히 찌른 것 같아. 조금 전에 요원 두 명이 내 집까지 찾아왔어. 바이오그린 건은 애먼 나무를 보면서 짖고 있는 거라고 하더라고. 제대로 짚었다는 걸 확인해준 거지."

"그 친구들 그렇게 나타나서 겁주는 게 특기야."

"거기서 뭘 좇는지는 모르겠지만, 샘이 오파리지오와 바이오그린과 어떻게 엮이게 됐나를 알아내는 데 총력을 기울이고 싶어. 난 아직도 그게 마법의 탄환이라고 생각해. 그게 재판의 승리를 가져다줄 거라고 믿고."

"알았어. 내일 밤까지는 돌아갈 거야."

"지금 뭐 하고 있는지 말해줄 수 있어?"

"샘 스케일스의 행적을 좇고 있어. 그가 마지막으로 체포된 게 음악축제에서 일어난 총기난사사건의 피해자들을 돕는 가짜 모금 사이트 때문이었잖아. 결국 사기인 것이 발각됐지. 기억나? 그 총기난사사건이 여기서 일어났어. 총을 쏜 범인이 여기 만달레이에 묵었었고."

"물론 기억하지. 고성능 무기를 쉽게 구할 수 있는 탓에 그런 극악무도한 폭력 범죄가 또 일어났었지."

"넌 총기 소지 지지자는 아니구나?"

"응, 아냐."

"어찌 됐든, 네바다주는 그 총격사건과 관련된 사기사건들을 열심히 파헤쳤고 스케일스를 로스앤젤레스에서 붙잡았어. 스케일스는 로스앤젤레스에서 이곳으로 인도됐고, 유죄를 인정하고 감형받았지. 사기죄로 하이 데저트에서 15개월을 살았어."

"샘이 거기 감방에서 나한테 전화했던 게 기억나. 변호를 맡아달라는데, 거절했어. 그런데 이런 건 전화만 걸어도 알아볼 수 있지 않았을까? 빨리 돌아와, 형."

"전화로 할 수 있는 일이 아니야. 하이 데저트 주립 교도소가 여기서 한 시간 거리에 있어. 스케일스의 감방 동기가 아직도 복역 중이래서 올라가서 만나보려고. 오전 8시로 면회 예약해놨어. 면회 끝나고 돌아갈게."

"그 동기가 뭘 알고 있다고 생각해?"

"이 친구는 대형 사기를 쳐서 징역 5년을 살고 있어. 가짜 카지노 칩을 팔아서 200만 달러를 챙겼다가 잡혔다는 거야. 어찌 됐든 스케일스와 이 친구는 같은 감방에서 15개월을 함께 지냈어. 그동안 자기들이 과거에 저지른 범행과 계획하고 있는 범행에 대해 이야기를 나누지 않았을까 하는 거지."

"와, 사기꾼들을 한 방에 넣었단 말이지? 환상의 짝이겠는데."

"보통은 사무직 종사자들을 한 방에 넣는다고 하더라고. 건달들한테 들볶이지 않게 말이지."

"알려줘서 고마워."

"미안. 감옥에 대해서는 네가 나보다 더 잘 알 텐데, 참." 보슈가 말했다.

"비꼬는 건지 칭찬인지 모르겠네. 거기까지 비행기 타고 갔어? 아니면 차로?"

"차로 왔어."

"알았어. 출발할 때 전화해줘. 그리고 수요일 심리 끝난 후에 다들 모이자고. 다음 조치를 의논해야 하니까."

"그래, 참석할게."

통화를 끝내고 몇 분간 생각을 정리했다. 우리가 이 사건의 큰 비밀에 접근하고 있다는 것을 느낄 수 있었다. 이 여세를 몰아가면 진실과 승리에 도달할 수 있을 터였다. 늦지 않게 그곳에 도달하느냐가 문제였다.

켄들이 침실에서 복도를 향해 소리쳤다.

"들어올 거야, 말 거야?"

나는 펼쳐놓은 자료들을 모두 모아들고 소파에서 일어섰다. 자료들을 서류 가방에 넣은 후 가방을 닫았다.

"들어가."

복도로 들어서는데 가운을 입은 켄들이 거기 서 있었다. 나는 멈칫했다.

"어우, 깜짝이야."

"또 시작이네." 켄들이 말했다.

"뭐가?"

"알면서 뭘 물어. 당신은 일이 삶을, **우리**의 삶을 지배하게 했잖아. 밤낮 안 가리고 일에만 매달려서. 그래서 헤어졌고. 이제 다시 만났는데, 벌써 또 그러네."

나는 팔을 뻗어 그녀가 입고 있는 테리 직물 소재 가운의 느슨한 허리끈을 살며시 잡았다. 그러고는 허리끈을 장난스럽게 잡아당겼다.

"이리 와. 이번 건은 특별하잖아. 이번엔 내가 피고인이야. 내 사건이라고. 재판에 모든 걸 쏟아부어야 해. 안 그러면 우리를 위한 미래가 아예 없을 수도 있어. 재판까지 딱 한 달 남았어. 한 달만 참아줘. 그렇게 해줄 수 있지?"

나는 두 손으로 그녀의 두 팔을 부드럽게 쓰다듬으며 올라가 어깨를 잡고 기다렸다. 그녀는 아무 말도 하지 않았고, 둘 사이의 바닥을 물끄러미 내려보고 있었다.

"한 달을 못 참아주겠어?"

켄들이 고개를 가로저었다.

"그런 게 아니야." 그녀가 말했다. "물론 한 달 기다려줄 수 있어. 그런데 가끔은 당신이 나를 배심원으로 생각하는 것 같다는 느낌이 들어. 당신이 무죄라고 나를 설득하려고 애쓰는 것 같다고."

나는 그녀의 어깨에서 손을 뗐다.

"그래서, 뭐야, 당신은 내가 유죄라고 생각해?"

"아니. 당신 말투가 거슬린다는 얘기야."

"무슨 말인지 잘 모르겠군. 하지만 내가 당신을 조종하려 한다고

생각한다면, 당신 먼저 자. 나는 다시 일하러 갈게. 내가 살인자가 아
니라고 진짜 배심원들을 설득할 방법을 찾아야 하거든."

나는 켄들을 복도에 남겨두고 자리를 떴다.

22

1월 14일, 화요일

나는 늦게까지 일하다가 소파에서 잠이 들었다. 발목에 찬 전자발찌를 충전하는 걸 잊어서 '삐' 하는 날카로운 신호음이 간헐적으로 이어지는 바람에 아침 8시 15분에 잠이 깼다. 그 신호음이 울리면 한 시간 후 발찌의 배터리는 방전된다. 그것은 내가 보호관찰 조건을 위반하게 된다는 뜻이다.

나는 신호음이 울리는 간격을 쟀다. 처음엔 5초 간격으로 울렸지만, 곧 간격이 짧아지고 한 시간이 다 되면 귀청이 찢어질 듯 시끄러워진다는 것을 알고 있었다. 충전기를 가지러 침실에 들어가면 경고음이 울려 늦잠을 즐기는 켄들을 깨울 게 분명했다. 하지만 달리 방법이 없어 신호음이 멈추는 것과 동시에 부리나케 침실로 들어가 다음 신호음이 울리기 전에 충전 코드를 발찌에 꽂았다. 켄들은 깊이 잠든 것 같았다. 나를 등지고 돌아누워 있었는데, 숨 쉴 때마다 팔이 살짝 오르락내리락하는 것이 보였다. 충전이 다 되려면 한 시간을 기다려야 했다. 휴대전화와 노트북과 서류 가방을 거실에 두고 온 것을 깨달았다. 얼른 충전기를 빼서 침실에서 뛰어나갈 수도 있겠지만, 여기서 더 행운을 바라면 욕심이라는 생각이 들었다. 그리고 신호음이 다시 울리면, 이번에는 켄들이 깰 게 분명했다.

침실 텔레비전 리모컨이 침대 위 내 손이 닿는 위치에 있었다. 전날 밤 켄들이 그곳에 두고 잠이 든 것이었다. 나는 평면 텔레비전을 켜자마자 음소거 버튼을 눌렀다. 그러고는 자막 기능을 켜고 뉴스를 읽기 시작했다. 하원은 무능함이 만천하에 드러난 사람에 대한 탄핵 소추안을 상원에 보낼 계획을 세우고 있었다. 이 소식이 뉴스를 도배하다시피 했다. 20분이나 화면을 보면서 자막을 읽고 나서야 다른 뉴스가 나왔다. 중국 우한에서 발생한 의문의 바이러스가 국경 너머 다른 나라들로 전파된 것이 확인된 후 아시아 전역에서 우려가 커지고 있다는 내용이었다.

거실에서 내 휴대전화가 울리는 소리가 들렸다. 손목시계를 봤다. 8시 45분, 이 정도면 발찌에서 충전기를 빼도 경고음이 울리지 않을 만큼 충분히 충전됐을 것 같았다. 나는 재빨리 충전 코드를 뽑고 전화를 받으러 거실로 나갔다. 전화는 받기 전에 끊어졌지만 보슈의 이름이 떠 있는 것을 확인했다. 나는 즉시 그에게 전화를 걸었다.

"믹, 그 교도소 동기한테 문제가 생겼어." 보슈가 말했다.

"지금 교도소야?"

"응, 와서 그자를 만났어. 오스틴 니더랜드라는 친군데, 나한테는 말을 안 하려고 하네. 샘 스케일스가 어떤 일에 관여하고 있었는지 자세하게 말해줄 수 있는 사람을 안대. 그런데 그게 누군지 나한테는 말해줄 수 없대."

"뭘 원한대? 지금쯤이면 항소 다 끝나고 형이 확정됐을 텐데."

"너를 원한대, 믹."

"그게 무슨 말이야?"

변론의 법칙

"너한테만 그 이름을 알려주겠다는 거야. 너에 대해 알고 있더라고. 스케일스가 얘기했겠지, 유능한 변호사라고. 네가 여기 와서 자기 변호사로 접견 신청하고 들어오면 그 이름을 알려주겠다는 거야. 자기 사건과 관련해 뭐 더 해볼 게 있는지 물어보고 싶은 게지. 아직도 형이 2년 더 남았대. 그 말은 18개월은 더 살아야 한다는 거고."

"오늘 오라고?"

"올 수 있겠어? 그럼 내가 다 준비해놓고 기다릴게."

"못 가. 전자발찌 달고 있고 이 카운티를 벗어날 수 없다는 보석 조건도 있잖아."

"빌어먹을, 그걸 잊고 있었네."

"화상회의는 어때?"

"교도관들에게 문의해봤는데 법원 심리만 화상회의를 허용한대. 원격 면회나 대리인과 의뢰인의 원격 접견은 안 된다고 하더라고."

내가 이 말을 곱씹는 동안 침묵이 흘렀다.

"그래서, 그 이름에 대해서는 또 뭐래? 해달라는 대로 다 해주고 나니까 그 사람이 루이스 오파리지오라고 말하면 어쩌지? 완전히 헛물켠 거잖아. 그 이름은 이미 알고 있으니까."

"오파리지오는 아니야." 보슈가 말했다. "그 이름을 슬쩍 흘리고 반응을 떠봤거든. 모르는 눈치였어."

"오케이, 그런데 꼭 오늘 가야 해? 내일 심리가 있는데. 갔다 오라고 판사의 허락을 받는다고 해도, 오늘 밤엔 돌아와야 해. 늦어도 내일 아침까지는. 그리고 갔다 올 수 있을까? 교도소잖아. 교도소 사람들은 변호사들한테 협조 잘 안 하는데."

"그건 네가 결정해야지, 믹. 그리고 판사한테 허락받을 때 교도소 출입을 지시하는 명령서도 써달라고 해."

"주가 다르잖아, 형. 거긴 관할권이 없지."

"그럼……, 어떻게 할까?"

"잠깐만 기다려줘. 생각 좀 해볼게. 판단이 서면 바로 전화할게."

나는 전화를 끊고 최선의 해결책이 무엇인지 생각했다. 그러고는 로나에게 전화해 내게 특별한 일정이 있는지 물었다.

"1차 증인 명단 제출 마감일이 오늘이야." 로나가 말했다. "그것밖에 없어. 그리고 어제 했던 심리가 내일 오후 1시에 속개될 거고."

"증인 명단은 벌써 작성해놨어. 그거 제출할게. 그리고 라스베이거스에 좀 갔다 올게. 판사가 허락하면."

"거기 뭐가 있는데?"

"샘 스케일스가 마지막으로 복역한 교도소. 스케일스 감방 동기를 만나고 싶어서."

"행운을 빌어. 어떻게 됐는지 알려주고."

그다음엔 워필드 판사의 법정으로 전화를 걸어 법정 서기 앤드루와 통화를 했다. 증인을 만나러 하루 동안 카운티를 벗어날 수 있게 허락을 받고 싶다고 이유를 밝히며 판사와의 원격회의를 요청했다. 서기는 판사에게 보고하고 전화해주겠다고 말했다. 나는 그에게 데이나 버그 검사에게도 알려야 할 거라고 덧붙였다.

기다리는 동안 나는 판사의 허락을 받은 것처럼 행동하기로 결심하고 버뱅크와 라스베이거스를 오가는 제트스위트 왕복 항공권을 예약했다. 출발 항공편은 두 시간 후에 이륙할 예정이었다.

변론의 법칙

30분이 지났지만, 판사나 서기한테서 전화가 오지 않았다. 나는 법정으로 다시 전화를 걸어 어떻게 됐느냐고 물었다. 앤드루는 판사는 원격회의를 허락했는데, 데이나 버그 검사에게는 메시지를 남겼지만 답이 없다고 말했다.

"그럼 판사님과 통화하게 해줄래요? 촌각을 다투는 일인데. 이 잠재적 증인을 오늘만 만날 수 있어서, 내가 갈 수 있는지 어떤지 빨리 알아야 하거든요. 버그 검사에게는 원격회의 시간을 알리는 문자 메시지를 남겨놓으면, 회의에 들어올 겁니다. 검사의 대답을 들으려면 종일 기다려야 할 거예요."

서기는 잠깐 생각하더니 내게 다시 전화 주겠다고 말했다. 20분이 흘렀고 앤드루가 전화를 걸어 판사와 데이나 버그 검사를 전화로 연결하겠다고 말했다. 라스베이거스행 비행기가 이륙하기 70분 전이었다.

곧 전화기에서 판사의 목소리가 들렸다.

"다들 모인 것 같네요." 판사가 말했다. "할러 변호사, 보석 조건의 감면을 요청하는 거죠?"

"네, 그렇습니다, 재판장님. 딱 하루만요. 증인을 만나러 라스베이거스에 가야 해서요."

"라스베이거스라. 진짜로 증인 만나러 가는 겁니까?"

"생각하시는 그런 거 아닙니다, 재판장님. 스트립 거리 근처에는 얼씬도 하지 않을 거고요. 샘 스케일스가 마지막으로 복역한 교도소가 하이 데저트 주립 교도소였는데요, 라스베이거스 북쪽으로 한 시간 거리에 있죠. 스케일스의 감방 동기가 아직도 거기 있어서 만나보려고요. 스케일스가 살해될 때까지의 행적에 관한 정보는 검찰이 저희에게 아무것도 넘겨주지 않았습니다, 재판장님. 저희는 그 감방 동기가 피고인 측에 중요한 증인이 될 수 있다고 판단하고 있고요. 이 순간에도 제 수사관 한 명이 그 교도소에 가 있는데, 그 수용자가 저하고만 얘기하겠다고 한답니다. 항공권도 이미 예약해놨고요. 베이거스행 11시 40분 비행기와 돌아오는 건 7시 비행기로요."

"좀 주제넘은 짓 아닌가요, 할러 변호사?"

"아뇨, 재판장님. 재판장님이 어떤 판결을 내릴 거라고 예상한 게 아니고요. 재판장님이 허락하시면 그곳에 갈 수 있도록 만반의 준비를 해두고 싶었을 뿐입니다."

"버그 검사, 거기 있어요? 검찰 측은 피고인 측의 요청에 이의 있습니까?"

"네, 여기 있습니다, 재판장님." 버그가 말했다. "먼저 변호인이 만날 수용자의 이름을 알고 싶습니다."

"오스틴 니더랜드입니다. 현재 하이 데저트 주립 교도소에서 복역 중이죠."

"재판장님." 버그가 말했다. "검찰은 피고인의 보석 조건을 감면하고 카운티를 벗어나도록 허락하는 것에 이의를 제기합니다. 또한 보석 심사에서 말씀드린 검찰의 기존 입장에 변함이 없습니다. 저희는 할러 변호사가 도주할 우려가 있다고 믿습니다. 그 우려가 그 어느 때보다도 지금 가장 크다고 생각하고요. 재판이 가까워질수록 자신이 유죄 평결을 받고 사회로부터 영구히 격리될 거라는 생각이 점점 더 강해질 테니까요."

변론의 법칙

"재판장님, 검사는 지금 터무니없는 주장을 하고 있습니다. 제가 보석으로 풀려난 지 5주가 넘었지만, 저 자신을 변호하기 위한 준비만 착실히 해왔지, 다른 짓은 전혀 하지 않았습니다. 규칙 준수를 등한시하는 검찰에 맞서 싸워야 하는 불리한 조건에서도 말이죠."

"불리한 조건도 없고, 검찰이 규칙을 등한시한다는 증거도 없습니다, 재판장님." 버그가 힘주어 말했다. "처음부터 변호인은 항상……."

"그만하세요, 그만." 워필드가 외쳤다. "당신들 싸우는 일에 심판이나 보면서 하루를 시작할 생각은 없으니까. 이젠 지치네요, 진짜. 그리고 보석감면신청 건 말인데, 변호인은 원격회의로 접견할 수 있는지 알아봤습니까?"

"그럼요, 재판장님. 저도 그렇게 하는 것이 최선이라고 생각했습니다. 제 수사관 말이 법원 심리를 제외하고는 어떤 경우에도 교도소에서 허락을 안 해준답니다."

"알겠습니다." 워필드가 말했다. "본 법정은 할러 변호사의 증인 접견을 허락하겠습니다. 보석과 구치소 담당자들에게 알려놓을게요. 할러 변호사, 오늘 밤 자정까진 이 카운티로 돌아와야 해요. 그렇지 않으면 버그 검사의 예언이 현실이 될 겁니다. 도망자로 간주될 거라고요. 아시겠습니까?"

"네, 재판장님. 감사합니다. 그리고 또 하나 부탁드려도 될까요?"

"또 시작이군요." 버그가 말했다.

"뭐죠, 할러 변호사?" 워필드가 물었다.

"재판장님, 제가 착용하고 있는 전자발찌가 네바다의 교도소에 들어갈 때 문제가 될 것 같습니다."

"기가 막혀서, 정말." 버그 검사가 버럭 성을 내며 끼어들었다. "할러 변호사는 지금 제정신이 아닙니다. 전자발찌를 벗도록 허용하면 안 됩니다. 검찰은……."

"그걸 요구하는 게 아닙니다. 재판장님의 편지를 부탁드리는 거죠. 서기가 상황을 간략히 설명하는 편지를 써서 저에게 이메일로 보내주면 문제가 생길 경우 큰 도움이 될 것 같습니다."

판사는 검사의 이의제기를 기다리는 듯 한동안 아무 말이 없었다. 그러나 검사는 전자발찌 제거에 관해 너무 강하게 반대 의사를 표명한 것이 좀 지나쳤다고 생각했는지 침묵을 지켰다.

"그래요, 알겠어요." 워필드가 말했다. "간단하게 편지 써서 앤드루에게 줄게요. 변호인에게 이메일 보내라고."

"감사합니다, 재판장님."

원격회의가 끝난 후 보슈에게 전화를 걸어 내가 간다고 말했다. 니더랜드 면회를 오후 2시로 잡으라고 말했다. 그 정도면 비행기를 타고 날아가서 교도소까지 달려갈 시간이 충분히 있을 터였다. 또 감시 잘하라는 말도 했다.

"니더랜드라는 이름을 검사에게 말해줄 수밖에 없었어. 그들이 나보다 먼저 누구를 보낼 수 있을 것 같진 않아. 하지만 어떤 식으로든 나를 엿 먹이려고 할 수도 있어."

"여긴 내가 잘 지키고 있을게." 보슈가 말했다. "너도 조심해. 여기다 와갈 때 전화해."

나는 간단히 샤워와 면도를 마친 후, 옷을 갈아입고 출장 준비를 했다. 워필드 판사의 편지도 다운받아 인쇄해 서류 가방에 넣었다.

켄들이 일어나 부엌에 있었다. 시끄러운 침묵을 먼저 깬 사람은 그녀였다.

"어젯밤 일 미안해." 켄들이 말했다. "당신이 자신을 변호하는 데 가진 것을 모두 쏟아부어야 한다는 거 나도 아는데, 어젯밤엔 내가 너무 이기적이었어."

"아냐, 내가 미안해. 당신을 무시하고 있었어. 절대로 그러면 안 되는데. 더 잘할게. 약속해."

"당신이 나를 위해 해줄 수 있는 최선은 당신 재판에서 이기는 거야."

"그럴 생각이야."

우리는 오래도록 포옹을 했고 나는 그녀에게 작별의 키스를 했다.

집을 나가 현관문을 잠그고 돌아서니 맨 밑의 계단에 앉아 있는 밤바잔 비숍이 보였다.

"시간 딱 맞춰 왔네. 마음에 들어."

"어디 갈 건데?" 그가 물었다.

"버뱅크 공항. 베이거스에 갈 거야. 자넨 오늘 밤 8시까지 자유야. 그때 내가 돌아오니까 공항으로 태우러 와줘."

"알았어."

제트스위트 터미널은 버뱅크의 민간항공사 이착륙장에 있지 않았다. 길게 늘어선 전용기 사업자들과 격납고들 속에 숨어 있었다. 잘 알려지지 않은 항공사의 장점은 전용기 느낌이 나면서도 일반 항공사 서비스를 제공한다는 점이었다. 이륙 시간 15분 전에 도착했지만 아무 문제없었다.

전 좌석이 매진된 비행기는 서른 명의 승객을 태우고 샌가브리엘 산맥 위를 날고 모하비사막을 건넜다. 아침을 정신없이 바쁘게 보낸 나는 마침내 긴장이 풀리기 시작했다.

나는 창가 자리에 앉았고 내 옆에 앉은 여자는 수술용 마스크를 끼고 있었다. 아픈 건지, 아플까 봐 예방하는 건지 궁금했다.

나는 고개를 돌려 창밖에 펼쳐지는 거대한 공허를 내려다봤다. 햇볕에 달궈진 갈색의 사막이 사방으로 끝도 없이 펼쳐져 있었다. 그 모습을 보니 모든 것이 하찮게 느껴졌다. 나를 포함해서.

변론의 법칙

23

교도소 정문 앞에서 보슈가 나를 기다리고 있었다. 내가 택시에서 내리자 그가 다가와 나를 맞았다. 햇빛이 따가운데 선글라스를 챙기지 못한 나는 눈을 가늘게 뜨고 그를 바라봤다.

"형이 공항까지 나 태워줄 수 있어? 그럼 택시는 그냥 보내게. 7시 출발인데."

"물론이지." 보슈가 말했다.

나는 서류 가방을 챙겼는지 확인한 후, 운전사에게 팁을 주고서 택시를 보냈다.

보슈와 나는 정문을 향해 걸어가기 시작했다.

"저 안에 들어가면 여러 개의 문을 통과해야 돼. 그러고 나면 법률 대리인들을 위한 접견실이 나올 거야. 거기 들어가면 모든 게 준비돼 있을 거고. 니더랜드는 2시까진 들어올 거야."

"형도 같이 가지, 왜. 형은……."

"난 같이 못 가. 너하고 니더랜드만 있어야지. 대리인과 의뢰인."

"내 말이 그 말이야. 형은 내 수사관이니까 그 특전 대상이거든."

"알아. 넌 니더랜드를 위해 일을 할 수도 있겠지만, 난 그럴 생각이 없거든."

"그게 무슨 말이야?"

"내가 사건을 가린다고. 난 범죄자를 위해 일하지 않아. 그러면 그

동안 경찰관으로서 내가 쌓아온 탑이 한순간에 허물어지니까."

나는 걸음을 멈추고 잠깐 그를 쳐다봤다.

"칭찬 같네, 그 말."

"지난번에 댄 타나스에서 말했잖아, 너를 믿는다고." 그가 말했다. "안 믿으면 여기까지 오지도 않았겠지."

나는 돌아서서 교도소 건물을 올려다봤다.

"그래, 그러면."

"난 여기 밖에서 기다릴게." 보슈가 말했다. "니더랜드한테서 이름을 받아오면, 그다음부터는 내가 알아서 할게."

"연락할게."

"행운을 빈다."

니더랜드가 있는 방으로 들어가기까지 40분이 지체됐다. 우려했던 대로 교도관들이 전자발찌에 난색을 표했다. 워필드 판사의 편지를 내밀어도 위조 가능성이 있다면서 완전히 신뢰하지 않았다. 나의 네바다 출장을 워필드 판사가 허락했다는 것을 확인하기 위해 누군가가 판사의 사무실로 전화를 걸었지만, 판사는 재판 중이라는 대답이 돌아왔다. 워필드 판사가 오후 휴정 때 판사실로 돌아와 여기로 전화를 해준 다음에야 나는 변호인 접견실로 안내를 받아 들어갈 수 있었다. 약속 시간보다 30분이나 늦어서 니더랜드는 화가 많이 나 있었다.

니더랜드는 바닥에 볼트로 고정된 탁자를 가운데 두고 맞은편 의자에 앉아 있었다. 두 손에는 수갑이 채워져 있었다. 허리를 감은 사슬 포승줄은 그가 앉은 의자 앞쪽에 달린 고리에 연결돼 있었다. 의

변론의 법칙

자는 움직이지 못하게 바닥에 고정돼 있었다. 내가 내 자리에 미끄러지듯 앉자 그가 일어서려고 하면서 사슬이 확 잡아당겨졌다. 내가 먼저 입을 열었다.

"니더랜드 씨, 마이클 할럽니다. 늦어서 미안…….”

"누군지 나도 알아." 그가 말했다.

"내 수사관한테…….”

"엿 먹어라, 새끼야.”

"네?”

"빨리 꺼지라고.”

"로스앤젤레스에서 방금 날아왔는데 꺼지라고? 당신이 내 수사관한테…….”

"말귀를 되게 못 알아듣네.”

그가 수갑을 찬 두 손을 홱 쳐들자 사슬 포승줄이 다시 팽팽해졌다. 두 손으로 마치 상상 속의 목을 움켜쥐고 조르는 듯한 동작을 취했다. 내 목을 조르고 싶은 모양이었다.

"예전에는 안 이랬는데." 그가 말했다. "이렇게 사슬로 칭칭 감아놓지 않았다고. 변호사를 만날 땐 말이지. 누가 이럴 줄 알았나. 빌어먹을. 아니면 넌 지금쯤 죽었어, 개새끼.”

"도대체 무슨 소릴 하는 거야? 내가 왜 죽어?”

"내가 네 목을 분질러버렸을 테니까.”

그는 이를 앙다문 채 이 사이로 말을 내뱉었다. 덩치가 크지 않았고 근육질도 아니었다. 숱이 적은 금발에 안색은 누렇게 떠 있었는데, 현재 주소지를 감안하면 놀라운 일이 아니었다. 그러나 강렬한 증오의 표정은 솔직히 무서웠다. 처음에는 그가 루이스 오파리지오의 사주를 받은 살인 청부업자이고, 나를 죽이려고 치밀하게 계획을 세우고 함정을 판 거라는 생각이 들었다. 그러나 곧 그 생각을 떨쳐버렸다. 내가 여기까지 오게 된 정황이 그런 계획과는 배치되기 때문이었다. 그리고 증오를 담은 니더랜드의 표정에는 분명히 감정이 서려 있었다.

"날 죽이려 했다고? 왜지?"

"네가 내 친구를 죽였으니까." 그가 다시 이를 앙다물고 말을 뱉어냈다.

"샘 스케일스 내가 안 죽였어. 그래서 여기 온 거야. 범인을 찾으려고. 네가 나와 내 수사관의 귀중한 하루를 낭비한 거야. 넌 나를 안 믿을지 모르지만 그리고 내가 살인죄를 뒤집어쓰고 무너질 수도 있지만, 이것만은 알아두라고. 샘 스케일스를 죽이고 무사히 빠져나간 진범이 따로 있다는 것. 그리고 넌 나를 돕지 않음으로써 그 진범을 돕고 있다는 것."

나는 일어서서 철문을 향해 돌아선 후 문을 두드리려고 팔을 들었다. 맥이 풀리고 화가 났다. 하루를 완전히 날리지 않게 더 일찍 돌아갈 비행편이 있는지 궁금하기도 했다.

"잠깐만." 니더랜드가 말했다.

내가 그를 향해 돌아섰다.

"그 말이 사실이라는 증거를 대봐." 그가 말했다.

"나도 그러려고 애쓰고 있어. 하지만 쉽지가 않네, 내가⋯⋯."

"아니, 내 말은 여기서 지금 증거를 대라고."

변론의 법칙

"어떻게 하면 되지?"

"일단 앉아봐."

그가 고갯짓으로 빈 의자를 가리켰다. 나는 마지못해 자리에 앉았다.

"자네한테 입증해 보일 수는 없어. 아직은 안 돼, 적어도."

"샘이 그랬어, 당신이 자기를 배신했다고." 니더랜드가 말했다. "그 유명한 링컨 차를 타는 변호사가 자기 이야기를 영화화한다니까 사람이 확 변했다고. 자기를 믿고 의지하던 사람들을 시궁창에 내버려두고 가버렸다고."

"그건 사실이 아니야. 내가 변한 게 아니라고. 샘이 수임료를 안 냈어. 그게 이유 중 하나였지. 하지만 그것보다 더 중요한 건, 내가 더는 그의 변호를 못 하겠더라고. 샘은 많은 사람에게 상처를 주고, 돈을 빼앗고, 피해자들이 자괴감을 느끼게 했어. 그런 일을 즐겼고, 나는 그런 그를 변호하는 일에 넌덜머리가 났지. 그래서 더는 사건을 못 맡겠더라고."

니더랜드가 아무 반응도 보이지 않자, 나는 다시 그를 설득했다. 여전히 그가 도움이 될 수 있다는 생각이 있었기에 어떻게든 그의 입을 열게 하고 싶었다.

"진짜로 나를 죽일 생각이었나? 이 안에서 지낼 날이 2년도 채 안 남았는데?"

"모르겠어." 니더랜드가 말했다. "하지만 뭐라도 할 생각이었어. 진짜 열 받았거든. 아직도 그렇고."

나는 고개를 끄덕였다. 방 안 온도가 조금씩 내려가는 것이 느껴졌다.

"안 믿겠지만, 나도 샘을 좋아했어. 샘은 많은 사람에게 사기를 쳤고, 그런 사실을 받아들이기 힘들었는데 어찌 된 영문인지 난 그가 좋더라고. 하지만 선을 그어야 했어. 샘의 행동이 언론에서 그리고 내 가정에서 계속 내 이미지를 깎아 먹고 있었거든. 게다가 수임료도 주다가 말았고. 그건 나를 자기가 사기 칠 대상으로밖에 안 본다는 뜻이었지."

"샘은 눈치 봐서 적당히가 없었어. 항상 과했지." 니더랜드가 말했다.

의사소통의 창구가 열리는 것이 보였다.

"자네는 안 그렇고?"

"물론이지. 난 샘을 저버린 적이 없어." 니더랜드가 말했다. "샘도 나를 배신한 적 없고. 내가 여길 나가면 함께할 계획까지 세웠는데."

"어떤 계획이었는데?"

"크게 한탕 치고 사라질 계획이었지."

"뭘 한탕 한다는 거였어? 그래서 했어?"

"모르지. 그런 건 편지에 쓸 수 없는 얘기잖아. 여기선 모든 게 감시당하거든. 면회객, 전화, 편지 전부. 사회에 복귀한 전과자와 연락하는 것도 안 되고."

"그럼 어떻게 연락을 주고받았어?"

니더랜드가 고개를 가로저었다. 그 방향으로는 가지 않을 생각인 거였다.

"이봐, 난 자네 변호사야. 무슨 말이라도 해도 돼. 교도관들이 엿들

을 수 없고, 내가 딴 데 가서 이 얘길 전할 수도 없어. 비밀유지의무
가 있거든."

니더랜드는 고개를 끄덕였고 기세가 좀 누그러졌다.

"샘이 편지를 보냈어." 그가 말했다. "삼촌인 척하면서."

나는 잠깐 말을 멈췄다. 다음 질문과 대답이 이 사건의 모든 것을
바꿀 수 있다는 걸 알 수 있었다. 또한 사람들이 이야기를 지어내거
나 연극을 하거나 사기를 칠 때, 거기에 소금 뿌리듯 진실을 넣는다
는 것도 알고 있었다. 니더랜드는 내가 교도소로 찾아오면 이름을 알
려주겠다고 해리 보슈에게 약속했었다. 그 이름이 그의 사기에 가미
된 진실일지도 몰랐다.

"자네 삼촌 이름이 뭔데?"

"'뭐였어?'라고 물어야 해." 니더랜드가 말했다. "돌아가셨거든. 월
터 레논. 외삼촌이었지."

"자네도 외삼촌에게 보내는 척하면서 샘에게 편지를 보냈고?"

"그럼. 이 안에서 할 일이 뭐가 있겠어."

"그럼 편지를 어디로 보냈는지 기억해?"

"샌페드로에 있는 차고를 개조한 원룸이었어. 하지만 석 달 전 일
이야, 샘이 살아 있을 때. 지금은 샘의 짐을 다 내놨겠지."

"주소 기억해?"

"응. 오늘 아침에 샘이 보낸 편지들을 찾아봤어. 카브릴로 2720번
지. 작은 원룸이랬어. 돈을 모으고 있다고, 내가 나가면 좀 더 큰 집
을 얻자고 했어. 집을 살 수도 있다고 했고."

니더랜드의 말에서 그와 샘이 사귀는 사이였던 것 같은 느낌을 받

았다. 그러고 보니 샘의 성적 취향을 물어본 적이 한 번도 없었다. 그것이 그의 범죄에서나 나와의 비즈니스에서 아무런 역할을 하지 않았기 때문이다.

"샘이 저축하는 돈은 어디서 난 건지 말해줬어?"

"항구에서 일한다고 했어."

"무슨 일?"

"그건 말 안 했어. 나도 묻지 않았고."

샘이 일한다는 것은 사기를 친다는 의미였다. 나는 그 이름과 주소를 리걸패드에 적었다. 이것은 업무 메모일 뿐 검찰과 공유할 증거는 아니라고 애써 믿었다.

"내가 알아야 할 일이 더 있나?"

"아니, 그게 전부야." 니더랜드가 말했다.

나는 방금 얻은 정보를 비밀로 해야 한다고 생각했다. 적어도 우리가 확인해볼 때까지만이라도.

"로스앤젤레스 경찰국 형사가 찾아올 수도 있어. 그들은 내가 샘을 죽였다고 생각하고, 오로지 그것만 신경 쓰고 있지. 잊지 마, 그들의 질문에 대답할 필요 없어. 이젠 내가 자네 변호사니까, 나한테 연락하라고 그래."

"입 꾹 다물고 있을게."

나는 고개를 끄덕였다. 내가 바라던 바였다.

"좋아. 그럼 나는 그만 가볼게."

"당신 재판은 어떻게 되는 거야?" 니더랜드가 물었다. "내가 나가서 증언해야 하나?"

내 재판에서 니더랜드를 어떻게 이용할 수 있을지, 혹은 그를 증인으로 불러도 된다는 판사의 허락을 받을 수는 있을지 알 수가 없었다. 교도소와 법정에서 원격회의를 하면 배심원들이 꾸벅꾸벅 졸 게 분명했다. 이해관계 충돌의 문제도 있었다. 니더랜드는 명목상으로는, 적어도 교도소 서류상으로는 내 의뢰인이었다.

"나중에 알려줄게."

나는 다시 일어서서 문을 두드리려고 했다.

"누가 샘을 죽였는지 진짜로 찾아낼 거야?" 니더랜드가 물었다. "아니면 당신이 죽이지 않았다는 것을 입증하는 데만 관심이 있나?"

"내가 범인이 아니라는 걸 입증하는 유일한 방법은 진범을 찾아내는 거야. 그게 결백의 법칙이라고."

제3부

메아리와 철

24

1월 15일, 수요일

다음 날 아침 9시 30분, 우리는 샌페드로에 도착했다. 셋이 따로 왔다. 나는 사라진 지갑의 증거개시청구 건에 관한 심리가 있어서 오후 1시까지는 시내 법원에 가야 했기 때문에 비숍이 모는 링컨 차를 타고 왔다. 보슈는 낡은 체로키를 몰고 나타났고, 시스코는 할리데이 비슨을 타고 왔다. 우리는 오스틴 니더랜드가 내게 알려준 카브릴로 주소지에 있는 집 앞에서 만났다. 앞마당 잔디밭에 원룸 임대 광고판이 꽂혀 있었다. 시스코가 비숍의 신원을 확인했지만, 무엇이든 백퍼센트 확신할 수는 없었다. 나는 비숍이 링컨 차를 그 집 앞에 세워놓고 앉아 있는 것을 원치 않았다. 그래서 그에게 근처 어디 가서 커피나 마시면서 법원에 갈 시간이 돼 내가 부를 때까지 기다리라고 지시했다. 그러고 나서 내 수사관들과 함께 그 집으로 걸어가서 현관문을 두드렸다. 목욕가운을 입은 여자가 문을 열어줬다. 나는 명함을 내밀면서 니더랜드에게서 들은 내용을 토대로 머릿속에 미리 짜놓은 대본대로 연기하기 시작했다.

"안녕하십니까, 부인. 월터 레논 씨의 유산 정리를 맡은 마이클 할러 변호사입니다. 레논 씨가 남긴 유산을 확인하러 왔습니다."

"'유산'이라고요? 레논 씨가 죽었다는 뜻인가요?"

"그렇습니다, 부인. 지난 10월에 돌아가셨죠."

"아무도 얘기를 안 해줘서 몰랐어요. 떠난 줄로만 알았죠. 11월까지는 월세를 냈는데 12월이 다 가도록 보이지도 않고 월세도 안 들어와서."

"임대 광고판이 있던데. 다시 세를 놓으실 건가 보죠?"

"물론이죠. 사람도 없고 월세도 안 냈다니까요."

"레논 씨 짐은 아직 저 안에 있습니까?"

"아뇨, 다 들어냈죠. 차고에 뒀어요. 다 갖다 버리고 싶었지만, 법 때문에. 60일을 기다려야 한다네요."

"법을 지켜주셔서 감사합니다. 저희가 차고에 있는 레논 씨 짐을 좀 봐도 될까요?"

주인 여자는 대답하지 않았다. 문을 반쯤 닫으면서 그 뒤로 손을 뻗어 무언가를 집었다. 그러고는 문 바깥쪽을 향해 팔을 뻗어 손에 쥔 리모컨을 눌렀다.

"세 번째 칸이에요." 그녀가 말했다. "차고 문 열었어요. 상자에 그 사람 이름이 적혀 있고, 타이어 자국 사이에 쌓아뒀어요."

"감사합니다. 그리고 집 안을 둘러봐도 될까요? 서둘러 훑어보고

변론의 법칙

나오겠습니다."

주인 여자가 다시 문 뒤로 손을 뻗어 무언가를 집더니 내게 열쇠를 건네주었다.

"차고 옆쪽 계단으로 올라가시면 돼요." 그녀가 말했다. "다 보시고 열쇠 갖다주세요."

"물론이죠."

"그리고 어지르지 마세요. 청소 다 해놨으니까. 레논 씨가 엉망으로 해놓고 갔더라고요."

"얼마나요? 어떻게 어질러져 있었죠?"

"회오리바람이 휩쓸고 간 것 같았어요. 가구가 부서져 있고, 그 사람 물건들이 사방에 흩어져 있었고요. 그러니까 보증금 얘기는 하지도 마세요. 청소하고 고치고 하는 데 다 들어갔으니까."

"알겠습니다. 하나만 더 부탁드려도 될까요, 부인? 사진을 보여드릴 테니 우리가 말하는 월터 레논이 부인이 말하는 월터 레논과 같은 사람인지 한번 봐주시죠."

"그러죠, 뭐."

시스코는 자기 휴대전화에 저장된 샘 스케일스 사진을 불러냈다. 내가 체포된 후 언론에 유포된 스케일스의 운전면허증 사진이었다. 시스코는 휴대전화를 들어서 집주인 여자에게 사진을 보여줬고, 그녀는 사진을 한번 본 뒤 고개를 끄덕였다.

"그 사람 맞네요." 그녀가 말했다.

"감사합니다, 부인. 오래 걸리지 않을 겁니다."

"열쇠 꼭 갖다주세요." 그녀가 말했다.

우리는 스케일스의 집부터 살펴보기 시작했다. 차고 위에 지은 작은 원룸 아파트였다. 깨끗이 청소되고 새 입주자를 들일 준비를 마친 상태였다. 여기서 뭔가를 찾아낼 거라고 기대하진 않았다. 집 안이 어질러져 있었다는 집주인 여자의 말을 들어보니 이미 한번 수색이 됐다는 것을 알 수 있었기 때문에 더욱 그러했다. 그러나 샘 스케일스는 평생 한 우물만 판 사기꾼으로 뭔가를 집 안에 숨겨놓을 가능성이 얼마든지 있었고, 급히 한번 뒤져볼 땐 그런 것을 놓칠 수도 있었다. 수색의 진두지휘는 범죄자들의 집을 수색하는 일을 수십 년간 해온 보슈가 맡았다.

작은 도구 가방을 가져온 보슈는 먼저 부엌부터 수색하기 시작했다. 수납 서랍 밑면과 싱크대 걸레받이 뒤를 아주 꼼꼼하게 확인했고, 냉장고 문 안의 단열 공간을 열어봤으며, 스토브 위의 조명과 환풍기 내부도 살펴봤다. 그가 집 안을 두루 살펴보려면 시간이 꽤 걸리겠다는 생각이 들어서 나는 계획을 수정했다. 보슈를 아파트에 홀로 두고 시스코와 나는 차고로 내려갔다. 심리에 늦지 않도록 일을 서둘러야 했다.

세 번째 주차칸 중앙, 오랜 세월에 걸쳐 세입자들의 차가 만들어놓은 타이어 자국 사이에 두꺼운 판지 상자가 네 개씩 두 더미로 쌓여 있었다. 모두 봉인이 돼 있었고 〈레논〉이라는 이름과 〈12/19〉라고 날짜가 적혀 있었다. 시스코가 한 더미를, 내가 다른 한 더미를 맡았다.

내가 열어본 첫 번째 상자에는 옷이 담겨 있었다. 차고 두 번째 칸에는 자동차가 세워져 있었다. 나는 그 차 보닛 위에 옷들을 늘어놓고 차례로 주머니를 확인한 뒤 상자에 다시 넣었다.

두 번째 상자에는 신발과 양말, 속옷이 들어 있었다. 나는 신발의 안팎을 유심히 살폈다. 끈으로 묶는 작업화의 바닥에 기름기 있는 찌꺼기가 들러붙어 있었다. 그것을 보니 샘 스케일스의 손톱 밑에서 발견된 기름기 있는 물질이 떠올랐다.

나는 그 작업화를 옆으로 빼놓고 시스코를 봤다. 그도 처음 두 상자 속에 든 옷을 살펴보고 있었다.

내가 맡은 세 번째 상자에는 세면용품과 플러그를 꽂아 쓰는 알람시계와 책 몇 권이 들어 있었다. 책마다 책장을 넘겨봤지만, 그 속에 숨겨놓은 것은 아무것도 없었다. 한 권을 제외하고는 전부 소설책이었다. 그 한 권은 2015년도 맥 피너클 유조트럭의 사용설명서였다. 이것이 바이오그린과 관련이 있다는 것은 알았지만, 어떻게 관련이 있는 것인지는 알 수가 없었다. 그 사용설명서를 상자에 넣지 않고 두 번째 주차 칸에 있는 차 보닛에 올려놓았다.

네 번째 상자에도 개인물품이 들어 있었다. 책 몇 권과 드립 커피 메이커와 오래된 신문으로 싼 머그컵 여러 개가 들어 있었다. 개봉 안 된 우편물이 상자 바닥에 쫙 깔려 있었는데, 깨지기 쉬운 유리 커피포트와 머그컵을 위한 완충재 역할을 하도록 깔아놓은 듯했다.

AT&T 전화요금 청구서와 반송 주소가 네바다 하이 데저트 주립교도소라고 적힌 오스틴 니더랜드의 편지 한 통을 제외하고는 우편물 거의 모두가 스팸메일이었다. 나는 개봉이 안 된 니더랜드의 편지를 다시 상자에 넣었다. 니더랜드를 만나본 결과 그는 샘이 어떤 사기를 치고 있었는지 모르는 게 분명하다는 생각이 들었다. 그 편지가 크게 쓸모 있을 것 같지 않았다. 대신 전화요금 청구서에 통화 내역이 들어 있을까 하여 청구서를 열어봤지만, 전화요금 체납을 알리는 통지서였다. 샘 스케일스가 받고 있던 서비스 목록은 있었지만, 통화 내역은 나와 있지 않았다.

시스코는 세 번째 상자에 있는 책들을 펼쳐보느라고 나보다 한 상자 뒤처져 있었다. 내가 그에게 다가가 그의 마지막 상자를 열었다. 그 안에는 뜯지 않은 허니콤 시리얼 세 상자와 라이스 크리스피 한 상자가 들어 있었다.

"샘이 시리얼을 좋아했네."

나는 시리얼 상자가 공장에서 봉인된 상태 그대로 있는지 샘이 뜯어서 무언가를 그 안에 숨기고 다시 봉인했는지 알아보려고 상자를 흔들어도 보고 자세히 살펴도 봤다. 공장에서 나온 그대로 개봉 안 된 시리얼이라고 판단돼 다음으로 넘어갔다. 시리얼 밑에 가루 커피 몇 봉지와 부엌 수납장에서 나온 뜯지 않은 물품 몇 개가 들어 있었다.

"이것 좀 봐봐." 시스코가 말했다.

그는 캘리포니아주 사업용 운전자 면허시험을 위한 얇은 수험서를 들어 보였다.

"여러 군데 줄을 쳐놨어." 시스코가 말했다. "진짜로 공부를 하고 있었던 것 같아."

"맥 유조트럭 사용설명서도 있던데."

"마음잡고 살려고 했었나 봐. 트럭 운전사 하면서."

"말도 안 돼. 샘에게는 평범하게 직장 일 하면서 사는 것이 감옥에 가는 것보다 더 끔찍한 일이었어. 평생을 사기만 치면서 살아왔으니까. 절대로 마음잡고 착하게 못 살아."

"그럼, 어떻게 된 거지?"

"모르겠어, 하지만 우리가 진실에 다가가고 있다는 건 알겠어. 이래서 그들이 지갑을 훔친 거구나."

"왜?"

"지갑에 샘이 현재 사용하는 가짜 신분증이 있었던 거지. 그게 우리를 여기로, 그리고 바이오그린으로 인도해줬을 테니까. 그들은 우리가 거기까지 찾아가는 걸 원하지 않았던 거야."

"'그들'이 누군데?"

"아직은 몰라. 오파리지오일 수도 있고. FBI일 수도 있고. FBI가 오파리지오와 바이오그린을 예의주시하고 있었는데, 바이오그린과 관련된 살인사건 수사가 시작되니까 자기네 수사에 방해를 받고 싶지 않아서 나선 건지도 모르지. 로스앤젤레스 경찰국이 그날 밤 샘의 지문을 감식하자마자, FBI한테 경보가 떴을 거야. 그래서 상황을 파악하고 누가 볼까 부리나케 뛰어가서 지갑을 빼 온 거지. 여기에도 와서 수색하고 관련 증거를 모두 없애버리고. 샘이 월터 레논과 아무 관련이 없으면 수사도 바이오그린으로 향하지 않을 테니까."

"그럼 FBI는 당신이 살인 누명을 쓰는 동안에도 옆에서 구경만 하고 있었고? 당신이 파멸하게 내버려둘 생각이었단 말이야?"

"모르겠어. 앞일은 생각도 안 하고 만들어낸 계획이었을 거야. 어쩌면 그들이 바이오그린 일을 마무리하기 위해 시간을 벌고 있었던 건지도 몰라. 그런데 내가 신속한 재판을 받을 권리를 포기하지 않아서 스케줄이 꼬이게 만든 거지. 7월이나 그 이후에 재판이 열리면 좋은데, 2월에 열리게 됐으니까. 그들은 그걸 예상 못 했고."

"가정이 너무 많다."

"지금으로서는 모든 게 추정일 뿐이야. 하지만 곧……."

그때 보슈가 차고로 들어와서 나는 말을 멈췄다.

"위에서 뭐라도 나왔어?"

"깨끗했어." 보슈가 말했다. "침실 벽장 속 바닥에 비밀 공간이 있었어. 잘 숨겨져 있지도 않았고, 속은 비어 있었고. 전에 수색한 사람이 그걸 못 보고 넘어갈 수는 없었을 거야."

"공간이 얼마나 커? 노트북이 들어갈 정도는 돼?"

"응, 그 정도 돼." 보슈가 말했다.

"컴퓨터가 사라졌네. 샘은 사기를 칠 때 인터넷을 이용했어. 컴퓨터 없는 샘은 상상할 수도 없을 정도야. 게다가 전화요금 청구서를 보니까 홈 와이파이를 포함한 서비스 패키지에 가입돼 있었고. 컴퓨터가 없으면 와이파이가 왜 필요해?"

"그러니까 사라진 게 컴퓨터, 휴대전화기, 지갑이군." 시스코가 말했다.

"맞았어."

"그 상자들 속에는 뭐가 들었어?" 보슈가 물었다.

"별거 없어. 바닥에 기름 찌꺼기가 묻은 작업화 한 켤레. 거의 다 끝나가."

나는 마지막 상자로 돌아갔고, 여러 서류와 편지가 상자 바닥에 깔려 있는 것을 봤다. 아마도 부엌 서랍 속에 들어 있었던 것들 같았다.

커피메이커 사용설명서와 이케아 탁자 조립설명서, 개봉된 니더랜드의 편지가 몇 통 있었다. 스케일스가 그 편지를 보관하고 있는 것을 보니 그 둘이 연인 관계였다는 심증이 더욱 굳어졌다.

출력해서 스테이플러로 찍고 두 번 접은 〈뉴욕타임스〉 인터넷판 기사도 있었다. "야수의 피 빨아먹기[14]"라는 표제가 눈에 띄었다.

솔트레이크시티발 기사였다. 나는 그 기사를 읽기 시작했고, 다 읽고 나자 그 기사가 모든 것을 바꿨다는 것을 알게 됐다. 그리고 이 출력본을 차고에서 갖고 나간다면 증거개시절차를 통해 검찰에 넘겨야 한다는 것도 알고 있었다.

나는 그 기사 출력본을 다시 접어서 상자 속에 던져 넣었다. 맥 트럭 사용설명서도 던져 넣었다. 상자 뚜껑을 닫고 그 상자 위에 다른 상자 두 개를 쌓고는 휴대전화를 꺼내 비숍에게 나를 태우러 오라고 문자를 보냈다.

"오케이, 이제 가자."

"잠깐만." 시스코가 말했다. "아무것도 안 가져가?"

"가져가면, 공유해야 하잖아."

"증거개시 말이군." 시스코가 말했다.

"자기들이 와서 찾으라고 해. 나한테 아무 도움도 안 주는데, 나라고 남 좋은 일 할 수는 없지. 가자. 심리 있어."

차고를 나가면서 모든 것을 놔두고 가기로 한 내 결정에 불만이 있는지 보슈의 표정을 살폈다. 그런 기색은 전혀 보이지 않았다.

---

14 정부를 상대로 사기를 쳐 국고를 축내는 일을 비유적으로 이르는 말이다.

비숍이 집 앞에 차를 대고 있었다. 나는 시스코에게 원룸 열쇠를 건네줬다.

"주인 여자한테 열쇠 좀 돌려줄래? 그리고 그 여자 이름하고 연락처 알아놔. 증인 명단에 올려야 하니까."

"알았어." 시스코가 말했다.

"상자 속 유산에서 가치가 있는 건 하나도 못 찾았다고 말해. 기부를 하든, 버리든, 마음대로 하라고 하고. 원하면 당장이라도 처분하라그래."

시스코는 나를 쳐다보다가 고개를 끄덕였다. 내 말뜻을 알아들은 것이다. 경찰이나 검찰이 마침내 이곳을 찾아오기 전에 다 없애버리라는 내 뜻을 이해한 것이다.

"잘 말해놓을게." 시스코가 말했다.

25

샘 스케일스의 사라진 지갑에 관한 증거개시청구 1차 심리 이후로 상황이 급변했다. 사라진 증거물이 내 재판에 끼칠 영향에 관한 나의 분노는 지난 48시간 동안 우리 팀이 찾아낸 것들 때문에 많이 누그러졌다. 나는 그 지갑의 핵심 비밀을, 즉 샘이 생애 마지막 해에 사용했던 가명을 알아냈다고 믿었다. 그리고 그 비밀을 공유할 수밖에 없게 될 때까진 검찰과 공유하고 싶지 않았다. 판사의 명령으로 그 비밀을 말해야 하거나, 계속 화제가 되는 것도 원하지 않았다. 그래서 나는 점수를 올리면서도, 기자들 앞에서 잠자는 사자의 코털을 건드리지는 말자고 생각하면서 조심스럽게 워필드 판사의 법정으로 향했다.

워필드 판사는 이번에도 오후 심리에 10분 늦게 도착했다. 그 덕분에 나는 오늘 아침에 한 일에 대해 제니퍼에게 설명할 시간을 얻었다. 솔트레이크시티발 〈뉴욕타임스〉 기사에 대해 말해줬고, 그 기사에서 얻은 지식을 비밀로 해둘 필요가 있다고 강조했다. 신문의 온라인 기록보관소에서 그 기사를 찾아보는 것은 좋으나 출력은 하지 말라고 당부했다.

"출력하는 순간 증거를 공유해야 하잖아. 그러니까 뽑지 말라고."

"네, 알았어요." 제니퍼가 말했다.

"그리고 기사에 아트 슐츠라는 증인이 언급되고 있어. 환경보호국에서 은퇴한 사람인데, 그를 찾아서 증인으로 불러야 해. 그가 핵심 증인이 될 거야."

"하지만 그를 증인 명단에 올리면 어떻게 되죠? 검찰이 눈치를 채고 우리가 어디로 가고 있는지 다 알아낼 것 같은데요."

양측의 증인 명단은 공유돼야 할 증거물에 속했고, 법정은 각 증인이 어떤 증언을 할 것인지 간략히 적어 내도록 요구했다. 겉으로 볼 때 정확한 사실이면서도 전체 증언의 전략이나 요점을 드러내지 않는 요약문을 쓰는 것이 관건이었다.

"피해가는 방법이 있겠지. 잘 위장할 방법. 슐츠에게 연락해서 이력서를 받아놔. 환경보호국에서 근무했으니까 생물학이나 그 비슷한 학위가 있을 거야. 그를 증인 명단에 올리고, 피해자의 손톱 밑에서 발견된 물질에 관해 증언할 거라고 써놔. 그 기름 찌꺼기 관련 전문가라고 잘 포장해놓으면 검찰의 레이더에 걸리지 않을 거야. 하지만 증인석에 앉힌 다음에는, 그의 증언을 통해서 피해자 손톱 밑에서 발견된 물질을 바이오그린에서 일어나는 일과 연결시키는 거지."

"위험하지만 괜찮네요." 제니퍼가 말했다. "심리 끝난 다음에 시작할게요."

판사가 판사실 문을 열고 걸어 나와 판사석에 가서 앉았다. 그녀는 판사들의 월례 점심 식사 모임이 길어졌다면서 늦은 것을 사과했다. 그러고는 곧바로 본론으로 들어갔다.

"피고인 측이 청구한 증거개시청구 심리를 속개하겠습니다. 버그 검사, 지난번에 지갑이 사라진 경위를 조사해서 법정에 보고하라고 지시했는데요. 뭘 알아냈습니까?"

버그가 발언대로 걸어가서 괴로운 표정을 지으며 마이크의 높이를 조정했다.

"감사합니다, 재판장님." 버그 검사가 말했다. "간단히 말해서 지갑은 아직도 분실된 상태입니다. 지난 이틀간 드러커 형사가 수사를 했고, 필요할 경우 증언하기 위해 본 법정에 나와 있습니다. 하지만 지갑은 찾지 못했습니다. 검찰은 지난 월요일에 피고인 측이 제시한 동영상 증거물이 지갑의 존재를 보여주고 있다고 인정합니다. 피고인의 자동차 트렁크에서 피해자의 시신이 발견됐을 당시 피해자의 바지 뒷주머니에 지갑이 들어 있었던 것으로 보입니다. 하지만 나중에 검시관실에서 로스앤젤레스 경찰국 형사들에게 넘긴 유류품 속에는 들어 있지 않았고요."

"언제 도난당했는지, 누가 훔쳐 갔는지 알아냈나요?" 워필드 판사가 집요하게 물었다.

"아뇨, 재판장님." 버그 검사가 말했다. "절차에 따라 시신은 검시관실로 이송됐을 겁니다. 검시관실에 도착해서는 준비실로 옮겨졌을 거고요. 거기서 시신의 옷을 벗기고 유류품을 제거한 후 부검 준비를 합니다. 유류품은 경찰에 넘길 수 있게 봉인해서 보관하고요. 이번 경우에는 시신이 밤에 발견됐기 때문에 새벽 2시경에야 준비실로 이송됐습니다. 부검 준비 작업은 아침까지는 이루어지지 않았을 거고요."

"그럼 지키는 사람도 없이 시신이 거기 놓여 있었을 거란 말인가요?" 판사가 물었다.

"아뇨, 그렇진 않고요." 버그가 말했다. "검시관실 지하에 있는 대형 냉장실로 옮겨졌을 겁니다."

"그럼 거기서 다른 시신들과 함께 있었겠네요."

"그렇습니다, 재판장님."

"따로 격리되지는 않은 거네요."

"네, 관계자 외 출입금지인 냉장실에 있었던 것이 전붑니다."

"그곳에 감시카메라가 있는지 드러커 형사가 확인했습니까?"

"확인했는데 감시카메라는 없습니다."

"그럼 누가 이 냉장실에 들어가서 지갑을 가져갔는지 알 길이 없다는 거네요."

"현재로서는 그렇죠."

"현재로서는요? 상황이 바뀔 수도 있다는 말인가요?"

"그런 뜻은 아닙니다, 재판장님."

"그럼 이 문제에 대해 내가 어떻게 하면 좋을까요, 버그 검사?"

"존경하는 재판장님, 검찰은 이 유류품 분실에 대해 어떤 변명도 하지 않겠습니다. 그러나 분실의 영향은 양측이 똑같이 받는다는 것을 강조하고 싶습니다. 지갑에 이 사건과 관련해 어떤 정보가 들어 있었는지 모르겠지만, 그 정보에 접근할 기회를 얻지 못하는 건 피고인 측뿐만 아니라 검찰도 마찬가지입니다. 그러므로 검찰이 지갑을 분실한 책임은 인정하지만, 만약에 피해가 있다 하더라도 양측이 똑같이 입는다는 것이 저희 검찰의 입장입니다."

워필드 판사는 한동안 검사의 말을 곱씹은 뒤 반응을 보였다.

"왠지 변호인은 검사의 평가에 동의하지 않을 거란 생각이 드는데." 워필드가 말했다. "피고인 측 입장은 어떻습니까?"

버그가 자리를 비켜주기도 전에 나는 벌떡 일어서서 발언대로 갔다.

"네, 재판장님 말씀이 전적으로 옳습니다. 지갑의 분실이 피고인 측과 검찰 측에 끼치는 피해가 결코 똑같을 수는 없죠. 검찰은 현재 매우 유리한 상황이라 이대로 만족하는 겁니다, 재판장님. 자동차 트렁크 안에서 시신을 발견했고, 그 자동차 주인을 기소했으니까요. 그보다 더 깊이 파볼 이유가 전혀 없죠. 사건은 종결된 겁니다. 사라진 지갑에 대해서도 피고인 측이 의문을 제기할 때까지 검찰은 잠자코 있었습니다. 분명히 관심이 없었던 겁니다. 그 지갑이 그리고 피해자가 사용하던 가짜 신분증이 그가 죽기 전에 어떤 일을 꾸미고 있었는지 보여줄 수 있기 때문일 겁니다. 그리고 그것이 검찰이 이제까지 쌓아온 저의 범죄 사실과 들어맞지 않을 수도 있기 때문이고요. 사라진 지갑이 주는 피해는 피고인 측이 입는 것이지 검찰은 아무 문제없습니다, 재판장님."

"나도 변호인의 생각에 동의합니다." 워필드 판사가 말했다. "그래서 피고인 측이 요구하는 해결책은 뭐죠?"

"사실 해결책이 없습니다. 피고인 측은 지갑을 원합니다. 그게 해결책이겠네요."

"그럼 벌칙은 뭐죠? 수사관들이 불미스러운 행동을 한 증거는 전혀 없는 것 같고. 지갑은 시신이 검시관실에 보관되는 동안 시신에 접근한 누군가가 훔쳐간 것으로 보이고요. 물론 이 문제에 관해 검시관실에 내부 감찰을 제안하겠지만, 본 법정은 이 일련의 불행한 상황 전개에 대해 검찰을 벌할 의향은 없습니다."

상황이 내 예상대로, 아침에 발견한 사실들을 토대로 내가 원하는 결과를 향해 나아가고 있다는 것을 알면서도, 나는 실망한 표정을 지으며 고개를 가로저었다.

"존경하는 재판장님. 그러면 검찰이 실시한 사라진 증거물에 대한 조사가 이 사건의 범죄 현장과 증거물을 보호할 책임이 있는 수사책임자였던 형사에 의해 실시된 사실을 공식기록으로 남겨주시기를 요청합니다."

"그렇게 할게요, 변호인." 워필드가 말했다. "폐정하기 전에 다뤄야 할 사안이 또 있나요?"

"네, 있습니다, 재판장님." 버그가 말했다.

나는 발언대를 검사에게 넘겨주고 내 자리로 돌아가면서 판사의 판결에 좌절감을 느낀 것처럼 고개를 가로저었다.

"잠깐만요, 검사." 워필드가 말했다. "변호인, 방금 한 동작은 무슨 뜻이죠? 본 법정의 결정에 불만 있습니까?"

나는 걸음을 멈췄다.

"그냥 좀 맥이 빠져서요, 재판장님. 저는 저 자신을 변호하려고 무진 애를 쓰고 있는데, 수시로 방해를 받고 있습니다. 검찰이 지갑을 잃어버렸지만, 그 대가를 치를 사람은 제가 될 거고요. 검찰이 부주의로 지갑을 잃어버렸든 범법행위를 했든 상관없이 말이죠. 그래서 그랬습니다."

"양측 대리인에게 충고하는데, 감정 표현을 자제하세요." 워필드가 말했다. "특히 본 재판에선 더욱더. 배심원단 앞에서 그렇게 감정을 폭발시키는 행위에 대해서는 본 법정이 인내심을 발휘하지 않을 겁니다."

변론의 법칙

"재판장님, 저라면 감정을 폭발시키는 행위라고 부르지 않을 겁니다. 전 단지……."

"지금 나와 논쟁하겠다는 겁니까, 변호인?"

"아닙니다, 재판장님."

나는 내 자리를 향해 다시 발걸음을 옮겼고, 워필드는 혹시 내가 얼굴을 찌푸리기라도 할까 봐 눈으로 나를 쫓아왔다. 마침내 판사가 고개를 돌려 검사를 바라봤다.

"검사, 계속하세요." 워필드 판사가 말했다.

"재판장님, 어제 피고인 측의 1차 증인 명단을 받았습니다." 버그가 말했다. "명단에는 딱 두 개의 이름이 있더군요. 피고인 자신과 그의 수사관요. 증거개시 문제로 두 차례나 이의를 제기한 바 있는 피고인이 증인 명단에 딱 두 명의 이름을 적어 내다니, 너무도 뻔뻔하다는 생각이 듭니다."

워필드는 검찰과 피고인 측의 계속되는 설전에 지쳤거나 판사들의 점심 모임에서 마셨을 게 분명한 마티니 두 잔으로 인해 갑자기 피로가 몰려온 것 같은 표정을 지었다. 조금 전 나에게 까탈스럽게 군 것도 술 때문일 것 같았다. 내가 버그 검사의 불평에 이의를 제기하기 전에, 워필드가 손을 들어 나를 막았다. 내 반응은 관심 없다는 뜻이었다.

"아직 초반이잖아요, 검사." 워필드가 말했다. "재판까지 30일 가까이 남았고요. 다음 주부터는 매주 양측의 증인 명단을 업데이트하게 될 겁니다. 그러니 변호인이 부를 사람들 이름을 보고 깜짝 놀라는 건 다음에 하기로 하고 좀 더 기다려보죠. 좀 더 중요한 문제는 없습니까?"

"없습니다, 재판장님." 버그가 말했다.

"저도 없습니다, 재판장님."

"아주 좋습니다." 워필드 판사가 말했다. "그럼 이것으로 심리를 마치겠습니다."

26

심리 시작 전엔 시간이 없어 식사를 하지 못했기 때문에 법정을 나서자마자 새우 포보이 샌드위치를 먹으러 리틀 쥬얼로 향했다. 보슈를 제외하고 팀원들 모두가 합류했다. 보슈는 또 혼자 조사를 하고 다니는지 연락이 안 됐다. 나는 지난 48시간 동안 우리가 획득한 정보 덕분에 한시름 놓았고, 이젠 배심원단 앞에서 펼칠 변론을 구상하기 시작할 때라고 팀원들에게 말했다. 검찰은 재판절차가 시작된 후로 주장이 바뀐 적이 없었기 때문에 어떤 주장을 할지 충분히 예상할 수 있었다. 검찰의 논고에 대응할 준비를 해야겠지만, 더 중요한 것은 우리의 주장을 마련해놓는 것이었다.

재판은 검찰과 피고인 측 중에서 이야기를 잘하는 쪽이 이긴다. 물론 증거가 있지만 물리적 증거물도 처음에는 이야기꾼이 배심원단을 위해 해석해줘야 한다.

이야기 1: 한 남자가 원수를 살해하고, 그의 시신을 트렁크에 넣은 후, 인적이 끊긴 야밤에 시신을 유기할 계획을 세운다.

이야기 2: 한 남자가 예전 의뢰인을 살해한 누명을 쓰고, 트렁크에 시신이 들어 있는 줄도 모르고 돌아다니다가 경찰의 불심검문을 받는다.

물리적 증거는 두 이야기 모두에 들어맞는다. 현실적으로 생각해보면 하나가 다른 하나보다 더 믿을 만해 보일 수도 있다. 그러나 유능한 이야기꾼은 정의의 저울이 균형을 맞추게 할 수도 있고, 증거물을 달리 해석함으로써 저울이 한 방향으로 기울게 할 수도 있다. 지금 우리가 그런 기로에 서 있었고, 내가 항상 재판 전에 보는 환영이 보이기 시작했다. 증인석에 앉은 증인들의 모습, 배심원들 앞에서 변론하는 내 모습.

"우린 제삼자 책임론으로 가는 거야. 우리가 지목할 제삼자는 루이스 오파리지오. 그가 직접 방아쇠를 당겼을 것 같진 않고 지시를 내렸을 거야. 그러니까 그가 우리의 희생양이자 가장 중요한 증인이 되는 거지. 오파리지오를 찾아야 해. 소환장을 보내야 하고. 그리고 반드시 법정으로 불러내야 하고."

제니퍼 애런슨은 마치 벌 떼를 막으려는 것처럼 두 손을 펴서 손사래를 쳤다.

"잠깐만 뒤로 가볼까요?" 제니퍼가 물었다. "저를 배심원이라고 생각하고 차근차근 설득해주세요. 사건의 진상을 어떻게 설명하실 거죠? 물론 알죠. 오파리지오가 스케일스를 직접 죽였거나, 살인을 사주했고, 대표님께 그 살인 누명을 씌웠다는 거. 하지만 그런 일이 정확히 어떻게 일어났는지 설명할 수 있냐고요."

"현재로선 확실한 게 아무것도 없어. 메워야 할 구멍도 많고. 그래서 지금 회의하는 거잖아. 하지만 내가 생각하는 사건의 진상은 말해줄 수 있어. 나중에 증거를 다 모으면 무엇을 입증하게 될지도 말해줄 수 있고."

"그래, 말해봐." 로나가 말했다. "나도 제니퍼랑 마찬가지야. 뭐가 어떻게 된 건지 잘 모르겠어."

"그래, 차근차근 설명해줄게. 먼저 알아둬야 할 일이 몇 가지 있어. 첫째, 루이스 오파리지오가 나에게 원한이 있다는 것. 9년 전에 내가 법정에서 그를 샌드백 두들기듯 두들겼거든. 폭력조직과 관계가 있고 주택담보업계에서 불법 거래를 하고 있다고 폭로했지. 그때 그 재판에서 그는 허수아비였어. 내가 배심원단 앞에 내놓은 반짝이는 미끼였는데, 배심원들이 덥석 문 거지. 내가 그를 살인범으로 묘사했지만 실제로 살인범은 아니었고, 불법적 사업을 벌이고 있었어. 그런데 내 덕분에 정부가 이를 알아차리고 오파리지오와 그의 조폭 후원자들한테서 수백만 달러를 몰수했고, 연방 통상위원회는 그가 성사시킨 1억 달러 규모의 합병안을 뒤집었지. 이 모든 일 때문에 오파리지오가 나에게 원한을 갖게 된 거야. 내가 공개적으로 그에게 망신을 줬을 뿐만 아니라 그와 그의 조폭 후원자들에게 어마어마한 금전적 피해를 입혔으니까."

"그럴 만하네." 시스코가 말했다. "그나저나 당신을 바로 치지 않고 왜 여태까지 기다렸을까? 9년이면 긴 세월이잖아."

"완벽한 함정을 팔 때까지 기다린 거겠지. 나를 완벽하게 궁지로 몰아넣을 함정."

"그럴싸한데." 로나가 말했다.

"자, 다음은 사건의 두 번째 구성요소인 피해자. 샘 스케일스, 희대의 사기꾼. 우리가 내세울 시나리오는 이 두 사람이, 오파리지오와 스케일스가 바이오그린에서 마주쳤다는 거야. 그 둘이 오래도록 공들여 사기를 치면서 야수의 피를 빨아먹다가 문제가 생긴 거지. 그래서 오파리지오는 스케일스를 제거해야 했지만, 살인사건 수사관들이 바이오그린 근처에도 오지 못하게 해야 했어. 그래서 내가 오파리지오를 대신할 희생양이 된 거지. 어떻게 알았는지는 몰라도 오파리지오는 나와 스케일스의 역사를 알고 있었고 우리 관계가 안 좋게 끝난 것도 알고 있었어. 그래서 그가 샘을 내 차 트렁크에 실은 후에 살해하고, 나는 누명을 쓰고 무너진 거지. 그러는 동안에도 바이오그린은 아무 일 없이, 정부가 너무도 좋아하는 재활용 연료를 계속 생산하고 있고."

나는 탁자에 둘러앉은 세 사람의 표정을 살폈다.

"질문 있어?"

"두 가지." 로나가 말했다. "첫째, 오파리지오와 스케일스가 치고 있었다는 사기는 어떤 거였는데?"

"이른바 '야수의 피 빨아먹기'라는 사기극. 초록색 금, 즉 재생유를 생산하는 대가로 야수로부터, 그러니까 정부로부터 연방 보조금을 뜯어내는 거야."

"우아." 로나가 말했다. "샘이 출세했네. 전공이던 인터넷 사기보다 훨씬 더 업그레이드된 거잖아."

"그러게. 내가 알고 있는 스케일스와는 맞지 않는 부분이긴 한데, 어쨌든 지금까지 생각한 시나리오를 얘기하고 있는 거야. 스케일스의 손톱 밑에 초록색 금이 끼어 있었어. 우리가 꼭 알아내야 할 건 샘이 사기 칠 아이디어를 갖고 오파리지오를 찾아간 거냐, 아니면 진행 중인 사기극에 스케일스가 발탁된 거냐 하는 거야."

"그 두 사람 사이가 왜 벌어졌을까 생각해보셨어요?" 제니퍼가 물었다. "샘이 왜 죽임을 당했을까요?"

"그것도 우리가 메워야 할 구멍 중 하나야. 내 추측으론 그 구멍의 바닥에 FBI가 있는 것 같아."

"FBI가 스케일스를 구워삶았나, 정보원으로?" 시스코가 질문 반, 추측 반인 어조로 말했다. 나는 고개를 끄덕였다.

"그런 것 같아. 오파리지오가 그걸 알고 샘을 제거한 거지."

"그렇다면 그냥 샘을 사라지게 만드는 게 현명한 처사가 아니었을까?" 시스코가 말했다. "왜 시신을 발견될 수 있고 발견될 수밖에 없는 곳에 놔뒀느냐고."

"그러니까 말이야. 그것도 풀어야 할 의문 목록에 올라 있지. 그냥 샘을 사라지게 만들었다면 연방 요원들로부터 더 큰 주목을 받았을 거야. 그들이 했던 방식대로 하면 바이오그린을 보호할 수 있고, 거기서 벌어지는 사기극과는 아무런 관계가 없는 것처럼 보이게 만들 수 있는데."

"이렇게 하는 것이 당신한테 복수하는 좋은 방법이라는 걸 오파리지오가 알았을 게 분명하고." 시스코가 덧붙였다.

"이런 얘기는 거의 다 그냥 추측이잖아요." 제니퍼가 말했다. "다음은 뭐죠? 어떻게 하면 추측을 견고한 변론으로 바꿀 수 있을까요?"

"오파리지오를 공략해야지. 그를 찾아내 소환장을 송달해야 돼. 판사가 소환장을 집행하게 만들어야 하고."

"그렇게 해야 겨우 법정으로 불러내겠네요." 제니퍼가 말했다. "지난번엔 그가 묵비권을 행사하길 바라셨지만, 이번에는 증언하게 만드셔야 해요."

"꼭 그래야 하는 건 아니야. 오파리지오의 범행 증거를 잡으려면 물어보는 질문에 신경 써야 돼, 대답이 아니라. 그는 원한다면 얼마든지 묵비권을 행사할 수 있어. 그가 입을 다물어도 배심원들은 질문에서 이야기를 들을 수 있을 거야."

나는 시스코를 돌아봤다.

"그래서, 오파리지오는 어디 있지?"

"우린 여자 친구만 감시하고 있었어. 이제 닷새째인가 그럴걸?" 시스코가 말했다. "그런데 오파리지오는 코빼기도 안 보여. 좀 흔들어 놓을 필요가 있을 것 같아. 여자 친구에게 겁을 줘서, 오파리지오를 만날 필요를 만들어주는 거지."

나는 고개를 가로저었다.

"그러기엔 너무 일러. 아직 시간이 있어. 게임이 거의 끝나갈 때 소환하고 싶어. 아니면 '아이스버그' 검사가 달려들 테니까."

"이미 달려들었어요." 제니퍼가 말했다. "검사도 FBI 소환장 사본을 받았겠죠."

"내가 막연하게 찔러보는 거라고 생각했을 거야. FBI가 뭐라도 알고 있나 찔러보는 거라고. 판사도 그렇게 생각한 것 같고. 어쨌든 오파리지오를 소환하기에는 너무 일러. 지금 소환하면 우리 변론을 파악할 시간을 검사에게 너무 많이 주게 되거든. 그러니까 지금은 오파리지오를 찾아내서 때가 될 때까지 지켜보자고."

"그래, 그럴 수 있어." 시스코가 말했다. "돈이 든다는 게 문제지. 재판 때까지 계속하게 될 줄은 몰랐어."

"얼마나 드는데?"

"감시하라고 밖에 세워놓은 애들한테 줄 돈을 전부 합치면 하루에

변론의 법칙

4천 달러씩 들어가." 시스코가 말했다.

나는 우리 사무실 살림을 도맡은 사무장 로나를 쳐다봤다. 그녀는 고개를 가로저었다.

"재판까지 4주 남았잖아." 로나가 말했다. "감시를 계속하게 하려면 10만 달러는 필요해, 미키. 우리 통장엔 그만한 돈이 없고."

"안드레 라 코세나 보슈 형사님께 도움을 청하면 어떨까요?" 제니퍼가 말했다. "보석보증금 많이 안 냈잖아요. 두 분 다 10만 단위까지 낼 의향이 있었는데."

"보슈는 안 돼. 돈을 요구하는 게 아니라 줘야 할 판이야. 로나, 안드레와 저녁 식사 자리 한번 마련해줘. 도와줄 의향이 있는지 알아보게."

"수고비 좀 깎아달라고 협상해보지, 그래, 시스코?" 로나가 맞은편에 앉은 남편을 바라보며 말했다. "어쨌든 미키는 단골이잖아."

"말은 해볼게." 시스코가 말했다.

나는 그가 인디언들에게 물어다 주는 일에 대해 일정액을 수수료로 챙기고 있다는 것을 알고 있었다. 그러니까 로나의 제안은 그의 주머니 사정에도 타격을 미치는 일이었다.

"고마워."

"그럼, FBI는 어떻게 하죠?" 제니퍼가 화제를 바꿨다. "정보공개 청구와 소환장도 아무 소용없었는데. 연방지방검사에게 투히 청구서를 정식으로 제출해야 할 것 같아요. 하지만 다들 알다시피 연방정부 공무원들은 청구서를 깔고 앉아 뭉기적거리니까, 우리 일정을 맞춰줄 것 같지 않네요."

"투히 청구서가 뭐야?" 시스코가 물었다.

"연방 요원의 증언을 요구할 때 따라야 하는 의전의 제1단계예요."
제니퍼가 말했다. "그런 신청서를 만든 계기가 된 사건의 당사자인
일리노이주 기결수의 이름을 딴 거고요."

"자네 말이 맞아. 계속 뭉기적거리고 있겠지. 하지만 엔드 런[15]을
해볼 수 있을 것 같아. 우리가 바이오그린에서 평지풍파를 일으키면,
또는 적어도 그렇게 하겠다고 협박을 하면, 모습을 드러낼지도 모
르지."

"행운을 빕니다." 제니퍼가 말했다.

"그래, 우리에게 필요한 게 그거야."

이 말을 끝으로 직원회의는 엄숙하게 끝이 났다.

---

15 미식축구에서 공을 들고 수비진 측면을 우회해 질주하는 것

27

수요일 밤엔 항상 딸과 함께 시간을 보냈는데, 딸이 로스쿨에 진학하면서 상황이 바뀌었다. 수요일 7시에 불법행위에 관한 스터디가 있다고 해서, 이른 저녁을 함께 먹는 것에 만족해야 했다. 우리는 캠퍼스나 그 근처에서 일찍 만나서 저녁을 간단히 후다닥 먹었고 그런 다음 헤일리는 로스쿨 스터디실로 뛰어가곤 했다.

나는 비숍에게 엑스포지션대로에 있는 로스쿨 정문 앞에서 세워달라고 했다. 내리기 전에 운전석 너머로 그에게 60달러를 건네줬다.

"두 시간 후에 여기로 태우러 와줘. 그리고 그 돈으로는 일회용 선불 휴대전화 한 대 사고, 남는 돈으로는 뭐라도 사 먹어. 그러고도 시간이 남으면, 휴대전화 세팅 좀 해줘. 돌아와서 바로 전화를 걸어야 하니까."

"알았어." 비숍이 말했다. "문자도 주고받아야 해?"

"문자는 필요 없어. 전화 한 통 걸고 한 통 받을 계획이야."

나는 거기서 캠퍼스를 가로질러 걸어가 학생회관 안에 있는 모턴 피그로 갔다. 그 식당의 이름이 된 우뚝 솟은 무화과나무 옆에 있는 야외 탁자에 헤일리가 앉아 있었다. 놀랍게도 그 옆에는 헤일리의 엄마가 있었는데 모녀가 나란히 앉아 있어 나는 그들 맞은편에 앉았다.

"여어, 웬일이야. 반가워. 얼굴 보니 좋은데, 매기."

"나도 반가워. 저녁 먹을 거지?" 매기가 물었다.

"응. 그러려고 온 건데. 우리 딸 얼굴도 보고."

"뭘 안 먹고 다니나 봐?" 매기가 맞받았다. "출소한 지 한 달쯤 됐나? 아직도 살이 빠지고 있는 것 같네. 무슨 일이 있어, 미키?"

"뭐야, 잔소리하는 거야?"

"아빠가 걱정돼서, 내가 엄마 오라고 했어." 헤일리가 말했다.

"저지르지도 않은 살인죄로 기소돼봐. 살이 쪽쪽 빠지지, 감옥에 있든, 밖에 있든."

"우리가 어떻게 도울까?" 매기가 물었다.

그때 종업원이 메뉴판을 들고 와서 나는 잠시 잠자코 있었다. 매기는 식사 생각이 없다면서 메뉴판을 받지 않았다.

"나한테 잘 먹으라고 얘기하러 왔다면서 본인은 안 먹겠다고?"

"이 저녁 식사 자리가 특별하다는 거 아니까." 매기가 말했다. "둘 다에게 말이야. 두파스에서 팬케이크를 먹던 시절부터 이어져 내려온 유구한 전통이잖아. 그나저나 두파스 딴 데로 이전한 모양이더라. 난 그저 당신 얼굴 한번 보고 요즘 어떻게 지내는지 물어보려고 왔어. 둘이 오붓한 시간 보내게 금방 갈 거야."

"같이 있자. 당신을 위한 자리는 항상 있어."

"아냐, 다른 계획이 있어." 매기가 말했다. "가야 해. 그런데 내 질문에 대답 안 했어. 우리가 어떻게 도와줄까, 미키?"

"먼저 당신 동료 아이스버그한테 말 좀 해줘. 나를 자기 책장에 트로피로 세워놓을 생각에 눈이 멀어서 사건을 있는 그대로 보지 못하고 있다고. 그리고……."

매기가 손을 내저어서 내 말을 잘랐다.

"법정 밖에서 어떻게 도울까를 묻고 있는 거야." 그녀가 말했다. "지금 내 직장에선 얼마나 어색한 상황인지 당신은 모를 거야. 다들 이해관계의 충돌을 들먹이면서 나를 당신 사건 근처에도 못 가게 해. 사건 자료나 증거물을 보지 않아도 당신이 범인일 리가 없다는 게 확실한데 말이야. 난 알아, 당신이 승소할 거라는 거. 헤일리와 나는 다른 가능성을 생각할 수가 없어. 하지만 재판에 이기기 위해서는 힘이 필요해. 건강이 핵심 열쇠라고. 대체 몰골이 그게 뭐야. 피골이 상접이네, 진짜. 이런 말 해서 미안해. 법정에서 계속 당신 봤거든. 헤일리가 그러더라, 당신이 입던 양복도 줄였다고. 뼈와 가죽만 남은 것 같아. 눈 밑에 다크서클도 생겼고……, 자신감에 넘친 모습이 아니야. 우리가 사랑하는 링컨 차를 탄 변호사의 모습이 아니라고."

나는 아무 말도 하지 못했다. 전처가 진심을 담아 하는 말에 큰 충격을 받았다. 나는 겨우 입을 뗐다.

"고마워. 진심으로. 그동안 잊고 있었는데 당신 말을 들으니까 생각이 나네. '승리자처럼 행동하라, 그러면 승리자가 될 것이다.' 그게 법칙인데, 잊고 있었어. 승리자처럼 보이지 않으면 승리자처럼 행동할 수 없지. 불면증 때문에 그래. 이 일이 내 머릿속을 떠나지 않아서 잠을 잘 수가 없어."

"병원에 가봐." 매기가 말했다. "처방을 받으라고."

나는 고개를 가로저었다.

"약은 무슨. 어쨌든 해결방안을 마련할게. 주문할까? 진짜 그냥 갈 거야? 여기 음식 진짜 맛있는데."

"가야 돼." 그녀가 말했다. "정말로 회의가 있어. 헤이랑 즐거운 시

간 보내. 당신 오기 전에 헤이가 그러더라, 남부캘리포니아대학교 로
스쿨 강당에서 배우는 것보다 법정에서 당신을 보면서 배우는 게 더
많다고. 어쨌든, 나 이제 갈게."

매기가 의자를 뒤로 밀었다.

"고마워, 매기. 그 얘길 들으니 힘이 난다."

"건강 조심하고." 매기가 말했다.

그리고 나서 그녀가 놀라운 행동을 했다. 허리를 굽히고 헤일리의
뺨에 입을 맞추더니 탁자를 돌아와서 내게도 입을 맞췄다. 몇 년 만
의 입맞춤인지 기억도 나지 않았다.

"안녕, 친구들." 그녀가 말했다.

나는 조용히 그녀가 가는 것을 지켜봤다.

"진짜로 그렇게 불러?" 헤일리가 물었다.

"뭐를?"

"아이스버그."

"응, 그렇게 불러."

헤일리가 웃음을 터뜨렸고 나도 따라 웃었다. 종업원이 다가오자
우리는 해피 아워 메뉴를 주문했다. 헤일리는 랍스터 타코를 주문했
고, 나는 점심을 늦게 먹었음에도 "피골이 상접"이라는 전처의 말에
충격을 받아 구운 양파를 곁들인 클래식 햄버거를 주문했다.

식사하는 동안 우리는 주로 헤일리의 수업에 관해 대화를 나눴다.
헤일리는 법이 모두를 보호하고 범법자를 공정하게 처벌한다고 믿
는, 소위 법이 만능이라고 생각하는 단계에 있었다. 흥분과 열정의
시기였고 나도 그런 시기를 거친 것을 잘 기억하고 있었다. 이상과

목표를 세우는 때였다. 나는 딸의 이야기를 잠자코 들으면서 싱긋 웃고 고개를 끄덕이곤 했다. 그러나 마음은 온통 매기에게 가 있었다. 매기가 한 말을 곱씹어보고, 그녀의 입맞춤을 떠올려봤다.

"이젠 아빠 차례." 어느 순간 헤일리가 말했다.

나는 감자튀김을 입으로 가져가다 말고 고개를 들었다.

"그게 무슨 말이야?"

"이제까지 계속 나에 대해서 그리고 법이라는 이론 세계에 대해서 얘기했잖아." 헤일리가 말했다. "아빠와 현실 세계는 어떠냐고. 재판 준비는 어떻게 돼가?"

"무슨 재판?"

"아빠!"

"농담이야. 잘돼가고 있어. 좋은 전략을 마련 중이야. 재판을 종합적으로 보기 시작했고. 예전에 어떤 미식축구 감독이 있었거든. 갑자기 이름이 기억이 안 나네. 벨리칙이었나 그랬을 거야. 뉴잉글랜드 패트리어츠 소속. 어쨌든 그는 시합 이틀 전에 벌써 열두 개의 공격 전술을 미리 짜놓곤 했어. 상대 팀 경기 영상을 보면서 선수들의 습관을 연구하고 수비 플레이를 예상한 다음, 전술을 짜서 적어놓는 거지. 내가 지금 그런 단계야. 증인과 증거물이 제 자리를 찾아가는 걸 곧 볼 수 있을 것 같아."

"검찰이 먼저 공격하고 그다음에 아빠가 하는 거잖아."

"맞아. 검찰이 뭘 할 건지 어느 정도 감이 오거든. 4주 후에 재판 시작이니까 상황이 바뀔 시간이 얼마든지 있고, 검찰이 나를 놀라게 할 수도 있어. 하지만 지금은 내 변론에 대해 생각하고 있어, 검찰의 주장이 아니라. 잘될 것 같은 기분이 들고."

"잘됐다, 진짜. 벌써 교수님들한테 말씀드려놨어, 법정에 꼭 가봐야 한다고."

"네가 걱정하는 거 알지만, 매번 학교 빠지고 법정에 올 필요는 없어. 모두진술 때나 보러 오고, 그다음엔 네가 보는 게 좋을 때가 있으면 알려줄게. 그러고 나서 평결 때와 축하 파티 때 참석하면 되잖아."

나는 헤일리도 나처럼 낙관적으로 생각하길 바라면서 미소를 지었다.

"아빠, 부정 타는 말 하지 마." 헤일리가 말했다.

"너희 학교에선 그런 것도 가르치니? 부정 타지 않는 방법?"

"아니, 그건 3학년 때 배워."

"재밌는 아가씨네."

식당을 나온 뒤 우리는 각자의 길로 갔다. 나는 조금 걷다가 걸음을 멈추고 헤일리가 광장을 가로질러 가는 모습을 지켜봤다. 날이 어두워졌지만 캠퍼스는 불을 환하게 밝히고 있었다. 헤일리는 자신감 있고 빠른 걸음으로 걸었다. 나는 딸이 두 건물 사이로 사라질 때까지 지켜봤다.

비숍은 약속된 장소에서 나를 기다리고 있었다. 나는 뒷좌석에 탔다. 비숍이 운전석 너머로 값싼 폴더폰과 60달러에서 남은 잔돈을 내게 건네줬다.

"뭐 좀 먹었어?"

"피그에 있는 톰스에 갔었어." 비숍이 말했다.

"나도 햄버거 먹었는데."

"점심은 햄버거지. 어디로 모실까요, 대표님?"

"잠깐 있어봐, 전화 좀 걸게."

내 원래 전화기를 열어 FBI 로스앤젤레스 지부 전화번호를 구글로 검색한 다음, 일회용 전화기로 전화를 걸었다. 퉁명스러운 남자 목소리가 전화를 받았다.

"FBI입니다."

"네, 거기 요원에게 전할 말이 있어서요."

"지금 아무도 없습니다. 다들 퇴근했거든요."

"압니다. 던 루스 요원에게 말 좀 전해줄래요?"

"본인이 내일 하시죠."

"정보원이 급한 일로 전화하는 거라, 내일은 너무 늦어요."

긴 침묵이 흐르더니 상대방의 기세가 조금 누그러졌다.

"루스 요원에게 이 번호로 전화하라고 하면 됩니까?"

"맞아요. 이름은 월터 레논이고요."

"월터 레논. 알겠습니다."

"루스 요원에게 지금 당장 전화해봐요. 고마워요."

나는 폴더폰을 덮고 운전석 너머로 비숍을 바라봤다.

"좋아, 이제 운전 시작해. 전화가 올 때 움직이고 있는 게 좋거든. 그래야 우리 위치를 추적하기가 좀 더 힘들 테니까."

"어디로 갈까?"

"이렇게 하자. 자네 집으로 가. 자네가 나를 내려주고 우버를 타고 가는 대신 오늘은 내가 자넬 내려줄게."

"정말이야?"

"정말이야, 출발. 움직이고 싶다니까."

링컨 차가 도로 경계석에서 떨어져서 달리기 시작했다. 곧 110번 고속도로를 타고 남쪽으로 달리고 있었다. 얼마 안 가 105번 고속도로로 갈아타고 잉글우드를 향해 서쪽으로 달려갈 것이었다.

우리는 다인승 전용차로를 타고 빠르게 달려가고 있었다. 105번 도로로 진출하고 있을 때, 일회용 전화기의 벨이 울리기 시작했다. 발신자 번호는 가려져 있었다. 나는 폴더를 열고는 아무 말도 하지 않았다. 곧 여자의 목소리가 들렸다.

"누구시죠?"

"루스 요원, 전화 줘서 고마워요. 믹 할럽니다."

"할러? 도대체 뭐 하는 거죠?"

"이거 전용선이에요? 녹음되는 거 원하지 않을 것 같은데."

"그래요, 전용선. 무슨 일로 이러는 거죠?"

"월터 레논의 일로요. 그리고 당신이 이렇게 빨리 전화를 했다는 건 그가 누구인지 당신도 잘 알고 있다는 뜻이겠죠. 아니다, 그가 누구였는지."

"할러, 3초 안에 말 안 하면 끊습니다. 내게 전화한 이유가 뭐죠?"

"도박을 하려고요, 루스 요원. 당신 동료 에일로 요원이 나를 발코니에서 밀어버리려고 했을 때, 당신이 그를 잡아당겨서 막았잖아요. 예전에 좋은 경찰, 나쁜 경찰이 나오는 영화 많이 봤지만, 그런 맥락이었던 것 같진 않고. 당신은 그가 하는 짓이 마음에 안 들었던 겁니다, 그렇죠?"

"끊기 전에 한 번만 더 물을게요. 원하는 게 뭐죠?"

"법정에서 증언 좀 해줘요."

비웃는 소리가 수화기 너머로 들렸다.

"그게 싫으면, 샘 스케일스 혹은 월터 레논이 바이오그린에서 무슨 일을 하고 있었는지 말해주든가." 내가 조금도 굴하지 않고 말했다.

"미쳤군요, 할러." 루스가 말했다. "이런 일로 내가 내 직장을 배신할 거라 기대해요?"

"당신이 옳은 일을 하기를 기대하는 거예요. 그러려고 FBI 요원이 된 것 아닌가? 지난밤에 있었던 일을 가만히 돌이켜보니까, 바이오그린에서 무슨 일이 있든, 당신들이 무슨 은폐 공작을 벌이고 있든, 당신은 내켜 하지 않는 것 같다는 인상을 받았어요. 당신 동료는 신이 나서 뛰어들었는지 모르지만, 당신은 아닌 것 같단 말이지. 당신은 내가 샘 스케일스를 죽이지 않았다는 것을 알고 있고, 내가 그것을 입증하는 걸 도울 수 있어요."

"다시 말할게요. 내가 당신을 위해 내 직업을 버릴 거라고 생각한다면, 당신은 미친 거예요. 그리고 또, 난 당신이 샘 스케일스를 죽였는지 안 죽였는지 모릅니다."

"당신 직업을 포기할 필요 없어요. 옳은 일을 하면서 그 직장에도 계속 다닐 수 있다는 거죠. 이거 하나는 분명해요. 당신 동료는 그러지 못할 거라는 거."

"무슨 얘길 하는 거죠?"

"그 친구가 나를 발코니에서 밀어버리려고 했잖아요."

"아이고, 과장이 심하시네. 에일로가 지나쳤던 건 인정해요. 하지만 당신이 우릴 화나게 했잖아요, 할러. 그리고 에일로가 정말로 당신을 밀어버리려고 했던 것도 아니고. 그렇게 생각하면 정말 미친거죠."

내가 아무 대꾸도 하지 않자, 루스 요원이 말을 이었다.

"게다가 1대2예요. 당신과 FBI 요원 두 명, 누구 말을 믿겠어요? 계산 좀 하고 말을 해요."

"그래서 항상 둘이 짝을 지어 다니시나?"

루스는 대꾸하지 않았다. 나는 더 밀고 들어갔다.

"이봐요, 루스 요원, 왠지 당신이 좋네요. 연방 요원들한테 이렇게 호감을 느낀 적이 별로 없는데. 당신이 에일로를 말려줘서 그런가. 그래서 당신한테 호의를 베풀려고 하는데. 내가 고소할 때 당신이 그 사건에 관해 거짓 보고서를 작성해서 내지 못하게 해줄게요. 그러면 일자리를 잃지 않을 것이고 내 재판에서도 옳은 일을 해줄 수 있을 겁니다."

"도대체 무슨 말을 하는 건지 모르겠군요. 이건……."

"개인 이메일 있죠? 주소 알려줘요. 오늘 밤에 뭐 하나 보내줄 테니까. 받아보면 내가 무슨 말을 하는 건지 알 겁니다. 우리 집 발코니에 감시카메라가 달려 있어요, 루스 요원. 그날 일이 다 찍혔더군요. 연방 요원 두 명의 증언과 CCTV 동영상의 싸움이 될 겁니다. 당신들이 질 거고."

긴 침묵이 흐르는 동안 나는 창밖을 내다봤다. 우리는 수십억 달러를 들여 신축한 미식축구 경기장 옆을 지나가고 있었다. 그때 루스가 이메일 주소를 불러줬다. 나는 천장 등을 켜고 리걸패드에 그 주소를 받아 적었다.

"좋아요. 안정된 와이파이가 있어야 하니까 집에 가서 바로 보내줄게요. 한 시간쯤 걸릴 겁니다. 일단 보고 어떻게 할 건지 알려줘요. 가능하면 이 모든 일을 피할 수 있는 방향으로. 당신과 당신 동료를 위해."

루스 요원은 아무 대꾸 없이 전화를 끊었다. 나는 일회용 전화기를 재킷 주머니에 집어넣은 뒤 천장 등을 껐다.

"그 동영상에 대단한 게 찍혔나 보지?" 비숍이 운전석에서 물었다.

나는 어둠 속에서 그를 노려봤다. 그의 얼굴이 계기판의 빛을 받아 희미하게 빛났다. 비숍이 검찰 측 스파이가 아니라는 걸 시스코가 확인했다고 했지만, 아직도 의심스러웠다. 스파이든 아니든, 그가 내 일에 대해 알 필요는 없었다.

"아냐. 허풍 좀 떨어본 거야."

28

1월 16일, 목요일

다음 날 아침은 7시부터 현관문을 쾅쾅 두드리는 소리 덕분에 빨리 찾아왔다. 켄들이 깜짝 놀라 침대에서 튀어 나갔고 나도 얼마나 벌떡 일어나 앉았는지 등허리 근육이 찌릿찌릿했다.

"뭐야?" 켄들이 소리쳤다.

"몰라. 옷 입어."

나는 전날 밤에 바닥에 던져놓았던 바지를 다시 입은 후 벽장에서 새 셔츠를 꺼냈다. 셔츠 단추를 잠그면서 맨발로 복도를 걸어가는데, 걸음을 옮길 때마다 내가 트윈타워로 돌아가게 된 건지도 모른다는 두려움이 더욱 커졌다. 이렇게 이른 시간에 남의 집 문을 쾅쾅 두드리는 사람은 경찰밖에 없었다.

문을 열자, 정말로 드러커 형사와 처음 보는 형사 한 명이 서 있었다. 그들 뒤에는 경찰복을 입은 순경 두 명이 서 있었다. 드러커가 서류를 들어 보였는데, 내가 익히 알고 있는 압수수색 영장이었다.

"안녕하십니까, 선생님. 이 집에 대한 압수수색 영장을 갖고 왔는데요." 드러커가 말했다. "들어가도 되겠습니까?"

"영장부터 봅시다."

내가 받아 든 영장은 대여섯 쪽이 스테이플로 묶여 있었다. 서문과 상당한 근거를 진술한 부분을 건너뛰고 압수수색물품을 적어놓은 본론 부분을 바로 펼쳤다.

"경리 장부를 찾으시는구먼. 경리 장부는 여기 없어요. 최근 것은 사무장이 다 갖고 있고, 나머지는 창고에 보관하고 있죠."

"제 동료가 테일러 씨 댁에서 수색 영장을 집행하고 있습니다." 드러커가 말했다. "그리고 창고에 대한 수색 영장도 갖고 왔고요. 여기 수색한 다음에 거기로 갈 예정인데 함께 가셔서 협조 좀 해주시죠."

나는 문 앞에서 뒤로 물러서서 한 팔을 들어 들어오라는 뜻을 전했다. 집 안으로 이어지는 복도 문 앞에 켄들이 내 휴대전화를 들고 서 있었다.

"로나야." 켄들이 말했다.

"수색당하고 있는 거 안다고 말해줘. 5분 후에 전화한다고 하고."

나는 이제 거실에 서 있는 네 명의 경찰관을 향해 돌아섰다.

"서재는 뒤쪽에 있어요. 거기부터 시작하고 싶을 것 같은데. 아까도 말했지만, 경리 장부는 집에 안 놔둡니다. 로나가 다 관리하고 있죠."

드러커는 내 말을 들은 척도 하지 않았다.

"서재로 안내만 해주시면, 가능한 한 불편하시지 않게 진행하겠습니다."

그들은 나를 따라 복도를 걸었다. 켄들은 어느새 침실로 들어가 문을 닫고 있었다. 나는 침실 앞을 지나가면서 문을 노크했다.

"켄들, 난 이분들하고 있어야 해서 그런데, 양말과 신발 좀 갖다줄래?"

그러고 나서 나는 복도 맨 끝방으로 갔다. 거기 침실을 서재로 개조해서 쓰고 있었다. 서재 책상에는 서류와 파일이 잔뜩 놓여 있었다.

"이것들은 비밀유지의무가 있는 정보를 담은 사건 자료들이라서 여러분은 볼 권리가 없습니다."

나는 허리를 굽히고 책상 서랍을 차례로 열어서 거의 비어 있는 것을 그들에게 보여줬다.

"열심히 뒤져봐요. 보시다시피 경리 장부는 없습니다. 지금 시간 낭비하고 있는 거예요, 우리 모두."

나는 경찰들에게 자리를 비켜주기 위해 책상 뒤로 돌아서 갔다. 서재에는 종종 낮잠 잘 때 이용하는 긴 소파가 있었다. 거기 앉아 있는데 켄들이 양말과 검은색 페로 알도 편상화를 갖고 들어왔다. 그리고 내 휴대전화기도 가져와 내게 건넸다.

"정말 대단하신 분들이네요." 켄들이 말했다. "이 사람을 그냥 좀 놔두면 안 돼요?"

"괜찮아, 켄들. 저들의 생각은 틀렸지만, 자기 임무를 다 하고 있는 거니까. 빨리 일을 하게 해주면, 빨리 가주겠지."

켄들이 씩씩거리며 서재를 나갔다. 나는 로나에게 전화를 걸었다.

"미키, 경찰이 내 장부를 다 뒤지고 있어." 로나가 전화를 받자마자 말했다.

"알아. 경리 장부만 보여줘. 비밀유지의무가 있는 문서들은 보여주면 안 돼."

"그 근처에도 가지 못하게 하고 있어. 알다시피, 샘 스케일스 관련

자료들은 여기 없어."

"드러커 형사가 여기 있어. 그 얘길 했는데도, 들은 척도 않고 하고 싶은 일을 하고 있어."

로나는 목소리를 낮춰서 다음 질문을 했다.

"이게 무슨 뜻이야, 미키? 이 사람들이 뭘 찾고 있는 거야?"

이제까진 그런 질문에 대해 생각해볼 시간이 없었다. 나는 로나에게 다시 전화하겠다고 말한 뒤 전화를 끊었다. 그러고는 소파에 우두커니 앉아서 내 책상 서랍을 뒤지는 드러커와 동료 형사를 지켜봤다. 순경들은 복도를 어슬렁거리고 있었다. 그들은 혹시 승강이가 있으면 강제로라도 수색 영장을 집행하기 위해서 따라온 거였다. 그러나 내가 협조하고 있었기 때문에 할 일이 없어서 도구들을 매단 허리띠에 두 손을 올린 채 어슬렁거리고 있었다.

사형집행인 데이나가 증거보강을 하고 있다는 거였다. 그렇다면 이 수색은 미수금과 동기에 관한 수색일 터였다. 그들은 샘 스케일스가 떼어먹은 수임료에 관한 문서를 찾고 있었다. 나 자신의 기록이 나의 범행 동기를 입증하기를 바라고 있는 거였고, 그렇다면 금전적 이득을 위한 살인이라는 이론을 아직도 고수하고 있다는 뜻이었다.

몇 분 뒤 드러커가 서랍을 모두 닫은 뒤 나를 쳐다봤다.

"차고를 보러 가시죠." 그가 말했다.

"차고에는 아무것도 없어요. 의뢰인에 관한 기록을 안전이 보장되지 않은 곳에 보관하는 걸 알면 캘리포니아 변호사 협회가 가만 안 둘걸요. 그러니까 차고는 건너뛰고 바로 창고로 갑시다. 당신들이 뭘 찾는지 아는데, 그걸 내가 갖고 있다면, 거기 있으니까."

"창고가 어디 있죠?"

"언덕 너머, 스튜디오 시티요."

"차고부터 보고 나서 갑시다."

"그러시든가."

비숍이 출근하기에는 아직 너무 이른 시간이었다. 스케일스 피살 사건 이후 들어가보지 않았던 차고에 대한 수색이 끝난 후 내가 링컨 차를 몰았고, 로럴 캐니언을 통과해 북쪽으로 달리면서 의뢰인들이 자신의 자유를 빼앗으려 하는 사람들에게 협조한다고 비난했던 일들을 떠올렸다. 친절하게 대하고 도와주면 당신이 범인이 아니라고 그들을 설득할 수 있을 것 같아요? 꿈 깨요. 이 사람들은 당신에게서 모든 것을 빼앗아 가려는 거예요. 당신 가족, 당신 집, 당신의 자유, 당신의 모든 것을. 그러니까 협조하지 말아요, 좀!

그런데도 나는 지금 경찰차들을 이끌고 내 사업과 생계에 관한 기록을 보관하는 곳으로 가고 있었다. 바로 이 순간 내가 의뢰인으로서는 참 바보 같다고 느꼈다. 차라리 드러커에게 꺼지라고 호통을 쳤어야 했다. 스스로 창고를 찾아서 자물쇠를 부수고 들어가 자료가 어디 있는지 찾아보게 내버려뒀어야 했다.

내 휴대전화가 울렸고, 이번에도 로나였다.

"전화 다시 하겠다고 하지 않았어?"

"미안, 잊어버렸어."

"다들 갔어. 창고로 간다고 하던데."

"응. 나도 거기로 가고 있어."

"미키, 그들이 수색을 마치고, 새로운 혐의를 들이대며 당신을 체포할 확률은 얼마나 될까?"

"나도 그 생각 했는데, 나 혼자 내 차를 몰고 앞장서서 가게 해주던데. 주머니 속에 체포 영장이 있다면 드러커가 그렇게 하진 않았을 거잖아."

"당신 말이 맞길 바라."

"오늘 제니퍼한테서 연락왔어?"

"아직."

"알았어. 내가 전화해서 상황을 알려줄게. 힘내, 로나."

"이 일이 다 빨리 끝나면 좋겠다."

"나도."

나는 경찰차 행렬을 이끌고 랭커심으로 올라가 냉난방이 되는 창고로 향했다. 그곳에 내 모든 기록과 함께 지난 수십 년간 재판에서 사용했던 남녀 마네킹과 다른 소품들을 보관하고 있었다. 또한 옷걸이 두 개에는 의뢰인이 법정에서 입을 수 있도록 다양한 크기의 정장을 구비해놓았다. 링컨 타운카 세 대 중 한 대도 여기 있었다. 그뿐만 아니라 수임료 대신 현물로 받은 총기를 보관하는 암색 총기 금고도 있었다. 보석 조건에 총기를 소유할 수 없다는 조항이 있었기 때문에, 재판이 끝날 때까지 시스코에게 총기를 로나와 사는 집에 가져다 놓게 했다.

창고에는 말아 올리는 차고 문이 달려 있었고, 나는 경찰관들을 위해 그 문을 열어줬다. 그러고는 그들을 데리고 자물쇠로 잠가놓은 보관실로 들어갔다. 나는 의뢰인 기록 보관에 관한 캘리포니아 변호사 협회의 지침을 완벽히 준수하면서 옛날 기록들을 파일 보관함에 넣어 자물쇠로 잠가놓았었다. 열쇠로 서랍 네 개짜리 보관함을 먼저 열었다.

"시작하시죠, 신사분들. 이 줄에는 2005년부터의 사업기록이 들어 있을 겁니다. 회계 장부나 소득신고서 같은 회계 자료여서 갖고 오신 수색 영장으로 여러분이 볼 권리가 있는 자료들이죠. 다른 서랍에는 재판 자료가 들어 있는데, 그런 건 접근 금지입니다. 샘 스케일스의 자료도 말이죠."

지금은 드러커의 동료인 로페스까지 합류해 수색 인원이 다 들어가기에는 방이 너무 작았다. 나는 경찰복을 입은 순경들이 서 있는 파일 보관실 밖으로 나와서 문 옆에 서서 수색 진행 과정을 지켜봤다.

보관실에는 내가 옛날 자료들을 들춰볼 때 사용하는 접이식 탁자가 있었다. 형사들은 계속 서 있으면서, 관심 있는 자료들을 탁자에 올려놓고 펼쳐봤다. 그러다가 압수하고 싶은 것이 있으면 옆으로 빼놓았다.

세 형사가 달려드니 수색은 빨리 끝났고, 다 끝나갈 무렵엔 수색영장의 권한에 따라 압수할 서면 네 개가 따로 쌓여 있었다. 나는 그 서면들을 보여달라고 요구했다.

"압수 물품을 당신에게 보여주라는 지시는 영장 어디에도 없는데요." 드러커가 말했다.

"그리고 당신들에게 협조하라고 지시하는 조항도 없죠. 하지만 나는 협조했잖아요. 당신들이 뭘 가져가든, 어차피 증거개시절차를 통해 내게로 돌아오게 돼 있어요, 형사. 그런데 굳이 꼭꼭 숨길 필요가 있을까요?"

"이봐요, 할러, 하나만 물읍시다. 왜 공개적인 자리에서 나에게 면박을 주고 들들 볶았죠?"

"뭐요? 요전 날 법정에서 있었던 일 얘기하는 건가요? 그걸 들들 볶았다고 하면, 배심원단 앞에서 증언할 땐 난리가 나겠구먼. 요실금 방지용 기저귀 차고 나와요, 형사."

드러커가 살기 어린 미소를 지어 보였다.

"그럼 이만 가보겠습니다." 그가 말했다.

그는 내가 서면을 흘끗 보지도 못하게 가슴에 꼭 끌어안고 내 옆을 스쳐 지나갔다. 로페스와 이름을 모르는 형사가 그를 따라 나갔다. 잠시 후 형사들과 순경들 모두가 창고를 떠났다. 나는 로나에게 문자를 보내 내가 다시 체포되지 않았음을 알렸다. 아직은.

29

1월 17일, 금요일

카탈리나 익스프레스 페리호가 짙푸른 태평양의 물살을 가르며 빠르게 나아갔다. 태양은 우리 앞에 있는 섬 뒤에서 물속으로 빠져들기 시작하고 있었다. 바람이 매서웠지만 켄들과 나는 갑판에서 두 팔로 서로를 감싸 안고 바람을 맞고 있었다. 금요일 오후였고, 나는 팀원들에게 공휴일이 낀 주말 동안 잠시 사라졌다 오겠다고 미리 말해놓았다. 보석 조건 때문에 판사의 허락 없이는 로스앤젤레스 카운티를 벗어날 수 없는 상황이어서 나는 규칙을 어기지 않고 최대한 멀리 갈 수 있는 장소를 골랐다.

오후 4시 아발론 항구 부두에 배가 닿았고, 제인 그레이 푸에블로 호텔에서 보낸 기사 딸린 골프 카트가 우리를 기다리고 있었다. 우리와 가방 한 개를 싣고 언덕을 올라가면서 카트 운전기사는 유서 깊은 호텔이 최근에 대대적인 리모델링을 했다는 이야기를 들려줬다. 이 호텔은 이름을 빌려준 작가의 집이었고 그가 서부 개척지에 관한 몇 권의 소설을 집필했던 곳이기도 했다.

"그가 죽을 때까지 여기 살았던 건 낚시광이었기 때문이에요." 기사가 말했다. "낚시하려고 책을 썼다고 항상 말했대요. 그게 무슨 뜻인지는 모르겠지만."

나는 고개를 끄덕이고는 켄들을 쳐다봤다. 그녀가 웃고 있었다.

"그가 치과의사였다는 거 알아요?" 기사가 물었다.

"누가요?"

"제인 그레이요." 그가 말했다. "그리고 그건 본명이 아니었어요. 본명은 펄이었죠. 여자 이름 같잖아요. 제인으로 바꿀 만했죠. 그것도 중간 이름이었어요, 사실은."

"재밌네요." 켄들이 말했다.

비수기여서 호텔은 거의 비어 있었다. 제인 그레이의 유명한 소설 제목을 따서 이름을 붙인 객실 여러 개를 놓고 고를 수 있었다. 우리는 '붉은 샐비어의 기사들' 스위트룸을 골랐다. 내가 그 작품을 잘 알아서가 아니라 항구 전망이고 작동되는 벽난로가 있기 때문이었다. 오래전 매기 맥퍼슨과 아직 부부 사이였을 때 함께 와서 이 방에 묵고 간 적이 여러 번 있었다.

우리는 주말 내내 방에 틀어박혀 둘만의 시간을 즐기다가 올 계획이었다. 휴대전화도 컴퓨터도 어떤 방해도 없이. 그러나 시내에 있는 식당이나 식료품점에 잠깐씩 다녀올 때 쓰려고 골프 카트는 빌려놓았다.

준비는 완벽했는데 여행하는 동안 왠지 슬픈 생각이 자꾸 들었다. 슬픔과 우울감을 떨쳐버릴 수가 없었다. 켄들과 나는 벽난로 앞에 앉아서 대화하고 추억하고 계획을 세우면서 시간을 보냈다. 그리고 처음 두 밤과 일요일 오전에는 사랑을 나눴다. 그러나 월요일이 되자 둘 다 말이 없어졌고, 나는 종일 평면 텔레비전 앞에 앉아서 현재 진행 중인 탄핵 사건과 중국에서 발생한 의문의 바이러스에 관한 CNN

뉴스를 봤다. 질병통제센터는 로스앤젤레스 공항에 의료진을 파견해 우한에서 오는 승객들을 검사하기로 했다고 발표했다. 열이나 다른 증상이 있어서 그 바이러스에 감염된 것이 확인된 승객들은 격리 치료를 할 예정이라고도 했다.

뉴스는 내가 내 사건에만 골몰하지 않게 도와줬다. 나는 텔레비전 뉴스를 잘 이용했고, 주말 내내 전화기를 꺼놓은 채 여행 가방에서 꺼내지도 않았다. 그러나 내 사건에 마음이 가는 것은 막을 수가 없었다. 앞으로 일어날 일들과 거기에 걸린 이해관계가 무거운 바윗돌처럼 나를 짓눌렀다.

켄들과 내가 마지막 휴가를 보내고 있다는 예감이 들었다. 그녀가 로스앤젤레스로 돌아온 후 우리는 사랑의 불씨를 되살리려고 애를 썼지만 결국에는 실패한 실험이 될 거라는 예감도 들었다. 왜 그런 생각이 드는지 정확히 짚어낼 수는 없었다. 그러나 매기에 대한 생각이, 해체된 우리 가족이 남부캘리포니아대학교에서 잠시 다시 만나 하나가 됐던 기억이 자꾸만 떠올랐다. 그리고 입맞춤도. 갑자기, 그렇게 아무렇지도 않게 해준 그녀의 짧은 입맞춤이 현재 진행 중인 켄들과의 관계를 그렇게 쉽게 흔들어놓을 수 있다는 것이 놀랍게 느껴졌다.

30

1월 21일, 화요일

먹구름이 섬과 본토 사이의 하늘을 뒤덮고 짙은 안개가 낀 채로 화요일 새벽이 밝았을 때, 그 풍경이 왠지 내겐 적절해 보였다.

주말을 보내면서 마음속에서 꾸준히 쌓여가던 두려움이 사흘하고도 반나절 만에 전화기를 켜자마자 근거가 있는 것으로 확인됐다. 우리가 체크아웃을 하고 배를 타러 가려는 순간, 제니퍼 애런슨에게서 전화가 왔다.

"대표님, 어디세요?"

"카탈리나."

"네?"

"켄들하고 휴가 왔어. 말했잖아. 어쨌든 지금 돌아가는 중이야. 무슨 일이야?"

"방금 버그 검사한테서 전화를 받았는데요. 대표님 자수하시래요. 오늘 아침에 대표님에 대한 현재의 살인죄를 취하하고, 금전적 이득을 얻기 위해 자행한 특수살인죄로 대배심에 기소했대요."

그 말은 보석이 불가하다는 뜻이었다. 나는 오랫동안 침묵을 지키면서 드러커가 샘 스케일스 자료를 뒤진 일을 돌이켜봤다. 드러커가 뭘 가져갔지? 이런 일을 가능하게 한 무언가가 내 자료 속에 있었나?

내 표정이 심상치 않은 것을 보고 켄들이 속삭였다.

"무슨 일이야?"

나는 고개를 가로저었다. 켄들에게는 통화를 끝내고 말해줄 생각이었다. 당장은 이 일을 처리할 전략을 생각해내야 했다.

"알겠어. 워필드 판사 서기한테 전화해서, 오늘 오후에 판사 만날 수 있는지 알아봐. 그때 거기서 자수할게. 하지만 우린……."

"뭐?" 켄들이 소리쳤다.

나는 손을 들어 켄들을 조용히 시킨 뒤 통화를 계속했다.

"특수살인죄 혐의에 관한 상당한 근거 심리를 요청해. 이건 말도 안 되는 짓이다, 진짜."

"하지만 대배심에 기소하면 예심은 필요 없잖아요. 상당한 근거가 있다고 간주하니까."

"상관없어. 판사 앞에 서서 설득해야 해, 이건 검찰이 운동장을 기울이고 경기 일정을 다시 잡으려고 터무니없는 짓을 하는 거라고."

"좋아요, 그쪽으로 방향을 잡죠. 신속한 재판을 요구하고요. 제가 준비할게요. 대표님도 오셔서 변론할 준비를 하셔야죠. 이번엔 반드시 대표님이 변론하셔야 할 것 같아요."

"그래야지. 자네가 상당한 근거 심리를 맡고 내가 신속한 재판 청구 건을 맡자고. 지금 가는 중이야. 검찰이 심리 때까지 기다릴 건지 아니면 그 전에 나를 태우러 올 건지 알려줘. 전자발찌를 차고 있으니까, 검찰이 원한다면 나를 찾을 수 있을 거야."

"알겠습니다."

나는 전화를 끊고 켄들을 돌아봤다.

"지금 가야 해. 나를 다시 체포할 건가 봐."

"어떻게 그럴 수가 있지?"

"검사가 원래 사건의 기소를 취하하고 대배심에 가서 다시 기소했어. 재판이 다시 시작된 거야."

"그래서 구치소에 가야 한다고?"

켄들은 나를 뺏기지 않겠다는 듯이 두 팔을 둘러 나를 꽉 끌어안았다.

"판사한테 가서 대배심으로 가는 건 부당하다고 최선을 다해 설득해봐야지. 그러니 지금 가야 해."

카탈리나 익스프레스호를 타고 샌페드로로 돌아가는 동안 바다에는 짙은 안개가 끼어 있었다. 이번에는 켄들과 함께 선실에 머물면서 뜨거운 커피를 마시며 안정을 취했다. 나는 나를 지명수배자로 만들기 위해 버그 검사가 취한 조치들을 켄들에게 차근차근 설명해줬다. 법을 공부한 적이 없는 켄들은 버그가 취한 조치들이 타당하고 합법적이라고 해도 불공평하다고 주장했다. 나는 그 말에 반박할 수 없었다. 검사는 완전히 합법적 수단을 사용해 완전히 합법적 절차를 뒤집으려 하고 있었다.

짙은 안개 때문에 항해 속도가 느려져서 한 시간이 지난 후에야 배가 천천히 항구로 들어섰다. 대형 엔진들이 통통거리는 소리가 났고 진동이 느껴졌다. 제니퍼에게서 아무 소식이 없어서 전자발찌를 추적한 경찰이 부두에서 나를 기다리고 있는지 어떤지 상황을 알 수가 없었다. 나는 일어서서 전면이 보이는 유리창 쪽으로 걸어갔다. 부두에서 체포될 거라면, 어떻게 행동하고 누구에게 전화하라고 켄들에게 미리 알려줘야 했다.

항구로 들어가는 동안 안개가 걷히기 시작했고 엷은 안개 속에서 초록색의 빈센트 토머스 대교가 나타났다. 곧 페리호 터미널이 보였지만 부두에 경찰은 보이지 않았다. 내가 링컨 차를 두고 온 주차장은 터미널 건물에 가려져 보이지 않았다. 나는 켄들에게로 돌아가서 링컨 차 열쇠를 건넸다.

"경찰이 날 기다리고 있을지 모르니까."

"오, 하느님, 미키! 진짜 경찰이 있을까?" 켄들이 말했다.

"진정해. 경찰은 보통 부두에서 기다리는데, 부두에 아무도 없었어. 그러니까 괜찮겠지만, 혹시 경찰이 있으면, 당신이 차를 몰고 돌아가. 출발하기 전에 제니퍼에게 전화해서 상황을 알리고. 제니퍼가 어떻게 하라고 말해줄 거야. 제니퍼 연락처 문자로 보내줄게."

"응."

"그런 다음 헤일리에게도 소식을 알리고."

"알았어. 검찰이 이런 짓을 한다는 게 정말 믿어지지 않아."

켄들이 울음을 터뜨렸고 나는 그녀를 안고 다 잘될 거라고 그녀를 안심시켰다. 속으로는 말만큼 확신은 없었다.

우리는 배에서 내려 아무런 제지도 받지 않고 링컨 차로 돌아갔다. 차에 타는데 내 휴대전화가 울렸다. 제니퍼였지만 받지 않았다. 신경이 곤두설 대로 곤두서 있었고, 손쉬운 표적이 된 것 같은 느낌이 들었다. 어서 빨리 주차장을 나가 고속도로를 타고 싶었다. 움직이는 표적은 겨누기가 힘든 법이니까.

북행 110번 고속도로를 타자마자 제니퍼에게 전화를 걸었다.

변론의 법칙

"3시에 심리 있어요."

"잘했어. 그 전에 날 잡으러 오지는 않겠지?"

"네, 버그 검사가 판사한테 말한 바로는요. 3시 심리 후에 법정에서 자수하게 해주겠대요."

"버그가 심리 반대했어?"

"확실히는 모르겠지만, 아마 그랬을 거예요. 판사 서기한테 들었는데, 워필드 판사가 이 일로 화가 났대요. 특히 보석 건에 대해서. 자기가 보석을 허락했는데, 검사가 뒤집으려고 하니까요. 그러니까 심리에서 그 부분은 우리에게 이롭게 작용할 거예요."

"좋아. 그 전에 언제 어디서 만날까?"

"대표님 변론의 요점을 생각할 시간이 필요해요. 1시 어때요? 법원 카페에서 만나죠."

나는 계기판에 붙은 시계를 봤다. 벌써 10시 30분이었다.

"1시는 좋은데 법원은 별로야. 거긴 경찰들이 너무 많아. 영웅이 되고 싶어서 나를 잡아넣으려고 달려드는 경찰이 있을 수도 있잖아. 심리 시작 시간에 정확히 맞춰 법원에 도착하자고."

"알겠어요. 그럼 어디서?"

"로소블루 어때? 내일부터 다시 볼로냐 샌드위치를 먹고 살지도 모르니까, 점심에는 파스타를 먹어야겠어."

"좋아요, 거기로 갈게요."

"시간 있으면 하나만 더 부탁하자. 이 사건을 취재하는 그 쌍둥이 기자들한테 연락해. 심리가 있다는 거 알려주라고. 내가 하면 좋겠지만, 버그가 이 일로 또 나를 비난하면 내가 알리지 않았다고 말하고 싶어서그래. 이런 말 같지도 않은 일이 벌어지는 건 기자들이 직접 봐야지."

"제가 전화할게요."

전화를 끊자 켄들이 즉시 말했다.

"나도 법원에 함께 갈게."

"그럼 좋지. 헤일리와 통화는 집에 가서 내가 할게. 정장으로 갈아입고 판사한테 할 말을 준비해야겠어. 그런 다음에 점심 먹으러 가자."

우리 팀원들과 회의 겸 점심을 먹는 자리니까 비밀유지의무를 지닌 팀원이 아닌 켄들은 그 자리에 있으면 안 됐다. 그러나 내가 자유를 누릴 시간이 이제 몇 시간 안 남았을 수도 있어서, 그녀를 배제하고 싶지 않았다.

집까지 가는 데 한 시간 가까이 걸렸다. 여전히 차고를 쓰고 싶지 않아서 계단 옆 도로 경계석에 차를 딱 붙여 세웠다. 비숍이 계단에 앉아서 기다리고 있었다. 금요일에 그에게 화요일 10시부터 일을 시작하자고 말했기 때문에, 와서 기다리고 있는 거였다. 나는 그런 그를 까맣게 잊고 있었다.

내가 트렁크에서 여행 가방을 꺼내는 동안 켄들은 계단을 올라갔다.

"내가 도울게." 비숍이 말했다.

"자넨 운전사지 하인이 아니야, 비숍. 오래 기다렸어?"

"뭐 별로."

"기다리게 해서 미안해. 그런데 들어가서 외출 준비하고 일을 좀 하고 나와야 하니까 한 시간쯤 더 기다려줘야 할 것 같은데. 그런 다음에 시내로 갈 거야. 나중에는 켄들만 다시 태우고 돌아와야 할 수도 있어."

"당신은 나중에 다시 태우러 갈까?"

"안 와도 될 거야. 검찰이 오늘 나를 다시 구치소에 집어넣을거거든."

"어떻게 그래? 보석으로 나왔잖아."

"할 수 있지. 정부잖아. 게임은 항상 야수 쪽에 이롭게 설계가 되어 있지."

나는 여행 가방을 들고 계단을 올라가 현관 문을 열고 들어갔다. 켄들이 거실에 서서 내게 봉투를 내밀었다.

"이걸 누가 문 밑으로 밀어 넣어 놨어." 그녀가 말했다.

나는 봉투를 받은 후 여행 가방을 침실로 밀고 가면서 봉투의 겉면을 살펴봤다. 앞뒷면에 아무것도 적혀 있지 않은 깨끗한 흰 봉투였다. 덮개는 봉인이 돼 있지 않았다.

짐을 풀기 위해 여행 가방을 침대에 올려놓은 후 봉투를 열었다. 그 속에는 접은 서류 한 장이 들어 있었다. 2018년 12월 1일 날짜가 적힌 벤투라 카운티 보안관국의 체포보고서 요약 부분 사본이었다. 사기 혐의로 체포된 피의자의 이름은 샘 스케일스라고 적혀 있었다. 요약문에는 사우전드오크스의 술집에서 한 달 전에 일어난 총기난사 사건에 희생된 피해자들의 유족들을 위한 후원금 모집 사이트를 스케일스가 월터 레논이라는 가명으로 개설했다고 적혀 있었다. 체포보고서를 다 읽지 않더라도 보더라인 바 앤드 그릴에서 일어난 그 사건이 생생히 기억났다. 보안관보와 손님 열두 명이 피살됐다. 후원금 모금 사기사건은 스케일스가 네바다에서 벌였다가 징역형까지 살았던 사기사건과 매우 유사해 보였다.

나는 서재로 들어가서 내 사건 자료들을 놓아둔 책상으로 걸어갔다. 벤투라 카운티 체포기록은 우리가 증거개시절차를 통해 검찰로부터 넘겨받은 스케일스의 전과기록에는 나와 있지 않았던 것으로 기억했다. 나는 피해자 파일을 열고 스케일스의 체포기록을 찾아냈다. 거기에는 2018년 12월에 체포됐다는 내용이 적혀 있지 않았다.

켄들이 나를 따라 서재로 들어왔다.

"뭐야?" 켄들이 물었다.

"샘 스케일스의 체포보고서. 벤투라 카운티에서 1년 전에 발생한 사건."

"그게 무슨 뜻인데?"

"검찰이 증거개시를 통해 우리에게 넘겨준 스케일스의 전과기록에는 나와 있지 않아."

체포보고서 요약문은 손으로 쓴 요약문 밑에 여러 개의 창과 상자가 있는 서식이었다. '사기'에 확인 표시가 된 상자 밑에 또 다른 확인 목록이 있었는데 거기에 있는 '주간(州間)'이라고 적힌 상자에는 빗금이 쳐져 있었다. 그 목록 밑의 줄에는 이 보고서 작성자가 'FBI-LA'라고 적혀 있었다.

"그걸 당신한테서 숨기려고 했던 거야?" 켄들이 물었다.

내가 고개를 들어 그녀를 바라봤다.

"응?"

변론의 법칙

"검사가 그 체포 사실을 당신한테 숨기려고 했냐고."

"검찰은 몰랐을 거야. FBI가 샘을 채간 것 같아."

켄들이 어리둥절한 표정을 지었지만 나는 더 설명하지 않았다. 이 체포보고서의 여러 의미를 향해 마음이 정신없이 달려가고 있었다.

"잠깐 통화 좀 해야겠어."

나는 전화기를 꺼내 해리 보슈에게 전화를 걸었다. 보슈가 금방 전화를 받았다.

"형, 나야. 점심 때 시내에서 제니퍼 만나고 나서 법원에 가야 하는데. 식당으로 와줄 수 있어? 보여줄 게 있어."

"어디로?"

"1시에 로소블루."

"로소블루? 그게 어디 있는데?"

"11번가에 있는 시티마켓사우스."

"갈게."

나는 전화를 끊었다. 진실 파악에 가속도가 붙는 것이 느껴졌다. 체포보고서는 샘 스케일스와 사건에 관해 많은 것을 확인해줄 수 있을 터였다. 또한 FBI라는 장벽을 관통할 방법일 수도 있었다.

"누가 그걸 갖다 놓은 걸까?" 켄들이 물었다.

루스 요원이 퍼뜩 떠올랐지만 이름을 말하지는 않았다.

"옳은 일을 하고 싶었던 사람이겠지."

31

내가 다시 구속될 것을 예상해 법정에는 불구속 피고인에 관한 심리 때 근무하는 인원보다 세 배나 많은 법정 경위가 나와 있었다. 그들은 문 옆과 방청석, 재판정과 방청석을 나누는 문밖에 배치돼 있었다. 내가 들어왔던 데로 나가게 할 계획을 가진 사람이 한 명도 없다는 게 처음부터 분명해 보였다.

내 딸은 수업이 있어서 나의 점심 초대에는 응하지 못했지만, 지금은 방청석 맨 앞줄, 변호인석 바로 뒤에 앉아 있었다. 딸은 로나 옆에, 로나는 시스코 옆에 앉아 있었다. 나는 헤일리를 꼭 끌어안았고, 나 자신은 힘을 내지 못하면서도 세 사람과 차례로 짧은 대화를 나누면서 그들의 사기를 북돋우려고 노력했다.

"아빠, 이건 너무 불공평해." 헤일리가 말했다.

"누가 법이 공평하대. 법은 공평하지 않아, 헤이. 그걸 기억해라."

나는 시스코에게로 옮겨갔다. 그는 점심 식사 자리에 오지 않아서, 내 집 문 밑으로 누가 체포보고서를 밀어 넣고 갔다는 사실을 모르고 있었다. 나는 그 보고서에 대해 알아보는 일을 경찰 경력이 있는 보슈에게 맡겼다. 샘 스케일스를 체포했던 벤투라 카운티 보안관의 수사관과 연락하기에는 보슈가 더 적합하다고 판단했기 때문이다.

"뭐 새로운 소식 있어?"

시스코는 내가 루이스 오파리지오의 행방을 추적하고 찾아내는 일에 관해 묻고 있다는 것을 알았다.

"오늘 아침까진 없었어." 시스코가 말했다. "그자는 유령이야."

나는 실망하며 고개를 끄덕인 후, 재판정과 방청석 사이의 문을 통과해 변호인석으로 가서 혼자 앉아 생각을 정리했다. 점심을 먹고 내가 제니퍼보다 먼저 법정에 도착해 있었다. 비숍이 나와 켄들을 법정 앞에 내려주고 가서 금방 올 수 있었지만, 제니퍼는 블랙홀에서 주차할 공간을 찾아 헤매야 했다. 나는 점심 회의에서 메모한 내용을 보면서 판사에게 할 말을 속으로 연습했다. 나는 이제까지 법정에서 초조하거나 겁을 먹은 적이 한 번도 없었다. 항상 편안했고, 검사석, 판사석, 심지어 배심원석에서 변호인을 향해 쏘아대는 적대감은 신경도 쓰지 않았다. 그러나 이번엔 달랐다. 여기서 내가 지면 철문을 통과해 구치감으로 끌려갈 사람은 바로 나라는 걸 잘 알고 있었다. 내가 체포됐을 때 내 주장을 제대로 펼쳐보지도 못하고 입건이 됐었다. 그러나 이번엔 기회가 있었다. 물론 검찰이 법의 테두리 안에서 움직였기 때문에 내 주장이 받아들여질 가능성은 거의 없었다. 그렇다고 검사가 한 일이 옳은 일이 되는 것은 아니었고, 나는 그 주장으로 판사를 설득해야 했다.

데이나 버그가 나비넥타이를 맨 동료 검사와 함께 나타나 검사석에 앉는 것을 보자 집중력이 깨졌다. 나는 그들을 돌아보지 않았다. 인사도 하지 않았다. 아무런 제약 없이 나 자신을 변호할 자유를 빼앗으려고 계속해서 달려드는 버그에게 좋은 감정일 리가 없었다. 이제 그녀는 적이었고 따라서 적으로 대우할 작정이었다.

제니퍼가 내 옆자리로 미끄러지듯이 들어와 앉았다.

"죄송해요, 늦어서. 블랙홀에 주차 공간이 한 군데도 없어요." 그녀가 말했다. "메인에 있는 유료주차장까지 내려가야 했어요."

제니퍼는 숨을 헐떡이고 있었다. 메인까지 두세 블록 이상 내려갔다 온 게 틀림없었다.

"괜찮아. 나는 준비됐어."

제니퍼는 앉은 채로 몸을 돌려 우리 지지자들과 눈인사를 나눈 뒤 다시 나를 향해 돌아앉았다.

"보슈 형사님은 안 오세요?" 제니퍼가 물었다.

"바로 출발했나 봐. 벤투라로."

"그렇구나."

"들어봐. 일이 우리가 원하는 대로 안 풀리고 내가 트윈타워로 돌아가면 벤투라 건에 대해서는 자네가 보슈 형사를 도와줘야 돼. 문서가 남지 않게 해야 한다는 거 명심해. 보슈 형사는 변호인 측에서 일하는 방식에 익숙하지 않아. 문서가 없으면 증거개시도 없다. 알았지?"

"알았어요. 하지만 잘될 거예요, 대표님. 우리 모두 힘을 합쳐 잘해낼 거라고요."

"그러길 바라. 자신감 있는 모습 보니까 좋다. 모든 입법부와 형법전이 우리에게 등을 돌린 상황이지만."

나는 고개를 돌려 방청석을 한 번 더 둘러봤다. 두 번째 줄 늘 앉는 자리에 앉아 있는 기자 두 명과 잠깐 눈이 마주쳤다.

2~3분 후 법정 경위가 판사의 입장을 알렸고 워필드 판사가 문을 열고 들어와 판사석으로 가서 앉았다.

"캘리포니아 대 마이클 할러 사건 공판준비기일을 속개합니다."
판사가 말했다. "피고인이 새로운 혐의로 기소가 돼, 기소장 낭독은
물론이고 구금과 기소인정여부 심리가 필요한 상황이 됐습니다. 그
리고 피고인 측이 신청한 6-8-6 신청 건도 있고요. 우선 기소장부터
낭독합시다."

나는 기소장 낭독의 권리를 포기했다.

"혐의에 대한 피고인 측의 입장은요?" 워필드가 물었다.

"무죄를 주장합니다."

"아주 좋습니다." 워필드가 말했다. "그럼 구속적부심부터 시작할
까요? 오늘 양측 대리인 간에 상당한 공방이 있을 것으로 예상되니
까, 각자의 자리에서 발언하고 발언대까지 오가는 수고와 시간을 줄
이도록 합시다. 발언 시엔 정확한 기록을 위해 큰 목소리로 분명하게
말씀해주세요. 검찰 측은 어떤 입장이죠?"

버그가 검사석에서 일어섰다.

"감사합니다, 재판장님." 버그 검사가 발언을 시작했다. "오늘 아
침, 로스앤젤레스 카운티 대배심이 J. 마이클 할러를 주의회가 정한
일급 특수살인 혐의로, 보다 정확히 말하면 금전적 이득을 얻기 위한
살인 혐의로 기소함에 따라, 이 재판에 제기된 기존 혐의들은 취하됐
습니다. 따라서 본 건은 보석이 허용되지 않는 범죄행위에 대한 재판
이 됐으므로 공판 때까지 피고인을 구금해야 한다는 것이 검찰의 입
장입니다. 법이 추정하는…….."

"법이 무엇을 추정하는지는 나도 알아요, 검사." 워필드 판사가 말
했다. "변호인도 알고 있을 거고요."

워필드 판사는 검사가 나를 구속하려고 애쓰는 것에 그리고 이 문제와 관련해 자신의 손을 묶어놓은 것에 화가 난 듯했다. 판사는 판사석 탁자에 올려놓은 문서에 무언가를 적는 것 같았다. 잠시 시간을 들여 메모를 끝낸 후 나를 내려다봤다.

"변호인, 하고 싶은 말이 있겠죠, 물론?" 판사가 물었다.

내가 자리에서 일어섰다.

"네, 재판장님. 하지만 먼저 이 새로운 혐의에 대해 검찰이 사형을 구형할 계획인지 알고 싶습니다."

"좋은 질문입니다." 워필드가 말했다. "그 여부에 따라 상황이 상당히 바뀔 테니까요. 검찰은 피고인에 대해 사형을 구형하기로 결정했습니까?"

"아뇨, 재판장님." 버그가 말했다. "사형은 포기하겠습니다."

"들으셨죠, 변호인?" 판사가 말했다. "더 할 말 있습니까?"

"네, 있습니다, 재판장님. 사형이 고려 대상에서 제외되면, 제가 가석방 없는 무기징역형에 직면해 있음에도 불구하고, 이 사건은 더 이상 법정 최고형을 요구하는 사건이 아니게 된다고 판단한 법적 선례가 있습니다. 또한 버그 검사는 유죄가 분명하고 그렇게 간주할 근거가 확실하다는 것을 이 법정에서 분명히 증명해 보여야 할 것입니다. 기소만으로는 유죄가 분명함을 증명하는데 충분치 않습니다. 이 문제에 대해서 공동 변호인 애런슨 변호사가 더 말씀드리겠습니다."

제니퍼가 일어섰다.

"존경하는 재판장님, 이 문제에 관해 피고인을 대리하는 공동 변호인 제니퍼 애런슨입니다." 그녀가 말했다. "할러 변호사는 6-8-6

신청 건 때 변론을 맡을 것입니다. 대배심 기소 건에 관한 저희 피고인 측의 입장은 본인 변호를 준비하는 피고인의 자유를 빼앗으려고 검찰이 페어플레이의 선을 넘었다는 것입니다. 이것은 피고인을 감방에 가둠으로써 피고인의 본인 변호 노력을 방해하려는 술책에 지나지 않습니다. 구치소에서는 변론 준비에 온전히 집중할 수가 없고, 다른 수용자들로부터 줄곧 위협을 받으며, 건강 또한 해치게 될 가능성이 높으니까요."

제니퍼는 고개를 숙이고 메모를 확인한 뒤 말을 이었다.

"저희 피고인 측은 또한 특수살인죄 주장에도 이의를 제기합니다." 제니퍼가 말했다. "피고인이 새뮤얼 스케일스를 살해해 금전적인 이득을 얻을 수 있음을 보여준다고 검찰이 주장하는 새로운 증거를 저희는 아직 보지 못했지만, 스케일스의 죽음이 어떤 식으로든 피고인에게 이득을 준다는 생각은 참으로 터무니없다고 생각합니다. 입증의 문제는 제쳐두고라도 말이죠."

제니퍼가 발언을 마쳤을 때 워필드는 메모를 하고 있었고, 이때를 틈타 버그가 나섰다. 판사가 메모를 하는 중인데도 검사가 일어서서 판사에게 말했다.

"존경하는 재판장님, 대배심이 기소하면 혐의에 관한 예심은 하지 않도록 돼 있습니다. 따라서 검찰은 이 심리를 상당한 근거를 결정하는 심리로 전환하는 것에 이의를 제기합니다. 그 문제에 관해서는 입법부가 분명하게 규정해놓고 있으니까요."

"네, 규정은 나도 잘 압니다." 워필드가 말했다. "하지만 입법부는 이 주의 상급법원 판사에게 재량권도 허용하고 있습니다. 나도 애런슨 변호사와 마찬가지로 검찰이 취한 이 조치에 반감이 드는군요. 상당한 근거에 대한 추가적 근거 제시 없이 내가 재량권을 발휘해 보석에 관한 판결을 내려도 될까요, 검사?"

"잠깐만 시간을 주시겠습니까, 재판장님?" 버그가 말했다.

나는 오늘 처음으로 검사석을 바라봤다. 버그가 차석 검사와 상의하고 있었다. 변호사 출신인 워필드 판사는 나를 감옥으로 돌려보내기 위해 버그 검사가 벌이고 있는 게임에 찬성하지 않는 것이 분명했다. 검사가 대배심에 무엇을 보여줬는지 몰라도, 지금은 용기 있게 나서거나 아니면 가만히 숨죽이고 있을 때였다. 나는 차석 검사가 앞에 놓인 파일 중 하나를 펼쳐서 서면을 꺼내는 것을 봤다. 그가 그것을 버그에게 건네자, 버그는 허리를 펴고 똑바로 서서 판사에게 말했다.

"재판장님, 검찰은 이 문제에 관해 증인을 부르고 싶습니다." 버그가 말했다.

"증인이 누구죠?" 워필드가 물었다.

"켄트 드러커 형사입니다. 드러커 형사가 서면을 하나 보여드릴 텐데, 그것을 보시면 특수살인죄 주장에 상당한 근거가 있다는 것을 아시게 될 겁니다."

"증인 부르세요."

아까 들어올 때는 보지 못했었는데, 드러커가 방청석 맨 앞줄에 앉아 있었다. 그가 일어서서 방청석과 재판정 사이의 문을 통과해 재판정으로 들어오더니 증인선서를 한 후 증인석에 앉았다. 버그 검사는 그에게서 로나 테일러의 집뿐만 아니라 내 집과 창고에서 실시한 압수수색에 대해 상세한 설명을 끌어냈다.

"창고 압수수색에 관해 구체적으로 얘기해볼까요?" 버그가 말했다. "거기서 정확히 무엇을 찾고 있었습니까?"

"마이클 할러의 변호사업과 관련해 비밀유지의 의무가 없는 자료들을 찾고 있었습니다." 드러커가 말했다.

"다시 말해, 의뢰인들과의 거래장부요?"

"그렇습니다."

"그러면 거기에 샘 스케일스에 관한 자료가 있었나요?"

"피고인이 여러 해에 걸쳐 많은 사건에서 스케일스를 대리했기 때문에 파일이 꽤 여러 개 있었습니다."

"그리고 그 파일들을 수색하다가 스케일스 피살사건에 관한 증인의 수사와 관련된 문서들을 발견하셨고요?"

"네, 그렇습니다."

그런 다음 버그는 증인이 내 자료 파일 속에서 찾아낸 문서를 증인에게 보여주겠다며 판사의 허락을 구했다. 그 문서가 무엇인지 알 길이 없어 난감해하고 있는데, 검사가 판사에게 줄 사본을 서기에게 전달한 후 변호인석에도 한 장 던져주고 갔다. 제니퍼와 나는 서로 어깨를 맞대고 그 문서를 함께 읽었다.

그것은 2016년 스케일스가 사기죄로 유죄 평결을 받고 선고를 기다리고 있을 때 내가 그에게 보낸 편지의 사본이었다.

샘 스케일스 님께,
귀하가 지난 10월 11일 상담 중에 동의한 수임료를 지급하지 않으

시면, 이 편지는 제가 보내는 마지막 서신이 될 것이고, 귀하는 선고 공판에서 귀하를 대리할 새 대리인을 찾아야 할 것입니다. 귀하의 사건을 대리하는 대가로 귀하와 제가 합의한 수임료는 총 10만 달러에 경비 별도였고, 우선 선금으로 2만 5천 달러를 지불하기로 했습니다. 이 합의는 귀하의 사건이 재판으로 가느냐 처분으로 처리가 되느냐와 상관없이 이행하기로 약속했고요. 결국 처분으로 처리되고 현재 선고를 기다리는 상황입니다. 그런데도 수임료 잔금 7만 5천 달러가 아직 미납 상태입니다.

그동안 저는 여러 사건에서 귀하를 대리했기 때문에 귀하가 변호사 선임 비용을 따로 마련해두고 있다는 사실을 잘 알고 있습니다. 부디 약속하신 잔금을 결제해주시기 바랍니다. 그러지 않으면 이 편지를 끝으로 우리 관계가 단절될 것이고, 미수금 완납을 위해 엄중한 조치를 취할 것임을 알려드립니다.

p.p. 마이클 할러.

"로나가 쓴 거야. 난 이걸 본 적도 없어. 그리고 아무 의미도 없는 거고."

제니퍼가 일어서서 이의를 제기했다.

"재판장님, 증인에게 예비신문을 해도 되겠습니까?" 제니퍼가 물었다.

판사가 그 편지를 검찰 측 증거물로 인정하기 전에, 그 문서의 출처와 적합성에 대해 증인에게 물어봐도 되겠느냐는 뜻이었다.

변론의 법칙

"하세요." 워필드 판사가 말했다.

"증인, 이 편지에 서명이 없네요, 그렇죠?" 제니퍼가 말했다.

"그렇습니다, 하지만 피고인의 파일에 들어 있었습니다." 드러커가 말했다.

"인쇄된 피고인의 이름 앞에 적힌 'p.p.'가 무슨 뜻인지 아세요?"

"라틴어죠, 프로 퍼— 뭐라고 하던데."

"퍼 프로큐레시오넘. 무슨 뜻인지 아십니까?"

"그의 이름으로 편지를 보냈지만 사실 그가 서명하지는 않았다는 뜻이죠."

"이것을 피고인의 자료 파일 속에서 찾았다고 하셨는데요. 그렇다면 부치지 않았다는 뜻이네요?"

"이것은 사본이고 원본은 발송됐다고 우리는 믿고 있습니다."

"그렇게 믿는 근거는요?"

"'서신'이라고 적힌 파일 속에서 발견됐거든요. 부치지도 않은 편지를 가득 모아두고 있을 이유가 있을까요? 말이 안 되잖아요."

"이 편지가 스케일스 씨에게 발송됐거나 직접 전달됐다는 증거가 있습니까?"

"발송됐거나 전달됐다고 추정하고 있습니다. 그렇지 않으면 어떻게 수임료를 받아내겠습니까?"

"스케일스 씨가 이 편지를 받았다는 증거가 있나요?"

"아뇨. 하지만 이 편지와 관련해 그게 중요한 게 아니죠."

"그럼 무엇이 중요하죠?"

"피고인은 샘 스케일스가 변호사 선임 비용을 모아두고 있다는 걸 알고 있다고 말하고, 잔금 7만 5천 달러를 결제하라고 말합니다. 그게 살해 동기죠."

"증인은 샘 스케일스가 변호사 선임 비용을 모아둔 것을 피고인이 어떻게 알고 있다고 생각하십니까? 스케일스에게서 들었기 때문이라고 생각하시나요?"

"그래야 논리가 맞겠죠."

"스케일스가 그 선임 비용을 어디다 보관하고 있고, 어떻게 접근할 수 있는지 피고인에게 알려줬습니까?"

"그거야 모르죠. 하지만 그 내용은 변호인과 의뢰인 간의 비밀유지의무에 의해 보호를 받겠죠."

"샘 스케일스가 돈을 보관한 장소를 피고인이 알고 있다는 것은 입증하지 못하시면서, 어떻게 피고인이 그 돈을 뺏으려고 스케일스를 죽였다고 주장하실 수 있죠?"

안 되겠다 싶었는지 버그 검사가 벌떡 일어섰다.

"이의 있습니다, 재판장님." 버그가 말했다. "이건 예비신문이 아닌데요. 애런슨 변호사는 지금 증거개시에 관한 진술을 받고 있습니다."

"변호인이 뭐 하고 있는지 내 눈에도 보입니다." 워필드가 말했다. "그리고 변호인이 일리가 있는 주장을 했고요. 더 할 말 있습니까, 변호인?"

제니퍼가 나를 돌아보자 나는 고개를 살짝 저으면서 변호사는 항상 앞서가고 있을 때 입을 다물어야 한다는 사실을 상기시켜줬다.

"지금으로서는 더 이상 질문 없습니다, 재판장님." 제니퍼가 말했

변론의 법칙

다. "이 편지를 피고인이 작성하거나 서명하지 않았다는 사실은 편지뿐만 아니라 증인의 증언에서도 분명히 드러났습니다. 따라서 이 편지는 이 심리와는 아무 관련이 없다고 생각합니다."

"재판장님, 분명히 관련이 있습니다." 버그가 맞받았다. "피고인의 서명 여부와 관계없이, 그 편지는 피고인의 사무실에서 발송됐고, 피고인이 참석했던 모임을 언급하고 있습니다. 그 편지는 이 범죄를 둘러싼 문제들과 범행동기를 언급하고 있기 때문에 분명히 관련이 있습니다. 피고인이 피해자 샘 스케일스에게 받을 돈이 있었고, 피해자가 돈을 갖고 있지만 선뜻 내놓으려 하지 않는다는 사실도 알고 있었습니다. 또한 저희가 확보했고 곧 제출할 준비가 돼 있는 다른 서면에 따르면, 피고인은 피해자에게서 돈을 받아내기 위해 피해자에 대해 선취특권까지 설정해놓은 상태이고요. 지금은 피해자의 유산에 대해 선취특권이 설정된 상태죠. 돈이 발견되면 피고인은 수임료에 이자까지 더해서 즉시 받게 되는 것입니다. 살아 있을 때 못 받은 돈, 죽은 후에라도 꼭 받겠다는 거죠."

"이의 있습니다!" 제니퍼가 외쳤다.

"버그 검사, 말이 지나치군요." 워필드가 말했다. "그런 멋진 말은 법정 말고 기자들 앞에서나 하세요."

"죄송합니다, 재판장님." 버그가 짐짓 반성하는 말투로 말했다.

판사는 드러커를 증인석에서 내려보냈다. 나는 이 신문이 헛수고였다는 것을 알고 있었다. 판사가 약삭빠르게도 검찰이 하는 일에 이의를 제기하거나 그냥 눈감고 넘어갈 생각인 모양이었다. 워필드가 더 할 말이 있느냐고 묻자 제니퍼는 발언권을 신청했고 버그는 이의를 제기했다.

"감사합니다, 재판장님." 제니퍼가 말했다. "재판장님은 보석에 관해 폭넓은 재량권을 가지고 있다고 분명히 말씀하셨습니다. 보석에 제한을 두는 제도는 범죄 혐의를 받는 피고인들이 그 대가를 치르도록 보장함과 동시에 지역사회를 보호하기 위해서 마련된 것입니다. 그런 점을 고려해보면, 피고인은 지역사회에 위협이 되지 않고 도주의 위험도 없습니다. 지난 6주간 보석으로 석방된 상태였지만 도주를 시도한 적이 없고 지역사회나 이 사건과 관련된 사람을 위협한 적도 없습니다. 사실 피고인은 재판장님의 허락을 받아 이 카운티와 주를 벗어난 적이 있고, 바로 그날 밤 안으로 돌아왔습니다. 재판장님은 이 문제에 관해 재량권을 갖고 계십니다. 이 사건에서 공정한 재판을 추구하기 위해 저는 보석이 다음 재판으로 승계돼야 하고, 피고인이 석방된 상태로 본인 변호를 할 수 있게 해줘야 한다고 생각합니다."

버그의 반격은 규칙은 규칙이라는 사실을 판사에게 상기시킨 것뿐이었다. 재판장의 재량권이 대배심이 발견한 사실이나, 금전적 이득을 위한 살인은 보석을 허용하지 않겠다는 입법부의 결정에까지 미치지는 않는다고 말했다.

그런 다음 버그는 자리에 앉았다.

나는 우리가 검사보다 설득력 있는 주장을 했다고는 생각하지 않았지만, 메모를 하면서 뜸을 들이는 판사의 모습을 보니 기대감이 생겼다.

"이 문제에 대한 판결은 다른 신청 건을 심리한 다음에 내릴게요."

판사가 말했다. "10분간 휴정한 후 피고인이 제기한 6-8-6 신청 건을 심리하겠습니다. 감사합니다."

판사는 서둘러 판사석을 떠났다. 그리고 나는 상황을 반전시킬 방법을 고민할 10분의 시간과 함께 남겨졌다.

32

10분간의 휴정이 법원 복도를 지나 엘리베이터를 타고 내려가서 밖으로 나가 잠시나마 자유로이 신선한 공기를 마실 수 있는 마지막 기회였는지도 모르지만, 나는 그동안 변호인석에 앉아 있었다. 휴정은 사실상 20분이나 이어졌다. 나는 혼자서 생각을 정리하고 싶었다. 제니퍼에게 심리가 속개될 때 내 옆에 앉아 있지 말라고 말하기까지 했다. 제니퍼가 상처를 받았는지 모르겠지만, 내 논리를 이해했다. 이것은 나와 검찰의 싸움이었다. 배심원단이 없는 상황에서는 야수의 권력과 힘에 나 홀로 맞서 싸우고 있다는 사실을 판사에게 상기시키고 싶었다.

나는 10분이 다 돼가자 마음의 준비를 했다가 대기 시간이 길어지자 불안해지는 것을 애써 참고 있었다. 마침내 워필드가 나와 모두를 내려다보는 판사석에 다시 앉았다.

"좋습니다, 심리를 속개하겠습니다." 판사가 말했다. "피고인 측이 신속한 재판을 요구하는 신청서를 제출했는데요. 할러 변호사, 변호인석에 혼자 있군요. 이 신청 건에 대해선 직접 발언하실 건가요?"

나는 자리에서 일어나 말했다.

"네, 그렇습니다, 재판장님."

"아주 좋습니다." 워필드가 말했다. "간결하게 합시다. 진행하세요."

"재판장님이 원하신다면 간결하게 말씀드리겠습니다. 검찰은 이 사건을 대배심에 기소함으로써 법의 근간을 뒤흔들고 헌법에서 보장하는 신속한 재판을 받을 저의 권리를 빼앗으려 하고 있습니다. 존경하는 재판장님, 검찰은 정의의 구현을 위해서가 아니라 법을 자기 입맛에 맞게 휘두르기 위해서 협잡을 마다하지 않고 있습니다. 이 재판이 시작된 순간부터 저는 두 가지 입장을 일관되게 취해왔습니다. 우선 저는 제게 씌워진 이 혐의들을 단호히 부인하고 저의 결백을 주장해왔습니다. 또한 어떤 상황에서도 그리고 아무리 적은 시간이라도 재판절차를 미루는 것을 거절했고요."

나는 잠깐 말을 멈추고 리걸패드에 휘갈겨 쓴 메모를 내려다봤다. 그 메모가 필요하진 않았다. 메모 없이도 잘하고 있었다. 그러나 판사가 내 주장을 하나하나 곱씹어볼 시간을 주고 싶었다. 그리고 말을 이어갔다.

"사법절차가 시작된 첫날부터 저는 신속한 재판을 받을 권리를 요구했습니다. 확실한 증거를 대든지 아니면 패배를 인정하라고 검찰에 말해왔고요. 저는 범죄를 저지르지 않았고, 법정에서 제 결백을 증명할 시간을 고대하고 있습니다. 그리고 그날이 다가왔고 시간이 다 돼간다는 것을 알고 있는 검찰은 다급해지기 시작했습니다. 자기들 주장의 근거가 미약하다는 것을 알고 있기 때문이죠. 검찰은 자기들 주장에 구멍이 많다는 것을 알고 있습니다. 제가 결백하다는 것과 합리적 의혹이 제 편에 있다는 점을 알고 있습니다. 그래서 틈만 나면 저의 변호를 방해하려고 애를 썼고요."

나는 다시 말을 멈췄고, 이번에는 약간 돌아서서 내 딸을 바라보며 슬픈 미소를 지었다. 딸이 이런 입장에 처한 아빠를 보게 해서는 안 되는 일이었다.

나는 다시 돌아섰다.

"재판장님, 모든 대리인은 수단과 방법을 가리지 않습니다. 검사든 변호인이든 마찬가지죠. 법정에 들어서면 예의고 뭐고 없습니다. 난타전이죠. 무슨 수를 써서라도 상대방에게 치명타를 입히려고 주먹을 마구 휘두릅니다. 헌법은 제게 신속한 재판을 받을 권리를 보장하지만 검찰은 기존의 기소를 취하하고 대배심에 새로 기소함으로써, 제게 두 가지 방식으로 타격을 주려고 애를 쓰고 있습니다. 첫째, 저를 다시 구치소에 가둠으로써 제가 변호 준비를 제대로 할 수 없게 만들려고 애쓰고 있습니다. 둘째, 검찰은 권력과 힘을 발휘해 자기네의 미약한 주장을 보강할 시간을 벌기 위해 재판 일정을 다시 시작하려 하는 겁니다."

이번에는 말을 멈추고 판사를 물끄러미 바라보다가 발언을 마무리했다.

"그것이 합법적인 일입니까? 그렇게 해도 된다고 법전에 나와 있나요? 아마도요. 네, 아마도 나와 있을 겁니다. 하지만 그것이 공정한 일입니까? 정의를 구현하는 일인가요? 절대 그렇지 않습니다. 재판장님은 저를 감옥에 다시 보내실 수 있습니다. 진실을 찾아가는 재판이라는 여정을 뒤로 미루실 수도 있고요. 하지만 그것은 옳은 일이 아닐 겁니다. 공정하지도 않을 거고요. 저희 피고인 측은 이 문제에 관해 많은 재량권을 갖고 계신 재판장님께 재판 일정을 새로 시작하지 말아주실 것을 간곡히 요청합니다. 진실을 찾아가는 여정을 지금 바로 시작하시죠. 나중이 아니라, 검찰이 편한 시간이 아니라 지금 바로요. 감사합니다."

내 말이 워필드 판사에게 영향을 미쳤는지 모르겠지만, 그런 내색은 전혀 없었다. 판사는 앞선 심리 때처럼 메모를 하진 않았다. 등받이가 높은 가죽 의자를 15센티미터쯤 돌려 앉아서 나와 검사를 번갈아 바라봤다.

"버그 검사?" 워필드 판사가 말했다. "반론하실래요?"

"네, 재판장님." 버그가 말했다. "저는 변호인보다 더 간결하게 말씀드리겠습니다. 사실 제가 하고 싶은 말을 할러 변호사가 다 했습니다. 검찰이 대배심 기소를 통해 재판을 새로 시작하려 하는 것은 이 법정과 전국의 수많은 법정에서 흔하게 일어나는 일일 뿐만 아니라 분명히 법의 테두리 안에 있는 일입니다. 단순한 다시 시작하기나 지연전술이 아닙니다. 저는 이 냉혹한 살인사건의 피해자를 위해 진정한 정의를 실현할 책임을 맡고 있습니다. 그래서 저는 대배심을 통해, 그리고 현재 진행 중인 수사에서 나온 증거를 제시함으로써, 정의를 구현하며 혐의들을 더욱 구체화하기로 결심한 것입니다."

곁눈질로 보니 버그 검사가 내 말을 이용해 나를 공격하면서 내 쪽을 흘긋 봤다. 나는 그녀를 쳐다봄으로써 그녀에게 만족감을 주고 싶지 않았다.

"존경하는 재판장님, 피고인에 대한 검찰의 주장은 수사가 진행될수록 더욱 견고해지고 있습니다. 피고인은 이 사실을 잘 알고 있고, 모든 증거가 법정에서 공개되고 진실이 밝혀지는 순간을 피하려고 애를 쓰고 있습니다. 재판을 서두름으로써 점점 쌓여가는 증거가 자신을 짓누르는 것을 막을 수 있기를 바라고 있고요. 그런 일은 일어나지 않을 겁니다. 왜냐하면 진실은 피할 수 없는 것이기 때문이죠. 감사합니다."

판사는 말하기 전에 잠깐 침묵했고, 내가 일어서서 버그의 말에 이의를 제기하거나 반론하기를 기다리는 듯했다. 심지어 이의제기를 기대하는 것처럼 나를 향해 의자를 돌려앉기까지 했다. 그러나 나는 잠자코 있었다. 하고 싶은 말은 이미 다 했고, 다시 말할 필요가 없었다.

"이것 참 새로운 상황이군요." 워필드가 입을 열었다. "판사로서 그리고 그 이전에는 변호사로서 내가 경험한 바로는 재판 연기를 요구하는 쪽은 십중팔구 피고인이었거든요. 피할 수 없는 것을 피해보려고 애쓰면서 말이죠. 그런데 이 사건은 다르네요. 그래서 오늘 양측의 주장은 생각이 많아지게 하네요. 변호인은 어떤 결과가 나오든 이 일을 빨리 끝내고 싶어 하는군요. 그리고 변호전략을 수립하기 위해 보석 석방된 상태를 유지하고 싶어 하고."

판사가 버그 검사를 향해 돌아앉았다.

"반면에 검찰은 이 일에 딱 한 번의 기회를 갖고 있고요." 판사가 말했다. "다시 하기는 없으니까 준비할 시간이 꼭 필요하고. 검찰이 새로운 혐의들을 제기했으니 그 혐의들을 입증할 책임이 있습니다. 대배심이 인정하는 상당한 근거의 문턱을 훨씬 더 넘어서는 수준까지 말이죠. 합리적 의혹을 넘어설 만큼의 죄가 있음을 입증하는 책임이 피고인 측이 지는 부담만큼이나 무겁다는 것을 잊지 마세요."

판사는 의자에서 등을 꼿꼿이 세우고 앉아서 두 손을 깍지 껴 잡고

변론의 법칙

앞으로 몸을 숙였다.

"이런 경우 본 판사는 아기를 나누는 경향이 있습니다. 이번에 아기를 어떻게 나눌 것인지는 피고인 측에 결정권을 줄게요. 변호인, 결정하세요. 기존의 조건을 그대로 붙여서 보석을 유지하는 대신 신속한 재판을 받을 권리를 포기하실래요? 아니면 보석은 취소하되 재판 일정은 바꾸지 않고, 원래 정한 대로 2월 18일에 재판을 시작하는 걸로 할까요? 어느 쪽을 선택하시겠어요?"

나보다 버그가 먼저 일어서서 말했다.

"재판장님, 제가 한 말씀 드려도 되겠습니까?" 버그가 다급하게 말했다.

"아뇨, 버그 검사." 판사가 말했다. "들을 필요가 있는 말은 다 들었습니다. 변호인, 선택하시겠어요? 아니면 검사에게 선택권을 줄까요?"

내가 천천히 일어섰다.

"잠깐만 시간을 주시겠습니까, 재판장님?"

"빨리하세요, 변호인." 워필드가 말했다. "내가 불편한 입장이라 오래 견디지 못할 것 같으니까요."

나는 변호인석 뒤에 있는 난간을 향해 돌아서서 딸을 쳐다봤다. 헤일리에게 가까이 오라고 손짓하자 헤일리는 좌석 앞쪽으로 몸을 당겨왔고 두 손으로 난간을 잡았다. 나는 허리를 굽히고 딸의 손 위에 내 손을 포개며 속삭였다.

"헤일리, 아빠는 이 일을 빨리 끝내고 싶어. 나는 사람을 죽이지 않았어. 그리고 결백을 입증할 수 있다고 생각해. 그래서 2월에 재판받고 싶은데, 그래도 괜찮겠지?"

"아빠, 전에 구치소에 있을 때 너무 힘들었잖아." 헤일리도 속삭였다. "괜찮겠어?"

"전에 너랑 네 엄마랑 얘기했던 것 같은데. 지금 난 자유로운 몸이긴 하지만, 여전히 갇혀 있는 기분이 들어. 이 일이 항상 나를 따라다니는 이상 빨리 끝내야겠어."

"알아. 그래도 걱정돼, 아빠."

내 뒤에서 판사의 목소리가 들렸다.

"할러 변호사, 여기 기다리는 사람 많습니다."

나는 계속 딸을 바라봤다.

"다 괜찮을 거야."

나는 재빨리 난간 위로 몸을 숙이고 헤일리의 이마에 입을 맞췄다. 그러고 나서 켄들을 흘끗 보며 고개를 끄덕였다. 놀란 표정인 걸 보니 그녀는 더 많은 것을 기대한 듯했다. 내가 자기와 상의해주기를 기대한 것 같았다. 내가 할 선택에 대해 그녀가 아니라 딸의 허락을 구했다는 사실이 그녀와의 관계를 파탄 낼 수도 있을 것 같았다. 그러나 나는 해야 할 일을 했다고 생각했다.

나는 판사에게로 돌아서서 내 결정을 선포했다.

"존경하는 재판장님, 지금 저는 이 법정에서 자수합니다. 그리고 예정대로 2월 18일에 저의 혐의에 관해 저를 변론할 준비를 해놓겠습니다. 저는 결백합니다, 재판장님. 배심원단 앞에 서서 제 결백을 입증하는 날이 빠를수록 저는 좋습니다."

판사는 내 결정에 놀라진 않았지만 걱정이 되는 표정으로 고개를

변론의 법칙

끄덕였다.

"아주 좋습니다, 변호인." 판사가 말했다.

워필드 판사는 내 결정을 본인 입으로 다시 말함으로써 공식적 판결을 내렸지만, 그러기 전에 검찰의 마지막 이의제기를 들어야 했다.

"존경하는 재판장님." 버그가 말했다. "검찰은 제2지방항소법원이 심사할 때까지 재판일에 관한 재판장님의 판결을 유보해주시기를 요청합니다."

워필드는 오랫동안 버그를 쳐다봤다. 특정 판사와의 재판을 앞두고 그 판사의 판결에 대해 항소하겠다고 말하는 것은 언제나 대단히 위험한 행동이다. 판사는 공명정대하게 판결할 의무가 있다. 하지만 판사의 판결이 틀렸다면서 대리인이 상급법원에 항소하겠다고 선언하면 그 하급법원 판사가 복수할 방법은 많이 있다. 내가 이 사건 피고인으로 법정에 처음 출두했을 때 헤이건 판사가 내게 한 행동이 딱 그랬다. 그전에 나는 항소를 통해 두 번이나 그 판사의 결정을 뒤집은 적이 있었다. 헤이건 판사는 내게 500만 달러의 보석금을 책정함으로써 확실한 앙갚음을 했다. 그는 그 판결을 내리면서 싱긋 웃으며 윙크까지 했다. 지금 버그 검사도 나와 비슷한 길을 걷고 있었고, 워필드는 버그에게 다시 생각할 시간을 몇 초 주고 있는 것처럼 보였다.

그러나 버그는 끝끝내 뜻을 접지 않았다.

"검사에게 선택권을 드릴게요." 워필드 판사가 말했다. "나는 6-8-6 신청 건에 관한 판결을 유보해야 한다면 피고인의 보석 취소 건에 관한 판결도 유보할 겁니다. 그러니 항소하는 동안 판결 유보를 원한다면, 검사가 항소법원으로부터 판결을 받을 때까지 피고인은 현재의 보석 결정에 따라 자유로운 상태로 있게 하겠습니다."

두 여성은 5초간 불꽃 튀게 서로를 노려봤고 결국 검사가 대꾸했다.

"감사합니다, 재판장님." 버그 검사가 차갑게 말했다. "검찰은 판결 유보 요청을 철회합니다."

"아주 좋습니다." 워필드 판사도 똑같이 차갑게 맞받았다. "그럼 이것으로 심리를 마치겠습니다."

판사가 일어서자 법정에 있던 경위들이 내게로 다가왔다. 나는 트윈타워로 돌아가게 됐다.

33

1월 24일, 금요일

나는 트윈타워 구치소에서도 접근금지 등급의 수감자들이 생활하는 집중관리 수용동인 K-10으로 돌아갔다. 그래서 생긴 유일한 문제는 수감자들보다 교도관들의 접근이 더 두려워졌다는 점이었다. 나는 교도관들이 도청 의혹에 관해 수사를 받게 한 장본인으로 미운털이 콱 박힌 터라 그들로부터 물리적 보복을 당할 가능성이 급격히 커졌다는 것을 잘 알고 있었다.

비숍이 오래전에 출소하는 바람에 새 보디가드가 필요했다. 나는 나름의 오디션을 봤다. 입소한 다음 날 아침, 수용동에 있는 수감자 대여섯 명과 대화를 하면서 누구를 믿을 수 있을지, 교도관들에게 나보다 더 큰 적대감을 갖고 있는 사람이 누군지 알아내려고 노력했다. 결국 커루라는 친구로 정했다. 그는 덩치가 인상적이었고 살인 혐의로 구금돼 있었다. 나는 그 사건에 대해 자세히는 몰랐고 물어보지도 않았다. 그러나 그가 변호사를 고용했다는 것을 알게 됐고, 살인사건 변호에는 돈이 많이 든다는 것도 잘 알고 있었다. 나는 커루에게 내 신변 안전을 보장해주는 대가로 일주일에 400달러를 제안했고, 일주일에 500달러를 그의 변호사에게 송금하는 걸로 합의를 봤다.

구치소 생활은 전에 있을 때와 같은 일상으로 돌아갔고, 거의 날마다 오후 3시에 팀원들이 회의를 하러 들어왔다. 우리의 그물이 이미 던져졌고, 이젠 그물에 잡힌 것들을 살펴보고 전략을 세우는 단계에 있었다. 나는 여전히 활기가 넘쳤고 긍정적 판결을 전망하고 있었다. 이 사건에 대해 자신이 있었다. 가급적 빨리 재판을 받고 싶었다.

일상의 유일한 변화는 내가 재수감되고 사흘 후에 발생했다. 나는 일반접견실로 불려 나가 매기 맥퍼슨 앞에 앉았다. 면회 온 전처를 보니 당혹스럽기도 하고 가슴이 벅차기도 했다.

"무슨 일 있어? 헤일리는 잘 있어?"

"다 괜찮아." 매기가 말했다. "당신 보고 싶어서 왔어. 어떻게 지내, 미키?"

나는 내 처지와 죄수복이 부끄러웠다. 그녀에게 내가 어떻게 비칠지는 상상만 할 수 있을 뿐이었다. 보석으로 나갔을 때 내가 너무 마르고 초라해 보인다고 걱정했던 그녀였다.

"모든 걸 고려해보면, 난 괜찮아. 곧 재판이 시작될 거고 이 모든 게 끝날 거니까."

"준비됐어?" 매기가 물었다.

"준비됐다마다. 우리가 이길 거야."

"다행이네. 내 딸이 아버지를 잃는 건 원하지 않거든."

"그런 일은 없을 거야. 헤일리가 나를 지탱하는 힘인데."

매기는 더 말하지 않고 조용히 고개를 끄덕였다. 내 건강과 마음을 챙기려고 면회를 온 것 같았다.

"당신이 면회 온 게 내게 큰 힘이 된다, 진심으로."

"당연히 와야지." 매기가 말했다. "그리고 뭐 필요한 게 있으면 전화해, 수신자부담으로."

"그렇게. 고마워."

면회는 고작 15분 만에 끝났지만 접견실을 나서는 나는 더 강해져 있었다. 해체되긴 했지만 가족이 내 뒤에 있다는 생각이 드니까, 절대로 질 수 없다는 각오를 다지게 됐다.

34

2월 5일, 수요일

피부에 닿는 실크 정장의 감촉이 부드러웠다. 감옥에서 지내면서 전신에 생긴 피부병으로 인한 가려움이 좀 덜했다. 나는 제니퍼 애런슨과 함께 변호인석에 조용히 앉아 일종의 자유와 안도감의 순간을 음미했다. 나는 검찰이 요청한 심리 때문에 법정에 불려 나왔다. 검찰은 피고인 측의 부정행위가 있었다고 주장하면서 처벌을 요구하고 있었다. 그러나 이유가 무엇이든 또 얼마만큼의 시간이든 트윈타워를 벗어날 수 있어서 나는 행복했다.

수십 년 동안 수많은 의뢰인이 구치소에서 생긴 피부병 증상으로 고생하는 것을 봤고 불만을 토로하는 것을 들었다. 구치소 보건실에 가도 피부병 치료를 제대로 받지 못했고 설명도 들을 수 없었다. 발병 원인은 아직 밝혀지지 않았다. 구치소 침구와 죄수복을 세탁할 때 쓰는 공업용 세제가 원인이라는 말도 있고, 얇은 매트리스 안에 든 물질에 문제가 있다는 말도 있었다. 피부병이 수형생활에 대한 알레르기 반응이라는 사람들도 있었고, 죄책감의 발현이라고 주장하는 사람들도 있었다. 내가 아는 건 트윈타워에서 처음 수형생활을 했을 땐 걸리지 않았는데 재수감된 후에 걸렸다는 사실뿐이었다. 차이점이라면 내가 보석으로 석방되기 직전에 교정시스템에 대한 전방위적

감찰을 야기시킨 원흉이었다는 점뿐이었다. 교도관들이 배후에 있다는 생각이 퍼뜩 들었다. 몸이 너무 심하게 가려워서 밤마다 잠을 설치게 한 피부병이 일종의 앙갚음이었다. 어떻게 했는지는 몰라도 내가 먹는 음식이나 빨래 혹은 감방에 피부병 병원균을 뿌려놓은 것이다.

나는 남들이 피해망상이라고 할까 봐 이런 생각을 아무에게도 털어놓지 않았다. 몸이 쇠약해지고 몸무게가 계속 줄고 있는데, 더군다나 내가 과연 나 자신을 적절하게 변호할 수 있을까 하는 걱정을 하고 있는 마당에, 피해망상이라는 정신병을 앓고 있는 것이 아닌가 하는 걱정까지 더하고 싶지 않았다. 정장 덕분이었는지, 아니면 법정 덕분이었는지 모르겠다. 내가 아는 건 구치소를 나와 호송버스에 타자마자 이 피부병에 대한 집착이 깨끗이 사라졌다는 것이다.

법원으로 가는 동안 호송버스는 페인트로 코비 브라이언트를 그린 두 개의 벽화를 지나갔다. 그 유명한 레이커스 농구 스타는 불과 열흘 전에 자기 딸과 다른 일행과 함께 탄 헬리콥터 추락사고로 사망했고, 전설의 경지에 오른 사람이 넘쳐나는 이 도시의 여러 거리에는 그의 뛰어난 농구 실력을 기리는 거리 추모관이 세워졌다.

법정 문이 부드럽게 쿵 하고 닫히는 소리가 들려 돌아보니 켄들 로버츠가 들어와 있었다. 그녀는 중앙 복도를 걸어오면서 아무도 모르게 살짝 손을 흔들었다. 나는 미소를 지었다. 그녀는 방청석 첫 번째 줄까지 걸어와서 변호인석 바로 뒤에 앉았다.

"안녕, 미키."

"켄들, 수고스럽게 올 필요 없었는데. 금방 끝날 심리거든."

"그래도 구치소에서 15분 면회하는 것보다 훨씬 나아."

"그래, 고마워."

"그리고……."

그녀는 법정 경위 챈이 나와 방청객과의 대화를 중지시키기 위해 다가오는 것을 보고 말을 멈췄다. 나는 규정위반행위를 중단하겠다는 뜻으로 손을 들어 보였다. 그러고는 앞으로 돌아앉아 제니퍼에게로 어깨를 기울였다.

"좀 이따 구치소에 가서 전화하겠다고 켄들에게 좀 전해줄래?"

"네, 그럼요."

제니퍼는 켄들에게 내 말을 전하기 위해 일어섰고 나는 똑바로 앉아 앞을 보면서 온몸의 근육과 척추에서 긴장감이 빠져나가는 것을 느꼈다. 트윈타워에서는 뒤를 돌아보는 일을 멈출 수가 없었다. 그래서 그런 걱정을 할 필요가 없는 이 순간들을 음미했다.

제니퍼가 자기 자리로 돌아왔다. 마침내 나는 몽상에서 깨어나 일을 시작했다.

"오파리지오에 관해 뭐 새로운 소식 있어?"

월요일에 실시한 직원회의에서 인디언들이 드디어 오파리지오를 찾아냈다는 소식을 들은 바 있었다. 지니 페리그노를 미행해 베벌리힐스의 호텔에서 둘이 만나는 모습을 포착한 것이다. 인디언들은 페리그노를 버리고 오파리지오를 미행했고, 그가 브렌트우드에 있는 집으로 들어가는 것을 확인했다. 그 집은 백지 위임 상태에 있어 누구의 소유인지 알 수 없었다.

"새로운 건 없고요." 제니퍼가 말했다. "대표님이 말씀하시면 소환

변론의 법칙

장을 송달할 준비를 하고 기다리고 있어요."

"오케이. 다음 주까지 기다리자. 하지만 여기를 뜰 준비를 하는 것 같으면, 바로 소환장 송달해야 해. 도망은 못 가게 해야 한다고."

"알아요. 그래도 수사관님께 다시 말씀드려 놓을게요."

"바이오그린 주식을 갖고 있는 그 여자 친구와 다른 동료 두 명에게도 소환장 송달하고. 그리고 송달하는 과정 동영상으로 다 찍어놔야 해. 법정에 안 나타나면 판사에게 보여주게."

"알겠습니다."

나는 검사석을 흘끗 쳐다봤다. 버그가 오늘은 혼자 나와 있었다. 나비넥타이를 맨 동료 검사는 보이지 않았다. 버그는 손으로 쓴 서면을 쳐다보고 있었는데 아마도 발언 연습을 하는 듯했다. 그녀가 내 눈길을 느낀 듯했다.

"위선자." 버그가 말했다.

"뭐라고요?"

"다 들어놓고 뭘 물어요. 검찰이 운동장을 기울인다느니, 공정하지 않다느니 온갖 소리 다 해놓고, 이런 술수나 부리고."

"이런 술수라뇨?"

"무슨 얘긴지 알잖아요. 내가 말했고 당신이 들었듯이, 당신은 위선자예요, 할러. 그리고 살인자고."

버그 검사를 물끄러미 바라보던 나는 그녀의 눈에서 그녀의 마음을 읽을 수 있었다. 그녀는 진심으로 믿고 있었다. 나를 살인자로 여기고 있었다. 경찰이 그렇게 생각하는 것과는 다른 문제였다. 피고인 측 변호사와 피고인의 차이도 모르는 경찰이 대다수였다. 그러나 소송대리인의 세계에서 나는 줄곧 복도 양측에서 존경을 받아왔다. 내가 한 남자를 트렁크에 넣고 총으로 세 번이나 쏴서 죽일 수 있는 사람이라고 버그가 진심으로 믿고 있다는 사실은 앞으로의 재판에서 내가 어떤 상황에 직면할지를 깨닫게 해줬다. 나를 사회로부터 영원히 격리하기를 원하는 사람이, 내가 살인범이라고 진심으로 믿는 사람이 나를 기다리고 있었다.

"틀렸어요, 완전히. 어디서 주워들은 거짓말에 그렇게 눈이 멀어서……."

"그런 말은 배심원단 앞에서나 해요, 할러." 버그 검사가 말했다.

법정 경위 챈이 판사의 입장을 알리는 바람에 말싸움은 그렇게 끝났다. 워필드 판사가 법정 뒤쪽 문으로 들어와 판사석에 가서 앉았다. 그러고는 '캘리포니아 대 마이클 할러 사건' 공판준비기일을 바로 시작했고, 검찰이 피고인 측에 대해 처벌을 요구하는 이유를 설명하라고 버그에게 지시했다. 검사는 조금 전까지 연구하고 있었던 서면을 들고 발언대로 갔다.

"존경하는 재판장님, 피고인 측은 줄곧 검찰이 증거개시절차와 관련해 공정하지 못하게 행동했다고 비난했습니다. 그런데 정작 속임수를 쓴 것은 피고인 측입니다." 버그가 주장했다.

"버그 검사." 판사가 끼어들었다. "서론은 필요 없어요. 요점을 말하세요. 피고인 측이 증거개시절차를 위반했으면 그렇다고 말하세요."

"그렇습니다, 재판장님. 지난 월요일은 양측에서 최신 증인 명단을 제출하는 날이었습니다. 놀랍게도 피고인 측은 새로운 이름들을 증인 명단에 올려놓았더군요. 그중 눈에 띄는 이름이 있었는데, 로즈 마리 디트리히라고, 피해자 샘 스케일스가 세 들어 살던 집의 집주인 이라고 적혀 있었습니다."

"검찰이 모르는 증인이었습니까?"

"네, 재판장님. 수사관들을 급파해 그분을 만나봤는데, 저희가 그 분을 모르고 있었던 것은 피해자가 그분한테서 원룸을 임대할 때 가 명을 썼기 때문이었습니다."

"그게 왜 문제가 되는지 모르겠네요, 검사."

"재판장님, 문제는 로즈 마리 디트리히 씨한테서 들은 이야기에 있습니다. 디트리히 씨는 3주 전에 할러 변호사와 수사관 두 명이 찾 아와서 샘 스케일스에 대해 물었다고 하더군요. 스케일스가 그 원룸 를 임대할 땐 월터 레논이라는 가명을 썼다고 했습니다. 디트리히 씨 는 할러 변호사 일행에게 피해자의 짐을 살펴보도록 허락했습니다. 짐은 그 집 차고에 보관돼 있었고요. 스케일스가 10월에 피살된 사실 을 알지 못했던 디트리히 씨 부부는 스케일스가 12월 월세를 내지 않 은 채 사라졌다고 생각하고 그의 짐을 몽땅 싸서 차고에 보관했었답 니다."

"굉장히 재밌는 얘기긴 한데, 검찰이 처벌을 요구하는 위반사항은 어디에 있죠?"

"재판장님, 피고인 측은 서류와 우편물까지 포함해 대여섯 개에 달하는 피해자의 짐을 살펴봤고, 그로부터 3주가 지났는데도 증거개 시절차를 통해 검찰에 전달된 것이 하나도 없었다는 게 문젭니다. 피 고인 측은 이번 주까지는 로즈 마리 디트리히라는 이름을 증인 명단에 올리지도 않았고요. 검찰이 디트리히 씨를 찾아갔을 때, 피해자의 짐을 살펴볼 수 없게 하기 위해서 말입니다."

"왜 살펴볼 수가 없었는데요, 버그 검사?"

"피고인과 그의 직원들이 디트리히 씨를 만나고 온 후에 그 짐이 몽땅 구세군에 넘겨졌기 때문입니다. 피해자의 짐 속에 어떤 정보가 들어 있었는지는 모르겠지만, 피고인 측은 그것을 검찰에 알리지 않고 자기들만 알고 있겠다는 전략을 갖고 있었던 게 분명합니다, 재판장님."

"지나친 추정 같은데, 그 생각을 뒷받침할 증거가 있나요?"

"로즈 마리 디트리히 씨의 선서진술서가 있는데요, 그 짐을 기부해도 된다는 말을 피고인한테서 들었다고 분명하게 진술했습니다."

"그 진술서 좀 볼까요?"

버그는 판사에게 줄 진술서 사본 한 부를 서기에게 전달한 후 내게도 한 부를 던져주고 갔다. 판사뿐만 아니라 제니퍼와 나도 어깨를 맞대고 증인진술서를 읽느라고 1분 정도 침묵이 흘렀다.

"네. 서면은 다 읽었고요." 워필드 판사가 말했다. "다음으로 이 문제에 관해 변호인의 입장을 들어보고 싶군요."

버그가 발언대를 비워줬고 나는 일어서서 발언대로 갔다. 나는 호송버스를 타고 오면서 극도로 분노한 검찰과는 반대로 최대한 빈정거리는 태도를 취하기로 결심했었다. 나는 온화하게 인사를 했다.

"좋은 아침입니다, 재판장님. 보통 때 같으면 버그 검사 덕분에 돌아가게 된 트윈타워 구치소의 제 숙소를 떠나서 법정에 오게 해줘 고맙다는 말로 발언을 시작하겠지만, 이번에는 그럴 수가 없습니다. 제가 여기 오게 된 이유와 검사의 논리를 들으니 당황스러운 마음을 금할 수 없기 때문입니다. 검사는 피고인 측이 아니라 자신의 수사관들에 대해 처벌을 요구해야 할 것으로 보입니다, 재판장님."

"변호인." 워필드 판사가 피곤한 어조로 말했다. "검사에게도 말했지만, 요점만 말합시다. 검찰이 제기한 증거개시 문제에 대해 변호인의 입장을 밝혀주세요."

"알겠습니다, 재판장님. 증거개시절차 위반은 없었다는 것이 저희 피고인 측의 입장입니다. 저는 검찰에 넘겨줄 문서가 전혀 없고 검찰에게 아무것도 숨기지 않았습니다. 네, 저희가 문제의 그 주소지를 찾아가 거기 보관돼 있던 상자들을 열어본 것은 맞습니다. 그러나 그 상자에서 아무것도 가져오지 않았고, 버그 검사의 수사관들이 로즈마리 디트리히 씨에게 우리가 무엇을 가져갔느냐고 분명히 물어봤을 겁니다. 그 질문에 대한 디트리히 씨의 대답이 마음에 안 들었던 버그 검사는 사실을 담은 증인진술서라고 주장하는 이 종이에 그 대답을 포함시키지 않았습니다. 이 진술서에 사실이 일부 들어가 있는 것은 맞지만, 사실 전부가 들어 있는 것은 아닙니다, 재판장님."

"재판장님?" 버그가 자리에서 일어서면서 말했다.

"재판장님, 제 말 아직 안 끝났습니다."

"버그 검사, 아까 발언했잖아요." 워필드가 말했다. "변호인 말부터 다 듣고 나서 반론할 기회 드리겠습니다."

버그는 자리에 앉아서 리걸패드에 뭔가를 휘갈겨 쓰기 시작했다.

"다시 한번 말씀드리지만, 속임수는 없었습니다. 3주 전 버그 검사도 참여한 가운데 화상으로 진행됐던 심리에서, 제가 이 카운티와 주를 떠날 수 있도록 허락을 요청했던 것을 기억하실 겁니다. 속기사가 당시 심리 속기록을 갖고 있을 것 같은데요. 그걸 보시면 아시겠지만 검찰은 저에게 네바다주에 있는 하이 데저트 주립 교도소에 가서 누구를 만날 거냐고 구체적으로 물었습니다. 그래서 저는 이 사건 피해자의 예전 감방 동기를 만나러 간다고 대답했고요. 버그 검사나 그 밑에서 일하는 그 많은 수사관 중 누구라도 제 뒤를 쫓아 네바다에 있는 그 감방 동기를 만나보는 수고를 아끼지 않았다면, 제가 받았던 것과 똑같은 주소와 샘 스케일스의 가명을 받을 수 있었을 것이고, 그러면 그 문제의 주소지에 저보다 먼저 도착했을 수도 있었을 것입니다. 존경하는 재판장님, 다시 말씀드리지만, 이건 그저 검찰이 지기 싫어서 오기를 부리는 겁니다. 피고인 측의 증거개시 관련 의무는 증인 명단과, 제가 증거물로 사용할 의향이 있는 것의 사본을 버그 검사에게 넘겨주는 것입니다. 저는 그 의무를 성실히 수행했습니다. 그러나 제가 면담하고 관찰한 내용이나 다른 업무의 결과를 버그 검사와 나눌 의무는 없습니다. 그 사실을 검사도 잘 알고 있고요. 그러나 처음부터 검찰의 수사는 게으르고 엉성하고 조잡했습니다. 그 사실을 재판에서 입증할 자신이 있습니다만, 슬프게도 재판이 없을 것 같군요. 검찰은…….”

“네, 거기서 끊어야겠네요, 변호인.” 판사가 말했다. “하시고 싶은 말은 다 하신 것 같은데. 이제 자리로 돌아가셔도 됩니다.”

“감사합니다, 재판장님.”

보통 판사가 앉으라고 말할 때는 들을 필요가 있는 얘긴 다 들었고 결정을 내렸다는 뜻이다.

판사가 회전의자를 검사 쪽으로 돌리더니 버그 검사를 바라봤다.

"검사, 변호인이 언급한 화상회의 기억하시죠?" 판사가 물었다.

"네, 기억합니다, 재판장님." 버그가 말했다.

검사의 어조에선 아무 감정도 느껴지지 않았다. 워필드 판사가 내게 앉으라고 말했을 때 내가 그 뜻을 간파했듯이, 그녀도 판사의 말뜻을 알아차린 것이 틀림없었다.

"검찰이 이 주소지를 찾아가 피해자의 짐을 찾아낼 기회가 충분히 있었던 것으로 보이네요." 워필드가 말했다. "본 법정은 이것이 변호인의 업무 성과이고 검찰은 기회를 놓쳤을 뿐이라는 변호인의 의견과, 피고인 측이 게임을 유리하게 이끌려고 부리는 술수가 아니라는 변호인의 의견에 동의합니다. 증거개시절차의 위반으로 간주할 만한 것도 전혀 없고요."

버그가 일어섰지만 발언대로 가지 않았고, 그 모습을 보니 리걸패드에 무엇을 휘갈겨 썼는지는 몰라도 성의 없이 항변하는 시늉만 한 것으로 보였다.

"변호인은 3주나 기다렸다가 디트리히 씨를 증인 명단에 올렸습니다." 버그 검사가 말했다. "디트리히 씨의 중요성을 숨기고 있었던 거죠. 디트리히 씨를 면담한 일과 피해자의 짐을 수색한 것에 관해 서면보고서가 있어야 했습니다. 그것이 증거개시의 정신과 의도에 부합하는 일이니까요."

내가 이의제기를 위해 일어서려니까 판사가 한 손으로 내게 다시 앉으라는 시늉을 했다.

"검사." 판사의 목소리에 처음으로 불쾌감이 깃들어 있었다. "경찰이 하듯이 변호인이 자신이 취한 행동과 만난 사람들과의 면담 내용을 보고서로 써서 조사 상황을 기록으로 남길 의무가 있고, 디트리히 씨를 증인으로 부를 건지 말 건지를 즉시 결정해야 할 의무가 있다고 말하려는 거라면, 검사는 나를 바보 취급하는 게 틀림없군요."

"아닙니다, 재판장님." 버그가 재빨리 말했다. "그럴 리가요."

"그렇다면 다행이고요. 심리를 마치겠습니다. 변호사에 대한 징계 청구는 기각합니다."

판사는 서기가 앉은 울타리 너머 벽에 걸린 달력을 바라봤다.

"배심원단 선정까지 13일 남았네요." 판사가 말했다. "최종 청구건에 대한 심리는 다음 주 목요일 오전 10시에 열겠습니다. 그날 다 끝내자고요. 그 말은 내가 봐야 할 서면이 있으면 미리미리 내라는 뜻입니다. 당일에 내서 놀라게 하는 거 안 돼요. 그럼 모두 그날 뵙겠습니다."

판사가 폐정을 선언했고, 나는 챈 경위와 그의 동료들이 나를 데리러 오기 전부터 구치소로 돌아가야 한다는 생각에 두려움이 되살아나는 것을 느꼈다.

35

다시 체포되어 트윈타워 구치소로 돌아온 나는 독거실을 배정받았다. 이번에는 생활동 건물 바깥쪽에 있는 방이었다. 넓이가 10센티미터 정도밖에 안 돼서 탈옥은 생각도 할 수 없는 창문이 하나 있어서 직선거리로 두세 블록 떨어진 곳에 있는 형사법원 건물이 조금 보였다. 비숍 대신 커루라는 보디가드가 있지만, 접근금지 상태의 중범죄자들과 휴게실에 모여 있는 것보다는 독방에 틀어박혀 그 법원 모습을 보고 있는 게 더 좋았다.

그래서 나는 수용동 안에서 안전감을 느끼고 안심할 수 있었다. 문제는 날마다 수백 명의 수감자를 싣고 법원과 교도소를 오가는 호송버스에서는 그와 같은 보호를 받을 수 없다는 점이었다. 누구와 함께 버스를 타고 누구와 같은 사슬에 묶이는가는 대체로 그날의 운에 달린 문제였다. 내가 구금 중의 나 자신을 보호하기 위해서 무슨 조치를 취했든, 버스에서는 항상 쉽게 공격의 대상이 될 수 있었다. 이제까지 버스에서 공격당한 의뢰인을 많이 봤던 경험으로 알 수 있었다. 그리고 나 역시 의뢰인들을 버스에 태우다가 싸움이 일어나고 공격이 감행되는 것을 여러 번 목격했다.

검찰이 제기한 피고인 측에 대한 징계 청구에 관한 심리가 끝난 후, 나는 구치감에서 두 시간을 기다린 끝에 트윈타워로 돌아가는 호송버스에 실렸다. 긴 사슬에 묶인 다른 세 명 뒤에 네 번째로 수갑이 채워져 버스에 올랐다. 우리는 뒤에서 두 번째 객실 칸으로 끌려 갔고, 나는 앞쪽을 향한 긴 의자에서 철창 옆자리에 앉았다. 구치소 교도관이 우리를 확인한 뒤, 객실 출입구를 닫고 자물쇠로 잠근 후 다음 객실 칸을 채우기 시작했다. 나는 앞으로 몸을 숙이고 내 옆에 앉은 남자 너머로 나와 같은 줄이면서 반대편 창가에 앉은 수감자를 바라봤다. 낯이 익은데 집중관리 수용동에서 본 사람은 아니었다. 도대체 어디서 봤는지 기억이 나지 않았다. 법원에서 봤을 수도 있고, 잠재적 의뢰인과의 상담에서 봤을 수도 있었다. 상담하고 나서 사건을 맡지 않았을 수도 있다. 내가 그를 살펴보는 동안 그도 나를 살펴봤다. 그 모습을 보니 갑자기 너무 불안해졌다. 계속 그를 주시해야 한다는 생각이 들었다.

버스는 법원 지하 주차장을 빠져나와 가파른 경사길을 올라가 스프링스트리트로 향했다. 좌회전하자 오른편으로 시청 건물이 나타났고, 수감자 대여섯 명은 그 권력의 산실을 향해 가운뎃손가락을 들어 보이는 전통 의식을 거행했다. 물론 이 모습은 대리석 계단에 앉아 있거나 그 멋진 건물의 창문 안에 있는 사람들에게는 보이지 않았다. 버스의 "창문"이란 것이 사실은 길고 가느다란 구멍이 숭숭 뚫린 금속으로 만들어져 있어서 안에서 바깥은 제한적으로 보이지만 밖에서 안을 들여다볼 수는 없었다.

나는 주시하고 있던 남자가 한 손을 들고 가운뎃손가락을 치켜드는 것을 지켜봤다. 창문 구멍들 사이로 밖을 내다보지도 않은 채 너무나 자연스럽게 엿을 날리는 모습을 보니, 구치소와 법원을 뻔질나게 들락거리는 단골손님이 분명했다. 그 순간 그가 누구인지 기억이 났다. 그는 내 동료의 의뢰인이었고, 내가 언젠가 동료를 대신해 그의 심리에 변호인으로 출석해준 적이 있었다. 법정에 출석해야 하는 경미한 사안의 심리였다. 댄 데일리가 다른 공판이 있다고 대신 출석해달라고 부탁한 일이었다.

나는 궁금증이 풀렸고 그 남자가 특별히 위협적인 인물이 아니라는 사실에 만족했다. 긴장을 풀고 좌석 등받이에 등을 기대고는 고개를 들어 천장을 올려다봤다. 재판 시작까지 얼마 남았고, 얼마만 더 견디면 무죄 평결을 받고 석방될 수 있을지 날짜 계산을 하기 시작했다.

그러다가 정신을 잃었다.

36

2월 6일, 목요일

나는 겨우 눈을 가늘게 뜨고 채썰기를 한 듯 가느다란 빛줄기를 봤다. 눈을 더 크게 못 뜨는 건 빛이 강렬해서가 아니었다. 육체의 장애 때문이었다. 눈이 크게 안 떠졌다.

처음에는 내가 어디 있는지 갈피를 잡을 수 없었다.

"대표님?"

목소리를 향해 고개를 돌린 나는 누구의 목소리인지 알아차렸다.

"제니퍼?"

그 한 단어를 말하자 목 안에서 불이 났고 너무도 날카로운 통증에 얼굴이 찡그려졌다.

"네, 여기 있어요. 좀 어떠세요?"

"눈이 안 보여. 왜…….."

"눈이 부어서 그래요. 혈관이 다 터졌대요."

혈관이 터졌다고? 도무지 이해되지 않았다.

"무슨 소리야? 혈관이 왜…… 아아, 말하니까 아프다."

"말씀하시지 말고 듣기만 하세요." 제니퍼가 말했다. "한 시간 전에도 말씀하셨는데 진정제가 들어가니까 다시 정신을 잃으셨어요. 공격을 당하셨어요, 대표님. 어제 심리 끝나고 호송버스 타고 가다가요."

"어제?"

"말씀하시지 마시라니까요. 네, 하루 동안 의식이 없으셨어요. 그런데 지금 좀 깨어 계실 수 있으면, 의료진을 부를게요. 뇌 기능을 검사해야 한다고 했거든요, 뭐가 있는지…… 그러니까 무슨 영구적 손상이 있는지 알아야 한다고요."

"버스에서 무슨 일이 있었는데?"

통증.

"저도 자세히는 몰라요. 보안관국 수사관이 그 일에 대해 물어보고 싶다는데, 일단 밖에서 기다리게 했어요. 제가 먼저 들어와서 대표님하고 얘기해보겠다고. 간단히 말씀드리면, 버스에 탄 다른 수감자가 자기 몸을 묶은 쇠사슬을 풀어서 그걸로 대표님 목을 졸라 죽이려고 했대요. 대표님 뒤에서 목에 사슬을 감았다고 하더라고요. 다들 대표님이 죽었다고 생각했지만, 구급대원들이 살려냈대요. 다들 살아 계신 게 기적이라고 해요."

"아파 죽겠는데, 기적이라니. 지금 여기 어디야?"

통증을 관리할 수 있을 것 같다는 생각이 들기 시작했다. 단조롭게 말하고 고개를 왼쪽으로 약간 돌리니까 한결 나았다.

"카운티-USC 메디컬 센터 수감자 병동요. 헤일리와 사무장님을 비롯해 다들 보러 오고 싶어 했지만, 수감자라서 저만 면회 된다고 하더라고요. 대표님도 이런 모습 보이고 싶지 않으실 것 같고요. 부기가 빠질 때까지 기다리는 게 나을 것 같아요."

제니퍼의 손이 내 어깨를 잡는 것이 느껴졌다.

"이 안에 우리 둘만 있어?"

"네." 제니퍼가 말했다. "변호사와 의뢰인 접견이에요. 밖에 교도관이 한 명 있지만 문이 닫혀 있고요. 그리고 보안관국 수사관도 대표님 만나려고 밖에서 기다리고 있어요."

"좋아, 잘 들어. 저들이 이 일을 핑계로 재판을 늦추자고 해도 동의하지 마."

"그건 상황을 봐야 해요, 대표님. 검사를 받아서 괜찮은지 확인이 돼야……."

"아냐, 난 괜찮아, 내가 알아. 벌써 재판 생각하고, 미루고 싶지 않다고 말하고 있잖아. 저들을 저만큼 떨어뜨려 놨는데, 저들이 우리를 따라잡을 시간을 주고 싶지 않아. 그뿐이야."

"네, 그럼, 저들이 시도하면 반대할게요."

"그 새끼 누구야?"

"그 새끼라뇨?"

"쇠사슬로 내 목을 조른 놈."

"모르겠어요. 이름만 들었어요. 메이슨 매덕스. 사무장님이 이해관계 충돌 앱에 넣고 돌려봤는데 일치하는 검색 결과가 없었어요. 대표님과 그 사람은 과거에 마주친 일이 전혀 없었던 거죠. 지난달에 세 건의 살인죄에 대해 유죄 평결을 받았어요. 사건자료는 아직 확보하지 못했고요. 공판준비기일이라 법원에 갔었대요."

"변호사가 누구래? 국선인가?"

"그건 아직 모르겠어요."

"왜 나한테 그런 짓을 했을까? 누가 시켰나?"

"보안관국이 알고 있는지는 모르겠지만, 아무 말 없더라고요. 수사관님께 알아봐달라고 말씀드렸고, 보슈 형사님도 부르려고요."

"시스코를 재판 준비에서 빠지게 하고 싶지는 않아. 그게 이 일의 동기일 수도 있는데."

"아뇨, 그건 아니에요. 대표님을 죽이려 했고, 죽였다고 생각했거든요. 변호사 수사관들의 관심을 딴 데로 돌리려고 변호사를 죽이진 않죠. 오늘 워필드 판사에게 신청서를 제출했어요. 보석을 다시 허용하거나, 대표님이 법정과 교도소를 오갈 때 보안관이 차로 모시고 다니게 해달라고. 버스는 이제 안 돼요. 너무 위험해서."

"그거 좋은 생각이군."

"심리가 오늘 오후에 있으면 좋겠는데. 두고 봐야죠."

"이 방에 손거울 같은 거 있어?"

"왜요?"

"얼굴 좀 보고 싶어서."

"대표님, 안 보시는 게……."

"괜찮아. 잠깐만 볼게. 괜찮을 거야."

"제가 거울을 안 봐서. 잠깐만요, 있어요."

제니퍼가 지갑의 지퍼를 여는 소리가 나더니, 작은 정사각형의 물건을 내 손에 올려놓았다. 콤팩트에 달린 작은 거울이었다. 나는 그것을 들고 조심스럽게 얼굴을 비춰봤다. 시합 다음 날 아침 권투선수의 얼굴 같았다. 그것도 실컷 얻어맞고 진 권투선수. 두 눈이 퉁퉁 부어 있었고, 터진 혈관이 눈가에서 양 뺨으로 뻗어 있었다.

"세상에."

"그러니까요, 많이 다치셨어요." 제니퍼가 말했다. "진짜로 검사받으셔야 할 것 같아요."

"괜찮을 거야."

"무슨 이상이 있을 수도 있어요. 있으면 아셔야 하고요."

"그런데 그러면 검찰도 알게 될 거고 그걸 핑계로 재판을 미루려고 들 거야."

잠깐 침묵이 흘렀다. 제니퍼는 내 말을 되새기며 내 말이 옳다는 걸 깨달은 모양이었다.

"아, 좀 피곤해진다. 수사관 들여보내, 무슨 말을 하는지 들어보자고."

"괜찮으시겠어요?" 제니퍼가 물었다.

"응. 그리고 시스코는 재판 준비에서 빼지 마. 보슈 형사한테서 연락 오면, 메이슨 매덕스를 그에게 맡겨. 매덕스에 대해 다 알고 싶어. 어딘가에 연결 고리가 있을 거야, 분명히."

"무슨 연결 고리요?"

"내 사건과의 연결 고리. 아니면 보안관국의 구치소 도청 사건 관련 수사. 뭔가와 관련이 있을 거야. 모두 다 살펴봐야 해. 보안관, 오파리지오, FBI, 전부 다."

"네, 팀원들에게 그렇게 말해놓을게요."

"피해망상이라고 생각하지?"

"설득력이 없는 것 같긴 해요."

내가 고개를 끄덕였다. 맞는 말이었다.

"밖의 교도관이 전화기 갖고 들어오게 해줬어?"

"네." 제니퍼가 대답했다.

"좋아, 그럼 내 사진 좀 찍어. 판사 앞에 가서 신변 보호를 주장할 때 보여주면 좋을 수도 있으니까."

"좋은 생각이네요."

제니퍼가 지갑에서 휴대전화를 꺼내는 소리가 들렸다.

"틀림없이 버그 검사가 반대하겠지만, 시도해볼 가치는 있겠네요." 제니퍼가 말했다.

"사진이 있는 걸 판사가 알면, 보자고 할 거야. 인간이란 원래 호기심 많은 동물이니까."

제니퍼가 사진을 찍는 소리가 났다.

"찍었어요, 대표님." 제니퍼가 말했다. "편히 쉬세요."

"그럴게."

문을 향해 걸어가는 소리가 들렸다.

"제니퍼?"

침상으로 돌아오는 발걸음 소리가 들렸다.

"네, 저 여기 있어요." 제니퍼가 말했다.

"제니퍼, 내가 아직 볼 수는 없지만 들을 수는 있어."

"알아요."

"자네 목소리에서 의심을 들었어."

"아뇨, 그건 대표님이 틀렸는데요."

"아냐, 그건 자연스러운 거야. 세상일에 대해 의문을 품는 거. 내 생각엔 자네가……."

"그런 게 아니에요, 대표님."

"그럼 뭔데?"

"좋아요, 그냥 말씀드릴게요. 아버지 때문이에요. 아버지가 편찮으세요. 그래서 걱정이 돼서 그래요."

"병원에 계셔? 어디가 편찮으신데?"

"그게 문제예요. 속 시원한 대답을 들을 수가 없어요. 시애틀의 요양원에 계신데, 요양원 측이 언니와 저한테 얘기를 제대로 안 해줘요."

"언니는 거기 살고?"

"네. 언니는 저더러 올라오래요. 아버지를 빨리 봐야지, 안 그러면 언제 어떻게 될지 모른다고……."

"언니 말이 맞아. 가봐야 해."

"하지만 재판이 있잖아요. 각종 신청 건에 관한 심리가 다음 주에 있고, 대표님은 공격을 당해 이렇게 누워 계시고."

제니퍼를 잃는 것이 재판에 얼마나 큰 재앙이 될지 잘 알았지만 달리 방도가 없었다.

"제니퍼, 아버지한테 가봐. 노트북을 갖고 가서 거기서 일하면 되잖아, 아버지와 함께 있지 않을 때. 법원에 제출할 신청서나 청구서를 작성하면 되지. 그러면 시스코가 그걸 법정 서기한테 갖다주면 되고."

"굉장히 번거로워져요." 제니퍼가 말했다.

"알아, 어쩔 수 없지. 아버지한테 가."

"대표님을 홀로 남겨 두고 떠나는 느낌이에요."

"난 또 방법을 찾을 거야. 올라가서 아버지 만나봐. 누가 알아, 아버지가 차도를 보이셔서, 재판하러 내려올 수 있을지."

제니퍼가 처음에는 아무 대답도 하지 않았다. 나는 내 할 말은 다 했고, 벌써 대안을 찾고 있었다.

"오늘 밤에 생각해볼게요." 마침내 제니퍼가 말했다. "결정은 내일 말씀드리고요, 괜찮죠?"

"괜찮지 그럼. 생각할 게 뭐 있어. 가족 일이잖아. 가야 해."

"고맙습니다, 대표님."

나는 고개를 끄덕였다.

다시 문을 향해 걸어가는 제니퍼의 발소리가 들렸다. 나는 목을 쉬게 하면서 통증을 가라앉히려고 애를 썼다. 말을 하니까 유리 조각을 삼킨 것 같은 느낌이 들었다.

잠시 후엔 제니퍼가 병실 밖에서 기다리는 수사관에게 들어가도 된다고 말하는 소리가 들렸다.

제 4 부

야수의 피 빨아먹기

37

2월 19일, 수요일

세상이 혼돈에 빠져들어가고 있는 것처럼 보였다. 중국에서는 정체를 알 수 없는 바이러스 때문에 1천 명 이상이 사망했다. 중국에서 10억 명 정도가 격리됐고 그곳에 체류 중이던 미국 시민들은 대피했다. 태평양을 항해하는 유람선들은 떠다니는 바이러스 배양소가 됐고, 백신은 아직 나올 기미가 보이지 않았다. 대통령은 위기가 곧 지나갈 거라고 말하고 있었지만, 그의 바이러스 전문가는 팬데믹에 대비하라고 권고하고 있었다. 제니퍼 애런슨의 아버지는 시애틀에서 병명을 알 수 없는 병으로 얼마 전에 사망했고, 제니퍼는 아직도 요양원의 설명을 듣지 못하고 있었다.

로스앤젤레스에서는 내 삶을 결정할 재판이 시작돼 배심원 선정 둘째 날 절차가 진행되고 있었다.

이제까진 재판절차가 일사천리로 진행됐다. 배심원 예비신문을 위해 원래는 나흘이 예정돼 있었지만, 곧 그 불가사의한 바이러스가 몰아닥칠 것 같다고 느낀 판사가 이틀로 줄였다. 판사는 바이러스가 상륙하기 전에 재판을 끝내고 싶어 했다. 나는 배심원단 선정을 서두 르는 것은 내키지 않았지만, 재판을 빨리 끝내고 싶은 것은 판사와 의견이 같았다. 나도 재판이 빨리 끝나기를 바랐다. 트윈타워의 교도 관들 일부가 마스크를 쓰기 시작했고, 나는 그것을 신호로 받아들였 다. 판사가 우려하던 대로 바이러스가 상륙했을 때, 구치소에 있고 싶진 않았다.

사건을 숙의할 낯선 사람 열두 명을 뽑는 일은 여전히 재판에서 가 장 중요한 결정이었다. 그 열두 명이 나의 생사여탈권을 쥐게 될 텐 데, 그들을 선택하는 데 배정된 시간은 절반으로 줄어든 상태였다. 나는 그들이 어떤 사람들인지 신속히 알아내기 위해 특단의 조치를 취하기로 했다.

배심원단 선정은 예술 행위였다. 연구와 사회문화적 정보에 대한 지식, 그리고 본능적 직감이 필요했다. 끝까지 남기고 싶은 사람들은 진실을 찾고 싶어 하고 경청할 줄 아는 사람들이다. 반면에 반드시 찾아 배제해야 하는 사람들은 인종적, 정치적, 문화적 편견의 분광기 를 통해 진실을 보는 사람들이다. 그리고 배심원이 되고자 하는 숨은 동기가 있는 사람들도 배제해야 한다.

배심원단 선정 절차는 일정이 안 맞거나, 다른 사람들을 판단하는 자리에 앉을 수 없거나, 합리적 의심 같은 법률용어의 뜻을 이해하지 못하는 사람들을 판사가 추려내 제거하면서 시작된다. 그런 다음에는 검찰과 피고인 측 대리인들에게 기회가 가는데, 이들은 배심원들에게 추가 질문을 하면서 편견이나 배경 등의 이유로 그들을 배제해야 하는지를 결정할 수 있다. 양측에는 이유를 설명하지 않고 배심원을 배제할 수 있는 절대적 기피권이 동수로 부여된다. 본능적 직감이 가장 필요로 할 때가 바로 이 기피권을 사용할 때다.

이 모든 절차를 거치면서 누구를 남기고 누구를 내쳐야 하는지가 결정된다. 자신의 주장에 마음을 열어줄 것 같은 열두 명을 선택하는 일이야말로 진정한 예술이다. 피고인 측은 배심원 딱 한 명의 마음만 얻으면, 다시 말해 검찰의 주장을 의심하는 배심원을 딱 한 명만 만들면 성공이라는 점에서 유리한 입장이라는 건 나도 인정한다. 피고인 측을 위해 검찰의 주장에 반대표를 던질 수 있는 한 명이 불일치 배심을 만들어 검찰이 기소부터 다시 시작하게 하거나, 아니면 2심 진행 여부를 재검토하게 만들 수 있다. 검찰은 유죄 평결을 얻어내기 위해 열두 명 모두의 마음을 얻어야 한다. 그러나 이 단점을 제외하면, 검찰은 피고인 측이 누리는 이점을 사소하게 보이게 할 만큼 거대한 이점을 많이 누린다. 어쨌든 우리는 우리에게 주어진 것 중에서 골라야 한다. 그런 만큼 배심원단 선정은 나에게 항상 신성한 절차였고 이번에는 내가 피고인이어서 더욱 그러했다.

오후 2시. 판사는 세 시간 후 공판준비기일을 마칠 때까지 배심원단 구성을 마치기를 기대하고 있었다. 아니, 요구하고 있었다. 판사는 항소심 때 번복될 가능성이 있는 요구를 집행하려 하지는 않을 것이기 때문에 내가 원한다면 배심원단 구성을 다음 날로 미룰 수 있었다. 그러나 그렇게 고집을 부리면 앞으로 판사의 판결에서 불이익을 당할 가능성이 충분히 있었다.

　게다가 나는 절대적 기피권이 한 장밖에 남지 않았고, 그것을 가지고 세 시간을 더 버틸 수는 없었다. 우리는 법정이 어두워지기 전에 배심원단 구성을 마칠 것이고, 다음 날 아침부터 샘 스케일스 피살사건의 본격적인 재판절차가 시작될 터였다.

　좋은 소식은 배심원단이 피고인 측 호감도 측정기로 측정할 때 중도층을 가리키는 노란색부터 피고인 지지 성향의 짙은 초록색에 이르는 배심원들로 주로 꾸려졌다는 사실이었다. 피고인 측은 오래전부터 정당한 이유로 경찰을 불신해온 흑인들과 갈색인종 같은 소수민족 출신의 배심원들을 항상 선호했다. 그들은 경찰관의 증언을 반신반의하며 듣는 경향이 있기 때문이다. 나는 아프리카계 미국인 네 명과 라틴계 미국인 여성 두 명을 가까스로 지켜냈다. 특히 흑인을 제외시키려는 데이나 버그 검사의 노력을 저지했다. 신문 과정에서 한 흑인 배심원 후보가 '흑인의 생명은 소중하다'라는 이름의 단체에 기부한 적이 한 번 있다고 밝혔을 때, 버그 검사는 처음으로 이유 있는 거부 의사를 밝히면서 그 여성의 배제를 요구했다. 아프리카계 미국인 판사에게 그런 요구를 하는 것은 상당한 용기가 필요했지만, 또한 버그 검사가 나의 유죄 평결을 받아내려는 의지가 얼마나 강한지를 잘 보여줬다. 판사가 배제신청을 거부하자, 검사는 절대적 기피권을 행사하려 들었다. 이때 내가 나서서 검사의 그 조치는 인종에 대한 편견에서 비롯된 것으로, 절대적 기피권 행사 규칙에 분명히 위배된다고 주장하면서 이의를 제기했다. 판사가 내 편을 들었고 그 여성은 배심원으로 결정됐다. 그 판결은 검사에게는 앞으로 인종적 기준을 토대로 배심원단을 선정하려고 하지 말라는 경고와 같았고 반대로 내게는 그렇게 해도 된다는 청신호였다.

피고인 측의 큰 승리였다. 하지만 마지막으로 남은 배심원석은 세 자리였는데 내게는 절대적 기피권이 딱 한 장 남아 있었다. 세 명 다 백인으로 여자가 두 명, 남자가 한 명이었다. 이때부터 우리는 특단의 배심원 프로파일링을 시작했다. 이날 아침 일찍 시스코는 배심원들의 주차장으로 지정된 1번가 주차장에 자리를 잡고 있었다. 거기서 배심원 의무를 위해 소환된 배심원 후보 수백 명이 차를 몰고 들어오기를 기다렸다. 그중 누가 내 사건의 배심원이 될지 알 수 없었지만, 그는 도착하는 사람들의 특징을 보여주는 단서들을 메모했다. 이를테면 자동차 회사와 차종, 차량번호, 범퍼 스티커, 실내에 있는 물건 같은 것들이었다. 메르세데스 벤츠를 모는 사람은 토요타 프리우스를 모는 사람과는 다른 세계관을 가질 거라는 판단에서였다. 때로는 벤츠가 배심원석에 앉기를 원한다. 하지만 프리우스가 앉기를 바랄 때도 있다.

내 사건의 배심원 후보로 불려 나온 백 명에 대한 첫 예비신문이 진행된 후, 점심시간과 공판준비기일이 끝난 후에 시스코는 주차장으로 돌아갔다. 수요일 아침에 네 번째로 주차장에 갔을 땐 내 사건에 배정된 배심원 후보들을 알아봤고, 그들 중 상당수에 대한 정보를 확보할 수 있었다.

공판준비기일이 속개되면 시스코는 주차장에서 돌아와 방청석에 앉아 배심원단 후보들에 대해 알아낸 정보를 내 공동 변호인에게 알려줬다. 내가 변호인석에 혼자 앉아 있는 건 아니었지만, 그렇다고

제니퍼와 함께 있는 것도 아니었다. 새로운 공동 변호인은 매기 맥퍼
슨이었다. 그녀는 지방검찰청에 휴가를 내고 내 구조 요청에 응했다.
인생에서 가장 힘든 도전에 직면한 나는 내 옆에 앉을 공동 변호인으
로 매기보다 더 나은 사람이 생각나지 않았다.

　마지막 절대적 기피권은 웬만하면 사용하지 않는 것이 좋다. 내가
방금 쫓아낸 배심원 후보의 자리를 누가 차지할지 모를 일이기 때문
이다. 절대적 기피권을 모두 사용한 후 검사가 좋아할만한 새로운 인
물이 나타날 수 있는데, 그것을 저지할 수단이 하나도 남지 않게 된
다. 그래서 항상 마지막 절대적 기피권은 긴급상황을 위해 남겨두는
법이다. 나는 애송이 변호사 시절에 경찰관을 폭행하고 체포를 거부
한 혐의로 기소된 남성을 변호하면서 힘들게 이와 같은 교훈을 얻었
다. 나는 폭행 혐의는 가짜라고 확신했다. 체포한 경찰관이 개인적
반감 때문에 덧붙인 혐의라고 믿었다. 그 순경은 백인이었고 내 의뢰
인은 흑인이었다. 배심원단을 선정하는 동안 나는 마지막 한 장 남은
절대적 기피권을 가지고 내 피고인 측 호감도 측정기에서 노란색을
보인 배심원 후보를 쫓아내는 도박을 감행했다. 법정에서 무작위로
이름이 불려 배심원석에 앉게 되길 기다리는 배심원 후보 중에는 아
직 아프리카계 미국인이 여러 명 있었다. 나는 그들 중 한 명의 이름
이 불려 심사를 받으러 나올 가능성이 50 대 50이라고 추측했다. 내
추측이 맞았다. 흑인 여성이 호명됐다. 그러나 심사 중에 그녀는 보
안관국에서 32년을 근무하다 은퇴한 법집행관의 딸인 것을 실토했
다. 나는 그녀에게 다양한 질문을 던지면서 그녀가 편파적인 판단을
할 수 있다는 것을 보여주는 대답을 이끌어내려고 노력했지만, 그녀

는 사건을 공정하게 볼 수 있다는 뜻을 굽히지 않았다. 판사는 그녀를 배제해달라는 내 요청을 들어주지 않았고, 나는 절대적 기피권이 없는 상태로 경찰관 폭행 사건 배심원단에 경찰관의 딸을 앉히는 걸 지켜볼 수밖에 없었다. 결국 내 의뢰인은 모든 혐의에 대해 유죄 평결을 받았고, 자신이 저지르지 않은 것으로 보이는 범죄에 대한 죗값으로 카운티 교도소에서 1년을 복역했다.

배심원 선정이 진행되는 동안 나는 도표를 만들어 배심원들의 성향과 특징을 기록하는 오랜 습관을 이어갔다. 변호인석 탁자에 마닐라 파일이 펼쳐져 있었다. 파일 양면을 다 사용해 내가 각얼음통이라고 부르는 기다란 직사각형을 그려놓았다. 배심원 열두 명과 유사시 대체할 예비 배심원 두 명을 위해 직사각형을 열네 개의 정사각형 칸으로 나눠놓았다. 각 칸은 가로세로 5센티미터로, 작은 포스트잇 메모지의 크기였다. 나는 정사각형 칸에 배심원 후보가 앉은 배심원석 자리 번호를 쓰고 각 후보의 특징과 세세한 사실을 적어놓았다. 그 후보가 배심원으로 선정되지 못하고 새로운 후보가 그 자리를 차지하면 이제 필요 없게 된 메모지 위에 새 메모지를 붙이고 다시 시작했다. 파일에 모든 것을 도표화해 적어놓았기 때문에 검사석에서 호기심에 찬 눈들이 파일을 흘끔거리는 것 같으면 즉시 파일을 덮어서 가릴 수 있었다.

새로 추가된 배심원 후보들을 검사가 먼저 심사하게 됐다. 버그 검사가 의례적 질문을 하는 동안, 매기와 나는 매기의 노트북으로 시스코가 보내는 문자메시지를 확인했다. 법정에서는 양측 대리인 외에는 누구도 전자기기를 사용할 수 없게 돼 있었기 때문에 시스코는 방청석의 긴 의자에 앉아 몰래 문자메시지를 보내고 있었다. 그는 법정 경위들의 눈을 피해 휴대전화를 자신의 거대한 허벅지 옆에 놓아두고 있었다.

형사사건 재판에서 배심원들의 익명성을 보장하기 위해 배심원 후보들은 1층에 있는 배심원 안내 센터에 체크인을 할 때 부여받은 번호로 불렸다. 시스코도 문자메시지에서 배심원을 그 번호로 불렀다.

17번 장애인 주차구역에 주차 - 장애인 주차증 없음

그 문자메시지는 새로 뽑힌 세 명의 배심원 후보 중 남성 후보에 관한 것이었다. 흥미로운 정보였지만 그 정보를 얻게 된 경위를 밝히지 않고 바로 써먹을 수는 없었다. 수사관을 주차장에 보내 배심원 후보들을 자세히 살펴봤다는 사실이 밝혀지면 판사나 캘리포니아 변호사 협회가 가만히 있지 않을 것이다. 매기 맥피어스도 눈살을 찌푸렸다. 그녀는 형사소송 변호에 대해 빠르게 많은 것을 배우고 있었지만, 배운 것을 항상 마음에 들어 하지는 않았다. 그러나 나는 걱정하지 않았다. 지금은 그녀가 변호인과 의뢰인의 관계로 나와 묶여 있기 때문이다.

조금 전 번호가 불리자 17번 배심원 후보가 방청석에서 일어서는 것을 봤다. 다른 사람들 앞을 비집고 그 줄에서 나와 심사를 받기 위해 배심원석으로 이동하는 모습을 봤을 땐 신체적 장애가 전혀 보이지 않았다. 물론 눈에 보이지 않는 다른 문제들이 있어 장애인 주차증을 발급받았을 수도 있었다. 그러나 왠지 거슬렸다. 거짓으로 장애인 주차증을 취득한 거라면 그런 사람을 배심원단에 포함시키고 싶지 않았다.

곧이어 시스코가 두 여성 배심원 후보 중 한 명에 대한 문자메시지를 보냈다.

68번은 반드시 배제해야. 범퍼 스티커가 '트럼프 2020'

이것은 좋은 정보였다. 정치는 한 사람의 영혼을 들여다볼 수 있는 좋은 창문이었다. 68번이 대통령의 지지자라면 법 질서를 옹호하는 강경론자일 가능성이 컸고, 살인 혐의를 받는 피고인에게는 불리한 배심원이었다. 언론이 대통령의 수두룩한 거짓말을 보도한 이후에도 대통령을 계속 지지한다는 것도 주목할 만한 점이었다. 그것은 대의명분에 대한 맹목적인 충성심을 의미했고, 정직이 그녀가 추구하는 중요한 가치가 아니라는 것을 보여주는 증거였다.

나는 시스코의 의견에 동의했다. 그녀를 배제해야 했다.

세 번째 배심원 후보인 21번에 관해서는 시스코가 수집한 정보가 얼마 없었다.

21번의 차는 토요타 프리우스.
뒤쪽 창문에 '멸종 저항' 스티커가 붙어 있음

나는 '멸종 저항'이 뭔지는 몰랐지만 그 스티커의 메시지는 알 것 같았다. 두 개의 정보가 다 별 쓸모가 없었다. 둘 다 비판적 성격을 보여주는 지표일 수 있었다. 특히 환경과 범죄에 대해 비판적인 듯했다. 나는 기름을 먹는 링컨 차를 몰았고 그런 사실이 재판에서 언급될 것이 분명했다. 그리고 나는 직업상 폭행죄로 기소된 사람들과 일을 하는데 나 자신도 지금 살인죄로 기소된 상황이었다.

나는 버그 검사가 새로운 후보들을 심사하는 것을 한 귀로 들으면서 매기와 어깨를 맞대고 그 세 후보가 배심원 심사를 위해 출두하면서 작성한 설문조사지를 참조하며 의논했다.

나는 21번에 대한 의견을 금방 바꿨다. 설문조사 내용이 마음에 들었다. 그녀는 36세의 미혼 여성이었고, 스튜디오 시티에 살았으며, 할리우드 볼[16]에 있는 고급 식당에서 부주방장으로 일하고 있었다. 이것은 그녀가 음악과 문화를 사랑하고, 두 가지가 공존하는 곳에서 일하는 걸 선택했다는 뜻이었다. 또한 그녀는 여러 취미 중 독서를 제일 먼저 꼽았다. 독서가 취미인 사람은 허구로든 실제로든 미국 사법제도의 취약성을 강조하는 이야기를 한 번이라도 마주치지 않을 수는 없었을 것이다. 또한 경찰이 항상 바르게 행동하는 것은 아니고, 무고한 사람들도 자기가 저지르지 않은 범죄로 기소되고 유죄 평결을 받는다는 사실을 책으로 접해 알고 있을 터였다. 그런 이유로 나는 21번이 열린 마음을 가졌을 거라고 믿었다. 내 변론을 주의 깊게 들어줄 거라고 확신했다.

"이 여자는 잡고 싶은데."

"그러게, 좋아 보이네." 매기도 속삭였다.

---

16 로스앤젤레스 할리우드에 있는 야외음악당

다른 두 장의 설문지로 넘어갔다. 다른 여성 후보인 68번은 나와 동갑이었고 말리부에 있는 보수적 기독교 학교인 페퍼딘대학교를 졸업한 해에 바로 결혼했다. 거기에 트럼프를 지지하는 범퍼 스티커까지 더하면 확신이 섰다. 이 여자는 떠나줘야 했다.

매기도 동의했다.

"마지막 기피권 쓰려고?" 그녀가 물었다.

"아니, 신문하려고. 배심원이 되면 안 될 이유가 있다는 걸 보여줘서 내치려고."

"저 남자는 어떡하지? 여긴 별게 없는데."

17번 배심원 후보를 가리키는 거였다. 나도 그가 작성한 설문지를 훑어봤고 매기의 의견에 동의하지 않을 수 없었다. 그 한 장의 설문지에는 특별히 걱정스러운 부분이 보이지 않았다. 46세의 기혼남성으로 엔시노에 있는 사립 초등학교의 교감이었다. 그 학교는 나도 좀 아는 곳이었다. 오래전에 헤일리를 그 학교에 입학시킬 것인가를 놓고 매기와 농담 반 진담 반으로 고민한 적이 있었다. 학교 탐방도 했고 학부모 설명회에도 참석했지만 인상이 별로여서 결국 포기했다. 학생들 대다수가 부유한 가정 출신이었다. 우리도 결코 가난하진 않았지만 매기는 공무원이었고 나는 항상 돈이 되는 사건들을 좇고 있었다. 경제적으로 여유가 있는 해도 있었고 그렇지 않은 해도 있었다. 우리는 우리 딸에게 친구들의 압력이 가해지는 것은 바람직하지 않다고 생각했다. 결국 헤일리를 다른 곳에 입학시켰다.

"이 사람 기억나? 우리가 학교 탐방 갔을 때 거기 있었을 것 같은데."

"글쎄, 잘 모르겠는데." 매기가 말했다.

"질의응답을 해보고 결정해야겠다. 이 세 사람 다 내가 맡아도 돼?"

"물론이지. 당신 사건인데. 나 신경 쓰지 말고 하고 싶은 대로 해."

버그가 후보 배심원들에 대한 조사를 마칠 때까지, 나는 포스트잇에 세 사람에 대한 메모를 해서 각얼음통 도표의 해당 번호 칸에 붙였다. 21번은 녹색으로, 68번은 빨간색으로 썼고, 17번은 노란색으로 물음표를 달아놓았다. 그러고는 파일을 닫았다.

38

드디어 내 미래를 결정할 수도 있는 사람들을 신문할 차례가 돼 발언대로 향하는데, 판사가 내 사기를 꺾는 말을 했다.

"신문 시간 15분입니다, 변호인." 판사가 말했다.

"재판장님, 채워야 할 배심원석이 세 개가 있고, 두 명의 예비 배심원도 뽑아야 하는데요. 검사는 이 세 명을 신문하는 데 15분보다 훨씬 많은 시간을 썼습니다."

"아뇨, 틀렸어요. 내가 시간을 쟀거든요. 검사는 14분 걸렸어요. 변호인에게도 지금부터 15분 드릴게요. 그 시간을 나와 논쟁하는 데 써도 되고, 배심원 후보들을 신문하는 데 써도 됩니다."

"감사합니다, 재판장님."

나는 발언대에 다가가 68번부터 신문하기 시작했다.

"68번 배심원 후보, 설문지를 봤는데, 남편의 직업이 적혀 있지 않던데요."

"남편은 17년 전에 이라크에서 전사했습니다."

그 말끝에 잠깐 침묵이 흘렀다. 다들 숨을 죽이고 있는 동안 나는 접근방식을 바꿨다. 이미 결정된 배심원들이 내가 그녀를 너무 조심스럽게 다루는 모습을 보게 할 순 없었다.

"저런, 유감입니다. 그리고 그 기억을 떠올리게 해드려 죄송하고요."

"괜찮아요." 그녀가 말했다. "어차피 그 기억은 사라지지 않으니까요."

나는 고개를 끄덕였다. 발을 헛디뎌 이 구덩이에 빠졌지만 능숙하게 빠져나올 방법을 찾아야 했다.

"어, 설문지에는 귀하가 범죄의 피해자였던 적이 있다고 체크하지 않으셨던데요. 남편의 사망이 어찌 보면 범죄라고 생각하지 않으십니까?"

"전쟁 상황이었잖아요. 그건 다르죠. 남편은 조국을 위해 목숨을 바친 거죠."

신과 조국. 피고인 측 변호사가 제일 무서워하는 배심원들의 무기였다.

"그럼 남편은 영웅이었군요."

"아직도 영웅이죠." 그녀가 말했다.

"맞습니다. 아직도 영웅이죠."

"감사합니다."

"전에 배심원으로 봉사하신 적이 있습니까, 부인?"

"그건 설문지에 아니라고 체크했는데요. 아뇨, 그런 적 없어요. 그리고 부인이라고 부르지 마세요. 할머니가 된 기분이 드네요."

법정 안 여기저기서 킥킥거리는 웃음소리가 들렸다. 나도 웃으면서 질문을 이어갔다.

"네, 조심하겠습니다. 질문드리겠습니다. 경찰관이 무어라고 증언을 하고, 그다음에 일반 시민이 정반대의 증언을 한다면, 누구의 말을 믿으시겠습니까?"

"각자가 한 말을 곱씹으면서 어느 쪽이 진실을 말하는 건지 알아내려고 애써봐야겠죠. 경찰관의 말이 진실일 것 같네요. 물론 아닐 수도 있겠지만요."

"하지만 경찰관의 말을 믿어주겠다는 건가요?"

"반드시 그런 건 아니고요. 그 경찰관에 대해 설명을 더 들어야 할 것 같은데요. 누군지, 어떻게 해서 그 사실을 알게 됐는지 등등을요."

나는 고개를 끄덕였다. 그녀는 배심원이 되고 싶어 하고 모든 질문에 옳은 대답을 하는 사람이라는 것이 분명해지고 있었다. 비록 그 대답이 본심을 반영하지 않더라도 말이다. 배심원석에 앉고 싶어 하고, 다른 사람들을 평가하고 싶어 하는 사람들은 항상 그 속내가 의심스러웠다.

"좋습니다. 어제 재판장님이 설명하셨듯이, 저는 이 사건의 피고인이면서 변호인이기도 한데요. 이 재판이 끝나갈 때 십중팔구는 제가 살인을 저질렀을 거라는 생각이 드신다면, 배심원실에서 어떻게 투표하시겠습니까?"

"증거를 고려한 다음에 제 본능을 믿겠습니다."

"그게 무슨 뜻이죠? 어떻게 투표하신다는 뜻인가요?"

"합리적 의심을 넘어서는 확신이 든다면, 유죄로 투표할 겁니다."

"십중팔구는 제가 저질렀을 거라고 생각하는 것이 확신이 드는 건가요? 그런 뜻입니까?"

"아뇨, 아까도 말했듯이, 합리적인 의심의 여지 없이 유죄라는 느낌이 들어야죠."

"합리적 의심이란 것이 무엇이라고 생각하십니까, 부인?"

68번이 대답하기 전에 판사가 끼어들었다.

"변호인, 그런데 배심원 후보의 화를 돋우려고 일부러 그러는 겁니까?" 워필드 판사가 말했다. "아까 분명히 그렇게 부르지 말라고 하던데."

"아뇨, 재판장님. 깜빡했네요. 남부식 예절이 익숙해서 그만. 죄송합니다."

"좋아요, 근데 변호인은 여기 로스앤젤레스에서 태어났잖아요. 내가 변호인의 아버지와 아는 사이였는데."

"말이 그렇다는 거죠. 문제가 되는 표현은 다시는 쓰지 않겠습니다, 재판장님."

"아주 좋습니다. 계속하세요. 그런데 배심원 후보 한 명에게 시간을 다 쓰고 있네요. 시간을 더 주진 않을 겁니다."

내 운명을 결정지을 수 있는 사람들을 심사하는 데 고작 15분이라니. 재판이 내가 원하는 대로 진행되지 않으면 이의를 제기할 첫 번째 근거를 잡았다는 생각이 들었다. 나는 배심원석에 앉은 여성을 향해 다시 관심을 돌렸다.

"합리적 의심이 무엇이라고 생각하는지 설명해주실 수 있겠습니까?"

"가능한 다른 설명이 없다는 뜻 아닐까요? 증거물과 그것에 대한 평가를 토대로 생각할 때, 다른 사람이 범인일 리가 없다는 뜻이겠죠."

이 여자의 허점을 잡아낼 수 있을 것 같지 않았다. 대답을 미리 연습한 것이 틀림없었다. 사건에 대한 언론보도를 꾸준히 접하고 있었던 것은 아닌지 궁금했다.

"어제 오전에 재판장님이 이 사건에 관해 언론보도를 접한 사람이 있으면 손을 들어달라고 하셨는데요. 그때 손 안 드셨지요, 맞습니까?"

"네, 맞습니다. 사건에 대해 들어본 적이 없었거든요."

그녀의 말을 믿을 수 없었다. 그녀는 사건에 대해 알고 있었고, 무슨 이유에선지 배심원이 되고 싶어 했다. 나는 손목시계를 본 후 17번 남자에게로 넘어갔다. 달리 방법이 없었다.

"선생님께서는 사립 초등학교 교감이시죠, 맞습니까?"

"네, 맞습니다."

"설문지를 보니까 교육학 석사학위를 받으셨고 현재 박사과정을 밟고 계시는 것 같던데요."

"네, 일과 학업을 병행하고 있죠."

"대학에서 가르치지 않으시는 것은 특별한 이유가 있습니까?"

"아뇨. 그저 아이들을 가르치는 것이 좋아서요. 성취감을 느끼거든요."

나는 고개를 끄덕였다.

"설문지에는 또 선생님이 학교 남학생 농구팀의 코치로 활동하신다고 적혀 있던데요. 그러려면 격렬한 신체활동을 해야 하지 않나요?"

"남학생들은 코치가 자기들과 비슷하게 운동을 할 수 있다고 생각하죠. 몸매도 다부지고."

"아이들과 근력운동도 하십니까?"

"어, 가끔은요."

"함께 달리기도 하시고요?"

"아이들과 체육관 트랙을 몇 바퀴씩 돌죠."

"스포츠에 관한 선생님의 철학은 무엇입니까? 승리가 전부다?"

"네, 제가 경쟁심이 좀 있습니다만, 승리가 전부라고는 생각하지 않습니다."

"그럼 어떻게 생각하시죠?"

"이기는 게 지는 것보다는 낫다고 생각합니다."

그 말에 곳곳에서 예의 바른 웃음소리가 들렸다. 나는 질문의 방향을 바꿨다.

"사모님 이야기 좀 할까요? 신원증명서에는 사모님도 교사라고 적혀 있던데요."

"네, 같은 학교에서 근무하고 있습니다. 거기서 처음 만났고요."

"그럼 출퇴근도 한 차로 함께 하시겠네요?"

"아뇨, 저는 방과 후에 아이들 농구 코치를 해야 하고, 아내는 공예품점에서 아르바이트를 하거든요. 스케줄이 너무 달라서 따로 다닙니다."

"선생님은 심각한 범죄와 심각하지 않은 범죄가 있다고 생각하십니까?"

"네?"

"범죄라고 할 것도 없는 범죄가 있다고 생각하시냐고요."

"무슨 말씀인지 잘 이해가 안 가는군요."

"중범죄와 경범죄 이야기를 하는 겁니다. 살인은 어떻습니까. 그건 범죄죠, 그죠?"

"네, 물론입니다."

"살인을 저지른 사람은 그 죗값을 치러야 하고요. 동의하십니까?"

"물론입니다."

"좀 더 작은 범죄들은 어떻습니까? 피해자가 없는 범죄요. 그런 것들도 신경 써야 할까요?"

"범죄는 범죄니까요."

판사가 다시 개입했다.

"변호인, 남은 시간에 21번 배심원 후보까지 신문할 생각인가요?" 판사가 물었다.

나는 슬며시 부아가 치밀었다. 17번에 대한 결론을 향해 달려가고 있었는데 판사가 끼어들어 기세가 꺾이게 됐다. 나는 좌절감이 묻어나는 목소리로 답했다.

"이 신문이 끝나자마자 할 겁니다, 재판장님. 계속해도 되겠습니까?"

"하세요." 워필드 판사가 말했다.

"감사합니다."

"무슨 말씀을요, 변호인."

나는 17번을 돌아보며 사라진 동력을 되살리려고 노력했다.

"선생님, 크든 작든 범죄는 범죄입니까?"

"네, 물론이죠."

"무단횡단은 어떤가요? 법률 위반이긴 한데, 범죄라고 생각하십니까?"

"무단횡단을 법률로 금하고 있다면, 네, 그것도 범죄라고 생각합니다. 경범죄요."

"장애가 없는 사람이 장애인 주차구역에 주차하는 것은 어떻습니까?"

도박이었다. 내가 17번 배심원에 대해 아는 것은 설문지에서 읽은 내용과 장애인 주차구역에 차를 댔다는 시스코의 문자 메시지 내용뿐이었다. 그래서 직접적으로 물어보지는 못하고 빙빙 돌려 질문하면서 그가 사기꾼인지를 알아보려고 하는 거였다.

우리는 한동안 물끄러미 서로를 쳐다봤고 마침내 17번이 입을 열었다.

"누군가 그런 짓을 했다면 그럴 만한 이유가 있었겠죠." 그가 말했다.

내 그럴 줄 알았다. 자신은 규칙을 지키지 않아도 된다고 생각하는 거였다. 그는 사기꾼이었고 따라서 집으로 돌려보내야 했다.

"그러니까 선생님 말씀은……."

워필드 판사가 다시 끼어들었다.

"시간 다 됐습니다, 변호인." 판사가 말했다. "변호인, 가까이 오세요."

나는 속으로 욕을 하면서 17번에게서 돌아섰다.

배심원 후보들에 대해 공개적으로 이의를 제기해 그들을 당혹스럽게 하는 일이 없도록 우리는 판사석 앞에서 기피권 행사 문제를 처리했다. 그러나 나는 판사석 앞에 서자 너무 흥분한 나머지 목소리를 낮춰야 한다는 것도 잊었다.

"재판장님, 마지막 배심원 후보를 신문할 시간이 필요합니다. 검찰의 신문 시간을 토대로 저의 신문 시간을 자의적으로 정하실 수는 없다고 생각하고요. 그것은 명백히 피고인 측에 불공평한 일입니다."

매기가 판사석 앞 재판부 협의에 합류했다. 판사가 입을 여는 것을 보면서 그녀가 가볍게 내 팔을 잡았다. 말조심하라는 경고였다.

"변호인, 변호인의 시간 관리는 내가 신경 쓸 문제가 아니죠." 워필드가 말했다. "여러 번 분명히 말했잖아요. 오늘 배심원 선정을 끝낼 거고 내일은 모두진술을 진행한다고. 어제 심리 시작할 때도 말했고, 오늘 시작할 때도 말했고, 또 아까 변호인이 배심원 후보들에 대한 신문을 시작할 때도 말했고. 벌써 3시가 다 돼가는데, 아직 예비 배심원들도 안 정한 상태잖아요. 어쨌든 신문 시간 끝났습니다. 혹시 기피권 행사할 분 있나요?"

버그 검사가 입을 열기 전에, 내가 먼저 말했다.

"먼저 제 공동 변호인과 상의하고 싶습니다. 지금 오후 휴정하고 기피권 사용 문제를 상의해도 되겠습니까?"

"좋습니다." 판사가 말했다. "10분 휴정하겠습니다. 각자의 자리로 돌아가세요."

양측 대리인들이 각자의 자리로 돌아가는 동안 판사는 법정에 있는 사람들에게 오후 휴정을 선언했다. 정확히 10분 후에 공판을 속개하겠다고 엄격하게 말했다. 나는 내 자리에 앉아서 매기와 어깨를 맞대고 상의했다.

"말도 안 돼. 15분 안에 배심원 후보 세 명을 심사하라고? 판사가 제정신이 아니야. 그리고 이건 번복할 수 있는 문제고."

"진정해, 믹." 매기가 말했다. "재판 시작되기도 전에 판사와 싸우면 어떡해. 자살행위야, 그거."

"알아, 알고말고. 진정할게."

"이제 어떡할까? 절대적 기피권은 딱 하나 남았는데."

대답하기 전에 나는 검사석을 돌아봤다. 버그 검사도 나비넥타이를 맨 동료와 상의하고 있었다. 좋은 생각이 났다. 나는 매기를 돌아봤다.

"저쪽은 기피권 몇 개 남았지?"

매기는 작성하고 있던 점수표를 바라봤다.

"세 개." 그녀가 말했다.

"우리 것은 쓰고 싶지 않아. 뭐 좀 시도해볼게. 당신은 지금 복도로 나가서 휴정 시간 10분이 다 끝날 때까지 돌아오지 마."

"왜?"

"기피권 걱정하지 말고, 시키는 대로 해. 가, 빨리."

매기가 망설이며 일어서더니 방청석과 재판정을 가르는 문을 통과해 법정 문을 향해 갔다. 나는 검사석을 확인한 후 법정 경위 챈을 돌아보며 가까이 오라고 손짓했다. 그러고는 파일을 펴서 각얼음통처럼 생긴 도표를 펴놓았다. 21번 배심원과 17번 배심원 위에 붙여놓은 포스트잇을 재빨리 바꿔 붙여서 초등학교 교감에게 녹색 불을 켜놓았다.

법정 경위가 다가왔다.

"화장실에 가고 싶은데. 데려가줄래요?"

"일어서세요." 경위가 말했다.

나는 시키는 대로 했다. 챈이 내게 수갑을 채우더니 구치감 문 쪽으로 나를 데려갔다.

"5분 안에 나와요." 경위가 말했다.

"2분이면 돼요."

경위는 구치감으로 나를 데려가 개방형 화장실이 있는 감방으로 데리고 들어갔다. 감방 안 긴 의자에 남자 두 명이 앉아 있었는데, 이 시간에 앉아 있는 걸 보면 법정에 출석한 후 트윈타워로 호송되길 기다리고 있는 듯했다. 내가 볼일을 보는 것을 그들이 볼 수 없는 각도로 서서 변기에 대고 소변을 봤고, 챈은 감방 밖 복도에서 나를 기다리고 있었다.

나는 변기 옆에 있는 세면대에서 느긋하게 손을 씻었다. 내가 변호인석에 도표를 펼쳐놓고 나갔다는 것을 나비넥타이 검사가 알아차릴 시간을 충분히 주고 싶었다.

"갑시다, 할러." 챈이 감방 밖에서 소리쳤다.

"갑니다."

나는 변호인석으로 돌아온 후 파일을 덮고 검사석을 건너다봤다. 버그 검사와 동료는 대화를 하지 않고 앞을 쳐다보면서 심리 속개를 기다리고 있었다.

곧 배심원 후보자 몇 명이 법정으로 돌아왔다. 매기도 돌아와서 내 옆에 앉았다.

"그래서, 이제 어떻게 하려고?" 매기가 물었다.

"68번을 결격 사유로 배제할 거야. 그리고 초등학교 교사는 검찰이 쫓아내줄 거고."

"검찰이 그럴 이유가 있을까? 자기네한테 완벽한 배심원인데. 이게 내 사건이라면 난 교사를 꼭 잡을 거야."

나는 파일을 펼쳐서 포스트잇을 가리켰다. 매기가 그 메모지들을 뚫어지게 쳐다보면서 내 계책을 이해하려고 하는 동안 판사가 돌아와서 양측 대리인을 가까이 오라며 불렀다.

판사석 앞에 서서 검사가 먼저 말했다.

"존경하는 재판장님, 저희 검찰은 17번 배심원 후보에 대해 절대적 기피권을 행사하겠습니다." 버그 검사가 말했다.

나는 마치 뺨을 맞은 듯 고개를 뒤로 젖혔다가 실망스럽다는 듯이 고개를 가로저었다. 과잉 반응을 보인 것이 아니기를 바랐다.

"확실합니까?" 워필드 판사가 물었다.

"네, 그렇습니다, 재판장님." 버그 검사가 말했다.

판사는 리걸패드에 메모를 했다.

"변호인, 피고인 측에서는 뭐 하실 말 없어요?" 판사가 물었다.

"네, 재판장님. 저희 피고인 측에서는 결격사유로 인해 68번 배심원의 배제를 요구합니다."

"결격사유가 뭐죠?" 판사가 물었다.

"피고인 측을 향해 적대감을 공공연히 드러내고 있는 것입니다."

"부인이라고 부르지 말라고 해서요?" 워필드가 물었다. "그렇게 불리는 건 나도 싫은데."

"그것 외에도 줄곧 전투적 어조로 말하고 있습니다. 저를 안 좋아하는 게 분명하고 그건 결격사유가 되죠."

"재판장님, 제가 한 말씀 드려도 되겠습니까?" 버그가 말했다.

"그럴 필요 없어요, 검사." 워필드가 말했다. "결격사유에 의한 배제 신청을 기각합니다. 기록에는 기피권이 아직 한 개 남은 걸로 나와 있네요, 변호인. 쓰시겠어요?"

나는 잠깐 침묵하면서 계산해봤다. 마지막 기피권을 쓰면 68번과 17번이 앉았던 배심원석을 채울 다른 후보들을 심사하는 동안 무방비로 앉아 있을 수밖에 없었다. 트럼프 지지자를 배심원석에 앉히고 싶진 않았지만 남은 두 자리를 통제할 수 없게 되는 것도 위험했다. 유고 시 대체할 예비 배심원들은 따로 심사하고 기피권도 추가로 주어지게 돼 있었다.

"변호인, 대답하세요." 판사가 말했다.

나는 방아쇠를 당겼다.

"네, 재판장님, 68번을 기피하겠습니다."

"마지막 기피권을 사용한다는 뜻인가요?" 워필드가 물었다.

"그렇습니다, 재판장님."

"알겠습니다. 제자리로 돌아가세요."

나는 추가로 기피권을 요청해봤자 소용없다는 것을 알고 있었다. 버그 검사가 반대할 것이고, 자신의 재판 일정을 엄격히 지키는 것으로 유명한 워필드 판사는 아량을 베풀길 주저할 터였다. 나는 변호인석으로 돌아왔고 방금 일어난 좋은 일에 만족하기로 결심했다. 나는 기피권 한 장으로 문제를 일으킬 가능성이 농후한 배심원 후보 두 명을 제거하는 데 성공했다. 검사석의 정탐하는 눈들을 위해 도표를 펼쳐둔 것이 교사를 쫓아내는 데 중요한 역할을 했는지는 결코 알 수 없을 테지만, 그랬다고 믿고 싶었다. 나는 판사가 교사와 전쟁영웅의 부인에게 감사를 표한 뒤 집으로 돌려보내는 것을 지켜봤다.

할리우드 볼의 요리사는 일단은 안전했다.

판사는 컴퓨터가 무작위로 뽑은 번호 목록을 보고 배심원 후보 두 명을 배심원석으로 불러냈다.

폐정까지 한 시간도 채 남지 않았다.

39

2월 20일, 목요일

때가 됐다. 목요일 오전 10시, 모든 준비 절차가 끝나고 이제부터 양측 대리인의 모두진술이 시작될 예정이었다. 배심원단과 예비 배심원은 내가 더 이상 이의제기를 하지 않은 가운데 재판 전날 최종 결정됐다. 내가 마지막 절대적 기피권을 가지고 벌인 도박은 효과가 있었다. 막판에 배심원단에 합류한 최종 후보들은 피고인 측에 심각한 위협을 가하지 않는 인물들이었다. 배심원들이 선서와 함께 공식 활동을 시작했고, 이제 본격적으로 공판을 시작할 모든 준비를 마쳤다.

나는 배심원단의 전반적 구성에 만족했다. 공공연한 검찰 지지자는 한 명도 없었고, 배심원 세 명은 사실 피고인 측에 호의를 갖고 있는 것으로 판단됐다. 대개의 재판에서는 그런 지지자를 한 명이라도 확보하면 운이 좋은 거였다.

배심원단은 만족스러웠지만 마음이 계속 무거웠다. 버스에서 공격받아 입은 부상은 다 나았지만 밤새 잠 못 이루게 했던 긴장감이 아침까지 이어졌다. 불안했다. 많은 사건을 맡아 변호를 해봐서 재판에서는 무슨 일이라도 일어날 수 있다는 걸 알고 있었다. 그것은 위로를 주는 지식이 아니었다. 나는 이 전투에 임할 만반의 준비가 돼 있었지만 사상자가 나올 것을 알았고 진실이 그중 하나가 되지 않을 거라고 장담할 수가 없었다. 결백한 사람들도 유죄 평결을 받았다. 나는 그들 중 한 명이 되고 싶진 않았다.

모두진술은 앞으로 펼칠 주장의 청사진에 불과했다. 내 전략은 제삼자 책임설을 주장하는 것이었다. 제삼자 책임설은 범인이 따로 있다는 주장이다. 내가 의도적 함정에 빠졌거나, 너무나 무능한 경찰이 수사를 엉망으로 하는 바람에 얼결에 나를 덫에 빠뜨렸다는 주장이다. 내가 배심원단 앞에 서서 이런 주장을 하는 것은 왠지 어색하고 보기에도 좋지 않을 것 같았다. 모두진술을 매기 맥퍼슨에게 맡긴 것은 바로 그런 이유에서였다. 그녀가 나를 가리키며 내가 결백하다고, 검찰의 주장은 내가 합리적 의심을 넘어 유죄임을 증명하지 못할 거라고 힘주어 강조해주기를 바랐다.

매기가 그 이상으로 말을 많이 하는 건 원치 않았다. 나는 모두진술에 있어서는 리걸 시걸 학파에 속해 있었다. 리걸 시걸은 항상 탄약을 아끼라고, 모자란 게 더 낫다고 했고, 증거를 제시할 때가 되기 전까진 변호전략이나 회심의 한 방을 절대로 노출하지 말라고 했다. 중요한 건 증거 제시였다. 리걸 시걸은 모두진술 준비에 긴 시간을 들일 필요가 없다고, 검찰이 논고를 시작하고 곧이어 변론이 이어지면 모두진술은 금방 잊힌다고 했다.

모두진술을 건너뛰고 증거조사와 변론으로 바로 들어가는 방법도 있었다. 예전에 재판할 때 그런 방법을 몇 번 쓴 적이 있었지만, 결코 좋아하지는 않았다. 배심원단 앞에서 짧게라도 내 주장을 펼칠 기회를 포기하는 것은 현명하지 못하다는 느낌이 들었다. 이번 공판은 목요일에 시작했기 때문에, 피고인 측 변론이 시작될 때까진 6~7일은 기다려야 했고, 검찰의 주장을 반박하지 않고 입 꾹 다물고 기다리기에는 너무 긴 시간이었다.

나는 이 모든 지혜를 매기에게 전수하긴 했지만, 사실 그녀에게 그런 충고를 할 필요는 조금도 없었다. 검사로서 이제까지 수도 없이 모두진술을 하고 피고인 측의 모두진술을 들은 터라 모자란 게 낫다는 것을 이미 알고 있었다.

그러나 데이나 버그 검사는 이런 지혜를 배우지 못한 것이 틀림없었다. 그녀가 먼저 배심원단 앞에 서서 무려 90분간이나 모두진술을 했다. 나는 그동안 한잠 푹 자고 싶었지만, 열심히 들으면서 메모를 해야 했다. 모두진술은 앞으로 본격적으로 주장을 펼칠 때 어떤 이야기를 할 것인지 배심원단에게 미리 알려주는 약속이다. 뭔가를 약속해놓고도 주지 않는 것은 어리석은 일이다. 내가 메모를 한 것도 그 때문이었다. 나는 득점표를 만들어 기록하면서 검찰이 약속한 것들을 이행하지 않았을 때 그 점을 배심원들에게 지적할 생각이었다.

버그는 모두진술에서 사건 당일 밤에 나를 체포하고 내 차 트렁크에서 샘 스케일스를 발견한 경위를 자세히 설명하는 것부터 시작했다. 여기서 그녀는 첫 번째 실수를 했다. 로이 밀턴 경사를 증인으로 불러 내 차에 번호판이 없는 것을 보고 실시한 통상적 불심검문이 피살자 시신의 발견으로 이어졌다는 사실을 들을 거라고 배심원단에게 미리 알린 것이다.

로이 밀턴 경사가 증인으로 나왔을 때 그 말을 그대로 사용해 공격할 작정으로 나는 검사의 말을 그대로 받아 적었다. 그날 밤에 있었던 불심검문이나 다른 어떤 일도 통상적인 것이 아니었다.

모두진술 초반에 버그 검사는 샘 스케일스를 바르게 살아본 적이 전혀 없는 시시한 사기꾼으로 묘사했다.

"사실 피해자는 피고인과 잘 아는 사이였습니다. 피고인은 피해자를 여러 차례 변호한 바 있는 변호사였거든요." 버그가 말했다. "그러나 피해자가 무슨 범죄를 계획했거나 저질렀든 간에 자기 변호사의 차 트렁크 안에서 피살된 채로 발견돼 마땅한 사람은 아닙니다. 여러분이 피해자에 대해서 무슨 이야기를 듣든 그는 이 사건의 피해자라는 사실을 기억해주시기 바랍니다."

버그 검사는 이 사건의 증거물이 보여줄 사실을 상당히 솔직하고도 자세하게 설명했다. 말은 많았지만 피해자가 내 차 트렁크에서 발견됐고 탄환 증거 분석 결과, 살인은 내 집 차고에서 발생했다는 사건의 핵심을 빼면 모두 번드르르한 말잔치에 불과했다.

버그가 진술에서 벗어나 주장의 길로 빠져들어 내가 이의를 제기해야 할 때가 몇 번 있었지만, 나는 배심원들에게 나쁜 인상을 주게 될 것을 경계해 가만히 있었다. 배심원들이 나를 쪼잔한 심판이나 끼어들기 좋아하는 사람으로 볼까 봐 사건을 표시하고 싶은 것을 애써 참았다. 검사는 85분이 넘게 모두진술을 하더니 자신의 진술을 요약하면서 진술을 마무리했다. 공판에서 자신이 제시하기로 약속한 핵심 주장들을 다시 한번 정리하는 것이 마치 최종 논고를 하는 것처럼 들렸다.

"배심원 여러분, 다음 며칠간 저희 검찰이 보여드릴 증거는 피고인 마이클 할러가 돈 문제로 피해자 샘 스케일스와 오래전부터 갈등이 있었다는 사실을 보여줄 것입니다. 또한 그 증거는 자기 돈을 받

변론의 법칙

을 최선의 그리고 유일한 방법이 피해자를 살해하고 그의 유산에서 돈을 빼앗는 것임을 피고인이 알고 있었다는 사실도 보여줄 거고요. 뿐만 아니라 피고인이 그 계획을 실행에 옮겨 자기 집 차고에서 피해자를 살해했다는 사실을 합리적 의심을 넘어 확실히 보여줄 것입니다. 어두운 거리에서 차량번호판이 없는 것을 발견한, 눈썰미가 날카로운 경찰관이 없었다면, 이 사건은 완전범죄가 됐을 겁니다. 배심원 여러분께 부탁드립니다. 부디 여러분 앞에 제시된 증거를 주의 깊게 살펴봐주십시오. 여러분의 관심을 대단히 중요한 임무에서 딴 데로 돌리려고 하는 노력에 절대 흔들리지 말아주십시오. 감사합니다."

판사는 변호인이 모두진술을 하기 전에 15분간의 휴정을 선언했다. 물론 나는 밖으로 나갈 수 없었다. 방청석을 돌아보니 사람들이 화장실에 가려고 혹은 스트레칭을 하기 위해 일어서고 있었다. 공판 기일이 되니 법정에 방청객이 많아졌다. 법정을 드나드는 기자들과 법정 안팎의 관찰자들이 늘어나 있었다. 내가 아는 변호사도 몇 명 보였고 다른 법원 직원들의 얼굴도 눈에 띄었다. 방청석 맨 앞줄에는 우리 팀원들과 가족이 앉아 있었다. 시스코와 로나가 보였고, 보슈도 딸 매디까지 데리고 와 있었다. 매디는 내 딸 옆에 앉아 있었다. 나는 그 아이들을 바라보며 미소를 지었다.

켄들의 모습은 보이지 않았다. 내가 재수감된 후, 그녀는 생각을 정리하고 다시 한번 나와의 결별을 선택했다. 내 집에서 나갔고 새 주소를 남기지 않았다. 나는 가슴이 아프다는 말도 차마 할 수 없었다. 이 사건이 우리 관계에 미치는 부담감이 내가 재수감되기 이전에도 너무 분명하고 무거웠다. 사실 나는 이 모든 부담감에서 탈출을 감행한 그녀를 비난할 수 없었다. 그녀는 심리 때 법정에 와서 내게 직접 이별 통보를 하려고 했지만 상황이 여의치 않았다. 그래서 편지를 써서 구치소로 보냈다. 그 편지가 그녀에게서 들은 마지막 소식이었다.

휴정 시간이 끝나갈 때쯤 헤일리가 일어서서 사람들 사이를 비집고 피고인석 뒤쪽 난간까지 다가와 시스코 앞에 섰다. 나는 구속된 상황이었기 때문에 딸을 만질 수도 가까이 갈 수도 없었다. 그러나 매기가 의자를 뒤로 쭉 빼 난간에 붙여서 부녀 사이에 공간을 만들어줬다.

"와줘서 고맙다, 헤일리."

"당연히 와야지." 헤일리가 말했다. "내가 안 오면 안 되지. 이길 거야, 아빠. 그리고 엄마. 내가 이미 알고 있는 걸 엄마가 입증할 거라고 믿어."

"고맙다, 딸. 매디는 잘 지낸대?"

"응, 잘 지낸대." 헤일리가 말했다. "매디가 와줘서 기뻐. 그리고 해리 삼촌 보니까 정말 반갑고."

"여기 얼마나 있을 수 있어?" 매기가 물었다.

"하루 완전히 뺐어." 헤일리가 말했다. "어디 안 가. 엄마 아빠가 같은 팀이라니, 이보다 더 좋을 순 없잖아."

"수업 빼먹는 거 안 좋은데." 매기가 말했다.

"내 수업 걱정일랑 마세요." 우리 딸, 미래의 변호사가 말했다. "이 일에만 신경 써."

헤일리가 법정 앞쪽을 가리키며 말했다.

"출격 준비 끝났어. 자신 있어."

"좋았어." 헤일리가 말했다.

"부탁 하나 하자. 배심원들을 잘 봐줘. 뭔가 보이면, 휴정 시간에 알려줘."

"뭘 보라는 거야?" 헤일리가 물었다.

"뭐라도. 웃는 거, 고개를 가로젓는 거, 조는 거. 나도 보긴 하겠지만, 어떤 단서라도 모아놓으면 쓸 때가 있으니까."

"알았어, 아빠." 헤일리가 말했다.

"와줘서 고맙다. 사랑한다, 헤일리."

"나도 아빠 사랑해." 헤일리가 말했다. "엄마도."

헤일리는 자기 자리로 돌아갔고, 시스코와 보슈가 은밀히 이야기를 나누기 위해 난간 쪽으로 몸을 기울였다. 그러나 나는 그들과도 거리를 둬야 했다.

"준비 다 된 거지?"

"응, 준비 끝." 시스코가 말했다.

그리고 나서 시스코가 동의를 구하듯 보슈를 바라보자 보슈가 고개를 끄덕였다.

"좋아요." 매기가 말했다. "검사의 증인 명단을 보니까 증거조사와 논고가 적어도 화요일까진 갈 것 같아요. 그러니까 우리는 만일의 경우에 대비해 월요일엔 소환장과 다른 모든 것을 준비해놔야 해요."

"다 해놨어요." 시스코가 말했다.

"좋아요." 매기가 말했다.

사람들이 자리로 돌아오고 있었다. 휴정 시간이 거의 끝났다.

"자, 이제 시작이네. 다들 애써줘서 고마워."

시스코와 보슈가 고개를 끄덕였다.

"우리 일인데 뭐." 시스코가 말했다.

나는 탁자를 향해 돌아앉아 매기에게로 몸을 기울였다. 그녀는 앞에 놓인 리걸패드에 휘갈겨 쓴 메모를 들여다보고 있었다.

"준비됐어?"

"물론." 매기가 말했다. "다 덤비라고 해."

법정 안이 조용해졌고 판사가 착석했다.

"변호인, 모두진술 하세요." 판사가 말했다.

내가 고개를 끄덕였지만 일어서서 발언대로 간 사람은 매기였다. 그녀는 리걸패드와 물 한 컵을 들고 갔다. 우리는 누가 모두진술을 할 것인지 판사나 검사에게 알리지 않았다. 그래선지 내가 서 있을 것을 예상하며 발언대로 돌아앉은 검사의 얼굴에 놀라는 표정이 잠깐 떠올랐다. 나는 검사가 앞으로도 이렇게 허를 찔릴 일이 많이 있기를 바랐다.

"배심원 여러분 안녕하십니까." 매기가 말했다. "저는 피고인 측 공동 변호인 매기 맥퍼슨입니다. 재판장님께 이미 들으셨듯이, 이 재판의 피고인인 마이클 할러 변호사는 본인 변호를 하고 있습니다. 앞으로 증인들을 신문하고 재판장님께 말씀드리는 일은 주로 할러 씨가 할 것입니다. 그러나 모두진술만큼은 제가 할러 씨 대신 하는 것이 최선이라고 합의했습니다."

내가 앉은 자리에선 배심원석 전체가 잘 보여서 한 사람 한 사람 찬찬히 살펴봤다. 먼저 앞줄에 앉은 사람들부터 봤고 뒷줄로 넘어갔다. 배심원들의 표정에서 관심과 집중력을 읽을 수 있었지만, 배심원

변론의 법칙

단이 피고인 측 주장을 듣는 것이 이번이 처음이기 때문일 가능성이 컸다. 매기가 더 상세하게 설명하지 않아서 실망할 수도 있었다.

"짧게 말씀드리겠습니다." 매기가 말했다. "그러나 먼저 축하부터 드리고 싶군요. 여러분은 신성한 일의 일부가 되셨습니다. 우리 민주주의 초석 하나의 일부가 되신 것이죠. 사실 현대 사회에서 배심원단보다 더 민주적인 기관은 없습니다. 여러분 자신을 보십시오. 열두 명의 낯선 사람이 하나의 목표를 위해 무작위로 뽑혀서 모여 계시지 않습니까. 여러분은 배심원장을 선출할 것이고, 각자 동등한 한 표를 행사하실 것입니다. 여러분은 한 시민의 삶과 자유와 생계를 앗아 갈 힘을 가졌기 때문에 여러분의 의무는 대단히 중요한 의미가 있습니다. 매우 경이롭고 긴급한 책임이죠. 그리고 여러분의 임무를 다하자마자 해산하고 각자의 삶으로 돌아가실 것입니다. 여러분이 이 법정에서 기꺼이 맡겠다고 동의한 의무만큼 중요한 것은 없습니다."

우리가 부부였을 때, 나는 매기가 재판하는 모습을 수십 번도 더 봤었다. 그녀는 모두진술 때마다 배심원단과 민주주의에 대한 이야기를 꼭 했다. 지금은 그녀가 난생처음으로 피고인 측 변호인으로 서 있다는 사실만 제외하면 바뀐 것은 아무것도 없었다. 서두가 끝난 후 그녀는 드디어 사건 이야기로 들어갔다.

"그래서 이제부터 여러분의 임무가 시작됩니다." 매기가 말했다. "일을 하시면서, 모두진술은 기본적으로 다 말뿐이라는 것을 기억하십시오. 증거가 아닙니다. 버그 검사가 90분 동안 모두진술을 했지만, 여러분께 어떤 증거도 제시하지 않았습니다. 그냥 말뿐이었죠. 피고인 측은 증거를 보여드리고 싶습니다. 아니 검찰 측 주장에 증거가 부족함을 보여드리고 싶습니다. 검찰이 끔찍한 실수를 저질러 애먼 사람을, 결백한 사람을 살인죄로 기소했다는 것을 여러분께 증명해 보여드리고 싶습니다."

매기가 한 손을 들어 피고인석에 앉아 있는 나를 가리켰다.

"저 남자는 결백합니다." 매기 맥퍼어스가 말했다. "그리고 그 말 외엔 달리 더 할 말도 없고요. 우리가 피고인의 결백을 입증해야지 여러분이 무죄 평결을 내릴 수 있는 것은 아닙니다. 하지만 우리는 피고인의 결백을 입증해내겠다고 여러분께 약속합니다."

그녀는 잠깐 말을 멈춰 마지막 말의 중요성을 강조했고 리걸패드에 적은 메모를 내려다봤다.

"여러분은 이 재판에서 두 개의 이야기를 들으실 것입니다." 매기가 말을 이었다. "검사의 이야기와 변호인의 이야기죠. 검사는 피고인이 범인이라고 주장할 겁니다. 그러나 저희 피고인 측은 검찰이 이름도 꺼내지 않을 것이고 여러분이 알게 되는 것조차 원하지 않는 한 남자가 샘 스케일스의 죽음에 책임이 있다는 사실을 보여드릴 것입니다. 이 두 이야기 중 하나만이 진실입니다. 여러분의 인내심과 성실함을 보여주십시오. 열린 마음으로 피고인 측의 주장을 기다려주십시오. 다시 한번 말씀드리지만, 오직 하나의 이야기만 진실이고, 여러분이 그 이야기를 선택하실 것입니다. 사실에 주목해주십시오. 그러나 사실이 왜곡될 수 있다는 것을 아셔야 합니다. 저희는 변론이 시작되면 그 사실을 보여드리겠습니다. 여러분 모두 수첩을 받으셨습니다. 누가 사실을 왜곡하고 있고 누가 그렇지 않은지 꼼꼼히 기록해주십시오. 공판이 끝날 무렵 숙의에 들어갈 때 사실이 무엇인지 누가 진실을 말했고 누가 그러지 않았는지 알 수 있도록 말입니다."

매기는 잠깐 말을 멈추고 물을 한 모금 마셨다. 그것은 소송 변호
사가 숨을 돌리는 방법이었다. 모두진술이나 최후 변론을 할 때 물
한 컵과 같은 소품을 갖고 발언대로 간다. 물을 한 모금 마시면서 중
요한 진술을 강조하거나 생각을 정리한 후 다음 발언으로 이어가는
것이다.

매기는 컵을 내려놓은 다음 발언을 마무리했다.

"재판은 진실을 찾아가는 과정입니다." 매기가 말했다. "이 재판
의 배심원인 여러분이 바로 진실을 찾아가는 사람들이죠. 여러분은
편견을 갖지 말아야 하고 의연해야 합니다. 모든 것을 의심해야 합니
다. 증인석에서 모든 증인이 말하는 모든 이야기를 의심하십시오. 그
들의 말을 의심하고, 그들의 동기를 의심하십시오. 검사를 의심하고
변호인을 의심하십시오. 증거를 의심하십시오. 그렇게 하면 진실을
발견할 겁니다. 그리고 그 진실은, 진짜 살인범은 따로 있는데 무고
한 사람이 지금 피고인석에 앉아 있다는 것이고요. 감사합니다."

매기는 컵과 리걸패드를 들고 변호인석으로 돌아왔다. 나는 자리
에 앉는 그녀를 돌아보며 고개를 끄덕였다.

"아주 멋지게 포문을 열었어."

"고마워." 매기도 속삭였다.

"내가 하면 그렇게 못 했을 거야."

매기는 방금 들은 말이 믿어지지 않는다는 듯 눈을 가늘게 뜨고 나
를 봤다.

그러나 나는 진심이었다. 사실이었다.

40

검찰은 항상 시간표를 정하고 분명한 출발점과 종착점을 정한 상태에서 증거를 제시해야 한다. 따라서 순차적으로 이야기해야 한다. 때로는 길고 수고스러워해도 반드시 그렇게 해야 한다. 내 링컨 차 트렁크에서 시신이 발견된 일에 대해 이야기하려면, 내 차가 불심검문을 받고 트렁크가 열리게 된 경위를 배심원들에게 설명해야 했다. 그 말은 로이 밀턴 경사부터 증인신문을 시작해야 한다는 뜻이었다.

점심시간이 끝나자마자 밀턴이 증인석으로 불려 나왔다. 버그 검사는 그의 증언을 통해 그가 어디서 무엇을 하고 있다가 내 차 뒤쪽에 번호판이 붙어 있지 않은 것을 보고 내 차를 세웠는지부터 배심원들에게 알려줬다. 그리고 나서 밀턴의 순찰차와 보디캠 영상을 공개했고, 배심원단은 내 링컨 차 트렁크에서 샘 스케일스가 발견될 때 마치 그 현장에 함께 있는 것 같은 강렬한 경험을 했다.

나는 보디캠 영상이 재생되는 동안 배심원들의 표정을 유심히 살펴봤다. 링컨 차 트렁크가 열리고 시신이 드러났을 때 몇 명은 역겨워하고 불편해하는 기색이 역력했다. 반면에 살인사건 현장을 보는 것에 흥분해서 몸을 앞으로 기울이고 홀린 듯이 보는 사람들도 있었다.

증언이 진행되는 동안 매기는 밀턴이 말하는 내용과 지난 12월에 있었던 증거개시청구 심리 녹취록에 기록된 그의 증언 내용을 비교했다. 조금이라도 모순된 부분이 있으면 반대신문 때 물고 늘어질 수 있었다. 그러나 밀턴은 예전 증언과 거의 똑같은 이야기를 했고, 심지어 같은 표현을 쓰는 경우도 여러 번 있었는데, 공판 전에 버그 검사로부터 이미 공개되고 기록된 내용에서 딴 길로 새지 말라고 조언을 듣고 나온 것이 틀림없었다.

증인으로서 밀턴의 목표는 동영상들을 배심원단에게 소개하고 증거물로 채택되게 하는 것뿐이었다. 그 동영상들은 처음부터 검찰 측 주장에 힘을 실어주는 강력한 증거물이었다. 그러나 곧 내가 반대신문에서 밀턴을 공략할 차례가 됐다. 나는 이 순간을 두 달이나 기다렸고, 12월의 심리 때처럼 신중하고 정중하게 신문할 생각은 없었다. 나는 발언대의 마이크를 조정한 후 첫 질문부터 그를 강하게 몰아붙였다. 내 목표는 어떤 식으로든 그를 최대한 오랫동안 흔드는 것이었다. 그럴 수만 있다면 데이나 버그도 동시에 흔들어놓게 될 것이 분명했다. 나는 밀턴을 향해 말문을 열었다.

"안녕하십니까, 증인. 10월 28일 밤에 제가 몰던 링컨 타운카를 쫓아가서 불심검문하라고 증인에게 지시한 사람이 누구였는지 배심원 여러분께 말씀해주실 수 있겠습니까?"

"어, 아뇨, 못합니다." 밀턴이 말했다. "왜냐면 그런 일이 없었거든요."

"증인은 지금 제가 레드우드 바를 나온 후에 제 차를 세우고 검문하라는 사전 통지나 지시를 받은 적이 없다고 말씀하시는 건가요?"

"네, 그렇습니다. 피고인의 차를 봤는데 번호판이 달려 있지 않아서……."

"네, 그 얘기는 증인이 버그 검사에게 하실 때 들었습니다. 그런데 증인은 지금 저와 여기 배심원 여러분에게 제 차를 세우고 검문하라는 지시를 받은 적이 없다고 말씀하시는 겁니까? 맞습니까?"

"네, 맞습니다."

"증인은 제 차를 세우라고 지시하는 무전 연락을 받았습니까?"

"아뇨, 받지 않았습니다."

"증인의 순찰차에 설치된 컴퓨터 단말기로 문자 메시지를 받으셨나요?"

"아뇨, 받지 않았습니다."

"증인의 개인 휴대전화기로 전화나 문자 메시지를 받으셨습니까?"

"아뇨, 받지 않았습니다."

버그가 일어서더니 내가 같은 질문을 반복하고 있다면서 이의를 제기했다.

"한 번 물어보고 대답을 들었으면 되는 질문입니다, 재판장님." 버그가 말했다.

"다음 질문으로 넘어가세요, 변호인." 워필드 판사가 동의하며 말했다.

"네, 알겠습니다, 재판장님. 그러면 증인, 제가 술집을 나간다고 증인에게 알려줬다는 사람을 제가 증인으로 부른다면, 그 사람은 거짓말을 하는 것이겠네요, 맞습니까?"

"네, 거짓말이죠."

나는 판사를 올려다보면서 재판부 협의를 요청했다. 판사가 우리를 손짓해 불렀다. 판사석 앞에 내가 먼저 도착해 버그와 맥퍼슨이

오기를 기다렸다.

"재판장님, 순찰차와 증인의 보디캠에 찍힌 동영상을 틀고 싶습니다."

버그 검사가 두 손을 손바닥이 위로 향하게 해서 들어 올리면서 '뭐 하러?'라고 말하는 듯한 시늉을 했다.

"그 동영상들 조금 전에 봤잖아요." 검사가 말했다. "배심원들 지루해 죽게 만들려고요?"

"변호인, 설명해보세요." 워필드가 말했다.

"제 기술자가 그 두 동영상을 한 화면에 띄워놓고 시간 조정을 했습니다. 그래서 배심원들은 두 동영상을 동시에 보면서 같은 시간에 거리와 순찰차 안에서 무슨 일이 있는지 확인할 수 있을 겁니다."

"이의 있습니다, 재판장님." 버그가 말했다. "이 동영상 화면들이 그 기술자라는 사람에 의해 편집되거나 조작되지 않았다고 확인할 수 있는 방법이 전혀 없습니다. 허용하시면 안 됩니다."

"재판장님, 저희도 검찰이 동영상을 편집하거나 조작했는지 어떤지 몰랐지만, 배심원들 앞에서 틀게해줬습니다. 검찰이 원하는 대로 살펴볼 수 있게 동영상 사본을 제공하겠습니다. 동영상이 조작됐다면 제가 변호사 자격증을 반납할 거고요. 하지만 사실 검찰은 제가 이 동영상을 갖고 무슨 이야기를 할 것인지 알고 있고 이 동영상이 굉장한 증거 능력이 있다는 사실도 알고 있습니다. 그래서 배심원단이 보는 것을 원치 않는 거죠. 이 동영상을 틀겠다는 건 진실을 찾으려는 노력입니다. 저희 피고인 측은 이것을 배심원단 앞에서 틀 권리가 있고요."

"변호인이 무슨 말을 하는지 도무지 모르겠습니다, 재판장님." 버그가 말했다. "검찰은 근거 부족을 이유로 계속 이의를 제기합니다. 그 동영상의 재생을 원한다면 변호인의 증거조사 때 기술자를 데려다가 틀라고 하십시오. 하지만 지금은 검찰의 증거조사 시간인데, 이렇게 남의 조사를 방해하게 해서는 안 될 것입니다."

"존경하는 재판장님." 매기가 말했다. "검찰은 이미 그 두 동영상을 배심원단에게 틀어줌으로써 토대를 마련했습니다. 검찰은 배심원단에게 보여주고 싶은 것을 보여주게 허락하고 피고인 측은 못 하게 막는 것은 도저히 받아들일 수 없는 피해를 피고인 측에 끼치는 것입니다."

갑자기 터져 나온 매기의 강렬한 항변에 대해 판사가 숙고하는 동안 잠깐 침묵이 흘렀다. 나도 잠자코 기다렸다.

"오후 휴정을 일찍 하고 개정할 때 판결할게요." 워필드가 말했다. "내가 허락할 경우에 대비해 장비를 설치해두세요. 이제 자리로 돌아가세요."

나는 우리의 주장에 만족하면서 변호인석으로 돌아갔다. 특히 피고인 측이 동영상을 틀지 못하게 하는 것이 재판의 파기를 야기할 수 있는 실수가 될 수도 있다고 매기가 강하게 언질을 준 것이 만족스러웠다.

판사는 15분간 휴정을 선언했다. 매기와 나는 변호인석을 떠나지 않았다. 나는 나가봤자 갈 곳이 구치감밖에 없어서 남아 있었다. 매기는 자기 노트북 컴퓨터를 법정 시청각 시스템에 연결해야 해서 남았다. 판사의 허락이 떨어지면 배심원석 맞은편에 있는 서기석 위쪽

벽에 설치된 대형 화면에 시간을 맞춘 동영상 두 개를 동시에 틀어야 했다.

매기가 설치 작업을 하는 동안, 나는 법정 안을 둘러봤고 헤일리와 매디 보슈가 여전히 같은 자리에 앉아 있는 것을 봤다. 나는 고개를 끄덕이며 미소 지었고, 두 아이도 미소로 화답했다.

법정으로 돌아온 판사는 동영상을 틀어도 된다고 판결했다. 데이나 버그가 다시 이의를 제기하는 동안 나는 매기를 돌아봤다.

"준비됐어?"

"응, 준비됐어." 매기가 말했다.

"좋아, 그런데 시간 적어놓은 건 어디 있어?"

"잠깐만."

매기는 서류 가방을 열고 서류 뭉치를 뒤지다가 종이 한 장을 꺼냈다. 내가 밀턴을 반대신문할 때 필요한, 동영상의 중요한 시간들을 적어놓은 종이였다. 나는 그 종이와 리모컨을 들고 발언대로 갔다. 판사는 버그 검사의 이의제기를 기각했고, 나는 바로 시작했다.

나는 밀턴에게 그의 순찰차와 보디캠 영상을 같은 시간으로 맞춰서 나란히 보여주겠다고 설명했다. 그러고는 밀턴이 나를 따라오기 전, 내가 아직 레드우드에 있을 때의 한 시점에서 동영상을 재생했다. 순찰차의 카메라는 앞 유리 너머를 보여주고 있었다. 카메라가 2번가의 서쪽을 향하고 있어 브로드웨이와의 교차로가 보였고 두 블록 너머에 있는 터널도 작게 보였다. 2번가 남쪽으로 반 블록 앞에 있는 '레드우드'라고 적힌 빨간색 네온간판도 보였다. 밀턴의 보디캠은 차 안 아래쪽을 보여주고 있었다. 그가 구부정하게 앉아 있다는 뜻이었다. 화면에는 순찰차의 운전대와 계기판이 보였다. 열린 운전석 창턱에 밀턴이 왼팔을 올려놓고 있었고, 왼손이 운전대 위쪽을 잡고 있었다.

나는 밀턴에게 화면에서 뭐가 보이는지 배심원단을 위해 묘사해 달라고 요청했고, 그는 마지못해 그렇게 했다.

"별것 없는데요." 밀턴이 말했다. "왼쪽은 순찰차 블랙박스 카메라이고 서쪽을 향해 있어 2번가를 찍고 있네요. 그리고 오른쪽 것은 제 보디캠이고 저는 순찰차에 앉아 있습니다."

보디캠은 순찰차 안에서 간헐적으로 들리는 경찰 무전 소리를 잡아내고 있었다. 나는 소리를 켠 상태로 동영상을 재생하면서 중요한 시간을 적어놓은 종이를 확인했다. 그러고 나서 다시 고개를 들고 화면을 올려다봤다.

"증인, 2번가 왼편 저 앞에 레드우드 출입문이 보입니까?"

"네, 보입니다." 밀턴이 말했다.

술집 레드우드의 문이 열리더니 두 사람이 걸어 나왔다. 너무 깜깜했고 네온간판의 붉은 불빛만으로는 누군지 확인할 수가 없었다. 그들은 인도에 서서 몇 초간 이야기를 나누더니 곧 한 명은 터널 쪽으로 갔고, 다른 한 명은 동쪽으로, 카메라를 향해 걸어왔다.

잠시 후엔 휴대전화에서 나는 것이 분명한 윙윙거리는 소리가 작게 들렸다. 나는 리모컨으로 재생을 잠시 멈추었다.

"증인, 저것은 증인의 휴대전화로 이메일이나 문자 메시지가 들어오는 소리였죠?"

"그런 것 같습니다." 밀턴이 사무적으로 말했다.

"어떤 내용인지 기억하십니까?"

"아뇨, 기억 못 합니다. 문자 메시지가 하룻밤에 50통씩 오거든요. 그다음 날도 다 기억을 못 하는데, 석 달 후는 말할 것도 없죠."

나는 재생 버튼을 눌렀고 동영상이 계속됐다. 곧 2번가를 동쪽으로 걷고 있던 사람이 가로등 불빛 속으로 들어왔다. 분명히 나였다.

가로등 불빛에 내 모습이 분명히 드러나자, 밀턴이 허리를 똑바로 펴고 앉으면서 보디캠의 각도가 바뀌었다.

"증인, 여기서 갑자기 긴장한 것처럼 보이는데요. 무엇을 하고 있는 것인지 말씀해주시겠습니까?"

"특별히 뭘 하고 있지는 않았습니다." 밀턴이 말했다. "거리에서 누구를 발견하고 지켜보고 있었죠. 나중에 알고 보니 당신이었고요. 어떻게 해석하든 그건 당신 자유지만, 제겐 아무 일도 아니었습니다."

"지금 순찰차에 시동이 걸려 있는 거 맞죠?"

"네, 그게 규칙이니까요."

"방금 받은 휴대전화 문자 메시지는 제가 레드우드를 나왔다는 것을 알려주는 내용이었나요?"

밀턴이 코웃음을 쳤다.

"아뇨, 아니었습니다." 밀턴이 말했다. "당신이 누구인지, 뭘 하고 있는 건지, 어디로 가는 건지 전혀 몰랐습니다."

"정말요? 그럼 다음 장면을 설명 좀 해주시겠습니까?"

내가 재생 버튼을 눌렀고 다들 동영상을 봤다. 배심원들을 살펴보니 모두의 눈이 화면을 보고 있었다. 이제 증인 한 명이 불려 나왔을 뿐인데, 벌써 모두 내 편이 된 것처럼 보였다. 그런 느낌이 들었다.

화면에서 나는 모퉁이를 돌아 카메라에서 사라졌다. 링컨 차를 가지러 주차장으로 간 거였다. 아무 일도 일어나지 않은 채 몇 초가 갔지만, 빨리감기를 하고 싶진 않았다. 이때 여기서 정확히 무슨 일이 있었는지 배심원들이 알기를 바랐다.

잠시 후 내가 모는 링컨 차가 2번가에서 브로드웨이로 가기 위해 좌회전 차선으로 들어서는 모습이 순찰차 카메라에 나타났다. 교통신호가 바뀌기를 기다리는 동안 차는 잠깐 멈춰 서 있었다.

보디캠 영상에서 밀턴의 오른팔이 올라오더니 변속기어를 주차에서 운행으로 바꿨다. 디지털 계기판에 D라는 글자가 뜬 것이 화면에 보였다. 나는 거기서 동영상을 일시 멈추고 밀턴을 쳐다봤다. 아직까지도 그는 별 걱정 없는 표정이었다.

"증인, 증인은 아까 직접신문에서 제 차를 따라가기로 결정한 것은 차의 뒷번호판이 없는 것을 알아차리고 나서였다고 진술했습니다. 지금 이 각도에서 뒤쪽 범퍼가 보입니까?"

밀턴은 대형 화면을 올려다보면서 지루한 듯 행동했다.

"아뇨, 안 보이네요."

"하지만 증인의 보디캠 영상에서는 증인이 조금 전 순찰차 기어를 바꾼 것이 분명히 보이는군요. 제 차의 뒤 범퍼를 보지 못했는데 왜 그러셨죠?"

밀턴은 한참을 말이 없는 채로 대답을 고민했다.

"어, 그건 그냥 경찰의 본능이었던 것 같습니다." 마침내 밀턴이 대답했다. "움직일 필요가 있으면 곧바로 움직이려고 준비를 해둔 거죠."

"증인, 지금 동영상으로 보고 들은 사실들을 더 잘 반영할 수 있도록 이전에 하신 증언을 바꾸시겠습니까?"

버그가 벌떡 일어서더니 내가 집요한 질문으로 증인을 괴롭히고 있다고 이의를 제기했다. 판사는 이의제기를 기각하면서 말했다. "나도 증인의 대답을 듣고 싶군요."

밀턴은 증언을 바꿀 기회를 거절했다.

"그러면 구체적으로 저를 표적으로 삼고 거기서 기다리고 있었던 것은 아니라는 것이 증인의 선서 증언입니다. 맞습니까?"

"네, 맞습니다." 밀턴이 말했다.

그의 말투가 거칠고 공격적이었다. 나는 배심원단이 그 말투에 주목하기를 바랐다. '감히 그런 걸 물어?'라고 말하는 듯한 경찰관의 어조를 감지해낸 배심원들이 분명히 있을 터였다. 나는 그 어조가 뭔가 잘못됐다는 의심을 배심원들의 마음속에 심어줄 거라고 믿었다.

"그리고 증인이 이전에 했던 증언 내용을 바꾸고 싶은 생각이 없으시고요?"

"네, 없습니다." 밀턴이 힘주어 대답했다.

나는 그 대답을 강조하기 위해 잠깐 침묵하면서 배심원들을 흘끗 쳐다본 후 고개를 숙이고 메모를 바라봤다. 버그 검사와 밀턴은 내가 허풍을 떨고 있다고 생각할 것이 틀림없었다. 밀턴의 주장을 완전히 박살 내버릴 증인을 대기시키고 있는 척 내가 연극을 하는 거라고 생각할 터였다. 뭐라고 생각해도 상관없었다. 내가 관심 있는 것은 배심원들의 생각이었다. 그런 암시를 함으로써 나는 배심원단과 암묵적 합의를 한 셈이었다. 약속. 그 약속을 지켜야 했다. 그렇지 않으면 책임을 지게 될 터였다.

"빨리감기 좀 해볼까요?"

나는 동영상을 빨리 돌려 밀턴이 트렁크를 열고 시신을 발견하는 순간으로 달려갔다. 배심원들에게 시신을 또 보여주는 것이 위험한 행동이라는 것은 나도 잘 알고 있었다. 폭력에 희생돼 삶을 마감하고 누워 있는 피살자의 모습은 배심원들의 동정심을 불러일으킬 것이고, 정의와 복수라는 본능적 욕구에 불을 지필 것이 분명했다. 그리고 그 모든 화살이 피고인인 내게 쏟아질 것이었다. 그러나 나는 위험과 보상의 균형이 나에게 이로운 쪽으로 기울어져 있다고 생각했다.

버그 검사는 동영상을 재생할 때 소리를 아주 작게 줄여놓았다. 그러나 나는 그러지 않았다. 누구나 분명히 들을 수 있도록 소리를 키워놓았다. 트렁크 뚜껑이 올라가고 시신이 보이자, "아이구야"라고 탄식하는 밀턴의 목소리가 매우 또렷하게 들렸고 곧이어 웃음을 애써 참는 소리도 들렸다. 그 웃음소리에서 흡족해하는 마음이 분명히 느껴졌다.

나는 동영상을 일시 멈추었다.

"증인, 시신을 발견하고 왜 웃으셨죠?"

"안 웃었는데요." 밀턴이 말했다.

"그럼 아까 그 소린 뭐였죠? 웃음소리 아니었나요?"

"트렁크에 들어 있는 시신을 보고 놀랐거든요. 놀라움의 표현이었습니다."

이 질문에 대해 버그 검사와 예행연습을 하고 나온 것이 틀림없었다.

변론의 법칙

"놀라움의 표현요? 제가 곤경에 처한 것을 알고 흡족해서 나온 웃음이 아니었고요?"

"아뇨, 그럴 리가요." 밀턴이 강하게 부정했다. "여느 때처럼 지루하게 흘러가던 밤이 재밌어지기 시작한다는 느낌은 들었습니다. 경찰 생활 22년 만에 처음으로 살인 용의자를 체포하게 생겼으니까요."

"이 답변은 무응답 처리를 요청합니다." 내가 판사에게 말했다.

"변호인이 질문했고, 증인이 대답했잖아요." 판사가 대꾸했다. "기각합니다. 계속하세요, 변호인."

"다시 한번 들을까요?"

나는 그 순간을 다시 재생했고 소리를 더 키웠다. 밀턴이 어떤 말로 포장하든 그것은 분명히 흡족해하는 웃음소리였다.

"증인, 증인은 지금 배심원들 앞에서 증인이 트렁크를 열고 시신을 발견했을 때 웃지 않았다고 말씀하시는 겁니까?"

"약간 들떴는지는 모르겠지만, 흡족해서 웃은 건 절대 아닙니다." 밀턴이 말했다. "긴장해서 나온 헛웃음이었죠."

"증인은 제가 누군지 알고 있었습니까?"

"네, 신분증을 봤으니까요. 당신이 변호사라고 자기소개도 했잖아요."

"그 전에, 제 차를 세우기 전에 저에 대해 알고 계셨습니까?"

"아뇨, 몰랐습니다. 변호사들한텐 별로 관심 없거든요."

현재로선 얻을 수 있는 것은 다 얻은 것 같았다. 검찰 측 최초의 증인에 대해 적어도 약간의 의심은 불러일으켰다는 생각이 들었다. 지금은 이 정도에서 끝내기로 했다. 다음에 뭐가 나올진 모르지만,

검찰의 증거를 강력하게 반박하면서 공판을 시작했다는 느낌이 들었다.

"더 이상 질문 없습니다. 하지만 변론 단계에서 밀턴 경사를 증인으로 다시 부를 권리는 남겨놓겠습니다."

나는 변호인석으로 돌아왔다. 버그 검사가 발언대로 가서 재직접신문을 하면서 피해를 줄여보려고 애를 썼지만, 내가 제시한 동영상 증거에 대해 해볼 수 있는 일이 많지 않았다. 그녀는 밀턴이 이야기를 처음부터 다시 하게 했지만, 밀턴은 내 차의 뒤 범퍼를 보기도 전에 순찰차의 변속기어를 주행으로 바꾼 일에 대해 믿을 만하고 설득력 있는 이유를 대지 못했다. 그리고 기어를 바꾸기 직전에 휴대전화가 울렸다는 사실은 그가 내 차를 불심검문하라는 지시를 받았을 가능성이 크다는 걸 시사했다.

나는 매기에게 몸을 기울이고 속삭였다.

"저 친구 휴대전화에 대한 소환장 준비됐어?"

"응, 준비 끝났어." 매기가 말했다. "휴정하는 즉시 판사한테 가져가려고."

우리는 판사에게 밀턴의 개인 휴대전화의 통화 및 문자 내역에 대한 정보공개를 청구할 작정이었다. 우리의 패를 밀턴이나 버그 검사에게 미리 보여주지 않으려고 밀턴의 증언을 듣고 동영상을 보여준 다음에 정보공개 청구를 하려고 미리 계획했었다. 그러나 나는 휴대전화 내역을 받는다고 해도 우리가 조금 전에 배심원들에게 틀어줬던 동영상에서 들린 휴대전화 벨소리와 시간이 일치하는 통화나 문자 기록은 없을 거라고 추측했다. 밀턴은 이런 일을 할 땐 일회용 전화기를 썼을 게 분명했다. 어느 쪽이든 우리쪽 증거조사 단계에서 그를 다시 불러내 증언을 들을 수 있다면 내겐 큰 이득이 될 게 분명했다. 그의 명의로 등록된 휴대전화에 문제의 메시지가 온 기록이 없다면, 밀턴은 동영상에서 난 전화벨 소리가 어디서 났는지 배심원들에게 설명해야 할 것이다. 그리고 그날 밤 일회용 전화기를 갖고 있었느냐고 내가 물을 때 그가 부인한다면, 그 설명되지 않은 전화벨 소리를 분명히 들은 배심원들은 그가 거짓말을 하고 있다고 생각할 것이었다.

밀턴에 대한 반대신문은 전반적으로 피고인 측의 득점으로 끝났고, 버그 검사는 벌써 전열을 가다듬을 필요성을 느낀 듯했다. 공판이 끝나려면 아직 30분은 더 남았는데, 다음에 부를 증인인 켄트 드러커 형사와 증거를 검토할 수 있게 조금 일찍 폐정해달라고 워필드 판사에게 요청했다. 검사는 피고인 측의 모두진술과 밀턴에 대한 반대신문이 좀 더 오래 진행될 거라고 예상했었던 게 분명했다.

워필드는 마지못해 검사의 요청을 들어주면서도 공판일엔 일정 단축 없이 공판이 진행될 것을 예상하고 증인조사 계획을 세우라고 양측에 경고했다.

폐정 직후, 매기는 밀턴의 휴대전화 기록에 대한 정보공개 청구서를 들고 서기에게 갔다. 나는 다른 팀원들과 내가 사랑하는 가족 친지에게 손을 흔들어 작별 인사를 한 뒤 경위에게 이끌려 구치감으로 갔다. 거기서 정장을 벗고 죄수복으로 갈아입으면서 보안관국 순찰차를 타고 트윈타워로 돌아갈 준비를 했다. 보안 엘리베이터를 타고 수감자용 주차장으로 갈 때까지 구치감에서 기다리고 있는데, 데이나 버그가 들어와서 창살 사이로 나를 쳐다봤다.

"축하해요, 할러." 버그가 말했다. "득점했네요."

"앞으로도 많이 할 텐데요, 뭘."

"그건 두고 볼 일이죠."

"여긴 왜 왔어요, 데이나? 이제야 깨달음을 얻고 공소를 취하하겠다고 말하러 오셨나요?"

"꿈도 크셔라. 그냥 오늘 게임 선전했다고 축하해주러 왔는데."

"근데 게임이라뇨. 당신한텐 게임일지 모르겠지만, 나한텐 생사가 달린 일인데."

"그러니까 오늘의 승리를 만끽하라는 거예요. 그럴 기회가 앞으로는 없을 테니까."

할 말을 다 한 데이나는 돌아서서 구치감을 나갔다.

"이봐요, 데이나!"

몇 초 뒤에 그녀가 창살 앞에 다시 나타났다.

"왜요?"

"할리우드 볼 요리사요."

"그 여자가 왜요?"

"난 그 여자가 배심원이 되길 바랐어요. 그래서 휴정 시간에 내 도표에 있던 메모지를 바꿔놓았죠. 당신이 나비넥타이 조수를 보내서 훔쳐볼 걸 알았거든요."

그녀의 얼굴에 놀라는 표정이 떠올랐다가 금방 사라졌다. 나는 고개를 끄덕였다.

"그런 게 게임이죠. 그런데 오늘은? 오늘은 진짜였어요."

41

2월 21일, 금요일

금요일 아침 데이나 버그는 배심원단의 장부에서 피고인 측과 동점을 기록하기 위한 계획뿐만 아니라 검찰 측으로 저울이 영원히 기울어지게 만들 계획을 갖고 법정으로 돌아왔다. 전날에 있었던 밀턴의 증언에 대한 대응책인 듯했다. 나에 대한 증거와 동기의 블록을 높다랗게 쌓아 배심원들이 다른 것은 전혀 볼 수 없고 내가 유죄라는 생각이 머릿속 깊숙이 박힌 가운데 주말을 보내도록 하루를 계획한 것이다. 좋은 전략이었고, 나는 이에 대응하기 위해 무슨 수라도 써야 했다.

켄트 드러커는 이 사건의 수사책임자였다. 따라서 그가 제일 중요한 이야기꾼이었다. 버그는 배심원들이 그의 이야기를 들으며 수사의 전 과정을 여유롭게 살펴볼 수 있게 했다. 내가 때때로 이의를 제기했지만, 어디서 개가 짖느냐는 듯 내 말은 안중에도 없었다. 내가 증인에 대해 반대신문을 하기 전에는 아무런 제지도 받지 않는 정보가 배심원들에게 일방적으로 흘러 들어가는 것을 막을 수가 없었다. 그리고 주말까지 내가 반대신문을 못 하게 막는 것이 버그 검사의 목표였다.

오전 공판 땐 주로 사실 확인 절차가 진행됐다. 버그 검사는 드러커 형사의 입을 빌려 그가 다이아몬드 바에 있는 자택에서 출동 전화를 받고 범죄 현장으로 달려가 수사 지휘를 맡게 될 때까지의 초동수사 과정을 배심원들에게 설명했다. 버그는 영리하게도 그동안 있었던 모든 실수를 발 빠르게 인정했고, 드러커의 진술을 통해 피해자의 지갑이 어찌 된 영문인지 범죄 현장이나 검시관실에서 사라졌다는 사실을 밝혔다.

"그래서 증인은 그 지갑을 다시 찾았습니까?" 버그가 물었다.

"아뇨, 아직." 드러커가 말했다. "그냥…… 사라졌습니다."

"그 도난사건에 대해 수사를 하셨나요?"

"현재 수사가 진행 중입니다."

"그리고 그 지갑을 분실한 것이 살인사건 수사를 방해했습니까?"

"네, 어느 정도까지는요."

"어떻게요?"

"피해자의 신원은 지문으로 상당히 빨리 확인할 수 있었습니다. 그건 문제가 안 됐죠. 하지만 그의 전과를 보면 새로이 사기를 칠 때마다 신원을 바꿨다는 것을 알 수 있었습니다. 새 가명과 새 주소, 새 계좌번호 등을 사용했죠. 그러니까 그 지갑에는 그가 피살될 당시 사용하던 신분증이 들어 있었을 것으로 추정됩니다. 그런데 그게 사라진 거죠. 그걸 처음부터 갖고 있었다면 대단히 유용했을 텐데요."

"그래서 결국 그 신원을 확인했습니까?"

"네, 확인했습니다."

"어떻게요?"

"이 사건의 증거개시절차를 통해 알게 됐습니다. 피고인 측이 그 정보를 갖고 있었고, 피해자의 집주인 이름을 증인 명단에 올렸을 때 우리도 알게 됐죠."

"피고인 측이요? 피고인 측이 어떻게 경찰보다 먼저 그걸 알고 있었을까요?"

나는 그 질문이 추측을 요구하고 있다고 주장하면서 이의를 제기했다. 그러나 판사는 대답이 듣고 싶다면서 기각했다. 살인사건 재판에서 증언한 경험이 많은 드러커 형사는 그걸 보고 대담해져 너무 앞서나간 발언을 했다.

"피고인 측이 어떻게 우리보다 먼저 그 정보를 확보했는지 잘 모르겠습니다." 드러커가 말했다. "피고인은 체포된 이후 묵비권을 행사한다면서 입을 다물고 협조를 거부했거든요."

나는 참지 못하고 소리쳤다.

"**이의 있습니다!** 증인은 진술을 거부하고 자신에게 불리한 진술을 강요당하지 않을 수 있도록 헌법에서 보장하는 묵비권을 폄하하는 발언을 했습니다."

"양측 대리인 잠깐 이리로 오세요." 판사가 화를 내며 말했고 재판부 협의를 위해 걸어오는 버그 검사를 무섭게 노려봤다.

매기도 나와 함께 판사석으로 갔다. 드러커의 부당한 언행에 그녀도 나만큼 화가 나 있는 것이 보였다.

"할러 변호사, 이의제기를 하셨는데." 워필드가 말했다. "재판 무효를 요구하는 건가요?"

버그 검사가 끼어들었다. "재판장님, 그렇게까지는……."

"입 다무세요, 검사." 워필드가 날카롭게 말했다. "검사 생활을 그렇게 오래 했으면서 피고인의 묵비권 행사를 비난해선 안 된다고 증인들에게 미리 언질을 줘야 한다는 걸 아직도 몰랐습니까? 검찰의 이 위법행위를 어떻게 처리할지는 심사숙고하겠습니다. 지금은 변호인의 의견을 듣고 싶군요."

"재판장님이 배심원단에 지시를 내려주시기 바랍니다. 가장 강경한 표현으로요. 저는……."

"적절한 지시를 내릴 수 있죠, 물론." 워필드가 말했다. "하지만 확실히 해두고 싶군요. 피고인 측은 추가 징계를 요구할 권리를 포기할 겁니까?"

"제 목표는 재판 무효가 아닙니다, 재판장님. 저는 제가 저지르지 않은 범죄 혐의로 재판을 받고 있습니다. 단순히 무죄선고를 받기 위해서가 아니라 면죄를 위해, 범죄의 책임을 완전히 벗기 위해 재판을 받는 겁니다. 재판장님이 재판 무효 청구를 받아주시고 검사의 위법행위에 따른 편견의 발생을 이유로 재판 무효를 선언하신다고 해도, 저에게 드리워진 의심의 구름은 결코 걷히지 않을 것입니다. 저는 재판을 끝까지 받고 싶습니다, 재판장님. 그리고 강경한 표현으로 배심원단에게 지시를 내려주시는 것에 만족하겠습니다."

"아주 좋습니다." 워필드가 말했다. "변호인의 청구를 받아들여 배심원단에게 지시를 내리겠습니다. 모두 자기 자리로 돌아가세요."

우리가 착석하자마자 판사가 배심원단을 향해 의자를 돌려 앉았다.

"배심원 여러분, 조금 전 증인 드러커 형사가 헌법에 보장된 피고인의 묵비권에 관해 부당한 언급을 했습니다." 판사가 말했다. "이미

엎질러진 물을 주워 담을 수는 없겠지만, 본 법정은 여러분에게 그 언급을 무시하고 거기에서 어떤 유죄의 증거도 추론하지 말라고 주문합니다. 미합중국 수정 헌법 제5조는 범죄 혐의로 기소된 모든 피고인에게 묵비권을 행사하고 자신에게 불리한 진술을 않을 권리를 보장하고 있습니다. 이 권리는 이 나라의 역사만큼이나 오래된 것입니다. 이런 권리를 보장하는 데는 충분한 이유가 있지만, 너무 많아서 지금 여러분과 살펴보기는 어렵겠습니다. 이 사건에서는 여러분 모두 이미 들으셨겠지만, 피고인인 할러 씨가 형사소송 전문 변호사라서 경찰과 검찰이 하는 신문에 피고인이 응하지 않을 이유를 잘 알고 있다는 정도만 얘기해두겠습니다. 피고인이 체포된 후 진술을 거부한 것은 분명히 피고인의 권리 내에서 행동한 것이었고요. 반면에 증인은 헌법이 보장하는 묵비권에 대해 언급조차 하지 말았어야 했습니다. 이 권리가 우리 사법제도 안에서는 대단히 근본적이고 중요한 의미가 있기 때문에, 다시 한번 말씀드리겠습니다. 피고인이 체포된 후 묵비권을 행사한 것에 대해 증인이 언급한 내용은 무시하시고, 묵비권 행사가 어떤 유죄의 증거라고 추측하지 마십시오."

그러고 나서 판사가 천천히 고개를 돌려 드러커를 쳐다봤다. 드러커는 수치심으로 얼굴이 빨개져 있었다.

"자, 증인." 판사가 말했다. "위헌적이고, 불공정하고, 비전문적인 언급을 하지 않고 증언할 방법을 버그 검사와 논의할 시간이 필요합니까?"

"아뇨, 재판장님." 드러커가 앞을 노려보면서 중얼거렸다.

"본 재판장과 이야기할 땐 본 재판장을 보세요." 워필드 판사가 말했다.

드러커가 증인석에서 몸 전체를 돌려 앉아 판사를 올려다봤다. 판사가 마음을 꿰뚫어 보듯 노려보고 있는 그 순간이 드러커에게는 영원처럼 느껴졌을 것이다. 잠시 후 판사는 버그 검사를 향해 레이저를 쏘았다.

"신문 계속하세요, 검사." 판사가 말했다.

발언대에 다시 선 버그 검사가 물었다. "증인, 증인은 피고인이 피해자 샘 스케일스와 아는 사이였다는 걸 아십니까?"

"마이클 할러는 오랜 세월에 걸쳐서 샘 스케일스가 기소된 거의 모든 형사사건 재판에 변호인으로 등장했습니다. 피해자와 오랜 기간 친분이 있었고, 피해자의 일상과 습관을 알고 있었을 가능성이 매우 높습니다."

"이의 있습니다!" 내가 격분해 소리쳤다. "증인은 또 추측을 하고 있습니다, 재판장님."

판사가 증인을 무섭게 노려봤다.

"증인." 판사가 말했다. "개인적 관찰과 경험으로 알아낸 사실만을 진술하세요. 아시겠어요?"

"네, 알겠습니다, 재판장님." 두 번이나 경고를 받은 형사가 말했다.

"계속하세요, 검사." 워필드 판사가 말했다.

버그 검사는 경찰의 수사 실패를 변호인과 피고인에 대한 의심으로 바꾸려고 애를 쓰고 있었다. 검찰이 나에 대해 갖고 있는 의혹에 나 스스로 불을 밝혀 부각시키는 것일 수도 있었지만, 판사가 검사에게 내린 몇 건의 엄중한 경고는 뜻밖의 승리였다. 수사와 기소가 엉성하고 부당했음을 폭로하려는 내 전략과 잘 맞아떨어졌다.

검찰에 이로운 증언이 길게 지속되는 가운데 이런 작은 승리를 연달아 거둔 것은 좋은 일이었다. 얻을 수 있을 때 얻어야 한다. 나는 언제 하게 될지는 모르겠지만 반대신문에서 이 전략을 더 강하게 밀어붙이기 위해 리걸패드에 다시 메모를 하기 시작했다.

버그는 점심시간 전까지 드러커를 계속 신문했고, 그때까지 겨우 사건 당일 밤의 수사를 살펴봤을 뿐이었다. 오후 공판에서도 더 많은 이야기가 나올 것이었고, 내가 드러커 형사를 신문할 기회는 주말까진 오지 않으리라는 것이 점점 더 분명해지고 있었다. 점심 식사를 위해 배심원석을 빠져나가는 배심원들을 살펴봤다. 많은 사람이 기지개를 켜고 있었고 무기력한 모습을 보였다. 요리사는 하품까지 했다. 그들이 이미 나에 대해 결정을 내린 것이 아니라면, 검찰 측 주장을 들으며 지루해하는 것은 좋은 조짐이었다.

나는 법원 구치감에서 매기와 시스코와 함께 점심을 먹었다. 판사는 내 팀원들이 음식을 사들고 들어와서 점심시간에 업무 회의를 하도록 허락했다. 금요일 점심은 리틀 쥬얼에서 사왔고, 나는 뗏목을 타고 태평양 한가운데를 떠다니다가 구조된 사람처럼 새우 포보이 샌드위치를 게걸스레 먹었다. 샌드위치를 한입 가득 베어 물고 씹으면서 팀원들과 재판에 관해 이야기를 나눴다.

"이 기차를 밀어서 탈선시켜야 해. 검사는 오후 공판 끝날 때까지 신문을 계속할 거야. 그럼 배심원들은 내 유죄를 확신하면서 주말을 보내기 위해 집으로 돌아갈 거고."

"의사진행 방해야." 매기가 말했다. "검찰청에선 그렇게 불러. 증인을 피고인 측과 가능한 한 오래 떨어뜨려놓는 거지."

오후 공판에서 버그 검사는 내가 받고 있는 혐의들과 관련된 수사에 대해 신문할 것이 틀림없었다. 또한 범행 동기도 건드리기 시작할 것이고, 오후 공판이 끝날 때쯤엔 검찰의 주장이 거의 완성될 터였다. 그리고 나서 48시간 이상이 지난 후에야 내가 반대신문을 통해 반격할 기회를 얻을 것이다.

현실적으로 볼 때 오후 공판은 세 시간 동안 진행될 것이 분명했다. 점심시간은 1시 30분에 끝났다. 이 법원 안의 어떤 판사도 금요일 오후 4시 30분이 넘어서까지 배심원들을 붙잡아두려고 하지는 않을 것이다. 세 시간 중 크게 한 뭉텅이를 잘라내서 검찰의 신문이 다음 주로 이어지게 만들어야 했다. 월요일에 버그 검사가 얼마나 많은 시간을 독점하느냐는 중요치 않았다. 검사의 직접신문이 끝나자마자 바로 반대신문으로 들어가서 반격해야 했다. 주말을 통째로 검사에게 헌납할 수는 없었다. 배심원들이 한쪽 이야기만 들은 상태로 보내는 이틀은 영원이나 마찬가지였다.

나는 남은 샌드위치를 내려다봤다. 새우튀김에 수제 레물라드 소스가 덮여 있었다.

"미키, 안 돼." 매기가 말했다.

나는 고개를 들어 그녀를 쳐다봤다.

"응?"

"당신이 무슨 생각 하는지 알아. 판사가 절대로 안 넘어갈 거야. 변호사였잖아. 술수를 다 알고 있다고."

"내가 탁자에 구토를 하면 믿을걸."

"아, 제발. 식중독은 정말 얄팍한 술수야."

"그럼, 당신이 생각해봐, 사형집행인 데이나의 발목을 잡고 계획에 차질을 빚게 할 방법."

"잘 들어봐, 검사가 하는 질문은 거의 다 유도신문이야. 그런 질문을 할 때마다 이의를 제기해. 그리고 드러커가 의견을 낼 때마다 이의제기하고."

"그럼 너무 투덜이로 보이지 않을까, 배심원들에게?"

"그럼 내가 할게."

"마찬가지지. 우린 한 팀이잖아."

"살인범보다는 투덜이로 보이는 게 낫지 않나?"

나는 고개를 끄덕였다. 이의제기가 일의 진행을 늦추기야 하겠지만 그것만으로는 충분치 않았다. 버그의 걸음 속도를 느리게는 하겠지만 완전히 멈춰 세우지는 못할 것이다. 뭐가 더 필요했다. 나는 시스코를 쳐다봤다.

"자, 잘 들어봐, 법정으로 돌아가면 자넨 배심원들을 살펴봐. 눈을 떼지 말고 지켜보라고. 아까 오전에 벌써 지쳐 보이던데 이젠 점심까지 먹었잖아. 누가 졸기 시작하면 매기에게 문자를 보내. 그럼 판사에게 이의를 제기할 테니까. 그러면서 시간을 좀 벌 수 있을 거야."

"알았어." 시스코가 말했다.

"그건 그렇고, 어제 이후로 배심원들 SNS 좀 살펴봤어?"

"그건 로나한테 물어봐야 해." 시스코가 말했다. "그런 건 로나가 찾아보고 있었거든. 난 당신에게 필요한 일이 있으면 언제든지 뛰어들 수 있게 준비 중이고."

그는 배심원들의 배경을 알아보기 위해 그들에 관한 정보를 계속 수집하고 있었다. 주차장에서의 정탐 활동과 자동차 등록 정보와 다른 수단을 통해 배심원들의 이름을 알아낼 수 있었다. 그리고 그 정보를 이용해 그들의 소셜미디어 계정에 접근해 이 재판에 관한 언급이 있는지 감시할 수 있었다.

"그래, 그럼 오후 공판 시작하기 전에 로나에게 전화해줘. 배심원들 소셜미디어를 확인해보라고 해. 배심원이 된 걸 자랑하는 사람이 있는지, 판사가 알아야 할 어떤 언급을 한 사람이 있는지 말이야. 그런 게 있다면 문제를 제기해서 배심원의 위법행위에 관한 심리를 열게 할 수도 있어. 그렇게 되면 버그 검사의 계획은 차질을 빚을 거고 신문이 월요일로 미뤄질 수 있겠지."

"우리 편이 그러면 어떡하려고?" 매기가 물었다.

매기는 내가 작성한 배심원의 호감도 도표에 녹색으로 표시했던 일곱 명의 배심원 중 한 명이면 어떡할 거냐고 묻고 있었다. 두 시간을 벌기 위해 그들 중 한 명을 희생하는 것은 받아들이기 힘든 교환 조건이었다.

"그건 그때 가서 보자고. 거기까지 갈 수 있다면 말이지."

챈 경위가 구치감 문 앞에 나타나 오후 공판을 위해 법정으로 돌아가야 한다고 말하는 바람에 회의는 거기서 끝이 났다.

공판이 속개되자마자 나는 버그 검사가 드러커 형사에게 지속적으로 유도신문을 하고 있다고 이의를 제기했다. 예상했던 대로 버그는 내 주장에 아무런 근거가 없다면서 강하게 반발했다. 판사는 검사의 주장에 일리가 있다고 판단했다.

변론의 법칙

"피고인 측도 잘 알 텐데요, 어떤 일이 있고 나서 한참 지난 뒤에 이의를 제기하는 것은 인정하기 어렵다는 거." 워필드가 말했다.

"존경하는 재판장님. 제가 이의를 제기한 것은 이런 일이 당연한 듯이 지속되고 있다는 사실을 알려드리고 싶어서입니다. 제 주장은 절대로 근거 없는 주장이 아니고, 재판장님의 지시가 이 일을 중단시킬 수 있다고 생각했습니다. 하지만 공판을 진행하면서 사안이 발생할 때마다 곧바로 이의를 제기하라고 하시면 기꺼이 그렇게 하겠습니다."

"그래요, 변호인, 그렇게 해주세요."

"감사합니다, 재판장님."

이 논란이 법정 시간 10분을 소비했다. 드러커를 증인석으로 다시 불러 신문을 진행하는 버그 검사의 일정은 예정보다 느려졌다. 내가 자신의 질문 형태에 관해 이의제기를 해서 판사의 인정을 받아 만족하는 꼴을 보고 싶지 않았던 검사는 더 많은 시간과 노력을 들여 질문을 다듬었다. 이것이 바로 내가 원했던 거였다. 나는 느려진 신문 속도가 점심을 먹고 돌아온 배심원들을 지치게 만드는 효과까지 추가적으로 내주기를 바랐다. 한 명이라도 졸면 배심원단의 주의를 환기해달라고 판사에게 요청하면서 더 많은 시간을 허비할 수 있을 터였다.

그러나 오후 공판이 시작되고 한 시간쯤 지났을 무렵, 시간을 끌기 위해 내게 필요했던 강력한 안건을 버그 검사가 선물해준 바람에 모든 노력이 수포로 돌아갔다. 버그 검사는 드러커 형사의 입을 빌려 샘 스케일스가 어떤 사람이었고, 피살 당시 어떤 일에 매달려 있었을 가능성이 있는지를 설명하기 시작했다. 드러커는 스케일스가 월터 레논이라는 가명을 쓰고 있었다는 사실과, 스케일스가 그 가명으로 살았던 주소지로 신용카드를 신청했고 청구서를 받았다는 사실을 자신이 어떻게 알아냈는지 자세히 설명했다. 그런 다음 신용카드 가입 신청서와 요금 청구서를 검찰 측 증거물로 제출했다.

내가 매기에게 몸을 기울이고 속삭였다.

"저거 우리도 받았나?"

"모르겠는데." 매기가 말했다. "안 받은 것 같아."

버그는 법정 서기에게 사본을 전달한 후 자기 자리로 돌아가면서 우리에게도 사본을 던져줬다. 나는 그 사본을 탁자 위 매기와 나 사이에 놓고 그녀와 함께 재빨리 훑어봤다. 살인사건은 엄청나게 많은 서면을 양산하고, 그 서면을 다 따라잡는 데 모든 시간과 노력을 쏟아야 할 때가 종종 있다. 이 사건도 다르지 않았다. 게다가 매기는 제니퍼를 대신해 겨우 2주 전에 우리 팀에 합류했다. 그녀와 나 둘 다 모든 서면을 잘 파악하고 있는 것은 아니었다. 나는 가능한 한 구치소 내 방에 서면을 두지 않으려고 했기 때문에, 서면과 관련된 일은 모두 제니퍼가 맡아 했었다.

그래도 이 서류들을 전에 본 적이 없다는 것은 거의 확실했다.

"증거개시 보고서 갖고 있어?"

매기는 자기 서류 가방을 뒤져서 파일 하나를 꺼냈다. 그리고는 증거개시의 일환으로 지방검찰청에서 받은 모든 서류를 한 줄로 요약한 목록을 찾아냈다. 목록을 손가락으로 짚으며 훑어 내려가다가 다음 페이지로 넘어갔다.

변론의 법칙

"여기엔 없는데." 매기가 말했다.

나는 즉시 일어섰다.

"이의 있습니다!" 나는 법정에서는 보기 드물게 흥분한 모습으로 소리쳤다.

버그는 드러커에게 질문하다가 도중에 말을 멈췄다. 판사는 구치감 철문이 쾅 하고 닫힌 것처럼 화들짝 놀랐다.

"무엇에 이의가 있다는 거죠, 변호인?" 판사가 물었다.

"재판장님, 검찰은 이번에도 증거개시의 규칙을 의도적으로 위반했습니다. 피고인 측이 마땅히 접근할 수 있어야 하는 증거를 감추고 공개하지 않으려는 검찰의 노력은 참으로 믿기 어려운 경지에……."

"잠깐만요." 판사가 재빨리 말했다. "우리, 배심원단 앞에서 싸우지 맙시다."

워필드 판사는 배심원들에게 잠깐 오후 휴정을 하겠다며 10분간 회의실에 가 있으라고 주문했다.

우리는 배심원들이 천천히 배심원석을 떠나 법정 문밖으로 나갈 때까지 기다렸다. 나는 침묵 속에 시간이 갈수록 점점 더 화가 치밀었다. 워필드 판사는 마지막 배심원이 나가고 문이 닫히기를 기다렸다가 마침내 사태 해결에 나섰다.

"자, 변호인, 이제 말씀하세요." 판사가 말했다.

나는 발언대로 갔다. 드러커의 증언 중 가장 피해가 클 것으로 예상되는 부분을 월요일로 미루는 지연전술을 쓰고 싶었다. 월요일엔 그 증언에 시의적절하게 대응하고 피해를 줄일 수 있을 것 같아 지연전술이 합법적이든 아니든 상관하지 않았다. 그런데 내가 상상했던 그 어떤 지연전술보다도 정당한 증거개시규칙 위반이라는 빌미를 검사가 때마침 제공해준 것이다. 나는 그것을 티 위에 올려놓고 채를 힘껏 휘둘렀다.

"재판장님, 이건 정말 도무지 믿어지지가 않습니다. 이제까지 증거개시절차를 놓고 그렇게 갑론을박을 계속했는데, 검찰이 또 이런 짓을 하다니요. 저는 이 서면을 한 번도 본 적이 없습니다. 어떤 추가 증거개시목록에도 올라 있지 않고요. 정말 갑자기 나타난 것입니다. 그런데 증거로 제출한다고요? 검찰은 이 서면을 배심원들에게는 보여주고 싶어 하면서 정작 살인사건 피고인으로 재판을 받고 있는 제게는 보여주려 하지 않네요. 기가 막힙니다, 재판장님. 어떻게 이런 일이 반복될 수 있는 겁니까? 아무런 제재도, 대책도 없이 말이죠."

"검사, 변호인은 이 서류를 증거개시절차를 통해 받아보지 못했다고 말하는데요. 어떻게 된 일이죠?" 워필드가 말했다.

아까 내가 이의제기를 할 때 버그는 책등에 '증거개시'라고 적힌 두꺼운 흰색 바인더를 뒤적이고 있었다. 판사가 대답을 요구했을 때도 다시 한번, 이번에는 뒤에서 앞으로 바인더 페이지를 넘기고 있었다. 그러더니 검사석에서 일어서서 대답했다.

"재판장님, 저도 그 경위를 설명할 수 없습니다." 버그가 말했다. "그 서면이 2주 전에 전달된 개시 증거물 꾸러미에 들어 있어야 하는 건 맞습니다. 지금 사람을 시켜 변호인에게 보낸 이메일을 확인하고 있습니다. 저도 지금 이 증거물 목록을 찾아봤는데 문제의 서면은 보이지 않네요. 아마도 빠뜨린 것 같습니다, 재판장님. 실수입니다. 분명히 말씀드릴 수 있는 것은 의도적인 것은 아니라는 점입니다."

변론의 법칙

나는 시베리아에서 얼음 장사를 하자는 제안을 받은 듯한 표정으로 고개를 가로저었다. 설득력이라고는 눈곱만큼도 없는 변명이었다.

"재판장님, '앗 실수'라고 말하면 다 되는 게 아니라는 걸 검사에게 가르쳐주십시오. 검사가 말하는 '실수'로 인해 저는 이 증거물의 진실성, 관련성, 중요성 등을 평가할 수 없게 됐을 뿐 아니라, 이 증거물에 관해 이 증인을 반대신문할 준비도 하지 못했습니다. 변론을 준비하고 펼칠 능력이 심각하게 손상된 겁니다. 검찰이 저의 권리를 존중하지 않는 태도는 반드시 시정돼야 합니다. 우리 모두는 시스템과 법정과 규칙을 존중하는 태도를 배워야 하고 그 규칙에 따라 재판에 임해야 합니다."

증거개시절차의 위반이 확인됐고 이 문제를 처리해야 한다는 사실을 깨달은 판사는 언짢은 듯 입술을 꽉 다물었다.

"잘 알겠습니다, 변호인. 검사의 말을 들어보면, 이 절차 위반은 실수인 것으로 보이네요." 판사가 말했다. "지금 문제는 앞으로 이 증인 조사를 어떻게 진행하느냐 하는 것이고, 그건 이 증거가 검사의 주장에서 갖는 의미에 따라, 그리고 피고인이 자신에게 불리한 이 증언과 증거에 맞설 능력에 따라 달라지겠고요. 버그 검사, 이 증거와 증언의 관련성과 중요성에 대해 설명해주시겠어요? 이것이 무슨 문제와 관련이 있죠?"

"이것은 샘 스케일스의 가명인 월터 레논의 재정 상태와 은행 계좌에 관한 서면입니다." 버그가 말했다. "피고인의 범행 동기와 관련이 있고요. 특수사정을 주장하는 저희 검찰에 매우 중요한 증거자료입니다."

"변호인, 변호인에게 제공된 서면을 보면서, 내용을 확인하고 조사하는 데 시간이 얼마나 걸릴 것 같아요?" 워필드가 말했다.

"재판장님, 그건 지금 당장 말씀드릴 수 있습니다. 적어도 주말까지는 시간이 필요합니다. 그보다 더 필요할 수도 있고요. 주말엔 은행이 문을 닫고, 저의 조사 능력도 제한돼 있기 때문입니다. 그것 말고도 문제는 많습니다. 이 서면과 이에 관한 증언은 증거에서 배제돼야 합니다. 검찰이……."

"시간이 얼마 없어요, 변호인." 판사가 말했다. "요점을 말해주세요."

"그러니까요." 버그가 끼어들었다. "재판장님, 변호인은 제 증인의 증언을 미루려는 전술을 쓰고 있는 것이 분명합니다. 변호인이 원하는 것은……."

"재판장님! 제가 지금 무슨 말을 들은 겁니까? 여기서 피해자는 전데, 검사는 의도적이든 아니든 자신이 저지른 배임행위의 책임을 저에게 돌리려 하고 있습니다."

"그건 실수였다고요!" 버그가 외쳤다. "실수였습니다, 재판장님. 변호인은 그 실수 하나 갖고 마치 세상이 끝난 것처럼 호들갑을 떨고 있습니다. 변호인은……."

"그만, 그만!" 판사가 외쳤다. "다들 착석하고 조용히 하세요."

캘리포니아의 판사들은 더 친절하고 부드러운 법정 분위기를 만들기 위해 판사봉을 사용하지 않는다. 만약 판사봉을 사용했다면 워필드는 판사봉이 부서질 정도로 두드려댔을 것이다. 판사의 감정이

　　　　　　　　　　　　　변론의 법칙

폭발하고 나서 법정이 쥐 죽은 듯 조용해졌다. 판사의 눈이 앞에 있는 양측 대리인들 머리 위로 올라가더니 법정 뒷벽에 걸린 시계를 봤다.

"벌써 3시가 넘었군요." 판사가 말했다. "다들 잔뜩 흥분해 있고. 두 대리인은 이 공판 절차에 밝은 빛을 비추기는커녕 과열시키고 있고요. 배심원들을 불러들여서 바로 집에 돌려보낼게요."

워필드의 질타가 이어지는 동안 버그는 패배를 인정하며 고개를 숙였다.

"이 문제는 월요일 아침에 다시 논의하겠습니다." 판사가 말했다. "변호인, 이 문제 해결방안에 관한 의견서를 월요일 아침 8시까지 서기에게 제출하세요. 일요일 저녁까진 의견서 사본을 이메일로 검사에게 보내시고요. 버그 검사도 의견서 제출하세요, 이 증거가 배제되지 않아야 하는 이유에 대해, 혹은 제안된 다른 제재조치들이 부적절한 이유에 대해 말이에요. 본 법정에서 여러 번 말했지만, 나는 증거개시절차 규칙을 대단히 중요하게 생각합니다. 증거개시와 관련해서는 단순한 실수란 없거든요. 증거개시는 재판 준비의 근간이라서 그 규칙을 엄격하게 성실히 준수해야 합니다. 의도적이든 아니든 증거개시규칙 위반은 적절한 재판을 받을 피고인의 기본권을 위반한 것으로 엄격하게 처리돼야 하고요. 자, 이제 배심원들을 불러서 주말을 조금 일찍 시작할 수 있게 빨리 돌려보냅시다."

나는 변호인석으로 돌아와 자리에 앉았다. 그러고는 매기에게 속삭였다.

"이런 게 바로 전화위복이라는 거야."

"내가 식중독 연기 말린 거 잘했지?" 매기가 말했다.

"어, 그런데 그건 변호인과 의뢰인의 비밀유지의무가 있는 대화니까, 다신 말하면 안 돼."

"알았어, 입 꾹 다물게. 의견서는 내가 써서 낼게. 제재 방안은 어떡하지?"

"제대로 한방 먹였어. 검사의 증인조사를 월요일까지 미룬 건 우리가 홈런 친 거야."

"그럼 제재 방안은 얘기하지 마?"

"무슨 소리. 검사를 옭아맬 기회를 놓쳐서는 안 되지. 그냥 흘려버리기엔 너무나 드문 기회거든. 하지만 재판 무효를 원하진 않아. 이 증거가 특수살인죄 주장에 중요한 의미를 갖는다는 아이스버그의 말이 사실이라면, 판사가 이걸 증거에서 배제하진 않을 거야. 어떻게 할 건지 좀 생각해보자. 주말이 있으니까. 서류는 내가 가져가서 내일 다 읽고, 생각 좀 해볼게. 일요일에 트윈타워로 와줄 수 있어?"

"갈게. 그 전에 헤일리와 점심 먹고."

"좋아. 좋은 계획이야."

회의실 문이 열리더니 배심원들이 들어와 두 줄로 된 배심원석에 앉았다. 검찰 측 증거조사 이틀째 날이 끝났는데, 내 계산으로는 아직은 내가 우세했다.

변론의 법칙

42

교도관은 3시가 거의 다 돼서야 나를 변호인 접견실로 데려갔다.
그는 입고 있는 유니폼 색과 같은 녹색의 마스크를 끼고 있었다. 보
안관국이 공식적으로 지급한 것이 틀림없었다. 그렇다면 지금 다가
오는 파도는 상당히 위협적이라는 뜻이었다.

교도관에게 떠밀려 접견실로 들어가 보니 매기가 벌써 도착해 기
다리고 있었다. 그녀도 마스크를 끼고 있었다.

"뭐야, 이거? 이번 것은 진짜야? 진짜로 오고 있어?"

교도관이 나를 의자에 앉히고 수갑을 풀어주는 동안 매기는 아무
말도 하지 않았다. 교도관이 접견 규칙을 고지하기 시작했다.

"신체 접촉은 안 됩니다." 교도관이 말했다. "전자기기 사용도 안
되고요. CCTV 촬영합니다. 녹음은 안 되지만, 우리가 보고 있을 거
예요. 의자에서 일어서면 우리가 들어옵니다. 알겠습니까?"

"네."

"알겠습니다." 매기도 대답했다.

그러자 교도관이 접견실을 나가고 문을 잠갔다. 나는 천장 모서리
에 설치된 카메라를 올려다봤다. 내가 제보해 전화 도청이 폭로되고
감찰도 받았지만, 카메라는 아직도 그 자리에 있었고 우리는 우리 대

제4부 야수의 피 빨아먹기   415

화를 엿듣는 사람이 없다는 말을 믿어야 했다.

"기분은 어때, 미키?" 매기가 물었다.

"걱정돼. 나만 빼고 다들 마스크를 끼고 있어서."

"방에 텔레비전 없어? CNN 안 봐? 이 바이러스 때문에 사람들이 죽고 있어. 우리나라에도 이미 상륙했을 거라고들 하고."

"방송실 근무자가 바뀌었어. 새 근무자들이 리모컨을 쥐고 ESPN과 폭스 뉴스만 틀어줘."

"폭스는 권력에 납작 엎드려 있어. 대통령 보호에 급급하잖아. 아무 문제없을 거라고 호언장담만 일삼는 사람을."

"대통령이 그렇게 말하면, 사실이겠지."

"어, 그래, 그렇게 믿어, 그럼."

매기가 탁자 위 자기 앞에 서류를 펼쳐놓은 것이 눈에 들어왔다.

"오래 기다렸어?"

"응, 괜찮아." 매기가 말했다. "일하고 있었어."

"오늘 헤일리 만났어?"

"응, 모턴 피그에서 점심 먹었어. 좋던데, 거기."

"나도 거기 좋아하는데. 거기가 그립다. 헤일리와 함께했던 시간도 그립고."

"곧 여기 나갈 거야, 미키. 우리 논거가 아주 세거든."

나는 고개를 끄덕였다. 매기의 표정을 잘 읽을 수 있게 얼굴을 다 볼 수 있으면 좋겠다는 생각이 들었다. 매기는 나를 격려하려고 마음에도 없는 말을 하는 것일까, 아니면 진짜로 그렇게 믿고 있을까?

"있잖아, 나 그거 안 걸렸어. 그 바이러스 말이야. 그러니까 마스크

변론의 법칙

벗어도 돼."

"자기가 걸렸다는 걸 본인은 모를 수도 있대." 매기가 말했다. "어쨌든 당신한테 옮을까 봐 걱정돼서 이러는 거 아니야. 여기 환기 시스템이 걱정돼서 그래. 교도소, 구치소가 바이러스에 취약한 곳이 될 거래. 그래도 법원을 오갈 때 호송버스를 안 타는 건 그나마 다행이다."

나는 다시 고개를 끄덕이면서 그녀를 살펴봤다. 마스크 때문에 짙고 강한 눈빛이 강조돼 보였다. 25년 전 그녀에게 처음 끌린 것도 저 눈 때문이었다.

"헤일리는 어느 쪽으로 갈 것 같아? 검사 아니면 변호사?"

"글쎄." 매기가 말했다. "잘 모르겠어. 자신이 결정하겠지. 이번 주엔 수업 안 들어갈 거래. 공판을 다 보고 싶대."

"그러면 안 되는데. 진도가 너무 뒤처지지 않을까?"

"그러게 말이야. 그런데 헤일리에게도 이 재판이 엄청난 의미가 있잖아. 오지 말라고 할 수가 없었어."

"하여튼 고집은. 누굴 닮아 그러는지, 참."

"그러게 말이야."

나는 매기의 마스크 속에서 미소를 봤다고 생각했다.

"헤일리도 형사소송 변호로 들어와서 셋이서 가족 로펌 만들면 되겠네. 할러, 할러, 맥피어스 변호사 사무소."

"재밌네." 매기가 말했다. "그럴 수도 있겠다."

"재판 끝나면 검찰이 당신을 다시 받아줄까? 당신은 자기 종족을 배반했고, 선을 넘어 암흑세계로 건너왔잖아. 임시로라도 받아줄지 의문이군."

"그건 아무도 모르지. 그리고 내가 돌아가고 싶어 한다고 누가 그래? 법정에서 데이나를 보니까 저 일을 내가 더 하고 싶은지 회의가 들더라고. 모르겠어. 데이나처럼 젊고 저돌적인 검사들에게 기회를 주려고 나를 강력부에서 쫓아냈을 때 깨달았어, 내 일이…… 완전히 끝난 건 아니지만……, 정체기를 맞았다는 걸. 이젠 내 일이 중요하게 느껴지지 않더라고."

"아이고, 왜 그래. 환경 보호 분야라고 했나? 당신이 하는 일, 여전히 중요해."

"빗물 하수관에 화학약품을 버렸다고 세탁소 주인을 잡으러 다니는 일을 또 해야 한다면, 그냥 내가 죽고 말지."

"그러지 말고 나랑 동업하자."

"웃기는 소리 하지 마."

"진심인데."

"됐거든."

그 말이 상처가 됐다. 그녀의 빠른 거절을 들으니 평생 우리를 하나로 묶어줄 딸이 있는데도 불구하고 이혼하게 된 이유가 다시 생각났다.

"당신은 항상 내가 하는 일 때문에 내가 더럽다고 생각했어. 그 일이 어떤 식으로든 내게 때를 묻히기라도 하는 것처럼. 그런데 나 더럽지 않아, 매기."

"왜 그런 속담 있잖아." 매기가 말했다. "개와 함께 자면 벼룩에 물린다고……."

"그럼 여긴 왜 왔어?"

"말했잖아. 당신 직업에 대한 내 생각과 상관없이 난 당신을 잘 알아. 당신이 이런 짓을 저지르지 않았다는 것도 알고. 저지를 수도 없었을 거야. 게다가 헤일리가 나를 찾아와서 당신을 도와달라고 부탁하더라고. 아니 명령했어. 당신에게 내가 필요하다면서 말이야."

몰랐다. 특히 헤일리 이야기는 처음 들었고 가슴이 뭉클했다.

"우와. 나한테는 그런 말 전혀 안 했는데."

"사실, 헤일리가 그런 말 내게 할 필요도 없었어." 매기가 말했다. "나도 당신을 돕고 싶었거든. 진심으로."

침묵이 흘렀다. 나는 고마움의 표시로 목례를 했다. 고개를 드니 매기가 귀에서 마스크 끈을 떼어내 마스크를 벗고 있었다.

"본론으로 들어갈까?" 매기가 말했다. "접견 시간 한 시간밖에 안 주던데."

"그러자. 밀턴의 전화기 정보는 받았어?"

"아직도 질질 끌고 안 주고 있어. 필요하다면 판사 찾아가려고."

"그래. 밀턴 자식 코를 납작하게 해주고 싶군."

"그럴 수 있을 거야."

"제재조치는?"

매기는 립스틱을 칠하지 않았고, 아마도 마스크에 립스틱이 묻는 것이 싫었던 것 같다. 그녀의 얼굴을 보니 가슴에서 예의 그 날카로운 통증이 느껴졌다. 이런 통증을 느끼게 한 여자는 그녀가 유일했다. 마스크를 꼈든 벗었든, 화장을 했든 안 했든, 그녀는 아름다웠다.

"안 되면 말고, 찔러나 보자." 매기가 말했다. "판사한테 다시 보석 신청해보자고."

그 말에 나는 몽상에서 깨어났다.

"제재조치로? 워필드가 찬성하지 않을걸? 이번 주말이면 재판이 끝나잖아. 보석을 허락했다가 유죄 평결이 내려지면 다시 집어넣어야 할 텐데 그러려고 하겠어? 그리고 나도 4~5일의 자유를 누리자고 거액의 보석보증금을 내고 싶진 않아."

"알아." 매기가 말했다. "판사가 찬성하지 않을 거라는 것도 알고, 승산이 없는 주장이라는 것도 알아. 그래도 보석신청을 하고 그걸 논의하며 한 주를 시작하는 게 좋을 것 같아. 그러면 데이나는 월요일 오전엔 보석 허가가 떨어지는 걸 막으려고 기를 써야 할 테니까."

"데이나의 돛에서 바람을 빼자는 거로군."

"바로 그거야. 데이나의 공판 계획에 큰 차질을 빚게 해주자는 거지."

나는 고개를 끄덕였다. 매기의 계획이 마음에 들었다.

"기발한데. 해보자."

"알았어." 매기가 말했다. "보석신청서 내가 작성해서 6시 이전에 모든 당사자에게 보내놓을게. 내일 심리 때 발언도 내가 하고."

나는 웃음이 저절로 나왔다. 매기가 검찰과 피고인 측 양쪽에서, 그리고 나를 위해서, '맥피어스'로서의 명성을 증명하는 모습을 보니까 감탄이 절로 나왔다.

"아주 좋아. 워필드가 보석신청을 기각하면 반대급부로 뭘 달라고 요구할까?"

"아무것도 요구하지 말자." 매기가 말했다. "나중을 위해 적립해두자고."

"좋아, 그러자."

매기는 내가 자기 계획에 반대하지 않아서 기쁜 듯했다.

"그래서, 다른 일들은 어떻게 돼가?"

"오파리지오는 무슨 일이 있다는 걸 눈치 챘는지 어제 이곳을 떠났어. 자동차로. 시스코가 자기 친구들을 붙여놨고."

"캘리포니아주를 떠났다는 거야? 베이거스로 갔나?"

"아니, 거기선 쉽게 따라잡힐 거라고 생각했나 봐. 차를 몰고 애리조나로 갔어. 스코츠데일로. 거기서 피니션이라는 리조트에 투숙했고. 내일 시스코가 그리로 가서 소환장을 던져줄 거야."

"다른 주에서 발부된 소환장엔 응할 필요 없다는 걸 알고 있으면 어떡하지? 그걸 알고 떠난 것 같은데."

"아마 모를 거야. 불편한 상황이 생긴 걸 감지하고 뜬 것 같아. 자기가 책임이 있는 살인사건에 관한 재판이 열린다는 걸 알았겠지. 재판 끝날 때까지 떠나 있는 게 최선이라고 생각했을 거야. 어쨌든 시스코 말로는 친구들이 전 과정을 동영상으로 찍을 거고 완전히 합법적으로 보이게 빈틈없이 할 거래. 문제는, 언제, 무슨 요일에 오파리지오를 법정으로 부를 거냐는 거야."

고민해볼 문제였다. 데이나 버그 검사가 배심원단 앞에서 증인과 증거를 조사하고 검찰 측 주장을 펼치는 데 시간이 얼마나 걸릴지는 검찰 측 증인 명단을 토대로 추측해볼 수 있었다. 우리는 지난 금요일에 드러커에 대한 증인신문을 막고 다음 주로 미뤘고, 그전에는 검사가 드러커 신문을 주말까지 끌고 가기 위해 증언을 짜내고 있었다. 이젠 버그가 전략을 바꿔 속도감 있게 진행할 가능성이 컸다. 그런 다음에는 증인 명단에 나와 있는 순서대로 검시관과 사건현장 수사 책임자와 서너 명의 보조적인 증인들을 부를 것이었다.

"내 생각엔 데이나가 길어봐야 이틀 안에 모든 걸 끝낼 것 같아."

"내 생각도 그래." 매기가 말했다. "그럼 오파리지오를 수요일에 부를까?"

"응, 수요일, 좋아. 그럼 내가 변론을 펼치기까지 72시간도 안 남았단 말이군. 기대되네."

"나도 그래."

"우리 쪽 다른 증인들도 다 준비가 됐어?"

"응, 준비 끝났어. 환경보호국에서 은퇴한 아트 슐츠라는 사람은 수요일 오전에 이리로 날아올 거야. 나머지는 다 이 지역 사람들이고. 그러니까 모두 대기시켜놓고 그때 가서 최상이라고 판단되는 순서대로 불러 앉히면 돼."

"완벽해."

"밀턴의 통화내역에서 어떤 게 나오는지 보고, 밀턴을 어디에든 밀어 넣을 수 있을 것 같아. 아니면 맨 마지막에 불러서 대미를 장식할 수도 있고. 바텐더 모이라부터 부르고 그다음에 밀턴을 불러서 마지막에 원투펀치로 활용할 수도 있고."

나는 고개를 끄덕였다. 어떤 예기치 못한 상황이나 불참에 대비해 증인을 부를 순서를 정해놓는 것이 좋았다. 배심원들을 앉혀놨는데 증인이 나타나지 않는 것보다 더 판사를 화나게 하는 일은 없을 것이다. 무슨 일이 있어도 그런 일은 피해야 했다.

"오파리지오가 돌아오지 않거나 변호사를 보내 법원의 결정을 파기하려고 들면 어떡하지?"

"그 문제도 생각해봤는데." 매기가 말했다. "워필드 판사에게 가서 체포 영장을 발부받을 수 있을 것 같아. 그건 주 경계선을 넘어가도 발효되거든. 거기 지역 경찰을 시켜서 체포하는 거지."

"그럼 일정이 여러 날 미뤄지겠는데."

"그래서 워필드를 구워삶자는 거야. 이 재판이 끝나기를 당신보다 더 바라는 사람은 아무도 없을 거야. 그다음이 워필드 판사지. 판사가 자기 권한을 행사해 오파리지오를 불러들여야 한다고 느끼게 해야 해. 오파리지오가 변호인 측 주장의 핵심이라는 걸 느끼게 해주자고. 우리가 그를 증인석으로 불러내지 못하면 전세가 뒤집힐 수도 있어."

"그런 일은 없기를 바라자고."

대화가 잠깐 중단됐고, 나는 또 다른 어려운 길을 가리켰다.

"FBI는 어떻게 됐어? 우리가 그쪽은 포기한 건가?"

"아니, 아직 포기는 안 했어." 매기가 말했다. "거기 사람들하고 통화했어. 내 사무실에 몰래 들어가서 사무실 전화로 전화를 걸었지. 액정화면에 검찰청 번호가 뜨면 전화를 받거든. 루스 요원과 비공식적인 만남을 가지려고 노력 중이야."

"아마 안 될걸."

"알아. 하지만 만나서 얘기하면, 뭔가 해결책을 만들어낼 수 있다고 봐. FBI 상부에서는 루스의 증언을 허락하지 않겠지만, 우리가 변론할 차례가 될 때 루스가 법정에 와서 앉아 있어준다면, 설득해볼 수도 있을 것 같아."

"뭘 설득한다는 거야? 상부의 허락 없이 증언하라고?"

"그럴 수도. 잘 모르겠어."

"그러면 환상이겠지만, 가능성이 제로야."

"그건 모르는 일이야. 벌써 한 번 당신을 도와줬잖아. 또 도와줄지도 모르지. 우린 그녀가 도와줄 수 있게 환경을 만들어놔야 해. 어찌됐든 법정엔 올 거야. 오파리지오와 바이오그린에 대해 어떤 얘기가 나오는지 듣고 싶을 테니까."

"금박을 박은 초대장을 보내. 맨 앞줄의 좌석을 맡아놓고. 그 좌석에 와서 앉을 것 같진 않지만."

만반의 준비를 마친 것으로 보였다. 다음 한 주가 내 미래를 결정하게 될 터였다. 나는 매기와 나 자신과 우리의 논거를 믿었다. 하지만 두려움은 여전히 존재했다. 사라지지 않았다. 법정에서는 무슨 일이라도 일어날 수 있다는 걸 알기 때문이었다.

매기가 마스크를 집어 들고 끈을 귀에 걸기 시작했다. 끈에 탄력이 있어도 꽉 조이자 귀가 약간 앞으로 끌려 나왔다. 그 순간 그녀의 모습에서 우리 딸의 어릴 때 모습이 보였다. 딸의 귀는 가장 눈에 띄는 특징 중 하나였다.

"왜?" 매기가 물었다.

"응?"

"왜 웃어?"

"아, 아무것도 아니야. 당신 마스크 끈이 귀를 잡아당기는 걸 보니 헤이 생각이 나서. 기억나? 예전에 헤이가 크면 귀만 보이겠다고 얘기했던 거?"

"기억나지, 그럼. 지금도 귀만 보이지 않아?"

나는 고개를 끄덕이면서 마스크 안에서 매기가 웃는 것을 바라봤다.

"그래서, 요즘엔 누구와 데이트를 하시나?"

"당신이 신경 쓸 일 아닌데." 매기가 말했다.

"그렇긴 한데, 데이트 신청을 하고 싶어서 그러지. 문제를 만들고 싶진 않아서."

"진짜? 왜? 어디로 초대하려고?"

"다음 일요일. 오늘 밤부터 딱 일주일 후. 무죄 평결 축하 파티를 열어야지. 모짜에 데리고 갈게."

"자신감이 하늘을 찌르네."

"그래야 이기니까. 갈래, 말래?"

"헤일리는 어떡하고?"

"헤일리도 가야지. 로펌 전체가 모일 거야. 가족법의 수호자, 할러, 할러 그리고 맥피어스."

매기가 깔깔 웃었다.

"오케이, 갈게."

그녀가 서류를 모아들고 일어섰다. 강철 문을 두드리고 나서 나를 향해 돌아섰다.

"몸조심해, 미키."

"그럴게. 당신도 몸조심해."

이번에는 마스크를 끼지 않은 교도관이 문을 열어줬고, 매기가 접견실을 나갔다. 문이 닫힌 후 나는 매기 맥피어스와 다시 사랑에 빠졌다는 것을 깨달았다.

43

2월 24일, 월요일

매기가 도착했을 때 나는 벌써 변호인석에 앉아 있었다. 매기는 의자를 끌어내면서 접은 〈로스앤젤레스 타임스〉 메트로 섹션을 내 앞에 툭 던졌다.

"신문 안 봤지?" 매기가 말했다.

"못 봤지. 매일 아침 식탁에 올려놓으라고 주문했는데 안 올라오네."

매기가 메트로 페이지 하단 구석에 있는 기사를 손가락으로 톡톡 쳤다. 표제가 모든 것을 담고 있었다.

보안관: '링컨 차 변호사' 폭행범 단독 범행 결론.

내가 기사를 훑어보기 시작하자 매기가 내용을 요약해줬다.

"당신을 죽이려고 한 거, 메이슨 매덕스 단독 범행이래. 사주한 사람 없고, 보안관국도 아무 잘못 없고. 수사를 보안관실에서 했지만."

나는 읽기를 멈추고 신문을 탁자로 던졌다.

"말도 안 되는 소리. 그럼 왜 그랬대?"

"사람을 잘못 봤다고 진술했대. 자기가 원한을 갖고 있던 다른 재수감자인 줄 알았다고." 매기가 말했다.

"그래, 그랬겠지. 진짜⋯⋯."

"개소리지."

"어쨌든 여길 나가면 다 고소할 거야."

"그래야지, 그럼."

수사 결과가 놀랍지는 않았지만 내가 더 위험한 상황에 놓여 있다는 생각이 들었다. 매덕스의 공격이 교도관들의 복수심에서 기획된 거라면, 복수를 다시 시도하지 못하게 막을 방법이 없었다. 첫 번째 시도가 단독범행으로 결론났듯이 두 번째 시도도 그러할 게 틀림없었다.

그 일을 오래 생각하고 있을 겨를이 없었다. 곧 워필드 판사가 착석했고, 금요일에 드러난 증거개시 문제에 대한 심리가 계속되는 동안 배심원단은 회의실에서 대기하고 있었다. 매기 맥퍼어스는 검사에 대한 제재조치로 피고인을 다시 보석으로 석방시켜 달라고 강하게 주장했지만, 데이나 버그가 나설 필요도 없이 판사는 "그건 안 됩니다"라는 말로 일언지하에 거절했다.

그러고 나서 판사는 피고인 측이 생각하는 다른 제재조치가 있는지 물었다. 매기는 없다고 대답했고, 그 문제는 미해결 상태로 일단락됐다. 그 말은 판사의 재량권을 발휘할 필요가 있을 때 그 문제를 참작해 피고인 측에 이로운 판결을 내릴 수도 있다는 뜻이었다. 우리는 검찰의 증거개시절차 위반에 대해 책임을 묻지 않고 지나간 사실을 판사가 기억하고 우리에게 이로운 판결을 내려주기를 바랐다.

켄트 드러커 형사가 증인석으로 다시 불려 나왔고, 검사는 금요일에 중단됐던 부분에서 다시 신문을 시작했다. 내 예상대로 버그는 질문을 짧게 했고 속도를 높여 오전 공판 동안 범죄 현장 발견 후의 수사 상황에 대해 증언을 들었다. 여기에는 내가 체포된 다음 날 아침에 내 집을 압수수색할 때 내 집 차고 바닥에서 혈흔과 탄환이 발견된 일도 포함돼 있었다.

내게는 이것이 가장 불리하고 가장 당혹스러운 증거였다. 내가 결백하다고 믿기 위해서는 내 주거 공간 바로 밑 차고에서 살인사건이 일어나는 동안 나는 쿨쿨 잠을 잤고 시신이 내 차 트렁크에 들어 있다는 것을 알지 못한 채 온종일 차를 끌고 돌아다녔어야 했다. 내가 유죄라면 내가 혹은 내가 사주한 누군가가 샘 스케일스를 찾아가 약을 먹여 정신을 잃게 만들고서 납치해 내 차 트렁크에 싣고 사살한 뒤 그다음 날 나는 그의 시신을 트렁크에 실은 채 법원을 오갔어야 했다. 어느 쪽이든 믿기 힘든 이야기였다. 그리고 검찰과 변호인 측 모두 그 사실을 알고 있었다.

버그 검사는 나의 유죄 시나리오에 대한 이해를 돕기 위해 배심원석 앞에 이젤을 갖다 놓고 내 집을 찍은 확대 사진 여러 장을 올려놓았다. 내 집은 산비탈에 있어서 집 뒤쪽은 산 위쪽에, 앞쪽은 비탈져 내리는 아래쪽에 있었다. 차 두 대가 들어가는 차고는 거리에 면해 있었다. 오른쪽에 있는 계단을 올라가면 주거 공간이 나왔고, 내가 에일로와 루스 요원과 대결했던 앞 베란다도 거기 있었다. 현관문을 열고 들어가면 거실과 식당이 나오는데, 그 두 곳의 바로 밑에 차고가 있었고, 거실과 식당 뒤쪽으로 침실과 서재가 이어졌다.

버그 검사는 누군가가 차고에 침입해 약에 취해 의식을 잃은 샘 스

변론의 법칙

케일스를 트렁크에 넣고 여러 발의 총을 쏴서 살해하는 동안 내가 바로 위에 있으면서 총성을 듣지 못할 수 있었을지 확인하기 위해 소음기라고 불리는 다양한 소음 억제 장치의 탈착 실험과 차고문 개폐 실험을 한 결과를 드러커의 입을 빌려 소개했다.

버그가 형사에게 결론을 묻기 전에 나는 이의를 제기하면서 재판부 협의를 요청했다. 판사가 우리에게 가까이 오라고 지시했다.

"재판장님, 저는 검사가 무엇을 할지 잘 압니다. 검사는 이 모든 실험에서 나온 총성을 위층에서도 들을 수 있는지 증인에게 물을 겁니다. 하지만 증인은 탄환 분석이나 소리 과학의 전문가가 아니므로, 이 문제에 대해 의견을 말할 수 없습니다. 사실 누구도 의견을 말할 수 없습니다. 확인하지 못한 요인이 너무나 많기 때문이죠. 텔레비전이 켜져 있었는지, 스테레오가 켜져 있었는지, 세탁기나 식기세척기가 돌아가고 있지는 않았는지 아시겠습니까, 재판장님? 이런 방식의 신문을 허락하시면 안 됩니다. 이 사건이 일어났다고 추정되는 그 시각에 저는 집 안 어디에 있었을까요? 샤워 중이었을까요? 귀마개를 꽂고 자고 있었을까요? 검사는 저희가 변론을 하기도 전에 저희의 주장을 반박하려고 애쓰고 있습니다."

"변호인의 말에 일리가 있네요, 버그 검사." 워필드가 말했다. "이런 식의 신문은 중단하는 게 좋겠네요."

"존경하는 재판장님." 버그가 말했다. "저희는 지난 20분간 이 길을 착실히 걸어왔습니다. 그런데 끝을 못 맺게 하시면, 억울하게도 배심원단은 저희 검찰을 무능하다고 생각할 겁니다. 증인은 용의자의 결백 가능성을 판단하기 위해 경찰이 행한 노력들을 설명하고 있습니다. 변론이 시작되고 변호인이 피곤에 지친 좁은 시야에서 나온 변론을 내놓으면서 뭐라고 할까요? 변호인은 드러커 형사가 무죄를 입증할 가능성이 있는 증거는 배제하고 자신의 유죄 입증에만 집중하고 있다고 비난할 겁니다. 드러커 형사가 양다리를 걸칠 수는 없으니까요."

"검사의 말에도 일리가 있네요." 워필드가 말했다. "지금 점심 식사를 위해 휴정하고 1시 정각에 개정해서 변호인의 이의제기에 대해 판결하겠습니다."

판사가 휴정을 선언한 후 나는 경위에게 이끌려 법정 옆에 있는 구치감으로 갔다. 매기는 거의 30분이 지나서야 로나가 코울스에서 사다 준 샌드위치와 애리조나에서 날아온 소식을 갖고 나타났다.

"소환장 송달했대." 매기가 말했다. "오파리지오는 호텔 스위트룸에 묵으면서 룸서비스로 음식을 시켜 먹고 있었대. 시스코의 친구들이 문을 두드리고 소환장을 송달해야겠다고 생각하고 있는데, 수영장에 가려고 문을 열고 나오더래. 그래서 수영복에 가운 차림으로 소환장을 송달받았다고 하더라고."

"토니 소프라노." 가운 차림으로 수영장에 느긋하게 누워 있는 것을 좋아하던 텔레비전 시리즈 속 조직폭력배를 떠올리며 내가 말했다.

"나도 그 생각했는데."

"동영상 찍었대?"

"응, 전 과정을 다 찍어놨어. 내 휴대전화에 받아놨고. 법정에서는 보여줄 수 있는데, 구치감엔 갖고 들어오면 안 된다더라고."

나는 샌드위치 포장을 풀었다. 롤빵으로 만든 로스트비프 샌드위치였다. 나는 한 입 베어 물고 씹으면서 말했다.

"좋았어. 그러니까 수요일엔 오파리지오가 있군. 물론 출석한다면 말이지만."

또 한 입을 베어 물었다. 맛있는데, 매기는 안 먹고 있었다.

"이것 좀 먹어볼래? 진짜 맛있어."

"아냐, 너무 긴장돼서 못 먹겠어." 매기가 말했다.

"왜? 공판 때문에?"

"그것 말고 뭐가 있겠어?"

"몰랐네, 매기 맥피어스도 긴장하는 줄은."

"얼마나 긴장하는지 알면 놀랄걸."

"그건 그렇고, 요즘엔 오파리지오가 누구를 대리인으로 쓰고 있어? 예전에 리사 트래멀 사건 땐, 우리 소환장을 파기하려고 짐머와 크로스 변호사를 고용했는데. 물론 실패했지. 그다음에 바로 해고했다고 들었어."

"바이오그린 관련 서류에서 본 바로는, 뎀프시와 제랄도 로펌에 일을 많이 시키더라고. 그 사람들이 형사소송 변호도 하는지는 모르겠고."

"재미있군."

"뭐가?"

"예전에 로펌 사람들과 법정에서 싸운 적이 있거든. 그 사람들 경찰 변호를 많이 해. 특히 뎀프시가. 오파리지오를 대리한다니, 편을 바꾼 것 같은데."

매기가 입술을 앙다무는 걸 보니 뭔가 생각 중이었다.

"왜?"

"그냥 생각 좀 하는 거야." 매기가 말했다. "그 변호사들의 경찰 의뢰인들 명단을 구해야겠어. 밀턴 경사와 관련이 있는지 보고 싶어."

"구할 수 있을 거야."

"선뜻 넘겨주진 않겠지."

"물론 그렇지. 하지만 카운티 법원 데이터베이스에 접근할 수 있잖아. 그 사람들 이름을 입력하면 관련된 사건이 뜬다고."

"나 휴가 냈잖아, 미키, 잊었어? 그런 짓을 하면 해고될 수 있어."

"사무실 전화 쓰려고 사무실에 몰래 들어갔었다고 하지 않았나, 어제?"

"그건 다른 문제지."

"어떻게……."

챈 경위가 구치감 문을 열면서 법정으로 돌아갈 시간이라고 말했다. 매기와 나는 거기서 대화를 멈췄다.

변호인석으로 돌아오자마자 매기는 휴대전화를 꺼내 스코츠데일에서 시스코가 보낸 동영상을 내게 보여줬다. 소리를 작게 해놓았지만 충분히 잘 들렸다. 오파리지오의 얼굴이 일그러지고 벌겋게 상기된 것을 보니 소환장을 받는 것에 잔뜩 화가 나 있었다. 카메라로 그 장면을 촬영하고 있는 것도 화가 나는 모양이었다. 그가 카메라를 향해 달려들자 가운이 펄럭이면서 트렁크 팬티 위에 밀가루처럼 하얀 배가 불룩 튀어나온 것이 보였다. 시스코의 인디언 중 한 명인 카메라맨은 오파리지오보다 가볍고 날렵해서 오파리지오가 휘두르는 팔을 재빨리 피했고 그 와중에도 그를 화면에서 놓치지 않았다.

동영상을 보니 정말 토니 소프라노를 빼다 박은 것 같았다. 오파리지오 자신은 소프라노와 닮았다는 사실을 기쁘게 인정하는지 궁금했다.

카메라를 놓친 오파리지오는 팔을 휘두르던 여세를 몰아 시스코를 향해 돌아섰다. 오파리지오가 두 걸음을 다가오는데도 시스코는 침착하게 버티고 서 있었다. 시스코의 어깨와 두 팔이 긴장하는 것이 보였다. 오파리지오도 마찬가지였다. 그도 그 자리에 멈춰 섰다. 그는 시스코에게 달려드는 대신 삿대질을 하면서 빈말로 협박했다. 어떤 순간에도 그는 다른 주에서 집행된 소환장은 무효라는 말을 하지 않았다. 모르고 있는 것이 분명했다.

챈 경위가 곧 판사님이 입장하신다며 정숙을 요구하자 매기는 동영상을 껐다.

"그게 끝이야." 매기가 속삭였다. "시스코에게 욕을 퍼붓고는 자기 방으로 뛰어들어 가면서 끝나."

워필드 판사가 들어와서 착석하자 매기는 휴대전화를 서류 가방 속으로 떨어뜨렸다.

판사는 배심원단을 다시 부르기 전에 내가 제기한 이의에 대해 판결을 내렸다.

"버그 검사, 검사는 보여주려고 했던 걸 다 보여줬어요." 판사가 말했다. "드러커 형사는 피고인의 집에서 실시한 일련의 실험에 대해 증언했지만, 그 실험들이 갖는 의미에 대한 증인의 의견은 본 재판과 무관합니다. 다른 질문으로 넘어가세요."

피고인 측이 거둔 또 하나의 조그만 승리였다.

배심원단이 들어왔고 드러커 형사가 증인석으로 돌아왔다. 버그 검사는 오후 공판이 시작되고 한 시간 동안 드러커의 직접증언을 통해 내가 샘 스케일스를 죽인 동기가 돈 때문이었다는 결론을 이끌어 냈다.

버그는 내 창고에서 경리장부를 수색한 일에 관해 드러커를 신문하면서 내가 스케일스에게서 받지 못한 수임료를 받아내기 위한 최후의 수단으로 그에게 보낸 편지를 법정에 소개했다. 그 편지는 나의 이의제기 없이 검찰 측 증거물로 공식 인정됐다. 나는 그 편지를 배심원단에게 숨기고 싶지 않았다. 그 편지는 양면성이 있었고, 내가 변론을 시작하면 그 사실이 분명해질 거라고 믿었다.

버그는 내가 핵심 증거인 그 편지를 다른 기록들 속에 뒤섞어서 잡동사니가 넘쳐나는 거대한 창고에 숨겨둔 거라고 배심원단이 믿게 만들려고 노력했다.

"증인이 이 편지를 발견한 곳은 피고인의 창고 안에서 정확히 어디였죠?"

"창고 뒤쪽에 작은 벽장이 있었습니다. 벽장 문은 이동식 옷걸이 뒤에 숨어 있었고요. 하지만 우리가 발견하고 열어보니 벽장 안에 파일 보관함이 몇 개 있었습니다. 서랍마다 파일이 가득 들어 있었는데, 순서대로 정리된 것 같진 않았습니다. 거기서 샘 스케일스에 관한 파일을 찾았는데, 그 안에 편지가 들어 있었습니다."

"그리고 그 편지를 읽었을 때, 이 사건의 증거물이 될 수 있겠다고 생각하셨습니까?"

"네, 읽는 순간 바로 그런 생각이 들었죠. 할러가 받아야 할 돈을 달라고 최후통첩을 한 거였으니까요."

"그 편지를 샘 스케일스에 대한 협박으로 인식하셨고요?"

매기가 내 팔을 툭 치더니 고갯짓으로 증인석을 가리켰다. 드러커가 대답하기 전에, 배심원이 판단할 사안에 대해 그가 의견을 말하기 전에 이의를 제기하라는 뜻이었다. 그러나 나는 고개를 가로저었다. 드러커의 대답을 듣고 싶었다. 내 순서가 됐을 때 그 대답을 그에게 불리하게 이용할 수 있을 것 같았다.

"그럼요, 협박이 분명했죠." 드러커가 말했다. "편지에 그렇게 적혀 있잖아요, 이번이 최후통첩이고 그런데도 응답이 없으면 중대한 조치를 취할 거라고."

"감사합니다, 증인." 버그 검사가 말했다. "마지막으로 증인, 증인이 피고인과 대화를 나누는 것을 기록한 동영상을 소개해주시겠습니까? 그때 피고인은 자신의 변호인 자격으로 증인과 애기를 나눴는데요. 그 대화 기억 나십니까?"

"네, 기억합니다."

"그 대화가 동영상으로 기록이 됐고요?"

"네, 그렇습니다."

"배심원단을 위해 틀어드리겠습니다."

매기가 내게로 몸을 기울였다.

"뭐야, 이건?" 매기가 작은 소리로 물었다.

"마지막으로 내게 자백을 종용했던 거. 내가 꺼지라고 그랬어."

서기석 뒷벽에 설치된 대형 화면에서 동영상이 재생됐다. 트윈타워 접견실에서 찍은 거였다. 내가 수감되고 일주일쯤 지나서 드러커와 그의 동료 로페스 형사가 나를 찾아와 자신들이 어떤 증거를 확보했는지 말해주고 내게 항복할 의향이 있는지 물어봤다.

"본인이 변호한다면서요." 드러커가 말했다. "그래서 오늘은 변호사를 만나러 온 겁니다, 피고인이 아니라, 알겠어요?"

"뭐, 그러시든가. 나를 변호사로서 상대하려면, 검사를 데리고 왔어야죠. 처음부터 어리바리하더니 꾸준하네요, 드러커 형사. 왜 가장 덜떨어진 형사들이 나한테 걸렸나 몰라."

"덜떨어져서 미안해요. 우리가 모르는 게 뭐죠?"

"이게 다 함정이라는 거요. 누가 나한테 누명을 씌운 건데 그걸 곧이곧대로 믿다니. 참 한심합니다."

"그래서 우리가 왔잖아요. 진술을 거부했다는 거 알아요. 그건 당신의 권리니까 알아서 하시고. 그래서 지금 우리는 이 사건의 변호인한테 우리가 어떤 증거를 확보했고, 그 증거가 무엇을 보여주는지 말해주는 겁니다. 이걸 듣고 당신 '의뢰인'의 마음이 바뀔 수도, 바뀌지 않을 수도 있겠죠. 어쨌든 진술하고 싶다면 지금 하는 게 제일 좋다고 말하고 싶군요."

"얘기해봐요, 뭘 확보했는지 들어나 봅시다."

"우선, 당신 차 트렁크에서 샘 스케일스의 시신을 확보했습니다. 그리고 탄환과 다른 증거의 분석을 통해 당신이 위층에서 빈둥거리고 있었다고 추정되는 그 시간에 스케일스가 당신 집 차고에서 살해됐다는 것을 입증할 수 있고요."

"헛소리하고 있네. 누구한테 엄포를 놓고 그래요? 내가 그렇게 바보 같아 보이나?"

"바닥과 탄환에서 혈흔이 발견됐어요. 차고 바닥에서 탄환도 발견됐고. 당신이 죽인 거고 우리는 그걸 입증할 수 있다고요. 보니까 다 계획한 것이더만. 그러면 일급살인이니까 가석방 없는 무기징역입니다. 당신한텐, 아니 당신 의뢰인한텐 아이가 있다면서요. 그 아이를 감옥 밖에서 다시 보고 싶다면, 지금 여기 들어와서 무슨 일이 있었는지 자백해야 한다고 의뢰인한테 전해줘요. 갑자기 욱해서 그랬던 건지, 싸움이 있었던 건지, 뭔지. 내 말 무슨 뜻인지 알겠어요, 할러 변호사? 당신 의뢰인 인생 망한 거라고. 그래도 작은 희망은 남아 있어요. 검찰에 가서 경위를 설명하면 최선의 거래를 해볼 수 있을 테니까."

동영상에서 내가 말없이 드러커를 노려보는 동안 긴 침묵이 흘렀다. 나는 버그 검사가 배심원들에게 보여주고 싶은 것이 이것이라는 것을 깨달았다. 내가 망설이는 모습이 마치 드러커의 제안에 대해 고민하고 있는 것처럼 보였다. 오직 죄가 있는 사람만이 말을 멈추고 선택안을 고민하지 않겠는가? 그러나 물론 나는 고민하고 있었던 것이 아니었다. 사건에 대해 더 많은 정보를 얻어낼 방법을 생각해내려고 애를 쓰고 있었다. 드러커가 언급한 두 가지 핵심 증거물은 당시 내가 처음 듣는 얘기였다. 혈흔과 내 집 차고에서 발견된 총알. 나는 드러커에게서 더 많은 정보를 끌어내고 싶었다. 그래서 말을 멈추고 그 방법을 고민하고 있던 차였다. 그러나 배심원들은 그렇게 보지 않을 것이 분명했다.

"나더러 거래를 하라고요? 꿈도 꾸지 마쇼. 그것 갖고 뭘. 뭐가 더 있다면 모를까."

동영상 속에서 드러커가 빙긋이 웃고 있었다. 내 속내를 파악한 것이다. 그는 하려고 하던 일을 모두 그만뒀다.

"좋아요." 드러커가 말했다. "이 순간을 기억해요, 우린 분명히 당신에게 기회를 줬으니까."

드러커가 일어서는 순간에 버그가 동영상을 멈췄다.

"재판장님, 현재로서는 증인에게 더 질문할 것이 없습니다. 하지만 검찰 측 증인조사를 진행하면서 추가 증언을 들을 필요가 생기면 증인을 다시 부를 수 있도록 허락해주시기 바랍니다."

"아주 좋습니다." 워필드 판사가 말했다. "오후 휴정을 하기엔 좀 이른 것 같군요. 할러 변호사, 맥퍼슨 변호사, 이 증인에게 질문할 것이 있습니까?"

내가 일어서서 발언대로 갔다.

"존경하는 재판장님. 드러커 형사는 변론 단계에서 핵심 증인이 될 것이기 때문에 그때 집중적으로 질문하겠습니다. 점심 휴정 이후에 돌아와서 증인이 한 진술에 관해 몇 가지 묻고 싶습니다. 증언 중에 불완전하고 용납할 수 없는 내용이 있었는데, 그것이 단 하루라도 배심원들의 마음에 머무는 것을 바라지 않기 때문입니다."

버그 검사가 즉시 일어섰다.

"재판장님, 이의 있습니다. 변호인은 증인과 증인의 증언에 대해 독단적으로 판단하고 있습니다." 검사가 말했다. "변호인은……."

"인정합니다." 워필드 판사가 말했다. "변호인, 주장하지 말고 질문을 하세요. 변호인의 의견은 내세우지 마시고."

"감사합니다, 재판장님."

나는 마치 판사의 질책이 없었던 것처럼 말하며 몇 분 전에 리걸패드에 갈겨 쓴 메모를 확인했다.

"좋습니다, 증인. 증인이 폭력을 가하겠다는 협박으로 해석했다는 이 편지에 대해 얘기해봅시다."

"협박이라고 했지, 폭력을 가하겠다는 협박이라고 말하지 않았습니다." 드러커가 말했다.

"하지만 실제로는 그런 뜻 아닌가요? 본 재판은 살인사건에 관한 재판이니까요, 그렇죠?"

"네, 살인사건에 관한 재판인 건 맞습니다. 하지만 저는 그 편지가 폭력을 가하겠다는 협박이었다고는 말하지 않았습니다."

"증인이 그렇게 말하진 않았지만, 배심원단이 그렇게 생각하기를 바라시죠?"

버그는 내가 벌써 세 개의 질문을 연달아 하면서 증인을 괴롭히고 있다면서 이의를 제기했다. 판사는 내게 말투를 조심하라고는 했지만, 증인에게 대답하고 싶으면 하라고 말했다.

"저는 사실을 말씀드릴 뿐입니다." 드러커가 대답했다. "배심원들은 적절한 결론을 내리든 연관성을 찾든 알아서 하겠죠."

"증인은 이 편지를 찾아낸 이 의문의 벽장이 옷걸이 뒤에 숨겨져 있었다고 하셨는데, 맞습니까?"

"네, 옷을 걸어두는 옷걸이가 문을 가리고 있어서 다른 곳으로 옮겨야 했습니다."

"그러니까 문이 옷걸이에 가려져 있었지, 숨겨져 있었던 것은 아니네요?"

"그게 그거 아닌가요?"

"벽장 문을 숨기거나 가리고 있었다는 이 옷걸이, 바퀴가 달려 있었습니까, 증인?"

"어, 네, 그런 것 같군요."

"그럼 증인과 동료 수사관들이 그 옷걸이를 옮겨야 했다고 말씀하신 건, 옷걸이를 다른 데로 굴려 갔다는 뜻이겠네요, 맞습니까?"

"네."

"그리고 참, 이 수색을 할 때 제가 참관했습니까?"

"네, 옆에 있었잖아요."

"하지만 아까 증언하실 때 그 얘긴 안 하셨죠?"

"물어보지 않았으니까요."

"그리고 경리 장부를 보관하는 벽장을 확인하려면 옷걸이를 옮기라고 말한 사람이 저 아닙니까?"

"기억이 안 나는데요."

"진짜요? 증인이 압수수색 영장을 가지고 제 집에 들이닥쳤고 제가 자원해서 증인을 창고로 모시고 갔었는데요. 증인이 보고 싶어 했던 장부를 보관하던 곳으로요. 그것도 기억이 안 나십니까?"

"창고로 따라가서 문을 열어주겠다고 말씀하신 건 기억납니다. 우리가 창고 자물쇠를 부술 필요가 없게 말이죠."

"좋습니다. 그래서 창고에 도착해 증인이 그 문제의 숨겨진 벽장을 발견하셨을 때, 저와 스케일스 사이에 오고 간 편지들을 찾으려면 어떤 파일 서랍을 열어봐야 하는지 제가 알려드리지 않았나요?"

변론의 법칙

"그건 기억이 안 나는군요."

"그 창고 방에 파일 보관함이 몇 개나 있었습니까, 증인?"

"기억 안 납니다."

"하나 이상인가요?"

"네, 그렇습니다."

"두 개 이상이었습니까?"

"정확히 몇 개가 있었는지는 기억이 안 납니다."

나는 드러커에게서 눈을 떼고 판사를 올려다봤다.

"이의 있습니다, 재판장님. 증인은 변호인의 질문에 성의 있게 대답하지 않고 있습니다."

"성실하게 대답하세요, 증인." 판사가 드러커 형사에게 지시했다.

"두 개 이상 있었습니다." 드러커가 말했다. "최대 다섯 개 정도까지 있었던 것도 같습니다."

"감사합니다, 증인. 증인은 그 다섯 개의 파일 보관함을 모두 수색하셨습니까?"

"아뇨. 당신이 그랬잖아요, 보관함 거의 모두에 변호사와 의뢰인 간의 비밀유지특전의 보호를 받는 고객 자료가 들어 있다고. 열어주지도 않았잖아요."

"하지만 경리 장부가 든 파일 보관함은 자물쇠를 열어주지 않았습니까, 아닌가요, 증인?"

"그게 자물쇠로 잠겨 있었는지 어땠는지는 기억이 안 나는군요."

"하지만 증인이 일부 파일 보관함을 수색하는 것은 거부당했지만, 수색하신 파일 보관함은 수색을 거부당하지 않았다는 것은 기억하시는군요, 맞습니까?"

"맞는 것 같습니다."

"그러니까 증인은 처음에는 경리 장부가 든 파일 보관함을 제가 증인에게 보여줬다는 사실을 기억하지 못했다가, 이젠 제가 증인에게 경리 장부를 찾으려면 어디를 찾아봐야 하는지 알려줬다는 것을 인정하시는군요. 제가 맞게 이해했습니까, 증인?"

"이의 있습니다!" 버그가 소리쳤다.

워필드가 손을 들어 더 이상의 말을 막았다.

"지금은 반대신문 중입니다, 버그 검사." 판사가 말했다. "증인의 신뢰성에 대한 의문 제기는 마땅히 할 수 있는 일이고요. 질문에 답변하세요, 증인."

"변호사님이 우리에게 파일 보관함이 어디 있는지 알려주신 것 맞습니다." 드러커가 말했다. "제 실언을 사과드립니다. 제가 어떤 일을 경험하면서 시각화해서 기억하는 능력이 좀 떨어집니다."

"좋습니다, 다음으로 넘어가보죠. 증인은 보관함을 수색했고, 샘 스케일스에 관한 파일을 발견했고, 그래서 그 서류를 꺼냈다고 말씀하셨습니다. 여기 검찰 측 증거물 L로 등록된 것을요. 제 말이 맞습니까?"

"네."

"제 경리 장부를 수색하는 동안 다른 서류를 찾아보거나 가져가셨습니까?"

"네. 이 문제의 편지보다 앞서서 샘 스케일스에게 보낸 편지가 두 통 있었습니다. 비슷한 내용이었죠, 돈을 요구하는."

"스케일스에게 수임료 결제를 요구하는 내용이라는 뜻이죠?"

"네."

"그 두 통의 편지에 수임료를 내지 않으면 폭력을 행사하겠다고 협박하는 내용이 있었습니까?"

"제 기억으로는 없었습니다."

"그 편지들은 협박 내용이 없어 오늘 법정에서 소개되지 않은 건가요?"

버그가 이의를 제기한 후 재판부 협의를 요청했다. 나는 드러커 신문을 순조롭게 진행하고 있어서 중간에 흐름이 끊기는 것을 원치 않았다. 그래서 질문을 취소해 이의제기와 재판부 협의 요청을 무효화한 후 질문을 계속했다.

"증인은 제가 보관함에 보관 중이던 자료 중에서 다른 것도 가져가셨습니까?"

"아뇨. 영장이 피고인과 피해자 사이의 금전 거래에 관한 자료만을 수색 대상으로 지정해놔서요."

"그럼 증인은 영장에 서명해준 판사에게 제가 샘 스케일스의 빚을 영업손실로 간주하고 탕감해줬는지 알아볼 수 있게 제 소득신고서 압수수색을 허락해달라고 요청하진 않으신 거네요?"

드러커는 대답하기 전에 잠깐 생각해야 했다. 이것은 완전히 새로운 정보여서 생각을 정리할 필요가 있었다. 나는 대답을 재촉했다.

"단순한 질문입니다, 증인. 증인은······."

"네, 소득신고서 수색을 요청하진 않았습니다." 드러커가 말했다.

"증인, 제가 이 부채에 대해 세액 공제를 받은 것을 아셨더라면, 이 부채가 샘 스케일스를 살해한 동기라는 증인의 믿음이 좀 약해졌을 까요?"

"글쎄요, 잘 모르겠습니다."

"수사할 때 이런 사실을 알았더라면 좋았을 거라고 생각하십니까?"

"네, 정보는 다 유용하니까요. 우리는 그물을 넓게 던지는 것을 좋아합니다."

"하지만 이 사건에서는 그리 넓게 던지진 않으셨군요, 그렇죠?"

버그 검사는 논쟁적인 질문이라면서 이의를 제기했다. 판사는 이의제기를 인정했고 그게 바로 내가 원했던 바였다. 드러커의 대답을 바라고 질문한 것이 아니었다. 배심원단 들으라고 한 질문이었다.

"재판장님, 지금은 더 이상 질문이 없습니다만, 증인 드러커 형사를 변호인 측 증인으로 다시 부르겠습니다."

버그 검사가 다음 증인을 호명하는 동안 나는 변호인석으로 돌아왔다. 매기는 드러커를 향한 나의 첫 공격에 대해 수고했다는 뜻으로 고개를 끄덕였다.

"좋은 지적이었어." 매기가 말했다. "로나한테 창고에 가서 소득신고서를 가져오라고 할까? 변호인 측 증거물로 이용할 수 있을 것 같은데."

"아냐. 세금 공제 같은 건 없어."

"그게 무슨 뜻이야?"

"당신은 평생 공직에 있었기 때문에 잘 모를 거야. 버그도 그렇고 드러커도 그렇고. 심지어 판사도 판사로 선출되기 전에 국선 변호인

변론의 법칙

이었으니까 모를 거고. 하지만 민간 변호사는 받지 못한 수임료를 영업 손실로 보고 세액을 공제받을 수 없어. 국세청이 그런 걸 허락해주진 않지. 그냥 손실을 감수하고 끝나는 거야."

"그럼 그냥 허세였던 거야?"

"그런 셈이지. 저쪽에서 내가 샘에게 보낸 편지가 직접적으로 그런 말을 하진 않았지만 살해 협박이었다고 말하는 것만큼이나 개소리였던 거지."

매기는 의자에 등을 기대고 앉아 정면을 응시하면서 내가 한 말을 곱씹었다.

"형사소송 변호 분야에 들어온 걸 환영해." 내가 속삭였다.

44

순차적으로, 꼼꼼히, 통상적으로. 데이나 버그는 교과서적 방법으로 신문과 조사를 하고 있었다. 검찰은 풍족한 가용 자원과 권한이란 측면에서 너무나 큰 이점들을 갖고 있었기 때문에 그렇게만 하면 됐다. 검찰은 권력과 힘에서 압도했다. 검사들은 상상력이 부족해도, 심지어 따분해도 괜찮았다. 그들은 배심원들 앞에서 이케아 가구 설명서처럼 주장을 펼쳤다. 큰 삽화들을 보여주며 단계별로 차근차근 설명했고, 필요한 공구를 모두 갖고 있었다. 다른 곳을 볼 필요가 없었다. 걱정할 필요도 없었다. 마지막엔 세련되고 실용적이며 튼튼한 탁자를 갖게 되었다.

버그는 조사를 지휘했던 과학수사 요원과 피해자를 부검한 검시관보의 증언을 듣고 동영상을 보여주면서 오후 시간을 다 보냈다. 두 증인은 나를 범인으로 몰아갈 직접증거는 제시하지 못했지만, 검찰 측 주장의 토대가 되는 증언을 했다. 나는 과학수사 요원을 반대신문할 기회를 사양했다. 신문해서 얻을 게 전혀 없었다. 버그는 통상적으로 증인신문을 종료하는 시간인 오후 4시 30분을 넘기면서까지 검시관을 신문했다. 워필드 판사는 배심원들에게 언론보도를 접하지 말고 소셜미디어와 다른 곳에서 이 사건에 관해 토론하지 말라고 주문하면서 배심원단을 해산시키고, 또한 새로 고려해야 할 사항이 있는지 공판의 마지막 30분을 할애해 양측 대리인들에게 확인하려 했다.

그러나 판사가 그렇게 하기 전에 내가 먼저 일어서서 말했다.

"존경하는 재판장님, 증인에게 서너 개의 질문만 하게 해주십시오. 오늘 그 대답을 들을 수 있다면, 검찰은 내일 다른 증인에 대한 조사를 시작할 수 있고, 잭슨 박사는 중요한 업무가 기다리는 검시관실로 복귀하실 수 있을 것입니다."

"진심입니까, 변호인?" 판사가 의심스러운 어조로 물었다.

"네, 재판장님. 5분이면 됩니다. 아니, 더 빨리 끝날 수도 있습니다."

"좋습니다. 반대신문하세요."

나는 부검감정서 사본만 들고 발언대로 가서 증인인 필립 잭슨 박사에게 가볍게 고개를 숙여 인사했다.

"안녕하십니까, 증인. 이 사건의 피해자가 비만이었다는 건 증인의 의견이었습니까?"

"네, 피해자는 과체중이었습니다." 잭슨이 말했다. "하지만 비만이라고 진단할 수 있는지는 잘 모르겠군요."

"부검 때 피해자의 몸무게가 얼마였죠?"

잭슨은 부검감정서를 확인한 뒤 대답했다.

"93킬로그램이었습니다."

"그럼 키는 얼마였습니까?"

"172센티미터 정도였습니다."

"국립보건원이 만든 성인남녀의 적정 체중 표를 보면 신장이 172센티미터인 성인 남자의 적정 체중은 71킬로그램이라는 것을 알고 계십니까?"

"아뇨, 머리에서 당장 떠오르지는 않습니다."

"그 표를 확인하시겠습니까, 증인?"

"아뇨, 얼추 맞는 것 같군요. 반박하지 않겠습니다."

"좋습니다. 증인은 키가 어떻게 되십니까?"

"182센티미터입니다."

"몸무게는요?"

예상했던 대로 버그 검사가 일어서서 사건과 무관함을 이유로 이의를 제기했다.

"변호인은 이런 질문을 하면서 우리를 어디로 데려가는지 모르겠습니다, 재판장님." 버그가 말했다.

"변호인." 판사가 말했다. "오늘 공판은 이것으로 끝내고 내일 다시⋯⋯."

"재판장님. 질문 세 개만 더 하면 됩니다. 그러면 관련성이 분명히 드러날 거고요."

"서두르세요, 변호인." 워필드가 말했다. "질문에 대답하세요, 증인."

"마지막으로 쟀을 때 86킬로그램이었습니다." 잭슨이 말했다.

배심원석과 방청석에서 작은 웃음소리가 들렸다.

"좋습니다. 증인은 비교적 덩치가 큰 분이군요. 부검 중에 부상이 있는지 피해자의 등을 살펴봐야 했을 때, 증인이 직접 시신을 뒤집었습니까?"

"아뇨, 도움을 받았습니다." 잭슨이 말했다.

"왜죠?"

"자신보다 무거운 시신을 움직이는 건 대단히 어려운 일이니까요."

"진짜 그렇겠습니다. 누가 증인을 도와줬습니까?"

"부검을 참관하고 있던 드러커 형사의 도움을 받아서 시신을 뒤집었던 것으로 기억합니다."

"판사님, 더 이상 질문 없습니다."

버그는 재직접신문을 하지 않았고 워필드 판사는 그날의 공판을 끝내고 폐정을 선언했다. 판사가 배심원들에게 통상적인 경고를 하는 동안, 매기가 팔을 뻗어 내 손을 쓰다듬었다.

"잘했어." 매기가 속삭였다.

나는 고개를 끄덕였다. 그녀의 손길에 마음이 설레었다. 5분간 잭슨을 반대신문하면서 나온 이야기가 집으로 돌아가는 배심원들에게 생각할 거리를 주었기를 바랐다.

버그 검사는 지금까지 내가 우체통 같은 덩치의 샘 스케일스를 어떻게 제압해서 내 차 트렁크에 밀어 넣고 총을 쏴서 죽였는지를 설명해줄 증언이나 증거를 하나도 제시하지 못했다. 가능성은 다양했다. 공범의 도움을 받아 샘을 제압해 트렁크에 처박았을 가능성부터 샘에게 약을 먹이고 약효가 나타나기 전에 총을 겨누며 트렁크에 들어가라고 지시했을 가능성까지. 버그 검사가 이 문제를 아예 건드리지 않을 작정인지, 아니면 무언가를 곧 꺼내놓으려고 준비하고 있는지 알 수가 없었다.

그러나 적어도 지금 당장은 그 문제에 관한 통제권을 내가 잡고 있었다. 그리고 처음 체포된 이후로 몸무게가 15킬로그램 가까이 빠져서 사망 당시의 샘 스케일스보다 적어도 20킬로그램 이상 가볍다는 사실이 내게 이롭게 작용했다. 잭슨에게 마지막 질문을 던지면서 배심원들을 살펴봤는데, 증인 대신 나를 보고 있는 배심원이 여럿 있었다. 다들 내가 93킬로그램이나 나가는 우체통을 내 차 트렁크에 실을 수 있었을지를 가늠해보는 눈치였다.

재판에 회부되는 것은 언제나 도박이다. 도박의 하우스는 항상 검찰이다. 검찰이 돈을 갖고 있고 패를 돌린다. 그리고 쉽게 이긴다. 챈 경위가 나를 구치감으로 데려가려고 왔을 때, 나는 오늘 공판에 대해 흡족해하고 있었다. 검찰 측 증인들을 반대신문하는 데 15분도 채 들이지 않았지만, 여러 점을 득점했고 하우스에 타격을 줬다는 느낌이 들었다. 때로는 이것이 내가 요구할 수 있는 전부일 수 있었다. 배심원들이 계속 생각하게 만들 씨앗을 심고, 변론 단계에서 그 씨앗이 싹을 틔우고 꽃이 피기를 기다리면 된다. 공판이 시작되고 사흘 연속으로 나는 내 변론에 탄력이 붙는 것을 느꼈다.

구치감에서 청색 수의로 갈아입고 나를 교도소행 승강장으로 데려가줄 교도관이 오기를 기다렸다. 벤치에 앉아서 데이나 버그가 공판을 어디로 끌고 갈까 생각해봤다. 검찰 측 주장은 드러커를 통해 거의 다 배심원들에게 전달됐다는 생각이 들었다.

내일 공판에선 주로 내 차고에 대한 이야기가 오갈 터였다. 검찰의 증인 명단에는 살인사건 다음 날 아침에 현장을 수색한 다른 과학수사 요원, 차고 바닥에서 채취한 혈흔이 샘 스케일스의 것이었다고 증언해줄 DNA 전문가, 탄환 증거물을 분석한 결과를 말해줄 탄환 전문가가 포함돼 있었다.

그러나 나는 뭔가 다른 게 있을 거라는 생각을 떨쳐버릴 수가 없었다. 명단에 올라 있지 않은 다른 무엇. 검찰의 맹공격을 가리켜 변호

　　　　　　　　　　　　　　　변론의 법칙

사들이 흔히들 하는 말로, 10월의 깜짝 선물.

무언가가 다가오고 있다는 단서가 있었다. 나는 켄트 드러커 형사가 증언을 마친 후 법정을 빠져나가는 것을 봤다. 그의 동료인 로페스 형사가 대신 와서 앉아 있지도 않았다. 그 말은 버그가 오후 공판 끝날 때까지 단독 비행을 하겠다는 뜻이었다. 사건 자료나 증거물이 필요할 경우를 대비해 형사를 옆에 두지 않은 상태에서 단독으로 공판에 임하겠다는 뜻이었다. 살인사건 재판에서는 이런 일이 거의 없기 때문에, 나는 뭔가 있다는 것을 직감했다. 드러커와 로페스가 뭔가를 수사하고 있었다. 재판이 시작되자마자 소속반 근무조에서 빠질 것이기 때문에, 그것은 분명히 이 사건과 관련 있는 일이었다. 나는 10월의 깜짝 선물이 오고 있다는 것을 확신했다.

공판절차에서 공정성의 규칙이 이런 식으로 무너졌다. 검사는 증인이나 증거에 관한 조사를 공판이 시작될 때까지 미루면서 새로 발견한 증인이나 증거라고, 그래서 변호인에게 미리 경고하지 못한 거라고 주장할 수 있었다. 물론 변호인도 그런 짓을 했다. 나는 루이스 오파리지오에게 소환장을 송달할 사람들을 대기시켜놓고 때를 엿보다가 기습적으로 송달했다. 오파리지오는 내가 준비한 10월의 깜짝 선물이었다. 그러나 모든 권력과 모든 패를 쥐고 있는 검찰이 그런 식으로 일을 하는 것은 왠지 부적절하고 불공평하다는 느낌이 들었다. 그것은 마치 뉴욕 양키스가 제일 돈이 많아서 가장 실력 있는 선수들을 데려가는 것과 같았다. 그래서 나는 양키스와 싸우는 상대 팀을 좋아했다.

법원 지하에 있는 수용자 승강장으로 나를 데려가기 위해 교도관이 구치감에 나타나는 바람에 내 생각의 흐름이 끊겼다. 20분 후 나는 보안관실 순찰차 뒷좌석에 혼자 앉아서 트윈타워로 향하고 있었다. 워필드 판사의 지시에 따른 조치였다. 그날 아침과 지난주에 나를 데리고 다녔던 운전사가 아닌 다른 운전사가 앉아 있었다. 얼굴은 낯이 익은데 누군지 떠오르지는 않았다. 지난 넉 달간 구치소와 법원을 오가며 수도 없이 많은 교도관과 법정 경위를 봤기 때문에 모두를 기억할 수는 없었다.

차가 법원 건물을 빠져나와 스프링으로 들어선 후 나는 운전사와 뒷좌석을 나누는 철창을 향해 몸을 숙였다. 나를 묶은 쇠사슬이 내가 앉은 플라스틱 좌석과 연결돼 잠겨 있었다.

"베닛은 어디 갔어요?"

새 운전사가 나를 차에 태울 때 유니폼에 붙은 이름표를 봤었다. 프레슬리. 이 이름도 익숙했지만, 누구의 이름인지는 기억나지 않았다.

"담당이 바뀌었어요." 프레슬리가 말했다. "이번 주에는 내가 계속 데리고 다닐 겁니다."

"감사합니다. 최근에 집중관리 수용동에서 일했어요?"

"아뇨, 나는 호송부 소속인데."

"어디서 본 것 같아서요."

"그건 내가 법정에서 당신 뒤에 앉아 있었던 적이 몇 번 있기 때문이죠."

"그래요? 이번 공판에서요?"

"아뇨, 꽤 오래전에요. 앨빈 프레슬리가 내 조카입니다. 당신이 한 동안 그 아이 변호를 맡아줬었죠."

앨빈 프레슬리. 이름에 이어 얼굴도 기억이 났다. 마약 판매상 집중 단속 때 잡힌 스물한 살의 어린애였다. 장기 징역형을 받을 만큼 다량의 마약이 그의 주머니에서 나왔다. 내가 변호해서 카운티 교도소 1년형으로 형량을 대폭 줄여줄 수 있었다.

"아, 네, 앨빈. 선고 공판 때 오셨죠? 앨빈의 삼촌이 교도관이었던 것으로 기억하는데."

"네, 그랬죠."

이제 힘든 질문을 할 차례였다.

"그래서, 앨빈은 요즘 어떻게 지내죠?"

"잘 지내요. 그때 그 일이 그 아이에게 경종을 울렸나 보더라고요. 깨끗이 손 씻고 리버사이드로 이사 갔어요. 거기서 제 아버지랑 살고 있죠. 둘이서 식당 하면서."

"듣던 중 반가운 소식이네요."

"변호사님이 앨빈 일로 저를 도와줬으니까, 저도 변호사님을 도우려고요. 구치소에 변호사님 안 좋아하는 사람이 많습니다."

"그러니까 말이죠. 저도 압니다."

"농담 아닙니다. 들어가면 항상 등 뒤를 조심하세요."

"알죠, 물론, 아주 잘 알죠. 교도관님이 저를 태우고 다니게 된 것도 제가 호송버스에서 어떤 놈한테 목이 졸려 죽을 뻔했기 때문이거든요. 아시죠, 그 일?"

"다들 알죠."

"그 일이 있기 전에는 어땠어요? 그런 일이 있을 거라는 걸 다들 알았나요?"

"글쎄요. 나는 몰랐어요."

"오늘 신문에는 말도 안 되는 기사가 올라왔던데."

"그러니까요. 평지풍파를 일으키면 그런 일을 당합니다. 잊지 말아요."

"평생을 통해 뼈저리게 느낀 게 그거예요, 프레슬리. 뭐 저에게 해줄 얘기 있습니까, 제가 모르는 얘기?"

나는 기다렸다. 그가 아무 말도 하지 않아서, 내가 재촉했다.

"들어보니 위험을 무릅쓰고 저를 호송하는 일을 자원하신 것 같은데. 말씀해주시죠."

우리는 보셰스트리트에서 빠져나와 트윈타워 구치소 수용자 전용 주차장으로 들어갔다. 교도관 두 명이 집중관리 수용동으로 나를 데려가기 위해 차로 다가왔다.

"몸조심해요." 프레슬리가 말했다.

오래전부터 나는 구치소의 팔각형 벽 안에 갇혀 있는 4,500명의 수용자 중 누구의 표적이라도 될 수 있다고 생각했었다. 헤어스타일, 피부색, 눈빛, 어느 것이라도 폭력을 불러올 수 있었다. 그러나 나의 안전을 지켜줄 임무를 맡은 교도관들을 조심하라고 경고를 받은 것은 또 다른 문제였다.

"항상 조심할게요."

문이 열리고 교도관 하나가 팔을 뻗어 좌석과 연결된 수갑을 풀고 나를 끌어냈다.

"어서 와, 반가워, 새끼야." 그가 말했다.

45

2월 25일, 화요일

오전 공판은 피고인 측에 불리하게 흘러갔다. 검찰 측 증인들은 샘 스케일스가 내 집 차고에 주차돼 있던 내 링컨 차의 트렁크에서 총에 맞아 사망했다는 사실을 사건 현장 분석과 DNA 검사와 탄환 분석 결과를 통해 설득력 있게 입증했다. 살인 무기가 발견되지 않았고, 내가 차고에서 방아쇠를 당겼다는 것을 입증할 어떤 직접증거도 발견되지 않았지만, 검찰 측 증인들이 제시한 것은 변호사들끼리 흔히 말하는 '상식증거'였다. 피해자는 피고인의 자택 차고에 있는 피고인의 차 속에서 피살됐다. 그럴 때 상식은 피고인을 범인으로 지목한다. 물론 합리적 의심을 불러일으킬 일련의 정황증거가 있을 여지는 있었지만, 배심원들이 마음을 결정할 때 다른 무엇보다 상식이 중요한 요인이 되는 경우가 종종 있었다. 그리고 오전 공판 중 배심원들의 표정을 살필 때마다, 회의적 표정은 전혀 보지 못했다. 그들은 유죄라는 흙 속에 나를 묻어버리고 싶어 하는 증인들의 입에서 쏟아져 나오는 말을 홀린 듯이 듣고 있었다.

나는 증인 두 명에 대해서는 반대신문에 나서지도 않았다. 그들의 증언에서 내가 공격할 수 있는 부분이 아무것도 없었고, 그들의 주장에서 엉성하거나 석연치 않은 부분도 없었다. 탄환 전문가를 신문할 땐, 현장에서 수거된 탄환에서 무기에 소음기가 설치된 흔적을 찾았느냐고 물으며 내가 한 점을 땄다고 생각했다. 예상했던 대로 그는 소음 억제 장치는 발사된 탄환과 직접 닿지 않기 때문에, 소음기가 살인 무기에 부착돼 있었는지 알 수 없다고 대답했다.

하지만 재직접신문에 나선 데이나 버그가 자신이 부른 전문가 증인에게서 소음 억제 장치는 총성의 크기를 고요에 가까운 수준으로 줄여주지는 않는다는 증언을 이끌어냄으로써 역전에 성공했다.

점심시간에 구치감으로 들어가는 것은 하프타임 때 로커룸으로 들어가는 것과 같았다. 우리 팀은 사기가 떨어져 있었고 나는 챈 경위에게 이끌려 구치감으로 향하면서 묵직한 두려움을 느꼈다. 챈 경위는 나를 의자에 고정시킨 뒤 점심을 사 갖고 온 매기 맥퍼슨을 들여보낼 것이었다. 우리는 오전 공판을 샅샅이 복기하면서 변론 단계로 접어들었을 때 피해를 복구할 방법이 있는지 찾아보고자 했다.

그러나 내가 챈 경위의 손에 이끌려 강철로 된 법정 문을 통과해 변호인 접견실을 향해 복도를 걸어가는 동안 모든 생각이 연기처럼 사라졌다. 여자 목소리 하나가 강철과 콘크리트로 이루어진 벽에 부딪치며 메아리쳤다. 복도 양쪽에 늘어선 구치감을 지나가면서 오른쪽에 있는 철창 사이를 들여다보니 데이나 버그가 구치감에 들어가 벤치에 앉아 있는 모습이 보였다. 아까 법정에서 판사가 자리를 뜨자마자 검사가 벌떡 일어섰던 것이 기억났다. 이제 검사는 구치감에 있었고, 내가 들은 것은 그녀의 목소리가 아니었다. 다른 여자의 목소리였다. 창살로 이뤄진 문 너머로 콘크리트 벽을 따라 감방이 오른쪽으로 길게 뻗어 있었기 때문에 여자의 모습은 보이지 않았다.

분명히 내가 아는 목소리였다. 그러나 누구의 목소리인지 생각나지 않았다.

챈이 나를 변호인 접견실로 데리고 들어갔다.

"저기 버그 검사와 함께 있는 여자 누구죠?"

"당신 옛날 여자 친구." 챈이 퉁명스럽게 대꾸했다.

"여자 친구라뇨?"

"곧 알게 될 거요."

"에이, 말해봐요, 챈. 곧 알게 될 거라면, 미리 말해줘도 되겠구먼."

"사실 나도 몰라요. 다들 쉬쉬해서. 차우칠라에서 데리고 왔다는 말만 들었어요."

챈 경위는 내 뒤에서 견고한 철문을 밀어 닫았고, 접견실엔 나 혼자 남았다. 버그 검사와 함께 구치감에 있는 여자에 관한 단 하나의 단서와 함께. 차우칠라는 센트럴밸리 북쪽에 있는 도시로 캘리포니아주에서 가장 큰 여자교도소가 있었다. 내 의뢰인은 80퍼센트 이상이 남자였지만, 현재 복역 중인 여자 의뢰인도 몇 명 있었다. 의뢰인들이 선고받고 투옥된 후에는 보통 어떻게 지내는지 소식을 알아보지 않았지만, 예전 의뢰인 한 명은 살인죄로 15년형을 선고받고 차우칠라에 수감 중이라는 소식을 들은 적이 있었다. 철과 콘크리트에 부딪치는 바람에 소리가 변형되긴 했지만 누구의 목소리인지 이제야 알 것 같았다.

리사 트래멀. 그녀가 바로 검사가 준비한 10월의 깜짝 선물이었다.

문이 다시 열리고 매기가 점심을 담은 봉투를 들고 들어왔다. 그러나 나는 벌써 식욕을 잃은 상태였다. 문이 쾅 하고 닫힌 뒤, 매기에게 그 이유를 설명했다.

"검찰이 증인을 새로 불렀는데, 맞서려면 준비를 해야 해."

"누군데?" 매기가 물었다.

"저쪽 구치감에서 나는 소리 안 들려? 그 여자야. 리사 트래멀."

"리사 트래멀. 왜 이름이 익숙하지?"

"내 의뢰인이었어. 살인죄로 기소됐는데 내가 무죄를 받아줬지."

나는 매기의 마음 속에 있는 검사가 반응하는 것을 봤다.

"어우, 진짜, 이제 기억나네." 매기가 말했다.

"검찰이 차우칠라에서 그 여자를 데려왔어, 증언하라고."

"뭐에 대해서?"

"모르겠어. 하지만 그 여자 목소리 맞아. 지금 데이나 버그와 구치
감에 함께 있어. 내가 그 여자 사건 재판에서 오파리지오를 물고 늘
어졌었어. 위증하는 증인으로 몰아세웠지. 묵비권을 행사하게 만들
었고."

"그래, 그럼 대책을 세워보자."

매기가 봉투를 열고 로나가 니켈 다이너에서 주문한 샌드위치를
꺼내기 시작했다. 내가 거기 BLT샌드위치를 좋아한다는 걸 로나가
알고 그것을 사서 들려 보낸 것이다.

매기는 샌드위치를 들어 한입 베어 물려다 말고 말했다.

"잘 생각해봐, 미키. 괜히 심심해서 차우칠라까지 올라가서 그 여
잘 데려오진 않았을 거야. 뭔가 있어. 그게 뭔지 생각해봐."

"먼저 알아둘 게 있어. 리사 트래멀은 거짓말쟁이야. 아주 뛰어난
거짓말쟁이. 9년 전 재판할 때 그 여자가 무죄라고 확신을 갖게 만들

더라고. 그 여자 거짓말에 완전히 속아 넘어간 거지."

"그래, 이번에는 어떤 거짓말을 해서 검찰을 도울까?"

나는 고개를 가로저었다. 도무지 알 수가 없었다.

"어떤 거짓말이라도 할 수 있어. 그 여자는 오랜 고객이었어. 주택 담보대출에 관한 소송 대리를 맡았다가 나중에는 살인사건 변호까지 하게 됐지. 그 여자, 샘 스케일스와 판박이야. 아주 능숙한 거짓말쟁이여서 나를 갖고 놀더니 결국에는……."

그 순간 퍼뜩 떠오르는 생각이 있어서 나는 두 손가락을 맞부딪쳐 소리를 냈다.

"돈이네. 샘처럼 그 여자도 수임료를 안 냈거든. 버그는 그 여자의 입을 빌려 범행 동기를 보여주려고 하는 거야. 리사가 수임료에 관해 거짓말을 하겠지. 내가 자기를 협박했다고."

"그래, 그럼 이 여자는 내가 맡을게. 처음엔 이의를 제기해보고, 판사가 리사의 증언을 허락하면 반대신문도 내가 하고. 당신이 나서는 건 모양새가 안 좋아 보일 거야."

"동의해."

"그러니까 내가 알아둬야 할 건 다 말해줘."

30분 후 점심시간이 끝났고 나는 법정으로 돌아갔다. 애리조나에서 돌아온 시스코가 난간 앞에 서 있었다. 급히 할 말이 있는 듯했다. 나는 수갑을 푸는 챈 경위에게 말했다.

"여기 내 수사관하고 잠깐 얘기 좀 해도 되겠어요?"

"빨리해요. 판사님이 곧 나오실 테니까."

나는 둘이 조용히 얘기할 수 있도록 난간으로 다가갔다.

"알려줄 게 두 가지야." 시스코가 말했다. "첫째, 스코츠데일에서 오파리지오를 잃어버렸어."

"그게 무슨 소리야? 자네 친구들이 감시하고 있는 거 아니었어?"

"그랬지. 그의 방을 주시하면서 그가 방을 나오자마자 따라붙을 준비를 하고 있었대. 그런데 한 번도 나오질 않았대. 방금 전화 받았어. 오늘 아침에 하우스키핑에서 그의 방을 청소했대. 퇴실한 거지. 차는 그대로 있는데 사람이 사라진 거야."

"빌어먹을."

"미안해, 믹."

"무슨 일이 벌어지고 있어. 친구들한테 계속 찾아보라고 해. 차 가지러 돌아올 지 모르니까."

"응, 차 지켜보고 있어. 그리고 어떻게 방을 나갔는지도 알아내려고 애쓰는 중이고. 복도에 감시 카메라를 달아놨었거든."

"그래, 그건 그렇고. 또 한 가지는 뭔데?"

"허브 달 기억해? 예전에 리사 트래멀과 붙어서 수작을 부렸던 영화제작자."

"그 인간이 왜?"

"법정 문 밖에 앉아 있어. 증인으로 온 모양이야."

나는 고개를 끄덕였다. 그림이 점점 더 분명해지고 있었다.

"차우칠라에서 리사도 데려왔어. 출격 준비를 마치고 지금 구치감에 있어."

"증인 명단에는 없었잖아." 시스코가 말했다.

"그러니까. 10월의 깜짝 선물인가 봐. 이봐, 시스코, 방금 생각났는데. 법정을 나가서 로나한테 전화해. 리사 트래멀 자료를 꺼내서 리사가 그동안 내게 보낸 편지를 전부 모아 갖고 이리로 오라고 해. 그편지 받아서 매기에게 전해줘. 최대한 빨리. 그 말은 자네가 스프링 스트리트에서 로나를 기다려야 한다는 뜻이야."

"알았어."

"그리고 오파리지오 소식 들으면 바로 알려주고."

"그럴게."

시스코가 법정을 나갔다. 내가 내 자리로 돌아가는 동안 챈 경위가 정숙을 요구했고 판사가 법정으로 들어왔다. 나는 앉고 매기는 일어섰다. 이것은 배심원단을 부르기 전에 처리해야 할 일이 있다는 것을 판사에게 알리는 신호였다. 나는 매기에게 허브 달에 대해서, 그리고 리사 트래멀이 감옥에서 보내 온 증오에 찬 편지들에 대해서 얘기해 줄 기회가 없었다. 검사석을 돌아보니 버그도 매기를 따라 일어서고 있었다.

"공판을 속개하겠습니다." 워필드가 말했다. "맥퍼슨 변호사, 먼저 일어서는 거 봤는데. 하고 싶은 말이 있나요?"

"네, 재판장님." 매기가 말했다. "본 변호인은 검찰이 피고인 측에 전달한 어떤 증인 명단에도 올라 있지 않은 증인을 검사가 지금 부르려고 한다는 사실을 알게 됐습니다. 이 증인은 살인죄로 복역 중인 기결수로, 과거에 증인선서를 한 상태에서 거짓말을 한 전력이 있습니다. 증언할 기회가 주어진다면 오늘도 또 거짓말을 할 것이 틀림없습니다."

"처음 듣는 얘기군요." 워필드가 말했다. "버그 검사도 서 있는데.

이 문제에 관해 할 말 있습니까, 검사?"

"네, 재판장님." 버그가 말했다.

버그가 리사 트래멀을 곧 부를 증인으로 소개하고 그녀를 증인석에 앉혀야 하는 이유를 설명하는 동안 나는 매기의 소매를 잡아당겼고 매기는 허리를 굽히고 내가 속삭이는 말을 들었다.

"버그가 복도에 예비 증인도 데려다 놨어. 허브 달이라는 영화제작잔데, 리사 트래멀 재판 때 리사와 한통속이 돼서 나를 괴롭혔던 인간이야."

매기는 고개를 끄덕였고 곧 몸을 일으켜 똑바로 선 다음 버그 검사가 판사에게 하는 발언에 귀를 기울였다.

"이것은 피고인의 행동 유형에 관한 증거입니다, 재판장님." 버그 검사가 말했다. "피고인이 예전에 어떤 나쁜 행동을 했는지 보여주는 증거죠. 피고인이 의뢰인들을 어떻게 다뤘고, 돈을 요구했고, 협박했고, 수임료가 들어오지 않으면 그 협박을 어떻게 실행에 옮겼는지를 보여주는 증거요. 이 증인 외에 허브 달이라는 증인도 있습니다. 그는 피고인의 이런 행동들을 직접 봐서 잘 알고 있고, 피고인으로부터 돈 때문에 협박을 당한 경험도 있습니다."

"이 증인들이 피고인 측이나 본 재판장에게 아무런 통지 없이 오늘 갑자기 내 법정에 나타난 이유에 대해서는 아직 말씀 안 하셨어요." 워필드가 말했다. "맥퍼슨 변호사의 다음 주장이 뭔지 알겠네요. 피고인 측은 이 일로 매우 부당한 대우를 받았다고 주장하겠죠. 대단히 타당한 주장이라는 생각이 드는군요."

버그 검사는 부당한 대우를 한 게 아니라고, 자신도 지난 토요일까

변론의 법칙

지는 트래멀과 달에 대해 전혀 몰랐다고 주장했다. 리사 트래멀이 샘 스케일스 사건 재판에 관한 텔레비전 보도를 보고 감옥에서 보낸 편지를 지난 토요일에야 받았다고 했다. 검사는 편지와 우편 소인이 찍힌 봉투를 판사에게 제출했다. 그리고 피고인 측과 공유하기 위해 매기에게 사본을 건네줬다.

"재판장님, 그 편지가 제 책상에 도착한 것은 지난 수요일이었습니다." 버그가 말했다. "그 전날 우편 소인이 찍혀 있는 것이 보이실 겁니다. 아시다시피 지난주엔 계속 공판이 있었잖습니까. 그래서 우편물을 확인할 시간이 없었습니다. 토요일에야 우편물을 확인하다가 그 편지를 발견했죠. 저는 즉시 드러커 형사에게 연락했고, 증인으로 부를 만한지 판단하기 위해 트래멀 씨를 만나러 함께 차우칠라로 올라갔습니다. 트래멀 씨의 이야기를 들어보니까 배심원단이 들어야 할 이야기라는 생각이 들더군요. 그 이야기의 진위를 확인한 다음에 말이죠. 트래멀 씨는 허버트 달이라는 이름을 저희에게 알려줬습니다. 어제 트래멀 씨가 이곳으로 호송되는 동안, 드러커 형사는 증언을 마친 후 달 씨를 조사하러 갔고요. 여기에 무슨 속임수나 의도적인 부당한 대우 같은 것은 전혀 없습니다. 이 증인들이 배심원단 앞에서 진실하고 중요한 이야기를 하겠다고 결심하자마자 이들을 법정에 데려온 것뿐입니다."

매기가 반박하는 동안, 나는 편지를 꼼꼼히 읽었다. 그 안에는 내가 리사 트래멀을 얼마나 함부로 대했는지에 관한 일방적 주장이 들어 있었다. 리사는 내가 자신을 감옥에 처넣었고 빈털터리로 만들었다고 나를 비난했다. 내가 탐욕과 지속적 언론 노출 욕구에 사로잡혀 있었다고 주장했는데, 그 두 가지는 나보다는 리사 자신을 잘 설명해 주는 특징이었다.

매기는 판사의 마음을 움직일 수가 없었다. 워필드 판사는 트래멀과 달의 증언을 허락했고, 그들이 진실을 말하는지 그리고 그들의 증언이 도움이 되는지를 결정하는 것은 배심원들이 할 일이라고 판단했다.

"하지만 피고인 측이 필요하다면 이 증인들에 대해 준비할 시간을 충분히 드리겠습니다." 워필드가 말했다. "맥퍼슨 변호사, 시간이 얼마나 필요할까요?"

"제 동료와 의논해도 되겠습니까?" 매기가 물었다.

"물론이죠." 판사가 말했다.

매기는 자리에 앉아 나와 머리를 맞댔다.

"미안해. 이걸 막지 못해서." 매기가 말했다.

"괜찮아. 최선을 다했잖아. 그리고 걱정하지 마. 검찰이 방금 큰 실수를 저질렀으니까."

"진짜? 검사가 바라던 것을 얻은 것 아닌가?"

"그건 맞아, 하지만 우리가 트래멀을 이용해 오파리지오로 가는 문을 열 수 있어. 그런 다음 증인석에서 트래멀을 밟아버리면 되고."

"그래서, 준비할 시간은 얼마나 달라고 할까?"

"필요 없어. 바로 달려들자."

"진심이야?"

"조금 전에 시스코에게 말해놨어. 로나한테 말해서 리사 트래멀에 관한 자료를 찾아서 갖고 오라고. 검사가 주는 10월의 깜짝 선물에 우리의 깜짝 선물로 맞설 수 있을 거야."

"잘됐네. 자세히 말해봐."

46

나는 구치감에서 리사 트래멀의 목소리는 들었지만, 그녀를 보지는 못했었다. 지금 챈 경위에게 이끌려 법정으로 들어오는 그녀를 보니 외모가 알아보지 못할 정도로 변해 있었다. 백발로 변한 머리를 남자처럼 짧게 깎은 모습이었다. 뼈 위에 백지장 같은 살가죽만 덮여 있는 것처럼 말랐는데, 10년 전 내가 변호를 맡았을 때보다 몸무게가 반은 줄어든 듯했다. 헐렁한 오렌지색 수의를 입고 있었고, 왼쪽 눈썹 위에는 감옥에서 새긴 듯 흐릿한 청색 잉크로 별자리 문신이 새겨져 있었다. 배심원들의 눈은 증인선서를 하는 그녀의 흥미로운 문신에 쏠려 있었다.

트래멀이 증인석에 착석하자마자 데이나 버그 검사가 발언대로 가서 그녀의 이야기를 끌어내기 시작했다.

"증인, 현재 어디에 거주하십니까?"

"차우칠라에 있는 센트럴 캘리포니아 여자 교도소에서 복역 중입니다."

"거기 계신 지 얼마나 됐죠?"

"어, 6년요. 그전에는 코로나에 3년 있었고요."

"교도소인가요, 코로나에 있는?"

"네."

"투옥된 이유가 무엇입니까?"

"살인죄로 15년형을 선고받았거든요."

"그 범죄에 대해 좀 더 자세히 설명해주시겠습니까?"

"남편을 죽였습니다. 학대받고 살다가 이렇게는 못 살겠다 싶어서요."

나는 트래멀보다 배심원들을 더 유심히 보고 있었다. 그들이 트래멀에게 보이는 반응에 따라 매기의 반대신문 전략을 바꿔야 했다. 점심 식사를 하고 돌아온 직후인데도 배심원들은 신문에 경청하고 있었다. 트래멀은 그들의 호기심을 유발하고 깨어 있게 하기에 충분할 만큼 재판 속도를 바꿔놓은 증인이었다. 할리우드 볼 요리사는 의자 끝에 걸터앉아서 몸을 앞으로 기울이고 있었다.

"증인은 이 사건의 피고인인 마이클 할러를 잘 아십니까?" 버그가 물었다.

"네, 제 변호사였어요." 트래멀이 말했다.

"배심원 여러분을 위해 피고인을 가리켜주시겠습니까?"

"네."

트래멀이 나를 가리켰고 처음으로 나와 눈이 마주쳤다. 나는 그녀의 눈 속에서 이글거리는 증오를 봤다.

"피고인과의 관계에 대해 설명해주시겠습니까, 증인?" 버그가 물었다.

트래멀이 내게서 천천히 눈을 뗐다.

"네." 그녀가 말했다. "11년 전쯤 살고 있던 집을 지키려고 저 사람을 고용했어요. 그때 전 아홉 살짜리 아들을 둔 싱글맘이었고 주택담보대출금이 밀리고 있어서 은행이 제 집을 압류하려 하고 있었죠.

우편으로 온 광고전단을 보고 도움을 받기 위해 저 사람을 고용했습니다."

트래멀은 2008년 금융 위기 이후로 주택 압류 열풍이 온 나라를 휩쓸 때 나를 찾아왔다. 주택 압류 사건의 변호는 법조계에서 급부상하는 분야였고 다른 많은 형사소송 변호사들처럼 나도 그 분야에 뛰어들었다. 그 덕분에 돈을 많이 벌었고, 많은 의뢰인의 집을 지켜줬다. 그러다가 불행히도 리사 트래멀을 만나 변호를 맡았다.

"그 당시 증인은 직업이 있었습니까?" 버그가 물었다.

"네, 교사였습니다." 트래멀이 말했다.

"그렇군요. 그래서 피고인이 증인을 도와줬나요?"

"그랬기도 하고 아니기도 합니다. 불가피한 일이 다가오는 것을 미뤄주기는 했어요. 소를 제기해 은행의 조치가 부당하다고 주장했고, 은행의 담보권 행사를 1년 이상 막아주기는 했습니다."

"그런데 그때 무슨 일이 있었죠?"

"제가 체포됐습니다. 저의 집을 뺏어가려는 은행의 간부를 살해한 혐의로요."

"그 사람 이름은 뭐였죠?"

"미첼 본듀란트입니다."

"그러니까 증인은 미첼 본듀란트를 살해한 혐의로 재판을 받았다는 말씀인가요?"

"네, 그렇습니다."

"그러면 그때 증인의 변호인은 누구였죠?"

"저 사람요. 할러. 이 사건은 언론으로부터 주목을 많이 받았습니다. 그러니까 저 사람이 자기가 변호하게 해달라고 애걸복걸을 하더라고요."

"왜 그렇게 애걸복걸 매달렸을까요?"

"방금 말했잖아요. 그 사건이 언론의 주목을 많이 받았다고. 그 사건을 맡으면 공짜로 홍보할 기회를 얻는 거니까요. 저도 변호사를 선임할 돈이 없었기 때문에 그러라고 했습니다."

"그래서 사건이 재판으로 갔고요?"

"네, 그리고 제 결백이 밝혀졌죠."

"무죄 평결을 받았다는 뜻입니까?"

"네, 무죄가 나왔죠. 배심원단이 그렇게 평결했어요."

트래멀은 마지막 말을 하면서 배심원단을 돌아봤고 마치 '예전 배심원들도 나를 믿어줬으니까 당신들도 나를 믿어야 해'라고 말하는 듯했다. 나는 두 줄로 앉아 트래멀을 바라보고 있는 배심원들을 찬찬히 훑어본 후 눈길을 돌려 꽉 들어찬 방청석을 둘러봤다. 내 딸도 다른 사람들과 마찬가지로 홀린 듯이 트래멀을 바라보고 있었다.

"증인은 돈 문제로 피고인과 언쟁을 한 적이 있습니까?" 버그가 물었다.

"네, 있습니다." 트래멀이 대답했다.

"정확히 어떤 문제로 언쟁을 벌이셨죠?"

"재판을 참관했던 한 영화제작자가 이 사건을 영화화하자는 제안을 했습니다. 주택 압류라는 문제가 시대적 현상을 잘 반영하고 있고 사람들이 흥미를 느낄 거라고 생각했던 거죠. 특히 제가 무죄 평결을 받았으니까 말이죠."

"누굽니까, 그 영화제작자는?"

"허브 달이라는 분이었어요. 아치웨이 픽처스와 거래를 했고 프로젝트를 많이 물어다 줬다고 하더군요. 거기 사람들이 이 사건의 영화화에 관심을 표명했다고 했고요."

"그런데 왜 그 문제로 피고인과 언쟁을 벌였죠?"

"저 사람이 수임료부터 결제하라고 해서요. 재판이 절반 정도 진행되니까 영화 수익의 일부를 달라고 하더라고요."

그 거짓말에 나는 천천히 고개를 가로저었다. 배심원단을 의식한 행동이 아니라 나도 모르게 나온 반응이었다. 그러나 버그가 내 행동을 보고 판사를 돌아봤다.

"재판장님, 변호인에게 배심원단이 집중하는 데 방해가 되는 행동을 하지 말라고 지시해주시겠습니까?"

워필드가 나를 바라봤다.

"변호인, 아실 만한 분이 왜 그래요." 판사가 말했다. "증언에 반응을 보이는 걸 자제하세요."

"알겠습니다, 재판장님. 하지만 거짓말에 저도 모르게 반응이……."

"변호인." 판사가 소리쳤다. "그런 언급도 안 된다는 것 잘 알고 있을 텐데요."

입을 앙다무는 판사의 모습을 보니 내게 법정모독죄를 적용할까 고민하는 것 같았다. 그러나 그냥 넘어갔다.

"경고했어요, 변호인." 판사가 말했다. "계속 진행하세요, 검사."

"감사합니다, 재판장님." 검사가 말했다. "증인, 피고인이 증인에게 얼마를 달라고 말했습니까?"

변론의 법칙

"네." 트래멀이 대답했다. "25만 달러요."

"그래서 그 돈을 주겠다고 약속했고요?"

"아뇨. 그만한 돈이 어디 있다고요. 허브 달은 제 이야기 판권의 선금으로 그 절반만 받아도 운이 좋은 거라고 했거든요."

"증인이 거절하자 피고인은 어떤 반응을 보였죠?"

"저를 협박했습니다. 자기가 마땅히 받아야 하는 돈을 제가 지불하지 않는다면 대가를 치를 거라고 말했습니다."

"그런 다음 무슨 일이 있었죠?"

"제가 무죄 평결을 받았죠. 그래서 제가 피고인에게 그랬어요, 거래는 거래라고. 이 사건으로 피고인이 홍보 효과를 톡톡히 누렸거든요. 특히 제가 무죄 평결을 받아서 말이죠. 영화를 만들면 피고인의 이름을 사용하고 재판에서 피고인이 한 일을 보여줄 필요가 있기 때문에 영화사에서 돈을 지불할 거라고 말해줬습니다."

"피고인이 그 말을 받아들이던가요?"

"아뇨, 자기가 가만있지 않을 거라고, 제가 후회하게 될 거라고 말했습니다."

"그런 다음 무슨 일이 있었죠?"

"경찰이 압수수색 영장을 들고 제 집으로 들이닥쳐서 남편을 찾아냈습니다. 남편이 뒷마당에 묻혀 있었거든요. 남편이 죽은 다음 제가 거기에 묻었습니다. 남편에게 학대당한 사실을 아무도 믿어주지 않을까 봐, 그리고 아들을 잃게 될까 봐 겁이 났거든요."

트래멀이 울먹였다. 표정이 아니라 목소리로 알 수 있었다. 나는 그것이 연기라고 생각했다. 훌륭한 연기. 버그는 그 순간을 강조하기 위해 전략적으로 침묵했고, 나는 증인을 바라보는 배심원들의 표정을 면밀히 살폈다. 할리우드 볼 요리사를 포함해 몇몇 배심원들은 동정 어린 표정을 짓고 있었다.

이건 대재앙이었다.

나는 매기 쪽으로 몸을 기울이고 속삭였다.

"와, 죄다 거짓말에 헛소리야. 예전보다 실력이 더 늘었네, 사기 치는 실력이."

그 순간 매기의 얼굴에서도 트래멀을 동정하는 표정을 봤다는 생각이 들었다. 그러자 차마 고개를 돌려 딸의 표정을 살필 수가 없었다.

"증인 남편의 죽음에 관한 새 재판에서도 피고인이 증인을 변호했습니까?" 버그가 물었다.

"아뇨, 아뇨." 트래멀이 말했다. "제가 제프리를 거기 묻었다고 경찰에 제보한 사람이 저 사람인데요. 제가 믿을 수 있는 사람이 필요……."

"이의 있습니다. 전문증거[17]입니다." 매기가 말했다.

"인정합니다." 워필드가 말했다. "증인은 아니라고만 대답한 겁니다. 배심원들은 그 대답의 나머지 부분은 무시해주세요."

버그는 잠시 전열을 가다듬으면서 자신이 원하는 대답, 즉 트래멀이 수임료를 지불하지 않아서 내가 그녀에게서 손을 떼고 돌보지 않았다는 말을 끌어내기 위한 방법을 찾고 있었다. 그 대답에서 샘 스

---

17 증인 자신이 직접 보고 들은 것이 아니고 다른 사람으로부터 전해 들은 것을 법원에 진술하는 증거

케일스가 수임료를 내지 않아서 내가 그를 죽였을 거라는 주장으로 넘어가는 것은 지나친 도약이 아닐 것이다.

"증인은 피고인 할러 씨를 변호인으로서 신뢰할 수 없다고 의심하게 된 계기가 있었습니까?"

"네." 트래멀이 대답했다.

"그때가 언제였죠?"

"경찰이 제 남편의 시신을 찾아내고 제가 살인 혐의로 체포됐을 때요. 저 사람이 경찰에 신고한 것을 알았거든요."

"이의 있습니다, 재판장님." 매기가 말했다. "증인은 지금 추측에 기반한 진술을 하고 있습니다. 버그 검사는 순전히 추측에 불과한 것을 배심원단 앞에 내놓으려고 애를 쓰고 있고요. 피고인이나 피고인의 직원들 중 누구라도 변호인과 의뢰인의 비밀유지의무를 저버렸다는 기록은 어디에도 존재하지 않습니다. 그런데도 검사는 집요하게……."

"당신이 경찰에 신고했잖아!" 트래멀이 나를 손가락질하면서 외쳤다. "그 사실을 아는 사람은 당신밖에 없었다고. 보복으로 그런 거……."

"조용히 하세요!" 워필드 판사가 소리쳤다. "이의제기가 있으니 증인은 조용히 기다리세요."

판사의 목소리가 도끼로 내려치듯 트래멀의 말을 잘랐다. 판사가 잠깐 말을 멈추고 모든 당사자를 둘러본 후 말을 이었다.

"버그 검사, 증인에게 전문증거와 전문증거가 아닌 것의 차이를 설명해주고 증인을 통제하세요." 판사가 말했다. "한 번만 더 부적절한 태도를 보이면 두 사람 다 법정모독죄를 묻겠습니다."

판사가 배심원단을 돌아봤다.

"배심원 여러분, 방금 증인이 한 진술은 무시하세요. 전문증거는 증거 능력이 없으니까요." 판사가 말했다.

그러고는 양측 대리인들을 다시 돌아봤다.

"신문 계속하세요, 버그 검사." 판사가 말했다. "신중하게."

법정 안 모두의 관심이 버그 검사에게 쏠릴 때, 나는 뒤에서 작은 속삭임을 듣고 뒤를 돌아봤다. 시스코가 난간 위로 파일을 내밀고 있었다. 나는 매기의 팔을 툭툭 쳐서 파일을 받으라고 신호를 보냈다. 매기가 즉시 파일을 받아 나와 함께 쓰는 탁자에 놓고 펼쳤다.

한편 버그는 트래멀에 대한 직접신문을 끝내게 돼 너무나 기쁜 모양이었다. 돈 문제와 관련해 내가 앙심을 품는 사람이라는 메시지를 배심원들에게 성공적으로 전달했으니 소기의 목적을 달성한 것이다.

"재판장님, 이 증인에게는 더 이상 질문 없습니다." 버그가 말했다.

판사가 피고인 측에 반대신문을 할 기회를 주자, 매기는 증인을 신문하기 전에 짧은 휴정을 요청했다. 판사가 15분간 휴정했고, 우리는 수년간에 걸쳐 트래멀이 보내온 서신들을 읽어봤다.

재판이 속개됐을 때, 매기는 준비가 돼 있었다. 리걸패드를 갖고 일어서서 발언대로 걸어갔다. 그러고는 처음부터 공격적으로 신문했다.

"증인, 경찰에게 거짓말한 적이 있습니까?" 매기가 물었다.

"아뇨, 없습니다." 트래멀이 대답했다.

"경찰에 거짓말한 적이 한 번도 없다고요?"

"없다고 했잖아요."

"선서하고 나서는요? 증인선서를 하고 나서 거짓말한 적이 있습니까?"

"아뇨, 없습니다."

"지금 증인선서를 한 상태에서 거짓말하고 있는 거 아닌가요?"

"아뇨, 제가······."

버그 검사가 일어서더니 맥퍼슨이 유사한 질문을 계속하면서 증인을 괴롭히고 있다며 이의를 제기했다. 판사는 인정한 후 매기에게 다음 질문으로 넘어가라고 지시했다. 매기는 지시에 따랐다.

"증인, 처음엔 증인의 사연을 영화화해서 생기는 수익을 할러 변호사와 나누기로 합의하신 것 아닌가요?"

"아뇨, 그 사람은 돈이 아니라 홍보의 기회를 원했어요. 그게 합의 내용이었다고요."

"증인이 미첼 본듀란트를 살해했습니까?"

트래멀은 예상하지 못한 질문을 갑자기 받자 자기도 모르게 증인석 마이크 앞에서 몸을 뒤로 뺐다. 버그가 일어서서 다시 이의를 제기하면서 본듀란트 사건 재판에서 트래멀이 무죄 평결을 받은 사실을 판사에게 상기시켰다.

"무죄 평결이 곧 결백을 증명한 것은 아니라는 사실은 주지의 사실입니다." 매기가 주장했다.

판사는 트래멀에게 변호인의 질문에 대답하라고 지시했다.

"아뇨, 저는 미첼 본듀란트를 죽이지 않았습니다." 트래멀이 날카롭게 대답했다.

"그러면 진범이 누군지 재판에서 밝혀졌나요?" 매기가 물었다.

"네, 특정된 용의자는 있었습니다."

"그게 누구였습니까?"

"루이스 오파리지오라는 남자였죠. 라스베이거스에서 활동하는 조직폭력배였어요. 증인으로 소환됐지만, 묵비권을 행사했죠."

"왜 루이스 오파리지오가 미첼 본듀란트 씨 피살사건의 용의자가 됐죠?"

"둘이 은밀한 거래를 여러 차례 했는데 본듀란트 씨가 그 사실을 FBI에 밀고했거든요. 그래서 수사가 시작됐고 곧 본듀란트 씨가 피살됐죠."

"그럼 증인이 무죄 평결을 받은 후에 오파리지오가 살인죄로 기소됐나요?"

"아뇨, 그런 일은 없었습니다."

이제 우리는 오파리지오라는 이름을 재판 기록에 올렸고 배심원들에게도 알려놓았다. 매기의 반대신문에서 다른 성과가 없더라도, 그 이름을 변론 단계로 가지고 가서 이용할 수 있다는 것만으로도 큰 성과였다.

그러나 매기는 여기서 그치지 않았다. 판사에게 잠시만 시간을 달라고 요구한 뒤 변호인석으로 돌아와 트래멀 파일에 들어 있던 편지들을 꺼냈다. 미리 계획한 행동이었다. 그녀는 변호인석으로 돌아가 낱장의 편지들을 모아드는 자신의 행동을 트래멀이 지켜보기를 바랐다. 앞으로 무슨 이야기가 나올지 트래멀이 알아차리기를 바랐다.

"증인, 증인은 수감 중인 자신의 처지가 피고인 때문이라고 생각하고 있습니다, 그렇죠?" 매기가 물었다.

"저는 제가 한 일을 인정했어요." 트래멀이 말했다. "재판으로 가지도 않았죠. 유죄를 인정했고 전적으로 책임을 졌습니다."

"하지만 경찰이 뒷마당에 묻혀 있던 남편의 시신을 발견한 것은 피고인 때문이라고 생각하고 있죠. 아닙니까?"

"판사님이 그 질문에는 대답 안 해도 된다고 말씀하신 것 같은데요."

"증인 자기 생각을 말하세요, 남 신경 쓰지 말고."

"네, 피고인 때문이라고 생각합니다."

"하지만 피고인을 협박하고 피고인의 행동에 대가가 따를 것이라고 반복해서 피고인에게 말한 사람은 증인이 아닌가요?"

"아뇨, 그렇지 않습니다."

"교도소에서 피고인에게 연달아 편지를 보냈던 것을 기억하십니까?"

트래멀이 잠시 숨을 고른 뒤 대답했다.

"오래전 일이에요." 트래멀이 말했다. "기억 안 납니다."

"비교적 최근에는요?" 매기가 집요하게 물고 늘어졌다. "음, 한 1년 전쯤에는요? 교도소에서 피고인에게 편지를 보내셨습니까?"

"기억 안 난다니까요."

"증인의 차우칠라 교도소 수형 번호가 어떻게 되죠?"

"AV18174요."

매기가 판사를 올려다봤다.

"재판장님, 증인에게 다가가도 되겠습니까?" 매기가 물었다.

판사의 허락이 떨어지자, 매기는 편지 봉투를 트래멀에게 건네면서 봉투를 열어 안에 있는 편지를 꺼내달라고 요청했다.

"지난 4월 9일에 피고인에게 보낸 편지, 알아보시겠습니까, 증인?" 매기가 물었다.

버그가 일어서서 이의를 제기했다. 편지에 어떤 내용이 있는지는 모르겠지만 검찰 측에 불리한 내용이란 것은 확실했기 때문이다.

"재판장님, 저는 저 서면을 받아보지 못했습니다." 버그가 말했다. "증인이 아닌 다른 사람이 보냈을 수도 있습니다."

"기각합니다." 워필드가 말했다. "맥퍼슨 변호사가 예측 못 했던 이 증인을 신문하면서 편지가 진짜인 것을 확인하면, 검사에게도 기회가 갈 겁니다. 계속하세요, 맥퍼슨 변호사."

"봉투 겉면에 적힌 것이 증인의 수형 번호가 맞습니까?" 매기가 물었다.

"네, 그런데 제가 쓴 거 아닌데요." 트래멀이 말했다.

"하지만 편지 끝에 있는 것은 증인의 서명이 맞죠?"

"그래 보이긴 하지만, 확실히는 알 수 없죠. 위조될 수도 있으니까요."

"여기 다른 편지 네 통도 살펴보시고 증인의 서명과 수형 번호가 맞는지 확인해주시겠습니까, 증인?"

트래멀은 자기 앞에 놓인 편지들을 바라봤다.

"네." 잠깐 침묵이 흐른 후 트래멀이 말했다. "제 서명이 맞는 것 같지만, 100퍼센트 확실하진 않죠. 교도소에 수표의 서명을 위조한 죄로 복역하고 있는 수감자가 얼마나 많은데요."

"그러면 증인은 그 수감자들이 증인의 변호사에게 보낸 편지들을 위조했을 가능성이 있다고 말씀하시는 건가요? 무려 9년간이나요?" 매기가 물었다.

"모르겠어요. 하지만 세상에 불가능한 일은 없잖아요."

하지만 그런 일은 가능하지 않았고, 매기가 트래멀을 무너뜨리고 있었다.

"재판장님, 피고인 측 증거물 A부터 E까지를 증거로 제출합니다." 매기는 증거물 등록을 위해 증거물을 서기에게 건네줬다.

"추가 확인이 필요하면, 할러 변호사 사무소 사무장이 그동안 편지를 받아 파일에 보관해온 사실을 진술할 수 있습니다." 매기가 말했다.

"이 편지들부터 한번 볼까요?" 워필드가 말했다.

나는 재판부 협의를 위해 매기를 따라 판사석으로 다가갔다. 판사가 원본을 재빨리 훑어보는 동안 버그 검사에게는 사본이 건네졌다.

"법원 공무원이자 20년 넘게 검사 생활을 해온 사람으로서 재판장님께 자신 있게 말씀드릴 수 있습니다. 주립 교도소는 익명의 서신왕래를 허락하지 않습니다." 매기가 말했다. "증인의 수형 번호가 각 봉투의 발신자 주소에 적혀 있는 것도 그 때문이고요."

"그 편지들을 증인이 보낸 것이 맞는다고 해도, 이 사건과는 무관합니다, 재판장님." 버그가 말했다.

"무슨 말씀을요, 관련이 있다고 생각하는데요, 버그 검사." 판사가 말했다. "증인이 저기 앉아서 피고인이 돈 문제로 자기를 협박했다고 주장했잖아요. 증거물로 채택하겠습니다. 맥퍼슨 변호사, 신문 계속하세요."

우리는 각자의 자리로 돌아갔고 매기는 증인석으로 다가갔다. 그러고는 다른 편지 한 통을 트래멀 앞에 내려놓았다.

"증인, 증인이 차우칠라 교도소에서 이 편지를 써서 피고인에게 보냈습니까?" 매기가 물었다.

트래멀이 편지를 쳐다보더니 꽤 오랫동안 편지를 읽었다.

"실은 제가 9년 전 교도소에 입소할 때 받은 건강검진에서 조울증 진단을 받았어요. 그래서 가끔 정신을 놓고 배회하기도 하고 무슨 행동을 하고도 기억을 못 하기도 합니다." 트래멀이 말했다.

"편지 봉투에 적힌 숫자, 증인의 수형 번호가 맞습니까?"

"네, 그런데 누가 여기다 써놨는지 모르겠네요."

"편지에 적힌 이름, 증인의 이름이 맞고요?"

"네, 하지만 이름은 누구라도 써놓을 수 있었겠죠."

"편지를 배심원들에게 읽어주시겠습니까, 증인?"

트래멀은 자신이 내게 보낸 편지를 읽을 필요 없다고 누구라도 말해주기를 바라는 듯 검사를 쳐다봤다가 고개를 돌려 판사를 쳐다봤다.

"편지를 읽으세요, 증인." 워필드가 말했다.

트래멀은 오랫동안 편지를 바라보다가 마침내 읽기 시작했다.

"망할 변호사 새끼에게,

내가 너를 잊지 않았다는 것을 알려주려고 이 편지를 쓴다. 절대 못 잊지. 네놈이 모든 것을 망쳤으니, 언젠가는 그 대가를 치르게 될 거야. 난 내 아들을 6년이나 못 봤어. 네놈 때문에! 이 빌어먹을 자식

아. 넌 쥐뿔도 잘난 거 없으면서 변호사라고 거들먹거리지. 천벌을
받을 거다, 이 개새끼야."

트래멀이 편지를 읽는 동안 나는 배심원들의 표정을 살폈다. 트래
멀이 한마디씩 할 때마다 그녀의 신뢰도가 와르르 무너지는 것이 보
였다. 트래멀의 편지가 버그에게도 영향을 미쳤다. 검사는 자신이 탐
욕에 눈이 멀었었다는 것을 깨달은 듯 침울한 표정으로 검사석에 앉
아 있었다. 나를 몰아세울 증거물 한 점을 더 얻으려고 탐욕을 부린
자신을 탓하고 있는 듯했다. 버그는 드러커 형사를 통해 트래멀의 이
야기를 듣고 내 감방 문을 확실하게 닫아줄 증거라고 생각한 것이 틀
림없었다.

트래멀이 10월의 깜짝 선물인 줄 알았는데 12월의 재앙이 되고 만
것이다. 버그는 허브 달은 증인으로 부르려고도 하지 않았다. 달은
그대로 귀가 조치되었다.

리사 트래멀을 부른 실수가 배심원단에게 많은 영향을 미쳤는지는
확실하지 않았다. 내가 내 집에 있는 동안 샘 스케일스가 내 집 차고
에서 살해됐다는 결정적 증거가 오전에 제시된 이후여서 특히 더 알
수 없었다. 영향을 미쳤든, 미치지 않았든, 그날 공판기일이 끝날 때
쯤, 버그는 검찰 측 증거조사를 끝내게 된 것이 너무나 기분 좋은 모
양이었다. 대기시켜놓은 잠재적 증인이 몇 명이나 되는지는 몰라도,
반박 절차와 대망의 피날레를 위해 더 대기시키기로 결정한 듯했다.

"재판장님, 이상으로 검찰 측 증인신문과 조사를 모두 마치겠습니
다." 버그 검사가 말했다.

47

2월 26일, 수요일

나는 독거실에서 불면의 밤을 보내는 동안 어둠 속에서 절박한 사람들이 외치는 소리를 들었다. 야간 당직인 교도관들이 철문을 쾅쾅 닫는 소리와 기괴하게 웃어대는 소리도 들었다. 지금이 얼마나 중대한 시점인가 하는 생각에 내 몸이 반응해서 덜덜 떨릴 때도 있었다. 앞으로 이틀이 내 남은 인생을 결정한다는 걸 알고 있는데 어떻게 잠이 오겠는가? 일이 잘못되면 이런 식으로 오래 살아가지는 말아야겠다고 다짐하고 있는데 어떻게 잠이 오겠는가? 나는 어떤 식으로든 탈출을 감행할 것이고 자유로워질 작정이었다.

투옥은 저 마지막 벽 너머에 있는 것을 생각하게 만든다. 저들이 내 허리띠와 구두끈을 뺏어갈 순 있지만, 내가 그 벽을 넘는 것을 막을 수는 없다. 내 의뢰인들 중에도 유죄 평결을 받고 나서 몇 주 안에 그 벽을 넘어간 의뢰인이 세 명 있었다. 이젠 나 자신이 장기 투옥될 가능성에 직면하고 나니, 그들의 선택을 이해하고 존중하게 됐다. 나 또한 그런 선택을 하게 될 것임을 알고 있었다.

프레슬리 교도관이 법원으로 일찍 데려다줘서 나는 구치감에 앉아 공판기일이 시작되기를 기다리고 있었다. 그때 매기와 시스코가 공판 전 회의를 허락받아 구치감으로 들어왔다. 나는 그들의 표정을

변론의 법칙

보고 나쁜 소식이 있다는 것을 직감했다.

"아직도 오파리지오는 감감무소식이야?"

"아니, 그보다 더 안 좋은 소식이야." 매기가 말했다.

"오파리지오가 죽었어." 시스코가 말했다.

"모든 걸 다시 생각해야 해." 매기가 말했다. "부를 증인들의 순서를 다시……."

"잠깐만, 잠깐만. 뒤로 돌아가자. 어떻게 된 거야? 오파리지오가 죽었다니?"

"살해됐어." 시스코가 말했다. "어젯밤에 시신이 발견됐고. 킹맨 근처 도로가에 유기돼 있었어."

"베이거스로 올라가는 도로네. 24시간 전엔 자네 친구들이 그를 방에 가둬놓고 지키고 있었잖아. 어떻게 이런 일이 생겼지?"

"문에다 감시 카메라를 달아놨다고 했던 거 기억나? 오늘 아침에 테이프를 돌려봤더니, 월요일 밤에 오파리지오가 룸서비스를 시켰더래. 식사 때마다 룸서비스를 시켰으니 별일 아니라고 생각했지. 그런데 이번에는 저녁 식사가 식탁보를 덮은 카트에 실려서 온 거야."

"그렇게 데리고 나간 거야?"

"응, 카트에 숨겨서. 내 생각엔 룸서비스 웨이터로 위장한 놈이 방 안에서 오파리지오를 죽이고, 시신을 카트 밑에 실은 다음에, 카트를 밀고 나간 것 같아. 직원용 엘리베이터에서 음식 배달하는 카트를 가로챘더라고. 내 친구들이 진짜 룸서비스 웨이터를 그의 아파트에서 찾아냈어. 빨간 재킷을 넘겨주고 집에 가는 대가로 돈을 받았다고 인정했대. 곤드레만드레 취해 있었고."

"룸서비스를 가장한 살인청부업자는 오파리지오가 어디 있는지 어떻게 알았지?"

"오파리지오가 누군가에게 전화를 걸어 소환장을 받았다고 털어놓은 게 아닌가 싶어. 그들이 그곳에서 빠져나오게 해주겠다고, 룸서비스를 가장해서 빠져나오게 해주겠다고 말한 거지. 그러고는 죽여버렸고."

"왜?"

"글쎄. 그가 증언하는 위험부담을 떠안기 싫었던 거 아닐까? 그가 타협할 거라고 생각했고."

나는 매기를 보면서 의견이 있느냐고 눈으로 물었다.

"이유야 얼마든지 있지." 매기가 말했다. "오파리지오가 부담이 됐을 거야. 그런데 지금 이러고 있을 시간이 없어, 미키. 이 일로 상황이 완전히 바뀌었으니까. 이제 우리의 변론 전략은 뭐지? 오파리지오가 죽었는데 어떻게 그를 지목하지?"

"보슈는 뭐래? 형도 이 일 알아?"

"내가 얘기했어." 시스코가 말했다. "로스앤젤레스 경찰국에 근무할 때 알게 된 사람들이 애리조나와 네바다에 여럿 있대. 전화해서 알아보겠다고 하더라고."

나는 오랫동안 아무 말 없이 앉아 있었다. 지금까지 들은 이야기를 곱씹으면서, 제삼자 없이 제삼자 책임설을 주장할 방법을 찾으려고 애를 썼다. 오파리지오의 죽음이 변론의 핵심을 바꾸진 않겠지만, 매기가 말했듯이 그를 지목하기가 더 힘들어졌다.

"이렇게 하자. 오늘 공판을 무사히 넘기고 오늘 밤에 다시 만나서 상황을 정리해보자고. 당장 부를 수 있는 증인이 누가 있지?"

"아트 슐츠. 환경보호국 사람." 매기가 말했다. "어젯밤에 도착했어. 내일이나 돼야 부를 것 같다고 말해놨는데 오늘 부르지 뭐. 빌트모어에 묵고 있어."

"그렇게 해. 그리고 드러커도 있다, 참. 드러커 먼저 부르자. 그다음에 환경보호국 직원."

"가장 최근에 샘을 체포했던 벤투라 카운티 형사도 오늘 올 거야." 시스코가 말했다. "해리가 설득했대. 하지만 정식으로 소환한 게 아니니까, 와야 오는 거지. 레드우드의 모이라와 로힙놀[18] 전문가도 소환해놨어. 여기서 나가보면 알겠지, 복도에 누가 와서 기다리고 있는지."

"오파리지오 여자 친구는 어떻게 됐어?"

"오파리지오와 같은 날 밤에 소환장을 송달했어." 시스코가 말했다. "목요일에 출석하기로 돼 있지만, 남자 친구가 죽었으니 아마도 그곳을 떠나 어딘가로 숨었겠지. 우리가 오파리지오에 집중하려고 그 여자한테서 눈을 뗐기 때문에……."

"어디 있는지 모른다는 말이군. 그러면 소환 명령을 존중해 출석하겠다고 본인이 결심하지 않는 한 기대하기 어렵겠네. 그럴 가능성은 제로라고 보는데."

"그리고 당신도 있잖아." 매기가 말했다.

"난 증언하지 않기로 했잖아."

"이젠 해야 할 것 같아." 매기가 말했다. "책임자로 지목할 오파리

---

18 수면제의 일종

지오가 없으니까, 당신이 나서서 상황을 종합해 설명해야 하지 않을까?"

"내가 증언하면, 사형집행인 데이나가 무슨 얘길 꺼낼지 누가 알겠어. 내 인생역정이 다 까발려질 거야. 약을 했던 거, 재활치료 받았던 거, 모든 게 다."

"난 걱정 안 해." 매기가 말했다. "당신은 끄떡없을 거야."

나는 아무 말 없이 한참을 고민했다.

"우선 드러커부터 부르고 그다음에 다른 사람들을 부르는 걸로 하자. 내가 증언하는 문제는 내일까진 결정 안 해도 될 거야. 루스는 어떻게 됐어? FBI 요원."

"전화해서 메시지 남겨놨어." 매기가 말했다. "계속 해볼게."

문이 열리더니 챈 경위가 고개를 들이밀고 5분 남았다고 알려줬다. 법정으로 가려고 일어서는 그 순간 퍼뜩 생각난 것이 있었다.

"밀턴은 어떻게 됐어? 통화기록 입수했어?"

"응, 나중에 얘기하려고 했는데." 매기가 말했다. "나쁜 소식만 연달아 알려주고 싶지 않아서. 입수하긴 했는데 도움 될 만한 게 전혀 없어."

"왜?"

"동영상에 찍힌 바로 그 시간에 문자 메시지를 받긴 받았어." 매기가 말했다. "그날 밤에 도심 순찰 중이던 동료 순경이 보낸 거였어. 언제 어디서 뭘 먹을까 물어보는 내용이었고."

"꾸며낸 말일 가능성은?" 내가 물었다.

"기록 보니까 문제없는 것 같던데." 매기가 말했다. "조작 여부는 확인해봐야겠지만, 이번 주에는 그럴 여력이 없을 거야."

"오케이, 그럼 그건 그냥 버리자."

"문제는, 증거개시규칙에 따라 똑같은 서면이 검사에게도 전달된다는 거야." 매기가 말했다. "검사는 안 버릴걸. 반박할 때 얘기를 꺼낼 게 분명해."

그것은 나쁜 소식이었고, 괜히 그 문제를 제기했다는 후회가 들었다. 오파리지오를 잃은 것과 검찰에 확실한 반박 증거를 제공한 것을 생각하니, 법정 문을 열고 들어가기 전부터 다리가 후들거렸다. 다시 한번 드러커와 정면으로 맞붙는 것은 힘든 일이 될 테지만, 검찰에 확실한 타격을 줄 필요가 있다는 걸 나는 잘 알고 있었다.

5분 후, 나는 변호인석에 앉아 있었고, 워필드 판사가 법정으로 들어와 판사석에 앉았다. 판사가 배심원단을 불러들인 후, 나를 내려다보면서 첫 번째 증인을 부르라고 지시했다. 내가 켄트 드러커를 부르자 판사는 약간 놀라고 실망한 표정을 지었다. 검찰 측 증인을 다시 부르는 것은 변론의 시작으로는 미약하다고 생각한 모양이었다.

드러커 자신도 놀란 듯했다. 방청석과 재판정을 가르는 문을 통과해 들어와 증인석으로 향하다가 검사석 앞에 멈춰서더니 사건기록을 챙겨 들었다. 혹시 기억나지 않는 세부 사실에 관해 질문을 받을 때를 대비하는 듯했다.

판사는 형사에게 1차 증언 때 했던 증인선서가 아직도 유효하다고 상기시켜줬다.

"증인, 증인은 제 집을 몇 번이나 수색하셨죠?" 내가 물었다.

"두 번 했습니다." 드러커가 말했다. "피살사건이 발생한 다음 날

한 번, 1월에 또 한 번요."

"그러면 제 창고는 몇 번이나 수색하셨죠?"

"딱 한 번요."

"제가 소유한 다른 링컨 차 두 대는요?"

"한 번 했습니다."

"그렇게 수색하실 때마다 철저하게 했다고 자신하십니까?"

"최대한 철저히 하려고 노력합니다."

"노력한다고요?"

"철저히 합니다."

"제 집을 그렇게 철저하게 수색하셨다면, 재차 수색하신 이유는 뭐죠?"

"수사를 진행하다가 새로운 정보를 수집했기 때문에, 다른 증거를 찾기 위해 다시 한번 수색할 필요성을 느꼈습니다."

"어제 검찰 측 증인으로 나선 전문가는 샘 스케일스를 살해한 탄환에 생긴 자국으로 볼 때 살인 무기는 22구경 베레타 권총이라고 증언했습니다. 증인은 그 주장에 동의하십니까?"

"네, 동의합니다."

"그러면 그렇게 여러 차례에 걸쳐 제 집과 창고와 자동차를 철저히 수색하셨는데, 그런 무기를 발견하셨습니까?"

"아뇨, 못 찾았습니다."

"그런 무기에 들어가는 탄환은 찾으셨나요?"

"아뇨."

"검찰 측 증인들은 어제 샘 스케일스가 제 집 1층에 있는 차고에서 피살됐다는 확실한 증거가 있다고 증언했습니다. 증인은 그 진술에 동의하십니까?"

"네."

"검시관은 사망 시각을 밤 10시에서 자정 사이로 추정한다고 진술했습니다. 증인은 그 의견에 동의하십니까?"

"네."

"증인은 사건 현장 주변의 주민들을 상대로 탐문수사를 실시하셨습니까?"

"제가 직접 하진 않았지만 하긴 했습니다."

"누가 실시했죠?"

"제 동료 형사의 지시에 따라 다른 형사들과 순경들이 했습니다."

"탐문수사 시간은 얼마나 걸렸죠?"

"그 블록에 사는 주민 모두를 만나보려니까 사흘 정도 걸렸습니다. 집에 없는 사람들도 있어서 자꾸 찾아가야 했었죠."

"굉장히 철저하게 조사를 하셨군요, 그렇죠?"

"네, 그 블록에 있는 모든 집의 목록을 만들고 한 집에서 적어도 한 명은 꼭 만나서 얘기를 들었죠."

"그들 중 사건 당일 밤 10시에서 자정 사이에 총성을 들었다고 진술한 사람은 몇 명이었습니까?"

"0명요. 총성을 들었다는 사람은 한 명도 없었습니다."

"그러면 증인의 경험과 지식을 바탕으로 그 진술에서 결론을 내리셨습니까?"

"아뇨. 많은 요인이 있을 수 있으니까요."

"하지만 증인은 증거를 바탕으로, 샘 스케일스가 제 집 차고에서 살해됐다고 확신하시고요?"

"네, 그렇습니다."

"증인은 사건 발생 당시 총성이 들리는 것을 막기 위해 차고 문이 닫혀 있었다고 추정하십니까?"

"네, 그런 생각 했었지만, 그냥 추측일 뿐이죠."

"증인은 살인사건을 수사하면서 추측에 의존하는 것을 좋아하지 않으시는군요, 맞습니까?"

"맞습니다."

"증인은 이전에 하신 증언에서 로스앤젤레스 경찰국이 차고에서 총성과 관련해 일련의 실험을 했다고 진술하셨습니다. 구체적인 결과는 밝히지 않으셨지만요. 맞습니까?"

"네, 맞습니다."

"그리고 증인은 어떤 결론에 이르지는 못했지만, 집 안에서 총성을 측정하셨고요?"

"무슨 말씀을 하시는 건지 이해가 안 가는데요."

"제 집 차고에서 총을 시험 발사하실 때, 누군가를 위층 침실로 보내 총성이 침실에서도 들리는지 확인하셨냐고요."

"아뇨, 하지 않았습니다."

"하지 않은 이유가 뭐죠?"

"그 당시엔 그게 우리 수사의 일부가 아니었거든요."

나는 드러커의 대답이 샘 스케일스가 내 집 밑에 있는 차고에서 살해되는 순간에도 내가 쭉 잠을 잤을 가능성에 무게를 실어주기를 바랐다.

"알겠습니다. 다음 질문으로 넘어가죠. 이웃 주민들 탐문수사에서 사건 발생 시각에 다른 소리를 들었거나 특이한 일을 봤다는 진술이 나왔습니까?"

"총격이 있었던 날 밤 남자 두 명이 싸우는 소리를 들었다고 말한 주민이 한 명 있었습니다." 드러커가 말했다.

"정말요? 그런데 먼저 증언하실 땐 그런 말씀 안 하셨습니다, 그렇죠?"

"네, 말하지 않았습니다."

"왜죠? 살인사건이 나던 날 밤에 두 남자가 싸운 것이 사건과는 무관한 일이었나요?"

"부검의로부터 독극물검사 결과보고서를 받고, 샘 스케일스는 피살 당시 의식이 있었을 가능성이 거의 없다고 결론을 내렸기 때문입니다."

"그러면 두 남자가 싸우는 소리를 들었다는 주민은 잘못 들은 것이거나 거짓말을 한 거네요?"

"그 주민이 착각한 거라고 판단했습니다. 그녀가 들은 소리가 텔레비전 소리였을 수도 있고, 시간대가 달랐을 수도 있거든요. 어느쪽인지 분명하지 않았고요."

"그래서 그냥 무시해버리고 굳이 배심원단에게도 말씀하지 않으신 거로군요."

"아뇨, 무시한 건 아니고요. 그저……."

"항상 이런 식입니까, 증인? 어떤 것이 증인의 시나리오와 맞지 않으면, 배심원단에게 말하지 않고 그냥 넘어가나 보죠?"

버그가 다양한 이유로 이의를 제기했고, 워필드는 모두 다 인정하면서 증인의 대답을 끊지 말라고 내게 훈계했다.

"말씀하세요, 증인. 대답 마저 다 하시죠."

"우리는 모든 잠재적 목격자를 평가합니다." 드러커가 말했다. "이 목격자가 진술한 정보가 믿을 만하지 못하다고 결론 내렸고요. 싸우는 소리를 들은 사람이 그 주민 말고는 아무도 없었고, 그 목격자가 문제의 그 밤을 다른 밤과 헛갈렸을 가능성도 있었습니다. 그래서 그런 거지, 배심원단에게 숨긴 건 아닙니다."

나는 판사에게 잠깐 양해를 구한 후 변호인석으로 걸어가서 허리를 굽히고 매기에게 속삭였다.

"벤투라에서 받은 체포보고서 있어?"

매기는 보고서가 든 파일을 바로 내게 넘겨줬다.

"오케이. 대단원의 막을 내리기 전에 공식기록에 올려놓을 사안이 또 있을까?"

매기가 꽤 한참 동안 고민하다가 대답했다.

"없는 것 같아." 매기가 말했다. "자, 이제 제대로 터뜨릴 시간이야."

나는 고개를 끄덕였다.

"슐츠는 도착했어?"

"시스코한테 문자 받았어." 매기가 말했다. "밖의 복도에 있대. 출격 준비 됐고."

나는 체포보고서를 들어 보였다.

"라운트리라는 친구는 어떻게 됐어?"

"밖에 해리와 함께 앉아 있어." 매기가 말했다. "바텐더는 아직 안 나타나고 있고."

"알았어. 다음 부분이 어떻게 되느냐에 따라 다르겠지만, 라운트리 형사를 바로 부를 수도 있어."

"좋은 생각이야. 그리고 참, 아는 내색하지 말고 듣기만 해. 루스 요원이 방청석 뒷줄에 앉아 있어."

나는 한참 동안 매기를 물끄러미 바라봤다. FBI 요원의 공판 참관을 어떻게 해석해야 할지 알 수 없었다. 공판을 참관하고 보고서를 쓰기 위해 왔을까? 아니면 루이스 오파리지오의 죽음으로 상황이 바뀌었나?

"변호인?" 판사가 불렀다. "다들 기다리고 있습니다."

나는 매기에게 고개를 한번 끄덕인 후 발언대로 돌아갔다. 그러고는 다시 드러커에게 집중했다.

"증인, 증인은 이전 증언에서 샘 스케일스가 사망 당시 월터 레논이라는 가명을 쓰고 있었다고 진술했습니다. 맞습니까?"

"네, 제가 그렇게 증언했다면, 사실인 겁니다. 같은 거 두 번 물어보실 필요 없습니다."

"명심하겠습니다, 증인. 감사합니다. 그래서 월터 레논에 대해서는 무엇을 알아내셨죠?"

"주소와 직장으로 추정되는 곳에 대해서요."

"월터 레논이 근무했던 것으로 추정되는 곳이 어디였습니까?"

"바이오그린이라는 정유공장에서 일한다고 집주인에게 말했답니다. 사실인지 확인은 못 했고요."

"시도는 해보셨고요?"

"바이오그린에 찾아갔습니다. 월터 레논이나 새뮤얼 스케일스라는 직원에 대한 기록은 전혀 없더라고요. 인사부장은 샘 스케일스 사진을 보고도 누군지 알아보지 못했고요."

"그래서 그 정도로 조사를 끝내셨고요?"

"네."

"바이오그린이 뭐 하는 곳인지 아십니까?"

"정유공장입니다. 석유를 재생해서 깨끗한 연료를 만들죠."

"바이오그린이 재생하는 석유를 윤활유라고 이해해도 될까요?"

드러커는 자신이 방금 함정 속으로 발을 들여놓은 사실을 깨닫고 머뭇거렸다.

"잘 모르겠네요." 마침내 그가 말했다.

"잘 모르신다. 물어보기는 하셨고요?"

"우리가 만난 사람은 인사 담당자였습니다. 그분도 그런 건 아마 모를걸요."

나는 웃음이 나오는 걸 억지로 참았다. 드러커가 방어적으로 나오고 있었고, 자기 수사에서 분명히 보이는 단점을 갖고 나에게 역공을 시도하고 있었다.

"감사합니다, 증인. 혹시 '야수의 피 빨아먹기'라는 말을 들어보신 적이 있습니까?"

이번에도 드러커는 잠깐 생각하는 시간을 가졌다.

"못 들어본 것 같은데요." 드러커가 말했다.

"그럼 다음 질문으로 넘어가겠습니다. 증인, 루이스 오파리지오가

변론의 법칙

이 사건에서 어떤 역할을 했는지 배심원들에게 말씀해주실 수 있습니까?"

"어, 아뇨, 못합니다."

"그 이름은 아십니까?"

"네, 들어본 적 있습니다."

"어떤 맥락에서요?"

"이 재판에서 나왔잖습니까. 어제 한 증인이 그 이름을 언급했고, 그전에도 사람들이 경고했었죠. 당신이 그 사람을 이용해 관심을 딴 데로 돌리려고 할 테니까 준비 잘해놓으라고요."

"증인의 관심을 딴 데로 돌리고 싶진 않으니까, 다음 질문으로 넘어가겠습니다. 증인, 피해자의 신원이 샘 스케일스라고 밝혀진 후 그의 전과기록을 찾아보셨나요?"

"네, 물론이죠."

"그래서 어떤 내용을 알게 되셨죠?"

"사기 전과가 화려하다는 걸 알게 됐죠. 그건 누구보다도 당신이 더 잘 알 텐데요."

드러커가 점점 더 무례해지고 있었는데, 아무래도 상관없었다. 내가 그의 심기를 건드리고 있는 것이 분명했다. 나쁘지 않은 일이었다.

"증인, 샘 스케일스가 마지막으로 체포된 사건에 대해 배심원들에게 자세히 설명해주시겠습니까?"

드러커가 살인사건 파일을 펼쳤다.

"그는 라스베이거스에서 발생한 음악축제 총기난사사건의 피해자들을 위해 인터넷에 가짜 기부금 모금 사이트를 운영한 죄로 체포됐습니다." 드러커가 말했다. "그래서 유죄 평결을 받았고……."

"잠깐만요, 증인. 샘 스케일스가 마지막으로 체포됐을 때에 대해 물었습니다, 유죄 평결을 받았을 때가 아니라요."

"같은 얘기 아닙니까. 베이거스 사건."

"스케일스가 사망하기 11개월 전에 벤투라 카운티에서 체포된 일은요?"

드러커는 자기 앞에 펼쳐져 있는 살인사건 수사 자료를 내려다봤다.

"그 사건에 대해서는 자료가 전혀 없는데요." 드러커가 말했다.

나는 매기한테서 받은 파일을 펼쳤다. 지금은 아주 소중한 순간이었다. 내가 하우스에 타격을, 그것도 아주 큰 타격을 가하기 직전이었고, 소송 변호사라면 누구나 음미하고 싶어 할 순간이었다.

"재판장님, 제가 증인에게 가까이 가도 되겠습니까?"

판사가 허락했고, 나는 내 집 현관문 밑으로 누가 밀어 넣고 간 체포보고서를 들고 변호인석에서 걸어 나왔다. 서기와 데이나 버그 검사에게 사본을 건넨 다음 드러커 앞에도 사본을 내려놓았다. 발언대로 돌아가면서 태연하게 방청석을 둘러봤고 내 딸에게 살짝 고개를 끄덕여 보인 후 딸 너머로 뒤쪽 줄을 바라봤다. 던 루스 요원이 거기 앉아 있었다. 그녀와 눈이 마주치자 나는 곧 고개를 돌려 드러커를 바라봤다. 이 체포보고서가 피고인 측 증거개시 파일에 들어 있지 않다는 사실을 확인하면 버그가 소란을 피울 것이 분명했기 때문에 빨리 움직여야 했다.

"그게 무엇인지 아시겠습니까, 증인?"

"벤투라 카운티 보안관실이 작성한 체포보고서로 보이네요." 드러커가 말했다.

"그럼 체포된 사람은 누구죠?"

"샘 스케일스요."

"언제, 무슨 혐의로 체포됐죠?"

"2018년 12월 1일에 체포됐고요, 사우전드오크스의 술집에서 발생한 총기난사사건의 피해자들을 돕는다면서 가짜로 온라인 모금 사이트를 운영한 혐의네요."

"체포보고서 표준 서식 맞습니까?"

"네."

"서식 하단에 체크가 된 일련의 박스가 있는데요. 그게 뭡니까?"

나는 검사석을 흘끗 쳐다봤다. 나비넥타이를 맨 버그의 동료 검사가 파일을 뒤적이고 있었다.

"하나는 '주간(州間) 사기'라고 적혀 있네요." 드러커가 말했다.

"거기에 'FBI-LA'라고 적힌 것은 무슨 뜻이죠?" 드러커의 대답이 끝나기가 무섭게 다음 질문을 했다.

"FBI 로스앤젤레스 지부에 체포 사실이 통지됐다는 뜻입니다."

"그런데 증인이 샘 스케일스의 전과를 조회할 땐 왜 이 체포 사실이 나타나지 않았을까요?"

"십중팔구는 불기소로 끝나서 체포 사실이 컴퓨터에 입력되지 않았을 겁니다."

"왜 그런 일이 일어날까요?"

"그건 벤투라 보안관들한테 물어보시죠."

"체포된 사람이 어떤 식으로든 정부 당국에 협조하기로 합의할 때 이렇게 기소 안 하고 눈감아주는 것 아닙니까?"

"벤투라 보안관들한테 물어보라니까요."

나는 다시 검사들을 살폈다. 나비넥타이가 버그에게 무슨 말을 속삭이고 있었다.

"이것이 법집행기관의 표준적 업무 방식 아닌가요? 더 큰 사건을 수사하면 어떤 사람의 협조를 얻기 위해 어떤 혐의로든 일단 그 사람을 체포하는 거 말입니다."

"이 체포 건에 대해서는 아는 게 전혀 없습니다." 드러커가 불쾌해하는 어조로 말했다. "벤투라에 물어보세요. 그 사람들 사건이었으니까."

시야의 가장자리에서 버그가 이의제기를 위해 일어서는 것이 보였다.

"샘 스케일스는 FBI 정보원이었습니다, 그렇죠, 증인?"

드러커가 대답하기 전에, 버그가 이의를 제기하면서 재판부 협의를 요청했다. 판사는 뒷벽에 걸린 시계를 보더니 오전 휴정을 하기로 결정했다. 버그의 의견은 휴정 시간에 판사실에서 듣겠다고 했다.

배심원들이 줄지어 퇴정하는 동안, 나는 변호인석으로 돌아와 앉았다. 매기가 내게로 몸을 숙였다.

"기어이 집어넣었네." 매기가 속삭였다. "이제 무슨 일이 일어나든, 스케일스가 정보원이었다는 사실을 배심원들이 다 알게 된 거잖아."

나는 고개를 끄덕였다. 그게 대망의 피날레였고, 그게 하우스를 향한 회심의 일격이었다.

48

워필드 판사는 화를 냈고 버그 검사는 분노했다. 증거개시규칙을 위반한 경위를 내가 아무리 설명해도 믿어주지 않았다. 그때 매기 맥피어스가 기꺼이 탄알받이가 되려고 나섰다. 변론이 무탈하게 진행될 수 있도록 희생을 자처했다.

"판사님, 이건 제 실수입니다." 매기가 말했다. "제가 잘못한 겁니다."

워필드가 의심스러운 눈초리로 그녀를 쳐다봤다.

"말씀해보세요, 변호인."

"아시다시피, 할러 변호사를 돕던 공동 변호인이 개인 사정으로 중간에 그만두게 돼서 제가 그 자리를 메우겠다고 나섰습니다. 재판 준비가 얼추 끝나갈 때여서 저는 그때까지 준비된 내용을 따라잡기에 바빴고요. 증거와 변론 시나리오와 검찰 측 주장을 살펴보고 머릿속에 집어넣느라고 정신이 없었죠. 그러다 보니 구멍이 숭숭 뚫린 듯 놓치는 일이 생겨났습니다. 할러 변호사가 설명했듯이, 문제의 그 체포보고서의 출처는 저희도 모릅니다. 누가 문 밑으로……."

"그 말을 나더러 믿으라고요?" 버그가 말을 끊고 끼어들었다. "그런 얘기 할 거면, 검찰로 복귀할 생각은 하지도 말아요. 어차피 받아주지도 않겠지만."

"버그 검사, 변호인의 말을 끝까지 들어봅시다." 워필드가 말했다.

"그리고 상대방의 주장에 반응할 때도 그렇게 인신공격하듯이 하지 마세요. 계속하세요, 변호인."

"아까도 말씀드렸지만, 그 서면의 출처는 저희도 모르고, 솔직히 의심스러운 점이 있는 것도 사실입니다." 매기가 말했다. "그래서 거기에 적힌 내용이 사실인지 수사관을 시켜서 확인해야 했고요. 수사관이 사실임을 확인했고, 그래서 이번 주 초에 우리 측 증거조사 준비자료 파일에 들어갈 수 있었죠. 저는 이번 주 내내 공판기일에 출석했고 밤에는 변론을 준비하느라 바빴습니다. 할러 변호사와 의사소통의 문제도 좀 있었고요. 할러 변호사가 투옥돼 있는 바람에 필요할 때 즉시 대화를 할 수 있는 상황이 아니었거든요. 저는 이번 주 후반부에 가서야 이 체포보고서를 법정에 소개하게 될 거라고 이해했습니다. 그러면 오늘 사본을 검사와 판사님께 전달할 시간이 있었고요. 그런데 오늘 아침에 상황이 급반전된 겁니다. 벤투라 카운티 보안관국 소속의 라운트리 형사가 오늘 로스앤젤레스에 와 있고 증언할 수 있다는 사실을 저희 수사관을 통해 알게 됐거든요."

매기는 말을 멈추고 판사의 반응을 기다렸다. 그러나 버그가 먼저 반응했다.

"한마디로 개소리네요." 버그가 말했다. "처음부터 이런 식으로 하려고 계획한거잖아요. 배심원단 앞에서 저희 쪽 증인 드러커 형사를 기습 공격하려고요."

"증인의 수사가 본인의 주장대로 철저했다면 기습 공격을 당하지 않았겠죠."

"그만하세요." 워필드가 말했다. "여기 싸우러 온 거 아니잖아요.

그리고 버그 검사, 말조심하지 않으면 징계 조치 받고 이 방에서 쫓겨나는 수밖에 없어요."

"판사님, 지금 농담하시는 겁니까?" 버그가 폭발했다. "저들을 그냥 눈감아주시려고요?"

검사의 목소리에 분노가 역력했다.

"그럼 어떻게 할까요, 버그 검사?" 판사가 물었다. "이 서면은 분명히 이 재판에 중요한 의미가 있는데요. 검사의 해법은 뭐죠? 의도적이든 아니든 변호인이 규칙을 위반했으니 배심원들에게 보여주지 말아야 한다는 건가요? 그런 일은 일어나지 않을 겁니다. 내 법정에서는 절대로. 재판은 진실을 찾아가는 과정입니다. 그 서면이나 그 서면에 관한 피고인 측의 수사 결과를 배심원단에게 공개하지 않는 일은 결코 없을 겁니다. 자신을 돌아보고 반성하세요, 버그 검사. 이건 검찰 측이 제출했어야 할 증거물 아닌가요? 만일 검찰 측이 이 증거물을 갖고 있었는데 폐기해버린 것으로 밝혀지면, 정말로 제재조치를 내리겠습니다."

자리에 앉아 있는 버그는 판사의 기세등등한 훈계에 몸 사이즈가 두 사이즈는 줄어든 것처럼 보였다. 검사는 즉시 공세를 멈추고 자기 방어로 들어갔다.

"분명히 말씀드릴 수 있습니다, 판사님. 저나 검찰청의 어느 누구도 이 일에 대해 전혀 알지 못했습니다. 아까 변호인들이 법정에서 말을 꺼내기 전까지는요." 버그가 말했다.

"그렇다면 다행이고요." 워필드가 말했다. "그리고 기억하세요, 그동안 검찰이 증거개시규칙을 위반한 사례가 여러 번 있었지만, 징계 조치를 내린 적은 한 번도 없었습니다. 배심원단에게 지시한 적은 한 번 있지만 말이죠. 이 문제에 대해서도 기꺼이 지시를 내릴 용의는 있는데, 그러면 피고인 측이 이 서면을 제출한 대의명분을 강조하게 될까 봐 걱정이군요."

판사는 피고인 측이 규칙을 위반한 사실을 기꺼이 배심원단에게 알릴 용의는 있지만, 그렇게 하면 체포보고서의 중요성을 강조하게 될 것 같아 걱정이라고 말하고 있었다.

"지시를 내리실 필요는 없을 것 같습니다, 재판장님." 버그가 말했다. "하지만 다시 말씀드리지만, 피고인 측이 규칙을 의도적으로 위반했으므로 아무런 제재 없이 넘어가게 해서는 안 됩니다. 대가가 따른다는 것을 알려줘야 한다고 생각합니다."

워필드가 버그를 한참 쳐다보다가 입을 열었다.

"다시 묻는데, 그러면 내가 어떻게 할까요, 버그 검사?" 워필드가 물었다. "피고인 측을 법정모독죄로 재판에 회부할까요? 벌금을 부과할까요? 이런 일에 대한 벌금은 얼마가 적당할까요?"

"아뇨." 버그가 말했다. "저는 재판장님이 증인 소환을 불허하는 제재조치를 취해야 한다고 생각합니다. 변호인은 벤투라 카운티의 형사가 와 있고 증언할 준비가 돼 있다고 말했습니다. 재판장님, 그의 증언을 허락하지 말아……."

"이의 있습니다, 재판장님." 매기가 말했다. "라운트리 형사가 적어도 그 체포보고서가 진짜라는 것을 확인해줄 필요가 있습니다. 또한 FBI와 무슨 일이 있었는지 설명도 해줘야 하고요. 벤투라에서 여기까지 그 먼 길을 달려온 증인을……."

"감사합니다, 변호인." 워필드가 말을 끊었다. "이번 증거개시규칙 위반에 관해 버그 검사가 공정한 해법을 제시했다는 생각이 드는군요. 그 보고서는 피고인 측 증거물로 받아들이지만, 증인 소환은 불허합니다."

"판사님." 매기가 매달렸다. "그러면 저희는 무슨 일이 일어났는지 그리고 그 일이 어떤 의미를 갖는지 배심원단에게 어떻게 설명하라고 그러십니까?"

"똑똑한 변호사들이니까 방법을 찾아내겠죠." 워필드가 말했다.

이 대답에 매기는 말문이 막혔다.

"자, 얘기 끝났으니 다들 돌아갑시다." 워필드가 말했다. "할러 변호사, 형사에 대한 직접신문 계속하세요."

"판사님, 직접신문은 끝났으니 다음으로 넘어가셔도 될 것 같습니다."

"아주 좋습니다." 워필드가 말했다. "버그 검사, 원한다면 반대신문하세요. 10분 후에 개정하겠습니다."

우리는 판사실을 나와서 법정으로 돌아갔다. 버그가 뚱한 표정으로 매기와 나와 챈 경위의 뒤를 따라왔다. 내가 구속된 상태에서 재판을 받고 있기 때문에 챈 경위는 항상 나를 따라다녀야 했다.

"이 재판 이후에도 그렇게 꿋꿋하게 살기를 바라요." 버그가 매기의 등에 대고 말했다.

매기는 계속 걸으면서 검사를 돌아봤다.

"당신도요." 매기가 말했다.

공판이 속개되자 버그 검사는 드러커에게 서너 개의 질문을 던졌다. 하지만 벤투라 카운티 체포 건에 대해서는 묻지 않았고 형사가 이전에 했던 대답들에 대해 추가 설명을 듣는 데에 그쳤다. 한편 매기는 복도로 나가 라운트리 형사에게 벤투라에서 먼 길을 왔는데 그냥 돌아가게 됐음을 알렸고, 아트 슐츠에게는 드러커가 증인석을 내려오면 바로 부를 테니 준비하고 있으라고 말했다.

슐츠는 매기가 신문하기로 미리 약속이 돼 있었다. 나는 매기가 검사처럼 날카롭게 슐츠를 신문해서 사건의 핵심이라고 내가 믿고 있는 범죄의 자세한 내용들을 끌어내주기를 바랐다.

슐츠는 트로이의 목마였다. 그는 환경보호국에서 은퇴한 생물학자로서 피해자의 손톱 밑에서 발견된 물질에 대해 설명해줄 전문가로 우리의 증인 명단에 올라 있었다. 그를 별로 중요하지 않은 증인으로 보이게 하려고 그렇게 설명해놓은 것이다. 우리는 검찰 수사관들이 슐츠의 증언에 앞서 굳이 그를 만나볼 필요를 느끼지 않기를, 혹은 너무나 일이 많아 우선순위에서 밀려서 그를 만나볼 수 없기를 바랐다. 일은 우리의 바람대로 됐고 이제 그는 증인석으로 향하고 있었다. 매기는 그의 증언을 통해 변론 시나리오와 핵심 논거라는 텐트를 지탱해줄 지지대를 세울 생각이었다.

슐츠는 환경보호국과 관련된 모든 일에 대해 증언하는 전문가 증인으로서 새 삶을 시작하기 위해 일찍 은퇴한 사람처럼 보였다. 50대 초반 내지 중반으로 보였고, 호리호리하고 단단한 몸매에, 피부는 검게 그을려 있었다. 금속테 안경을 쓰고 결혼반지를 끼고 있었다.

"안녕하십니까, 증인." 매기가 신문을 시작했다. "우선 자기소개부터 해주시겠습니까? 직업도 말씀해주시고요."

"지금은 은퇴했지만, 환경보호국에서 30년간 일했습니다." 슐츠가 말했다. "집행부에 있었고요, 주로 서부지역에서 근무했고, 마지막 근무지는 솔트레이크였습니다. 3년 전 거기서 일하다가 은퇴했죠."

"증인은 생물학을 전공한 생물학자이십니까?"

"네, 그렇습니다. 네바다 라스베이거스대학교와 샌프란시스코대학교 학위가 있죠."

"그리고 증인은 이 사건 피해자의 손톱 밑에서 발견된 물질을 분석해달라는 요청을 받았습니다, 맞습니까?"

"네, 맞습니다."

"그래서 그 물질이 무엇인지 밝혀내셨습니까?"

"그것이 여러 물질의 혼합물이라는 부검의의 의견에 저도 동의했습니다. 닭의 지방과 식물성 기름이 있었고요, 적은 양의 사탕수수도 들어 있었습니다. 우리가 '공급원료'라고 부르는 것이죠. 식당에서 나오는 기름 찌꺼기 같은 거요."

"방금 '우리'라고 말씀하셨는데, 누구를 말씀하시는 건가요, 증인?"

"환경보호국 집행부의 제 동료들요."

"그러면 환경보호국 집행부에서 공급원료, 즉 식당의 기름 찌꺼기를 다뤄보셨다는 말씀인가요?"

"네. 저는 환경보호국의 바이오연료 프로그램 규정의 집행 관리를 담당했습니다. 그 프로그램은 재생 가능한 연료 개발을 목표로 한 것인데요, 공급원료를 바이오연료로 바꿔 재활용하는 것입니다. 중동에서 수입하는 원유에 대한 국가적 의존도를 낮추기 위한 목적으로 설계된 프로그램이죠."

"그런데 왜 집행 관리를 할 필요가 있었죠?"

버그가 일어서더니 두 손을 펼쳐 들고 이런 질문이 본 사건과 무슨 관련이 있는지 모르겠다는 듯 당혹스러운 표정을 지으면서 이의를 제기했다.

"재판장님, 넓은 아량을 베풀어주시길 바랍니다." 매기가 대응했다. "이 질문이 샘 스케일스 피살사건과 어떤 관련이 있는지는 곧 대단히 분명해질 것입니다."

"진행하세요, 변호인, 하지만 빨리 분명해지게 하세요." 워필드가 말했다. "증인은 변호인의 질문에 대답하시고요."

매기가 같은 질문을 반복했다. 나는 배심원들 대다수를 관찰할 수 있는 각도로 돌아앉아 있었다. 지금까지는 지루한 표정을 짓는 사람이 한 명도 없었지만, 변론의 계단 사이의 간격이 넓어지는 단계로 들어가고 있었다. 배심원단의 집중력과 인내심이 최대로 필요했다.

"돈이 있는 곳에는 항상 사기가 있기 마련이기 때문에 집행 관리가 필요했습니다." 슐츠가 말했다.

"돈이라면 정부 보조금 말씀하시는 건가요?" 매기가 물었다.

"네, 맞습니다, 정부 보조금."

"그게 어떤 식으로 벌어졌죠? 사기 말씀입니다."

"이 프로그램은 고비용의 절차를 거쳐 실행됩니다. 쓰레기연료든 공급원료든 뭐라고 부르든지 간에 정유공장으로 가기 전에 먼저 수거가 돼야 합니다. 원유처럼 유전에서 펌프로 뽑아 올리는 게 아니거든요. 전국의 재활용 센터에서 수거된 후, 트럭에 실려 정유공장으로 들어가서 가공되고 판매돼 다시 실려 나갑니다. 정유공장이 바이오연료 생산으로 전환하는 것을 장려하기 위해서 정부는 보조금 제도를 실시했고요. 기본적으로 바이오연료 생산업체에 바이오연료 생산 대가로 1배럴당 2달러를 지불하는 거죠."

"그럼 바이오연료를 가득 채운 대형 유조트럭 한 대가 있다면 대략 어느 정도의 보조금을 받을까요?"

"유조트럭 한 대에 200배럴 정도가 들어갑니다. 그러니까 그 트럭이 바이오연료를 가득 싣고 나갈 때마다 정부가 400달러를 정유공장에 준다는 뜻이죠."

"그 단계에서 사기가 벌어지나 보죠?"

"네, 그렇습니다. 제가 마지막으로 맡았던 큰 사건은 네바다주 엘리에서 벌어진 사건이었습니다. 거기 정유공장에서요. 유조트럭이 똑같은 원유를 싣고 공장 안으로 들어왔다가 나가는 일을 반복했습니다. 그 공장의 수많은 유조트럭이 같은 짐을 싣고 들락거린 거죠. 겉에 표식만 바꾸고요. 들어올 때는 '공급원료' 표식을 붙였다가 나갈 때는 '바이오디젤' 표식으로 바꿔 붙이는 식으로요. 하지만 같은 원유였어요. 그렇게 해서 한번 들어왔다 나가는데 400달러를 정부 보조금으로 받았습니다. 그 공장에 트럭이 25대가 있었으니까 일주일에 10만 달러를 챙긴 거죠."

"그 일이 얼마나 지속됐습니까?"

"우리가 사기 사실을 알아차릴 때까지 약 2년 정도요. 그동안 미국 정부는 그 거래로 900만 달러를 잃었습니다."

"체포와 기소가 있었습니까?"

"FBI가 들어와서 상황을 종료시켰습니다. 여러 명이 체포돼 감옥에 갔지만, 주범은 못 잡았고요."

"주범이 누구였죠?"

"알려지지 않았습니다. FBI는 그 공장이 라스베이거스에서 활동하는 폭력조직에 의해 운영된다고 했습니다. 바지사장을 내세워서 정유공장을 사들이고 사기를 쳤다고 하더라고요."

"이 사기사건을 부르는 이름이 있었나요?"

"사기꾼들이 '야수의 피 빨아먹기'라고 불렀죠."

"왜 그렇게 불렀는지 아십니까?"

"그들은 미국 정부를 야수라고 불렀습니다. 이 정부가 어찌나 덩치가 크고 돈이 많은지 이런 사기를 당해 피를 조금 빨아 먹히는 건 알아차리지도 못한다고 했고요."

버그가 다시 일어섰다.

"이의 있습니다, 재판장님." 버그가 말했다. "흥미롭긴 하지만, 이 이야기가 피고인의 차고에서 총에 맞아 사망하고 피고인의 차 트렁크에서 발견된 샘 스케일스와 무슨 관련이 있다는 걸까요?"

나는 이의제기에서 자기 주장의 핵심 내용 두 가지를 언급하고, 배심원들에게 정말 중요한 것을 잊지 말라는 메시지를 전한 버그 검사의 날카로운 언변에 경탄이 절로 나왔다.

"일리 있는 지적이네요." 워필드가 말했다. "변호인, 이 두 가지 사건이 연결되기를 기다리자니 나도 점점 지치는군요."

"재판장님, 질문 서너 개만 더 하면 바로 관련성이 드러날 것입니다." 매기가 말했다.

변론의 법칙

"아주 좋습니다. 진행하세요." 워필드가 말했다.

나는 법정 문이 부드럽게 쾅 하고 닫히는 소리를 듣고 방청석을 돌아봤다. 루스 요원이 보이지 않았다. 매기가 슐츠에게 던질 마지막 두 질문 중 적어도 하나는 무엇일지 루스 요원은 알고 있었을 것 같았다.

"증인, 증인은 이 사건을 증인이 마지막으로 맡았던 큰 사건이었다고 소개하셨는데요." 매기가 말했다. "언제 일어난 사건이었습니까?"

"그게 그러니까……." 슐츠는 잠깐 말을 멈추고 기억을 더듬은 다음 다시 말문을 열었다. "제가 알기로는, 사기사건은 2015년부터 시작됐고, 우리가 사건을 인지하고 공장을 폐쇄시킨 것은 그로부터 2년 후였습니다. 윗선들 말고 밑의 행동책들 몇 명에 대한 기소는 제가 은퇴한 다음에 이루어졌고요."

"좋습니다. 증인은 사기사건을 인지한 후에 FBI에 통지했다고 진술하셨습니다. 맞습니까?"

"네, FBI가 사건을 넘겨받았죠."

"그 사건을 담당한 FBI 요원들의 이름을 기억하십니까?"

"요원들은 많이 있었지만 책임자 두 명은 여기 로스앤젤레스 지부 소속이었습니다. 릭 에일로와 던 루스 요원이죠."

"그리고 그 요원들은 증인이 맡았던 사건이 특이한 사건이라고 말했습니까?"

"아뇨, 전국 곳곳의 정유공장에서 이런 일이 비일비재하게 일어난다고 말했습니다."

"감사합니다, 증인. 이상입니다, 재판장님."

49

아트 슐츠의 증언은 우리 변론의 핵심이었지만, 무엇보다도 우리에게 큰 동력이 된 것은 마지막 몇 개의 대답이었다. FBI 요원들의 이름을 구체적으로 밝힌 것이 우리에게 강력한 패를 선사했고 우리는 그것을 기꺼이 사용할 작정이었다. 오파리지오가 사망한 터라 그것이 내가 무죄 평결을 받아낼 유일한 길일 것 같았다.

데이나 버그가 은퇴한 환경보호국 생물학자에게 형식적으로 반대신문을 하는 동안, 매기 맥피어스는 노트북 컴퓨터를 가지고 복도로 나가서 판사에게 고려해달라고 제출할 법원명령서를 작성했다. 버그가 슐츠에 대한 신문을 끝낼 무렵 매기가 돌아왔다. 내가 일어서서 판사에게 배심원단과 기자들이 없는 자리에서 할 말이 있다고 말했다. 워필드 판사는 잠깐 생각하더니 마지못한 듯 배심원들에게 일찍 점심시간을 주었고 양측 대리인들을 판사실로 불렀다.

내가 구속된 상태이기 때문에 늘 그랬듯 챈 경위도 우리와 함께 판사실로 들어와서 문 옆에 버티고 섰다.

"재판장님." 다들 자리를 잡고 앉기도 전에 내가 입을 열었다. "챈 경위는 문밖에서 대기하게 해주시겠습니까? 챈 경위에게 무슨 감정이 있어서가 아니고, 여기서 우리가 논의할 내용이 상당히 민감한 문제이기 때문에 그렇습니다."

판사가 나를 한참 동안 노려봤다. 챈이 속한 보안관국이 불법 도청

변론의 법칙

과 정보 수집 활동을 한 혐의에 대해 판사 본인이 수사를 명령했다는 사실을 굳이 상기시킬 필요도 없었다. 그러나 판사가 말하기 전에, 버그가 먼저 내 요청에 반대 의사를 표명했다.

"이것은 안전 문제입니다, 재판장님." 버그가 말했다. "할러 변호사는 멋진 정장을 차려입고 있을지 몰라도, 구속된 상태이고 살인 혐의를 받고 있습니다. 그가 보안관국의 감시와 통제를 받지 않는 순간이 한시라도 있어서는 안 된다고 생각합니다. 그리고 개인적으로도 경위가 판사실 밖에서 대기하면 불안할 것고요."

내가 고개를 가로저었다.

"검사는 아직도 제가 도주하고 싶어 한다고 생각합니다. 이제 이틀만 있으면 무죄 평결을 받을 텐데, 도주를 계획하다니요. 검사가 얼마나 무지하고 상황 판단력이 없는지 보십시오."

판사가 손을 들어 내 말을 막았다.

"할러 변호사, 인신공격이 내 법정에서는 아무런 효과가 없다는 것을 알 때도 되지 않았나요?" 판사가 말했다. "내 법정뿐만 아니라 내 방에서도 말이에요. 챈 경위는 지난 4년 동안 내 법정에 배정돼 안전을 지켜줬습니다. 그래서 나는 챈 경위를 전적으로 신뢰하고고. 챈 경위는 여기 그대로 있을 겁니다. 그리고 변호인이 여기서 하는 말은 공식기록을 통해서가 아니면 절대로 새어 나가지도 유포되지도 않을 거고요."

워필드가 속기사를 향해 고개를 끄덕였다. 속기사는 늘 앉는 구석의 의자에 앉아 속기기계를 앞에 놓고 대기하고 있었다.

"자, 이제 말씀해보세요." 워필드가 말을 이었다. "우리 지금 여기 왜 모인 거죠?"

내가 매기에게 고개를 끄덕여 보였다.

"재판장님." 매기가 말했다. "조금 전에 법원명령서를 작성해 재판
장님 서명을 받으려고 서기에게 제출했습니다. 인신 보호 영장과 증
인 소환 영장인데요, 조금 전 법정에서 이름이 언급된 FBI 요원 중
한 명이 법정에 출두해 증언하도록 명령하는 내용입니다."

"잠깐만요." 워필드가 말했다.

판사가 책상에 있는 일반 전화기를 집어 들고 서기에게 전화를 걸
어 매기가 제출한 명령서를 세 부 출력해 판사실로 갖고 오라고 지시
했다. 그러고는 전화를 끊고 매기에게 계속하라고 말했다.

"재판장님, 저희는 FBI 던 루스 요원의 법정 출두와 증언을 재판장
님께서 명령해주시기를 바랍니다." 매기가 말했다.

"한 달 전에 FBI 요원 소환장에 서명해주지 않았나요?" 판사가 물
었다.

"받고도 무시해버렸습니다. 그런 게 연방정부기관의 능력이자 습
관인가 봅니다." 매기가 말했다. "연방기관의 전형적인 업무수행 절
차이고요. 그래서 재판장님께 영장 발부를 부탁드리는 겁니다. 영장
이 발부되면 미연방검사와 루스 요원이 재판장님을 무시하기는 힘들
어질 테니까요."

마지막 부분이 힌트였다. 판사가 영장을 발부하면 더 강력한 힘을
발휘할 수 있었다. 미연방검사는 그 영장을 무시할 수도 있었고, 아
니면 루스 요원에게 반응하지 말라고 지시할 수도 있었다. 그러나 영
장 지시 내용에 따르지 않을 경우 체포 영장이 발부되고, 루스 요원

변론의 법칙

과 연방검사는 연방 건물을 나와 워필드 판사의 관할지역으로 들어서는 순간 구속될 위기에 처할 터였다. 대담한 조치이겠지만 매기와 나는 워필드가 기꺼이 시도해볼 판사라고 판단했다.

"이의 있습니다, 재판장님." 버그가 말했다. "이것은 배심원들의 관심을 딴 데로 돌려 증거에 집중하지 못하게 하려고 변호인이 치밀하게 짠 작전입니다. 이런 것이 할러 변호사의 전공입니다, 재판장님. 모든 사건, 모든 재판에서 이런 짓을 하죠. 하지만 이 법정에서는 그런 사기가, 이른바 '야수의 피 빨아먹기'라는 이름의 사기가 통하지 않을 겁니다. 이 사기는 본 사건과 전혀 관계가 없습니다."

다른 사람이 나서기 전에 내가 먼저 나서서 말을 끊었다.

"배심원들의 관심을 딴 데로 돌리려고 이러는 것 절대 아닙니다, 재판장님. 릭 에일로와 던 루스라는 이름을 증인이 배심원단 앞에서 언급했습니다. 루스 요원은 그 증언이 나오기 전까지는 법정에 앉아 상황을 감시하고 있었고요. 배심원들 모두가……."

"잠깐만요, 할러 변호사." 워필드가 말했다. "루스 요원의 얼굴을 압니까?"

"네. 저희 팀이 이 사건을 파헤치기 시작했을 때 루스 요원과 에일로 요원이 집까지 찾아와서 협박했습니다. 벤투라 카운티까지 찾아가서 샘 스케일스를 보안관국 손아귀에서 빼내 온 사람도 바로 그 요원들이고요."

경험에서 우러나온 추측일 뿐이었지만 논리적으로 들렸다. 벤투라 보안관국이 작성한 샘 스케일스 체포보고서를 집 현관문 밑으로 밀어 넣어준 사람이 루스 요원이라는 확신이 있었기 때문에 그랬다.

내가 말을 이었다.

"루스와 에일로라는 이름은 공식 재판 기록에 올라 있습니다. 배심원들은 그들 중 적어도 한 명으로부터는 증언을 들을 거라고 기대하고 있을 거고요. 그리고 저희 피고인 측도 그들의 증언을 들을 자격이 있다고 생각합니다, 재판장님."

"피고인 측은 루이스 오파리지오라는 이름도 갖고 있습니다." 버그 검사가 말했다. "그 사람도 볼 수 있을까요?"

나는 버그를 돌아봤다. 검사가 히죽거리고 있었다. 검사가 말실수를 했다. 그녀는 오파리지오가 우리 측 증인 명단에 올라 있고 우리가 신청한 오파리지오 소환장에 워필드 판사가 서명해줬다는 사실을 알고 있는 것이 분명했다. 그러나 오파리지오가 사망한 사실까지 벌써 알고 있다는 것은 시사하는 바가 컸다. 그것은 검사가 내가 생각했던 것보다 더 열심히 오파리지오를 쫓고 있었다는 뜻이었다. 또한 오파리지오의 법정 출석을 막기 위해, 또는 그가 증언을 하게 될 경우 증언을 무력화하기 위해, 조치를 취할 준비를 하고 숨어서 기다리고 있었다는 뜻도 됐다. 검사의 말실수 덕분에 나는 커튼 뒤를 살짝 엿볼 수 있었다.

긴장된 순간, 매기의 머릿속에도 이 모든 생각이 스쳐 지나간 것이 틀림없었다. 그녀가 자기 주장을 밀고 나갔다.

"재판장님. 피고인이 공정한 재판을 받을 수 있도록 보장하는 것이 재판장님의 의무입니다. 이 재판에서 FBI의 증언 없이는 공정한 재판을 보장할 수 없고요. 그것이 이 사건의 핵심이니까요. FBI의 증언에 대한 유일한 대안은 공소를 취하하는 것이고요."

변론의 법칙

"네네, 그러시겠죠." 버그가 빈정대는 어조로 말했다. "그런 일이 일어나서는 안 됩니다. 재판장님, 그러시면 안 되죠. 이것은 배심원단의 관심을 딴 데로 돌리려는 피고인 측의 엄청난 음모입니다. 피고인 측은 배심원단을 진실에서 멀어지게 하기 위해 FBI를 불러내고 싶어 하는 겁니다. 그런 속임수에⋯⋯."

"법정을 대변해서 말하지 마세요, 버그 검사." 워필드가 말했다. "기본적인 질문 하나 할까요? 그 FBI 요원들은 3년 전 네바다에서 일어난 사기사건과 관련해 이름이 언급됐는데요, 어느 면에서 이 사건과 관련이 있다는 거죠?"

"그 요원들이 슐츠 씨에게 이런 일이 전국에서 비일비재하게 일어나고 있다고 말했습니다." 매기가 말했다.

"저희 피고인 측은 루스 요원의 증언과 다른 증거를 통해 네바다 사건이 샘 스케일스 피살사건과 굉장히 밀접한 관계가 있다는 것을 입증할 것입니다. 또한 샘 스케일스가 로스앤젤레스 항구에 있는 바이오그린에서 네바다 사건과 유사한 사기사건에 관여했다는 사실도 보여드릴 거고요."

"하지만 드러커 형사는 샘 스케일스가 그곳에서 근무했다는 사실조차 확인할 수 없었다고 증언하지 않았나요?" 워필드가 말했다.

"그래서 루스 요원의 증언이 필요한 겁니다. 스케일스의 근무 여부를 확인해줄 수 있거든요. 스케일스를 정보원으로 그곳에 들여보낸 사람이 루스 요원입니다. 스케일스는 FBI를 위해 그곳에서 일했고, 그래서 살해된 겁니다."

매기가 나를 돌아보고 있었다. 내가 지나치게 많은 것을 폭로하고 있고, 지키지도 못할 약속까지 하고 있다고 경고하는 눈초리였다. 그러나 나는 지금이 이 재판에서 가장 중요한 순간이라는 것을 본능적으로 느꼈다. 루스 요원을 반드시 증인석으로 불러내야 했고, 그러기 위해서 무슨 말이라도 기꺼이 할 생각이었다.

"재판장님." 매기가 말했다. "저희 피고인 측은 제삼자의 책임을 주장하고 있고, 그것을 입증하기 위해서는 루스 요원의 증언을 반드시 들어야 합니다."

버그가 고개를 가로저었다.

"재판장님, 이것은 심각하게 고려하실 일이 아닙니다." 버그가 말했다. "너무나 뻔한 거짓말입니다. 그 속이 훤히 들여다보일 정도로요. 피고인 측의 주장은 추측에 불과합니다. 무슨 일인지는 모르지만 바이오그린에서 일어나고 있는 일과 피고인의 집 차고에서 발생한 샘 스케일스 피살사건이 조금이라도 관련이 있다는 것을 보여주는 그 어떤 증거도, 증언도 없습니다!"

버그는 자기 주장을 강조하기 위해 나를 손가락질하면서 말했다.

워필드는 잠깐 침묵하면서 양측의 주장에 대해 숙고한 후 판결했다.

"양측 주장 잘 들었습니다." 워필드가 말했다. "루스 요원에게 내일 오전 10시에 법정 출두를 명하는 영장을 발부하겠습니다. 이번에는 영장을 미연방검사에게 보낼게요. 퇴근하려고 검찰청 건물을 나서는 순간 내 관할권에 들어오게 된다는 사실을 상기시키려고요. 또한 이 사건이 언론의 주목을 많이 받고 있는데, 내 지시에 응하지 않으면 기자들이 내일 법정에서 FBI와 미연방검사에 대한 내 생각을

변론의 법칙

듣게 될 거라고 말해줄 겁니다."

"감사합니다, 재판장님." 매기가 말했다.

"재판장님, 검찰은 여전히 이의 있습니다." 버그가 말했다.

"아까 기각했잖아요." 워필드가 말했다. "다른 사안에 대한 이의제기인가요?"

"네, 재판 전반에 관해 이의를 제기합니다." 버그가 말했다. "말씀드리기 송구하지만, 재판이 시작된 후로 판사님은 계속해서 검찰 측에 불리하게 판결하고 계십니다."

그 말에 방 안에는 찬물을 끼얹은 듯 정적이 흘렀다. 버그는 판사가 공평무사한 척하지만 사실은 피고인 측에 유리한 판결을 내리고 있다고 비난하고 있었다. 변호사 출신의 워필드 판사는 그런 비난에 특히 민감할 터였다. 버그는 워필드가 분노를 폭발하도록 유도하고 있었다. 그래서 자신의 이의제기가 정당하다는 것을 증명해 보이려는 거였다.

그러나 판사는 응답하기 전에 마음을 가라앉히는 듯했다.

"재판 전반에 관한 검사의 이의제기는 주목은 하겠지만 기각합니다." 판사가 차분하게 말했다. "검사의 진술이 본 판사를 흥분시키거나 겁박하기 위한 것이라면, 검사의 시도는 실패했다는 걸 분명히 말해두고 싶군요. 본 법정은 앞으로도 계속 법에 근거해 공정하게 독립적으로 판결할 것입니다."

워필드는 잠깐 말을 멈추고 버그의 반응을 살폈지만, 검사는 침묵을 지키고 있었다.

"자, 또 논의할 사안이 있습니까?" 워필드가 물었다. "영장 발부해주고 점심 먹으러 가고 싶은데."

"재판장님." 매기가 말했다. "오늘 저희는 주요 증인을 잃었습니다. 그래서……."

"주요 증인이 누구였죠?" 워필드가 물었다.

"루이스 오파리지오입니다." 매기가 말했다.

"소환장은 송달했나요?" 워필드가 물었다.

"네, 송달했습니다." 매기가 말했다.

"그런데 왜 출석하지 않았죠?" 워필드가 물었다.

"피살됐습니다. 어제 시신이 발견됐고요." 매기가 말했다.

"뭐라고요?" 판사가 외마디 비명을 지르듯 되물었다.

"애리조나에서 피살됐습니다."

"그리고 그 일이 이 사건과 관련이 있고요?" 워필드가 물었다.

"저희는 그렇게 생각하고 있습니다, 재판장님." 매기가 말했다.

"그래서 FBI를 불러 증언을 들으려고 하는 거로군요." 워필드가 말했다.

"그렇습니다, 재판장님." 매기가 말했다. "그리고 오파리지오를 제외하고는 오늘 부를 예정이었던 증인이 한 명 더 있었습니다. 라운트리 형사요. 재판장님께서 소환을 불허하신 그 증인요."

"변론을 위해 부를 다른 증인이 없다는 말을 하는 겁니까, 지금?" 워필드가 물었다.

"딱 한 명 있습니다. 피고인 할러 씨요." 매기가 말했다. "그런데 피고인은 FBI와 루스 요원의 증언을 들은 후에 부르고 싶습니다. 피고인이 저희의 마지막 증인이 될 겁니다."

워필드가 괴로운 표정을 지었다. 오후 공판을 잃고 싶지 않다는 것을 표정으로 말하고 있었다.

"피고인 측 증인 명단에 더 많은 이름이 있었던 것으로 기억하는데요." 워필드가 말했다.

"맞습니다. 그런데 재판이 진행되면서 저희의 전략을 수정할 수밖에 없게 됐습니다. 몇몇 증인은 오늘 아침에 포기했습니다. 독극물 전문가를 준비시켜놓았는데 드러커 형사와 부검의가 같은 이야기를 하는 바람에 돌려보냈고요. 스케일스의 집주인도 소환했지만, 그녀에게서 듣고 싶은 정보를 드러커 형사가 다 제공했습니다."

"명단에 바텐더도 있었던 것으로 기억하는데요." 워필드가 말했다.

나는 망설였다. 모이라 벤슨을 증인 명단에 올리면서 무죄 평결 축하 파티에서 내가 술을 마시지 않았고 그 술집을 떠날 때도 완전히 멀쩡한 상태였다는 것을 증명해줄 증인으로 설명해놓았었다. 그러나 그것은 그녀가 할 증언의 진짜 가치를 숨기기 위한 위장술이었다. 그녀가 배심원단에게 해줄 이야기는 따로 있었다. 레드우드에서 파티가 있던 날 밤에 그녀가 전화를 받았고, 이름을 밝히지 않은 상대방이 내가 술집을 나갔느냐고 물었다는 사실을 증언할 계획이었다. 당시 나는 술값을 결제하고 문으로 걸어가고 있었는데 공짜 술을 얻어먹은 사람들이 여기저기서 악수를 청하고 고맙다는 인사를 하는 바람에 걸음이 느려졌었다. 모이라는 전화 건 사람에게 내가 문으로 걸어가고 있다고 말했다. 우리는 그 전화가 걸려 온 후 밀턴이 문자 메시지를 받았고, 그 메시지는 내가 술집을 나간다는 것을 그에게 알리는 내용이었을 거라고 추측했다. 그러나 밀턴의 휴대전화 통화기록을 받고 보니 우리가 희망했던 원투 펀치를 날릴 수가 없었다. 그렇다고 그런 일이 일어나지 않았다는 뜻은 아니었다. 휴대전화 기록이 조작됐을 수도 있었고, 아니면 밀턴이 일회용 휴대전화기로 문자를 받았을 수도 있었다. 그러나 그 추론을 사실로 입증할 수가 없었기 때문에 바텐더를 증인석에 앉힐 수가 없었다.

"저희가 최근에 받은 기록을 확인한 결과, 바텐더의 증언도 필요 없게 됐습니다."

판사는 잠깐 생각하더니 바텐더에 대해서는 더 이상 묻지 않았다.

"그럼 피고인 측에 남은 증인은 FBI와 피고인뿐이군요. FBI는 어떻게 될지 모르고." 워필드가 말했다.

"네, 그리고 루스 요원의 증언을 듣기 전에 피고인이 증언해야 한다면 저희는 전략을 또 수정할 수밖에 없게 됩니다." 매기가 말했다.

"루스 요원의 증언을 들을 수 있을지 어떨지도 모르는 일이고요." 워필드가 말했다.

"판사님, 이건 진짜 얼토당토않은 일입니다." 버그가 말했다. "피고인 측은 아무런 전략이 없었던 겁니다. 루스 요원 이야기도 오늘에야 나오지 않았습니까."

"검사의 말이 틀렸습니다." 매기가 말했다. "FBI는 처음부터 저희의 레이더망에 들어와 있었습니다. 그리고 저희는 피고인이 혐의를 강력히 부인하면서 변론을 끝내자고 처음부터 계획했었고요. 그 방식을 유지하고 싶습니다."

"좋아요, 그럼." 워필드가 말했다. "오늘은 이만 배심원단을 돌려

변론의 법칙

보낼게요. 내일은 FBI와 피고인의 증언을 듣게 되길 바랍니다. 들을 수 있든 없든, 양측 대리인들은 오늘 오후 공판을 하지 못해 남은 시간을 논고와 최후변론을 준비하는 데 쓰세요. 어쩌면 내일 오후에 할 수도 있으니까요."

"판사님, 저희 검찰은 반박 증거를 소개하겠습니다." 버그가 말했다. "그리고 내일 증언에 따라 증인을 새로 부를 수도 있고요."

"특권을 행사하겠다는 거로군요. 그렇게 하세요." 워필드가 말했다.

나는 버그가 이젠 워필드를 '재판장님'이라고 부르지 않는다는 것을 알아차렸다. 판사도 그 사실을 알아차렸는지 궁금했다.

"이야기 다 끝난 것 같군요." 워필드가 말했다. "1시에 법정에서 만납시다. 그때 배심원단을 해산시키겠습니다."

나는 판사실을 나와 법정으로 걸어가면서 이번에는 앞서 걷고 있는 버그 검사의 뒤를 바짝 쫓아갔다.

"당신은 판사실에 들어가기도 전부터 오파리지오가 사망한 사실을 알고 있었어요. 이게 다 우리가 배심원단의 관심을 딴 데로 돌리기 위한 시도에 불과하다고 생각했다면, 왜 그렇게 오파리지오에게 주목하고 있었죠?"

"당신이 저기 1킬로미터 뒤에서 쫓아오는 게 보이니까요, 할러." 버그가 대꾸했다. "그리고 우린 오파리지오가 죽었든 살았든 그에 대해 준비가 돼 있었어요. 당신들은 준비가 안 돼 있었나 보지만."

검사는 계속 빠른 속도로 걸어갔고, 나는 걸음을 늦춰 매기가 나를 따라잡을 수 있게 했다.

"무슨 얘기했어?" 매기가 물었다.

"아무것도 아냐. 쓸데없는 얘기. 그래서 영장이 나올 확률이 어느 정도 될 것 같아?"

"FBI 요원을 증인석에 앉힐 가능성?" 매기가 되물었다. "음, 0.0000퍼센트? 결국 당신이 증인석에 앉아서 배심원단의 마음을 얻어야 할 것 같아. 그러니까 잘 준비하고 최선을 다해야 해."

그 이후로는 둘 다 말없이 걸었다. 우리 앞에 어떤 위험이 도사리고 있는지 모르겠지만, 결국 모든 짐은 내가 져야 한다는 걸 나는 잘 알고 있었다.

50

　배심원단이 귀가하고 법정에 불이 꺼진 후, 매기 맥퍼슨과 나는 트윈타워로 나를 데려다줄 개인 셔틀이 도착할 때까지 법원 구치감에 있는 변호인 접견실에서 업무를 보도록 허락을 받았다.

　호송차를 기다리며 우리는 많은 일을 했다. 판사의 충고대로 최후 변론에 집중하는 대신, 우리는 최후의 두 증인, 즉 FBI의 던 루스 요원과 나에게 던질 질문들을 생각했다. 루스 요원에게 물을 질문을 정하는 것이 매우 중요했다. 우리가 배심원단에게 전달하고 싶은 정보를 그 질문에 담아야 했기 때문이다. 운이 좋아서 루스를 증인석에 앉힌다고 해도 기껏해야 비협조적인 증인밖에 되지 않을 거라고 예측했다. 우리는 '샘 스케일스가 FBI 정보원이었습니까?'라고 묻진 않을 셈이었다. '샘 스케일스가 FBI 정보원으로 일한 기간이 얼마나 됩니까?'라고 물을 생각이었다. 그렇게 물으면 그 질문에 대한 답변을 듣든 안 듣든, 배심원들은 우리가 들려주고 싶어 하는 정보를 얻게 될 것이다.

　루스 요원이 판사의 영장에 응한다면 그녀에게는 내가 질문하고, 매기는 물론 나를 신문하기로 합의했다. 매기는 내가 반드시 증언해야 한다고 나를 설득했다. 일단 증언하기로 결정하자 그 생각을 진심으로 받아들였고 매기와 머리를 맞대고 질문과 답변을 만들기 시작했다.

매기와 일하는 동안 나는 계속 정장을 입고 있었다. 죄수복 차림으로 그녀와 시간을 보내고 싶지는 않았다. 물론 매기는 신경도 안 쓰겠지만. 별일 아니었지만 내게는 중요한 일이었다. 딸을 제외하면 그녀가 항상 내 인생에서 가장 중요한 여자였고 그녀가 나를 어떻게 생각하는지가 늘 신경 쓰였다.

나는 접견실에 CCTV 카메라가 설치돼 있고 신체 접촉 금지 규정 사실을 알고 있었다. 하지만 참을 수 없는 순간이 있었다. 탁자 위로 팔을 뻗어 다음 날 내게 물을 질문을 쓰고 있는 매기의 손 위에 내 손을 포갰다.

"매기, 고마워. 앞으로 일이 어떻게 될진 모르지만, 당신이 나를 위해 여기 와준 것은 내게 너무나 큰 의미가 있어. 당신은 상상도 할 수 없을 만큼 큰 의미."

"그래. 당신 표현대로 NG[19] 받아내자고. 그러면 다 괜찮아질 거야."

내가 손을 거둬들였지만 너무 늦었다. 카메라 옆에 있는 스피커에서 다시는 신체 접촉하지 말라는 경고가 들렸다. 나는 그 말을 듣지 못한 것처럼 행동했다.

"아직도 이 일 끝난 다음에 검찰청으로 복귀할 생각이야? 변호사 업계의 중대한 업무 비밀을 다 싸 들고?"

잠깐 쉬고 싶어서 내가 사람 좋게 웃으면서 농담을 했다.

"글쎄, 잘 모르겠어. 지금 데이나가 내 상관들한테 나에 대한 불평

---

19 not guilty, 즉 무죄 평결의 줄임말

변론의 법칙

불만을 쉴 새 없이 해대고 있을 거야. 우물에 독약을 풀지도 모르지. 특히 우리가 이긴다면. 확 들이받고 나올까?"

그녀가 빈정거리는 어조로 말했다. 그러나 그녀는 웃고 있었고 나도 미소로 화답했다.

오후 4시가 되자, 챈 경위가 와서 15분 후엔 정장을 벗고 셔틀 타고 교도소로 돌아가야 한다고 알려줬다. 매기는 이제 가겠다고 말했다.

"여기를 나가면, 시스코에게 전화해. 애리조나의 룸서비스 친구를 찍은 동영상 사본 만들어서 내일 법정에 갖고 와. 필요할지도 모르니까."

"좋은 생각이야." 매기가 말했다.

20분 후 나는 프레슬리 경위의 순찰차 뒷좌석에 앉아 트윈타워로 돌아가고 있었다. 프레슬리는 늘 가던 대로 법정에서 나와 메인스트리트에서 101번 고속도로를 가로지르고 세사르 차베스 대로를 달려 내려가 비그네스스트리트로 들어갔다.

그러나 그는 비그네스에서 보셰스트리트와 교도소를 향해 좌회전하지 않고 우회전을 했다.

"프레슬리, 왜 이래요? 어디 가는 겁니까?"

그는 대답하지 않았다.

"프레슬리. 무슨 일이에요?"

"진정해요." 프레슬리가 말했다. "곧 알게 될 테니까."

그러나 그의 대답은 나를 진정시키지 못했다. 오히려 큰 걱정에 사로잡히게 만들었다. 교도관들이 교도소 내에서 잔혹 행위를 자행하거나 교사한다는 소문이 법조계에 파다하게 퍼져 있었다. 사실이든 허구든 그런 일은 모두 상황이 통제되고 외부 목격자가 볼 수 없는 교도소 내에서 일어났다. 그런데 프레슬리는 나를 감옥에서 빼돌리고 있었고 우리는 유니언 역사 뒤를 달리고 있었다. 차가 통통 튀면서 선로를 넘어갔고 근로자들이 5시에 칼퇴근을 하고 없는 열차 보수관리 센터로 들어갔다.

"잠깐만요, 프레슬리. 왜 이래요, 도대체. 우리 서로 잘 통한다고 생각했는데. 몸조심하라고 그랬잖아요, 당신이. 그래 놓고 왜 이러는 거예요?"

나는 안전벨트와 다리에 채운 수갑이 허용하는 최대로 몸을 앞으로 기울이고 있었다. 프레슬리가 옅은 미소를 짓는 것을 보고 나는 그에게 속았다는 것을 깨달았다. 그는 동조자가 아니라 적 중 한 명이었다.

"누가 이러라고 했어요, 프레슬리? 버그 검사? 아니면 누구죠?"

이번에도 납치범은 말이 없었다. 프레슬리는 골이 지고 녹이 슨 금속 지붕 밑의 개방형 작업 공간으로 차를 몰고 들어갔다. 그러고는 버튼을 눌러 뒷문 잠금장치를 해제한 후 차에서 내렸다.

나는 차 앞쪽을 돌아가는 프레슬리를 눈으로 쫓아갔다. 그가 앞유리 앞에 서더니 나를 돌아봤다. 나는 당혹스러웠다. 나를 끌어내려고 하는 걸까?

내 반대편에 있는 뒷문이 열리더니 던 루스 특수요원이 내 옆자리로 들어와 앉았다.

"루스 요원. 도대체 어떻게 된 일이에요?"

"진정해요, 할러." 루스가 말했다. "얘기해주러 왔으니까."

나는 고개를 돌려 앞유리 너머에 있는 프레슬리를 쳐다봤다. 그제야 내가 그를 완전히 오해했다는 것을 깨달았다.

"나도 똑같은 질문을 하고 싶군요." 루스가 말했다. "도대체 어떻게 된 일이에요?"

나는 진정하고 어느 정도 냉정을 되찾은 뒤 그녀를 돌아봤다.

"무슨 일인지 알잖아요. 원하는 게 뭡니까?"

"우선, 이 대화는 없었던 겁니다." 루스가 말했다. "언제라도 당신이 이 대화가 있었다고 말하려고 하면 내 알리바이를 증명해줄 동료가 네 명이나 있으니까 당신이 거짓말쟁이로 보일 거예요."

"좋습니다. 이 대화가 정확히 뭘 말하는 거죠?"

"당신 판사는 정말 막무가내던데요. 나한테 증인 출석을 지시하다니. 그런 일은 일어나지 않을 겁니다."

"그럼, 출석하지 말고, 나중에 〈로스앤젤레스 타임스〉에서 기사로 읽으시든가. 사실 수사를 계속해서 비밀에 부칠 방법은 없어요."

"공개 법정에서 증언하면 비밀에 부칠 수 있고요?"

"이봐요, 당신이 협조만 해주면 증언을 잘 계획해서 할 수 있어요. 당신이 보호해야 하는 것을 보호해줄 수 있다고요. 하지만 난 샘 스케일스가 정보원이었고 루이스 오파리지오가 그 사실을 알고 사람을 시켜 스케일스를 살해했다는 내용을 공식기록에 올려야 해요."

"그게 사실이 아니라도요?"

나는 오래도록 그녀를 쳐다보다가 대답했다.

"그게 사실이 아니라면, 실제로 무슨 일이 있었죠?"

"생각을 좀 해봐요. 샘이 정보원이라고 오파리지오가 생각한다면, 바이오그린에서 계속 사기를 칠까요? 아니면 샘을 죽이고 가게 문을 닫았을까요?" 루스가 말했다.

"좋아요, 그러니까 당신은 사기가 계속 진행됐다고 말하는 거군요, 샘이 죽임을 당한 이후에도. 그래서 FBI의 작전 또한 계속 진행 중이고요."

나는 상황을 짜 맞춰보려고 했지만 잘되지 않았다.

"샘은 왜 피살됐죠?"

"그 사람에 대해서는 누구보다도 당신이 더 잘 알고 있지 않나요? 당신은 어떻게 생각해요?" 루스가 말했다.

갑자기 모든 것이 분명해졌다.

"본인이 사기를 쳤군요. FBI와 오파리지오를 상대로. 어떤 사기였죠?"

루스는 망설였다. 그녀는 절대로 비밀을 누설하지 않는 문화에 익숙한 사람이었다. 그러나 지금은 입을 열어야 할 때였다. 나중에 부인할 것이고 부인할 수도 있는 대화였다.

"스케일스 자신이 사기를 치고 있었어요." 루스가 말했다. "그가 사망한 후에 알게 됐죠. 비밀리에 원유 유통업체를 차렸더라고요. 정부에 설립인가도 받았고. 유조트럭에 바이오연료를 실은 척하고 항구를 오가면서, 정부 지원금의 절반을 착복했더라고요."

나는 고개를 끄덕였다. 거기서부터는 무슨 일이 벌어졌을지 유추하기 어렵지 않았다.

"오파리지오가 그 사실을 알고 스케일스를 제거해야 했군요. 수사가 바이오그린에 미치기를 원치 않았을 테니까. 그리고 내게 원한을 갚을 기회이기도 했고요."

"나 증언은 안 해요." 루스가 말했다.

"안 할 이유가 하나도 없는데요. 오파리지오도 사망한 마당에. 들으셨는지 모르겠지만."

"오파리지오가 이 일의 책임자였다고 생각해요? 그가 우리의 표적이었다고 생각해요? 그는 사기를 치는 공장 한 곳의 책임자였을 뿐이에요. 우리는 네 개의 주에서 여섯 개의 정유공장을 감시하고 있어요. 현재 진행 중인 작전만 그렇다고요. 오파리지오는 지시를 내리는 사람이 아니라 지시에 따르는 사람이었어요. 그래서 그들이 그를 제거하는 결정을 쉽게 내릴 수 있었죠. 오파리지오가 당신에게 사적인 보복을 한 것이 사업에 관한 판단력이 부족하다는 걸 보여줬고, 이런 걸 그들은 용인하지 않거든요. 절대로. 오파리지오가 소환장을 피해 애리조나로 도망갔다고 생각해요? 웃기는 소리 하지 말아요. 오파리지오는 그들로부터 숨어 있었던 거예요, 당신이 아니라."

"당신도 오파리지오를 감시하고 있었어요?"

"난 그런 말 안 했습니다."

유리창 너머로 프레슬리가 차 앞을 서성이는 것이 보였다. 시간이 얼마 없다는 느낌이 들었다. 그가 상부의 허락을 받지 않고 만남을 주선한 게 틀림없었다.

"저 사람도 당신 밑에서 일해요? 프레슬리 말이에요. 아니면 당신이 약점을 쥐고 있나?"

"저 사람 걱정은 하지 말아요." 루스가 말했다.

나는 다시 내 걱정을 하기 시작했다.

"그래서, 나는 어떻게 해야 하죠? 내가 희생해야 합니까? 당신들 작전이 진행될 수 있도록 유죄 평결을 받아야 하냐고요. 그런 건 꿈도 꾸지 말아요. 내가 그럴 거라고 생각한다면, 당신은 미친 겁니다."

"우린 당신 사건이 재판으로 가기 전에 우리의 수사가 체포 단계에 있게 되기를 바랐어요." 루스가 말했다. "그러면 우리가 일을 바로잡을 수 있을 거라 생각했거든요. 하지만 그런 일은 일어나지 않았죠. 당신이 재판 연기를 거절해서. 일어나기로 돼 있던 많은 일이 일어나지 않았고요."

"어우, 진짜 기가 막히는구먼. 하나만 물읍시다. 샘이 살해될 때 당신은 지켜보고 있었습니까? 그런 일이 일어나는 걸 구경만 하고 있었냐고요. 당신들 사건을 보호하기 위해서."

"그런 일이 일어나는 걸 구경만 하진 않겠죠. 특히 우리 사건을 보호하기 위해서 그러지는 않죠. 그들이 공장 안에서 스케일스를 붙잡았어요. 공장 안에 스케일스를 제외하고 우리 정보원은 아무도 없었죠. 로스앤젤레스 경찰국이 당신 차 트렁크에서 스케일스의 시신을 발견하고 지문 감식을 할 때까진 우린 그가 사망한 걸 몰랐어요."

전면 유리창 앞에서 프레슬리가 루스에게 신호를 보냈다. 손목시계를 가리킨 후 공중에 대고 한 손가락을 휘휘 돌렸다. 빨리 끝내라는 뜻이었다. 아까 101번 고속도로를 가로지를 때 그는 순찰차 무전기로 수감자를 트윈타워로 호송 중이라고 보고했었다. 우리가 아직 도착하지 않았다는 것을 교정 당국이 곧 알아차릴 것이었다.

"왜 로스앤젤레스 경찰국이나 검찰청에 가서 이 모든 사실을 털어놓지 않았습니까? 그들에게 나를 건드리지 말라고 말해줄 수도 있었을 텐데요. 그러면 이런 일도 없었을 거고."

"스케일스가 당신 집 차고에 있는 당신 차 트렁크 안에서 발견됐고, 그다음엔 기자들이 벌떼처럼 몰려들었기 때문에 그렇게 하기가 좀 힘들었을 거예요." 루스가 말했다. "이 모든 일은 처음부터 피할 수 없는 큰 오류였던 거죠."

"그래서 결국 당신은 양심의 가책을 느낀 거로군요. 그래서 벤투라 체포보고서를 내 집 현관문 밑으로 밀어 넣어줬고."

"내가 했다고는 말 안 했습니다."

"말할 필요 없어요. 어쨌든 고맙습니다."

루스가 자기 쪽 차 문을 열었다.

"그래서, 내일은 어떻게 되는 거죠?"

루스가 나를 돌아봤다.

"모르겠어요." 그녀가 말했다. "내 손을 떠난 일이에요. 그건 확실해요."

그녀가 차에서 내려 문을 닫은 후 뒤쪽으로 걸어갔고, 나는 그녀가 가는 것을 돌아보지 않았다. 프레슬리가 재빨리 운전석에 탔다. 아까 왔던 길로 열차 보수관리 센터를 빠져나갔다.

"미안해요, 프레슬리. 아깐 너무 당황해서 당신을 오해했어요."

"괜찮아요, 그런 게 이번이 처음도 아니고." 그가 말했다.

"당신도 요원입니까? 아니면 그냥 협력하는 건가요?"

"내가 말해줄 것 같아요?"

"아뇨."

"트윈타워에서 늦었다고 뭐라 그러면, 당신이 멀미를 해서 잠깐 차를 세웠다고 말할 겁니다."

나는 고개를 끄덕였다.

"나도 그렇게 말할게요."

"당신한텐 묻지도 않을 텐데요, 뭘." 그가 말했다.

우리는 비그네스스트리트로 돌아왔다. 전면 유리창 너머로 우뚝 솟은 트윈타워가 보였다.

51

2월 27일, 목요일

교도관들이 아침 일찍 나를 깨우더니 8시도 되기 전에 호송용 순찰차에 태웠다. 아무도 이유를 말해주지 않았다.

"프레슬리, 왜 이렇게 빨리 갑니까? 법정 문도 한 시간은 더 있어야 여는데."

"그러게요." 프레슬리가 말했다. "그냥 법원으로 데려다주라던데요."

"어젯밤 우회 건 때문에 무슨 일이 있었나요?"

"우회 건이라뇨?"

나는 고개를 끄덕이고는 창밖을 내다봤다. 무슨 일인지는 몰라도 매기 맥퍼슨에게 통지가 갔기를 바랐다.

법원에 도착한 후 나는 법원 경위에게 인도됐고, 경위는 수용자용 엘리베이터에 나를 태우더니 열쇠를 사용해 엘리베이터를 작동시켰다. 그제야 궁금증이 풀리기 시작했다. 보통 땐 경위가 워필드 판사의 법정이 있는 9층으로 나를 데리고 올라갔다. 그러나 지금은 18층 버튼 옆에 열쇠를 넣고 돌렸다. 이 도시의 형사소송 변호사 중 지방 검찰청이 형사법원 건물 18층에 자리하고 있다는 사실을 모르는 사람은 한 명도 없었다.

엘리베이터에서 내린 후 잠금장치가 있는 접견실로 안내를 받아 들어갔다. 이곳은 협조하기로 합의한 형사 피의자들을 조사할 때 사용하는 방인 듯했다. 그런 합의를 바로 이행하지 않고 오래 묵히는 것은 좋은 방법이 아니었다. 사람들은 마음이 바뀐다. 형사 피의자든 변호사든 마찬가지다. 심각한 혐의나 가혹한 선고에 직면한 사람이 당국에 상당한 도움을 주겠다고 법정에서 조용히 제안하면, 만날 약속을 그다음 날로 잡진 않는다. 곧바로 그들을 위층으로 데리고 올라가서 뽑아낼 수 있는 정보는 무엇이든 뽑아낸다. 지금 내가 앉아있는 방이 바로 그런 일이 일어나는 곳이었다.

허리 사슬에 수갑이 연결돼 있고 청색 수의를 입은 나는 혼자 그곳에서 15분을 기다리다가 천장 한 구석에 있는 카메라를 올려다보면서 내 변호사를 불러달라고 외치기 시작했다.

그렇게 5분이 더 흘러도 아무런 반응이 없더니 갑자기 문이 열리고 아까 봤던 경위가 서 있었다. 그는 나를 데리고 복도를 걸어가다가 어느 문을 열고 들어가게 했다. 나는 중역 회의실 같은 곳으로 들어갔다. 그곳은 정책을 결정하고 검사들과 고위 간부들이 대형 사건에 대해 논의하는 곳으로 보였다. 등받이가 높은 의자 10개가 타원형의 커다란 탁자를 둘러싸고 있었고, 거의 다 사람이 앉아 있었다. 나는 매기 맥퍼슨 옆에 있는 빈자리로 안내됐다. 거기 모여 있는 사람들 대다수가 아는 사람이거나 누군지 알 것 같은 사람이었다. 탁자 한쪽 편엔 데이나 버그와 나비넥타이를 맨 그녀의 동료 검사, '빅 존'이라는 별명으로 불리는 존 켈리 검찰청장, 버그의 상관이자 강력범죄 전담반장인 매슈 스캘런이 앉아 있었다. 스캘런은 매기가 환경보

변론의 법칙

호 전담반으로 좌천되기 전에 그녀의 상관이었다.

검사들의 맞은편에는 연방 요원들이 앉아있었다. 루스 요원과 릭 에일로 요원, 캘리포니아 남부지역 연방검사 윌슨 코벳과 다른 한 남자도 있었다. 그 남자는 처음 보는 사람이었지만 바이오그린 수사를 지휘하는 중간급 검사인 듯했다.

"할러 씨, 어서 오세요." 켈리 검찰청장이 말했다. "오늘 기분은 어때요?"

대답하기 전에 매기를 쳐다보니 그녀가 고개를 살짝 가로저었다. 이게 어찌 된 일인지 자기도 모른다는 뜻이었다.

"청장님의 멋진 트윈타워 숙소에서 또 하룻밤을 지냈는데, 제 기분이 어떨 것 같습니까, 빅 존?"

켈리는 내가 그렇게 대꾸할 줄 알았다는 듯이 고개를 끄덕였다.

"그렇다면 당신에게 좋은 소식이 있어요, 할러 씨." 켈리가 말했다. "여기서 우리가 몇 가지 합의에 도달할 수 있다면, 우리는 당신에 대한 공소를 취하할 생각입니다. 그러면 당장 오늘 밤부터 당신 집 침대에서 잘 수 있어요. 어떻습니까?"

나는 매기의 얼굴부터 시작해 탁자에 둘러앉은 사람들의 얼굴을 쓱 둘러봤다. 매기는 놀란 표정이었다. 데이나 버그는 크게 당황한 표정이었고, 릭 에일로는 지난 번 내 집 현관 앞에서 봤을 때와 마찬가지로 화난 표정이었다.

"공소를 취하한다고요? 배심원단이 선정돼 재판을 하고 있는데요. 저는 유죄가 될 위험성을 받아들였고요."

켈리가 고개를 끄덕였다.

"맞아요." 켈리가 말했다. "일사부재리의 원칙에 따라 재심을 받을 수도 없죠. 재도전은 없어요. 이것으로 끝나는 겁니다, 완전히."

"그러면 우리가 합의에 도달해야 할 사안들이 무엇이죠?"

"그 문제는 코벳 연방검사가 설명해줄 겁니다." 켈리가 말했다.

나는 코벳이 현 대통령에 의해 미연방검사로 임명되기 전엔 검사 생활 경험이 전무하다는 사실 말고는 그에 대해 아는 것이 거의 없었다.

"우리에게 문제가 좀 있습니다." 코벳이 말했다. "현재 진행 중인 한 수사가 있는데, 그 범위가 할러 씨 당신이 아는 것보다 훨씬 더 광범위하고 깊게 뻗어 있습니다. 루이스 오파리지오로 끝나지 않는다는 말이죠. 다른 사건 공판에 나가 우리 수사의 아주 작은 부분이라도 노출한다면, 더 큰 우리의 수사가 위험에 처하게 될 겁니다. 그러니 더 큰 사건의 판결이 나올 때까지 당신이 입 다물고 있겠다고 약속해주기를 바라고요."

"그 사건의 판결이 언제 나오죠?" 매기가 물었다.

"그건 우리도 모릅니다." 코벳이 말했다. "현재 수사가 진행 중이거든요. 제가 해줄 수 있는 말은 이게 전붑니다."

"그럼 어떻게 하신다는 거죠? 아무런 설명 없이 그냥 공소가 취하되는 겁니까?"

켈리가 발언권을 이어받았다. 나는 그의 말을 들으면서 데이나 버그를 노려보고 있었다.

"우리는 공익에 반한다는 사유를 들어 공소를 취하할 겁니다. 우리 검찰 측 주장의 타당성과 공정성에 심각한 의문을 제기하는 정보

변론의 법칙

와 증거를 검찰청이 입수했다고 말할 거고요. 그 정보와 증거가 무엇인지는 현재 진행 중인 수사의 일부이므로 밝힐 수 없다고 할 거고요." 켈리가 말했다.

"그게 끝입니까? 그게 다라고요? 검사는요? 버그 검사는 뭐라고 할 건가요? 넉 달 동안 저를 살인범이라고 몰아세웠는데."

"우리는 이 일이 최대한 조용히 넘어가기를 바랍니다." 켈리가 말했다. "이 일을 대대적으로 떠들어대면서 동시에 연방 수사를 보호할 수는 없으니까."

버그는 자기 앞의 탁자를 노려보고 있었다. 그녀는 이 계획에 동의하지 않는 것이 분명했다. 자신의 주장을 끝까지 진심으로 믿고 있었다.

"그래서, 그게 거래 조건이라고요? 공소는 취하하되 나는 그 이유를 말할 수 없고, 당신들도 당신들이 틀렸다는 말은 절대로 하지 않을 거다?"

아무도 대꾸하지 않았다.

"당신들은 타협하고 있다고 생각하는군요. 더 큰 선을 위해 살인범을 풀어주는 거래를 한다고 생각하는 거네요."

"우리는 당신을 판단하지 않습니다." 켈리가 말했다. "다만 우리는 당신이 위험한 정보를 갖고 있다는 걸 알고 있을 뿐이에요. 공개될 경우 더 큰 공익에 해를 끼칠 수 있는 그런 정보를 당신이 갖고 있다는 걸 말이죠."

나는 데이나 버그를 가리켰다.

"저분은 다릅니다. 저 검사는 저를 구속하면서 판단했습니다. 제가 샘 스케일스를 죽였다고 생각하죠. 여러분 모두 그렇게 생각하잖아요."

"내가 무슨 생각을 하는지 당신이 어떻게 알아요, 할러." 버그가 말했다.

"사양합니다."

"네?" 켈리가 되물었다.

매기가 나를 막으려고 내 팔을 잡았다.

"그 거래 사양하겠다고요. 저를 법정으로 내려보내주시죠. 배심원단 앞에서 제 운을 시험해보겠습니다. 그들에게서 무죄 평결을 받으면 저는 모든 혐의를 벗고 깨끗해지는 거잖습니까. 그러면 제가 FBI의 코앞에서 어떻게 누명을 썼고 검찰청이 어떻게 저를 살인범으로 몰아갔는지 온 세상 사람들에게 말할 수 있게 되겠죠. 그 거래 조건이 훨씬 좋은데요."

나는 두 다리로 의자를 뒤로 밀면서 나를 이리로 들여보낸 법정 경위를 찾아 주위를 두리번거렸다.

"원하는 게 뭐요, 할러?" 코벳이 물었다.

내가 그를 돌아봤다.

"제가 원하는 게 뭐냐고요? 제 결백이 밝혀지길 바랍니다. 당신들이 새로 입수한 정보와 증거가 제가 받고 있는 살인 혐의에 대해 무죄임을 분명히 입증하고 있다고 공표해주길 바라고요. 빅 존, 당신이나 데이나가 그 발표를 하길 바랍니다. 처음엔 법원에 내는 공소 취하 청구서에서, 그다음엔 공개 법정에서 판사에게, 그 후에는 법정 계단에서 기자들에게 공표하길 바랍니다. 그걸 해줄 수 없으면, 제

변론의 법칙

가 배심원단에게서 그걸 얻어낼 거니까, 여기서 더 얘기할 것도 없겠네요."

켈리가 맞은편에 앉은 연방검사를 바라봤다. 나는 둘이 고개를 끄덕이며 합의하는 것을 봤다.

"그 의견을 수용할 수 있을 것 같군요." 켈리가 말했다.

버그는 따귀를 맞은 것처럼 갑자기 몸을 뒤로 젖혔다.

"좋습니다. 그런데 그게 다가 아닙니다."

"빌어먹을." 에일로가 말했다.

나는 에일로를 무시하고 켈리를 보면서 말했다.

"제가 원하는 게 두 가지 더 있습니다. 제 공동 변호인에게 어떤 보복도 가하지 않겠다는 약속을 받고 싶습니다. 이 재판이 끝나면 검찰로 복귀할 텐데요, 연봉 삭감이나 좌천 인사가 없기를 바랍니다."

"당연히 그렇게 돼야죠." 켈리가 말했다. "매기는 우리 검찰청 최고의……."

"아주 좋습니다. 그렇다면 서약서를 써주시는 데 아무 문제가 없겠네요."

"마이클." 매기가 나를 불렀다. "그렇게까지……."

"아뇨, 문서화해주시기 바랍니다. 이 모든 거래 조건을 담은 계약서를 만들어주시죠."

켈리가 천천히 고개를 끄덕였다.

"그렇게 합시다." 켈리가 말했다. "두 번째는 뭐죠?"

"저희는 법정에서 로이 밀턴 경사가 넉 달 전 그날 밤에 저를 기다리고 있었다고 강력히 주장했습니다. 사라진 번호판에 대한 밀턴 경사의 설명은 다 헛소리고요. 제가 누명을 쓴 겁니다. 그러고는 제 이름과 명성이 수도 없이 땅바닥에 패대기쳐졌고, 저도 폭행을 당해 죽음의 문턱까지 갔었습니다. 로스앤젤레스 경찰국은 이 일에 대해 절대로 수사하지 않겠지만, 여기 검찰청에는 공직기강 감찰반이라는 게 있지 않습니까. 제가 민원을 제기할 텐데, 받아만 놓고 아무 일도 하지 않는 것은 원하지 않습니다. 수사를 제대로 해서 결론을 내주시기 바랍니다. 내부의 조력이 없었다면 이렇게까지 저를 공격하는 건 불가능했을 겁니다. 밀턴이 그 공격의 출발점이고, 어딘가에 오파리지오와의 연결 고리가 있을 거라고 확신합니다. 저라면 그의 변호사들부터 조사해볼 겁니다. 그 연결 고리가 뭔지도 꼭 알아내주시기 바랍니다."

"그래요, 파일을 새로 만들어서 성실하게 수사할게요." 켈리가 말했다.

"그러면 거래에 합의하겠습니다."

버그는 내 요구사항을 들으면서 고개를 절레절레했다. 매기는 내가 버그를 노려보는 것을 보고 내 팔을 잡고 나를 말렸다. 그러나 지금은 내 영광의 순간이었고 그냥 넘어갈 수는 없었다.

"데이나, 당신은 내가 누명을 썼다는 것을 절대로 믿지 않을 거라는 거 알아요. 믿지 못하는 사람들도 많겠죠. 하지만 언젠가 연방 수사관들이 이 수사를 끝까지 하면, 당신과 로스앤젤레스 경찰국이 어디에서 길을 잘못 들었는지 보여줄 때가 있을 겁니다."

처음으로 버그가 고개를 돌려 나를 쳐다봤다.

"개소리 말아요, 할러." 버그가 말했다. "당신은 인간쓰레기이고,

당신이 하는 그 어떤 거래도 그런 사실을 바꾸진 못할 거예요. 빨리 법정으로 와요. 나도 이 일 빨리 끝내고 싶으니까."

버그가 벌떡 일어서더니 회의실을 나갔다. 오랫동안 침묵이 흘렀다. 그동안 나는 루스 요원에게 관심을 돌렸다. 그녀를 돕고 싶었지만, 나를 도와준 것을 드러내 달려오는 버스 앞으로 그녀를 내던지고 싶지는 않았다.

"이야기 다 끝난 건가요?" 코벳이 두 손으로 의자의 팔걸이를 잡고 일어서려는 자세를 취하면서 물었다.

"연방 요원들에게 줄 게 있습니다."

"우리는 당신한테 받고 싶은 거 없거든." 에일로가 말했다.

나는 고갯짓으로 매기를 가리켰다.

"우리에게 동영상이 있어요. 당신들이 찾는 살인범이 찍힌 동영상이죠. 스코츠데일에 있는 호텔에서 오파리지오를 살해하고 그의 시신을 몰래 **빼돌린** 살인범 말이에요. 당신들한테 넘길게요. 아마 도움이 될 겁니다."

"됐어." 에일로가 말한다. "당신 도움 필요 없다고."

"아뇨." 루스가 말했다. "받을게요. 감사합니다."

루스 요원이 나를 보며 고개를 끄덕였다. 그녀의 말이 진심이라는 것을, 자기들이 살인범을 풀어주는 것이 아니라고 믿는 사람이 이 방 안에 적어도 한 명은 있다는 것을 알 수 있었다.

52

한 시간 후 나는 정장을 입고 법정에서 워필드 판사 앞에 서 있었다. 판사가 배심원단을 해산하면서 원한다면 남아 있어도 된다고 말하자 모두 남아 있었다. 데이나 버그 검사는 내 혐의를 모두 벗겨주는 새로운 증거가 나왔다고, 그러나 그 증거는 중대한 국가 기밀이므로 구체적으로 밝힐 수는 없다고, 내키지는 않지만 신중하게 준비한 대로 진술했다. 또한 그녀는 지방검찰청이 편견을 갖고 제기한 공소를 취하할 것이고 나의 체포기록은 삭제하겠다고 말했다.

매기 맥퍼슨은 내 옆에 서 있었고 딸과 팀원들은 내 뒤에 서 있었다. 감정 표현을 자제하라는 판사의 충고가 있었지만, 검사가 발표를 마치자 법정 안에 있는 많은 사람이 박수를 쳤다. 배심원석을 보니 할리우드 볼의 요리사도 그중 한 명이었다. 나는 고개를 끄덕였다. 내가 그녀의 성향을 제대로 파악했다는 것을 확인하는 순간이었다.

이제는 판사가 나설 차례였다.

"할러 변호사." 워필드 판사가 말했다. "당신은 대단히 부당한 일을 당했습니다. 그러나 이 일에서 빨리 회복해 법조인으로서, 피고인들의 권리를 지켜주는 변호인으로서 임무를 계속 수행해나가길 진심으로 바랍니다. 변호사 자신이 이런 경험을 했으니, 앞으로는 더 잘할 수 있겠네요. 건강과 행운을 빕니다. 이제 가셔도 됩니다."

"감사합니다, 재판장님."

목소리가 갈라져서 나왔다. 지난 두 시간 동안 얼마나 중대한 일이 일어났는지 실감이 되면서 온몸이 덜덜 떨렸다.

나는 돌아서서 매기를 끌어안고 딸에게로 움직여 갔다. 곧 딸과 부모 사이에 법정 난간이 어색하게 끼어든 상태로 우리 세 사람은 얼싸안고 있었다. 그다음에는 시스코와 보슈와 웃으면서 악수를 했다. 나는 아무 말도 하지 않았다. 말이 나오지 않았다. 말은 나중에 나올 거라는 걸 나는 알고 있었다.

53

2월 28일, 금요일

우리는 하루를 기다렸다가 레드우드에서 축하 파티를 했다. 그동안 내가 모든 혐의를 벗고 무죄 석방됐다는 사실이 기자회견과 언론 매체를 통해 널리 퍼졌다. 내 인생의 대격변이 시작된 곳에서 모이는 것이 적절해 보였다. 초대장이나 손님 명단 같은 건 없었다. 로나의 법인카드를 바에 맡겨두었고 찾아오는 사람이면 누구나 환영했다.

술집 안이 금방 붐비기 시작했지만 나는 우리 팀을 위해 뒤쪽에 커다란 원탁을 따로 예약해뒀다. 거기 앉아서 피고인 측의 드문 승리를 축하해주러 온 사람들의 덕담을 듣고 악수를 하자니 조폭 영화 속 대부가 된 듯한 느낌이 들었다.

술이 넘쳐났지만, 나는 얼음을 넣고 마라스키노 버찌 한두 개를 얹어 멋을 낸 오렌지주스를 마시면서 맨 정신을 유지했다. 증언할 필요가 없어진 것에 안도한 바텐더 모이라는 내가 마시는 칵테일을 '스티키 미키[20]'라고 불렀다. 이 칵테일은 인기를 얻었지만, 다른 사람들은 스티키 미키에 보드카 샷 두 개를 추가해서 마시고 있었다.

나는 두 전처 사이에 앉아 있었다. 내 왼쪽에는 매기 맥피어스가,

---

20 The Sticky Mickey, '끈적끈적한, 불쾌한, 성가신 미키'라는 뜻이다.

변론의 법칙

오른쪽에는 로나가 앉아 있었다. 매기 옆에는 내 딸이, 로나의 오른쪽에는 시스코가 앉아 있었다. 해리 보슈는 탁자를 가운데 두고 맞은편에 나와 마주 보고 앉아 있었다. 나는 대체로 조용히 앉아서 이 모든 장면을 눈에 담고 있었고 가끔 잔을 들고 보슈의 어깨 너머로 나에게 축하 인사를 건네는 친구와 건배하기도 했다.

"괜찮아, 당신?" 어느 순간 매기가 내게 속삭였다.

"응, 기분 아주 좋아. 이 일이 다 끝났다는 게 아직 실감이 안 나서 그래."

"어디 좀 갔다 와. 어디 가서 쉬면서 이 모든 일 마음에서 싹 몰아내고 와."

"응, 그러려고. 카탈리나에 며칠 갔다 올까 생각 중이야. 제인 그레이가 재개장했는데 진짜 좋더라고."

"벌써 가봤어?"

"아니, 인터넷으로 봤지."

"벽난로가 있던 그 방 아직도 있는지 모르겠네."

나도 그 방을 생각했다. 우리가 함께 살았을 때, 주말여행으로 카탈리나에 종종 가곤 했다. 우리 딸이 거기서 임신이 됐을 가능성이 컸다. 켄들을 거기 데려가서 그 추억을 망친 것일까?

"원한다면 같이 가도 돼."

매기가 미소를 지었고 그녀의 짙은 눈이 반짝이는 것을 봤다. 늘 내 기억 속에 생생한 반짝이는 눈이었다.

"그러든지." 그녀가 말했다.

그 말로 충분했다. 나는 미소를 지으면서 사람들을 둘러봤다. 다들 공짜 술을 얻어먹으러 와 있었다. 그러나 나를 위해서 온 것이기도 했다. 나는 비숍을 잊었다는 것을 깨달았다. 그를 초대했어야 했는데…….

그때 시스코와 보슈가 머리를 맞대고 심각한 어조로 대화를 나누는 모습이 보였다.

"여어, 친구들. 무슨 일이야?"

"오파리지오에 대해 얘기하고 있었어." 시스코가 말했다.

"오파리지오가 뭐?"

"왜 그들이 그를 죽였을까 하는 거." 시스코가 말했다. "해리는 그들이 그럴 수밖에 없었대."

나는 보슈를 보면서 고개를 뒤로 젖혔다. 그의 의견을 듣고 싶었다. 프레슬리 경위의 순찰차 뒷좌석에서 루스 요원과 나눈 대화에 대해서는 아무한테도 말한 적이 없었다.

보슈는 탁자 위로 최대한 몸을 숙였다. 술집 안이 너무 시끄러웠고 살인에 관한 시나리오를 큰 소리로 이야기하기에 적절한 환경은 아니었다.

"오파리지오의 사심이 진짜 중요한 일을 망쳤어." 보슈가 말했다. "오파리지오가 스케일스를 깔끔하게 처리했어야 했는데 그렇게 하지 않았거든. 그를 살해하고 어디 묻어버리거나, 원유 드럼통에 넣어서 해협에 던져버려야 했는데. 전혀 엉뚱한 짓을 하고 말았지. 상황을 이용해 너에 대한 묵은 원한을 풀려고 한 거야. 그게 오파리지오의 실수였고 그것 때문에 제거 대상이 됐지. 그들은 그를 처치해야 했어. 그리고 오파리지오도 그 사실을 알고 있었고. 그가 너와 소환장이 무서워서 애리조나로 도망친 게 아니야. 총알이 무서워서 숨은 거지."

나는 고개를 끄덕였다. 전직 강력계 형사라 그런지 역시 날카로웠다.

"그들이 우리를 통해 오파리지오를 찾아냈다고 생각해? 그를 찾아 다니던 우리를 미행해서?"

"우리가 아니라 나를 미행해서겠지." 시스코가 말했다.

"너무 안타까워하지 마. 자넬 거기로 보낸 건 나였어."

"오파리지오에 대해서?" 시스코가 말했다. "그 인간에 대해서는 아무 느낌 없어."

"그랬을 수도 있지." 보슈가 말했다. "오파리지오가 말실수를 했을 수도 있고. 여자 친구나 다른 누구에게 말한 거지. 통화를 했거나."

나는 고개를 가로저었다.

"룸서비스를 이용해 속인 걸 보니까 살인범은 우리가 거기서 오파리지오를 감시하고 있다는 걸 알고 있었어. 우리를 이용해 그에게 접근한 것 같아."

나는 인디언들이 찍었고 내가 루스 요원에게 넘겨준 동영상을 떠올렸다. 룸서비스 살인범은 마흔 살 정도 돼 보이는 백인 남성으로 빨간색 머리카락은 숱이 적었다. 위협적으로 보이지 않았다. 별 특징이 없어 보였다. 오파리지오의 방에 들어가기 위해 웨이터에게서 빼앗아 입었던 빨간색 룸서비스 웨이터 재킷이 잘 어울렸다.

"유감이야." 매기가 말했다. "오파리지오는 살인 혐의를 당신한테 뒤집어씌우려고 했어, 미키. 시스코처럼 나도 루이스 오파리지오에 대해서는 아무리 애를 써도 동정심이 잘 안 생기네."

화제는 연방정부의 표적이 누구인가 하는 문제로 옮겨갔고, 폭력 조직과 관련 있는 기업인일 것으로 의견이 거의 일치했다. 라스베이거스 카지노 세계에 몸담고 있으면서 바이오연료 사업에 뒷돈을 댄 사람이라고 추측했다. 그러나 이 모든 것은 우리가 알 수 있는 수준을 넘어서는 일이었다. 언젠가 루스 요원이 전화를 걸어 "그를 잡았어요"라고 말하는 날이 오기를 바랄 뿐이었다. 그때가 되면 내 삶을 거의 파괴할 뻔했던 사람의 정체를 알게 될 것이다.

나는 다시 이 순간을 즐기기로 하고 술집 안에 있는 사람들을 눈여겨보기 시작했다. 바 앞에 서 있는 여자가 눈에 들어왔다. 나는 탁자를 떠나 그녀에게 다가갔다.

"스티키 미키 마셔봤어?"

제니퍼 애런슨이 고개를 돌려 나를 보더니 환하게 웃었다. 그녀가 나를 잡아당겨 꼭 끌어안았다.

"축하드려요!"

"고마워! 언제 돌아왔어?"

"오늘 왔어요. 소식 듣자마자 파티에 참석하려고 달려왔죠."

"다시 말하지만, 아버지 일은 정말 유감이야."

"감사합니다, 대표님."

"그 이후엔 어떻게 지냈어?"

"잘 지냈어요. 병이 난 언니를 간호하면서."

"자넨 괜찮아?"

"괜찮아요. 제 얘기는 그만하시고. 시스코 수사관님한테 들었는데, 매기 검사님이 타고난 변호사라면서요. 정말이에요?"

"응, 대단했어. 그런데 계속 있지는 않을 거야. 검찰청으로 복귀할 거거든."

"한번 검사는 영원한 검사라는 생각을 하는 분인가 보네요."

"응, 그리고 그거 알아? 모든 기초 작업은 자네가 다 했어, 불락스. 자네가 없었다면 난 자유의 몸으로 지금 여기에 서 있지 못할 거야."

"그렇게 말씀해주시니 감사합니다."

"진심이야. 자, 우리 탁자로 가자. 다들 저기 있어."

"네, 갈게요. 돌아다니면서 인사부터 하고요. 법원 분들이 많이 와 계시네요."

나는 제니퍼가 인파를 헤치고 돌아다니며 친구들과 포옹하고 하이파이브를 하는 것을 지켜봤다. 나는 바로 돌아가 등을 기대고 서서 모든 장면을 눈에 담았다. 술집 안을 둘러보는데, 내 앞에 있는 사람들 중에 내가 정말로 결백하고 불의의 세력에 맞서 싸워 이겼다고 생각하며 축하하는 사람은 거의 없을 거라는 생각이 들었다. 내가 재판에 이겼다고, 법적인 기준으로 무죄라고 믿는 사람들이 대다수일 것이다. 법적으로 무죄라는 말이 곧 내가 결백하다는 뜻은 결코 아니었다.

갑자기 온몸이 불에 덴 듯 화끈거렸다. 내가 법정에서, 법원에서, 이 도시에서 어떻게 비칠까 하는 생각이 불현듯 들었다.

바를 향해 돌아서니 앞에 모이라가 있었다.

"뭐 좀 드릴까요, 믹?" 그녀가 물었다.

나는 망설였다. 바 뒷벽에 붙은 거울 앞에 줄지어 서 있는 술병들을 바라봤다.

"아냐. 난 괜찮아."

에필로그

3월 9일, 월요일

종이 수건도 화장지도 없었다. 생수도, 계란 한 판도 남아 있지 않았다. 나는 헤일리가 원하는 것까지 포함해 매기가 써준 쇼핑목록을 들고 휴대전화로 매기에게 생중계를 하고 있었다. 목록에 적힌 물품이 거의 다 이미 사라지고 없었다. 그것도 오래전에. 나는 보이는 건 닥치는 대로 집어 들기 시작했다.

"강낭콩은 어때? 네 캔 있는데."

블루투스 이어폰을 꽂고 통화하고 있어서 두 손으로 선반 위 물건을 자유롭게 집어 들 수 있었다.

"미키, 강낭콩으로 뭐 하게?" 매기가 물었다.

"글쎄. 나초? 여기 아무것도 없어. 뭐든 남아 있는 거 전부 갖고 가서 그걸로 어떻게든 견뎌야 할 것 같아. 그리고 집에도 먹을 거 아직 많이 있어. 식료품 저장실 확인해봤어?"

파스타 선반에 하나 남아 있는 뉴맨스 오운 스파게티 소스 병을 발견한 순간, 다른 쇼핑객이 달려들어 먼저 집었다.

"젠장."

"왜?" 매기가 물었다.

"아무것도 아냐. 뉴맨스 오운 소스를 딴 사람한테 뺏겼어."

"농산물 코너로 가서, 뭐가 남아 있는지 봐. 샐러드 거리가 있으면 사고, 바로 돌아와. 와, 미쳤다, 정말."

'미쳤다'는 말로는 부족했다. 대혼란의 시대가 도래했다. 그러나 그 혼란의 와중에도 내게는 고요한 중심이 있었다. 셀 수도 없이 많은 해가 흐른 후에 처음으로 우리 가족이 다 모였다. 바이러스의 위협이 사라질 때까지 셋이 함께 숨어 살기로 한 것이다. 내 집 서재를 딸을 위한 침실로 개조해야 했지만, 헤일리나 매기의 아파트와 비교하면 그래도 내 집이 가장 넓었고 가장 큰 완충지대를 갖고 있었다. 우리 핵가족은 전염병을 함께 이겨나가기로 결정했고, 그 준비작업에 들어간 거였다. 지금 두 번째 슈퍼마켓에 들른 것인데, 첫 번째도 실망스럽기는 매한가지였다. 그래도 집에 지진 대비 비상식량이 있었고 식료품 저장실도 거의 꽉 차 있었다. 부족한 것은 내 여자들이 만든 쇼핑목록에 있는 물품들뿐이었다. 레드와인, 좋은 치즈, 매기가 만들 요리 재료 같은 것들.

내가 가까스로 채운 카트에는 평상시라면 결코 사지 않을 물품이 가득 차 있었고, 사용할 물품은 하나도 없었다. 매기는 계속 내 곁에 머물렀다. 레드우드에서 축하 파티가 끝난 후 나와 함께 내 집으로 왔고, 우리는 서로의 집을 오가며 자다가 내 집에서 지내기로 합의했다. 둘의 관계가 새롭게 느껴지고 설레었고, 매기를 내 인생에 다시 맞이하는 대가가 공포와 혼란 속에 넉 달을 보내는 것이라면, 그런 거래 조건은 언제고 받아들일 의향이 있었다.

"오케이, 이제 끝. 지금 계산대 앞에 줄 서고 있어."

"잠깐만, 오렌지주스 샀어?" 매기가 물었다.

"응, 오렌지주스는 있더라고. 두 통 샀어."

"과육 없는 거?"

나는 뭘 집어 왔는지 알아내기 위해 카트 안을 들여다봤다.

"아쉬운 사람이 이것저것 따지기는."

"하긴." 매기가 말했다. "과육 있는 것도 마셔보지 뭐. 빨리 와."

"ATM기에 들렀다가 집에 갈게."

"왜? 돈이 필요 없을 거야. 다 문을 닫는데 뭐."

"금융기관이 문을 닫고 카드가 안 되면 현금이 최고야, 알아?"

"네네, 비관론자님. 진짜로 그런 일이 일어날 수 있다고 생각해?"

"올해 상황이 증명하고 있잖아, 무슨 일이라도 일어날 수 있다는 걸."

"그건 그래. 현금 찾아와."

그래서 그렇게 흘러갔다. 계산대를 통과하는 데 한 시간 가까이 걸렸다. 모두들 히스테리 환자가 돼가는 듯했다. 나는 내 가족과 함께 사는 것이 기뻤지만, 상황이 정말로 절박해지면 우리에게 무슨 일이 일어날지 몰라 두렵기도 했다.

주차장도 너무나 붐벼서 내가 카트의 짐을 차로 옮기는 동안 차 한 대가 멈춰 서서 내 차가 빠지기를 기다렸다.

"여기 진짜 난장판이야. 곧 통제 불능이 될 것 같아."

내 주차 공간을 기다리는 남자 때문에 그 뒤로 차가 밀리고 있었다. 누가 경적을 울렸지만 그는 꿈쩍도 하지 않았다. 그래서 내가 빨리 가기 위해 링컨 차 트렁크에 쇼핑한 물건들을 급히 집어넣었다.

"이게 무슨 소리야?" 매기가 물었다.

"내 주차 공간을 기다리는 사람이 있어. 그 사람 때문에 뒤에 차가 꽉 밀려 있고."

또 경적이 울려서 돌아보는데 짙은 갈색 머리카락에 어깨가 축 처진 어떤 남자가 내 쪽으로 카트를 밀고 오는 것이 보였다. 검은색 마스크가 얼굴의 아래쪽 절반을 덮고 있었다. 카트의 어린이 좌석에 갈색 쇼핑 봉투 한 개가 덩그러니 놓여 있었다. 여기는 젤슨스 슈퍼마켓인데 봉투는 본스 거여서 이상하다는 생각이 들었다. 그래서 남자를 다시 쳐다봤더니 왠지 낯이 익다는 생각이 들었다. 두 손이 카트 손잡이를 잡은 모습, 구부정한 자세, 축 처진 어깨.

그 순간 나는 그가 누구인지 알아차렸다. 루이스 오파리지오가 묵고 있던 스코츠데일의 호텔 객실로 룸서비스 카트를 밀고 들어가던 동영상 속의 남자. 머리 색은 달랐지만, 축 처진 어깨는 똑같았다.

그 남자였다.

나는 트렁크에서 뒤로 물러서면서 탈출로를 찾기 위해 주위를 두리번거렸다. 뛰어야 했다.

나는 내 카트를 앞으로 세게 밀어 그의 카트와 부딪히게 한 뒤, 내 차 옆을 달려 내려가 다음 차선으로 들어갔다. 오른쪽으로 돌면서 어깨 너머를 흘끗 돌아봤다. 그가 나를 쫓아 달려오면서 본스 쇼핑백에서 총을 꺼내고 있었다.

나는 계속 달려서 차 두 대 사이를 빠져나가 다음 차선으로 들어갔다. 두 발의 총성이 연달아 울렸고 나는 몸을 웅크리고 계속 움직였다. 유리가 부서지는 소리와 총알이 금속에 박히는 소리를 들었지만, 내 몸에 총알이 박히는 느낌은 들지 않았다.

매기의 목소리가 내 귀에 날카롭게 울렸다.

"미키, 무슨 일 있어? 무슨 일이야?"

그때 뒤에서 고함과 함께 차 경적 소리가 또 들렸다.

"FBI다! 거기 서!"

누가 누구에게 소리를 지르는지 알 수 없었다. 그러나 나는 거기 서지 않았다. 고개를 아까보다 더 숙이고 계속 달려갔다. 그때부터 총성이 폭죽 터지듯 울려 퍼졌다. 여기저기서 강력한 총기로 무차별 발사하는 바람에 귀가 찢어질 듯한 총성이었다. 다시 돌아보니 동영상 속 남자의 모습이 보이지 않았다. 시선을 내리니 바닥에 쓰러진 그를 네 명의 무장한 남자와 여자 한 명이 제압하는 모습이 보였다. 여자는 FBI의 던 루스 요원이었다.

나는 달리기를 멈추고 숨을 헐떡였다. 그제야 매기의 목소리가 들렸다.

"미키!"

"난 괜찮아, 난 괜찮아."

"무슨 일이야? 총소리가 들렸어!"

"다 괜찮아. 동영상 속 그 남자, 오파리지오를 죽인 놈이 여기 있었어."

"오 하느님."

"FBI도 왔어. 저 앞에 루스 요원이 있어. 놈을 제압했고. 놈이 바닥에 엎드려 있어. 상황 종료됐어."

"FBI? 그들이 당신을 미행했던 거야?"

"어, 글쎄, 나 아니면 그놈을 미행했겠지."

"그 사실을 알고 있었어, 믹?"

"아니, 물론 몰랐지."

"모르는 게 나아."

"방금 말했잖아, 몰랐다고. 어쨌든 다 괜찮아. 그런데 이만 끊어야겠다. 저들이 나한테 가까이 오라고 손짓하고 있어. 진술해야 하나 봐."

"빨리 돌아와, 제발. 이런 일이 있다니 도무지 믿어지지 않아."

끊어야 했지만, 매기를 안심시킨 다음에 끊고 싶었다.

"이봐, 이런 일이 생긴 건 이제 끝났다는 뜻이야. 모든 게 끝났어."

"알았어, 빨리 집에 와."

"최대한 빨리 갈게."

나는 전화를 끊고 나서 FBI 요원들이 쓰러진 남자를 에워싸고 있는 곳으로 돌아갔다. 남자는 움직이지 않았지만, 심폐소생술을 시도하는 사람은 아무도 없었다. 루스 요원이 나를 보고 무리에서 떨어져나와 중간에서 나를 만났다.

"죽었어요?"

"네." 루스 요원이 말했다.

"저런."

나는 시신을 훑어봤다. 아까 내가 봤던 총이 시신 옆에 떨어져 있었다. 총격 현장은 출입 통제가 시작되고 있었다.

"어떻게 알았어요? 다 끝났다면서요. 그들이 나를 쫓지 않을 거라고 했잖아요."

"혹시 몰라서 지켜보고 있었어요." 루스가 말했다. "이런 사람들이 찜찜한 부분을 남겨두고 싶어 하지 않을 때가 종종 있거든요."

"그럼 내가 찜찜한 부분이란 말인가요?"

"음…… 그냥 당신이 아는 게 많아서 그렇다고 해두죠. 게다가 한 일도 많고. 그게 마음에 안 들었나 보죠."

"그러니까 저 친구 혼자 했다고요? 단독 범행이라고요?"

"아직 사실 확인은 안 됐어요."

"도대체 당신들이 아는 건 뭐죠? 내가 아직도 위험한 상태인가요? 내 가족이 위험합니까?"

"당신 가족은 안전해요. 당신도 안전하고요. 가족이 집에 있어서 당신이 집 밖으로 나올 때까지 기다렸던 것 같아요. 그러니 그만 진정하세요. 하루 이틀 상황을 평가해보고 연락할게요."

"지금은 뭘 해야 하죠? 내가 참고인 진술을 해야 합니까?"

"그냥 가세요. 사람들이 당신을 알아보기 전에 여기서 벗어나라고요. 당신이 여기 있다는 게 알려지는 건 원치 않으니까."

나는 그녀를 바라봤다. 그녀는 언제나 자기 사건을 보호하기에 급급했다.

"수사는 어떻게 돼갑니까?"

"잘돼가고 있어요." 그녀가 말했다. "느리지만 확실히."

나는 시신을 향해 고갯짓을 했다.

"저 사람 이야기를 들을 수 없게 된 건 진짜 아쉽군요."

"저런 사람들은 절대로 입 안 열어요." 루스가 말했다.

나는 고개를 끄덕였고 루스는 자리를 떴다. 범죄 현장으로 시민들이 모여들고 있었다. 마스크를 낀 사람들. 고무장갑을 끼고 얼굴 보호구를 착용한 사람들. 내 차로 돌아가 보니 트렁크 문은 아직 열려 있었지만, 정신없이 집어 왔던 식료품은 쇼핑백에 그대로 들어 있었다.

나는 트렁크를 닫고 뒤 범퍼를 확인했다. 최근의 경험에서 생긴 습관이었다. 번호판은 제자리에 붙어 있었고, 여섯 개의 철자가 내 운명과 세상에서의 내 입지를 선언하고 있었다.

NT GLTY

나는 차에 탄 후 은신을 위해 내 집을 향해 달려갔다.

끝.

변론의 법칙

감사의 글

이 소설을 위한 연구와 집필과 편집에서 도움을 주신 많은 분께 깊은 감사를 드린다. 아시야 무치닉, 빌 매시, 에마드 아크타르, 패멀라 마셜, 벳시 우리그, 테릴 리 랭크포드, 릭 잭슨, 린다 코넬리, 제인 데이비스, 헤더 리쪼, 데니스 보이체홉스키, 존 휴턴에게 감사의 마음을 전한다. 로저 밀스와 레이철 바우어스, 그레그 호이지뿐만 아니라 댄 달리 변호사에게도 깊이 감사드린다.

옮긴이 한정아

서강대학교 영문학과와 한국외국어대학교 통역번역대학원 한영과를 졸업했다.
한양대학교 국제어학원에서 재직했으며 현재 전문 번역가로 일하고 있다.
옮긴 책으로 마이클 코넬리의 《버닝 룸》《배심원단》《블랙박스》《드롭: 위기의 남자》《다섯
번째 증인》《나인 드래곤》《혼돈의 도시》《클로저》《유골의 도시》《엔젤스 플라이트》《보이
드 문》 등이 있으며, 안드레 애치먼의 《하버드 스퀘어》, 페데리코 아사트의 《다음 사람을 죽
여라》, 나딤 아슬람의 《헛된 기다림》, 윌리엄 스타이런의 《소피의 선택》, 이언 매큐언의 《속
죄》《견딜 수 없는 사랑》 등이 있다.

변론의 법칙

1판 1쇄 발행 2023년 5월 22일
1판 2쇄 발행 2024년 4월 3일

지은이 마이클 코넬리
옮긴이 한정아

발행인 양원석 **편집장** 김건희
디자인 김현우
영업마케팅 조아라, 정다은, 이지원, 백승원, 한혜원

펴낸 곳 (주)알에이치코리아
주소 서울시 금천구 가산디지털2로 53, 20층 (가산동, 한라시그마밸리)
편집문의 02-6443-8902   **도서문의** 02-6443-8800
홈페이지 http://rhk.co.kr **등록** 2004년 1월 15일 제2-3726호

ISBN 978-89-255-7648-0 (03840)